BASTEI
LÜBBE

Von Corinna Kastner sind bei Bastei Lübbe Taschenbücher lieferbar:

15310 Eileens Geheimnis
15498 Das Erbe von Ragusa

Über die Autorin:

Corinna Kastner, geboren 1965, arbeitet nach einer Ausbildung zur Wirtschaftsassistentin für Fremdsprachen und Korrespondenz am Institut für Journalistik und Kommunikationsforschung in Hannover. Nachdem sie ihre Leser mit ihren ersten beiden Romanen EILEENS GEHEIMNIS und DAS ERBE VON RAGUSA begeisterte, erscheint nun ihr drittes Buch, DIE GEHEIMEN SCHLÜSSEL. Besuchen Sie Corinna Kastners Homepage unter www.kastners-welten.de.

Corinna Kastner

Die geheimen Schlüssel

Roman

BASTEI LÜBBE

BASTEI LÜBBE TASCHENBUCH
Band 15758

1. Auflage: Oktober 2007

Bastei Lübbe Taschenbücher in der Verlagsgruppe Lübbe

Originalausgabe

Ein Projekt der AVA
international GmbH Autoren- und Verlagsagentur, Herrsching
Lektorat: Gerke Haffner
Textredaktion: Marion Labonte
Titelillustration: Mauritius images/Botanica
Umschlaggestaltung: Bettina Reubelt
Satz: hanseatenSatz-bremen, Bremen
Druck und Verarbeitung: Ebner & Spiegel, Ulm
Printed in Germany
ISBN 978-3-404-15758-7

Sie finden uns im Internet unter
www.luebbe.de

Der Preis dieses Bandes versteht sich einschließlich
der gesetzlichen Mehrwertsteuer.

Für Karlchen Bommel von Hohenstein –
Gesundheitstänzer, Chef, Superminister,
Special Agent und noch viel mehr –
und
für seinen Papa

Und besonders für meine Eltern
Ursula & Horst Koch.
Danke für alles!

*»Menschen, die nicht auf ihre Vorfahren zurückblicken,
werden auch nicht an ihre Nachwelt denken.«*
Edmund Burke

Sie hört ihn rufen. Es ist keine Stimme, eher ein Gefühl in ihr, ein Ton, eine Schwingung. Dennoch dreht sie sich um ihre eigene Achse, sucht nach der Quelle des Rufens. Um sie herum herrscht tiefe Dunkelheit. Dann plötzlich, ganz weit hinten, der Schemen eines Mannes. Er schwebt langsam auf sie zu, wird größer und größer. Seine Gestalt bleibt verschwommen, sie kann sein Gesicht nicht erkennen – und weiß doch, wer er ist.

Wie gelähmt starrt sie ihn an. Die Fragen, schon tausendmal gefragt, überschlagen sich in ihrem Kopf. Er ruft nach ihr. Er braucht sie. Und sie hat Angst. Sie will fliehen, weglaufen, weit weg, weg von allem, von der Vergangenheit, von ihm, von sich selbst. Aber sie muss bleiben, sie hat keine Wahl. Er verlangt etwas von ihr, etwas ungeheuer Wichtiges. Sie muss es tun. Was, wenn sie es nicht schafft?

Der Schemen verharrt auf der Stelle. Er wartet. Auf sie. Und auf die Schlüssel.

Mit rasendem Herzen fährt sie im Bett auf, sie braucht eine Weile, bis sie sich beruhigt. Es ist dämmrig im Zimmer, durch die Gardine dringt der erste Lichtschimmer des Tages. Nicht weit entfernt läutet eine Kirchenglocke. Zitternd wischt sie sich übers Gesicht. Sie spürt den Schweiß, der sich zwischen ihren Schulterblättern gesammelt hat und jetzt langsam ihren Rücken hinunterläuft.

Als sie später auf die Straße tritt, atmet sie tief ein. Die kalte Luft tut ihr gut. Sie schaut sich aufmerksam nach allen Seiten um, aber sie kann nichts Auffälliges entdecken. Auch in ihr bleibt alles still. Ihr Gefühl würde sie vor Gefahr warnen, dann müsste sie ihre Pläne ändern. Entschlossen setzt sie sich in Bewegung, bis sie nach einigen Metern ihren Schritt kaum merklich wieder verlangsamt. Sie hält den Atem an, als sie das Entscheidende tut. Sie kennt das Risiko, aber nun ist es zu spät, sie kann nichts mehr rückgängig machen.

Sie muss vollenden, was sie begonnen hat.

Teil 1 – Salzburg

1.

Langsam begann sich der Nebel zu lichten, nach und nach kehrten die Sinne in meinen Körper zurück. Mit geschlossenen Augen bewegte ich ganz leicht meine rechte Hand. Da war Stoff unter meinen Fingern, ebenso über meinem Handrücken. Ich konnte den Arm nicht heben, er stieß auf weichen Widerstand. Eine … Bettdecke? Ich versuchte es mit den Füßen. Dasselbe Ergebnis. Ja, offensichtlich lag ich in einem Bett.

Was mir danach bewusst wurde, schien erheblich wichtiger: Ich war nicht tot! Es sei denn, es gab harte Betten im Himmel – oder in der Hölle. Eine Antwort auf die entscheidende Frage zu finden, weshalb ich überhaupt damit rechnete, tot zu sein, gelang mir jedoch nicht. Immerhin schaffte ich es mit Mühe, die Augen zu öffnen. Was ich sah, wirkte wenig ermutigend. Ein Gerät neben mir blinkte in regelmäßigen Abständen vor sich hin, ein Schlauch verband es mit meinem Arm. Nicht direkt Hölle, aber fast. Krankenhaus.

Ich wagte nicht, mich noch mehr zu bewegen, aus Angst, etwas zu tun, das Schmerzen verursachen könnte. Warum lag ich in einem Krankenhaus? Hilflos starrte ich an die weiße Decke, doch selbst das strengte mich nach einer Weile so an, dass ich die Augen schloss.

»Frau Berg?« Eine weibliche Stimme mit einem Dialekt, den ich nicht sofort einordnen konnte, durchbrach meinen Dämmerzustand. »Hören Sie mich?«

Irgendwie ging ich davon aus, nicht sprechen zu können, deshalb nickte ich, was ich allerdings sofort wieder sein ließ, weil sich das ganze Krankenzimmer um mich zu drehen begann.

»Ja«, krächzte ich stattdessen.

Das Gesicht über mir gehörte einer Frau Ende vierzig, die mich aus hellen Augen ansah und nun ein Lächeln auf ihre Züge zauberte. »So ist's recht! Sie werden sehen, wir haben Sie bald wieder ganz beieinander!«

»Wo …«

»Im St.-Johanns-Spital«, sagte sie, noch immer lächelnd.

»Spital?«, echote ich. Dann endlich erkannte ich den österreichischen Dialekt, der zu dem Wort passte, das sie für Krankenhaus benutzte.

»Richtig. Ich bin Dr. Wallner. Sie waren zwar recht lange bewusstlos, was uns ein bisschen Sorgen bereitet hat, aber alles in allem haben Sie nur eine Gehirnerschütterung und ein paar Prellungen davongetragen. Vor allen Dingen können wir froh sein, dass Sie wieder bei Bewusstsein sind. Und jetzt müssen Sie sich ausruhen.«

»Ich …«

»Sie sollen sich ausruhen«, unterbrach sie mich.

»Aber warum …«

Dr. Wallner runzelte die Stirn. »Wissen Sie nicht mehr, was passiert ist?«

Angestrengt versuchte ich, mich zu erinnern, aber es gelang mir nicht. »Hatte ich einen Unfall?«, fragte ich zögernd.

Das neuerliche Stirnrunzeln der Ärztin verriet mir, dass sie auf eine andere Antwort gehofft hatte.

»Was ist denn passiert?« Ich hörte, dass in meiner Stimme trotz der Schwäche Panik mitschwang.

»Schlafen Sie ein wenig«, wich sie aus. »Morgen wird es Ihnen schon viel besser gehen.« Kurz bevor ich wieder in weiche, weiße Nebel versank, dachte ich, dass ich Dr. Wallner unbedingt etwas fragen musste. Etwas von immenser Bedeutung. Sie hatte mich vorhin angeredet. Aber wie? Natürlich sollte ich das selbst am besten wissen, jeder wusste doch, wie er hieß. Und mein Name war … Mein Name war … Wie um Himmels willen war mein Name?

2.

Als ich das nächste Mal aufwachte, war das blinkende Gerät verschwunden, ebenso die Injektionsnadel in meinem Arm. Ich hatte zwar leichte Kopfschmerzen und fühlte mich ein wenig benommen, fand diesen leichten Dämmerzustand aber ganz angenehm. Eine Weile lag ich einfach da und ließ meinen Blick durch das moderne Krankenzimmer gleiten, über die Wände in hellem, freundlichem Holz-Look und weiter zu den Nachttischen, die mich besonders faszinierten. Dort waren Flachbildschirme an Schwenkarmen montiert, die mehr an Computer als an Fernseher und Radio für Patienten erinnerten. Ich war die einzige Patientin hier. Das Bett direkt neben der Tür war leer.

Und dann fiel es mir wieder ein. Eine Schockwelle durchfuhr mich, als mir klar wurde, dass ich immer noch nicht wusste, wie ich hieß!

Aber es kam noch schlimmer: Ich konnte mich auch sonst an absolut nichts erinnern. Mein Leben war eine einzige große Lücke, ein Abgrund, ein tiefes, uneinsehbares Loch ins Nirgendwo.

Mit einem Ruck setzte ich mich auf. Sofort wurde mir schwindelig, und die Kopfschmerzen verschlimmerten sich. Meine rechte Hand fuhr an meine Stirn und anschließend über meine Haare, wo sie auf einen Verband stieß. Dort befand sich auch das Zentrum der Schmerzen. Hatte ich einen Autounfall gehabt und war gegen die Kopfstütze geprallt? War ich ohnmächtig geworden und unglücklich gefallen? Hatte mir jemand einen Schlag versetzt?

Ich suchte nach einem Klingelknopf neben meinem Bett, drückte darauf und wartete. Meine Finger zitterten, alles drehte sich, was nicht nur mit der körperlichen Anstrengung zu tun hatte. Nach einer Weile öffnete sich die Tür, und eine robuste Frau mittleren Alters in hellblauer Schwesterntracht betrat das Zimmer.

»Guten Morgen, Frau Berg«, sagte sie nüchtern und ohne zu lächeln.

Dabei hätte ich genau das gebraucht. In mir waren Panik und Angst, weil ich keine Ahnung hatte, wer ich war und weshalb ich hier lag (und wo dieses »Hier« eigentlich war, nebenbei bemerkt). Zusätzlich fühlte ich mich unendlich leer und einsam, ich konnte die Tränen nur mühsam zurückhalten.

»Wie geht es Ihnen denn heute? Etwas besser?«, erkundigte sich Schwester Martina – das kleine Schildchen auf ihrem Kittel verriet mir ihren Namen.

»Ja, ein bisschen, danke«, antwortete ich der Einfachheit halber. »Könnte ich was zu trinken haben?«

»Selbstverständlich. Ich bringe Ihnen ihr Frühstück«, nickte sie. Sie sprach im Gegensatz zu Dr. Wallner gestochen Hochdeutsch und hatte außerdem »Guten Morgen« gesagt statt »Grüß Gott«. Das wiederum machte meine Verwirrung komplett. Lag ich nun in einem Krankenhaus südlich der Alpen oder nicht? Unruhig wanderte mein Blick zum Fenster. Leider konnte ich zumindest aus dieser Perspektive der Aussicht nicht entnehmen, wo ich mich befand. Ich sah nur ein paar Baumspitzen mit blattlosen Zweigen und undeutliche Umrisse von etwas Dunklem dahinter. Das konnte überall sein, von Flensburg bis Kitzbühel. Wahrscheinlich würde ich erheblich mehr erkennen, wenn ich aufstand, aber das traute ich mir noch nicht zu.

Mein Blick wanderte weiter durch den Raum, bis er in der Ecke auf dem Schrank kleben blieb, in dem vermutlich meine Sachen untergebracht waren. Darin gab es bestimmt eine Handtasche mit meinen Papieren, Fotos oder Ähnliches. Irgendwoher mussten die hier schließlich wissen, wie ich hieß. Als ich mich gerade halbwegs entschlossen hatte, doch aufzustehen, betrat Schwester Martina den Raum. Sie schob einen kleinen Wagen vor sich her, auf dem ein Tablett, eine Wasserflasche und ein Glas standen.

Hinter ihr auf dem Flur hörte ich eine Männerstimme sagen: »… unverantwortlich! Sie können mir doch nicht ernsthaft …«

Worüber sich der Mann aufregte, erfuhr ich nicht. Schwester Martina schloss so demonstrativ die Tür, dass ich für einen Moment glaubte, sie wolle etwas vor mir verbergen. Nun litt ich also auch noch unter Verfolgungswahn. Immerhin verdichteten sich die Anzeichen, dass ich in Österreich war, da der Mann ebenfalls Dialekt sprach.

Schwester Martina stellte das Frühstück, das aus zwei Scheiben Brot mit Käse und einer Kanne Tee bestand, auf meinen Nachttisch und schenkte außerdem Wasser in das Glas. »Frau Dr. Wallner wird gleich nach Ihnen sehen«, sagte sie, nickte mir in ihrer unnachahmlich sachlichen Art zu und ging.

Draußen vor der Tür hörte ich Dr. Wallner reden. »Sie können sie morgen sehen«, sagte sie laut und in einem Ton, der keinen Widerspruch duldete. »Und es hat gar keinen Sinn, uns noch länger im Weg rumzustehen.« Die Tür öffnete sich erneut, und Dr. Wallner kam mir mit einem Lächeln entgegen. »Grüß Gott, Frau Berg. Wie geht's uns denn heute morgen?« Sie griff nach meinem Handgelenk, um den Puls zu überprüfen, danach schaute sie sich den Verband um meinen Kopf gründlich an. Bei der Berührung zuckte ich zusammen.

»Bis eben ganz gut«, murmelte ich.

»Na, Ihren Humor haben Sie zumindest schon wiedergefunden.« Dann fragte sie scheinbar beiläufig: »Wie steht's mit Ihrem Gedächtnis?«

»Nicht besonders gut«, sagte ich leise. Und das war noch untertrieben.

»Sie können sich also nach wie vor nicht erinnern, was geschehen ist?«

»Nein. Was ist denn nun mit mir passiert?«

Dr. Wallner zögerte eine Sekunde. »Das wüssten wir selbst gern, Frau Berg. Die Umstände, unter denen Sie eingeliefert wurden, waren ein wenig – nun, wie soll ich mich ausdrücken? – merkwürdig, und wir hatten eigentlich gehofft, dass Sie uns mehr sagen könnten.«

»Mehr worüber denn?«

»Sie wurden ohnmächtig in den Katakomben aufgefunden, mit einer großen Platzwunde am Kopf. Die kann von einem Sturz hervorgerufen worden sein.«

»Kann?«, wiederholte ich. »Was … wäre die Alternative?« Eine dumme Frage, die Antwort lag nahe.

»Jemand könnte Sie niedergeschlagen haben.«

»Sie meinen, ich bin überfallen worden?«

Dr. Wallner zuckte mit den Schultern. »Das würde auch die Polizei interessieren. Ich fürchte, ich kann Ihnen einen Besuch der Beamten morgen nicht ersparen.«

»Sind mir meine Wertsachen gestohlen worden? Papiere, Kreditkarten, Schmuck?«

»Nein. Trotzdem will die Polizei einen Überfall nicht grundsätzlich ausschließen, deshalb die Befragung.«

Warum legte die Polizei Wert auf ein Gespräch mit mir, wenn man mir weder etwas geklaut hatte noch überhaupt feststand, dass ich überfallen worden war? Wer zum Teufel war ich bloß, und was hatte ich getan? Was war passiert? Der Schrecken musste mir ins Gesicht geschrieben stehen, denn Dr. Wallner tätschelte beruhigend meine Hand.

»Nun machen Sie sich mal keine allzu große Sorgen. Sie lagen mit dem Hinterkopf auf einem kleinen Vorsprung, ich bin mir ziemlich sicher, dass Ihre Verletzung daher rührt. Wahrscheinlich ist Ihnen bei der Führung schlecht geworden, Sie haben sich von der Gruppe abgesondert und wurden dann ohnmächtig. Oder Sie sind einfach gestolpert und unglücklich gestürzt, das kann bei dem spärlichen Licht dort leicht passieren.«

Von der Gruppe? Welcher Gruppe? Und wo war ich gefunden worden? In den Katakomben? Hatte Dr. Wallner einen Namen erwähnt? Falls ja, hatte ich ihn vergessen. Wie so vieles andere auch. Ich sollte ihr endlich sagen, dass nicht nur der Unfall – oder was auch immer – aus meinem Gedächtnis verschwunden war. Ich hatte schon den Mund geöffnet, als Schwester Martina den Kopf zur Tür hereinsteckte.

»Frau Doktor, dieser Mensch von der Polizei ist immer noch hier. Er will …«

Die Ärztin seufzte resigniert. »Ich dachte eigentlich, ich wäre deutlich genug gewesen. Nun gut, ich komme gleich, Schwester.« Sie wandte sich wieder mir zu. »Die Polizei muss diesen Dingen nachgehen, wenn nur der leiseste Zweifel besteht. Der Inspektor würde an einem Tag wie diesem bestimmt auch lieber Skifahren. Genau das werde ich ihm jetzt raten.«

An der Tür drehte sie sich noch einmal um. »Was Ihre Gedächtnislücke angeht: Sie haben eine Gehirnerschütterung und waren längere Zeit bewusstlos. In den meisten dieser Fälle kommt die Erinnerung früher oder später zurück.«

Dann war ich wieder allein mit mir, meinen Gedanken und einem Frühstück, das ich nicht anrühren mochte, weil mir schon der Gedanke an Essen Übelkeit verursachte. Ich fragte mich, warum ich Dr. Wallner nicht einfach aufgehalten und ihr erzählt hatte, wie groß mein Gedächtnisverlust war. Das wäre sicher wichtiger gewesen, als sie dem »Menschen von der Polizei« die Leviten lesen zu lassen. Warum lag mein komplettes Leben im Dunkeln? Bildete mein Gehirn mit dieser Amnesie eine Art Schutzschild? Obwohl ich verzweifelt Antworten auf so viele Fragen suchte, fürchtete ich mich gleichzeitig vor ihnen.

Ganz tief in mir regte sich unversehens eine Erinnerung. Kein Bild, kein Wort, nur eine Ahnung. Angst. Ein vertrautes Gefühl, es begleitete mich, seit ich im Krankenhaus aufgewacht war. Aber diese Angst war anders, sie hatte einen anderen Ursprung, und es hatte sie schon gegeben, bevor ich hier gelandet war.

Möglicherweise ist ein Gespräch mit der Polizei sogar ganz angebracht, dachte ich. Möglicherweise aber auch nicht, widersprach eine Stimme in mir: Solange du nicht weißt, was diese Angst bedeutet, und vor allem, wovor du dich eigentlich fürchtest, solltest du lieber den Mund halten. Aber vielleicht konnte die Ärztin meinem Gedächtnis auf die Sprünge helfen? Wieder flüsterte mir die Stimme eine Warnung zu: Wer weiß, was dabei rauskommt. Und was Dr. Wallner dann tut. Nein, Frau Berg, das musst du schon alleine lösen!

Frau Berg. Ohne Vorname. Der Schrank zog meinen Blick geradezu magisch an, er schien mir verlockender als je zuvor. Darin lag mein »Ich«. Mir war klar, dass mir das Aufstehen wahrscheinlich schlecht bekommen würde, trotzdem schwang ich meine Beine über die Bettkante, wo ich erst mal einen Moment lang sitzen blieb. Ich griff nach dem Glas auf meinem Nachttisch und trank einen Schluck. Das kühle Wasser rann meine Kehle hinunter und strömte durch meinen Körper. Nachdem ich das Glas geleert hatte, fühlte ich mich ruhiger, beinah gelassen.

Es bereitete mir kaum Mühe, auf den Beinen zu stehen, und auch das Schwindelgefühl hielt sich in Grenzen. Langsam bewegte ich mich auf den Schrank zu und öffnete ihn. Darin hingen ein schwarzer Steppmantel, eine Jeans und ein dicker roter Rollkragenpullover. Auf dem Boden stand ein Paar gefütterte Winterstiefel, und auf einem Regalbrett lag sorgfältig zusammengelegt meine Unterwäsche. Nichts davon rief eine Erinnerung in mir hervor. Neben den Stiefeln fand ich einen kleinen Rucksack. Als ich mich bückte, um ihn aufzuheben, begann mein Kopf zu pochen. Ich wollte so schnell wie möglich wieder ins Bett, und während ich mich unsicher vorwärts bewegte, sah ich flüchtig zum Fenster. Meine Neugier siegte, ich ging hinüber. Hinter den Bäumen entdeckte ich eine Kirche mit grünspanbedecktem Glockenturm, noch weiter dahinter einen Berg – die dunklen Umrisse, die ich zuvor nur undeutlich wahrgenommen hatte.

Erschöpft wankte ich zurück ins Bett. Ein weiteres Glas Wasser erfrischte mich und gab mir den Mut, mich mit dem Rucksack zu befassen. Schon von außen war ersichtlich, dass weniger drin war, als hineingepasst hätte. Wieso meinte also Dr. Wallner, dass mir nichts gestohlen worden war? Vielleicht hatte es ja derjenige, der mich niedergeschlagen hatte, auf was ganz Bestimmtes abgesehen, es an sich genommen und Geld und Kreditkarten verschmäht. Unprofessionell, murmelte die Stimme in mir. Wenn niemand außer dem Täter gewusst hatte, dass ich was Wertvolles bei mir trug, hätte er sicher alles getan, damit es wenigstens so aussah, als wäre es ihm auf Wertsachen angekommen.

Mit zitternden Fingern öffnete ich die Schnalle des Rucksacks und ließ ganz langsam meine Hand hineingleiten. Als Erstes ertastete ich etwas Weiches, Glattes. Ich zog einen blautürkisfarbenen Seidenschal heraus, auf dessen einer Ecke eine kleine Meerjungfrau auf einem Felsen thronte. Ich schüttelte den Kopf und dachte: eine Nymphe, keine Meerjungfrau, und wunderte mich, woher ich das wusste. Wieder griff ich in den Rucksack und bekam dieses Mal ein Buch zu fassen: ein Salzburg-Reiseführer.

Salzburg also! Vergeblich blätterte ich in dem Reiseführer nach einem Lesezeichen oder Eselsohren. Ich schlug das Register auf und suchte nach den Katakomben, in denen ich laut Dr. Wallner gefunden worden war. Aber unter K stand alles Mögliche, bloß nichts von Katakomben, obwohl eine solche Sehenswürdigkeit doch sicher verzeichnet sein würde. War ich doch nicht in Salzburg, sondern hatte mir den Stadtführer gekauft, weil ich erst noch hinfahren wollte?

Als Nächstes förderte ich einen Schlüsselbund zutage, mit dem ich nichts anfangen konnte, dann etwas, das sich bei näherer Betrachtung als Hotelzimmerkarte herausstellte. Sie war weiß und trug in dunkelroten Buchstaben die Aufschrift *Altstadthotel Amadeus.* Das klang nach Mozart, und der war in Salzburg geboren. Ich nahm den Stadtführer in die eine und die Karte in die andere Hand und wurde mir zunehmend sicherer, in einem Salzburger Krankenhaus zu liegen.

Durch diese Erkenntnis ermutigt, wagte ich endlich in den Rucksack hineinzusehen statt wie bisher nur blind nach Dingen zu greifen. Innen herrschte ein ziemliches Durcheinander, es sah wirklich aus, als hätte jemand darin herumgewühlt. Allerdings war dieser Jemand kaum für einen Haufen angebrochener Tempo-Packungen, eine zerknüllte Brötchentüte und zwei halb aufgebrauchte Lippenbalsamstifte verantwortlich. Ich schien Ordnung nicht gerade gepachtet zu haben. Sogar ein Handy, das doch eigentlich immer griffbereit zu sein hatte, lag verdeckt vom Chaos ganz zuunterst. Spontan schaltete ich es ein, doch dann legte ich es vor mir auf die Bettdecke. Bestimmt waren Nummern eingespeichert, alle von Menschen, die ich kannte – oder gekannt hatte, in einer Vergangenheit, die mir verschlossen blieb.

Ein Klopfen an der Tür ließ mich aufschrecken, als sei im Nachttisch eine Bombe explodiert. Ärzte und Schwestern pflegten ihr Kommen nicht anzukündigen. War es diesem Polizeibeamten doch gelungen, sich an Dr. Wallner vorbeizuschleichen? Wer sonst hatte ein Interesse daran, mich zu sehen?

3.

Die Tür öffnete sich zentimeterweise, gerade weit genug für den Mann, seinen Kopf hereinzustecken und sich vorsichtig umzusehen. Erst als er sich vergewissert hatte, dass außer mir niemand im Zimmer war, betrat er schnell den Raum.

»Hallo«, sagte er, lächelte etwas schief und zog sich eine Strickmütze vom Kopf, unter der sehr kurzes braunes Haar zum Vorschein kam.

Ich hatte den Eindruck, als wartete er, wie ich auf sein Erscheinen reagierte, und mir wurde klar, dass dieser Typ mich in Verlegenheit bringen würde. Offensichtlich sollte ich ihn kennen. Tatsächlich war mir sein Gesicht mit den tiefen Furchen in den Wangen und der etwas zu langen Nase über dem immer noch lächelnden Mund aber vollkommen fremd.

Bevor mir eine Idee kam, wie ich mich rausreden konnte, kam er näher: »Diese verbiesterte Schwester wollte mich nicht reinlassen, ich musste warten, bis sie von einem Arzt gerufen wurde. Wenn sie also gleich kommt und mich hier im hohen Bogen wieder rausschmeißt, wundern Sie sich nicht. Aber ich quatsche zu viel. Dabei wollte ich doch nur kurz fragen, wie's Ihnen geht.«

Sein Österreichisch klang noch charmanter als das von Dr. Wallner, seine Stimme war angenehm ruhig, dabei ein bisschen rau. Obwohl er mich besorgt musterte, lag in seinen Augen, deren Farbe ständig zwischen blau und grau zu wechseln schien, ein fast belustigter Ausdruck.

Unwillkürlich erwiderte ich sein Lächeln, zögerte aber doch wohl ein bisschen zu lange mit meiner Antwort, denn er trat einen Schritt von meinem Bett zurück, und auch sein Lächeln wurde kühler.

»Verzeihen Sie«, sagte er, »Sie können ja gar nicht wissen … Also, ich meine, Sie müssen sich fragen, wieso ausgerechnet ich hier einfach so reinschneie, wo wir uns doch so gut wie fremd sind und Sie noch nicht mal meinen Namen kennen. Ich bin Leon Eisner, und ich …«

Er redete weiter, doch ich war abgelenkt, denn seine Äußerung ließ darauf schließen, dass wir uns zwar schon mal begegnet waren, uns aber nicht wirklich kannten – was mich enorm erleichterte, das reduzierte die Anzahl der Fallen, in die ich stolpern konnte.

Leon Eisner musste mir angesehen haben, dass ich seinen Worten gar nicht mehr richtig folgte. »Ist alles in Ordnung mit Ihnen?«, fragte er.

»Ja … nein«, murmelte ich. Mir stieg die Hitze ins Gesicht, wahrscheinlich wurde ich rot wie eine Tomate. Trotzdem sah ich entschlossen auf. »Verzeihen Sie bitte meine Unaufmerksamkeit. War in der letzten Zeit alles ein bisschen viel für mich. Könnten wir einfach noch mal von vorn anfangen? Also, Sie hatten sich gerade vorgestellt …«

Leon Eisner lächelte wieder. »Schon recht. Ist meine Schuld, ich hätte mich eben an den Befehl ihrer Schwesterlichkeit halten sollen. Aber irgendwie fühle ich mich ein bisschen verantwortlich für Sie. Ich hab Sie nämlich bewusstlos in den Katakomben gefunden und die Rettung gerufen.«

Er hatte mich gefunden! Möglicherweise verdankte ich diesem Mann also mein Leben, schließlich war mir immer noch schleierhaft, was ich eigentlich wie und warum in diesen geheimnisvollen Katakomben getan hatte. Vielleicht konnte er mir wenigstens mehr dazu sagen, wo und wann genau er über mich gestolpert war.

»Dann«, begann ich, »ist ein sehr großes Danke fällig. Wenn Sie nicht gekommen wären, läge ich vielleicht immer noch da.«

Ein leichtes Stirnrunzeln verriet mir, dass ich was Falsches gesagt hatte. »Das möchte ich doch bezweifeln«, sagte Leon Eisner eine Spur sarkastisch.

»Weshalb? Bitte verstehen Sie mich richtig, ich wollte Ihnen nur danken, aber ich hab mich wohl etwas unklar ausgedrückt.«

Leon Eisner neigte den Kopf. Nach einer Pause meinte er: »Die Mönchsbergkatakomben sind nicht besonders weitläufig. Wenn ich es nicht gewesen wäre, hätte Sie in den nächsten paar Minuten jemand anders gefunden.«

»Oh.« Mönchsbergkatakomben. Das musste ich mir merken, darüber stand sicher was im Reiseführer. Ich beschloss, Leon Eisner zumindest zur Hälfte reinen Wein einzuschenken. »Das wusste ich nicht. Die Ärztin hat nur was von Katakomben gesagt, genau wie Sie vorhin. Und ich kann mich leider überhaupt nicht mehr erinnern, was mit mir passiert ist. Auch nicht, wo ich war. Die … Stunden vor dem … Unfall sind einfach weg.«

Der Ausdruck, der sich für einen kurzen Augenblick auf seinem Gesicht abzeichnete, war schwer zu definieren. Dann jedoch wirkte er betroffen. »Das tut mir leid. Sie waren zwar ohnmächtig und haben am Kopf geblutet, aber dass Ihnen der Sturz so zugesetzt hat … Und Sie haben buchstäblich alles vergessen?«

Das Mitgefühl, das ich vorhin bei Schwester Martina schmerzlich vermisst hatte, hätte mir guttun sollen. Stattdessen merkte ich, dass ich damit schlecht zurecht kam und nicht wusste, wie ich reagieren sollte. Anscheinend war ich ein Mensch, der letztlich weniger bemitleidet, sondern angespornt werden wollte, sich selbst aus dem Sumpf zu ziehen. Betont beiläufig zuckte ich mit den Schultern.

»Jedenfalls einen Teil.« Untertreibung des Jahrhunderts. »Wahrscheinlich wissen Sie mehr als ich selbst darüber, wie blöd ich mich angestellt habe oder wie dumm ich gefallen bin.«

Bedauernd schüttelte Leon Eisner den Kopf, während er sich einen Stuhl heranzog und sich setzte, nicht ohne einen kurzen Blick über die Schulter zur Tür zu werfen. »Ich fürchte nein. Wenn ich Zeit habe und ein bisschen nachdenken will, geh ich manchmal vormittags in die Katakomben. Sie sind zu dieser Jahreszeit noch nicht mit Touristenströmen überfüllt. Trotzdem war schon eine Gruppe drin, nämlich die, zu der Sie gehörten. Ich hab Sie alle ein Stück vorausgehen lassen, um meine Ruhe zu haben. Als ich dann in die Gertraudenkapelle kam, sah ich etwas in der dunklen Ecke zwischen Altar und Felsenwand liegen, was ich zuerst für einen vergessenen Rucksack hielt.«

»Stattdessen war ich das?«, fragte ich leise.

Er nickte. »Ich hab versucht, Sie anzusprechen und zu bewegen, aber dann sah ich, dass Sie verletzt waren, und hab die Unfallrettung gerufen. Ich bin nicht sehr bewandert in Erster Hilfe.« Letzteres fügte er fast entschuldigend hinzu.

»Sie haben großartige Hilfe geleistet.«

»Ja, ich bin richtig stolz auf mich«, bestätigte Leon Eisner. »Ich hab's tatsächlich geschafft, von meinem Handy die 144 zu wählen.« Ein selbstironisches Lächeln begleitete seine Worte, in seinen Augen blitzte es. Dann fiel sein Blick auf meine Bettdecke. »Ist es klug, im Spital ein Handy zu benutzen? Wer weiß, was das mit den Geräten hier anstellt.«

»Daran hab ich gar nicht gedacht«, gab ich schuldbewusst zu. Hastig wollte ich es ausschalten, da begann es wie aufs Stichwort zu vibrieren. Schnell las ich den Namen Tobias auf dem Display, bevor ich es abwürgte. Ich war froh, einen Grund zu haben, nicht mit Tobias sprechen zu müssen, wer auch immer er sein mochte.

Einen kurzen Moment blieb es still zwischen uns, bis Leon Eisner feststellte: »Es ist bestimmt ein komisches Gefühl, sich an ein Stück aus seinem Leben nicht erinnern zu können.«

»Komisch trifft's nicht ganz«, gab ich zurück. »Es ist eher sehr beunruhigend.« Besonders, wenn man sich an überhaupt nichts aus seinem Leben erinnerte. »Aber Dr. Wallner sagte, dass die Erinnerung zurückkommt.«

»Na also. Was ist denn eigentlich das Letzte, was Sie noch wissen?«

Die Frage hatte mir gerade noch gefehlt. Einen winzigen Augenblick lang dachte ich daran, ihn ins Vertrauen zu ziehen. Aber wenn ich schon meiner Ärztin gegenüber den Mund hielt, warum sollte ich mich bei jemandem ausheulen, der mir noch fremder war? Weil er dir geholfen hat!, flüsterte mein inneres Stimmchen. Ein zweites antwortete prompt: behauptet er. Du weißt nicht, ob das, was er sagt, der Wahrheit entspricht. Dieser Gedanke setzte sich in mir fest, ohne dass ich es verhindern konnte. Weshalb um alles in der Welt war ich so misstrauisch, wovor hatte ich solche Angst? Das Gefühl musste derart tief in mir verankert sein, dass es mein Unterbewusstsein durchbrach, alle Erinnerungsverluste übertönte und mich einfach handeln ließ.

»Das Frühstück im Hotel«, log ich deshalb.

»War's gut?«

»Ich hab wenig gegessen«, sagte ich und wusste instinktiv, dass das stimmte.

»Wo wohnen Sie denn eigentlich? Ich meine, wenn Sie nicht gerade dieses Luxusapartment hier belegen.«

»Im Amadeus«, sagte ich ohne nachzudenken, weil ich wenigstens diese Frage guten Gewissens beantworten konnte – und bereute es sofort. Sollte mein eben erwachtes Misstrauen berechtigt sein, hätte ich über mein Hotel lieber schweigen sollen, aber nun war es zu spät.

Leon Eisner nickte. »Klar, das ist ja fast nebenan.«

»Nebenan vom Krankenhaus?«, fragte ich. Sein Blick verriet mir, dass ich erneut einen Fehler gemacht hatte. »Oder neben den Mönchsbergkatakomben?«, versuchte ich mit einem Lächeln zu retten, was zu retten war. Ich schien allerdings meinen Fehler eher verschlimmert zu haben, denn sein Stirnrunzeln verstärkte sich.

»Nein. Gleich beim Café Don Giovanni.«

Ich hatte nicht die geringste Vorstellung davon, was er meinte, geschweige denn, wie ich das überspielen sollte.

Plötzlich grinste Leon. »Es sollte mich weniger überraschen, keinen sonderlich großen Eindruck bei Ihnen hinterlassen zu haben.«

Allmählich begann ich zu verstehen, worauf er hinaus wollte. »Sie arbeiten im Don Giovanni, natürlich!«, sagte ich mehr zu mir selbst als zu ihm. »Das ist mir jetzt ziemlich unangenehm, und ich schätze, Sie halten es für eine blöde Ausrede, wenn ich Ihnen versichere, dass ich noch nie ein gutes Gedächtnis für Gesichter hatte?«

Leon Eisners Grinsen wurde breiter. »Kein schlechter Versuch! Aber es wundert mich nicht. Sie waren eher abwesend und damit beschäftigt zu …«

»Was tun Sie denn hier? Ich habe Ihnen doch deutlich genug gesagt, dass Frau Berg Ruhe braucht!« Schwester Martina hatte sich den ungünstigsten Zeitpunkt ausgesucht, in unsere Unterhaltung zu platzen. »Raus!«, herrschte sie ihn an. »Und wenn ich Sie vor morgen Nachmittag noch mal hier erwische, kriegen Sie ernsthaft Schwierigkeiten!«

Leon Eisner versuchte gar nicht erst, zerknirscht zu gucken oder sich zu entschuldigen. Stattdessen seufzte er übertrieben und zwinkerte mir zu. »Wir sehen uns also morgen! Natürlich nur, falls Sie möchten …«

Ich lächelte. »Gern.« Das meinte ich durchaus ernst, denn es sah ganz so aus, als könnte ich durch ihn wenigstens ein paar Dinge über meine unmittelbare Vergangenheit erfahren. Er war die zwar dürftige, aber einzige Verbindung zu meinem bisherigen Leben.

4.

Schwester Martina sah ihm nach, bis er draußen war, dann warf sie einen Blick auf mein unangerührtes Frühstück. »Auch wenn Sie keinen Hunger haben, sollten Sie wenigstens ein bisschen essen. Sie sind seit gestern Vormittag hier und haben noch keine feste Nahrung zu sich genommen.«

Etwas widerwillig griff ich nach dem ersten Käsebrot und biss ab.

»So ist's recht«, sagte die Schwester.

»Die zweite Scheibe und den Tee können Sie mitnehmen«, erwiderte ich kauend. »Bitte lassen Sie nur das Wasser da.«

Nachdem sie fort war, aß ich widerwillig, aber gehorsam das Brot auf. Wenn schon mein Geist nicht richtig funktionierte, sollte wenigstens mein Körper bald wieder in Ordnung sein.

Danach wischte ich mir die Finger an der Bettdecke ab und griff nach dem Handy, das ich erst mal wieder zurück in den Rucksack legte. Leon Eisner hatte die Inspektion meines Rucksacks unterbrochen, die ich nun fortsetzen wollte, weil mir immer noch meine Papiere fehlten. Ich suchte weiter und entdeckte einigermaßen sicher verwahrt in einer Innentasche mit Reißverschluss ein Portemonnaie. Ein bisschen Kleingeld und hundertfünfzig Euro in Scheinen. Im hinteren aufklappbaren Fach steckten eine Bankkarte, eine Kreditkarte, die Krankenversichertenkarte, ein Bibliotheksausweis, ein Führerschein – und ein Personalausweis. Alles ausgestellt auf den Namen Juta Berg.

Juta. Wie ungewöhnlich. Hatte da ein Standesbeamter womöglich versehentlich ein t vergessen? Und falls ja – vor wie vielen Jahren? Bevor ich auf das Geburtsdatum sah, hob ich noch einmal den Kopf und starrte ins Nichts. Konnte man sein Alter fühlen? Oder war es nicht vielmehr so, dass man sich sowieso immer jünger fühlte als man war? Ich horchte in mich hinein und fand, dass ich ebenso gut fünfundzwanzig wie fünfunddreißig sein konnte. Ein Blick auf den Personalausweis zeigte, dass ich damit ganz richtig lag: Ich war einunddreißig. Erst jetzt betrachtete ich das Foto, was fast die größere Herausforderung war.

Ein schmales Gesicht schaute mir entgegen, umrahmt von rotbraunen langen Haaren, die ich schon bemerkt hatte. Auf dem Foto trug ich sie hochgesteckt, nur ein paar Strähnen umspielten meine Wangen. Meine Nase war gerade und, ähnlich wie Leon Eisners, etwas zu lang, mein Mund mittelgroß, die Oberlippe etwas schmaler als die Unterlippe. Das Lächeln wirkte gequält, wie auf den meisten Passfotos. Kein Model-Gesicht, aber es hätte schlimmer sein können. Plötzlich schob sich ein anderes Bild vor das auf dem Ausweis. Dasselbe Gesicht, aber mit kurzen, brünetten Haaren, und ich wusste genauso plötzlich, dass ich mich im Farbton vergriffen und anschließend beschlossen hatte, nie wieder ein Färbemittel an meine Haare zu lassen. Schließlich erinnerte ich mich, dass meine Augen hellgrau waren mit einem dunkelgrauen Kranz rund um die Iris.

Ich drehte den Perso um, und las genau das. Augenfarbe: grau. Größe: 1,68. Außerdem las ich da meine Adresse: Boltenhagen, Ostseeallee. Ich sah einen Häuserblock vor mir, der in den 60er-Jahren gebaut sein mochte, und eine zweispurige Straße, auf der einiger Verkehr herrschte. Dann – nichts weiter. Trotz des kurzen Erinnerungsmoments wollte mir zu Boltenhagen nicht mehr einfallen. Die Adresse Ostseeallee ließ an Norddeutschland denken. Ich horchte in mich hinein und befand, dass das irgendwie richtig klang. Ganz abgesehen davon, dass ich dialektfrei sprach, fühlte ich mich tatsächlich norddeutsch.

Juta Berg aus Boltenhagen also. Allerdings war ich nicht dort, sondern in Lüneburg geboren, wie mir mein Ausweis weiter verriet. Was hatte mich Nordlicht nach Österreich gebracht? Skiurlaub? Winter war es ja offenbar, aber ebenso wie ich wusste, dass ich meine Haare nie wieder färben würde, wusste ich, dass ich nicht skifahren konnte.

Eine Weile grübelte ich über das Phänomen nach, dass ich mich an einzelne Versatzstücke aus meinem Leben erinnerte, andere, viel wesentlichere jedoch vergessen hatte. Immer wieder tauchten Dinge vor meinem inneren Auge auf, manchmal sogar Namen und verschwommene Gesichter. Aber nie reichte es für ein komplettes Bild, für eine Vorstellung von meinem Leben. Zudem schien all das, was ich sah, längst vergangen zu sein, nichts davon war jüngeren Datums.

Am Ende nahm ich den Reiseführer und suchte nach den Mönchsbergkatakomben. Ich erfuhr, dass sie oberhalb des Petersfriedhofs lagen und im dritten und vierten Jahrhundert entstanden waren. In der Communegruft befanden sich die Gräber von Michael Haydn, dem Bruder von Josef, und Nannerl, der Schwester Mozarts. Damit waren diese Felsenkatakomben ein besonderer touristischer Anziehungspunkt. Falls ich aus einem anderen Grund dort gewesen war, blieb er mir verborgen.

Dr. Wallner sah noch ein-, zweimal nach mir, erkundigte sich nach meinem Gedächtnis und untersuchte meine Kopfwunde. Sie war auch weiterhin nicht beunruhigt, dass mir die Zeit unmittelbar vor dem Unfall und das Geschehen selber fehlten. Immer noch wollte ein Teil von mir ihr erzählen, was mit mir los war, aber der andere Teil siegte jedes Mal. Ich versuchte mir einzureden, dass ich zumindest diesen einen Tag abwarten wollte.

5.

Meine Zurückhaltung, mein Zögern waren mir selbst ein Rätsel, aber ich schwieg weiter, obwohl sich auch nach der verordneten Frist an meinem Zustand nur Unwesentliches geändert hatte. Aus den Kopfschmerzen war ein mehr oder weniger dumpfer Druck geworden, meist konnte ich sogar aufstehen, ohne dass mir schwindelig wurde. Außerdem erinnerte ich mich an eine Frau mit dunklen Locken, die mich in den Arm nahm, als ich weinend nach Hause kam, und an einen hochgewachsenen schlanken Mann mit grauen Haaren, der mich aus blauen Augen scharf ansah, es aber nicht halb so streng meinte, wie es wirkte: meine Eltern, die namenlos blieben. Kein anderer Mann tauchte in meinem Gedächtnis auf. Vielleicht gab es ja keinen, der besonders wichtig für mich war. Keinen Mann, kein Kind, keine kleine heile Familie. Bei diesem Gedanken überfiel mich völlig unerwartet ein heftiges Gefühl des Verlustes. Hatte ich all das mal gehabt und verloren?

Unversehens geisterte wieder jener Tobias durch meinen Kopf, der am Tag zuvor versuchte hatte, mich auf dem Handy zu erreichen. Ich würde ihn anrufen, sobald ich mich irgendwo aufhielt, wo ein eingeschaltetes Handy unbedenklich war. Auf diese Weise konnte ich, ohne gleich mit der Tür ins Haus zu fallen, bei jemandem vorfühlen, mit dem ich sogar im Urlaub in Kontakt stand und der mir so vertraut war, dass ich ihn nur unter seinem Vornamen abgespeichert hatte.

Ich wurde bei diesem Plan gerade etwas optimistischer, als Dr. Wallner in Begleitung eines untersetzten Mittvierzigers mein Zimmer betrat. »Das ist Inspektor Schlögl von der Salzburger Kriminalpolizei, er hat ein paar Fragen an Sie«, stellte sie ihn vor.

Der Inspektor gab mir die Hand. »Grüß Gott, Frau Berg. Ich hoffe, es geht Ihnen den Umständen entsprechend gut.« Er musterte mich eingehend, als würde er mich einer Prüfung unterziehen. Sicher hatte Dr.

Wallner ihm von meiner Amnesie erzählt. Glaubte er mir vielleicht nicht? Nahm er an, ich simulierte bloß? Aber weshalb sollte er? Tja, weshalb … Ich hatte schon mal überlegt, dass meine Angst möglicherweise Angst vor der Polizei war. Dann hätte dieses Gefühl mich jetzt, da ein Beamter direkt vor mir saß, eigentlich warnen müssen. Nur ließ sich mein Gefühl nicht so eindeutig bestimmen. Mir war unwohl, aber ich geriet nicht in Aufregung. Stattdessen berichtete ich wahrheitsgemäß, dass sich bezüglich meines Erinnerungsvermögens nichts geändert hatte. Als ich ihm vorschlug, er solle mit Leon Eisner reden, erfuhr ich, dass das bereits geschehen war. Inspektor Schlögl äußerte den Verdacht, dass, falls ich tatsächlich überfallen worden sein sollte, der Täter möglicherweise von Leon gestört worden war. »Haben Sie auf dem Weg von Ihrem Hotel etwas Auffälliges bemerkt? Ist Ihnen jemand gefolgt?«

Ich erschrak. »Gefolgt? Warum sollte mir jemand gefolgt sein?« Schlagartig war die Angst wieder da, überdeutlich, bis in meine Fingerspitzen. Jemand folgte mir. Ein Mann. Er blieb unsichtbar, ich konnte niemanden erkennen, nicht mal den Schatten eines Schattens, und trotzdem spürte ich seine Gegenwart. War das auf dem Weg zu den Katakomben gewesen? Oder gewann da eine Erinnerung die Oberhand, die schon viel länger zurücklag?

»Manchmal gucken sich solche Kleinkriminellen ihre Opfer schon im Voraus aus«, erklärte der Beamte. »Sie schätzen ab, ob sich ein Handtaschenraub lohnt, dann folgen sie dem Opfer, bis sich eine passende Gelegenheit ergibt, und schlagen zu.«

Das klang plausibel. Vielleicht war es so gewesen, das würde zumindest zum Teil meine unspezifische Angst erklären. Dennoch bezweifelte ich, dass dieses Gefühl dann so stark sein würde. Helfen konnte ich dem Inspektor nicht. »Ich fürchte, mir fehlt auch die Erinnerung an meinen Weg zu den Katakomben.«

»Es liegt mir fern, Sie beunruhigen zu wollen«, verabschiedete er sich, »und wie Dr. Wallner schon sagte, ist ein Sturz oder eine Ohnmacht am wahrscheinlichsten. Aber Sie verstehen sicher, dass wir einer Sache nachgehen müssen, die nicht zur Gänze geklärt ist. Auf jeden Fall gute Besserung für Sie, und falls Ihnen noch was einfällt …«

»… werde ich mich bei Ihnen melden.«

Dr. Wallner, die dem Gespräch zwischen Inspektor Schlögl und mir stumm gefolgt war, begleitete ihn hinaus. Bevor die Tür hinter beiden ins Schloss fiel, hörte ich noch, wie der Inspektor fragte: »Wann kann Frau Berg denn entlassen werden?«

Leider bekam ich die Antwort, die mich selbst sehr interessierte, nicht mit. Ich wusste nicht, ob ich meine Entlassung herbeisehnen oder ihr mit Schrecken entgegensehen sollte. Einerseits hatte ich Angst. Nicht nur vor etwas, das ich nicht benennen konnte, sondern auch davor, allein mit einem unbekannten Leben klarkommen zu müssen. Andererseits wollte ich so schnell wie möglich genau diesem Leben auf die Spur kommen, auch wenn das bedeutete, mich mit eben dieser Angst, ihrer Ursache und ihren Folgen auseinandersetzen zu müssen.

Offenbar war ich nicht sehr erpicht darauf, dass jemand etwas über mich erfuhr, sonst hätte ich längst Dr. Wallner von meinen Problemen erzählt. Inzwischen ahnte ich aber auch, dass ich weder die Polizei noch sonst eine Behörde fürchtete. Eher einen unbekannten Verfolger. Meine Reaktion auf die entsprechende Frage des Inspektors jedenfalls ließ diesen Schluss zu. Unruhig stand ich auf, wanderte vor dem Fenster hin und her und betrachtete dabei die Kirche zwischen den Bäumen. Da war außer der diffusen Angst noch was anderes. Es trieb mich an, etwas zu tun. Etwas Wichtiges. Und die Zeit drängte. Abrupt blieb ich stehen. Das war neu. Zum ersten Mal hatte ich gespürt, dass es einen Grund für meine Anwesenheit hier gab. Ich musste so bald wie möglich hier raus, um … etwas zu tun.

Vielleicht wusste dieser Tobias darüber Bescheid. Entschlossen schälte ich mich aus meinem Krankenhaus-Nachthemd und zog die Sachen an, die im Schrank hingen. In dem Rollkragenpullover hing der letzte Rest eines dezenten Parfümduftes, der mir gefiel, auch wenn ich nicht drauf kam, wie er hieß.

Die Krankenhausflure wirkten ebenso modern wie die Zimmer. Sie waren freundlich gestaltet und mit hellem Holz ausgekleidet, es gab keine geraden Gänge, das Gebäude schien in einem großzügigen Halbkreis gebaut zu sein. Auf dem Tresen des »Stationsstützpunktes« standen Blumen, die Schwestern in hellblauen Hosen und Kitteln eilten hin und her. Ich folgte den Hinweisschildern zum Ausgang und gelangte zum Fahrstuhl, der mir offenbarte, dass ich mich im dritten Obergeschoss der »Unfallchirurgie West« befand. Der Lift brachte mich ins Erdgeschoss, wo ich mich fast ein bisschen normal fühlte, weil ich gekleidet war wie die Besucher, die dort zwischen den Patienten herumliefen. In der Mitte eines längeren Flurs mit großer Glasfront befand sich ein Bistro und an seinem Ende der Empfang und der Eingang des Gebäudes. Ich stellte mich an die äußerste Ecke der Glastür und schaltete nervös mein Handy ein. Zwei SMS kündigten jeweils eine Nachricht auf meiner Mailbox an. Das erste Mal meldete sich Tobias mit Namen und bat um Rückruf, und zwar zu dem Zeitpunkt, als ich das klingelnde Handy in Leon Eisners Gegenwart abgewürgt hatte. Das zweite Mal war er weniger förmlich, dafür anscheinend unsicher, ob er verärgert oder besorgt sein sollte.

Dann würde ich ihm jetzt den Gefallen tun. Ich drückte die 1, um mich verbinden zu lassen. Umsonst. Es klingelte nicht mal, eine Stimme sagte mir lediglich, dass der Teilnehmer zurzeit nicht erreichbar sei. Ich stöhnte leise auf und ging entmutigt zu dem kleinen Bistro.

»Grüß Gott, was kann ich für Sie tun?«, fragte das junge Mädchen, das hinter dem Tresen bediente.

»Einen Kaffee, bitte.« Ich dachte, das sei eine ganz einfache Bestellung, aber ich täuschte mich.

»Melange, Kapuziner oder Brauner?«

Mein Gesicht sah vermutlich wie ein einziges Fragezeichen aus, denn das Mädchen begann zu erklären, was sich hinter den Kaffeebezeichnungen verbarg. Ich entschied mich für die Melange. Leon Eisner hätte mir bestimmt sagen können, was ich im Don Giovanni immer getrunken hatte.

Mit meinem Kaffee mit Sahne vor mir saß ich lange auf einem der graublauen Stühle und beobachtete die Leute. Erst nach einer ganzen Weile wurde mir bewusst, dass ich darauf wartete, zwischen all den fremden Menschen einen auftauchen zu sehen, den ich kannte: Leon. Immerhin hatte er versprochen, mich heute wieder zu besuchen. Aber während um mich herum Patienten mit ihren Besuchern schwatzten, blieb ich allein.

Das war fast noch frustrierender, als in meinem Bett zu liegen. So konnte das nicht weitergehen, ich musste raus hier. Körperlich fehlte mir nichts außer einer Gehirnerschütterung. Die durfte ich zwar nicht unterschätzen, aber die Kopfschmerzen waren längst nicht mehr so schlimm, und das Schwindelgefühl kam nur noch, wenn ich ruckartig aufstand. Und vielleicht, ging es mir in einer Aufwallung von Optimismus durch den Kopf, wird meine Erinnerung ja gerade durch etwas außerhalb dieser Krankenhausmauern angestoßen.

Die folgende Nacht verlief unruhig. Ich hatte Schwierigkeiten einzuschlafen, wollte aber die Schwester nicht um ein Schlafmittel bitten. Obwohl ich den Schlaf herbeisehnte, überfiel mich gleichzeitig eine leise Unruhe, als könne er mir etwas bringen, worauf ich nicht vorbereitet war.

Irgendwann wirbelten meine Gedanken durcheinander. Um mich herum wurde es nebelig, ich konnte kaum noch etwas sehen. Dennoch wusste ich, dass ich mutterseelenallein auf einem Friedhof stand, vor mir das scheinbar einzige, aber beeindruckende Grabmal. Die Inschrift auf dem hohen Stein konnte ich nicht entziffern. Die Buchstaben waren keine Buchstaben, sondern sinnlose Schnörkel, die sich ständig veränderten, bis sich der ganze Stein wabernd auflöste und eine andere Gestalt annahm: die eines altmodischen, beinah mannshohen Schlüssels, der plötzlich zu kippen begann – und mit seinem gesamten Gewicht auf mich fiel.

6.

Das ist doch nicht Ihr Ernst?«, fragte Dr. Wallner entrüstet. »Sie haben eine Gehirnerschütterung und eine Amnesie, und Sie wollen das Krankenhaus verlassen?«

Ich hatte geahnt, dass es schwer werden würde. In der Nacht war ich zitternd und mit Herzklopfen aus einem erschreckenden Traum aufgewacht, an den ich mich nur bruchstückhaft erinnern konnte. Das Gefühl und der Schock saßen tief, während die Bilder, die mir im Traum noch deutlich vor Augen gestanden hatten, nun mehr und mehr verschwammen. Da war ein Friedhof gewesen, ein Grab – mehr bekam ich nicht zu fassen. Dennoch fühlte ich, dass mir mein Unterbewusstsein etwas Wichtiges mitteilen wollte. Ich durfte keine Zeit verlieren, auch nicht damit, mich Therapien zu unterziehen, die mir vielleicht mein Gedächtnis zurückgeben würden, vielleicht aber auch nicht.

Ich hatte meine Adresse, mein Handy, ich hatte außer Tobias, den ich noch mal anrufen würde, bestimmt noch andere Freunde – wenn auch keinen Ehemann, wie mein Instinkt mir ebenfalls sagte – und Verwandte, die mir helfen könnten. Vielleicht wussten die sogar, was ich in Salzburg wollte, auch wenn ich das nicht wirklich glaubte.

»Doch, das ist mein Ernst«, widersprach ich. »Wenn es nötig ist, unterschreibe ich gern ein entsprechendes Formular, dass Sie mich über alle Risiken aufgeklärt haben und ich hier auf eigenen Wunsch verschwinde.«

Dr. Wallner war über so viel Leichtsinn meinerseits empört und hatte damit sogar Recht, trotzdem wusste ich, dass ich richtig handelte. Wenn ich mich schon nicht auf Tatsachen oder auf Erinnerungen verlassen konnte, musste ich mich wenigstens darauf verlassen, was mein Bauch mir sagte.

Zwei Stunden später wartete ich in der kalten Vormittagsluft vor dem halbrunden Gebäude »Chirurgie West« der Salzburger Landesklinken auf ein Taxi. Auf der Straße lag Schneematsch, aber auf den Dächern war der Schnee noch weiß und unberührt. Ich fühlte mich einerseits zutiefst verunsichert und andererseits vollkommen frei. Weil ich scheinbar keine Vergangenheit hatte, schien mir alles möglich – in der Vergangenheit und in der Zukunft. Hatte ich mir jemals gewünscht, ganz neu zu beginnen? Falls ja, war dies hier die einmalige Gelegenheit. Oder wäre es gewesen, wenn ich nicht allzu deutlich gespürt hätte, dass ich eben nicht machen konnte, was ich wollte, sondern mich auf einer rätselhaften Mission befand.

Statt dem Taxifahrer den Namen meines Hotels zu nennen, bat ich ihn, mich woanders hinzufahren. »Zum Café Don Giovanni, bitte. Wissen Sie, wo das ist?« Falls nicht, hätte ich ihm nicht mit einer Adresse dienen können.

»Freilich, kein Problem!«, antwortet der Mann hinterm Lenkrad. »Was ist mit Ihrem Kopf passiert? Unfall?«

»Bin gestürzt«, murmelte ich, während ich aus dem Fenster schaute. Salzburg. Ich konnte mich nicht erinnern, je hier gewesen zu sein. Auf jeden Fall gefiel mir, was ich sah. Im Krankenhaus hatte ich genügend Zeit gehabt, in meinem Reiseführer zu blättern und ein bisschen über die Stadt zu lesen. Sie lag zwischen dem Mönchsberg auf der einen Seite des Flusses Salzach, an dem das Taxi gerade entlangfuhr, und dem Kapuzinerberg auf der anderen Seite. Beide waren schneebedeckt, ebenso die Alpen im Hintergrund und die beeindruckende Festung Hohensalzburg, die über allem thronte und deren Mauern selbst ohne Schnee weiß leuchteten und sich gegen den Himmel abhoben. Im Moment war der noch überwiegend blau, aber es zogen Wolken herauf, die Nachschub für die Skifahrer ankündigten.

Die Salzburger Altstadt hinter den Häusern rechts von uns kannte ich ebenfalls nur von den Fotos im Buch. Ich stellte mir jedoch vor, dass zu dieser Jahreszeit jedes Gebäude aussah wie mit Puderzucker bestreut, die engen Gassen mit den unzähligen Cafés und einladenden kleinen Geschäften voller Menschen in dicken Mänteln. Während der Fahrt entdeckte ich Hinweisschilder auf das Mozartgeburtshaus, auf den Dom und auf diverse Kirchen und erwartete, dass der Taxifahrer ihnen folgen würde. Aber offenbar hatte ich mir mein Hotel in der Neustadt gegenüber gesucht. Wir überquerten eine breite Brücke, danach bog der Fahrer auf den stark befahrenen, von schönen alten Fassaden gesäumten Straßen so oft ab, dass ich den Eindruck gewann, wir würden uns im Kreis bewegen. Als wir endlich am Ziel ankamen, begriff ich, weshalb. Die Straße, an der das Don Giovanni lag, war eine belebte Fußgängerzone, die nur von dieser Seite aus für Lieferverkehr und Taxen freigegeben war. Auf einem Schild las ich den Namen Linzer Gasse, und in meinem Gedächtnis klingelte es.

»Da wären wir. Kommen Sie zurecht oder brauchen Sie Hilfe?«

»Nein, danke, es geht schon. Ich kenne hier jemanden.«

»Na, dann alles Gute. Falls Sie noch mal ein Taxi brauchen, rufen Sie mich.« Damit drückte er mir seine Karte und das Wechselgeld in die Hand.

Entschlossen wandte ich mich der Tür zum Café Don Giovanni zu. Drinnen schlug mir Wärme entgegen. Der große Raum erinnerte an einen Gewölbekeller mit kleinen Nischen, in denen Holztische und -stühle standen. Auf den cremefarbenen, bestickten Tischdecken standen schwere, silberne Kerzenleuchter, und wo immer sich zwischen den Nischen eine freie Wand befand, waren Biedermeier-Vitrinen mit hübschem Porzellan hinter den Scheiben aufgestellt. Das Ambiente hatte etwas Gemütliches, Heimeliges, und ich konnte mir durchaus vorstellen, öfter hier gewesen zu sein.

Leon Eisner war nirgends zu sehen, um die Gäste kümmerten sich zwei junge Bedienungen in dunkelblauen Leinen-Dirndln. Ich suchte mir einen freien Tisch und nahm die Karte zur Hand. Erst, als ich von Köstlichkeiten wie Palatschinken, Salzburger Nockerln und Kaiserschmarrn las, bemerkte ich meinen leeren Magen.

»Grüß Gott!« Eine der beiden Frauen war an meinen Tisch getreten. »Jessas, Maria und Josef, was ist Ihnen denn passiert?«, fragte sie. »Ich dachte schon, Sie wären abgereist, weil Sie so lange nicht hier waren.«

Sicherlich würde ich das noch öfter erklären müssen, bis der Verband abgenommen war. Dr. Wallner hatte mir bei meinem Abschied aus der

Klinik ins Gewissen geredet, zumindest jeden Tag zur Kontrolle vorbeizukommen. »Kleiner Unfall, nichts weiter«, sagte ich ruhig.

»Das tut mir leid. Ich hoffe, es geht bald wieder besser. Was kann ich Ihnen denn zur Aufmunterung bringen? Dasselbe wie letztes Mal?«

Eigentlich hatte ich einen Kaiserschmarrn bestellen wollen, aber ich fand es spannend zu erfahren, wonach mir vor meinem »Unfall« gewesen war, also nickte ich. »Ja, gern. Ist Herr Eisner heute nicht da?«

Die Brauen der Bedienung rutschten ein ganz klein wenig in die Höhe. Was immer sie dachte, laut sagte sie: »Nein, Leon musste gestern in einer dringenden … Familienangelegenheit weg.«

Ihr Tonfall ließ vermuten, dass dies entweder die offizielle Variante war für alle, die nach ihm fragten, oder dass sie selbst nicht dran glaubte. Zumindest erklärte es, warum er mich nicht wie versprochen im Krankenhaus besucht hatte.

»Oh«, sagte ich. »Schade, da kann man nichts machen.«

Es zuckte um ihre Mundwinkel. »Nein, kann man nicht.« Damit drehte sie sich um, aber der Anflug eines spöttischen Grinsens war nicht zu übersehen gewesen. Mein Retter schien einen gewissen Ruf zu haben. Und wenn ich genauer über ihn nachdachte, passte das. Er war ein attraktiver Mann mit einem charmanten Lächeln, und bei seinem Job hier im Café lernte er jede Menge Frauen kennen.

Während ich neugierig auf meine Bestellung wartete, holte ich mein Handy hervor und schaltete es ein. In der Zwischenzeit war ein weiterer Anruf von Tobias auf meiner Mailbox eingegangen, eindeutig nicht mehr verärgert, sondern sehr besorgt.

»Ist alles in Ordnung mit dir? Bitte melde dich endlich, Juta!«

Seine Stimme klang trotz der Sorge tief und ruhig, als könne diesen Mann so leicht nichts erschüttern. Im Augenblick hätte ich nichts dagegen gehabt, mich an seine breite Schulter zu lehnen und alles loszuwerden, was mich belastete. Dann musste ich bei der Vorstellung kichern. Ich wusste weder, ob Tobias breite Schultern hatte, noch war ich der Typ, der sich in Groschenroman-Manier anlehnungsbedürftig auf den »großen Beschützer« verließ. Hoffte ich jedenfalls. Genauso wie ich hoffte, ihn diesmal zu erreichen.

»Hallo. Hier ist leider nur die Mailbox von Tobias Herder. Ich kann gerade nicht selbst telefonieren, aber wenn Sie eine Nachricht hinterlassen, rufe ich zurück.«

»Hallo Tobias, hier ist Juta«, sagte ich zögerlich. Es war merkwürdig, meinen eigenen, mir immer noch fremden Namen auszusprechen. »Ich wollte nur sagen, dass du dir keine Gedanken machen musst. Ich bin in Salzburg, und mir geht's gut. Ciao.«

Wieso hatte ich gesagt, wo ich bin? Wenn dieser Tobias mir nahestand, wusste er das wahrscheinlich. Egal, ich würde das Handy auf jeden Fall anlassen.

Die Kellnerin kam mit etwas Dampfendem zurück, das unwiderstehlich duftete: Kaiserschmarrn, einer Art zerpflücktem Pfannkuchen mit Puderzucker bestreut. Meine Lust auf Süßes hatte sich also offensichtlich nicht zusammen mit meinem Gedächtnis verflüchtigt. Ich aß den Kaiserschmarrn und starrte dabei immer wieder auf mein Handy, doch es blieb stumm. Vielleicht war Tobias Herder Chirurg, operierte gerade und konnte mich gar nicht zurückrufen. Oder er war Finanzbeamter und musste während der Dienstzeiten sein privates Handy ausschalten. Was auch immer, ich blieb mir selbst überlassen. Leider wusste ich im Moment absolut nicht, was ich tun sollte. Es gab niemanden, der meine Fragen beantwortete.

7.

Als ich gesättigt wieder auf der Straße stand, machte ich mich auf die Suche nach dem Amadeus-Hotel. Leon Eisner hatte gesagt, es sei ganz in der Nähe, deshalb lief ich an den vielen Geschäften vorbei die Straße ein Stück hoch und, als ich nicht fündig wurde, wieder hinunter, bis ich über einem jahrhundertealten Bürgerhaus direkt neben einer Kirche mit zwiebelturmartiger Spitze den Namen des Hotels las. In dem kleinen Rezeptionsbereich hingen zwei goldgerahmte Bilder von einem Mann mit langem Bart und einer Frau, aber ich hatte keine Ahnung, welchen Kaiser und welche Kaiserin sie zeigten.

Hinter dem Tresen saß ein grauhaariger Mann, der aufschaute, als ich auf ihn zuging. »Grüß Gott, Frau Berg! Das ist ja eine Überraschung! Schön, Sie wiederzusehen. Nach dem Anruf vom Spital war ich davon ausgegangen, dass Sie noch dort bleiben müssen. Das habe ich auch dem Herrn gesagt, der gerade vor zehn Minuten nach Ihnen gefragt hat.«

»Dem Herrn?«, echote ich, ohne auf seine nette Begrüßung einzugehen. »Ich erwarte eigentlich keinen Besuch.« Glaubte ich. »Hat er seinen Namen genannt?«

»Nein, bedauere. Ich hatte kaum das Wort Spital erwähnt, da war er schon nach draußen gelaufen.«

Dann konnte es kaum Leon Eisner gewesen sein, der hätte gewusst, wo er mich findet. War mir also der unbekannte Tobias nachgereist, weil er so lange nichts von mir gehört hatte? Oder … Mit einem Mal überfiel mich die Angst wieder, die Erinnerung an das Gespräch mit dem Inspektor und einen möglichen Verfolger. Ich versuchte mich damit zu beruhigen, dass der Mann nicht mehr hier war. Und wenn es sich tatsächlich um jemanden handelte, der mich verfolgte, müsste er mich doch eigentlich im Krankenhaus vermuten.

Ich nickte dem Portier zu, nahm den Lift in den dritten Stock und suchte nach Zimmer 30, wie es auf der Karte stand. Der Raum war hübsch eingerichtet mit einem hellen Bauernschrank und einem Himmelbett vor gelborange gestrichenen Wänden und weißen Vorhängen. Ein Fenster ging hinaus zur Straße, das andere zum Durchgang zwischen Hotel und Kirche, mit dem dahinter liegenden Friedhof. Vor meinem inneren Auge tauchte ganz kurz ein Bild auf, das ich erstaunlicherweise sofort zuordnen konnte. Ich kannte es aus dem Traum der letzten Nacht von dem Friedhof und einem Grabstein, mit dem irgendwas geschehen war. Sollte das ein Traum von diesem Friedhof gewesen sein? Ich wollte schon gehen, um mich dort unten umzusehen, als mich ein eigenartiges Gefühl beschlich.

Ohne zu wissen, wie ich auf den Gedanken kam, meinte ich auf einmal, dass in diesem Raum etwas nicht so war, wie es sein sollte. Aber was? Das herauszufinden, gestaltete sich schwierig, da mir das ganze Zimmer so fremd war, als hätte ich es nie zuvor betreten. Wie konnte ich da auch nur ansatzweise ahnen, dass etwas anders war als zu dem Zeitpunkt, an dem ich es verlassen hatte? Ich begann, die Fächer des Schrankes und anschließend das Bad und mein Gepäck zu durchforsten – ständig in der Erwartung, verräterische Anzeichen einer Durchsuchung zu entdecken. Gesetzt den Fall, ich war vor ein paar Tagen wirklich verfolgt worden, gesetzt den Fall, jemand hatte etwas gesucht, möglicherweise in meinem Rucksack, es aber nicht gefunden, dann würde er auch vor meinem Hotelzimmer nicht Halt gemacht haben. Dann hatte ich das Objekt seiner Begierde entweder woanders aufbewahrt und konnte mich logischerweise nicht mehr erinnern, wo. Oder es war gefunden und mitgenommen worden.

Erschöpft ließ ich mich aufs Bett sinken. Ich fühlte mich unglaublich müde, ich wollte nur meine Ruhe und schlafen, vor allem, weil meine Kopfschmerzen wieder heftiger wurden. Ich streckte mich auf dem Bett aus – und schlief ein.

Mit einem Ruck erwachte ich von einem ungewohnten Geräusch. Da, wo ich herkam, läuteten keine Kirchenglocken. Boltenhagen, dachte ich. Ich hatte nachsehen wollen, wo das lag, ohne bisher dazu gekommen zu sein. Die mecklenburgische Küste, dachte ich mit einem Mal, und das schien mir ganz richtig zu sein.

Obwohl ich nur eine halbe Stunde geschlafen hatte, fühlte ich mich ausgeruht genug, um einen Gang zum Friedhof zu wagen. Genauer genommen zum Sebastiansfriedhof, wie mein Reiseführer mir verriet. Ich ließ den Eindruck der mit Schnee bedeckten Wege und Gräber auf mich wirken, doch er rief keine besondere Erinnerung in mir hervor. Stattdessen nahm ich etwas anderes wahr, wenn auch nur ganz kurz: das unangenehme Gefühl, beobachtet zu werden. Ich fuhr herum, voller Angst, dass mich jemand im nächsten Moment von hinten niederschlagen würde.

Doch da war niemand, und das Gefühl verebbte langsam, während ich mich bemühte, mich wieder auf die Umgebung zu konzentrieren. Langsam schritt ich die Wege ab und betrachtete dabei die Gräber. Nichts kam mir bekannt vor, und falls es ein echtes Gegenstück zu dem Grabstein aus meinem Traum gab, fand ich es nirgends. Dafür stolperte ich über die Grabstätte des Vaters und der Witwe von Mozart. Als ich mich nach vorn beugte, um zu lesen, wer noch alles dort lag, fielen die ersten Schneeflocken vom Himmel. Ich entzifferte gerade noch den Namen Genovefa Weber, als es so heftig zu schneien begann, dass man kaum noch die Hand vor Augen sah.

Eigentlich hätte ich mich nur in den überdachten Säulengang retten müssen, der den Sebastiansfriedhof umsäumte, aber da das Schneegestöber von heftigem Wind begleitet war, zog ich einen kompletten Rückzug ins Warme vor. Den Blick ausschließlich auf meine Füße gerichtet, verließ ich eilig den Friedhof und schüttelte erst im Hoteleingang den Schnee von meinem Mantel und meiner Mütze. An der Rezeption stand ein Mann in einem dunklen Trenchcoat, der sich jetzt umdrehte. Nur kurz trafen sich unsere Blicke, und ich registrierte, dass er es vor dem Schneesturm ins Hotel geschafft haben musste, denn seine Kleidung wies keine weißen Spuren auf.

In diesem Moment hörte ich den Aufzug kommen. Drei Leute quälten sich langsam aus dem engen Lift, und plötzlich spürte ich wieder, dass jemand mich beobachtete. Wie eben auf dem Friedhof, dachte ich. Diesmal drehte ich mich bewusst langsam um, in der Hotelhalle drohte mir kaum echte Gefahr. Da stand noch immer der Mann von eben, dessen Blick an mir kleben geblieben war. Durchdringend fixierte er mich aus tiefliegenden

Augen. Eine Narbe, die sich durch die linke Braue bis zum Haaransatz zog, zerstörte die Symmetrie des Gesichtes, das zwar nicht eigentlich gut aussehend, aber dennoch anziehend wirkte. Weshalb starrte er mich so an?

Ich zwang mich wegzusehen. Obwohl die Tür zum Fahrstuhl nun frei war, zögerte ich mit einem Mal. Vielleicht sollte ich einfach auf den Typ zugehen und fragen, ob er etwas von mir wolle. Aber mir war weder nach Konfrontation, noch fühlte ich mich in der Lage, ihm so entgegenzutreten – ohne meine Erinnerung, ohne mir überhaupt irgendeiner Sache sicher sein zu können. Hastig betrat ich den Aufzug.

Oben warf ich erleichtert die Zimmertür zu. Dann legte ich mein Ohr an die Tür und lauschte nach Schritten auf dem Gang. Dabei fragte ich mich zum ersten Mal, ob ich möglicherweise paranoid war, ob die Angst von Anfang an, selbst vor meinem Unfall, nur eingebildet war. Kein angenehmer Gedanke, auch wenn er bedeutete, dass es zumindest keine echte Bedrohung gab. Ich konnte mich nicht entscheiden, ob da was dran war. Stattdessen hörte ich draußen gedämpfte Schritte – die vor meiner Tür stehen blieben. Stocksteif verharrte ich auf der Stelle, die Klinke im Blick, vergaß ich sogar zu atmen. Ein, zwei Sekunden lang blieb alles still auf der anderen Seite der Tür, so still, dass ich zusammenfuhr, als es laut und vernehmlich klopfte.

Ich rührte mich nicht.

»Juta?«, drang eine leise Stimme zu mir. »Juta? Warum machst du nicht auf?«

Meine Hände zitterten. Vermutlich war der Mann da draußen derjenige, der sich nach mir erkundigt hatte. Tobias? Und war der vielleicht sogar identisch mit dem, der mich unten angestarrt, aber nicht angesprochen hatte? Falls ja, konnte ich ihm Letzteres kaum verübeln, meine mangelnde Reaktion auf ihn musste reichlich irritierend gewesen sein.

»Juta? Zum Teufel, was soll das? Lass mich rein, ja?«

Ich konnte nicht ewig warten, dass er sich wie von Zauberhand in Luft auflöste. »Tobias?«, sagte ich so leise, dass ich mich räuspern und es wiederholen musste, wenn er mich verstehen sollte. »Tobias, bist du das?«

»Na sicher, wer sonst? Jetzt lass endlich den Quatsch und mach die Tür auf! Ich komme seit Tagen um vor Sorge um dich!«

Immer noch zögernd öffnete ich die Tür einen Spaltbreit. Das erste, was ich sah, war der schwarze Trenchcoat. Dann hob ich meinen Blick und schaute in das Gesicht mit den tiefliegenden Augen, unter denen dunkle Ringe lagen. Endlich trat ich zurück und ließ ihn ein.

Er war kaum drin, als er mich in die Arme schloss und eine Ewigkeit einfach nur wortlos festhielt.

»Gott sei Dank«, murmelte er, als er sich von mir löste. Sein Blick glitt über mich, als suche er nach weiteren Anzeichen von Verletzungen außer meinem Kopfverband, den er sanft berührte. »Ich dachte mir schon, dass was passiert ist, weil du dich nie gemeldet hast, deshalb bin ich dir hinterhergereist. Als mir der Portier dann sagte, du seiest im Krankenhaus, wusste ich nicht, ob ich erleichtert sein oder noch mehr Angst um dich haben sollte.«

Er beugte sich wieder zu mir herunter und streifte meinen Mund mit seinen Lippen. »Wie geht's dir? Diese Frau Dr. Wallner hat mir erzählt, dass du einen Unfall hattest, dich aber nicht mal dran erinnern kannst. Sie war nicht allzu glücklich, dass du dich selbst entlassen hast …« Ein Lächeln schlich sich in seine Züge und hellte sein ansonsten eher düsteres Gesicht auf. »Und wieso bist du da unten eigentlich an mir vorbeigegangen, als wäre ich ein Fremder?«

»Das …« Wieder musste ich mich räuspern. »Das ist etwas schwer zu erklären. Aber zieh doch erst mal deinen Mantel aus.«

Achtlos warf er den Trenchcoat über einen Sessel, dann ließ er sich aufs Bett plumpsen. Er trug einen recht dünnen Pullover und eine ebenso dünne Baumwollhose und verzog den Mund, als er meine erhobenen Brauen sah. »Zu Hause ist es wärmer als hier, und ich hab leider versäumt, den Wetterbericht für Salzburg abzufragen.«

Ich nickte nur stumm, während ich mich selbst von meinem Mantel befreite und mich auf die Sesselkante setzte.

Eine Weile musterten wir uns gegenseitig. Ich konnte buchstäblich sehen, wie es hinter Tobias' braunen Augen arbeitete. Schließlich sagte er: »Viele Grüße von Charlie. Er vermisst dich und fragt, wann du wieder nach Hause kommst und ob du ihm was mitbringst.«

Charlie? Wer war Charlie? Ich wusste nicht, ob Tobias meine kurze Verwirrung bemerkt hatte, jedenfalls beugte er sich vor, streckte die Hand nach mir aus und legte sie auf mein Knie.

»Äh, ja«, brachte ich endlich hervor. »Klar bring ich ihm was mit. Ein paar Mozartkugeln, denen kannst du hier nicht entkommen.«

Tobias nahm die Hand von meinem Knie und richtete sich wieder auf. Der Ausdruck in seinen Augen war ernst. »Juta, kann es sein, dass du der Ärztin im Krankenhaus was verschwiegen hast?«

»Wieso? Was sollte ich ihr verschwiegen haben?«, fragte ich, vielleicht ein bisschen zu schnell. Aber eigentlich war es egal. Früher oder später musste ich Tobias sowieso reinen Wein einschenken.

»Zum Beispiel, dass dir ein bisschen mehr fehlt als die Erinnerung an den Unfall. Oder würdest du meinem Foxterrier wirklich Mozartkugeln mitbringen?« Er sagte das ganz ruhig und wartete ebenso ruhig auf meine Antwort, zu der ich mehrmals ansetzen musste.

»Woher …«, schaffte ich nur.

Tobias schüttelte den Kopf und schwieg eine ganze Weile. Scheinbar bereitete es auch ihm Mühe, die richtigen Worte zu finden und zu glauben, was sich ihm da allmählich offenbarte. »Du bist die sturste Frau, die mir je begegnet ist!«, sagte er dann, schockiert und empört zugleich. »Du hast dein Gedächtnis verloren und bist dir trotzdem treu geblieben! Immer alles im Alleingang durchziehen, was? Du kannst dich nicht nur nicht an Charlie erinnern, du hast auch keine Ahnung, wer ich bin. Großer Gott, Juta.« Hilflos hob er die Arme. »Was hast du dir bloß dabei gedacht, einfach aus dem Krankenhaus abzuhauen?«

»Ich weiß nicht«, gab ich zu. »Ich hatte nur das Gefühl, dass ich es tun musste. Dass ich irgendetwas tun muss. Hier in Salzburg. Es … es tut mir leid.«

Wieder schwieg Tobias, viel zu lange diesmal, bis er aufstand und mich von meinem Sessel hochzog. »Hör zu, wir werden nach Hause fahren, und da wirst du …«

»Nein!«, protestierte ich. »Ich kann noch nicht weg! Ich muss …«

»Was musst du?«, unterbrach er mich herausfordernd.

Er hatte Recht. Was nutzte es mir, in dieser Stadt mit dem Bewusstsein herumzulaufen, eine bestimmte Sache erledigen zu müssen, ohne zu ahnen, welche genau es war? Womöglich musste ich tagelang, wochenlang auf eine Eingebung warten.

Unvermittelt glaubte ich, den Boden unter den Füßen zu verlieren und zusammenzubrechen. Vielleicht hatte ich die ganze Zeit über unbewusst befürchtet, dass es mir so gehen würde, sobald ich über meinen Zustand mit jemandem redete, der mir mit vernünftigen Argumenten darlegte, was möglich war und was nicht. Es war nicht die Angst vor eingebildeten Verfolgern gewesen – nur die Angst vor mir selbst. Davor, dass ich mich nie würde erinnern können. Oder vor dem, was ich am Ende über mich herausfand. Schluchzend schlug ich die Hände vors Gesicht. Die Tränen waren fast eine Erlösung.

Tobias ließ mich weinen. Erst nachdem ich mich wieder einigermaßen beruhigt hatte, fragte er leise: »Woran erinnerst du dich?«

Ich schaute ihn an, während noch immer Tränen über mein Gesicht liefen. »An gar nichts«, krächzte ich. »Jedenfalls so gut wie.«

Endlich begann ich zu reden, ließ alles heraus, meine Zweifel, die Leere in meinem Kopf, sogar meine Verfolgungsideen. Ab und zu glitt ein Schatten über Tobias' Züge, er griff nach meiner Hand und hielt sie fest.

8.

Ich kam nicht umhin zu bemerken, dass Tobias zwar keine sehr breiten, aber durchaus muskulöse Schultern hatte, an die ich mich gerne anlehnte. Dadurch erinnerte ich mich nicht mehr an ihn als vorher, doch ich begann zu begreifen, was die fremde Frau, die ich selbst war, zu ihm hingezogen hatte. Laut Tobias waren wir erst seit einigen Wochen, seit Anfang Februar mehr oder weniger, zusammen. Das »Mehr oder Weniger« war ihm ein Dorn im Auge, auch, dass ich laut seiner Aussage ständig meinen Dickschädel durchsetzen wollte und tat, was mir gerade in den Sinn kam. Es schien eher mein Ding zu sein, sofort zu handeln, statt zuerst in Ruhe zu überlegen. Meine Impulsivität konnte sicher von Vorteil sein, mich aber ebenso oft in Schwierigkeiten bringen. Mich von anderen bestimmen zu lassen, Ratschläge anzunehmen oder mich auf Dauer an Menschen zu binden, war mir offensichtlich nicht gegeben. Tobias hatte sich bemüht, damit umzugehen, weil ihm sehr viel an mir und an einer Zukunft mit mir lag.

»Du bist manchmal eine echte Herausforderung«, seufzte er und verdrehte die Augen, was mich halbwegs zum Lachen brachte. Ein völlig ungewohntes Gefühl, denn seit ich in dieser Hölle gefangen war, hatte es kaum eine Gelegenheit zum Lachen gegeben.

Obwohl wir gerade erst zwei Stunden zusammen in meinem kleinen Hotelzimmer saßen, war Tobias so etwas wie mein Fels in der Brandung geworden. Ich dagegen war ein kleines Boot, das auf dem Meer wild hin und her geworfen wurde. Nur die berühmte kleine Stimme in mir flüsterte mir ungewollt, aber dennoch deutlich zu, dass mich ein solches »Fels-in-der-Brandung«-Verhalten manchmal auf die Palme brachte.

Irgendwann stand Tobias auf. »Ich weiß nicht, wie's dir geht, aber meine letzte Mahlzeit ist ewig her. Ich könnte was zu essen vertragen.«

Mir ging es ebenso, obwohl es mir an echtem Appetit mangelte, und so folgte ich ihm hinaus in die Kälte. Nur einige Schritte die Linzer Gasse hinunter entdeckten wir eine kleine Pizzeria, wo ich eher aus Pflichtgefühl eine Lasagne bestellte. Das Einzige, was ich wirklich wollte, war die Flasche Wasser, die der Kellner brachte. Das erste Glas leerte ich in einem Zug.

»Erzähl mir mehr von mir«, bat ich danach.

Tobias hob die Braue, durch die seine Narbe verlief, was ihm ein reichlich verwegenes Äußeres verlieh. Unwillkürlich stellte ich ihn mir mit einer Augenklappe und rotem Tuch um den Kopf vor: der perfekte Pirat. Fehlten noch die langen Haare, und schon wäre er Johnny Depp aus »Fluch der Karibik« ebenbürtig gewesen.

»Hm«, machte er zweifelnd. »Natürlich wär's am einfachsten, wenn ich dir alles erzähle, was ich so über dich weiß. Was, nebenbei gesagt, nicht gerade die Welt ist, du bist nämlich alles andere als mitteilsam, wenn's um dich selbst geht.«

»Bin ich?«, fragte ich, spürte aber gleichzeitig, dass ich tatsächlich lange brauchte, um mich jemandem anzuvertrauen, und wenn ich es tat, dann niemals zur Gänze. Es gab immer Dinge, die ich für mich behielt – auch wenn ich mich momentan nicht erinnern konnte, welche das waren.

»Kann man wohl sagen.« Da war der Seufzer wieder, der mir auch dieses Mal ein Lächeln entlockte. »Abgesehen davon – du gehörst in ärztliche Behandlung, und wenn du schon nicht bei Dr. Wallner im Krankenhaus bleiben willst, halte ich es für das Beste, wir nehmen den nächsten Flieger nach Hause. Da kannst du zu deinem Hausarzt gehen, und außerdem fällt dir dein Leben vielleicht eher wieder ein, wenn du in gewohnter Umgebung bist.«

Einen Augenblick lang ließ ich das auf mich wirken. Es klang ganz vernünftig. Einerseits wollte ich ja weg, schon allein, um das Gefühl der Bedrohung loszuwerden – ob das nun eingebildet war oder nicht. Aber andererseits konnte ich mir nicht sicher sein, dass das zu Hause von mir abfiel. Außerdem war da nach wie vor dieses andere Gefühl, das besagte, ich hätte ein Ziel, ich müsse etwas tun.

»Warum bin ich nach Salzburg gekommen?«, fragte ich.

Tobias stellte sein Glas Wein wieder auf den Tisch, bevor er mich ansah, und eine Sekunde lang hatte ich den Eindruck, er müsse seine Worte erst abwägen. »Das war wieder so eine Nacht-und-Nebel-Aktion von dir. Du wolltest nach Salzburg und hast mir weder gesagt, weshalb, noch warst du bereit zu warten, bis ich Urlaub nehmen und dich begleiten konnte. Es musste sofort sein. Ich hab dich gefragt, ob dir dein Arzt zu Luftveränderung geraten hat, aber du hast mich nur groß angeguckt und gemeint, das hätte damit nichts zu tun.«

»Mein Arzt? Wie bist du denn auf die Idee gekommen?«

»Weil du am Vormittag da warst und am Nachmittag die Koffer gepackt hast, deshalb.«

»Und … was hab ich beim Arzt gewollt?«

Wieder ein kleines Zögern, bis er sagte: »Ach, Juta, ich fürchte, das musst du ihn selbst fragen.«

»Aber du hast eine Vermutung, richtig? Bin ich ernsthaft krank?« Ich war nur mäßig beunruhigt, weil man etwas Schwerwiegendes sicher im Krankenhaus festgestellt hätte.

»Nicht, dass ich wüsste. Du hast gelegentlich Schlafprobleme.«

»Schlafprobleme? Etwa … Albträume?«, hakte ich nach.

»Ja, ich glaub schon.«

»Was heißt das, du glaubst es? Das müsstest du doch mitkriegen, wenn wir … also, ich meine, wir schlafen doch wohl zusammen, oder?« Das war die vermutlich dämlichste Frage, die eine Frau einem Mann stellen kann, und trotz der ernsten Situation grinste Tobias entsprechend.

»Gelegentlich. Was deine Erinnerung diesbezüglich betrifft, würde ich ihr allerdings gern selbst auf die Sprünge helfen.«

Ich war im Augenblick nicht in der Stimmung, auf seinen scherzhaften Tonfall einzugehen. »Hab ich nun Albträume oder nicht?«

»Zumindest hin und wieder. Aber bevor du fragst: Du hast mir nie erzählt, was du träumst, und du hast auch weder geredet noch geschrien, du hast dich nur hin und her gewälzt und gestöhnt, und manchmal warst du ganz außer Atem, wenn ich dich geweckt habe. Und …«

»Und was?«

»Manchmal konntest du nicht einschlafen.«

Wahrscheinlich hinderte mich die Angst vor neuerlichen Albträumen am Einschlafen, dachte ich. Worum ging es in ihnen überhaupt? Um Friedhöfe und Gräber?

»War ich vorher schon mal in Salzburg?«, wollte ich wissen, obwohl ich die Antwort ahnte.

»Keine Ahnung.«

Die nächsten fünf Minuten verbrachten wir schweigend mit Essen. Neidvoll warf ich einen Blick auf Tobias' Weinglas, aber da ich gegen meine Kopfschmerzen immer noch Medikamente nahm, traute ich mich an Alkohol nicht ran. Stattdessen trank ich das nächste Glas Wasser und bedauerte es keineswegs mehr, auf den Wein verzichten zu müssen. Das Wasser machte meinen Kopf klarer und schärfte sogar meine Gedanken.

Ich beschloss, das Thema zu wechseln. »Du hast vorhin gesagt, ich wäre spontan abgereist, ohne zu warten, dass du Urlaub nimmst. Was genau tust du eigentlich? Und ich? Musste ich mich nicht um Urlaub bemühen? Bin ich arbeitslos?«

Tobias Mundwinkel verzogen sich, er unterdrückte ein Lachen. »Ich hab seit einiger Zeit einen Job in der Ostseetherme. Da haben wir uns übrigens auch kennen gelernt.«

»Ostseetherme?« Das klang verführerisch nach Bade- und Saunalandschaft, nach Wellnessbereich mit allem Drum und Dran. »Arbeite ich auch da?«

»Nein.« Er machte eine theatralische Pause, um dann, immer noch grinsend, festzustellen: »Du warst da, um dir eine Massage verpassen zu lassen.«

»Du bist Masseur?« Daher also die muskulösen Schultern und Arme.

»Ehrbarer Beruf, meinst du nicht? Dein Rücken hat's durchaus nötig gehabt, du warst total verspannt.«

Da hatte er Recht. Mein Rücken war verspannt, seit ich aufgewacht war, zurzeit schien mein ganzer Körper eine einzige Verspannung zu sein. »Wobei hab ich mir diese Verspannungen geholt, die du kurieren solltest?«

Tobias antwortete sehr bedächtig. »Hör zu, ich finde wirklich, wir sollten sozusagen einen Ortstermin machen. Wir fahren nach Hause, dann wirst du dich nach und nach erinnern.«

In meinem Zustand konnte ich mir erlauben, mal andere für mich die Entscheidungen treffen zu lassen, auch wenn ich das offensichtlich nie zuließ. Ich hatte es satt, meinem Image als Alleingängerin zu entsprechen. Außerdem konnte ich das »Salzburger Problem« bestimmt viel besser lösen, wenn mich meine Amnesie nicht mehr ständig zusätzlich beschäftigte. Es war eine merkwürdige Vorstellung, »nach Hause« zu fahren, ohne zu wissen, wie es dort aussah.

9.

Am nächsten Morgen stand ich zusammen mit Tobias an der Rezeption, um auszuchecken. Ich hatte das Kärtchen vom Vortag aus meinem Portemonnaie geholt und dasselbe Taxi angefordert, das kurz darauf vor dem Hotel hielt.

»Grüß Gott, da sind Sie ja wieder! Wohin darf's denn heute gehen?« Dann sah der Fahrer meinen Koffer und Tobias' Reisetasche. »Ah, nach Hause, wenn ich mich nicht irre? Zum Flughafen oder zum Bahnhof?«

Tobias antwortete für mich. »Zum Flughafen.«

Der Taxifahrer lud unser Gepäck in den Kofferraum, und gerade als ich mich in den Fond setzen wollte, fiel mein Blick auf das Don Giovanni. Die Wagentür in der Hand hielt ich mitten in der Bewegung inne.

»Was ist?«, erkundigte sich Tobias.

»Könnten Sie noch einen Moment warten?«, wandte ich mich an den Fahrer.

»Sicher, so lange es nötig ist, der Taxameter läuft …«, lachte er.

Ich wollte zumindest ein letztes Mal versuchen, mit Leon Eisner zu sprechen. Viel Zeit blieb nicht mehr, Tobias hatte am Abend zuvor noch einen Flug gebucht, eigentlich mussten wir in einer halben Stunde am Flughafen sein.

»Bitte entschuldige mich eine Minute«, murmelte ich in Tobias' Richtung. Erst nach ein paar Schritten merkte ich, dass er mir folgte.

»Wohin willst du?«

»In das Café da hinten. Ich muss einfach noch mal nach Leon Eisner fragen.«

Die Plötzlichkeit, mit der Tobias meine Schulter packte und mich festhielt, erschreckte mich.

»Wer ist Leon Eisner?« Auch die Schärfe in seiner Stimme passte so gar nicht zu dem sanften Tobias, den ich gestern kennen gelernt hatte.

Unwillig blieb ich stehen. »Das ist der Mann, der mich in den Katakomben gefunden hat. Hab ich dir das nicht erzählt?«

Tobias runzelte die Stirn und sah mich durchdringend an. »Nein, hast du nicht. Was ist das für ein Typ?«

Meine Güte, hatte ich mir einen so extrem eifersüchtigen Freund angelacht, der es nicht vertragen konnte, wenn ich mit einem anderen Mann auch nur redete? Hatte ich Leon deshalb ganz intuitiv aus dem Spiel gelassen? »Wie meinst du das denn? Er hat mich gefunden und den Rettungswagen alarmiert, das ist alles. Außerdem hat er mich im Krankenhaus besucht, und ich finde eigentlich, ich bin es ihm schuldig, Bescheid zu sagen, dass ich abreise.«

Ich sah, wie es hinter Tobias' Stirn arbeitete. Es kostete ihn wohl einige Überwindung, ruhig zu bleiben, auch wenn ich immer noch nicht verstand, was ihn so aufregte. »Ja«, sagte er dann gedehnt. »Wahrscheinlich. Und er arbeitet in diesem Café?«

Ich nickte bloß, während ich mich wieder in Bewegung setzte.

»Merkwürdiger Zufall, dass dich ausgerechnet jemand findet, der ganz in der Nähe des Hotels arbeitet, in dem du wohnst.«

Das war mir überhaupt noch nicht aufgefallen, aber es stimmte. Trotzdem fragte ich mich, was Tobias an diesem Zufall – und es *gab* ja Zufälle, oder? – so beunruhigend fand. Denn beunruhigt sah er zweifellos aus.

»Kann schon sein. Aber wie auch immer, ich bin ihm zu Dank verpflichtet.«

»Nein, warte.« Wieder hielt Tobias mich fest. »Wir müssen los, sonst kommen wir zu spät. Du kannst ihn ja von zu Hause aus anrufen, wenn du willst.«

»Na hör mal, auf die paar Minuten wird's schon nicht ankommen«, protestierte ich. »Ich will mich doch bloß kurz verabschieden.«

»Aber wir sind spät dran! Ich hab keine Lust, wegen diesem – wie hieß er noch? – das Flugzeug zu verpassen.«

Allmählich wurde ich ärgerlich. »In der Zeit, in der wir hier diskutieren, hätte ich längst danke und tschüss sagen können, verdammt noch mal! Lass mich bitte los, Tobias!« Entschlossen schüttelte ich seine Hand ab und betrat das Don Giovanni.

Ein paar Leute saßen an Tischen und frühstückten, die Bedienung, mit der ich mich gestern unterhalten hatte, winkte mir kurz zu. »Grüß Gott! Suchen Sie sich einen Platz aus, ich komm gleich!«

»Nein, danke, ich muss zum Flughafen und wollte nur noch mal nach Herrn Eisner fragen.«

»Tut mir leid, der ist noch nicht wieder hier. Aber wir erwarten ihn heute Abend. Kann ich was ausrichten?«

Auf einem Beistelltisch entdeckte ich einen Block, auf dem die Bestellungen aufgenommen wurden, griff nach dem Stift daneben und kritzelte eilig meine Botschaft aufs Papier. »Lieber Herr Eisner, schade, dass ich Sie nicht mehr angetroffen habe. Ich hätte mich gern noch ein bisschen mit Ihnen unterhalten, aber ich muss leider zurück nach Hause. Nochmals vielen, vielen Dank für alles! Juta Berg.«

Einen Augenblick lang überlegte ich, meine Handynummer drunter zu schreiben, aber Tobias sah mir ständig über die Schulter, und ich hatte keine Lust auf einen Streit. Wenn ich Leon Eisner erreichen wollte, wusste ich ja, wo ich ihn finden würde.

Während der Taxifahrt schwieg Tobias. Ich war entschieden der Meinung, dass er sich idiotisch aufgeführt hatte, also machte ich keinen Versuch, eine Unterhaltung in Gang zu bringen. Erst nach dem Check-in bekam er seinen Mund wieder auf.

»Was weißt du von diesem Leon Eisner?«, fragte er. In seiner Stimme lag unvermindert die Schärfe, die ich nicht nachvollziehen konnte.

»Nichts. Abgesehen davon, dass er mir einen Krankenwagen besorgt hat und dass er im Don Giovanni arbeitet. Sag mal, was ist eigentlich los mit dir? Bist du immer so eifersüchtig?«

»Ich bin nicht eifersüchtig«, widersprach Tobias eher abwesend. Er biss sich auf die Unterlippe und runzelte die Stirn, als ob er über etwas nachgrübelte. Er hatte eine merkwürdige Art zu zeigen, wie wenig eifersüchtig er war. Wenn das den Tatsachen entsprach – weshalb war er dann so auf Leon angesprungen?

Teil 2 – Boltenhagen

1.

Drei Tage später stand ich am äußersten Ende der Seebrücke des Ostseebades Boltenhagen und starrte zum Horizont, eingemummelt in meinen schwarzen Mantel und einen dicken Schal. Es war kalt, und selbst die wetterfesten Angler, die sich hier normalerweise trafen, hatten es vorgezogen, zu Hause zu bleiben.

Es begann bereits zu dämmern, Nebel zog herauf. Ich konnte dabei zusehen, wie um mich herum immer mehr von der Ostsee verschwand, bis ich in etwas hineinblickte, das aussah, wie ich mir das »Nichts« aus der »Unendlichen Geschichte« vorstellte. Es gab keinen Horizont mehr, kein Meer, selbst die Geräusche waren verstummt. Es war nicht einfach nur dunkel geworden, es war … Nichts geworden. Und ich stand mittendrin.

Tobias hatte Recht behalten, meine Erinnerung war zurückgekehrt, Stück für Stück. Ich wusste, wer ich war, wo ich herkam und was ich arbeitete. Aufgewachsen war ich in Lüneburg, wo meine Eltern in einem kleinen Reihenhaus lebten, das ich trotz der vielen inzwischen vergangenen Jahre noch immer als mein Zuhause betrachtete. Geschwister gab es keine und auch sonst nur wenige Verwandte. Nach meiner Schulzeit auf einem altsprachlichen Gymnasium hatte ich eine Zeitlang mit dem Gedanken gespielt, Latein und Griechisch zu studieren, bevor mir klar geworden war, dass ich mich damit zu sehr in Totem vergraben würde. Ich hatte stattdessen mein Studium der Tourismuswirtschaft in Kombination mit Informationsmanagement in Wilhelmshaven begonnen. Um mein Diplom zu feiern, war ich nicht etwa in die Karibik gedüst, sondern an die mecklenburgische Küste – und dort hängen geblieben, weil ich mich in den kleinen Ort mit den hübschen Häuschen und alten Villen in Strandnähe und in das Meer verliebt hatte. Nicht ganz studiengangskonform eröffnete ich einen Souvenirladen an der romantisch bewaldeten Mittelpromenade zwischen Hauptstraße und Strand – das war genau das, was ich wollte. Er lief recht gut, besonders im Sommer, obwohl mittlerweile auch in der dunkleren Jahreszeit immer mehr Touristen kamen. Sie schätzten das raue Klima, den Wind und den Geruch des Meeres, der im Winter noch intensiver zu sein schien. Wenn ich mal selbst (meist nur kurz) Urlaub machte oder sonst wie ausfiel, überließ ich den Laden meiner Freundin Ulli, die arbeitslos und dankbar für den Aushilfsjob war. Zu meinem Sortiment im Geschäft gehörten auch Seidenschals mit der Boltenhagener Nymphe darauf, wie der, den ich im St.-Johanns-Spital aus meinem Rucksack gefischt hatte. Die Nymphe war eine Attraktion der geheimnisvollen Art gewesen, die Bronze-Figur hatte eines Tages auf dem Felsen vor der Steilküste gesessen. Niemand wusste, wie sie dorthin gekommen war, bevor man herausfand, dass es sich um einen Publicity-Gag handelte.

Die meisten Dinge aus meinem Leben waren mir also wieder eingefallen. Ich genoss die gewohnte Umgebung, das Wandern den ebenso breiten wie endlosen Strand entlang und meine gemütliche Zweizimmerwohnung, in der warme Sonnenfarben vorherrschten und aus deren Küchenfenster ich einen Blick auf eine weitläufige Pferdewiese hatte. Ich wusste, dass ich es liebte, abends auf der Seebrücke zu stehen, aufs Meer zu schauen, die Möwen, Schwäne und sogar die Quallen zu beobachten, dass ich gern Krimis las und Pasta in allen Varianten zu jeder Tages- und Nachtzeit essen mochte.

Ich konnte mich an die erste Begegnung mit Tobias erinnern und daran, dass ich nach seiner Behandlung zwei Tage lang Muskeln gespürt hatte, deren bloße Existenz mir bis dahin vollkommen unbekannt gewesen war. Auch unser erstes Date stand recht deutlich vor meinem inneren Auge, aber der Zeitpunkt, an dem sich unsere Beziehung begann zu vertiefen, verschwand wieder im Nebel. Und die Erinnerungen an die letzten vier Wochen vor meinem Aufbruch nach Salzburg blieben verschüttet in den Windungen meines Gehirns. Es tauchten nicht einmal Erinnerungsblitze auf. Da war schlicht und ergreifend das große Nichts, genau wie das, in dem ich jetzt stand.

Also musste ich auf Tobias' Erzählungen vertrauen – und es gab keinen Grund, ihnen *nicht* zu trauen. Trotzdem beschlich mich ab und zu eine merkwürdige Ahnung. Ich glaubte nicht direkt, dass er mich belog, sondern eher, dass er etwas verschwieg oder sich um etwas herumlavierte. Er leugnete das rundheraus, aber mein Eindruck änderte sich nicht, was die Sache zwischen uns komplizierter machte, als sie hätte sein sollen. Tobias blieb mir seltsam fremd, als ob ein sehr wichtiges Detail in unserer Beziehung fehlte. Zusätzlich fehlte das Besondere, was mich mit Tobias verband oder doch verbinden sollte. Ich mochte ihn sehr gern, war aber weit davon entfernt, ihn zu lieben oder wenigstens verliebt zu sein. Wie viel hatte ich früher für ihn empfunden? Doch sicher mehr, sonst hätte ich die Finger von ihm gelassen. Würde das zurückkommen? Trotzdem wollte ich einfach noch keinen Schlussstrich ziehen, sondern meinen Gefühlen und uns eine Chance geben. Vorerst allerdings war da unleugbar eine Kluft, die weder er noch ich überbrücken konnte. Vielleicht, dachte ich manchmal, weigert sich mein Unterbewusstsein, mich zu sehr auf Tobias einzulassen, auch wenn mir dafür keine Begründung einfiel.

Über all dem schwebte überdimensional groß eine Frage: Was hatte ich in Salzburg gewollt? Ich schien niemandem gegenüber etwas erwähnt zu haben. Auch meine Eltern konnten wenig zur Klärung beitragen. Ich hatte gezögert, sie anzurufen, denn natürlich musste ich erzählen, weshalb ich diese seltsame Frage stellte. Verständlicherweise gerieten sie in Aufregung, als sie erfuhren, was mir passiert war, obwohl ich es bei der Version »Unfall« beließ. Es kostete mich einige Mühe, sie wieder zu beruhigen.

Auch Ulli wusste nichts. »Du warst völlig aufgedreht, als du ankamst und mich um deine Vertretung gebeten hast. Normalerweise sagst du wenigstens ein paar Tage vorher Bescheid, aber diesmal musste alles sofort und gleich passieren. Ich hab schon am selben Nachmittag in deinem Laden gestanden«, erzählte sie.

Allmählich begann ich zu verfluchen, dass ich so zugeknöpft war. Gab es denn niemanden, dem ich vertraute, mit dem ich über alles reden konnte? Diesen Jemand hatte es einmal gegeben: Como, die Liebe meines Lebens. So pathetisch das klang, es entsprach der Wahrheit. Aber das war viel zu lange her, vorbei und wenn auch nicht vergessen, so doch wenigstens ins Schattenreich der Vergangenheit verbannt. Wieso vergaß ich *das* nicht endgültig?

Schließlich suchte ich auf Tobias' Drängen meinen Arzt auf. Dr. Bernwards Praxisräume befanden sich in einer der schmucken, nach der Wende herrlich sanierten Villen mitten im Grünen. Er verschrieb mir ein paar Beruhigungsmittel, damit ich wenigstens wieder schlafen konnte, statt über die Wochen nachzugrübeln, die mir fehlten. Außerdem gab er mir einen Rat, über den ich hier in der Einsamkeit auf der Seebrücke nachdachte.

»Sie könnten sich unter dem Einfluss einer leichten Hypnose möglicherweise weit genug entspannen, um in ihr Unterbewusstsein vorzudringen, das sich in wachem Zustand weigert, Ihre Erinnerungen zuzulassen.«

Hypnose? Allein der Gedanke, jemand anderem die Kontrolle über mich zu überlassen, bereitete mir enormes Unbehagen. Mit dieser Einstellung würde es sowieso schiefgehen.

»Sie müssen sich keine Gedanken machen. Ich werde Sie keinesfalls in irgendeine Art Trance versetzen, wie Sie das vielleicht aus Filmen oder Romanen kennen. Sie werden die ganze Zeit mit mir reden können, wenn Sie das möchten, und Ihnen wird auch bewusst sein, wo Sie sind. Ich möchte Sie nur bis zu einem bestimmten Grad der Entspannung führen, in einen Zustand, in dem Sie sich wohl fühlen und keinerlei Angst empfinden, denn mit Sicherheit ist es Angst, die diese Blockade verursacht. Selbstverständlich will ich Sie zu nichts überreden. Immerhin sind Ihre Erinnerungen ja zum großen Teil schon zurückgekommen, wahrscheinlich ist es also nur eine Frage der Zeit und der Geduld, bis auch der Rest wieder auftaucht, ganz ohne Hilfe von außen.«

Geduld. Zeit. Diese Begriffe ließen mir keine Ruhe. Überhaupt spürte ich eine Unruhe in mir, die mich seit Salzburg nicht verlassen hatte. Immer noch spürte ich den Drang, etwas zu tun, wozu nicht alle Zeit der Welt blieb, ich konnte mir Warten nicht leisten. Entschlossen holte ich mein Handy hervor. Noch im Gehen, während ich in der Stille meine Schritte auf den Planken der Seebrücke hörte, wählte ich die Nummer von Dr. Bernward und bat um einen Termin für die Hypnosesitzung.

2.

Liegen Sie bequem?«, fragte Dr. Bernward.

Ich lag auf einem Sofa, das so gar nichts von einer Psycho-Couch hatte. Mein Kopf ruhte auf zwei weichen Kissen, und Dr. Bernward hatte zwei Decken über meinen Körper gelegt.

»Ja. Bitte fangen Sie an.« Ich war alles andere als sicher, dass das hier richtig war. Ein Teil von mir fürchtete sich vor dem, was bei der Hypnose herauskommen würde, ein anderer davor, dass überhaupt nichts dabei rauskäme. Tief in mir war ich ohnehin immer noch überzeugt, dass niemand mich hypnotisieren konnte und dass alle Techniken an mir, an meiner Willensstärke, an meiner Weigerung, mich von anderen kontrollieren zu lassen, scheitern würden.

Das würde nicht klappen, unmöglich.

Ich lauschte der Stimme des Arztes, der ruhig, leise und gleichmäßig immer wieder dasselbe sagte. »Sie sind ganz entspannt … Sie spüren Ihren Körper auf der Liege, spüren Ihre Beine, Ihren Rücken, Ihre Arme … Und Sie spüren Ihren Kopf auf dem weichen Kissen ruhen, ganz sicher und geborgen … Bitte sehen Sie jetzt auf meine Fingerspitze, konzentrieren Sie sich darauf, so lange, bis Ihre Lieder ganz schwer werden und Sie Ihre Augen schließen müssen.«

Ich hörte die Worte und versuchte, mich darauf zu konzentrieren, dennoch schwirrten dabei spöttische Kommentare durch meinen Kopf, beherrschte mich der Zwang, das alles nicht ernst zu nehmen, zu denken: Ja, red du nur, das ist sowieso alles Käse. Mein Bewusstsein wehrte sich gegen mein Unterbewusstsein, wollte weder zur Ruhe kommen, geschweige denn, sich entspannen.

Dr. Bernward redete weiter: »Sie gelangen auf die Kuppe eines grünen Hügels, ein langer Weg führt hinunter in ein Tal … Gehen Sie den Weg entlang … immer weiter und weiter … bis Sie unten an ein Tor kommen … Stellen Sie sich dieses Tor in allen Einzelheiten vor … Greifen Sie danach … öffnen Sie es, es ist das Tor zu Ihrem Unterbewusstsein … Treten Sie hindurch … und sehen Sie sich um, schauen Sie nach links … und rechts … betrachten Sie alles ganz in Ruhe …«

Um mich herum herrschte nur Dunkelheit. Bedrückende, schwarze Dunkelheit. Es gab nur eine Richtung, ein »Hinter-mir«. Von dort spürte ich etwas näher kommen, etwas, das mich gleichzeitig zu sich hinzog. Ich drehte mich um und entdeckte, dass die gnadenlose Dunkelheit weit entfernt ein wenig erhellt war. Genug, um den Schemen zu erkennen. Mehr war es nicht, keine Gestalt, kein Mann, keine Frau. Nur ein Schemen, der größer wurde, je näher er mir kam, je näher ich ihm kam. Dann kristallisierten sich Konturen eines menschlichen Körpers heraus, aber noch immer konnte ich kein Gesicht erkennen. Die ganze Gestalt blieb verschwommen, als sei sie aus großen dunklen Patchworkteilen in verschiedenen Braun- und Violetttönen zusammengesetzt. Sie kam noch näher. Wurde überdimensional groß. Sie wollte etwas von mir, sie verlangte es. Sie besaß keine Stimme, und doch dröhnte ein Ton in mir. Ich konnte den Sinn nicht ausmachen, obwohl ich es verzweifelt versuchte, weil ich spürte, dass es eine Katastrophe geben würde, wenn es mir nicht gelang. Ich schaffte es nicht. Meine Angst stieg ins Unermessliche.

Ich schrie. Und schrie. Und schrie.

»Frau Berg! Konzentrieren Sie sich auf meine Stimme! Hören Sie auf meine Stimme! Nichts wird Ihnen geschehen! Hören Sie nur auf meine Stimme! Ich zähle von zehn zurück bis eins, und bei eins werden Sie wieder zu sich kommen …«

Mit aufgerissenen Augen, völlig verkrampft und verschwitzt war ich wieder bei mir. Obwohl ich sofort wusste, wo ich war, dass es keinerlei Grund gab, mich zu fürchten, dass mich in Dr. Bernwards Praxis auch kein Mensch verfolgte, brauchte ich eine ganze Weile, bis ich mich beruhigt hatte und nicht mehr zitterte.

Auch Dr. Bernward war sichtlich schockiert, brachte mir ein Glas Wasser, fühlte meinen Puls und maß meinen Blutdruck. Währenddessen wurde mir klar, dass ich um jeden Preis herausfinden musste, was das, was ich gesehen hatte, bedeutete. Es war lebenswichtig, das spürte ich.

»Kommt nicht in Frage«, weigerte sich Dr. Bernward, als ich ihn um eine weitere Hypnosesitzung bat. »Ich habe so was wie bei Ihnen noch nie erlebt. Das war keine leichte Entspannungshypnose mehr, ihr Unterbewusstsein hat sich geradezu verselbstständigt und ist in Trance gefallen. Offen gestanden ist es mir ein Rätsel, wie das passieren konnte«, fuhr er immer noch mitgenommen fort, »und ich habe einige Erfahrung aufzuweisen. Ich rate Ihnen dringend ab, sich dem erneut zu unterziehen.«

»Dann empfehlen Sie mir einen Kollegen, wenn Sie mir nicht helfen wollen.«

Dr. Bernward schnalzte mit der Zunge. »Nein. Ich halte das in Ihrem gegenwärtigen Zustand für unverantwortlich. Wir müssen uns Ihrer Problematik auf andere Weise nähern.«

»Und wie lange würde das dauern?«

»Frau Berg, was Sie brauchen, ist Geduld. Erzwingen Sie nichts, das schadet Ihnen mehr, als es nützt.«

Das mochte zwar sein, trotzdem konnte ich nicht abwarten, ich hatte einfach keine Zeit! Außerdem beschlich mich das seltsame Gefühl, diesen speziellen »Traum« zu kennen und schon mal versucht zu haben, ihm auf die Spur zu kommen.

Warum fehlten mir ausgerechnet die letzten Wochen? Was war da geschehen, das den Mittelpunkt meines Lebens verlagert hatte? Und wohin? An einen Ort? Nach Salzburg? Zu einer Person? Zu … wem?

3.

Du bist verrückt, das geht nicht! Du hast gehört, was dein Arzt gesagt hat, du musst Geduld mit dir haben, du kannst nicht immer alles übers Knie brechen, Juta!«

Tobias folgte mir durch meine Wohnung, während ich schon dabei war, meinen Koffer zu packen.

»Das ist meine Entscheidung. Ich muss das tun, ich muss nach Salzburg zurück.«

»Dann lass mich wenigstens mitkommen!«

»Nein.« Ich hörte meine Stimme und konnte selbst kaum glauben, wie abweisend, wie verletzend dieses eine Wort klang. Tobias war in den letzten Tagen kaum von meiner Seite gewichen und hatte sich alle nur erdenkliche Mühe gegeben, mir bei meiner Spurensuche beizustehen. So sehr, dass es mir fast schon zu viel geworden war. Zusätzlich – und das verschwieg ich wohlweislich – geisterte mir Leon Eisner immer häufiger im Kopf herum. Ungebeten, oft ohne jeden Zusammenhang. Manchmal kam es mir fast vor, als sei er mir vertrauter als Tobias, obwohl wir einander nur eine halbe Stunde lang begegnet waren. Trotzdem konnte ich nicht verhindern, dass sich sein Gesicht ständig über das von Tobias schob. Dabei fragte ich mich, ob das wirklich was mit seiner Person zu tun hatte oder vielmehr mit der Tatsache, dass das, was mich mit Leon Eisner verband, das war, wonach ich so dringend suchte. Und mit der Hoffnung, dass er mir dabei helfen konnte, es zu finden.

»Weshalb nicht? Hab ich dir was getan?« Tobias war hartnäckig und ließ sich mit meinem »Nein« nicht so leicht abspeisen.

»Natürlich nicht.« Ich blieb vor meinem geöffneten Koffer stehen und drehte mich zu ihm um. So ruhig ich konnte, versuchte ich zu erklären, was in mir vorging. »Das ist etwas, das ich ganz allein bewältigen muss, verstehst du? Ich weiß weder, was es ist, noch, was mich dazu zwingt.

Trotzdem kann ich es nicht abschalten. Wenn ich je wieder mein ganz normales Leben leben will, darf ich nicht einfach aufgeben und vor meinen Ängsten weglaufen. Ich muss mich ihnen stellen. Allein.«

»Das ist falsch, Juta«, sagte Tobias leise. »Bitte. Ich bitte dich. Geh nicht. Warte wenigstens noch ein bisschen. Wenn nicht mir, dann dir zuliebe. Bitte.«

Ich spürte, wie ernst er es meinte und wie groß seine Sorge um mich war. Ich trat einen Schritt auf ihn zu, legte meine Hand an seine Wange und zeichnet dann mit meinem Zeigefinger seine Narbe nach. »Ich weiß, du willst nur mein Bestes. Aber ich muss das tun. Ich muss. Bitte versuch doch, das zu verstehen«, flüsterte ich.

Tobias nahm meine Hand in seine und blickte mir in die Augen. In diesem Moment geschah etwas mit mir, etwas schien zu zerbrechen, als wüsste ich in diesem Sekundenbruchteil, dass meine Entscheidung nicht nur mein Leben, sondern auch seins ändern würde. Dass ich verantwortlich war für alles, was in Zukunft geschah. Die Angst schnürte mir die Kehle zu. Dann war der Moment vorbei.

Ich ließ Tobias' Hand los und schloss meinen Koffer.

»Wirst du Leon Eisner sehen?«, fragte Tobias in völlig neutralem Tonfall.

»Vermutlich«, antwortete ich wahrheitsgemäß. »Ist das wichtig?«

Tobias schwieg eine Weile. »Schenk dein Vertrauen nicht jemandem, der es nicht verdient.«

»Was soll das nun wieder heißen? Weißt du was über den Mann?«

»Es ist das, was ich nicht weiß, was mich beunruhigt.«

Ich wollte schon ungeduldig auffahren, als Tobias meine Worte mit einer Handbewegung abschnitt. »Nein, lass nur, es hat keinen Sinn, wenn ich weiter mit Engelszungen auf dich einrede. Du musst wohl deinen Weg gehen. Pass auf dich auf.«

In der Nacht warf ich mich von einer Seite auf die andere, dämmerte mehr oder weniger vor mich hin, knipste meine Nachttischlampe an, betrachtete die Schatten, die das Mobile aus Fischen an die Wand warf, knipste das Licht wieder aus. Immer wieder fragte ich mich, ob es richtig war, was ich tat, obwohl ich gar keine andere Wahl hatte. Das war der eine Grund, warum ich nicht einschlief. Der andere war, dass ich befürchtete, von dem Albtraum heimgesucht zu werden, den die Hypnose in mir hervorgerufen hatte. Das Gefühl der Bedrohung war schrecklich gewesen. Dabei ging es weniger um die Bedrohung durch die Gestalt als vielmehr um die Bedrohung durch mein Nichtwissen, meine Hilflosigkeit.

Irgendwann schlief ich erschöpft ein, doch schon nach kurzer Zeit erwachte ich mit einem Ruck. Kein Albtraum hatte mich geweckt, sondern etwas anderes. Ich sah mich an einem Tisch im Don Giovanni sitzen und in ein Buch schreiben. Das Buch hatte einen roten Stoffeinband, ein rotes Lesebändchen und linierte Blätter, ein ganz normales Notizbuch also. Ganz deutlich, als hätte ich ein Foto vor mir, schaute ich auf einen einzigen Satz: *»Kann das wirklich sein, habe ich ihn gefunden?«*

Nachdenklich biss ich mir auf die Lippen. Das war eindeutig eine Erinnerung, hundertprozentig. Dieses Buch gab es tatsächlich, ich hatte diesen Satz selbst geschrieben. Die Frage war nur: Was sollte er bedeuten? Wen hatte ich gefunden? Einen Mann? Die Gestalt aus meinem Traum etwa? Oder war »ihn« gar kein »Er«? War es ein »Es«, ein Gegenstand?

Ein solches rotes Notizbuch hatte ich nicht aus Salzburg mitgebracht. Trotzdem stand ich auf und durchwühlte in aller Gründlichkeit jeden Schrank, jede Schublade, einfach alles in meiner Wohnung. Das rote Buch blieb verschwunden, als wäre es eine Ausgeburt meiner Fantasie.

Teil 3 – Salzburg

1.

Salzburg lag unter einer Nebeldecke. Berge, Gebäude und Straßen erkannte ich erst, als die Maschine schon tief heruntergegangen war. Ich saß angespannt auf meinem Sitz, weil ich seit Stunden über das Gefühl nachgrübelte, das mich nach dem Verlassen meiner Wohnung begleitet hatte – das Gefühl, beobachtet zu werden, das ich bisher nur aus Salzburg kannte. Dabei schenkte mir hier im Flieger niemand besondere Aufmerksamkeit, und auch während ich am Flughafen auf mein Gepäck wartete, geschah nichts Ungewöhnliches. Mein Unbehagen verebbte allmählich, wich aber nicht ganz. Ich nahm mir ein Taxi in die Innenstadt, das mich zum Amadeus brachte, wo ich erneut ein Zimmer vorbestellt hatte. Der Nebel draußen riss auf, der Himmel wurde strahlend blau, und der Schnee, der unverändert das Stadtbild bestimmte, blendete.

Salzburg war mir fast schon vertraut. Ich kannte den Anblick des felsigen Mönchsbergs, den das Taxi in einem Tunnel durchquerte. Die grünlich schimmernde Salzach plätscherte friedlich, auch das von Bäumen umgebene blassgelbe Gebäude des Klosters oben auf dem Kapuzinerberg strahlte Ruhe aus. Ich hatte die Stadt erst vor ein paar Tagen verlassen, und doch lag für mich buchstäblich ein ganzes Leben dazwischen.

»Sie haben sich also doch nicht trennen können, Frau Berg!«, schmunzelte der Portier im Amadeus. »Leider kann ich Ihnen nicht dasselbe Zimmer geben wie letztes Mal, aber ich habe noch ein schönes im vierten Stock, es wird Ihnen bestimmt gefallen.«

»Davon bin ich überzeugt«, lächelte ich zurück. »Übrigens, haben Sie in meinem ehemaligen Zimmer zufällig ein rotes Notizbuch gefunden? Ich muss es bei der Abreise vergessen haben.«

Bedauernd schüttelte er den Kopf. »Tut mir leid, unsere Reinigungskräfte haben nichts davon erwähnt. Aber ich frage gern noch mal nach.«

Diese Antwort überraschte mich nicht. Ich hatte ja selbst den Raum auf den Kopf gestellt, nachdem es mir so vorgekommen war, als hätte jemand meine Sachen durchsucht. Falls das stimmte, war das Gesuchte vielleicht sogar das rote Buch gewesen. Hatte es jemand gefunden und mitgenommen? Aus meinem Zimmer oder aus meinem Rucksack in den Mönchsbergkatakomben? Bedauerlicherweise war die einzige Spur, die zu dem Notizbuch führte, mein Traum. Es gab keinen Beweis dafür, dass es existierte, obwohl ich tausend Eide darauf geschworen hätte.

Ich verstaute mein Gepäck in meinem neuen, diesmal hellblauen Zimmer, dessen Fenster den direkten Blick auf den Sebastiansfriedhof erlaubten, und rief Tobias an, um ihm zu sagen, dass ich gut angekommen war. Es meldete sich allerdings nur seine Mailbox, und ich hinterließ eine kurze Nachricht.

Und jetzt? Ich hatte keinen Plan. Ich hoffte einfach darauf, dass ich beginnen würde, mich zu erinnern, wenn ich an Ort und Stelle war, ähnlich wie zu Hause in Boltenhagen. An zwei Dinge konnte ich anknüpfen: an Leon Eisner und an die Mönchsbergkatakomben. Ich konnte sogar beides verbinden, denn aus naheliegenden Gründen fand ich es wenig verlockend, die Katakomben allein zu besuchen. Die Angst war mein ständiger Begleiter, mal mehr, mal weniger.

Auf den paar Metern zum Don Giovanni drehte ich mich zweimal um, schon fast aus Gewohnheit, ich hätte nicht sagen können, ob ich mich beobachtet fühlte. Vielleicht. Auf jeden Fall fühlte ich mich unwohl.

Es ging auf Mittag zu, die Bedienungen im Café hatten gut zu tun, Leon allerdings entdeckte ich nirgends. Wann arbeitete dieser Mensch eigentlich?

»Servus, da sind Sie ja wieder!«, begrüßte mich das Mädchen vom letzten Mal. »Sagen Sie nichts: Sie suchen Leon!«

Selbst auf die Gefahr hin, mich lächerlich zu machen, nickte ich.

»Der hat heut seinen freien Tag, vielleicht erwischen Sie ihn zu Hause.«

Ich mochte sie nicht nach seiner Adresse fragen, aber mein Gesicht strahlte offensichtlich Ratlosigkeit aus, denn sie kritzelte die Adresse auf einen Zettel und beschrieb mir den Weg. »Ist nicht weit, nur um zwei Ecken. Viel Glück!«

Die Straße lag ganz nah, vorn bei dem kleinen Supermarkt mit den Obst- und Gemüseständen musste ich nach links und dann … Moment mal! Der Mann, der sich dort gerade Äpfel einpackte, war eindeutig Leon Eisner. Das war ja noch viel besser, als ihn gleich zu Hause zu überfallen! Ich holte tief Luft, ging die wenigen Schritte auf ihn zu und tippte ihm auf die Schulter, wobei mir zum ersten Mal auffiel, wie groß er war. Er überragte mich um beinah einen Kopf.

»Herr Eisner?« Er drehte sich um, doch bevor er überhaupt etwas sagen konnte, sprudelte ich los. »Ich bin Juta Berg, ich weiß nicht, ob Sie sich noch an mich erinnern …« Was für einen Schwachsinn redete ich da? Wer würde sich nicht an jemanden erinnern, den er verletzt und ohnmächtig in ein Krankenhaus einweisen ließ?

»Juta?« Überrascht und sichtlich erfreut riss Leon Eisner die Augen auf. »Juta! Was machst du denn hier? Ist was passiert? Du siehst schrecklich aus!«

Zuerst registrierte ich, dass er mich duzte, was mir gefiel. Dann ging mir auf, dass sein Anblick, seine Gegenwart, mir vertraut erschienen, viel vertrauter als bei Tobias. Ich war hier, und es war richtig. Die Gedanken wirbelten in Sekundenschnelle durch meinen Kopf, trotzdem brachte ich es noch fertig zu lachen. »Danke für das reizende Kompliment. Das muss Salzburg sein, die Stadt hat mich einfach in den Klauen.«

»Na, solange es nichts mit mir zu tun hat!«, grinste er zurück. »Wobei mir einfällt: Ich hatte versprochen, dich zu besuchen, aber es kam was Dringendes dazwischen, und als ich meinen Besuch nachholen wollte, warst du verschwunden!« Ich spürte seinen Blick auf mir, als könne er noch immer nicht glauben, mich zu sehen.

»Ich hab mich selbst entlassen und musste dann sehr schnell nach Hause. Allerdings hab ich dir im Don Giovanni noch eine Nachricht hinterlassen.«

Leon nickte. »Ja, ich weiß. Das war … Aber sag mal, wir müssen uns doch nicht hier auf der Straße unterhalten. Ich wohne gleich um die Ecke. Wie ist es, hast du Lust auf einen Kaffee?«

»Klingt gut!«

Er hielt vor einem der vielen vierstöckigen Bürgerhäuser mit recht schlichter Fassade, nur um die Fenster aus mehreren kleinen Scheiben gab es Verzierungen im Mauerwerk. Als ich einen Blick auf die Klingelschilder warf, fand ich seinen Namen am oberen Ende. Leon schloss die Tür auf und ließ mich vor ihm in einen düsteren Hausflur mit Marmorwänden und -treppen und einem eindrucksvoll verzierten Treppengeländer eintreten. Es gab keinen Fahrstuhl. Oben in der Wohnung nahm er mir meinen Mantel ab und führte mich ins Wohnzimmer.

»Dass ich so schrecklich aussehe, hängt wahrscheinlich damit zusammen, dass ich wenig geschlafen habe«, fing ich an. »Ich bin erst seit ein paar Stunden wieder hier.«

»Dann mach ich sofort den versprochenen Kaffee«, sagte Leon. »Setz dich doch, bin gleich da.«

Ich ließ mich in einen mit weißem Leder bezogenen Sessel gleiten, der meinen Körper völlig aufnahm. Auch wenn ich keine Ledermöbel mochte, war dieser Sessel doch außerordentlich bequem. Er verleitete dazu, einfach die Augen zu schließen, aber wenn ich jetzt einschlief, würde mich auch der stärkste Espresso nicht wieder munter machen, also sah ich mich stattdessen neugierig im Zimmer um.

Es war sparsam, aber durchaus exquisit eingerichtet. Leon musste im Don Giovanni eine Menge verdienen, wenn er sich das hier leisten konnte. Eher unwahrscheinlich, also war das Kellnern vermutlich nicht sein einziges Einkommen. Ich stand auf und ging weiter durch den Raum. Eine Flügeltür führte in ein großes Esszimmer, ebenfalls teuer möbliert. Es gefiel mir – und auch wieder nicht. Das alles sah aus wie ein Musterbeispiel aus »Schöner Wohnen«, beneidenswert und schrecklich unpersönlich. Nirgends gab es Pflanzen oder Fotos oder unnötigen Krimskrams. Es wirkte beinah wie eine Hotelsuite, in der man eine Zeit lang lebt, aber keinerlei nennenswerte Spuren hinterlässt, bevor man weiterzieht. Spurenlos, das war ich in gewisser Weise ja auch. Was ich vorhin gespürt hatte, verstärkte sich: Es war richtig gewesen herzukommen. Ich brauchte jemanden, mit dem ich reden konnte, jemanden, der nicht voreingenommen war wie Tobias, sondern der mich von außen sah, mit Distanz, jemanden, der es nicht um jeden Preis gut mit mir meinte.

Während ich Leon in der Küche mit Geschirr klappern hörte, nahm ich meine Wanderung durch das Zimmer wieder auf, bis ich in einer der hinteren Ecken vor einem antik aussehenden Schreibtisch mit einem Laptop stehen blieb – ein Gegensatz, der ebenfalls wunderbar in eine dieser Hochglanzzeitschriften gepasst hätte. Das Notebook war ausgeschaltet, aber daneben lagen mehrere Papierausdrucke und kleine handbeschriebene Zettel. Ich wusste, es ging mich nichts an, aber meine Neugier siegte, wenigstens ein bisschen über den Bewohner dieser sterilen Umgebung zu erfahren.

Die Schrift auf den engbedruckten Seiten war ziemlich klein, es war mühsam, sie zu lesen, ohne sich hinabzubeugen, und ich wollte nicht, das Leon dachte, ich spioniere ihm hinterher. Also ließ ich meinen Blick über die Notizzettel gleiten.

»Hier kommt der Kaffee! Zucker? Milch? Sahne?«

Ich schaffte es nur mit Mühe, nicht allzu sehr zusammenzufahren, und so zu tun, als hätte ich statt des Schreibtisches die Aussicht aus dem Fenster bewundert. Gleichzeitig beantwortete ich Leons Frage: »Milch, bitte.«

Er goss Milch in einen großen Kaffeebecher und stellte ihn auf den Glastisch vor den Sessel, in den ich mich wieder setzte. Es fiel mir schwer, mich auf Leon zu konzentrieren. Zu sehr war ich mit den Worten auf dem Zettel beschäftigt, der halbverdeckt auf seinem Schreibtisch lag, als wäre er nicht länger wichtig:

Maus. P-Frie

J schon da gew

Was wei

Diese unvollständigen Sätze konnten Gott weiß was bedeuten, warum glaubte ich, dass mit »J« ich gemeint war? Hatte Tobias mit seiner Warnung Recht gehabt, und Leon spielte eine mehr als nur zufällige Rolle in dieser mysteriösen Geschichte? Falls ja, wurde er aus einem ganz anderen Grund wichtig für mich – nicht, weil ich ihn bitten konnte, mir zu helfen, sondern weil er selbst sogar Teil des Ganzen war.

Oder auch nicht. Diese ganze Verschwörungstheorie war zu abgedreht. Ich konnte nicht mal ansatzweise Vermutungen darüber aufstellen, was das Gekritzel wirklich hieß. Halbe Sätze, viertel Wörter, einzelne Buchstaben … Außerdem: Wenn ich etwas erfahren wollte, zum Beispiel über das rote Notizbuch, musste ich zumindest einen Teil meines neu erwachten, aber kaum begründeten Misstrauens aufgeben. So begann ich zu erzählen, was mir nach meiner Flucht aus dem Krankenhaus widerfahren war. Dazu gehörte auch, dass ich mich anfangs an weitaus weniger erinnern konnte, als ich zugegeben hatte.

»Das ist ja eine reichlich ungewöhnliche Geschichte«, fand Leon. Er stand mit seinem Becher in der Hand auf und trat ans Fenster, neben seinen Schreibtisch. Ich sah seinen Umriss gegen den hellen Himmel. »Du konntest dich nicht mal an dich selbst erinnern? Das habe ich überhaupt nicht mitbekommen.«

»Ein paar Kleinigkeiten haben dich durchaus stutzig gemacht«, gab ich zurück.

»Stimmt. Aber ich hab eben gedacht, du wärst ein bisschen durcheinander.« Gedankenverloren stellte er seinen Becher auf die Papiere auf dem Schreibtisch und drehte sich wieder zu mir um. »Weshalb bist du eigentlich zurückgekommen?«

»Warum sollte ich mir meinen Urlaub von ein bisschen Amnesie verderben lassen?«, versuchte ich eine scherzhafte Antwort.

Leon hob bloß eine Braue.

»Okay, ich nehme an, es ist auch nicht glaubwürdiger, wenn ich sage, dass mich dein Charme geradezu umgeworfen hat. Obwohl ich schon zugeben muss, dass ich im Krankenhaus auf dich gewartet habe – weil ich dachte, du könntest meinem Gedächtnis vielleicht etwas auf die Sprünge helfen«, beeilte ich mich hinzuzufügen. »Aber letztlich bin ich wieder hier, weil ich etwas vermisse.«

»Nicht dein Gedächtnis, oder?« Leon grinste.

Das auch, dachte ich, sagte es aber nicht laut, besonders da ich verschwiegen hatte, dass mir immer noch ein Haufen Erinnerungen fehlte. »Nein. Ein Buch«, sagte ich zögernd.

Vielleicht, schoss es mir durch den Kopf, war das ein ganz guter Test. Ich hatte im Don Giovanni in dieses Notizbuch geschrieben und war mir – irrationalerweise – sicher, dass Leon das gesehen haben musste. Wenn er das leugnete, dürfte es nicht nur mit dem Buch, sondern auch mit Leon seine eigene Bewandtnis haben. Wenn er es nicht leugnete, konnte ich ihm vielleicht trauen.

»Was für ein Buch?«, fragte Leon. Neutral, nicht sonderlich neugierig. Zu wenig neugierig? Zu neutral?

»Ein Notizbuch, etwa A5-Format, mit rotem Leinen bezogen. Ich habe viel darin geschrieben, und es war nicht unter meinen Sachen im Hotel und auch nicht im Rucksack, den ich bei mir trug, als ich ins Krankenhaus kam. Es ist verschwunden, und es … bedeutet mir viel.«

Leons Gesicht hellte sich auf. »Richtig, ich erinnere mich an das Ding. Ich wollte dich schon fragen, ob du einen Roman schreibst oder so was. Hast du? Ich meine, einen Roman geschrieben? Ist es deshalb so wichtig?« Leons blaugraue Augen musterten mich, fast ein wenig erheitert, als amüsiere es ihn, dass jemand wie ich einen Roman schreiben könnte. Genau genommen *war* es ein amüsanter Gedanke, denn dazu fehlte mir prinzipiell die nötige Geduld. Aber er hatte meinen Test bestanden.

»Nein. Es ist mein Tagebuch.« Obwohl ich nie etwas Derartiges gehabt hatte, war das mehr als eine glaubwürdige Antwort für Leon, es kam mir richtig vor. »Da stehen sehr persönliche Dinge drin, und es wäre schade, wenn ich es endgültig verloren hätte. Schließlich kann man das, was man über seine Gefühle aufschreibt, später nicht einfach wiederholen.«

Leon nickte langsam, als würde er über jedes einzelne meiner Worte nachdenken und ihnen dann zustimmen. »Hast du schon im Hotel nachgefragt?«

»Da hat es niemand gefunden«, sagte ich etwas kläglich. »Ich dachte übrigens, dass du es vielleicht hast, du …«

»Was? Wie kommst du denn auf die Idee?«, unterbrach mich Leon sichtlich schockiert.

Irritiert runzelte ich die Stirn. »Vielleicht habe ich es ja im Don Giovanni liegen gelassen, obwohl ich das nicht glaube. Oder es ist mir aus dem Rucksack gefallen, als ich in den Mönchsbergkatakomben gestürzt bin. Hätte ja sein können, dass du es gefunden hast.«

Leon beruhigte sich wieder. »Hätte ich wohl«, sagte er. »Aber ich war so erschrocken, als ich dich da liegen sah, dass ich auf nichts sonst geachtet habe. Es wäre also möglich, dass es dort war, ohne dass es mir aufgefallen ist.«

»Mhm«, seufzte ich. »Aber wenn du es gefunden hättest, hättest du's mir ja auch längst gegeben.«

Leon nickte. »Es muss dir enorm wichtig sein, wenn du extra deswegen nach Salzburg zurückkommst. Ich kann dir gar nicht sagen, wie leid es mir tut, dass ich dir da nicht helfen kann.«

»Danke.« Ich seufzte erneut. Damit verlief meine erste Spur im Sande. Blieben die Mönchsbergkatakomben. Da ich offenbar nicht als Touristin in Salzburg gewesen war, hatte ich mir die Katakomben aus einem anderen Grund angesehen. Ich sollte also noch einmal hingehen. Ich zögerte, Leon um Begleitung zu bitten, seine heftige Reaktion hatte mein Misstrauen geschürt, auch wenn er meine Frage als Unterstellung verstanden haben konnte. Unsicher stand ich auf.

»Ich will dich nicht länger aufhalten«, begann ich mich zu verabschieden. »Du hast sicher Besseres zu tun, als dich mit einer Amnesie-Geschädigten rumzuärgern.«

Leon lachte. »Nichts Wesentliches, allerdings hab ich tatsächlich gleich einen Termin. Aber ich würde dich gern heut Abend zum Essen einladen. Hättest du Lust? Und anschließend vielleicht auch auf ein bisschen Salzburg bei Nacht?«

Es konnte nicht schaden, mit Leon in Kontakt zu bleiben, wenn ich ergründen wollte, was er mit der ganzen Geschichte zu tun hatte. *Ob* er überhaupt etwas damit zu tun hatte, korrigierte ich mich. Davon abgesehen klang sein Angebot eindeutig verlockender als ein einsamer Abend im Hotelzimmer. Also sagte ich zu, und wir verabredeten uns für halb acht im Don Giovanni, wo er noch etwas zu erledigen hatte.

2.

Nach meinem Besuch bei Leon war ich so müde, dass ich beschloss, mich für eine halbe Stunde hinzulegen. Kaum hatte mein Kopf das Kissen berührt, als ich auch schon wegdämmerte. Meine letzten bewussten Gedanken kreisten darum, wie angenehm es war, einfach in den Schlaf zu flüchten, für einen Moment die Dinge ruhen zu lassen und nicht länger darüber zu grübeln, was genau mich nach Salzburg trieb.

Du hast Verantwortung!, drängte mich eine sanfte, aber feste Stimme, die keinen Zweifel daran ließ, dass es ihr ernst war. *Du trägst eine sehr große Verantwortung. Werde ihr gerecht!* Und dann, lauter, drängender, als wollte sie mich zwingen zu verstehen: *Du musst!* Die Stimme war voller Emotion, sie war weder männlich noch weiblich und schien von überall und nirgends zu kommen. Verwirrt und ungeduldig zugleich wollte ich fragen, was sie meinte, warum mir nie jemand sagte, was eigentlich von mir verlangt wurde! Da spürte ich etwas hinter mir, drehte mich zögernd um und erkannte einen Schemen, eine Gestalt aus braunen und violetten Patchworkteilen, die stetig größer wurde, während sie mich erwartungsvoll beobachtete. Allmählich veränderte sich die Gestalt, nahm mehr Form an, bekam so etwas wie ein Gesicht, dem alle Züge fehlten – nur die Augen waren da, die mich anstarrten und mir etwas mitteilten, das ich nicht verstand. Dieser Blick bohrte sich in meine Augen, war so präsent, dass mir der Atem stockte.

Ich fuhr im Bett hoch. Es dauerte ein wenig, bis ich wieder regelmäßig atmen konnte. Der Traum ähnelte nicht nur dem aus der Hypnosesitzung bei Dr. Bernward. Er mochte sogar eine Art Fortsetzung sein, denn die Gestalt hatte sich weiterentwickelt. Außerdem war am Anfang diese Stimme gewesen, obwohl ich nicht sicher sein konnte, dass das eine mit dem anderen zusammenhing. Wieder war ich überzeugt, dass ich diese

Träume schon einmal gehabt – und vielleicht sogar gewusst hatte, was sie bedeuteten.

Wenn ich nur das Buch finden würde! Es konnte mir so viel über mich, über die mir fehlenden Tage erzählen.

Im Bad bespritzte ich mein Gesicht mit kaltem Wasser und cremte es gegen die Kälte ein. Gerade als ich meinen Stadtplan auf dem kleinen Tisch ausbreitete, um die Mönchsbergkatakomben zu suchen, klingelte mein Handy.

»Hallo Juta«, sagte Tobias mit lauter Stimme, um ein Hintergrundgeräusch zu übertönen. »Danke für deine Nachricht. Wie geht's dir?«

»Gut, du brauchst dir nicht den Kopf über mich zu zerbrechen.«

Danach entstand eine kleine unangenehme Pause, in der ich den Lärm im Hintergrund zu deuten versuchte. Es klang wie eine Lautsprecheransage auf einem Bahnhof oder einem Flughafen, verzerrt und unverständlich.

»Hast du schon was unternommen, um dem Rätsel auf die Spur zu kommen?«, fragte er schließlich.

Ich zögerte, ihm von meinem Besuch bei Leon zu berichten. »Noch nicht viel«, sagte ich deshalb. »Ich wollte mich eben auf den Weg zu den Mönchsbergkatakomben machen.«

»Hältst du das für eine gute Idee?« Tobias Stimme war voller Sorge.

»Irgendwo muss ich anfangen, Tobias«, erwiderte ich etwas gereizt.

»Hm. Und was ist mit diesem Eisner? Gibt's da konkrete Pläne?«

Tobias klang immer noch besorgt, aber ich meinte, auch einen feindseligen Tonfall wahrzunehmen.

»Wir sind zum Abendessen verabredet.«

Wieder eine Pause, in der ich erneut eine Lautsprecheransage hörte. Vielleicht war das ein bisschen übertrieben, aber allmählich keimte in mir der Verdacht, dass Tobias mir hinterherreiste. Bevor er etwas sagen konnte, fragte ich: »Von wo rufst du eigentlich an? Ich kann dich kaum verstehen.«

»Vom Bahnhof in Wismar. Ein Freund hat heute Morgen angerufen, er braucht Hilfe beim Umzug, und ich konnte mir kurzfristig den Tag frei nehmen.«

»Wieso bist du denn nicht mit dem Auto gefahren?«

»Weil das nicht angesprungen ist, schätze, die Batterie ist leer.« Er klang ungeduldig. »Hör mal, das Problem bin hier nicht ich, sondern du. Sei vorsichtig, ja?« Damit beendete er abrupt das Gespräch. Verblüfft starrte ich mein Handy an. Dass Tobias so kurz angebunden war, ging wohl zum Teil auf mein Konto. Und natürlich bestand kein Grund, ihn woanders zu vermuten als in Wismar.

Ich wandte mich wieder dem Stadtplan zu und entdeckte gleich neben den Mönchsbergkatakomben den Petersfriedhof. Auf Leons Zettel hatte zwar nur *P-Frie* gestanden, aber im Augenblick sah ich überall Zusammenhänge.

Entschlossen machte ich mich auf den Weg, überquerte die Salzach über die Staatsbrücke, auf der mich eine ratternde Straßenbahn überholte. Einen Moment lang meinte ich, schon einmal dort gewesen zu sein, verbunden mit einem unbestimmten, irgendwie unangenehmen Gefühl.

In der verwinkelten Altstadt musste ich immer wieder auf den Stadtplan sehen. Hier spielte sich der Salzburger Trubel ab, und manchmal geriet ich in Versuchung, mich mit dem Strom treiben zu lassen und den Besuch des Friedhofs und der Katakomben zu verschieben. Ich entdeckte so viel, was ich mir gern näher angesehen hätte – die engen Gassen mit den Boutiquen, Souvenirläden und Cafés, den Alten Markt, den Dom und den Residenzplatz mit den Pferdedroschken, deren Kutscher zu Rundfahrten einluden. Selbst die großen mit bunten Mozartmotiven bemalten Kugeln, die überall standen und eigentlich wie Fremdkörper in der ehrwürdigen Umgebung hätten wirken müssen, verliehen dem Stadtbild ein besonderes Flair. Dennoch blieb ich nur einmal stehen, als ich wie gebannt in einem Durchgang vom Domhof zum Kapitelplatz auf eine von Grünspan überzogene Kupferplastik starrte, eine sitzende, in einen großen Umhang gehüllte Gestalt. Eine Gestalt ohne Gesicht. Dort, wo es hätte sein sollen, war einfach gar nichts, nur ein dunkles gähnendes Loch. Die Figur erinnerte mich an meine eigene Situation, ich konnte mich von diesem verstörenden Anblick erst lösen, als ich von einer Frau mit einem Kinderwagen versehentlich angestoßen wurde. Langsam ging ich weiter und schlug den Weg zum Petersfriedhof ein.

Auf dem Kapitelplatz waren Bauarbeiten im Gang, ich musste einen Bulli und einen Sandhaufen umgehen, bevor ich das Eisengittertor passieren konnte, das in einen kleinen Innenhof führte. Dort erkannte ich zwischen einem Haus auf der linken und einem niedrigen Trakt mit mehreren Holztoren auf der anderen Seite ein weiteres, ähnliches Tor. Darüber ragte die Stiftskirche St. Peter mit ihrer grünen Kuppel in den Himmel. Wieder hatte ich ein »vertrautes« Gefühl, das ich aber schlecht deuten konnte. Es war bedrohlich – und auch wieder friedlich. Zwei grundverschiedene Stimmungen. War ich zweimal hier gewesen?

Ich schritt durch das halb geöffnete Tor. Über den Friedhof senkte sich langsam der Nebel und schaffte eine etwas unheimliche Atmosphäre. Kleine alte Grabstätten mit Kreuzen aus Stein oder verschnörkeltem Eisen wechselten sich an den schmalen Wegen und um die kleine Kapelle in der Mitte ab. Hinter dem Friedhof erhob sich steil der Mönchsberg mit den Katakomben. Ich hatte sie mir anders vorgestellt, wie in den Fels gehauene Höhlen. Möglich, dass sie vor vielen hundert Jahren so ausgesehen hatten, jetzt jedoch ähnelten sie mehr großen, wenn auch sehr schlichten Kapellen, die am Berg klebten.

Mein Herz klopfte, als ich den Weg zum Eingang der Katakomben hinaufging, der innerhalb eines Säulengangs lag. Mit jeder der drei Stufen zum Kassenhäuschen wurde mir bewusster, dass ich lieber nicht allein gewesen wäre. Auf der letzten Stufe musste ich stehen bleiben, weil ich keine Luft mehr bekam. Ich wollte da nicht rein, auch wenn ich wusste, dass mein Grauen unbegründet war. Nichts würde geschehen, nicht ein zweites Mal.

»Geh ruhig weiter«, sagte eine weibliche Stimme mit leicht rheinischem Dialekt hinter mir. Die zierliche Frau war nur wenig älter als ich. Ihr Lächeln erreichte die Augen hinter den randlosen Brillengläsern. »Es ist vielleicht ein bisschen beklemmend da drin, wenn man keine engen, dunklen Räume mag, aber es lohnt sich auf jeden Fall.«

Ich lächelte zurück. Offenbar hatte sie mein Zögern als Klaustrophobie interpretiert. »Ja, das hab ich schon gehört. Ich bin auch sehr neugierig, aber …«

»Schließ dich mir an, falls dir dann wohler ist. Wenn du willst, kann ich dir auch was über die Katakomben erzählen.« Wie selbstverständlich streckte sie mir die Hand entgegen. »Ich bin übrigens Gerit.«

»Juta«, erwiderte ich und brachte ein Lächeln zustande. »Danke für dein Angebot. Ich glaube, ich wäre froh über Begleitung.«

Gerit erwiderte mein Lächeln und begann schon zu erklären, bevor wir auch nur eine einzige Stufe in die Felsen geklettert waren. »Das hier unten ist die Communegruft«, sagte sie und deutete auf den Boden vor uns im Eingangsbereich. »Hier sind die Gräber von Haydn und Nannerl. Weiter oben im Felsen kommt als Nächstes die Gertraudenkapelle, die 1178 Thomas Becket geweiht wurde. Gehen wir?«

Gertraudenkapelle! Diesen Namen hatte Leon erwähnt, dort hatte er mich gefunden. Ich folgte Gerit die stark ansteigende und schlecht beleuchtete Treppe hinauf und biss die Zähne zusammen. Ich musste in diese Kapelle, ob ich wollte oder nicht, und vielleicht war es sogar gut, als Schocktherapie sozusagen. Vielleicht würde ich auch den Rest meines Gedächtnisses noch wiederfinden, wenn ich dort war, wo ich es verloren hatte.

Am Ende der Treppe führte ein Gang nach rechts und gleich wieder nach links. Über uns befand sich ein Holzdach, neben uns an der Außenseite gab es Fensteröffnungen, und auf der anderen Seite ging es in die Gertraudenkapelle. Jetzt erst wurde mir die Bauweise der Katakomben richtig klar: Die Innenräume der Kapellen hatte man in den Fels gehauen, während die Außenmauern, die Gänge und Dächer vor die Felsen gebaut worden waren.

In der Gertraudenkapelle setzte sich Gerit ruhig auf eine Bank und versank in Gedanken. Einen kurzen Moment verharrte ich am Eingang und ließ den Raum auf mich wirken. Er war sehr dunkel, und wenn es damals nicht wesentlich heller gewesen war, grenzte es an ein Wunder, dass Leon mich überhaupt gefunden hatte. Der Altar aus gemeißeltem rötlichen Stein, gekrönt von einem klassizistischen Dreieck mit einem steinernen Kreuz, dominierte die Kapelle. Auf dessen Tisch lag ein weißes Tuch, dahinter ragte der Altar in die Höhe, der auf jeder Seite eine Schriftplatte und in der Mitte ein Gemälde trug. Davor standen sechs Kerzen und ein Kruzifix. Ganz langsam schritt ich durch zwei Bankreihen auf die Felsnischen im hinteren Teil der Kapelle zu und blieb so stehen, dass ich aus einiger Entfernung auf die Stelle zwischen Altar und Felswand blickte, an der ich nach Leons Beschreibung gelegen haben musste. Ich wartete auf eine Empfindung, auf eine Erinnerung, aber nichts rührte sich. Es war viel zu düster, um etwas zu erkennen, also machte ich ein paar Schritte vorwärts – und verspürte jäh heftige Angst. Es war keine echte Erinnerung, nur ein überwältigendes Gefühl von Entsetzen und Schutzlosigkeit. Ich starrte ins Dunkel und meinte fast schon, meinen eigenen Körper reglos und blutend dort liegen zu sehen, obwohl mich in Wirklichkeit nur schwarze Schatten und graues Gestein umgaben. Panisch schaute ich mich um, als erwartete ich, dass plötzlich jemand auftauchte, um mich in die Ecke hinter den Altar zu schubsen. Der dafür sorgte, dass ich außer Gefecht gesetzt war. Der meinen Rucksack öffnete und durchsuchte. Der das kleine rote Buch fand, zufrieden grinste und es an sich nahm, der es unter seinem Mantel vor neugierigen Blicken verbarg, sich noch einmal vergewisserte, dass niemand ihn beobachtet hatte und dann, wenn keiner kam, schnell und unauffällig verschwand.

Die Bilder waren so wirklich, als hätte ich den Mann bei seinem Tun beobachtet. Vielleicht ging da die Fantasie mit mir durch, aber die Panik zuvor war für pure Einbildung entschieden zu real. Als ich das letzte Mal hier war, hatte ich Angst gehabt, ich hatte mich umgesehen, hatte jemanden hinter mir gespürt. Ganz sicher.

»Was hast du denn?«, hörte ich Gerits erschrockene Stimme neben mir. »Du zitterst wie Espenlaub! Komm mit auf den Gang ans Fenster!«

Die frische Luft half ein bisschen, auch wenn meine Knie wackelig blieben. »Es geht schon, danke«, sagte ich, immer noch schwer atmend. »So was passiert mir ab und zu.« Als ich mich umwandte, sah ich nur den Eingang zur Kapelle, der keinerlei Bedrohung vermittelte.

Gerit guckte zweifelnd. »Wollen wir noch die Maximuskapelle ansehen, oder möchtest du lieber nach unten?«

»Wenn's dir nichts ausmacht, würde ich gern gehen«, sagte ich mit dem Anflug eines schlechten Gewissens Gerit gegenüber. Aber ich wollte einfach nur weg hier.

Nach einer Viertelstunde, die mir viel länger vorgekommen war, standen wir wieder unten auf dem Friedhof. Gerit sah noch mal hoch und seufzte. »Dies hier ist eins der faszinierendsten Dinge, die ich je gesehen habe, und ich bin schon in vielen Ländern unterwegs gewesen. Es ist nichts Grandioses wie der Petersdom in Rom oder Westminster Abbey in London – aber es ist so … echt.« Sie lächelte verlegen. »Klingt ziemlich bescheuert …«

»Nein, gar nicht.« Ich konnte das nachempfinden. Die Mönchsbergkatakomben übten eine starke Faszination aus, besonders auf mich, weil sie einen Teil des Geheimnisses hüteten, das mich umgab. Trotzdem war ich erst mal froh, ihnen entkommen zu sein. »Vielen Dank für deine Begleitung.«

Gerit lächelte. »Keine Ursache. Bist du zum ersten Mal in Salzburg?«

Als ich nickte, weil es auf gewisse Weise stimmte, gab sie mir noch ein paar touristische Tipps, bevor sie sich verabschiedete. Mein kurzer Besuch in den Katakomben war auf jeden Fall sehr aufschlussreich gewesen. Nach dem zu urteilen, was ich gerade erlebt hatte, konnte ich wohl endgültig davon ausgehen, dass ich niedergeschlagen worden war. Weder ein Ohnmachtsanfall noch ein Stolpern hatte mich ins Krankenhaus gebracht!

Bis zu meiner Verabredung mit Leon blieb mir reichlich Zeit. Ich war nicht mehr in der Stimmung für Sightseeing und hatte keine Lust auf das Mozarthaus, nicht mal auf die Peterskirche. Ich wollte keine beeindruckenden Bauten, sondern ein bisschen Ruhe, also wanderte ich auf dem Friedhof die Wege an den Grabstätten entlang, las Inschriften und Namen, entdeckte ein kleines Mausoleum, das ich länger betrachtete. Die Tür hing nur lose in den Angeln, dennoch zögerte ich, es zu betreten. So ging ich weiter, versunken in die Stille um mich herum, die mir guttat.

Erst als ich den Friedhof endgültig verlassen wollte, fiel mir siedend heiß etwas ein. Ich hatte in der ganzen Aufregung vollkommen vergessen, mich in den Katakomben nach meinem Tagebuch umzusehen! Mir war sehr unwohl bei dem Gedanken, allein zurückzukehren, und ich glaubte auch nicht wirklich, es zu finden. Aber versuchen musste ich es. Zögerlich und abwartend betrat ich erneut die Gertraudenkapelle und war unendlich erleichtert, als die Panik ausblieb. Ich schaute mich sehr sorgfältig nach dem Tagebuch um, konnte aber nichts entdecken. Um auch die letzte Möglichkeit auszuschöpfen, fragte ich die Dame an der Kasse, ob dort ein rotes Notizbuch abgegeben worden sei. Erwartungsgemäß erntete ich ein Kopfschütteln.

Nachdenklich ging ich zum Hotel zurück und machte mich für das Abendessen mit Leon zurecht. Während der ganzen Stunden hatte ich mich kein einziges Mal verfolgt oder beobachtet gefühlt.

3.

Im Don Giovanni setzte ich mich an einen der Tische in der Nähe der Theke und wartete auf Leon. Keine der beiden Bedienungen hatte mich wahrgenommen, stattdessen waren sie damit beschäftigt, hinter der Theke Klatsch auszutauschen. Ich stutzte, als ich in ihrer Unterhaltung Leons Namen aufschnappte.

»Hast du gehört, dass er gekündigt hat? Versteh einer diesen Typ.«

»Ach, Leon«, sagte die andere. »Der ist doch eh ein bisschen merkwürdig und hat nie hier reingepasst, wenn du mich fragst. Fühlt sich bestimmt zu was Höherem berufen.«

»Trotzdem, warum hat er erst angefangen, wenn wir ihm hier zu klein sind? Um nach ganzen zwei Wochen zu kündigen?«

»Soll er doch. Ist kein großer Verlust – außer vielleicht für ein paar der weiblichen Gäste …«, kicherte die Bedienung, die mir Leons Adresse gegeben hatte. Im selben Moment entdeckte sie mich und errötete. »Grüß Gott! Was kann ich Ihnen bringen?«

»Ein Wasser, bitte. Ich warte bloß auf Ihren Kollegen …«, konnte ich mir nicht verkneifen.

Das Rot ihrer Wangen vertiefte sich. »Kommt sofort.«

Gedankenverloren spielte ich mit einem Bierdeckel. Diese Informationen über Leon fand ich interessant. Es passte zu seiner unpersönlichen Wohnung, dass er nur so kurz hier gearbeitet hatte – als wäre er auf Durchreise. Von wo? Und wohin? Und weshalb? Na ja, das war nicht meine Sache. Oder doch? Nein. Denn natürlich bildete ich mir nur ein, dass das alles was mit mir zu tun hatte. Andernfalls wäre Leons Kündigung sinnlos gewesen, jetzt, wo ich wieder hier war.

Als hätte ich ihn hergedacht, betrat er in diesem Moment das Café. Er sah mich von weitem und winkte mir lächelnd zu. »Hallo, Juta. Ich hoffe, du wartest noch nicht allzu lange?«

»Nein, ich bin auch gerade erst gekommen«, log ich.

»Gut. Ich muss noch kurz was mit dem Chef regeln, dann können wir gehen, okay?« Damit verschwand er hinter dem Büfett. Leider bekam ich diesmal nicht mit, was gesprochen wurde. Zeitgleich kam die Bedienung mit dem Wasser. In letzter Zeit trank ich eigentlich so gut wie nichts anderes mehr. Ich verzichtete auf sämtliche Limonaden, Milch- oder Joghurtdrinks, ohne die ich vorher nie ausgekommen war. Sogar Tee ließ ich weg, nur einen gelegentlichen Kaffee gönnte ich mir. Wasser war … rein. Das war genau das Wort, das ich damit verband, und es passte wie kein zweites.

Als Leon wieder auftauchte, zahlte ich, er nahm meinen Arm, und wir verließen das Don Giovanni. Ich sah noch einmal zurück, weil mich unvermittelt das Gefühl beschlich, nie mehr herzukommen.

»Ich hoffe, du hast Hunger mitgebracht«, sagte Leon.

Zu meinem Erstaunen bemerkte ich, dass mein Magen tatsächlich leer war, und nickte. Dabei versuchte ich, mich an meine letzte Mahlzeit zu erinnern, die scheinbar ewig zurücklag.

»Dann hab ich ja mit dem Eulenspiegel das Richtige ausgesucht. Da gibt's hervorragende einheimische Küche und hervorragenden Wein. Das Restaurant ist gleich drüben am anderen Ufer des Flusses, wir können zu Fuß gehen.«

Während wir nebeneinander hergingen, sprachen wir beide nur wenig. Es war ein einvernehmliches Schweigen, nicht so wie die Stille, die einmal kurz während des Telefonats mit Tobias geherrscht hatte. Leon schien gedankenversunken. Meine eigenen Gedanken wanderten zu dem, was ich heute getan hatte, und plötzlich meinte ich, etwas Bedeutungsvolles gesehen, aber nicht wahrgenommen zu haben. Dumm nur, dass ich keine Ahnung hatte, um was es sich handelte. Angestrengt versuchte ich, mir jeden meiner Schritte ins Gedächtnis zurückzurufen, aber es nutzte nichts.

»Du siehst so nachdenklich aus, Juta«, brach Leon das Schweigen, als wir unter dem Torbogen ankamen, durch den wir die Altstadt betraten. »Denkst du noch immer an dein Notizbuch?«

»Mhm«, machte ich.

»Dann sollte dich das hier ablenken.« Damit öffnete er eine Tür, die in einen winzigen Flur führte, lotste mich eine enge Treppe hinauf und stieß erneut eine Tür auf. »Die Weinstube des Eulenspiegel. Ehrensache, dass es da auch was zu essen gibt«, lächelte er.

Der Raum war so gemütlich, wie man sich eine österreichische Stube vorstellt. Die Decke und Teile der Wände waren mit dunklem Holz vertäfelt, überall standen hübsche Dekorationen. Wir nahmen an einem kleinen Tisch am Fenster Platz, von dem aus man das mit einer österreichischen Fahne beflaggte Mozart-Geburtshaus sehen konnte, und wälzten die Karte. Wieder machte sich mein Magen bemerkbar, und ich schob jeden Gedanken, außer den an einen vollen Teller, weit von mir.

Nach einem sehr guten Essen, bei dem es meist Leon war, der geredet und von Salzburg, von Musik im Allgemeinen und Mozart im Besonderen erzählt hatte, saßen wir vor einem abgeräumten Tisch, auf dem nur noch Leons Wein- und mein Wasserglas standen.

»Woher weißt du so viel über Musik?«, fragte ich.

Leon zuckte mit den Schultern und grinste. »Dem kannst du in dieser Stadt nicht entgehen. Du kriegst Mozart praktisch mit dem Löffel eingetrichtert.«

Das klang, als wäre er hier aufgewachsen, was ich bisher nicht vermutet hatte, vor allem wegen seiner Wohnung. Aber so viel er auch von Musik und Salzburg gesprochen hatte, fehlte ein wie auch immer gearteter persönlicher Bezug.

»Spielst du ein Instrument?«, versuchte ich, zumindest etwas aus ihm herauszukitzeln.

»Klavier.«

Das war ja sehr einsilbig. Dann nahm er unversehens über den Tisch hinweg meine Hand. Er hielt sie eine Weile, drehte sie schließlich und betrachtete sie. Seine Berührung entfachte ein Gefühl der Wärme, und ich entzog sie ihm nicht.

»Du hast schöne Hände«, stellte er fest. »Lange schlanke sensible Finger, wie geschaffen für … Musik.«

Ich bemerkte das Zögern. Hatte er was anderes sagen wollen? »Tut mir leid, außer ein paar Akkorden auf der Gitarre kann ich damit nicht dienen.«

Als hätte er mich gar nicht gehört, tippte er auf die Kuppe meines Zeigefingers. »Was ist das?«, fragte er. »Das sieht schon älter aus. Hat nichts mit deinem Unfall in den Katakomben zu tun, oder?«

Volltreffer. Der Moment, dem ich diese Narbe verdankte, war der kostbarste meiner Kindheit. Die Narbe war ein Teil meines Körpers geworden, ich sah sie überhaupt nicht mehr, obwohl ich sie nie vergaß, nicht vergessen konnte, so sehr ich mich auch bemühte. Ich sprach nie darüber, konnte und wollte es nicht. Aber vielleicht war das hier eine gute Gelegenheit, es auszuprobieren. Das alles lag so weit zurück, irgendwann musste ich Erinnerungen zulassen, mich dem Schmerz stellen. Kurz fragte ich mich, ob ich mich ausgerechnet Leon anvertrauen sollte, über dessen Motive ich mir nicht im Klaren war. Andererseits: Das hatte alles nichts mit damals zu tun. Und der Wunsch, dass sich die alte seelische Wunde ebenso schließen möge wie der Schnitt in meinem Zeigefinger, wurde übermächtig.

Stockend begann ich also: »Das ist das Zeichen einer Blutsbrüderschaft. Oder Bruder-Schwesterschaft. Wie immer du es nennen willst.«

Leon grinste. »Echt? Wie Winnetou und Old Shatterhand?«

Sein amüsierter Ton half mir, und ich begab mich auf die scherzhafte Ebene, die mir die Antwort erleichterte. »Viel bedeutender! Como und ich haben uns Treue und Freundschaft geschworen bis in alle Ewigkeit. Lach nicht! Das war eine ernste Angelegenheit!«

»Como? Was ist das für ein Name?«, fragte Leon, das Grinsen wie weggewischt.

»Ich war die Einzige, die ihn so nennen durfte – und das auch nur, weil ich Giacomo damals nicht richtig aussprechen konnte.«

»Ein kleiner Italiener also?«

Ich runzelte die Stirn bei dieser Bemerkung, auch wenn sie sicher nicht herablassend gemeint war.

»Entschuldige«, sagte Leon, der mir ansah, was ich dachte. »Ich stelle mir nur gerade vor, wie das kleine Mädchen und der kleine Junge sich versprechen, eines Tages zu heiraten. Warum habt ihr's nicht getan?«

Ich sah Como vor mir, als wäre das alles erst gestern gewesen und nicht schon fünfundzwanzig Jahre her. Mit seinen dunklen Augen unter dem strubbeligen schwarzen Haar hatte er wirklich wie ein Italiener ausgesehen, aber er und seine Eltern waren für mich nie weniger deutsch als meine eigene Familie gewesen. Como war acht und ich sieben. Sein Blick hatte ernst auf mir geruht. Wieder sah ich ganz deutlich den kleinen Schmutzfleck auf seiner linken Wange, der entstanden war, als er das Messer aus unserem Geheimversteck geholt hatte – einer alten, abrissreifen Gartenlaube. Mit unserem Blut, das sich aus seiner Wunde im Daumen und meiner im Zeigefinger mischte, hatten wir einander weder eine Hochzeit noch die ewige Liebe versprochen, sondern Freundschaft und Treue bis in den Tod.

Dass daraus dann Jahre später doch Liebe wurde, wäre vielleicht sogar absehbar gewesen, aber als Kind denkt man nicht daran, was passiert, wenn man siebzehn wird. Und wenn man dann siebzehn ist und die erste wirkliche Liebe erlebt, denkt man nicht daran, dass es irgendwann zu Ende sein könnte. Von einem Tag auf den nächsten, als hätte es den anderen nie gegeben. Genau das war geschehen. Como ging fort, ohne Erklärung, ohne ein Wort des Abschieds, und mir brach das Herz.

Ich bemühte mich, Leons erwartungsvollem Blick standzuhalten und die aufkommende Traurigkeit abzuschütteln. »Eine Menge im Leben kommt eben anders, als man denkt. Oder ist dir das noch nie so gegangen?«

Leon hatte sein Glas in der Hand gehalten, jetzt stellte er es behutsam auf den Tisch, ohne einen Schluck getrunken zu haben. »Doch. Natürlich.« Er machte eine Pause. »Ich nehme an, das lässt sich nicht vermeiden. Man entwickelt sich weiter und entdeckt plötzlich, dass man Dinge tut, die man vorher nicht für möglich gehalten hätte – oder Dinge, die man nicht tut, von denen man selbst und andere aber immer erwartet haben, dass man sie tut.«

Bevor ich fragen konnte, was er mit dieser doch ausnahmsweise mal persönlichen Äußerung meinte, kam er mir zuvor: »War das bei dir und Como ähnlich?«

»Wird es wohl gewesen sein«, antwortete ich ausweichend.

»Habt ihr euch denn ganz aus den Augen verloren?«

»Ja. Ich hab keine Ahnung, wo Como heute steckt oder was er macht.« Eine Zeit lang hatte ich erfolglos versucht, ihm und seiner Familie nachzuspüren, aber sie blieben wie vom Erdboden verschluckt. »Das ist schon ganz gut so – wer weiß, was aus uns geworden wäre. Vielleicht wären wir längst geschieden.«

Leon lächelte hintergründig. »Wieso habe ich das Gefühl, dass du das nicht glaubst …«

Ich erwiderte das Lächeln nur halbherzig. »Es ist müßig, darüber nachzudenken, was gewesen wäre, wenn. Wir waren noch so jung.« Möglicherweise stimmte das sogar mehr, als ich damals hatte wahrhaben wollen.

Eben noch hatte ich geglaubt, ich könnte endlich darüber hinwegkommen, stattdessen brach alles wieder in mir auf. Verdammte Erinnerungen! Das ging so nicht. Ich musste … Halt. Stopp! Erinnerungen? Hatte ich mich nicht auf dem Weg hierher an etwas Bedeutungsvolles erinnert, ohne genau zu wissen, an was? Endlich fiel mir wieder ein, was ich gesehen hatte! Meine Güte!

»Juta? Hallo! Erde an Juta! Bist du noch da?«, drang Leons Stimme zu mir durch. »Tut mir leid, wenn ich da an etwas gerührt habe, an das du nicht erinnert werden wolltest, wirklich.«

Ich musste mich konzentrieren, um eine passende Antwort zu geben. »Ach was. Aber du bist dran: Erzähl mal ein bisschen von deiner eigenen Kindheit.«

Was er zu berichten hatte, hätte mich unter anderen Umständen sehr interessiert. Jetzt allerdings bemerkte ich sein Zögern nur am Rande und hörte nur die ersten beiden Sätze. »Da gibt's nicht viel zu erzählen. Meine Eltern waren selten zu Hause und wenn, stellten sie ausgesprochen hohe Ansprüche an ihren Sohn …«

Dann wanderten meine Gedanken zum Petersfriedhof. Ich ging die Wege entlang und blieb vor einem kleinen Mausoleum stehen, dessen Tür so lose in den Angeln hing, dass ich es hätte betreten können. Ich war nicht hineingegangen, aber ich hatte es von außen eine ganze Weile betrachtet und auch den Namen desjenigen gelesen, dessen sterbliche Überreste dort ruhten: Jakob Jakobus. Ich konnte mich sogar noch daran erinnern, dass ich mich gefragt hatte, was in Jakobs Eltern bei der Namenswahl ihres Sohnes vorgegangen sein mochte.

Jakob Jakobus. Como. Eigentlich Giacomo. Giacomo Giacobbe. Dieselbe Kombination, nur eine andere Sprache. Weil ich niemals an Como als Giacomo dachte, war mir die seltsame Kombination nicht gleich aufgefallen. Was für ein Zufall. Da an einen Zusammenhang zu glauben, war zu weit hergeholt. Es wäre verrückt, nach all den Jahren ausgerechnet hier auf eine Spur von Como zu treffen. Andererseits: nicht verrückter als das, was mir ohnehin schon passiert war.

Sei nicht albern, schimpfte ich mit mir selbst, obwohl mein Herz so laut hämmerte, dass ich dachte, Leon müsse es hören. Was sollte da für ein Zusammenhang bestehen? Es gab wahrscheinlich Hunderte von Christian Christiansens und Peter Petersens, und in diesem Fall handelte es sich ja noch dazu um unterschiedliche Sprachen.

»Meinst du nicht auch?«, fragte Leon in diesem Moment.

»Hm?«, machte ich abwesend.

Er verzog die Mundwinkel. »Ich dachte mir schon, dass meine Kindheitserlebnisse irre spannend sind ...«

Ich spürte, wie ich errötete. »Entschuldige, ich war einen Augenblick lang ganz woanders.«

»Das war nicht zu übersehen. Bei Como?«

»Ich fürchte ja.«

Leon zögerte, bevor er fortfuhr: »Manchmal kann's ganz heilsam sein, wenn man über das spricht, was einen beschäftigt.«

»Nicht in diesem Fall.« Ich merkte selbst, wie unfreundlich das klang. Ebenso gut hätte ich sagen können, dass ihn das einen feuchten Kehricht anging. Aber Leon nahm mir meine Reaktion nicht übel.

»Schon okay. Ich wollte auch nur sagen: Wenn du doch mal drüber reden möchtest, werde ich gern zuhören.«

»Danke.« Endlich brachte auch ich wieder ein Lächeln zustande. »Was wolltest du übrigens eben von mir wissen?«

»Ob wir gehen sollen. Du musst doch noch Salzburg bei Nacht sehen.«

Während wir umherschlenderten und ich den angestrahlten Plätzen und Gebäuden nur wenig Beachtung schenkte, fragte Leon, womit ich mir den Tag vertrieben hatte. Ich berichtete von meinem Ausflug in die Katakomben, wozu ich bisher noch gar nicht gekommen war.

Leon blieb stehen und drehte sich zu mir. »Das erzählst du erst jetzt?« Gerade standen wir in einer dunkleren Passage, ich konnte sein Gesicht nicht erkennen und fragte mich, ob ich mir seinen angespannten Ton nur einbildete. »Hast du dich denn an irgendwas erinnern können?«

Für eine Sekunde sah ich Tobias vor mir, der immer alles richtig machen wollte und mich mit seiner Sorge dabei fast erdrückte. Leon war anders. Er war auch besorgt, aber er überfiel mich nicht gleich mit Vorwürfen, Bitten oder Abraten.

»Nein. Und leider hab ich auch nirgends mein Tagebuch gefunden.«

Tobias hätte gesagt, dass das kaum ein Wunder sei. Leon sagte: »Ich nehme an, es war den Versuch wert.« Er setzte sich wieder in Bewegung, bevor er weitersprach. »Bist du bereit fürs Bergsteigen?«

»Was genau verstehst du unter Bergsteigen?«, fragte ich misstrauisch. Zum Kraxeln hatte ich keine passenden Schuhe an.

»Da hoch«, sagte er und deutete auf den Kapuzinerberg vor uns. »Die Aussicht von dort ist grandios. Du musst auch nicht klettern, es gibt einen Weg und Stufen daneben. Er ist zwar schlecht beleuchtet, aber immerhin.«

»Klingt verlockend. Jedenfalls die Aussicht«, gab ich immer noch skeptisch zurück.

Leon grinste. »Du wirst es nicht bereuen!«

Oben waren wir ganz allein und ließen unseren Blick schweigend hinüber zur Festung schweifen, zum Rathausturm, zu den zahllosen Kirchen.

Einer dieser Türme, die ich von hier aus nicht zuordnen konnte, gehörte zur Peterskirche und dem Friedhof mit dem Mausoleum von Jakob Jakobus, und in diesem Augenblick des Zaubers wusste ich, dass ich dort hin zurückmusste.

Später verabschiedete sich Leon vor meinem Hotel von mir. »Wie lange wirst du in Salzburg bleiben?«, erkundigte er sich, bevor er meine Hand endgültig losließ.

»Vielleicht ein paar Tage, wenn ich Ulli überreden kann, ein bisschen länger auf meinen Laden aufzupassen.«

»Würde mich freuen, wenn wir uns noch mal sehen. Darf ich dich anrufen?«

Im Rucksack suchte ich nach meinem Portemonnaie und gab ihm meine Karte mit meiner Handynummer. »Wäre schön«, sagte ich dazu.

Ist das klug?, fragte ich mich gleichzeitig. Was ist mit dieser Notiz auf seinem Schreibtisch? Ich wischte meine eigenen Bedenken beiseite, ich war es so leid, misstrauisch und ständig auf der Hut zu sein.

Prüfend glitten Leons Augen über mein Gesicht, bevor er nickte und noch mal kurz meine Hand nahm. »Gute Nacht, Juta.«

4.

Im Hotelzimmer ließ ich heißes Wasser in die Wanne und legte mich bald darauf genüsslich im Schaum zurück. Dabei versuchte ich, an gar nichts zu denken, nicht an Leon, nicht an Tobias und vor allem nicht an Como und die Albträume, und schloss die Augen. Im Zimmer nebenan hörte jemand Musik, die sehr leise zu mir herübertönte – und beruhigend wie ein Wiegenlied auf mich wirkte.

Da bekam der Schemen, die Gestalt, endlich ein Gesicht, das aus mehr bestand als Augen. Es war das Gesicht eines Mannes mit wirren schwarzen Haaren, die sich zu Locken kringelten. Seine Stirn war in Falten gelegt, als hätte er Schmerzen, um seinen Mund lag ein harter angestrengter Zug, der nicht da gewesen war, als wir uns das letzte Mal gesehen hatten. Es war das Gesicht eines erwachsenen Mannes. Nicht das des jungen sorglosen Como, das ich kannte.

Nur seine Augen hatten sich nicht verändert. Das dunkle Braun brannte sich eindringlich in mein Grau. Er beschwor mich, etwas zu tun. Er würde ungeduldig werden, wenn ich es nicht tat. Sein Mund formte Worte, aber ich verstand sie nicht.

Como war da und wartete. Auf mich. Warum konnte ich seine Worte nicht verstehen? Como!!

Als ich aus dem Traum hochfuhr, schwappte merklich kühleres Wasser über den Rand der Wanne. Ich wusste, dass ich aufstehen und mich abtrocknen sollte, fand aber kaum die Kraft dazu. Mir war klar, dass sich dieser ständig wiederholende Traum nur heute mit Como gefüllt hatte, weil ich seit ein paar Stunden unablässig an ihn dachte. Das machte es nicht weniger aufwühlend.

Mit Beinen aus Gummi kämpfte ich mich endlich doch aus der Wanne und hüllte mich in ein riesiges, flauschiges Duschtuch. Während ich mich abrubbelte, ging mir durch den Kopf, dass Como sich zur ungünstigsten

Zeit wieder in mein Leben mischte. Es war doch gerade kompliziert genug, ohne diesen ganzen Vergangenheitswust.

Ich schlüpfte in meinen Pyjama und unter die Decke, doch meine Gedanken rotierten weiter. Ich ahnte, dass ich keinen Schlaf finden würde, also ließ ich das Licht an und starrte an die Decke. Auch damals hatte ich über die Gründe von Comos urplötzlichem Verschwinden nachgedacht, aber vor allem war ich damit beschäftigt gewesen, sehr, sehr verletzt und wütend zu sein. Und schwanger.

Ich sah mich ganz allein dasitzen vor fünfzehn Jahren. Der Mann, den ich liebte, war abgehauen, ohne sich um mich und um sein Kind zu kümmern. Ich wusste, dass ich ihm Letzteres eigentlich nicht vorwerfen durfte, weil ich ihm davon nichts mehr hatte sagen können. Ich tat es trotzdem. In meinem Elend verblasste nach und nach die Frage nach dem Warum, es zählte nur noch, dass Como fort war. Und es wurde schlimmer, als ich das Kind im vierten Monat überraschend verlor. Zuvor hatte ich mich allein und verlassen gefühlt, aber das Gefühl, das mich überkam, nachdem ich unser Baby verloren hatte, war so verzweifelt, so entsetzlich, dass mir selbst heute kein passendes Wort einfiel, es zu beschreiben.

Jetzt, nach all den Jahren, lag ich in einem Salzburger Hotelzimmer und gestattete mir einen neuen Gedanken: Wenn Como nun einen guten Grund gehabt hatte fortzugehen, einen, den ich damals nicht verstanden hätte, heute aber schon? Erwartete er gar nicht, dass ich etwas tat, wollte er nur, dass ich zuhörte? Bereit war, ihn zu verstehen?

Rastlos wälzte ich mich hin und her. Das war Blödsinn. Como hatte nichts mit dem ursprünglichen Albtraum zu tun. Das sagte mir zumindest mein Kopf. Meine Intuition sagte was anderes, je länger ich diesen Überlegungen folgte. Mit niemandem sonst war ich so verbunden gewesen wie mit Como, und ob ich es wahrhaben wollte oder nicht, daran hatte sich trotz der Trennung, trotz der Jahre nichts geändert. Ich war in Salzburg, weil mein Bauch es mir sagte, nicht mein Verstand, also würde ich auch meinem Bauch folgen. Ich stand auf und zog mich wieder an. Obwohl ich um diese Uhrzeit gar nichts erreichen würde, beschloss ich, zum Petersfriedhof zu gehen. Still liegen, abwarten, untätig sein, das war mir nun mal nicht in die Wiege gelegt.

Schließlich lief ich durch die Nacht, die stiller geworden war, atmete die kalte Luft ein und fühlte mich etwas besser. Manchmal hörte ich leise Schritte hinter mir, verbot mir aber, mich umzudrehen. Ich war hier nicht die einzige Nachteule, außer mir waren noch mehr Menschen unterwegs, es gab keinen Grund anzunehmen, dass irgendwelche Schritte mir galten.

Langsam kam das erste Eisengittertor in Sicht, Bulli und Sandhaufen befanden sich unverändert an derselben Stelle. Ein neues aufgebuddeltes Loch erkannte ich jenseits des Tores, als ich meine Hände um die Verschnörkelungen und meine Wange an das eiskalte Gitter legte. Von hier aus hörte ich nur einen Bach rauschen, weiter würde ich diese Nacht auch kaum kommen. Dann merkte ich, dass das Tor nachgab. Die Bauarbeiter mussten vergessen haben abzuschließen.

Vorsichtig zwängte ich mich hindurch, dabei quietschte es leise, und schob es in die ursprüngliche Position zurück. Das erste Hindernis war überwunden, nun gab es nur noch das zweite Tor. Das sperrangelweit offen stand. Hierfür war doch bestimmt die Kirchenverwaltung oder so was Ähnliches verantwortlich. Hieß das, dass jemand ganz offiziell auf dem Friedhof unterwegs war, selbst um diese Zeit?

Ich blieb vor dem Tor stehen und lauschte. Für einen Moment kam es mir so vor, als wäre da ein Geräusch, ohne ausmachen zu können, woher es kam. Dann wurde es wieder ruhig. Ich zögerte, den Friedhof zu betreten. Aber ich war nicht hergekommen, um im letzten Moment zu kneifen, also holte ich tief Luft und ging los. Im Mondlicht wirkte alles ganz anders, außerdem hatte ich mir die Lage des Mausoleums nicht eingeprägt. Ein paar Mal blieb ich stehen, um mich zu vergewissern, dass mir niemand nachkam. Meine Schritte dröhnten in meinen Ohren. Wenn ich erwischt wurde, würde man mich hochkantig vom Gelände werfen. Wieder hörte ich ein Geräusch, diesmal hinter mir. Ich drängte die aufkommende Panik beiseite und suchte entschlossen weiter, bis ich endlich vor dem Mausoleum stand. Die Tür hing noch immer lose in den Angeln, darüber war in kupfernen Lettern der Name des Toten angebracht: Jakob Jakobus.

Vorsichtig berührte ich die Pforte, die erheblich lauter quietschte als das Eingangstor, und trat schnell ins Dunkle. Das Mausoleum war nur klein und besaß kein Fenster, auch von draußen drang kaum Licht hinein. Du lieber Gott, mir fehlte eine Taschenlampe.

Als hätte der Allmächtige meinen Stoßseufzer gehört, wurde plötzlich das Innere des Mausoleums mit einem Strahl erhellt.

Jemand stand direkt hinter mir, trotzdem blieb es still, ich hörte nichts außer einem leisen Atmen. Mir lief eine Gänsehaut den Rücken hinunter. Ich wagte nicht, mich umzudrehen, ich dachte an mein überwältigendes Gefühl der Bedrohung in der Gertraudenkapelle und erwartete jeden Augenblick einen Schlag auf den Kopf. Ich war unfähig, mich zu bewegen, stattdessen folgten meine Augen unwillkürlich dem Lichtstrahl, der sich auf einen Schriftzug an der Wand direkt vor mir richtete: *Jakob Jakobus – Er folgte seinem Ziel – 1942–2005*.

»Alt ist er ja nicht geworden«, sagte eine leise Stimme, die ich kannte.

»Leon! Du hast mich zu Tode erschreckt! Was tust du hier?«

Leon schwenkte den Strahl seiner Taschenlampe auf einen Punkt zwischen uns an die Decke des Mausoleums. Das reichte, um seine spöttisch erhobene Braue zu erkennen. »Was *ich* hier tue? Die Frage, die ich mir schon seit geraumer Zeit stelle, ist, warum du mitten in der Nacht auf einem Friedhof spazieren gehst und in ein Mausoleum eindringst.«

»Die Tür war offen. Und lenk bitte nicht ab! Ich weiß, was ich hier will, aber ich frage mich, weshalb du mir gefolgt bist. Das bist du ja offensichtlich. Also?«

»Müssen wir das hier besprechen? Ich find's ungemütlich in diesem Ding.«

»Ist mir egal, was du findest.« Langsam ließ die Anspannung nach, der Ärger gewann Oberhand. »Ich will wissen, warum du mir nachgegangen bist.«

Leon seufzte resigniert. »Weil mir nicht ganz wohl dabei war, dich allein zu lassen. Ich hab mir Vorwürfe gemacht, dass ich dich an diese alte Geschichte mit Como erinnert habe – obwohl ich nicht wissen konnte, wie sehr dich das belastet. Jedenfalls hast du vorhin ziemlich blass und elend ausgesehen. Zu Hause hab ich hin und her überlegt, ich dachte, es sollte lieber jemand bei dir sein, also bin ich wieder raus, und dann sah ich dich aus dem Hotel kommen.«

»Du hättest mich einfach ansprechen können, das hätte dir die Verfolgungsjagd erspart.«

Darauf hatte Leon nicht gleich eine Erwiderung parat, für eine Sekunde wich er meinem Blick aus. »Ich war neugierig«, gab er schließlich zu.

»Worauf? Vielleicht war mir nur nach frischer Luft.«

»Hör mal, so richtig heimelig ist das hier drin wirklich nicht. Lass uns das woanders besprechen.«

»Es gibt nichts weiter zu besprechen«, entgegnete ich. »Abgesehen von der Antwort, die du mir noch schuldig bist.« Mir fiel wieder diese Notiz auf seinem Schreibtisch ein, auf der *P-Frie* gestanden hatte. Und wir befanden uns gerade beide auf dem Petersfriedhof. Zufall? Andererseits musste ich zugeben, dass das nur meine Auslegung des Fragmentes war.

»Ich hab dich müde, kaputt und durchgefroren vorm Hotel abgesetzt, und eine Stunde später soll dir nach frischer Luft sein? Sehr überzeugend, Juta. Ich gebe zu, es war ein Fehler, ich hätte dich einfach fragen sollen, statt dir zu folgen. Aber leider ist Neugier nun mal eine meiner Charakterschwächen, und etwas hat mir eingeflüstert, dass du mir nicht freiwillig sagen würdest, was du vorhast. Oder hättest du?«

Seine Ehrlichkeit war entwaffnend. Hinzu kam, dass er mich trotz unserer kurzen Bekanntschaft offensichtlich schon so gut einschätzen konnte – was mich beeindruckte und nachgeben ließ. »Also gut, gehen wir und setzen uns irgendwo ins Warme.« Schweigend gingen wir in Richtung Ausgang. Erst als er das Gittertor zuzog und die Taschenlampe ausknipste, fragte ich misstrauisch: »Wie kommt's, dass du praktischerweise die Lampe dabei hattest?«

Leon blieb stehen und sah mir in die Augen. »Wie kommt's, dass du so verbissen drauf aus bist, mir unlautere Motive zu unterstellen?«

Darauf hätte es mehrere Antworten gegeben, keine davon wirklich überzeugend. Ich hatte immer nur Bruchstücke – Bruchstücke meiner Erinnerung, Bruchstücke eines Albtraums, Bruchstücke von Wissen über Leon und über meine ursprünglichen Gründe, in Salzburg zu sein. Andererseits wollte ich so viel wie möglich über Jakob Jakobus herausfinden, dabei konnte mir Leon vielleicht helfen.

»Entschuldige«, lenkte ich deshalb ein. »Aber du musst schon zugeben, dass man nicht ständig aufs Geratewohl mit einer Taschenlampe in der Gegend rumläuft.«

Leon grinste und zeigte auf eine Jackentasche. »Sie war noch hier drin. Als ich das Ding das letzte Mal anhatte, hab ich sie gebraucht und anschließend vergessen, sie rauszunehmen.« Er trug eine von diesen Outdoorjacken mit zig aufgenähten Taschen, und seine Worte überzeugten mich. Leon sah meinen Argwohn schwinden. »Es ist spät«, stellte er fest, »und ruhige Bars, in denen wir ungestört reden können, haben wahrscheinlich schon geschlossen. Wollen wir zu mir?«

Er wartete mein Nicken ab, dann liefen wir ohne ein Wort nebeneinander her, bis Leon das Schweigen brach. »Bist du aus einem bestimmten Grund so übervorsichtig? Nur mir gegenüber oder generell?«

Zwei schwierige Fragen. »Ich weiß nicht genau«, antwortete ich wahrheitsgemäß. »Das ist eine lange Geschichte, von der ich leider selbst nur einen Teil kenne.«

»Hm«, machte Leon. »Dann sollten wir das später in Ruhe besprechen. Aber du hast wegen der Taschenlampe offenbar geglaubt, ich hätte geplant, dir zu folgen, richtig? Das ist ein Denkfehler, ich konnte schlecht wissen, dass du das Hotel überhaupt noch mal verlässt. Oder bist du davon ausgegangen, dass ich die ganze Nacht auf der Straße gestanden und gewartet haben könnte, dass genau das passiert?« Leon sagte das mit amüsiertem Unterton. Tatsächlich hatte ich so was Ähnliches in Erwägung gezogen, obwohl es jeder rationalen Grundlage entbehrte.

»Du musst mein Verhalten lächerlich und albern finden.«

»Sagen wir, ich finde es reichlich undurchsichtig. Wenn ich raten sollte, würde ich sagen, da steckt mehr dahinter als die Suche nach diesem Tagebuch. Es kam mir gleich etwas unwahrscheinlich vor, dass du nur deshalb nach Salzburg zurückgekommen bist.« Nach einer kurzen Pause fuhr er fort: »Oder hast du das Buch etwa in dem Mausoleum von diesem Jakob Jakobus vermutet?«

Verblüfft ließ ich mir das durch den Kopf gehen, ohne zu antworten. Hatte ich bei meinem ersten Salzburg-Besuch auch schon Jakob Jakobus mit Como in Verbindung gebracht?

Wir waren bei Leon angekommen, er nahm meine Hand und zog mich ins Haus und die Treppen hinauf. »Ich nehme an, du wirst mir gleich erzählen, weshalb du auf einmal so sprachlos geworden bist.«

In seiner Wohnung verschwand Leon in der Küche, um für sich Tee zu machen. Ich nutzte die Gelegenheit und huschte hinüber zu seinem Schreibtisch, um den Zettel unter dem ganzen anderen Papierwust hervorzuholen und endlich alles zu lesen, was draufstand. Mit einem Blick erkannte ich, dass Leon aufgeräumt hatte. Sowohl die Ausdrucke als auch die kleinen Notizzettel waren fort, nur noch ein Stapel blütenreines weißes Papier lag neben dem Notebook.

Leon kam mit seinem Tee zurück und stellte eine Flasche Wasser vor mich hin. Um Zeit zu schinden, öffnete ich sie etwas umständlich und schenkte mir ein. Leon hatte mir eine Frage gestellt. Wenn ich sie beantwortete, schloss das eine ganze Menge ein, das ich vielleicht lieber für mich behalten sollte. Auf der anderen Seite brachte es wenig, wenn ich mir selbst immer und immer wieder dieselben Fragen stellte. Ich brauchte den Austausch, um über den Tellerrand sehen zu können. Dafür genügte schon eine leicht dahin geworfene Bemerkung wie Leons.

Was sollte dieses ganze Abwägen, ob ich ihm trauen sollte oder nicht? Die schlichte Wahrheit war doch: Ich *wollte* ihm trauen – und welche stichhaltigen Hinweise gab es, es nicht zu tun? Ich nahm einen letzten Schluck Wasser und begann zu erzählen, wobei ich nur wenig ausließ. So ging ich bei der Schilderung meiner Albträume nicht ins Detail und verschwieg auch Tobias' Warnungen. Ansonsten wusste Leon anschließend dasselbe wie ich: dass mir immer noch Teile meiner Erinnerungen fehlten, wozu auch gehörte, dass ich nur vermuten konnte, weshalb es mich überhaupt nach Salzburg verschlagen hatte. Dass ich allmählich überzeugt war, der Grund dafür sei Como, nachdem ich auf das Grab des Mannes namens Jakob Jakobus gestoßen war. Dass ich diesen seltsamen Satz in mein verschwundenes Notizbuch geschrieben hatte.

Während ich redete, lief Leon im Zimmer auf und ab, und dann, als ich endlich schwieg, legte er zielsicher den Finger auf die Wunde: »Was macht dich so sicher, dass das alles was mit Como zu tun hat? Dass er in deinem letzten Traum vorkam, wurde doch vielleicht nur durch unsere Unterhaltung über ihn ausgelöst.«

»Mein Instinkt sagte mir, dass mehr dahintersteckt«, widersprach ich. »Ich müsste rausfinden, ob es eine Verbindung zwischen Jakob Jakobus und Como gibt. Außerdem habe ich mir den Kopf darüber zerbrochen, was ich mit dem Satz in meinem Tagebuch gemeint haben könnte. Heißt ›Habe ich ihn gefunden‹, dass ich Como gefunden habe? Wär doch möglich.«

»Hast du ihn denn gesucht?«

»Nicht in den letzten Jahren, soweit ich mich erinnere. Aber ich *kann* mich eben nicht an alles erinnern. Mir fehlen immerhin vier Wochen, in denen alles Mögliche passiert sein könnte.«

»Meinst du, Como hat in dieser Zeit Kontakt zu dir aufgenommen?«

»Ich weiß es nicht«, sagte ich, halb ungeduldig, halb niedergeschlagen.

Leon setzte sich, nahm seinen Becher hoch, merkte, dass er leer war und stellte ihn zurück. »Was meint denn dein Tobias dazu?«

»Keine Ahnung. Ich hab mit ihm nie über Como gesprochen. Glaub ich jedenfalls.«

Leon hob seine Brauen, ließ diese Tatsache ansonsten aber unkommentiert. »Wie gut kennst du Tobias eigentlich?«, erkundigte er sich.

»Offenbar kannte ich ihn gut genug, um mehr als nur befreundet mit ihm zu sein. Er ist sehr nett.«

»Nett? Mehr fällt dir nicht ein zu dem Mann, mit dem du eine Beziehung hast?«

Resigniert schüttelte ich den Kopf. »Mir fehlt einfach zu viel, Leon. Und um ehrlich zu sein, habe ich mir kaum eine Chance gegeben, ihn besser kennen zu lernen, weil ich unbedingt nach Salzburg zurückwollte.«

»Du bist schon eine bemerkenswerte Frau«, stellte Leon fest. »Da leidest du an Gedächtnisverlust, ignorierst das völlig und willst Rätsel lösen, die du ohne deine Erinnerungen nicht lösen kannst. Gehst du immer mit dem Kopf durch die Wand?«

»So was Ähnliches hat Tobias auch gesagt.«

»Zumindest was das betrifft, stimme ich ihm zu. Ansonsten …« Leon ließ den Rest in der Luft hängen.

»Ansonsten was? Du kennst Tobias doch noch viel weniger als ich.«

Die darauf folgende Stille hing beinah bedrohlich über mir. Leon sah mich an, als müsse ich seinen sehr logischen Gedankengängen leicht folgen können. Als ich nichts sagte, seufzte er. »Findest du es nicht merkwürdig, dass dir all das passiert, kurz nachdem du Tobias begegnet bist?«

»Was?« Entgeistert starrte ich Leon an. Was er da sagte, entbehrte nicht einer gewissen Komik. Tobias hatte mich vor Leon gewarnt, und nun kam diese Warnung postwendend zurück. Andererseits war schon was Wahres daran. Ich versuchte mich an die Zeit zu erinnern, zu der alles angefangen hatte. Von Tobias hatte ich zuerst gehört, dass ich unter Schlafproblemen und Albträumen litt. Als ich nachzurechnen begann, kam ich zu dem Schluss, dass die ungefähr zum selben Zeitpunkt begonnen hatten, zu dem Tobias in mein Leben getreten war. Das mochte Zufall sein. Allmählich begegneten mir in dieser Geschichte entschieden zu viele Zufälle.

Leon hockte sich neben mich und sah mich von unten herauf an. »Tut mir leid, das war sicher unfair. Ich kenne deinen Freund nicht und will ihn nicht ungerechtfertigterweise verdächtigen. Vergiss, was ich gesagt habe.«

»Als ob das so einfach wäre …«

»Es ist zwar ein blödes Sprichwort, aber wenn du erst mal eine Nacht drüber geschlafen hast, sieht das alles schon anders aus. Falls das überhaupt möglich sein sollte, schaust du inzwischen noch sehr viel müder aus als vorhin.«

»Ich liebe deine Komplimente!«

Leon lachte. »Passt schon – das ist der österreichische Charme! Entschuldige mich kurz, ich bin gleich zurück und bring dich dann ins Hotel.« Er verließ den Raum, und ich lehnte mich in den weichen Sessel. Nur kurz die Augen schließen, dachte ich.

5.

Als ich sie wieder öffnete, war Leon noch immer verschwunden. Dafür saß ich nicht mehr im Sessel, sondern lag auf einem Sofa, eine Decke über mich gebreitet. Alles war still, bis draußen eine Uhr dreimal schlug. Flüchtig dachte ich, dass ich sehr tief geschlafen haben musste, wenn ich nicht mal bemerkt hatte, wie Leon mich hertrug. Ich drehte mich auf die andere Seite und glitt erneut in den Schlaf.

Comos dunkle Augen starrten mich durchdringend an. Sie sagten deutlicher als Worte, dass ich nicht aufgeben sollte, dass ich auf dem richtigen Weg war. Endlich auf dem richtigen Weg. *Mach weiter!*, sagten sie. *Du musst!*

Como?, fragte ich.

Die Gestalt rührte sich nicht, sah mich nur unablässig an.

Sag mir, was ich tun soll, bitte, Como!

Wieder blieb Como still, allein seine Augen redeten mit mir. Diesmal schien es mir, als würden sie mir zurufen: *Folge dem Ziel!*

Welchem Ziel? Meine Verzweiflung wuchs. Tief in mir ahnte ich, dass ich es wissen müsste. Welchem Ziel?

Plötzlich änderte sich das Szenario. Comos Hände lagen auf meinen Schultern, er schüttelte mich, als wolle er mich mit Gewalt zwingen, das zu tun, weshalb ich hier war.

»Juta! Wach auf, um Himmels willen!«

Das klang nicht nach Comos Stimme, irgendwas war verkehrt, verrückt im wahrsten Sinne des Wortes. Ich versuchte, die Hände von meinem Körper abzuschütteln, doch der Griff war zu fest. Im Unterbewusstsein begriff ich, dass Leon mich schüttelte, aber ich wollte noch nicht aufwachen. *Welchem Ziel, Como?*

»Juta!« Leon brüllte fast in mein Ohr, und ich schlug die Augen auf.

»Ich bin wach!«, sagte ich und wurde mir bewusst, dass ich darüber zum ersten Mal enttäuscht statt erleichtert war.

»Gott sei Dank!« Leons Stoßseufzer wirkte rührend. »Wie geht's dir?«

Ein paar Sekunden lang horchte ich in mich hinein, hoffte, auf einen Rest von Comos Gegenwart zu stoßen. Aber da war nichts mehr, nur die Erinnerung an seine Augen. »Es würde mir besser gehen, wenn du mich nicht geweckt hättest.«

»Wie bitte? Du hast dich hin- und hergeworfen, stoßweise geatmet und mit verzerrtem Gesicht vor dich hingemurmelt! Entschuldige, aber das sah mir sehr nach einem deiner Albträume aus.«

»Ja. Nein. Ich meine, es war der Traum, nur anders, deutlicher. Ich träume das nicht zufällig, es dient einem Zweck, ich folge einem Ziel, verstehst du?«

Leon beäugte mich skeptisch. »Dir dürfte doch klar sein, dass du da bloß wegen des Spruchs in Jakob Jakobus' Mausoleum drauf kommst: *Er folgte seinem Ziel,* stand da.«

»Eben. Das Mausoleum muss was mit Como zu tun haben! Versuchen wir rauszufinden, wer Jakob Jakobus war, und wenn sich gar kein Zusammenhang zu Como herstellen lässt, dann hast du gewonnen, und ich bin bloß hoffnungslos überspannt. Einverstanden?«

»Auf jeden Fall bist du hartnäckig. Gut, einverstanden. Meinst du, wir haben vorher noch genug Zeit für einen Kaffee? Ohne den bin ich morgens zu nichts zu gebrauchen«, lächelte er.

»Ging mir früher ähnlich. Übrigens danke, dass ich hier schlafen durfte. Und für die Decke.«

Leons Lächeln vertiefte sich. »Keine Ursache. Das Bad ist hinten links, Handtücher hängen über der Wanne, und eine neue Zahnbürste findest du auf der Ablage.«

Bei meiner Rückkehr standen auf dem Tisch zwei dampfende Kaffeebecher, neben meinem zusätzlich ein Glas Wasser, und frische Brötchen, die Leon schon geholt hatte, während ich schlief. Er saß an seinem Schreibtisch vor seinem Notebook, drehte sich aber nicht um, als er mich kommen hörte.

»Hier, sieh dir das mal an. Ob das nun was mit deinem Como zu tun hat oder nicht, dieser Jakob Jakobus scheint ein interessanter Zeitgenosse gewesen zu sein. Zumindest sein Tod war … außergewöhnlich.«

Neugierig trat ich hinter Leon und sah ihm über die Schulter. »Wie bist du darauf gekommen?«

»Hab seinen Namen gegoogelt. Die Sache mit Jakobus hat letztes Jahr einen ziemlichen Wirbel in der lokalen Presse verursacht, der Artikel hier ist aus den Salzburger Nachrichten.« Leon überließ mir seinen Schreibtischstuhl, damit ich den Beitrag lesen konnte.

Den Blick schon halb auf dem Display, erkundigte ich mich: »Und du hast nichts davon mitgekriegt?«

»Zu der Zeit war ich nicht in der Stadt, deshalb hab ich's verpasst.«

Verstehend nickte ich und vertiefte mich in den Artikel von letztem Oktober:

Grausiger Fund am Paracelsus-Grab

Gestern wurde am frühen Morgen am Paracelsus-Grab auf dem Sebastiansfriedhof die Leiche eines Mannes aufgefunden. Touristen, die die letzte Ruhestätte des berühmten Mediziners besuchen wollten, waren buchstäblich über den Körper gestolpert, der unterhalb des Sockels im Verbindungsgang zur Sebastianskirche lag. Der Friedhof blieb durch die Polizei auch noch Stunden nach dem Abtransport der Leiche gesperrt. Ein Polizeisprecher teilte am Abend mit, man habe den Mann identifizieren können. Es handelt sich um den 63-jährigen Jakob Jakobus, der seit einigen Jahren in der Salzburger Zweigstelle des pharmazeutischen Konzerns PharmaCon aus Braunau tätig war. Er hinterlässt eine Frau und einen Sohn. Seine Familie stand bisher für die Salzburger Nachrichten nicht für eine Stellungnahme zur Verfügung.

Offensichtlich hat die Obduktion keine eindeutige Todesursache ergeben. Der Polizeisprecher konnte deshalb auch nicht ausschließen, dass es sich nicht um einen natürlichen Tod handelt. Die Frage, ob der Fundort auch ein möglicher Tatort war, blieb ebenfalls unbeantwortet.

Der Tod Jakob Jakobus' scheint genauso rätselhaft wie einst der von Paracelsus selbst, dem Begründer der pharmazeutischen Chemie …

Mit einem Seufzer stieß ich die angehaltene Luft wieder aus. »Unglaublich«, murmelte ich. »Woran er wohl tatsächlich gestorben ist? Bestimmt haben die Salzburger Nachrichten doch weiter darüber berichtet.«

»Spar dir die Mühe, danach zu suchen. Du wirst zwar einiges zu dem Vorfall unmittelbar nach dem Fund der Leiche finden, besonders in der Neuen Kronen-Zeitung, das ist unser Pendant zu eurer Bild-Zeitung. Danach war merkwürdigerweise Funkstille. Ich bin nur noch auf einen einzigen Artikel in den Salzburger Nachrichten gestoßen, falls man das überhaupt so nennen kann. Es war ein winziger Absatz auf der vorletzten Seite des Lokalteils, zwei Tage später. Todesursache ungeklärt. Das war das Letzte, was man je über Jakobus veröffentlicht hat.«

»Das ist ja seltsam. Man sollte meinen, dass so was eine Menge Staub aufwirbelt.«

»Eigentlich schon. Aber wer weiß, wie viel Einfluss seine Familie in den richtigen Kreisen hat und etwaige – vor allem unangenehme – Berichterstattung unterbinden konnte.«

»Hm«, machte ich wenig überzeugt. Nachdenklich ging ich hinüber zum Tisch und begann, mir ein Brötchen zu schmieren. »Das müsste ja schon ein gewaltiger Einfluss sein, wenn sogar die Boulevardpresse schweigt. So ein Mausoleum wie das auf dem Petersfriedhof passt dazu ganz gut. Auf der anderen Seite klingt Mitarbeiter bei einem Pharmakonzern nicht gerade nach Salzburgs High Society.«

»Vielleicht hat auch die Polizei eine Nachrichtensperre verhängt.«

»Es hätte trotzdem Spekulationen gegeben.« Ich biss in mein Brötchen. »Ich find's übrigens bemerkenswert, dass dieser Journalist unerwähnt gelassen hat, wie passend der Fundort der Leiche war. Jemanden, der sich offenbar in der Medizin auskannte, ausgerechnet am Grab von Paracelsus zu ermorden oder zumindest abzulegen, zeugt von bizarrer Handlungsweise, um das mal untertrieben auszudrücken. Ich weiß zwar nicht viel über Paracelsus, aber er war ja wohl ein berühmter Arzt und Naturforscher.«

»Es gibt hier in Salzburg sogar eine Paracelsus-Stiftung, wenn du deine Kenntnisse ein bisschen erweitern willst«, stellte Leon fest.

»Ich würde mich lieber auf Jakobus konzentrieren. Wahrscheinlich wird diese PharmaCon genauso zugeknöpft sein wie die Presse, sonst hätte man da versuchen können, mehr über ihn rauszufinden.«

»Schätze, das ist vergebliche Liebesmüh. Es sei denn …«

»Was?«, fragte ich neugierig, als Leon mitten im Satz innehielt.

»Lass mich nachdenken. Ich kenn jemanden am Interfakultären Fachbereich für Gerichtsmedizin der Uni Salzburg.«

»Was?«, wiederholte ich, fassungslos diesmal.

»Wir hatten lange keinen Kontakt, aber es kann ja nicht schaden, den aufzufrischen«, grinste Leon. »Wär möglich, dass ich von ihm was erfahre, was nicht in der Zeitung stand.«

»Er käme mit Sicherheit in Teufels Küche, wenn rauskommt, dass er Dinge weitergibt, die nicht für die Öffentlichkeit bestimmt sind. Warum sollte er seinen Job riskieren?«

»Sagen wir, er schuldet mir noch einen großen Gefallen. Selbst wenn er nichts wissen sollte, könnte er eher als wir was über PharmaCon und den Job rauskriegen, den Jakobus da gemacht hat. Gerichtsmedizin und Pharmakonzerne haben bestimmt einen Berührungspunkt, an dem er anknüpfen kann. Uns ist jeder Hinweis willkommen, oder?«

»Stimmt.« Ich schwieg einen Moment. »Warum machst du dir so viel Mühe meinetwegen? Wär doch möglich, dass du bei Gelegenheit einen Gefallen von deinem Freund einfordern könntest, der dir mehr nützt.«

»Es bedeutet dir viel, darum.« Leon wandte seinen Blick schnell ab. Als er wieder sprach, hatte seine Stimme einen anderen Tonfall angenommen. »Ich muss los zur Arbeit. Frühstücke ruhig zu Ende, du kannst gerne hierbleiben. Zieh einfach die Tür hinter dir zu, wenn du gehst.« Er holte seinen Mantel vom Flur und sah noch einmal ins Wohnzimmer. »Sehen wir uns heute Abend? Ich versuche auf jeden Fall, meinen alten Kumpel zu erreichen, und wer weiß, womöglich wissen wir dann schon ein bisschen mehr über den geheimnisvollen Jakob Jakobus. Auch wenn ich immer noch bezweifle, dass der was mit Como zu tun hat. Das müsste schon ein genialer Zufall sein.«

Wie so vieles in dieser Geschichte, dachte ich, sagte aber laut: »Das wäre schön. Beides – wenn wir uns sehen und wenn du was Neues in Sachen Jakobus erfährst.«

»In dieser Reihenfolge?«, grinste Leon, wartete allerdings nicht auf eine Antwort, sondern winkte zum Abschied. »Ich hol dich um sechs beim Hotel ab!«

Einen Augenblick lang starrte ich auf meine Brötchenhälfte mit Ribiselmarmelade. Was auch immer Ribiseln waren, es schmeckte auf jeden Fall nach Beeren. Dass Leon mich in seiner Wohnung einfach allein zurückließ, schien mein Vertrauen in ihn nachträglich zu rechtfertigen. Wenn er was zu verbergen hätte, wäre ich kaum hier.

Nachdem ich fertig gegessen hatte, räumte ich den Tisch ab und spülte das Geschirr. Anschließend stand ich in der Tür zum Wohnzimmer und ließ meinen Blick durch den Raum gleiten, zum Schreibtisch. Zögernd machte ich ein paar Schritte darauf zu und probierte, eine der Schubladen zu öffnen. Darin lagen durcheinander Stifte, Tesafilm, eine Schere, Radiergummi und ein Locher. Die zweite Schublade enthielt ein Paket Kopierpapier, sonst nichts. Die dritte war verschlossen.

Ich schüttelte über mich selbst den Kopf. Wahrscheinlich bewahrte er dort persönliche Dokumente auf, Bankunterlagen oder so was, was man eben nicht offen rumliegen ließ. Es wurde Zeit, dass ich mein Misstrauen endgültig begrub. Leon wollte mir helfen, und möglicherweise, wenn ich einige seiner Blicke nicht völlig fehlinterpretierte, hatte er dabei auch ein paar eigennützige Hintergedanken. Da konnte ich schlecht was gegen einzuwenden haben, schließlich fand ich ihn auch nicht unattraktiv. Mir fiel wieder ein, wie richtig es sich gestern angefühlt hatte, hier zu sein, bei ihm. Wenn die Umstände anders gewesen wären, wenn ich mich nicht mit so vielen Problemen und unbeantworteten Fragen herumschlagen müsste, wenn es die Erinnerungen an Como nicht gäbe, wenn da nicht Tobias wäre …

Tobias! Meine Güte, den hatte ich ganz vergessen. Eilig schaltete ich mein Handy ein. Falls er versucht haben sollte, mich zu erreichen, war er hoffentlich nicht wieder in Panik geraten, weil ich mich nicht gemeldet hatte. Aber es war weder eine SMS noch sonst eine Nachricht auf der Mailbox. Sah ganz so aus, als hätte er aufgegeben, auf mich aufpassen zu wollen.

6.

Vor Leons Haus blieb ich auf der Straße stehen und horchte in mich hinein. Obwohl ich mich am Tag zuvor nicht beobachtet oder verfolgt gefühlt hatte, konnte ich die Angst nicht abschütteln. Wann genau war eigentlich das letzte Mal jemand hinter mir her gewesen oder hatte ich das zumindest geglaubt? Beim Verlassen meiner Wohnung in Boltenhagen, auf dem Weg zum Flughafen, und dann wieder hier in Salzburg, obwohl ich Letzteres nicht beschwören konnte. Seitdem ich Leon getroffen hatte – nichts mehr. Entweder seine Gegenwart verlieh mir eine Art unbewusster Sicherheit, oder da war jemand einfach nur besser, vorsichtiger geworden. Oder es gab überhaupt niemanden?

Auch jetzt spürte ich kein Kribbeln im Nacken oder sonst ein Zeichen, trotzdem sah ich mich nach allen Seiten um, bis ich überzeugt war, dass sich kein Mensch für mich interessierte. Ich machte einen kurzen Abstecher ins Hotel, um mir meinen Reiseführer zu schnappen. Kurz darauf lief ich schon wieder über die Wege des Sebastiansfriedhofs und erklomm die Treppe, die in den Vorraum zur Kirche führte und zum Paracelsus-Grabmal, bei dem man Jakob Jakobus gefunden hatte.

Als ich zu dem beeindruckenden Monument aufsah, schob sich blitzartig ein anderes Bild vor meine Augen: der riesige Grabstein aus meinem Traum im Krankenhaus. Ich erschrak, weil mir bewusst wurde, wie sehr die beiden Steine einander ähnelten. Das konnte bedeuten, dass ich schon mal den Spuren Paracelsus' gefolgt war und hier gestanden hatte.

Neugierig betrachtete ich das Grabmal genauer. Es bestand aus zwei Hälften, einer rechteckigen großen Marmorplatte unten und einem obeliskartigen Oberbau darüber, der weit hinauf in die schmale Nische ragte und von einer Rosette gekrönt wurde. Auf dem sich verjüngenden oberen Teil waren zwei Schriftzüge angebracht, getrennt von einem runden Bildnismedaillon, das Paracelsus' Profil zeigte. Dahinter lagen laut meines

Reiseführers die Überreste des Heilkundigen. Oberhalb dieses Medaillons las ich: »Philippi Theophrasti Paracelsi qui tantam orbis famam ex auro chimico adeptus est effigies et ossa donec rursus circumdabitur pella sua.« Ich fragte mich, ob diese Widmung mit dem Glauben an die Auferstehung zu tun haben sollte: »Des Philippus Theophrastus Paracelsus, der durch die Alchimie einen so großen Ruhm in der Welt erworben hat, Bildnis und Gebeine. Bis sie wieder mit ihrer Haut umgeben sein werden.« Unter dem Medaillon stand geschrieben: »Sub reparatione ecclesiae MDCCLII. Ex sepulchrali tabe eruta haec locata sunt.« – Also waren seine sterblichen Überreste erst 1752 hier beigesetzt worden, beziehungsweise »aus dem Grabesmoder gehoben«. Bei der Formulierung konnte ich mir ein Lächeln nicht verkneifen. Ich wusste wirklich so gut wie nichts über Paracelsus, aber der Reiseführer sagte mir, dass der Mann bereits zweihundert Jahre zuvor das Zeitliche gesegnet hatte und die alte Inschriftengrabplatte später in das Monument integriert wurde.

Ich trat zwei Schritte zurück und las auch die letzte Inschrift auf der rechteckigen Marmorplatte: »Hier liegt begraben Philippus Theophrastus, der berühmte Doktor der Medizin, welcher auch die schrecklichsten Wunden, Lepra, Podagra und Wassersucht und andere unheilbar scheinende Krankheiten durch seine wunderbare Kunst heilte. Und es brachte ihm auch Ehre ein, dass er sein Hab und Gut unter den Armen verteilen ließ. Im Jahre 1541, am 24. September, vertauschte er das Leben mit dem Tode.« Also nicht nur ein Heilkundiger, sondern ein Mann, dem etwas an seinen Mitmenschen lag. Fraglos eine faszinierende Persönlichkeit.

Schließlich sah ich auf den Steinboden darunter und versuchte mir vorzustellen, wo und wie Jakob Jakobus' Körper dort gelegen hatte. Die Härchen auf meinen Armen stellten sich auf, ich fröstelte. Irgendwo gab es eine Verbindung zwischen Jakobus und Como. Fast ebenso sicher schien mir, dass auch der Fundort der Leiche etwas bedeutete. Möglicherweise hing Jakobus' Tod nicht mit PharmaCon zusammen, obwohl einen der Verdacht auf einen Pharma-Skandal geradezu ansprang. Ich würde mich doch näher mit Paracelsus beschäftigen müssen.

Die Paracelsus-Stiftung war außerhalb des Stadtkerns in einem sehr schön sanierten Jugendstilhaus untergebracht. Ein schlichtes Messingschild neben der mit Jugendstilblüten verzierten dunkelgrünen Eingangstür wies auf die Öffnungszeiten hin. Demnach blieben mir noch etwa zwei Stunden.

Die komplette erste Etage des Hauses beherbergte die Stiftung, die Räume waren hoch, die Decken stuckbesetzt. Es gab ein kleines Museum, in dem einige Bilder hingen, auf denen Paracelsus dargestellt wurde, und eines davon kam selbst mir bekannt vor. Es zeigte einen alten Mann mit kahlem, ausgeprägtem Schädel und wirrem Haarkranz, tief liegenden Augen, unter denen dicke Ringe lagen, einer langen, scharf geschnittenen Nase, einem kleinen Mund und verschwindendem Kinn über der schmalen Halskrause. Er trug ein Gewand mit langen Ärmeln und hielt den Schaft eines Schwertes mit beiden Händen. Unter dem Bild stand geschrieben, dass es ihn ein Jahr vor seinem Tod zeige.

An der gegenüberliegenden Wand hing eine Karte, die die »Wanderjahre des Paracelsus« darstellte: Offenbar war er in Österreich, Deutschland, der Schweiz, in Italien und Frankreich gewesen. Darüber hinaus gab es noch einige Schaukästen mit alten Büchern und sogar einer echten Handschrift.

Ich betrat den nächsten Raum, eine Bibliothek mit Regalen bis unter die Decke voller Bücher und Zeitschriften, einigen Lesetischen und einem PC, an dem man den Bestand recherchieren konnte. Neugierig schaute ich mich erst mal in den Regalen um.

»Suchen Sie was Bestimmtes? Kann ich Ihnen vielleicht etwas empfehlen?«, fragte die Bibliothekarin.

»Das wäre nett. Ich hätte gern so eine Art Überblick über Paracelsus' Leben, um dann später an der einen oder anderen Stelle in die Tiefe zu gehen.«

Die Dame schaute ein wenig verwundert, als frage sie sich, was jemand, der so offensichtlich völlig ahnungslos war, hier verloren hatte.

»Ich bin Schriftstellerin«, erklärte ich, »und schreibe gerade an einem Roman, in dem es auch um Paracelsus geht. Dazu benötige ich ein paar Hintergrundinformationen.«

»Ah! Das klingt ja interessant!« Sie stand auf, ging zielstrebig auf ein Regal links von mir zu, griff nach einem dünnen Bändchen und reichte es mir. »Dann ist das bestimmt ein guter Einstieg.«

»Vielen Dank!« Ich nahm die Biografie, auf der dasselbe Bild prangte, das ich im Nebenraum gesehen hatte. Meine Hoffnung, dass sie mich nicht fragen würde, worum es denn genau in meinem Buch ging, erfüllte sich glücklicherweise.

Ich setzte mich an einen der Tische und begann mich über »Theophrastus Bombastus (Philippus Aureolus) von Hohenheim« zu informieren, der sich erst später selbst Paracelsus genannt hatte. Aus welchem Grund – so lernte ich im Laufe der Lektüre – konnte die Wissenschaft offenbar nie recht klären. Na ja, dachte ich bei mir, wer will schon mit einem Namen wie »Bombastus« durch die Gegend laufen. Abgesehen von seiner eigenen Namensgebung gab es weitere Dinge, die der Forschung Rätsel aufgaben. Nicht mal sein genaues Geburtsdatum war bekannt, es wurden die Jahre 1493 oder 1494 in der Schweiz genannt. 1516 promovierte er zum »Doctor beyder arzneyen« – der Leib- und Wundarznei –, wanderte durch ganz Westeuropa, nahm als Feldarzt an Kriegen in den Niederlanden und Dänemark teil, reiste vermutlich nach Griechenland, dann im Jahr 1524 nach Salzburg, wo er sich als Arzt niederließ. Er sympathisierte mit den aufständischen Bauern und musste deshalb die Stadt schon bald wieder verlassen. Nach weiteren Reisen und Behandlungen von einflussreichen Leuten, unter ihnen Erasmus von Rotterdam, landete er in Basel und wurde Stadtarzt und Honorarprofessor, der Vorlesungen hielt. Wegen eines juristischen Streites musste er auch Basel bald den Rücken kehren und ging nach Nürnberg, wo in einem politisch-astrologischen Schriftwerk erstmals der Name Paracelsus auftauchte.

Hier hielt ich im Lesen seines Kurzlebenslaufs inne. Astrologisch? Bisher war ich davon ausgegangen, dass Paracelsus ein Arzt und meinetwegen noch Naturforscher war. Aber Astrologe?

Erneut vertiefte ich mich in die Biografie. Offenbar waren die Fugger mit seinen Veröffentlichungen nicht einverstanden gewesen und verboten sie. Paracelsus hatte wirklich die Angewohnheit gehabt, sich Feinde zu machen! Wieder begab er sich viele Jahre auf Reisen und verfasste diverse

Schriften, unter anderem »Von den unsichtbaren Krankheiten«, weiterhin über die Heilkraft von Thermalbädern sowie theologische Werke. 1540, er fühlte sich schon krank, wurde er vom Fürstbischof nach Salzburg berufen. Dort starb Paracelsus im Jahr 1541.

Als ich auf die Uhr sah, stellte ich fest, dass ich es nicht mehr schaffen würde, das ganze Buch durchzulesen, und fragte die Bibliothekarin, ob ich es ausleihen dürfe.

»Tut mir leid, das geht nicht. Wir sind nur eine Präsenzbibliothek, aber Sie finden die Biografie sicher in jeder gut sortierten Buchhandlung.«

Ich bedankte mich nochmals, schrieb mir Titel und Autor auf und verabschiedete mich.

»Kommen Sie gern wieder, wenn Sie Literatur für Ihren Roman brauchen!«, rief die Bibliothekarin mir zu.

Was immer ich bei meinem ersten Salzburg-Besuch in Bezug auf Paracelsus getan hatte, hier war ich anscheinend nicht gewesen, sonst hätte sie mich wiedererkannt. Möglicherweise hatte ich eine Buchhandlung aufgesucht, allerdings besaß ich kein entsprechendes Buch.

Auf der Busfahrt zurück in die Innenstadt starrte ich gedankenverloren aus dem Fenster. Ich nahm nichts von der Stadt wahr, sondern dachte über Paracelsus nach, über Jakob Jakobus, über mögliche Zusammenhänge zwischen den beiden und was sie letztlich mit Como zu schaffen haben mochten. Vollkommen unerwartet riss mich eine innere Stimme aus meinen Überlegungen. Sie sprach vertraute Worte: *Du trägst eine sehr große Verantwortung. Werde ihr gerecht!* Ich fuhr hoch, der junge Mann neben mir schaute irritiert herüber. Am Tag zuvor hatte die Stimme weder weiblich noch männlich geklungen, heute erschien sie mir weiblich.

Aufgewühlt stieg ich in der Nähe des Residenzplatzes aus, wo ich in einer Buchhandlung gleich mehrere Bücher über Paracelsus fand. Ich kaufte das Buch, das ich in der Stiftung zu lesen begonnen hatte, und ein weiteres umfangreicheres Werk. Nur ein paar Schritte weiter setzte ich mich ins Café Tomaselli, das genauso aussah, wie ich mir ein typisches Kaffeehaus vorstellte, ein bisschen altmodisch, Kronleuchter, Gemälde an den Wänden und Kuchenverkäuferinnen mit riesigen Tabletts und weißer Schürze. Ich bestellte eine Melange und vertiefte mich erneut in das

Thema. Die medizinischen Ausführungen und Theorien wollte ich eigentlich überspringen, aber sie waren außergewöhnlich packend, so dass ich mich festlas. Ich verstand immer besser, weshalb Paracelsus über die Jahrhunderte hinweg von gleichermaßen vielen Menschen bewundert und kritisiert wurde, von Anhängern der Schulmedizin sowie von Anhängern der Alternativmedizin – für die einen genialer Mediziner, für andere Magier und Alchimist. Sein Werk war für die Forschung immer schwer verständlich gewesen, aus mehreren Gründen: Vieles wurde erst nach seinem Tod publiziert, er bediente sich eines komplizierten Frühneuhochdeutsch, es gab jede Menge Widersprüchlichkeiten, und er war kein geradliniger Denker – ganz zu schweigen davon, dass er manchmal bewusst rätselhafte Texte schrieb.

Nur sein Todesdatum stand eindeutig fest: 24. September 1541, drei Tage nach seiner Testamentsaufnahme. Todesursache: unbekannt.

Wo hatte ich *das* schon mal gehört? Und wie hatte doch der Journalist der Salzburger Nachrichten es formuliert: »Der Tod Jakob Jakobus' scheint genauso rätselhaft wie einst der von Paracelsus selbst.« In der Tat.

Meine Melange war kalt geworden, langsam merkte ich außerdem meinen leeren Magen. Ich hatte seit dem Frühstück bei Leon nichts mehr gegessen und war viel zu beschäftigt gewesen, um Hunger zu haben. Etwas Süßes vorm Abendessen konnte nicht schaden, also bestellte ich eine neue Melange und suchte mir aus dem reichhaltigen Angebot ein Stück Sachertorte aus. Ein bisschen blätterte ich noch durch die beiden Bücher, zwang mich aber dann doch, endlich abzuschalten.

Ich zahlte und spazierte einfach zu meinem Vergnügen durch die Gassen. Wieder blieb das Gefühl aus, einen heimlichen Begleiter zu haben. Ich sollte mich allmählich an den Gedanken gewöhnen, mich von Anfang an getäuscht zu haben, den Verfolgungswahn auf meine Gehirnerschütterung zurückführen und endlich entspannen.

7.

An der Kreuzung zur Linzer Gasse registrierte ich aus den Augenwinkeln etwas an einem der Häuser, was mir bisher nie aufgefallen war. Ich blieb stehen, schaute nach oben und sah einen Gedenkstein und ein Gemälde, das Paracelsus zeigte. Offenbar hatte Paracelsus hier in den Jahren 1540 und 1541 gelebt und war damit wohl auch dort gestorben, ganz in der Nähe des Friedhofes – und meines Hotels. Zufall?

Noch immer grübelnd, betrat ich das Amadeus und entging im Foyer nur knapp einem Zusammenstoß mit einem anderen Gast, den ich kaum beachtete.

»Juta! Herrgott noch mal!«

Ich drehte mich um und sah mich mit Tobias konfrontiert, ohne dass mich seine Anwesenheit sonderlich überraschte.

»Hallo Tobias«, sagte ich. »Komm doch mit rauf, dann können wir einen Moment reden, ich muss gleich wieder weg.« Wenn ich mich umziehen und ein bisschen zurecht machen wollte, bevor ich mich mit Leon traf, sollte ich mich allmählich beeilen.

»Wie bitte?« Seine Stimme hob sich, Tobias war kurz davor, eine mittlere Revolte zu veranstalten, obwohl mir nicht ganz klar war, weshalb er sich so aufregte.

»Jetzt beruhig dich und komm mit nach oben.« Ich warf einen Blick auf den Portier, der uns interessiert beobachtete, und schob Tobias zum Lift.

»Zum Teufel, Juta, wo bist du gewesen?«, zischte Tobias mir zu.

»Zuerst bei der Paracelsus-Stiftung und anschließend in der Altstadt«, erklärte ich. »Wie lange bist du denn schon hier? Du hättest mich anrufen können, falls …«

»Das hab ich getan! Diverse Male! Dein Handy war ausgeschaltet, also bin ich heute Vormittag direkt hierhergekommen. Der Typ da unten am

Empfang sagte mir, du seiest seit gestern Abend nicht mehr gesehen worden und hättest auch nicht in deinem Zimmer übernachtet. Zum Teufel«, wiederholte er, »kannst du dir eigentlich vorstellen, was ich mir für Sorgen gemacht habe?«

Inzwischen waren wir im vierten Stock angekommen. »Als ich heute früh meine Mailbox abgefragt habe, war keine Nachricht von dir drauf«, sagte ich, steckte die Karte in das Türschloss und ließ Tobias zuerst eintreten. »Ich hab's ausgeschaltet, weil ich bei meinen Recherchen nicht gestört werden wollte, und dann vergessen, es wieder einzuschalten.« Ich warf meinen Mantel auf das Bett und sah Tobias geradeheraus an, genervt, mich ständig vor ihm rechtfertigen zu müssen. Außerdem ahnte ich schon, was als Nächstes kommen würde. Richtig.

»Und wo warst du letzte Nacht? Nein, sag nichts. Bei Leon.«

»Genau. Es ist spät geworden, und ich hab auf seinem Sofa übernachtet, falls dich das interessiert.«

»Wieso willst du bloß nicht auf mich hören?« Tobias' Stimme war mit einem Mal ganz leise geworden, fast verzweifelt. »Wieso kommst du nicht einfach nach Hause, vergisst Salzburg und Leon Eisner, und wir machen da weiter, wo wir aufgehört haben?«

»Das geht nicht! Ich brauche meine Erinnerung zurück, kannst du das nicht verstehen? Ich bin vielleicht ein Stückchen weitergekommen, ich beginne zu begreifen, warum ich hier war, ich bin so dicht dran!« »Dicht« war übertrieben, aber ich musste mich Tobias irgendwie begreiflich machen.

»Und dazu brauchst du Leon Eisner?«

»Ja. Er stellt zwar auch gelegentlich in Frage, was ich sage, aber er ist bereit, mir zuzuhören und mir zu helfen, statt mich dauernd von etwas überzeugen zu wollen, von dem ich nicht überzeugt werden will.«

»Warst du heute auch mit ihm unterwegs?«

»Nein, er musste arbeiten. Bitte lass mich das hier tun, Tobias, und wenn es vorbei ist, dann reden wir über uns.«

»Reden? Du willst über uns reden? Entschuldige, wenn ich dafür wenig Verständnis habe. Du scheinst dich doch schon entschieden zu haben. Für den Ach-so-hilfsbereiten-Leon, gegen den Nerv-mich-nicht-Tobias. Oder hab ich das falsch verstanden?« Er ließ mir keine Zeit zu antworten, sondern fuhr gleich fort: »Juta, ich hab dich das schon mal gefragt: Was weißt du über Leon Eisner? Als ich dich nicht finden konnte, habe ich selbstverständlich angenommen, dass du bei ihm bist.«

»Selbstverständlich«, murmelte ich, doch er ignorierte mich.

»Deshalb bin ich ins Don Giovanni gegangen, habe nach ihm gefragt und erfahren, dass dein Leon dort ursprünglich zum Monatsende gekündigt hat und dann gestern Abend beim Chef aufgetaucht ist, um plötzlich fristlos zu kündigen. Passend zu deiner Rückkehr. Wo, bitte, ist er dann heute arbeiten gegangen? Hat er dir das auch gesagt?«

Das war tatsächlich seltsam, immerhin hatte ich noch Leons Worte im Ohr, er müsse zur Arbeit. Wie selbstverständlich war ich davon ausgegangen, dass er damit das Don Giovanni meinte. Andererseits hätte er ja inzwischen woanders einen besseren Job bekommen können. Natürlich wäre er nicht verpflichtet gewesen, mir davon zu erzählen. Ich hätte es dennoch erwartet.

»Hat er nicht«, stellte Tobias fest.

»Wir waren heute Morgen mit anderen Dingen beschäftigt, er wird einfach nicht dran gedacht haben. Außerdem geht's mich letztlich nichts an, wo er arbeitet.«

»Mit anderen Dingen?«, echote Tobias. »Darf ich fragen, mit welchen?«

»Mit einem Mann namens Jakob Jakobus.«

Bildete ich es mir ein, oder zuckte Tobias ein ganz klein wenig zusammen? Seine Haltung war schon zuvor angespannt gewesen, aber nun schien er sich noch mehr zur Ruhe zu zwingen. Einen Sekundenbruchteil später hatte er sich unter Kontrolle. »Wer ist das nun wieder?«

Ich kniff die Augen zusammen. »Vielleicht weißt du das besser als ich?«

Tobias schüttelte resigniert den Kopf. »Wie kommst du auf diese abwegige Idee? Verdächtigst du jetzt mich?«

»Wessen sollte ich dich denn verdächtigen?« Mit einem Mal hatte ich das Gefühl, in einem Katz-und-Maus-Spiel zu stecken.

»Woher soll ich das wissen? Ich kann deinen Gedankengängen allmählich nicht mehr folgen. Wer ist denn nun dieser Jakobus?«

»War. Er ist tot. Wahrscheinlich wurde er ermordet. Du hast mich übrigens nicht mal gefragt, was ich bei der Paracelsus-Stiftung wollte. Wieso eigentlich nicht? Wusstest du, dass Jakobus vor dessen Grabmal gefunden wurde?«

Wieder dauerte es nur einen winzigen Moment, in dem sich Tobias' Augen verengten, gesehen hatte ich es trotzdem. »Ach, Juta … Das hier bringt uns nicht weiter, da geht was in dir vor, und ich habe keine Ahnung, was es ist. Genau das hatte ich befürchtet, verstehst du? Du gehörst …«

»… in Behandlung?«, vollendete ich seinen Satz.

»Nach Hause. Aber gut, wenn du unbedingt diesen obskuren Weg weitergehen willst, dann geh ihn wenigstens mit mir, ja?«

Sein Blick war jetzt eindringlich, bittend – und auf gewisse Weise voller Liebe, die ich bisher nie bei ihm wahrgenommen hatte. In seinen Augen erkannte ich erstaunlicherweise Verständnis, als wisse er genau, was mich antrieb und warum ich tun musste, was ich tun musste. Ein Verständnis, das er sich selbst gerade eben noch abgesprochen hatte.

Er log. Tobias log.

Aber ich wusste nicht, was die Lüge war. Seine Sorge? Sein Wissen? Das Leugnen seines Wissens?

»Das ist nicht so einfach«, sagte ich ausweichend. »Ich kann Leon nicht aus heiterem Himmel zur Seite schieben. Selbst wenn ich wollte.«

»Willst du denn?« Tobias' Stimme behielt den einfühlsamen Ton bei, seine Wut war verraucht.

»Ich … weiß nicht. Lass mir etwas Zeit.«

»Ja. Schon klar. Du bist mit Leon verabredet. Es hat wohl wenig Sinn, dich zu bitten, nicht zu gehen. Würdest du stattdessen morgen mit *mir* frühstücken? Ich hab mir hier auch ein Zimmer genommen.«

»Sicher. Um neun?«

Tobias nickte, warf mir noch einen langen Blick zu und öffnete die Tür. Davor stand Leon mit erhobener Hand, als habe er eben klopfen wollen. Die beiden Männer starrten sich wortlos an. In einer scheinbaren Ewigkeit wurde die Spannung unerträglich. Ich sah nur Tobias' Rücken und einen Teil von Leons Gesicht, spürte aber überdeutlich, dass sie ein wortloses Duell ausfochten. Die Atmosphäre war so aufgeladen, dass sie fast knisterte. Hier ging es eindeutig um mehr als um eine Frau zwischen zwei Männern. Zwischen Tobias und Leon spielte sich etwas ab, dessen Bedeutung ich nicht mal im Entferntesten erahnen konnte. Ich hätte schwören können, dass sie einander nie zuvor begegnet waren – und doch alles voneinander wussten.

Dann war der Bann gebrochen. Leon trat einen Schritt zurück und ließ Tobias an sich vorbei auf den Flur. Tobias drehte sich nicht noch einmal um, Leon betrat das Zimmer. Alles völlig normal oder zumindest so normal, wie es unter diesen Umständen sein konnte.

»Tobias?«, fragte Leon.

Ich nickte nur.

Nachdenklich starrte Leon auf die geschlossene Tür. »Niemand, dem du ein X für ein U vormachen kannst. Und jemand, der genau weiß, was er will und es meist kriegt«, stellte er fest. »Auch in diesem Fall?«

»Wenn es sich zufällig mit dem verträgt, was ich will.«

Leon grinste. »Gesunde Einstellung. Können wir gehen? Ich hab ein paar interessante Neuigkeiten.«

»Gleich. Ich bin noch nicht dazu gekommen, mich umzuziehen. Falls du dich also noch etwas gedulden kannst – obwohl es mir selbst schwerfällt, weil ich sehr neugierig bin, was du zu erzählen hast.« Ich schnappte mir eine schwarze Hose und einen schwarzen Pullover mit weißem Bluseneinsatz und weißen Manschetten und verschwand kurz im Bad. Während ich mich umzog, bemühte ich mich, an gar nichts zu denken, auf jeden Fall nicht an Tobias und die Rätsel, die er mir aufgegeben hatte. Nicht an seine Warnungen, nicht an den Widerspruch dieses Mannes an sich, den ich, wie ich allmählich begriff, überhaupt nicht kannte. Was nur am Rande mit meinem Gedächtnisverlust zu tun hatte.

8.

Also: Was hast du rausgekriegt?«, fragte ich. Wir saßen in einer kleinen versteckten Nische im Mohren, einem alten Kellerrestaurant in der Judengasse, in dem angeblich schon Mozart gespeist hatte. Wahrscheinlich waren damals die Wände nicht in freundlichem Gelb und Orange gestrichen gewesen, und auch die Speisekarte dürfte sich kaum aus österreichischer, italienischer und indischer Küche zusammengesetzt haben. »Konntest du deinen Freund erreichen?«

Leon biss sich auf die Lippen. »Allerdings. Er war nicht sehr begeistert, als er hörte, auf welche Weise er mir den geschuldeten Gefallen erweisen sollte.«

»Hast du nur mit ihm telefoniert oder ihn getroffen?«

»Übers Telefon wollte er mit gar nichts rausrücken, also musste ich ihn in seiner Mittagspause treffen.«

»Ging das denn? Du hattest doch bestimmt gerade zu der Zeit viel zu tun im Don Giovanni.« Gespannt wartete ich, wie er darauf reagieren würde.

Offensichtlich war meine Schauspielkunst begrenzt, er sah mir an, dass sich hinter meiner Bemerkung etwas verbarg. Er hob die Brauen und schürzte gleichzeitig die Lippen. »Tobias hat ganze Arbeit geleistet, was?«

Ich war mir unsicher, ob er amüsiert oder verärgert war, und falls Letzteres, über mich oder über Tobias. »Entschuldige. Das hätte ich mir sparen sollen. Es geht mich nichts an, wenn du deinen Job kündigst.«

»Nein? Ich fänd's eigentlich ganz nett, wenn du der Meinung wärst, es ginge dich was an.«

»Und … wenn es mich was anginge, würdest du mir dann auch verraten, warum du den Job hingeschmissen hast?«

Leon richtete seinen Blick auf das Teelicht, das in der Mitte des Tisches in einem roten Glashalter stand. »Das Don Giovanni ist kaum die Erfüllung sämtlicher Karrierewünsche. Ich nehme an, deine Zielstrebigkeit, etwas Wichtiges herauszufinden, egal wie aussichtslos es auch scheinen mag, hat mich wieder daran erinnert, dass ich auch mal was aus meinem Leben machen wollte. Kellnern gehörte ganz eindeutig nicht zu meinen Plänen.«

»Deshalb hast du gestern Knall auf Fall gekündigt?«

»Genau.«

Das mochte der halben Wahrheit entsprechen, aber sicher nicht der ganzen, denn er hatte schon zum Monatsende gekündigt, ohne meine »Zielstrebigkeit« vorhersehen zu können.

»Was willst du nun mit deiner neu gewonnenen Freiheit anfangen?«, erkundigte ich mich, anstatt auf dem Widerspruch herumzureiten.

»Erst mal dein Rätsel lösen. Anschließend meine Vergangenheit sortieren und mich von ein paar … Dingen trennen. Und dann noch mal anfangen.«

»Das klingt ja fast dramatisch.«

Leon lächelte. »Sein Leben umzukrempeln ist für die meisten Menschen keine undramatische Sache. In zwei Jahren werde ich vierzig, ich sollte also bald damit anfangen, wenn ich noch was davon haben will.«

»Weshalb willst du ausgerechnet mit etwas beginnen, mit dem du nichts zu tun hast?«

Sein Lächeln vertiefte sich. »Weil's leichter ist, sich erst mal mit etwas zu beschäftigen, das einen nicht unmittelbar betrifft. So eine Art Schonzeit, verstehst du, was ich meine?«

»Denke schon. Freut mich, wenn ich zu deiner Selbstfindung beitragen kann.«

»Die Freude ist ganz auf meiner Seite!« Jetzt lachte Leon. »Willst du nun hören, was der gute Max zu sagen hatte?«

»Dringend. Jedes Wort.«

»Es kostete mich eine Menge Überzeugungskraft, überhaupt was aus ihm rauszukriegen. Über die Todesursache hat er sich leider ausgeschwiegen, und dabei blieb er, egal, welche Argumente ich auch vorbrachte. Max legt im Gegensatz zu mir Wert auf seinen Arbeitsplatz, was ich ihm nicht verübeln kann. Jedenfalls können wir darum mit einiger Wahrscheinlichkeit davon ausgehen, dass Jakobus keines natürlichen Todes gestorben ist, wie der Zeitungsartikel ja schon andeutete. Max war zwar sehr vorsichtig, aber als ich mich nach äußeren Verletzungen erkundigte, passte er einen Moment nicht auf und rollte mit den Augen ob dieser naiven Frage.«

»Also Gift?«

»Wahrscheinlich.«

»Und ebenso wahrscheinlich kein 08/15-Gift. Könnte es nicht sein, dass er ein Medikament für PharmaCon getestet hat und daran starb?«

»Wär möglich. Fragt sich nur, ob er das freiwillig oder unfreiwillig tat.«

Ich nutzte die Pause, die entstand, als die Bedienung uns die Pizzen brachte, um darüber nachzudenken. Als wir wieder allein waren, pickte ich ein Stück Artischocke vom Belag und aß es genüsslich, bevor ich weitersprach. »In beiden Fällen wäre es dann wohl eher ein Unfall oder ein Versehen gewesen, kein Mord. Wusste Max eigentlich was über Jakobus' Stellung bei PharmaCon?«

»Nicht viel, nur dass er tatsächlich in der Entwicklung gearbeitet hat. Er versucht, noch ein bisschen mehr rauszukriegen und hat versprochen, nachher zu uns zu stoßen. Wenn wir Glück haben, wird das also ein interessanter Abend.«

»Hoffen wir's. Wenn Jakobus in der Forschung tätig war, halte ich es für unwahrscheinlich, dass ihm jemand was eingeflößt hat, ohne dass er was davon wusste. Also hat er das Zeug freiwillig genommen, wobei er möglicherweise die Dosis oder die Zusammensetzung falsch einschätzte. Aber PharmaCon muss von dieser Forschungsreihe gewusst haben, wenn es sie gab, und niemand dort würde die Aufmerksamkeit auf ein fehlgeschlagenes Experiment lenken wollen und Jakobus' Leiche so prominent platzieren.«

»Nein? Mir fällt da noch eine Möglichkeit ein: Vielleicht wurde Jakobus gezwungen, das Zeug zu nehmen, weil die Firma mit einer Arzneimittelentwicklung schnell vorankommen wollte. Kann doch sein, dass der Mann Kollegen gehabt hat, die eingeweiht waren und denen der Tod von Jakobus Grund genug war, PharmaCon zu schaden. Aus Rache oder um Machenschaften aufzudecken, die schon zu lange im Verborgenen lagen.«

»Falls das so war, ist der Plan gründlich misslungen.«

»Stimmt.« Leon schob sich ein Stück Pizza in den Mund. Es war ein bisschen pervers, hier zu sitzen und zu essen, während wir den gewaltsamen Tod eines Menschen diskutierten. Andererseits nahm die normale Umgebung der Geschichte ein wenig den Schrecken.

»Bis auf die Sache mit dem Gift sind das alles Dinge, die wir uns auch ohne Max hätten zusammenreimen können«, stellte ich fest. »Du hast aber von Neuigkeiten gesprochen.«

Leon pickte in seinem Salat herum und sagte dabei: »Ich glaube nicht, dass wir es nur mit einem Pharma-Skandal zu tun haben, was schon alarmierend genug wäre. Hier geht es um sehr viel mehr, von dem Max sicher nicht alles weiß, aber genug, um eine Scheißangst zu haben. Trotzdem erzählte er mir, was er vom Assistenten des Gerichtsmediziners gehört hat, der dabei war, als Jakobus' Frau und sein Sohn die Leiche identifiziert haben.«

»Moment mal«, unterbrach ich Leon. »Willst du mir sagen, Max gibt bloß weiter, was er vom Hörensagen weiß? Das ist mir entschieden zu unzuverlässig.«

»Aber alles, was wir im Moment kriegen können. Warten wir ab, womit er nachher noch kommt. Jedenfalls soll Frau Jakobus eine gefasste Dame gewesen sein, groß, weiß im Gesicht und sehr ruhig. Angeblich hat sie ohne jegliche Rührung auf ihren Mann hinuntergesehen, als sei sie nicht im geringsten überrascht oder schockiert. Eher, als habe sie damit gerechnet.«

»Das würde ja zu unseren Überlegungen passen. Wenn er seiner Familie gesagt hat, was er tat, und selbst ahnte, wie gefährlich es war, dürfte sein Tod keine Überraschung mehr gewesen sein. Was hat der Sohn getan?«

»Mehr oder weniger dasselbe. Er stand neben seiner Mutter, nahm ihre Hand, und als ihre Blicke sich trafen, sagte sie leise etwas zu ihm, das Max' Freund aufgeschnappt hat.«

»Sagt Max' Freund, sagt Max, sagst du. Das ist wie stille Post.«

»Mag sein, aber ich glaube nicht, dass der Typ sich geirrt hat, so was prägt sich einem ein.«

»Was hat sie denn gesagt?«

»Sarai il prossimo.«

Ich erstarrte. Mein Italienisch war recht gut, doch für diese drei Wörter hätte auch ein Grundkurs gereicht: Du wirst der Nächste sein. Mehr noch als die Bedeutung an sich ließ mir die Tatsache, dass Frau Jakobus überhaupt italienisch gesprochen hatte, beinah das Blut in den Adern gefrieren, wenn ich an Comos italienischen Namen dachte.

»Ich sehe, es ist unnötig, das zu übersetzen«, stellte Leon fest. »Das klingt doch eindeutig nach mehr als einem internen Problem bei PharmaCon, oder?«

»Zweifellos.« Ich versuchte, mir die beiden, Mutter und Sohn, in einem kalten Pathologie-Keller vorzustellen, wie ich das schon hundertmal in Krimis gesehen hatte. Es gelang mir einfach nicht, etwas in meinem Hirn weigerte sich, die bekannten Informationen abzurufen und zu einem Bild zusammenzusetzen. »Was hat der Sohn denn geantwortet? Oder hat Max' Freund das nicht gehört?«

Leon zuckte die Achseln. »Nichts, soweit ich weiß. Er hat sich nur an den Kriminalbeamten gewandt, der in einigem Abstand wartete, und bestätigt, dass der Tote sein Vater ist.«

Die Bedienung kam, räumte unsere Teller ab und fragte, ob wir noch etwas wollten. Erst als die beiden Espressi dann vor uns standen, brach Leon das lange Schweigen. »Sieht so aus, als müsste ich mich bei dir entschuldigen.«

»Wieso?«, fragte ich irritiert.

»Weil diese Frau es vorgezogen hat, sich mit ihrem Sohn auf Italienisch zu unterhalten. Damit hätten wir eine Verbindung zu deinem Como, die über eine Namensgleichheit in einer anderen Sprache hinausgeht, oder?«

»Ja«, sagte ich schwach. Zitternd hob ich die kleine Espressotasse und nahm einen Schluck.

»Was hast du eigentlich heute so gemacht?«, erkundigte sich Leon.

Dankbar, dass ich zumindest für eine Weile von Como abgelenkt wurde, berichtete ich von meinen neuen Kenntnissen über Paracelsus. Ich war gerade dabei zu schildern, wie ich am Ende in Tobias hineingerannt war, als jemand an unseren Tisch trat. Die Erscheinung, die sich vor uns aufbaute, sah einem Geist nicht unähnlich. Der große dürre Mann steckte in einem beigen Trenchcoat und hatte einen grauen Schal um seinen Hals gelegt, der sein halbes Gesicht verdeckte. Oberhalb des Schals erkannte ich zwei stechende Augen, die keinen Moment ruhig standen. Seine Haare waren ungepflegt, und seine Koteletten hätten ein Überbleibsel aus den siebziger Jahren sein können, wenn er dazu nicht zu jung gewesen wäre.

»Max!«, sagte Leon und deutete auf einen Stuhl. »Schön, dass du's geschafft hast. Setz dich!«

Das war Max? Wurde man so, wenn man in der Gerichtsmedizin arbeitete?

»Lieber nicht«, flüsterte Max dermaßen leise, dass ich Mühe hatte, ihn zu verstehen. »Hier drin ist alles, was ich finden konnte. Bitte frag mich nicht nach mehr. Und ruf mich auch nie wieder an. Wir sind quitt.« Damit ließ er einen A5-Umschlag auf den Tisch fallen, als hätte er sich daran verbrannt, drehte sich auf dem Absatz um und entschwand beinahe fluchtartig.

Fassungslos starrte ich von dem Umschlag auf Leon, zurück auf den Umschlag und wieder zu Leon. Und brach in Lachen aus.

»Was ist so komisch?«, fragte Leon.

»Max«, prustete ich. Es dauerte einen Augenblick, bis ich mich beruhigt hatte. »Wo hast du den denn kennen gelernt?« Ich musste mir die Tränen aus den Augen wischen, obwohl die Situation an sich alles andere als komisch war. Vielleicht war mein Lachanfall nicht ausschließlich auf Max zurückzuführen, sondern zumindest zum Teil auch auf meine Anspannung.

Leon guckte etwas beleidigt, dann grinste er schwach. »War ein bisschen melodramatisch, sein Auftritt, was? Aber ich sagte ja, er hat eine …«

»… Scheißangst. Trotzdem: Wenn ich nicht wüsste, wer Max ist, hätte ich ihn für einen schlechten Schauspieler gehalten.«

»Hauptsache, er war da und hat uns das hier gebracht.« Leon nahm den Umschlag hoch und wog ihn in der Hand. »Soll ich aufmachen? Oder willst du?«

»Max ist dein Freund.«

»Und Como ist deiner.«

Damit war die scheinbar sorglose Stimmung dahin. »Mach du«, forderte ich Leon auf.

Vorsichtig löste er die selbstklebende Lasche vom Umschlag, griff hinein und zog ein Blatt und drei Fotos heraus, die er erst mal wieder zurücksteckte, ohne dass ich einen Blick darauf werfen konnte. Auf dem Blatt standen nur wenige Zeilen, die zwei oberen sahen aus wie eine Adresse, darunter hatte jemand eine kurze Notiz geschrieben.

»Was steht da?«, erkundigte ich mich.

»Augustinergasse 4b, 5020 Salzburg-Mülln. Das darunter sieht aus wie Max' Handschrift. *Jakobus' letzte Adresse. Seine Familie wohnt nicht mehr da.*«

»Wo ist das?«

»Ganz in der Nähe vom Spital, in dem du warst. Wenn wir dieser Spur weiter folgen wollen, sollten wir mal hinfahren und mit ein paar Nachbarn sprechen. Auch falls die nichts wissen – die Gerüchteküche hat damals bestimmt gebrodelt.« Leon legte den Zettel mit der Anschrift zur Seite und griff wieder in den Umschlag, um die Fotos genauer zu betrachten. Seinem Mienenspiel nach zeigten sie etwas Unangenehmes. Dann reichte er sie mir. »Kein sehr schöner Anblick. Falls du dir das also ersparen willst …«

Ich schüttelte den Kopf, schluckte aber, als ich die Bilder nahm. Das erste zeigte Jakobus' hindrapierte Leiche. Anders konnte man es nicht nennen. Seine Gestalt steckte in einem offenen grauen Lodenmantel, der den Blick auf einen dunklen Anzug zuließ, den er darunter trug. Sein Kopf war nach hinten geneigt, so dass es unmöglich war, die Gesichtszüge zu erkennen. Ich legte das Foto zuunterst und sah auf das nächste. Jakob Jakobus' Leiche auf dem Tisch der Gerichtsmedizin. Nackt. Es kam mir wie ein Einbruch in dessen Intimsphäre vor, dabei spielte es keine Rolle, dass der Mann längst tot war. Schnell drehte ich das Foto um. Das dritte schließlich zeigte sein Gesicht in Nahaufnahme. Blicklos starrten seine Augen mich an.

Ich schnappte nach Luft. Gleichzeitig wurde mir heiß und kalt, und ich ließ die Fotos auf den Tisch fallen wie Max vorhin den Umschlag. Als hätte ich mich verbrannt. Aber ich schaffte es nicht, meinen Blick von dem Gesicht zu wenden. Einem Gesicht, das ich kannte. Einem Gesicht, das ich fünfzehn Jahre nicht gesehen hatte, das kaum älter geworden war bis auf ein paar zusätzliche Falten und graue Haare.

»Juta? Was ist los?«, hörte ich Leons Stimme wie durch Nebel zu mir dringen.

Mir fehlte die Kraft zu reagieren, zu groß war der Schock. Dabei hätte ich doch eigentlich mit so was rechnen müssen, wenn ich zwei und zwei zusammenzählte. Nicht, dass ich es verstand. Aber es entbehrte nicht einer gewissen Logik.

»Juta!«, drängte Leon weiter. »Kennst du den Mann? Das ist doch nicht etwa Como?«

Ich musste zweimal ansetzen, um endlich was rauszubekommen. »Nein. Sein Vater.«

Die Stille zwischen uns war absolut. Sicher ging um uns herum das Leben weiter. Leute unterhielten sich, lachten, Teller klapperten. Doch das war auf einem anderen Planeten. Bis Leon sich räusperte.

»Bist du sicher?«

Ich nickte nur.

»Aber … das versteh ich nicht. Dein Como hatte doch einen italienischen Nachnamen. Wie war der noch mal?«

»Giacobbe. Oder Jakobus, wenn du so willst.«

»Wie hieß sein Vater?«

»Genauso. Er muss seinen Namen geändert haben.«

»Offensichtlich. Jedenfalls, wenn du dir sicher bist, dass Comos Vater und Jakob Jakobus ein und derselbe Mann ist. Erinnerst du dich noch an seinen Vornamen?«

»Jascha. Como erzählte mir mal, dass sein Vater noch lange vor seiner Heirat von einer Reise in die Sowjetunion mit diesem Namen zurückkam.«

»Wie kann man von einer Reise mit einem neuen Namen wiederkommen?«, fragte Leon.

»Weil ihn da alle so genannt hatten, und es gefiel ihm wohl. Jascha ist die russische Version von … Oh Gott.« Sein Vater war immer Jascha für mich gewesen, deshalb schaltete ich viel zu spät.

»Jakob?«

»Fast. Comos Vater hieß eigentlich Iacopo. Neben Giacomo die zweite italienische Version von Jakob. Warum hab ich nicht gleich daran gedacht?«

Leon zog eine Grimasse. »Selbst wenn: Wärst du dann davon ausgegangen, dass aus Jascha/Iacopo Giacobbe unser Jakob Jakobus geworden ist?«

»Nein«, musste ich zugeben.

»Warum er wohl seinen Namen geändert hat? Wo hat er übrigens damals in Deutschland gearbeitet? Wär doch möglich, dass er schon mal in was Ähnliches verwickelt war wie bei PharmaCon – oder es gibt sogar einen Zusammenhang zwischen beiden Firmen.«

»So was wie Betriebsspionage?« Ich schüttelte den Kopf. Allerdings schien das, was Jascha in Österreich getan hatte, sehr gefährlich gewesen zu sein. Ich konnte nicht ausschließen, dass sich in Lüneburg hinter seiner Praxis mehr verborgen hatte und Como mich vielleicht damals schützen wollte, indem er verschwand. Und jetzt erschien er mir im Traum und drängte mich dazu, etwas zu tun. Plötzlich überschwemmte mich die Gewissheit so heftig, dass mir übel wurde: Er bat mich um Hilfe! Was hatte seine Mutter gesagt? *Du bist der Nächste.*

Ich hatte das Gefühl, keine Luft mehr zu bekommen, und wollte nur noch raus. Leon erkannte sofort, wie schlecht es mir ging. Er half mir in den Mantel und machte sich auf die Suche nach der Bedienung, um zu zahlen, während ich hinausstolperte. In der kalten Nachtluft lehnte ich mich an die Hausmauer und atmete tief ein und aus. Egal, auf wie viel Intuition meine Gewissheit beruhte, egal, wie wenig Beweise ich dafür hatte: Como brauchte meine Hilfe.

»Geht's?« Leon war neben mir aufgetaucht, ohne dass ich sein Kommen gehört hatte.

»Danke«, nickte ich und stieß mich von der Wand ab. Mir war noch schwindelig, aber das wurde mit jedem Schritt besser.

»Erinnerst du dich, was Comos Vater beruflich gemacht hat?«, wiederholte Leon nach einer Weile seine Frage.

»Er war Physiotherapeut.«

»Nicht unbedingt dieselbe Schiene, obwohl es auch mit Medizin zu tun hat. Fragt sich nur, wie leicht man von Physiotherapie auf pharmakologische Forschung umsteigen kann.«

»Hat Max gesagt, wie lange Jakobus … Jascha bei PharmaCon gearbeitet hat?« Es fiel mir schwer, die Identität des mir bis eben unbekannten Toten zu akzeptieren.

»Hab nicht danach gefragt, leider.«

An diesem Abend kamen wir mit unseren Gedankenspielen nicht weiter, und ich wollte einfach nur noch ins Bett und für ein paar Stunden vergessen, was ich erfahren hatte. Ich sehnte mich nach Ruhe, hatte aber gleichzeitig auch Angst vorm Einschlafen und möglichen neuen Träumen. Obwohl ein weiterer Traum neue Hinweise liefern konnte. Die Träume variierten ja von Mal zu Mal und wurden immer deutlicher.

Leon und ich verabredeten für den nächsten Tag einen Besuch in der Augustinergasse, dann ließ er meine Hand sehr zögerlich los. Ich dachte schon, er wollte sich umdrehen und gehen, stattdessen beugte er sich zu mir herüber und streifte meinen Mund mit seinen Lippen. Erst dann, ohne ein weiteres Wort zu sagen, wandte er sich abrupt ab und ging mit schnellen Schritten die Straße hinauf.

Langsam betrat ich das Hotel und holte den Lift. Die Gedanken schwirrten wie wild in meinem Kopf umher. Auch wenn ich mich seit etlichen Jahren bemühte, Como aus meinen Erinnerungen zu verbannen, gelang mir das nie ganz, und nun war er sogar wieder allgegenwärtig. Abgesehen von Como musste ich mit zwei weiteren Männern klarkommen: Tobias, den ich nach unserer Unterhaltung einige Stunden zuvor für undurchsichtiger hielt, als bisher angenommen. Und mit Leon, seit Como der Erste, zu dem ich mich hingezogen fühlte. Denn genau das tat ich, obwohl er nicht weniger undurchsichtig war als Tobias. Beide hatten offenbar ihre Geheimnisse und Schattenseiten. Da stand ich also – zwischen sämtlichen Stühlen und vor einer viel zu großen Aufgabe.

»Ach, Como«, flüsterte ich in den leeren Aufzug.

9.

Ob ich es nun befürchtet oder herbeigesehnt hatte – ein Traum war in meiner relativ unruhigen Nacht ausgeblieben. Jetzt musste ich das Frühstück mit Tobias hinter mich bringen. Ich ahnte, dass er eine Entscheidung von mir erwartete, und ahnte ebenso, dass ihm diejenige, die ich getroffen hatte, nicht gefallen würde.

Tobias saß schon am Tisch, vor sich eine Tasse Kaffee und zwei belegte Brötchenhälften, die er bisher nicht angerührt hatte. Stattdessen starrte er mit einem Ausdruck vor sich hin, den ich nicht genau deuten konnte. Seine Haltung wirkte sehr entschlossen, sein Blick hingegen umwölkt. Eine ganze Weile stand ich da und beobachtete ihn, bis er meine Gegenwart spürte und sich mir zuwandte. Sofort erhellte ein Lächeln seine Züge.

»Guten Morgen! Bin ich ein interessantes Studienobjekt?«

Ich erwiderte das Lächeln und setzte mich. »Ziemlich. Ich habe mich gerade gefragt, was in dir vorgeht.«

»Ich hab über dich nachgedacht und was du als Nächstes vorhast. Und ob du mich daran teilhaben lässt.« Tobias schnitt eine Grimasse, als wolle er seine letzte Bemerkung am liebsten zurücknehmen. »Nein, besser keine Diskussion darüber vorm Frühstück.«

Damit war ich einverstanden, auch wenn es nur einen kurzen Aufschub bedeutete. Ich bediente mich am Büfett, während Tobias mir Kaffee einschenkte, und bestrich eine Körnerstange mit Frischkäse. Es kostete ihn offenbar Überwindung, seine nächste Frage im Konversationston zu stellen.

»Wie war dein Abend?«

»Interessant.« Was es zweifellos nicht vollkommen traf.

»Nur … interessant? Magst du mir verraten, was so interessant war, oder geht mich das nichts an?«

Einen Moment hielt ich Tobias' Blick stand, dann sah ich hinunter auf meine Körnerstange. Ich konnte es mir einfach machen, ihm sagen, dass das mit uns beiden ein Irrtum war und er bitte aus meinem Leben verschwinden solle. Andererseits – ständig gab es ein »Andererseits«! – mochte ich Tobias, wenn auch nicht so, wie er es gern hätte. Außerdem glaubte ich nicht, dass sein liebe- und verständnisvoller Blick nur Lüge gewesen war. Wenn ich herausfinden wollte, was er vor mir verborgen hielt und was sich wirklich zwischen ihm und Leon abspielte, durfte ich nicht zu zugeknöpft sein.

»Lass mich etwas weiter ausholen, um dir begreiflich zu machen, was so interessant war«, fing ich an. Tatsächlich ging ich sehr weit zurück, weil Tobias ja nichts von Comos Existenz wusste. Ab und zu warf er eine Frage ein, ansonsten hörte er mir konzentriert zu, und manchmal blitzte für einen Sekundenbruchteil wieder dieses seltsame Verstehen in seinen Augen auf.

»Du bist also überzeugt, dass Como in Gefahr schwebt und dir das nicht nur in deinen Träumen mitteilt, sondern dich dadurch auch um Hilfe bittet?«, fasste er zusammen. Tobias neutraler Ton machte es unmöglich abzuschätzen, wie weit er mir meine Geschichte glaubte.

»Ja. Das Dumme ist nur, dass ich nicht weiß, was er von mir erwartet, und gleichzeitig spüre, dass ich nicht bis in alle Ewigkeiten Zeit habe, das rauszufinden.«

»Was willst du also tun?«

»Erst mal zu dieser Adresse fahren, die Max aufgeschrieben hat.«

»Gut«, sagte Tobias und stand auf. »Dann lass uns gehen.«

Entgeistert sah ich ihn an, doch bevor ich etwas sagen konnte, betrat Leon den Frühstücksraum. Es hatte viel länger gedauert als angenommen, Tobias die ganze Sache zu erklären. Tobias merkte, dass sich hinter ihm etwas tat, und drehte sich um.

Leon war kurz stehen geblieben, kam aber nun doch auf uns zu. Vorsichtig glitt sein Blick von mir zu Tobias und zurück. »Hallo. Ich hoffe, ich störe nicht.«

Diesmal war Tobias' Ton alles andere als neutral. Er war kälter als kalt. »Doch. Aber ich nehme an, das beeindruckt Sie nicht weiter.«

»Tobias, bitte«, versuchte ich einzugreifen. Seine offensichtliche Feindseligkeit war mir zutiefst unangenehm.

»Schon gut«, sagte Leon und sah geflissentlich an Tobias vorbei. »Dein Freund hat eben keine Manieren, so was soll's geben. Wenn du willst, können wir jetzt los.«

»*Sie* werden nirgends mit Juta hingehen.«

»Hören Sie, ich weiß nicht, was Sie für Probleme haben, aber Juta kann sicher selbst entscheiden, was sie mit wem und wann tut.«

Tobias trat noch einen Schritt an Leon heran. »Das Problem sind Sie, Herr Eisner. Verschwinden Sie ganz einfach.«

»Ich? Sie verwechseln mich mit sich selbst!« Leon wurde richtig wütend und blieb dabei nicht so beherrscht wie Tobias. »Niemand hat Sie gebeten, hinter Juta herzulaufen und ihr auf den Senkel zu gehen, also sind Sie es wohl, der verschwinden sollte!«

»Das würde Ihnen entgegenkommen, kann ich mir vorstellen. Tut mir leid für Sie, dass ich Ihnen diesen Gefallen nicht tun werde.«

Leon schwieg einen Moment, bis er leise zu Tobias sagte: »Dann sind Sie ein verdammter Narr.«

Dieser Satz verursachte ein Flattern in meinem Magen. Er klang entsetzlich, als drohe Leon mit etwas Unaussprechlichem.

»Du liebe Zeit, hört endlich auf!«, bat ich inständig.

»Verzeih, Juta«, sagte Tobias, wandte seinen Blick aber nicht von Leon. »Es ist sonst nicht meine Art, mich verbal mit anderen Männern um eine Frau zu schlagen. Ich versuche nur, das Richtige zu tun.«

»Wenn das so ist, fragen Sie doch zur Abwechslung mal Juta, was sie will«, forderte Leon ihn sarkastisch auf. »Sie tun's doch nur deshalb nicht, weil Sie Angst vor ihrer Antwort haben, stimmt's?«

Tobias sah zu mir herüber, und in seinem Blick lag tatsächlich etwas, das Angst sehr nahe kam. Allerdings war ich mir nicht ganz sicher, wovor. »Juta?«

Ich hatte vor dem Frühstück eine Entscheidung getroffen – mit Leon zu gehen. Der Streit der beiden ließ mich wieder zweifeln. Im Augenblick schien mir die beste Lösung, weder den einen noch den anderen an den Hacken zu haben.

»Ihr benehmt euch wie Kinder, die sich um ein Spielzeug balgen. Falls es euch entgangen sein sollte: Ich bin keine Sache, die man hin und her schubsen kann!« Damit ließ ich sie stehen und lief aus dem Frühstücksraum. Ich hörte, wie Tobias meinen Namen rief, und ich hörte außerdem Leon, der ihn mit scharfen Worten zurechtwies und offenbar auch noch festhielt, als er mir folgen wollte.

Sobald ich aus meinem Zimmer meinen Mantel und meinen Rucksack geholt hatte, verließ ich das Hotel. Ich würde mich allein auf den Weg in die Augustinergasse machen. Auf dem Fußmarsch dahin, hauptsächlich an der Salzach entlang, konnte ich mich abreagieren, bevor ich fremden Leuten Fragen stellte. Es gelang mir sogar, die unschöne Szene zu vergessen, als ich an Como dachte.

»Warum schickst du mich nach Salzburg zum Grab deines Vaters?«, fragte ich halblaut. »Und was hat es mit diesem Spruch in Jaschas Mausoleum: *Er folgte seinem Ziel* auf sich?« Auch Paracelsus war unbeirrbar seinem Ziel gefolgt, beinah durch ganz Europa. War es das? Sollte ich Paracelsus' Spuren folgen? Aber wohin? »Falls du mich auf die Reise zu dir schicken willst, Como, und falls Paracelsus Hinweise dazu liefern soll, hast du dir eine unmögliche Schnitzeljagd einfallen lassen. Der Mann war fast überall.« Aber ich erhielt keine Antwort.

Gleich am Anfang der Augustinergasse stand hoch erhoben links auf einem Hügel die Müllner Kirche, die ich schon von der Staatsbrücke aus sehen konnte und deren Anblick mich auf meinem Weg begleitet hatte. Je näher ich kam, desto mehr drängte sich mir ein Verdacht auf, der sich bald bestätigte. Es war genau diese Kirche, die ich von meinem Krankenzimmer hatte sehen können. Rechts standen schlichte dreigeschossige, gelbe Wohnhäuser mit weiß gestrichenen Fensterrahmen. Dahinter fiel die Straße wieder ab und gab den Blick frei auf ein niedrigeres altes Gebäude mit einem Garten. Daran prangte die Nummer 6a, so dass ich offenbar schon zu weit gelaufen war. Ich ging ein Stück zurück und fand auf einem der gelben schmucklosen Häuser die Nummer 4b. Etwas unsicher trat ich in den Hauseingang und las die Klingelschilder. Obwohl ich genug Zeit gehabt hatte, mir eine plausible Geschichte auszudenken, wusste ich nicht genau, was ich den Leuten erzählen sollte. Sie würden sich zu Recht fragen, was ich mit Jakob Jakobus' Tod zu tun hatte. Mit der Wahrheit konnte ich keinen Blumentopf gewinnen. Aber selbst wenn ich hier bis zum Sanktnimmerleinstag gestanden hätte, wäre mir nichts Geniales eingefallen. Dann kam jedoch ein junger Mann aus dem Haus, ich nutzte die Gunst der Stunde, fing die Tür auf und trat in den Flur.

Es war ein merkwürdiges Gefühl, an einem Ort zu sein, an dem Como oder zumindest seine Eltern gelebt hatten – Menschen, die für mich so viele Jahre lang verschollen gewesen waren. Neugierig, fast ein bisschen beklommen, sah ich mich um. Ein paar Stufen im Treppenhaus führten ins Hochparterre, auf dem sich zwei Wohnungstüren befanden. Ich entschied, dort zu klingeln, wo ein Kranz aus getrockneten Blumen vor der Milchglasscheibe hing. Der Name auf dem Klingelschild lautete M. Dreising.

Auf mein Läuten hin tat sich eine ganze Weile nichts, so dass ich mich schon abwenden und mein Glück gegenüber probieren wollte. Da hörte ich Schritte auf Parkettboden. Kurz darauf öffnete eine Frau die Tür, bei deren Anblick ich innerlich zusammenzuckte, weil ich sie eine Schrecksekunde lang für Comos Mutter hielt. Dann erkannte ich jedoch, dass diese Frau zwar deren Größe und Statur hatte, aber etwa zehn Jahre zu alt war. Ihr graues Haar war zu einem Pferdeschwanz gebunden, feine Fältchen lagen um ihre Augenwinkel. Sie trug ein dunkelblaues Kostüm und einen dazu passenden Seidenschal.

»Kann ich Ihnen helfen?« Ihr Ton war zurückhaltend, jedoch nicht abweisend.

Jetzt hatte ich keine Zeit mehr, mir eine Geschichte auszudenken. »Ja. Vielleicht. Stimmt es, dass in diesem Haus ein Mann namens Jakob Jakobus gewohnt hat?«

Ich hatte es ganz falsch angepackt, nun wurde ihr Blick doch argwöhnisch. »Sind Sie von der Presse? Oder gehören Sie zu diesen anderen Leuten? Wie auch immer, Sie hätten sich die Mühe sparen können, Sie werden von mir und meinen Nachbarn nicht mehr hören als letztes Jahr nach seinem Tod.«

Ich konnte gerade eben noch verhindern, dass sie mir die Tür vor der Nase zuschlug. Welche »anderen Leute« meinte sie? »Nein! Bitte, ich habe erst kürzlich erfahren, was passiert ist. Ich kannte Jascha von früher, aus Deutschland. Er und seine Familie lebten neben uns in Lüneburg. Seine Frau Maria und sein Sohn Giacomo.«

»Jascha?«, echote die Frau, ihr Blick war jedoch wesentlich weniger kühl als eben.

»Verzeihung, ich meine Jakob. Ich hab ihn damals nur nie so genannt.«

Sie musterte mich lange und überlegte offenbar, was sie sagen sollte. Dann trat sie einen Schritt zurück. »Ich glaube, wir unterhalten uns besser drinnen weiter.«

»Vielen Dank, das ist sehr freundlich von Ihnen. Ich werde Sie auch bestimmt nicht lange aufhalten.«

»Kein Problem. Ich habe immerhin seit Monaten auf Sie gewartet und ehrlich gesagt kaum mehr damit gerechnet, dass Sie noch kommen.«

Ich war perplex. »Wie bitte? Ich glaube, hier liegt eine Verwechslung vor. Das ist sicher mein Fehler, ich habe mich nicht mal vorgestellt. Ich bin Juta Berg, und ich wollte …«

»Ja, Frau Berg, ich weiß, wer Sie sind. Oder sollte ich besser sagen: Ich dachte mir, dass Sie das sind. Giaco schrieb, das Sie eines Tages vor meiner Tür stünden.«

Giaco? Como? Ich brauchte keinen Spiegel, um zu wissen, wie blass ich geworden war.

»Ist Ihnen nicht gut?«, fragte sie.

»Geht schon.«

»Hm. Sieht mir nicht so aus. Sie müssen entschuldigen, wenn ich Sie erschreckt habe, aber Giaco war so sicher, dass Sie mich besuchen, da dachte ich, Sie wüssten Bescheid. Kommen Sie in die Küche, ich mach Ihnen einen Kaffee.«

Widerspruchslos folgte ich ihr. Das Erstaunen in ihrer Stimme war nicht zu überhören, als sie fragte: »Sie sind doch nicht etwa zufällig bei mir gelandet und hätten ebenso gut bei meinem Nachbarn klingeln können?« Mit erhobenen Brauen reichte sie mir die Kaffeetasse. »Milch und Zucker stehen hinter Ihnen auf dem Tisch.«

»Ich glaube, ich möchte lieber ein Glas Wasser«, bat ich und hoffte, dass es mir auch heute helfen würde, klarer zu denken. »Und, ja, ich hätte auch woanders geklingelt.« Bei näherer Betrachtung glaubte ich allerdings nicht an einen Zufall, der mich ausgerechnet zu ihr geführt hatte.

»Giaco hat Ihnen ganz bestimmt nichts von mir erzählt?«, fragte sie verblüfft, während sie mir das Glas in die Hand drückte.

Ich nahm einen Schluck Wasser und beinah augenblicklich hörten meine Handflächen auf zu schwitzen, wurde meine Stirn kühler. Dankbar trank ich das halbe Glas, bevor ich antwortete. »Nein. Ich habe Como – Giaco seit fünfzehn Jahren nicht gesehen.«

»Das ist merkwürdig. Nun ja, genau genommen war recht viel an der Familie Jakobus letztlich merkwürdig. Wissen Sie, wie Jakob starb?«

»Nur das Wenige, was in der Zeitung stand. Haben Sie denn mehr darüber erfahren?«

»Tut mir leid, nein. Nachdem man Jakob gefunden hatte, habe ich Maria und Giaco nur noch ein einziges Mal gesehen. Sie waren in der Nacht darauf bei mir und haben mir das Versprechen abgenommen, mich um die Beerdigung zu kümmern, und mir Anweisungen dazu gegeben. Das Mausoleum auf dem Petersfriedhof hatten sie offenbar schon vor längerer Zeit gekauft. Ich war so geschockt von Jakobs Tod und so verwirrt über ihre Bitte, dass ich bloß zu allem nickte. Am nächsten Tag, als ganz Salzburg von der Sache in der Zeitung las, waren Giaco und Maria verschwunden. Sie haben alles zurückgelassen, die Wohnung über mir sah aus, als würde Maria jeden Augenblick wiederkommen. Aber sie kam nie mehr. Alles Umstände, die einen Unfall oder einen normalen Mord extrem unwahrscheinlich machen, wenn Sie mich fragen. Falls man einen Mord überhaupt normal nennen kann«, fügte sie noch hinzu.

»Wohl kaum. Aber es gibt solche und solche Morde, und die Begleitumstände von Jaschas Tod waren ausgesprochen mysteriös. Genauso mysteriös wie die Tatsache, dass Como glaubte, ich würde zu Ihnen kommen. Was genau hat er eigentlich geschrieben?«

»Ich habe ein Vierteljahr nach dem Tod seines Vaters einen am Computer verfassten Brief bekommen, er trug weder Absender noch Unterschrift. Ich bin überzeugt, dass er von Giaco war. Natürlich kann ich das nicht beweisen, es ist nur mein Gefühl. Aber ich täusche mich da selten, und außerdem ergäbe ein anderer Absender wenig Sinn. Woher Giaco wusste, dass Sie mich aufsuchen würden, müssen Sie ihn schon selbst fragen. Ich bin davon ausgegangen, er hätte Sie in irgendeiner Weise kontaktiert und Ihnen das mitgeteilt.«

In irgendeiner Weise war in der Tat korrekt ausgedrückt. Über Comos Rolle in meinen Träumen gab es nun keine Zweifel mehr. Ich verstand zwar nach wie vor nicht, wie das alles zusammenhing oder wie das überhaupt möglich war, aber es funktionierte offenbar.

»Hat Como auch hier gewohnt?«, erkundigte ich mich.

Frau Dreising schüttelte den Kopf. »Nur Jakob und Maria. Giaco besuchte sie regelmäßig, er lebte drüben in der Neustadt.«

»Was ... hat er denn gemacht?« Als Como mit seinen Eltern verschwunden war, hatte er noch nicht mal das Abi in der Tasche gehabt, aber er wollte in die Fußstapfen seines Vaters treten und Physiotherapeut werden.

»Oh, er war bei einer Beratungsstelle tätig, die sich um misshandelte Kinder kümmert, mit etwas ungewöhnlichen Therapieansätzen. Aber was will man erwarten bei einem psychologischen Dienst, der sich *Bates' House* nennt?« Frau Dreising lächelte ironisch. »Ich habe übrigens etwas für Sie. Warten Sie einen Moment, ich bin gleich wieder da.«

Während ich über ihre Worte nachdachte, sah ich mich in der Wohnküche um. Auf dem Tisch lagen Zeitschriften, auf der breiten Fensterbank stand eine Steingutvase mit weit aufgeblühten Tulpen. Alles so erschreckend normal, gemessen an dem, weshalb ich hier war. Schließlich kam sie mit einem Umschlag in der Hand in die Küche zurück, ähnlich dem, den Max gestern mitgebracht hatte.

»Die Postsendung, die ich damals bekam, bestand aus dem Brief an mich und diesem Umschlag. Ich habe ihn nie geöffnet, sondern für Sie aufbewahrt, wie der Absender es wünschte. Er hat mich außerdem gebeten, die computergeschriebenen Zeilen zu vernichten, was ich getan habe.« Sie reichte mir den Umschlag, den ich mit zitternden Fingern entgegennahm.

Sollte ich ihn gleich öffnen oder warten, bis ich allein war? Als hätte sie meine Gedanken gelesen, sagte Frau Dreising: »Lesen Sie es ruhig später.

Nicht, dass ich nicht neugierig wäre, aber es ist nur für Sie bestimmt. Ehrlich gesagt, bin ich froh, wenn ich nicht weiß, was drin steht. Ich bin sogar sehr dankbar dafür, dass dieser Brief erst lange nach Jakobs Tod kam. Als diese Leute vor meiner Tür standen und mich bedrohten, konnte ich mit Fug und Recht sagen, ich wisse nichts – abgesehen davon, dass ich mich um die Beerdigung kümmern sollte.«

Ich horchte auf. »Von diesen Leuten haben Sie vorhin schon gesprochen, wer war das denn?«

Frau Dreising zuckte mit den Schultern. Gleichzeitig war ihr deutlich anzumerken, dass allein die Erinnerung sie schaudern ließ. »Ich habe keine Ahnung, und auch wenn ich mich wiederhole: Ich bin froh, dass ich es nicht weiß, solche Typen möchte man einfach nicht kennen. Sie kamen, kurz nachdem die Meldung in der Zeitung gestanden hatte, ich dachte erst, es wären Journalisten. Aber dann drohten sie mir. Wenn ich nicht ebenso enden wolle wie Jakobus, sagten sie, solle ich ihnen alles erzählen, was ich über ihn und seine Familie, Giaco im Speziellen, wisse. Damit konnte ich nicht dienen, denn obwohl wir seit einigen Jahren Nachbarn und sogar Freunde gewesen waren, blieben Maria und Jakob sehr verschlossen, wenn es um sie persönlich ging. Erst in dem Moment wurde mir richtig klar, wie wenig ich sie kannte. Diese Männer stellten meine Wohnung auf den Kopf, und sicher auch die über mir. Oh ja, sie waren sehr gründlich, sehr effizient – und sehr wütend, weil all ihre Mühe umsonst war.«

»Sind Sie nicht zur Polizei gegangen?«, rutschte es mir raus, wobei ich mir im selben Augenblick lächerlich vorkam.

»Nein. Ich hänge an meinem Leben und lasse mich ungern bedrohen.«

»Dann muss ich Ihnen umso mehr danken, dass Sie diesen Brief für mich aufbewahrt haben!«

»Ach nein«, wehrte Frau Dreising ab. »Manchmal, in den Wochen nach dem seltsamen Besuch, hatte ich das Gefühl, beobachtet zu werden, aber das hörte irgendwann auf. Abgesehen davon ist ein simpler Postbrief ein Vierteljahr später eher unverdächtig.« Frau Dreising stellte ihre Tasse erneut unter den Kaffeeautomaten. »Etwas anderes dagegen fand ich sehr verdächtig, nämlich dass in den Medien auf einen Schlag nichts mehr stand, als ob jemand sie zum Schweigen gebracht hätte. Ich habe mich gefragte, ob dieser Jemand mit den Leuten zu tun hatte, die hier waren. Da gibt's mehrere Möglichkeiten: PharmaCon wäre eine oder jemand aus der Politik, man kann nie wissen, wer in welchen hohen Ämtern seine Finger in chemischen oder medizinischen Experimenten hat.«

»Sie meinen … bakterielle Kriegführung oder so was?«

»Wissen Sie genau, was Pharmakonzerne so alles herstellen? Denkbar wär's doch, dass es da ein geheimes Forschungslabor gegeben hat. Und Jakob wusste einfach zu viel.« Sie nahm einen Schluck Kaffee. »Möchten Sie noch Wasser?«

Ich schüttelte den Kopf. Alles, was ich wollte, war Comos Brief lesen. Wieder wusste Frau Dreising, was in mir vorging. Sie nahm mir das Glas aus der Hand und nickte mir zu. »Sie müssen sich keine Entschuldigung einfallen lassen zu gehen. Ich kann das verstehen, glauben Sie mir.«

»Danke. Danke, dass Sie dies hier für mich aufgehoben haben. Es ist für mich kostbarer, als Sie sich vorstellen können.«

Ein wehmütiger Zug schlich sich in Frau Dreisings Gesicht. »Vielleicht. Vielleicht auch nicht. Was immer Giaco Ihnen nach all der Zeit zu sagen hat – ich wünsche Ihnen viel Glück bei allem, was Sie tun werden und müssen. Passen Sie auf sich auf.«

10.

Am Ufer der Salzach gab es hier und da Bänke, und ich geriet in Versuchung, den Umschlag gleich an Ort und Stelle aufzureißen. Gleichzeitig fürchtete ich jedoch, dass mir hier draußen im Freien ein Luftzug das Papier entreißen könnte. Oder dass mich jemand beobachtete und sich den Brief schnappte, bevor ich die Chance gehabt hätte, ihn zu lesen. Irgendwelche »Leute«. Was Frau Dreising erzählt hatte, legte nahe, dass ich letztlich wohl doch nicht an Verfolgungswahn litt. Irgendwo war irgendwer, der mich nicht aus den Augen ließ, auch wenn ich es eine Zeit lang nicht bemerkte. Diese Tatsache genügte, mich zum Hotel zu zwingen, wo ich die Ruhe und Einsamkeit haben würde, die Comos Nachricht verdiente. Auf dem Weg dorthin schaute ich mich ab und zu um, ohne etwas Auffälliges zu entdecken.

Seit dem Frühstück mit Tobias, das so unerfreulich geendet hatte, waren einige Stunden vergangen. Von Leon war selbstverständlich weit und breit nichts mehr zu sehen, und ich hatte im Augenblick wenig Lust, an Tobias' Tür zu klopfen. Falls einer der beiden etwas von mir wollte, musste er schon zu mir kommen.

In meinem Zimmer setzte ich mich auf mein Bett. Fünfzehn Jahre waren vergangen, seitdem ich Como zum letzten Mal gesehen hatte. Fünfzehn Jahre des Wartens, zuerst bewusst, später unbewusst. Ja, ich *hatte* gewartet. Und nun hielt ich eine Nachricht von ihm in meinen Händen. Ich war nervös, unruhig, ängstlich, aufgeregt, drehte den Umschlag hin und her und wagte nicht, ihn zu öffnen.

»Das ist albern«, flüsterte ich mir selbst zu. »Jetzt mach schon auf.«

Draußen auf dem Gang hörte ich Schritte, ich sprang hoch, hechtete zur Tür und schloss ab. Die Schritte verhallten in der entgegengesetzten Richtung. Langsam beruhigte ich mich wieder, nahm den Umschlag erneut zur Hand und schlitzte ihn ganz vorsichtig mit meiner Nagelfeile auf. Gut. Offen war er nun, ich musste nur noch hineinschauen. Ich riskierte einen Blick und erkannte ein zusammengefaltetes Blatt, das ich langsam Zentimeter für Zentimeter herauszog. Es war dicker als gewöhnliches Kopierpapier und ein wenig vergilbt, was mich erstaunte. Normalerweise brauchte Papier lange, um diesen Zustand zu erreichen.

Ich schluckte noch einmal trocken, dann faltete ich das Blatt auseinander. Wie selbstverständlich war ich davon ausgegangen, eine Mitteilung von Como vorzufinden, aber das hier sah ganz anders aus. Da standen nur zwei Sätze, gedruckt in ausgefallener Typografie über einem undeutlich durchschimmernden Wasserzeichen, und sie stammten mit Sicherheit nicht ursprünglich von Como.

Ich beugte mich über das Papier und entzifferte mühsam den seltsam anmutenden Text:

mer wil ich richten nach meinem tot wider euch dann davor. und ob ir schon mein leib fressent, so habt ir nur drek gefressen; der Theophrastus wird mit euch kriegen on den leib.

Mehr nicht – keine erklärenden Worte, nicht mal Anführungszeichen, um die Zeilen als Zitat zu kennzeichnen. Ein Wort darin sprang mir allerdings geradezu ins Auge: Theophrastus, einer von Paracelsus' Vornamen. Die Verbindung zwischen Jascha und Paracelsus ließ keinen anderen Schluss zu, als dass der Brief tatsächlich von Como stammte. Anscheinend glaubte er, dass diese beiden Sätze, die ganz offensichtlich von Paracelsus selbst formuliert waren, genügend Hinweise für mich enthielten. Oder er durfte mir keine weiteren geben für den Fall, dass jemand den Umschlag vor mir in die Hände bekam.

Leider blieb mir verborgen, was ich mit diesen Informationen anfangen sollte. Eine endlose Zeit saß ich da und starrte vor mich hin, das Blatt mit dem Paracelsus-Zitat auf meinen Knien.

Ein Geräusch riss mich aus meinen Grübeleien und meiner Ratlosigkeit. Ich war so vertieft gewesen, dass ich ein, zwei Sekunden brauchte, um das dumpfe Geräusch als das Klingeln meines im Rucksack steckenden Handys zu identifizieren. Ich hatte eigentlich keine Lust, mit jemandem zu reden, war aber auch dankbar für die Ablenkung, deshalb kramte ich das Handy hervor. Ich tippte auf Tobias, stattdessen meldete sich Leon.

»Tut mir leid wegen heute Morgen«, sagte er ohne weitere Einleitung. »Ich hätte einfach wieder verschwinden sollen, als ich euch zusammen sah. Ich hab's nicht fertig gebracht.«

Ich seufzte. »Wenn ihr diesen Auftritt nicht wiederholt, werde ich's überleben.«

»Das hoffe ich sehr!«, stellte Leon fest. »Hast du dich inzwischen mit Tobias ausgesprochen?«

»Nein, ich hab seit heute Morgen nichts von ihm gehört. Hat er noch was zu dir gesagt?«

»Nicht mehr viel. Er gab mir zähneknirschend Recht, dass es deine Sache sei, eine Entscheidung zu treffen, dann ist er gegangen.«

»Hm«, machte ich. »Eigentlich komisch, dass er sich überhaupt nicht meldet, passt gar nicht zu ihm.«

»Vielleicht muss er sich erst mal beruhigen.« Er machte eine Pause. »Hast du denn eine Entscheidung getroffen? Wir wollten noch zur Augustinergasse, falls du das vergessen haben solltest.«

»Ich war schon da«, sagte ich und umging damit eine Antwort. Stattdessen erzählte ich ihm von Frau Dreising und Comos Brief.

»Ein Paracelsus-Zitat? Findest du in diesen Zeilen einen Hinweis darauf, was du als Nächstes tun sollst?«

Leon schien sofort zu akzeptieren, dass die Nachricht von Como kam, ja, mehr sogar, er glaubte genau wie ich, dass sich darin etwas verbarg, auch wenn ich es im Moment nicht sah.

»Leider nicht. Ich werde meine Nase noch mal in die Paracelsus-Bücher stecken, die ich gekauft habe. Vielleicht hilft mir das, einen entsprechenden Bezug zu entdecken.«

»Klingt nach einer guten Idee.« Wieder schwieg er, obwohl ich den Eindruck hatte, dass er noch was sagen wollte. »Wirst du mir erzählen, was du rausfindest?«

»Du meinst, werde ich es dir erzählen oder Tobias?«, übersetzte ich seine Worte.

»Schätze schon, ja.«

»Lass dich überraschen.« Damit beendete ich kurzerhand das Gespräch. Ich wusste selbst noch nicht, was ich machen würde. Zuerst versuchte ich, Tobias auf seinem Handy anzurufen, auf dem sich nur die stereotype Stimme meldete mit der Nachricht, dass zurzeit niemand zu erreichen war. Danach klopfte ich ebenso erfolglos an seiner Zimmertür und fragte schließlich an der Hotelrezeption, aber dort lag weder eine Nachricht für mich, noch konnte mir der Portier sonst etwas über Tobias sagen. Zum ersten Mal kehrten sich unsere Rollen um, plötzlich war Tobias verschwunden, während ich wartete, auch wenn »verschwunden« ein etwas hoch gegriffenes Wort war.

Mir blieb nichts zu tun als mich wie angekündigt viele Stunden in die Lektüre über den faszinierenden Paracelsus zu vertiefen. Ich übersprang seinen Lebenslauf und ging gleich über zu verschiedenen Essays von Sigmund Freud und C. G. Jung und anschließend zu Paracelsus' Ausführungen über den Menschen, die Natur und Gott, die erfreulicherweise ins Hochdeutsche übertragen worden waren. Als ich las »Alle Dinge sind Gift, nichts ist ohne Gift; allein die Dosis bewirkt, dass ein Ding kein Gift ist«, musste ich an Jascha denken. Doch Paracelsus hatte auch Auffassungen wie »Was ist Hilfe der Arznei anderes als Liebe?« oder »Solange es auf der Welt arme Menschen gibt, soll ihnen geholfen werden aus der Fülle des Vorhandenen«, eine Meinung, die sicher nicht jeder teilte, weder zur Zeit Paracelsus' noch heute. Dann stolperte ich über Folgendes: »Es ist zwecklos, die Dinge gleich für ewig festzulegen. Denn was vermag schon der Mensch auf Erden Ewiges zu leisten und aufzurichten? Ist er doch nicht sicher, ob das, was er am Morgen leistet, am Abend noch Bestand hat! In allem musst du eben handeln und wandeln, wie die Zeit es gibt. Sie zieht dich nach, und du musst ihr folgen.«

So ähnlich kam ich mir vor. Was immer ich entdeckte, es gab anscheinend jedes Mal noch etwas dahinter, dem ich weiter folgen musste. Folgen. Genau wie in Jaschas Mausoleum: *Er folgte seinem Ziel.* Genau wie Paracelsus, der unbeirrt den Weg gegangen war, den er für richtig hielt, allen Gegnern zum Trotz.

Das Zitat aus Comos Brief fand ich in diesem Buch nicht und auch sonst keinerlei Hinweis, der mich zu Como führte.

Es war längst Abend geworden, ich legte die Bücher zur Seite und streckte meinen Körper. Allmählich wurde ich hungrig. Ich wollte es noch einmal bei Tobias probieren, möglicherweise würde er mich zum Essen begleiten. Wieder klopfte ich vergebens an seiner Tür, sein Handy war nach wie vor abgeschaltet, und auch an der Rezeption hatte man ihn nicht gesehen oder von ihm gehört. Ich wusste nicht recht, ob ich mir ernsthaft Sorgen machen oder ob ich eher verärgert sein sollte. Ich entschied, auch Leon nicht anzurufen und stattdessen zur Abwechslung mal allein zu essen, danach ein Bad zu nehmen und zu Bett zu gehen. Vielleicht … würde ich von Como träumen.

Das klappte leider nicht reibungslos, weil ich so erwartungsvoll war, dass mich das mehrfach am Einschlafen hinderte. Jedes Mal schreckte ich wieder hoch, bis ich endgültig den Faden der unscharfen Bilder in mir verlor.

Ich saß in einem Zug, der durch eine hügelige Landschaft fuhr, über mir im Gepäcknetz schaukelte ein Rucksack, ein Rucksack mit Gestänge, in dem alles untergebracht war, was man für eine mehrwöchige Reise brauchte. Dann wechselte die Szene, ich befand mich auf einem großen Platz mit einer beeindruckenden Kathedrale vor und einer klassizistisch anmutenden Fassade mit Dreiecksgiebel und Säulen neben mir. Es wimmelte vor Menschen, ich ließ mich von dem Strom mitreißen auf das Gebäude mit den Säulen zu und wusste plötzlich, was dahinter lag: Quellen, die angeblich schon vor zweitausend Jahren Kranke geheilt hatten.

Und dann war ich mit einem Schlag hellwach. Ich sprang aus dem Bett, stolperte fast über meine eigenen Füße und suchte blind in meinem Rucksack nach Comos Brief. Ich holte das Blatt heraus und hielt das Papier direkt gegen die Lampe.

Der Bogen trug in der Mitte, genau dort, wo das Paracelsus-Zitat zu lesen war, ein Wasserzeichen, dem ich bisher keine Beachtung geschenkt hatte: das steinerne Abbild eines Gorgonenkopfes. Ich erkannte diesen Gorgonenkopf wieder, mir fiel sogar ein, dass es unzählige Interpretationen darüber gab, was und wen er darstellen sollte, denn Gorgonen sind eigentlich weiblich, dieser Kopf aber war eindeutig männlich. War es die keltische Göttin Sul, die um Gesundheit und Heilung angerufen wurde? War es eine Mischung aus dem römischen Meeresgott Neptun und der Göttin der Heilung, Sulis Minerva?

Da stand ich mit nackten Füßen in einem Hotelzimmer in Salzburg und erinnerte mich mit einer Deutlichkeit an Dinge, die ich seit einem lange zurückliegenden Urlaub vergessen geglaubt, die mein Gedächtnis aber gespeichert hatte. Um sie genau jetzt, in dieser Nacht, abzurufen?

Was auch immer die Darstellung des Kopfes bedeutete, eins war sicher: Es handelte sich um das Wahrzeichen der heilenden Quellen in Bath.

11.

Die Uhr zeigte fast fünf in der Früh, und ich wusste, dass jeder Schlafversuch zum Scheitern verurteilt sein würde. Also stellte ich mich unter die Dusche, genoss das lauwarme Wasser, das über meinen Körper strömte, und begann anschließend, meine Sachen zu packen. Dabei schwirrten mir sowohl Tobias als auch Leon im Kopf herum. Sollte ich mich einem von ihnen anvertrauen, und wenn ja, wem? Oder sollte ich einfach allein weitermachen? Nach Comos Verschwinden war ich zu einem Menschen geworden, der sich niemals auf andere, sondern nur auf sich selbst verließ. War es wirklich klug, von meiner Gewohnheit abzuweichen, wie ich es schon einige Male getan hatte? Andererseits würde das, was vor mir lag, schwer zu bewältigen sein, vielleicht zu schwer, um es allein zu schaffen. Also musste ich endgültig eine Wahl treffen zwischen Tobias und Leon. Zu Leon fühlte ich mich hingezogen. Ich dachte an seinen angedeuteten Kuss, der zu schnell vorbei gewesen war, als dass ich auf ihn hätte reagieren können. Was wäre mit mehr Zeit daraus entstanden? Auf der anderen Seite erinnerte ich mich an Tobias' verständnisvollen Blick – auch wenn ich mir über dessen Bedeutung nicht klar war. Es gab keine eindeutige Antwort, ich würde das Schicksal entscheiden lassen.

Inzwischen war es sechs, keine allzu unchristliche Zeit, jemanden aus dem Bett zu schmeißen. Mit meinem Rucksack, in dem das Paracelsus-Zitat steckte, ging ich hinüber zu Tobias' Zimmer und klopfte.

»Tobias? Bist du da?«, rief ich so leise wie möglich. Nichts rührte sich. Ich klopfte erneut, lauter diesmal, und als er sich wieder nicht meldete, versuchte ich vorsichtig die Tür zu öffnen, obwohl ich keine Karte hatte. Verschlossen, ganz klar. Ein drittes, noch lauteres Klopfen und nochmaliges Rufen blieben ebenfalls erfolglos. Na schön. Dann also Plan B.

Zurück in meinem Zimmer starrte ich eine ganze Weile auf mein

Handy. Plan B war nicht so leicht zu folgen, wie ich gedacht hatte. Ausgerechnet jetzt musste ich an Tobias' Warnungen denken, mit denen er wahrhaftig nicht gespart hatte. An den Blick, mit dem Tobias und Leon sich gemessen hatten, ihre Begegnung in meinem Zimmer, bei der ich geschworen hätte, dass sich etwas zwischen ihnen abspielte, das jenseits meines Horizonts lag. Falls Tobias wirklich etwas über Leon wusste, weshalb sagte er es mir nicht, damit ich seine Warnungen ernster nahm, sondern machte nur geheimnisvolle Andeutungen?

Ich würde meine Entscheidung vorerst aufschieben. Stattdessen stellte ich mich unten im Rezeptionsbereich an den PC, der dort für Hotelgäste zur Verfügung stand. Im Internet suchte ich nach Reiseverbindungen von Salzburg nach Bath. Die nächstgrößere Stadt bei Bath, die über einen Flughafen verfügte, war Bristol. Von Salzburg nach Bristol zu fliegen, bedeutete eine halbe Weltreise, und es gab darüber hinaus keine große Auswahl. Der nächste Flug ging um kurz vor zehn, was etwas knapp werden würde, falls ich entweder Tobias oder Leon auftreiben und überreden konnte mitzukommen. Also entschied ich mich für die Verbindung um kurz vor zwei, damit würde ich um viertel nach sieben in Bristol landen. Von Bristol nach Bath war es nicht mehr weit. Ich notierte mir gerade die Zeiten, als der Portier, mit dem ich sonst auch immer zu tun gehabt hatte, seine Schicht begann.

»Grüß Gott, Frau Berg. Das sieht ja aus, als wollten Sie uns verlassen.«

»Ich fürchte, ich muss«, antwortete ich. »Könnten Sie mir einen Gefallen tun? Ich habe vorhin versucht, Herrn Herder in seinem Zimmer zu erreichen, aber er hat nicht geantwortet. Vielleicht lag er noch im Bett und hat mein Klopfen nicht gehört. Würden Sie ihn mal anrufen?«

»Selbstverständlich, gern.«

Ich blieb an der Rezeption stehen und wartete. Nach mehrmaligem Läuten legte der Portier den Hörer auf und sah mich bedauernd an. »Tut mir leid, Herr Herder meldet sich nicht.«

»Tobias Herder?«, mischte sich seine Kollegin ein, die vor ihm Dienst getan hatte und sich gerade zum Gehen ihren Mantel überzog.

Ich nickte. »Ja, wieso?«

»Ein Gast mit diesem Namen hat letzte Nacht ausgecheckt. Zu einer eher unüblichen Zeit, ich war etwas überrascht, aber er sagte, er könne nicht bis zum Morgen warten. Er hat seine Rechnung bezahlt und dann gegen zwei das Hotel verlassen.«

Verblüfft starrte ich sie an. Tobias hatte sich also aus dem Staub gemacht, ohne mir Bescheid zu sagen, ohne mir die Möglichkeit zu geben, noch mal mit ihm zu reden. Das sah ihm gar nicht ähnlich.

»Hat er eine Nachricht für mich hinterlassen?«, erkundigte ich mich.

»Nein, nichts.«

»Entschuldigen Sie mich bitte«, sagte ich und wandte mich ab. Das musste ich erst mal verdauen. Oben versuchte ich erneut, Tobias übers Handy zu erreichen, ohne Ergebnis. Ich sah auf die Uhr. Nicht mal sieben. Egal, ich wählte Ullis Nummer, die sich nach dem fünften Klingeln verschlafen meldete.

»Juta? Weißt du, wie spät es ist? Es ist Sonntag!«

»Ja, tut mir leid. Hast du was von Tobias gehört?«

»Nein. Sollte ich? Ich dachte, er ist *dein* Freund …«

»Er ist verschwunden.«

Jetzt wurde Ulli wacher. »Wieso verschwunden? Habt ihr euch gestritten?«

»So ähnlich. Trotzdem hätte ich nicht gedacht, dass er einfach abhaut.«

»Du wirst seine Geduld einmal zu oft auf die Probe gestellt haben.«

Damit traf sie vermutlich ins Schwarze. »Hör zu, wenn er in Boltenhagen auftaucht, sag ihm bitte, er soll sich bei mir melden, ja? Und falls er das nicht will, sag mir wenigstens Bescheid, dass er da ist.«

»Das klingt ja fast, als würdest du dir Sorgen machen.«

Ich war mir nicht sicher, ob ich das tat oder ob ich nur wütend war. Ich war mir, was Tobias betraf, allmählich über gar nichts mehr sicher.

Es blieben also zwei Möglichkeiten: allein oder mit Leon nach Bath zu reisen. Ich wog das Handy in der Hand, stand dann auf und verließ das Amadeus. Ein kurzer Gang durch die Morgenluft würde mir bei meiner Entscheidung helfen. Bald darauf stand ich vor Leons Haus. Wenn mich meine Schritte hierher gelenkt hatten, war das wohl so eine Art Gottesurteil. Entschlossen drückte ich auf den Klingelknopf und riss damit wahrscheinlich den zweiten Menschen an diesem Sonntagmorgen aus dem

Schlaf. Ich war erstaunt, dass Leons Stimme fast sofort aus der Gegensprechanlage drang.

»Ja?« Einen Moment dachte ich, er klinge gehetzt, doch das war sicher nur die Verzerrung durch die Sprechanlage.

»Ich bin's, Juta. Kann ich raufkommen?«

Es dauerte länger, bis der Summer ertönte. Dann konnte ich den Hausflur betreten und lief die Treppen nach oben. Wieso hatte er gezögert?

In T-Shirt und Shorts stand Leon in der Wohnungstür. Er sah übernächtigt aus. Seine Augen musterten mich, als erwarte er, etwas Bestimmtes zu sehen.

»Stör ich?«, fragte ich.

»Gar nicht!« Er brachte ein Lächeln zustande, trat zur Seite und ließ mich an ihm vorbei ins Wohnzimmer gehen. Dabei lauschte ich, ob sich noch jemand in der Wohnung aufhielt. Es wäre mir sehr unangenehm gewesen, wenn ich in etwas geplatzt wäre, was allein seine Angelegenheit war. Unangenehm in mehr als einer Hinsicht, wie ich mir eingestehen musste. Aber es gab keinerlei Anzeichen dafür.

»Hast du schon einen neuen Job?«, begann ich, ohne mich zu setzen.

»Kaum. Ich wollte doch erst dein Rätsel lösen.« Allmählich wurde sein Lächeln echter.

»Dann pack deinen Koffer, während ich uns einen Flug buche.«

Leon hob die Brauen. »Einen Flug? Was um alles in der Welt hast du durch die Lektüre von ein paar Paracelsus-Wälzern rausgekriegt?«

»Es waren weniger die Bücher als Comos Nachricht und mein Unterbewusstsein.« Ich erzählte, was ich mir zusammengereimt hatte, und sah an Leons Ausdruck, dass er einigermaßen skeptisch war.

»Du gehst also von zweierlei aus: Erstens, dass diese ganze Geschichte mit Paracelsus oder zumindest mit etwas Medizinischem oder Heilung oder Ähnlichem zu tun hat. Was naheliegt, wenn man an Jakobus' Beschäftigung und seinen Tod denkt. Einverstanden. Aber findest du nicht, dass keltische oder römische Göttinnen und heilige Quellen zu weit von Paracelsus entfernt sind?«

»Aber es muss einen Zusammenhang geben! Warum sollte sonst dieses Paracelsus-Zitat auf dem Wasserzeichen mit dem Gorgonenkopf stehen?«

»Berechtigte Frage und ein Punkt für dich. Kommen wir zu zweitens: Wenn Como davon ausging, dass du dieses Ding wiedererkennen würdest, muss er gewusst haben, dass du mal in Bath warst – lange nachdem er aus deinem Leben verschwand. Das hieße, er hat sich auf dem Laufenden gehalten, was du so treibst. Er hat dich beobachtet oder beobachten lassen.«

»Kann sein, muss aber nicht. Der Gorgonenkopf ist …«

»Moment mal. Die Möglichkeit scheint dich ziemlich kaltzulassen. Fändest du das nicht bemerkenswert?«

»Doch. Aber alles, was bisher geschehen ist, ist bemerkenswert. Wenn ich mich an so was hochziehe, kann ich meine Suche gleich sein lassen. Außerdem ist es nicht gesagt, dass es so war. Der Gorgonenkopf ist ein bekanntes Motiv, und Como hat bestimmt damit gerechnet, dass ich mir nicht nur das Zitat, sondern auch das Wasserzeichen genau ansehe und entdecke, was es ist. Danach hätte ich dieselben Schlüsse gezogen. Was ist nun, packst du deinen Koffer?«

Leon lachte. Er war jetzt deutlich entspannter, wahrscheinlich hatte ich ihn einfach mit meinem frühen Erscheinen aus der Fassung gebracht. »Wenn du so charmant fragst …«

Während er im Bad war und anschließend seine Sachen zusammensuchte, setzte ich mich an seinen Schreibtisch. Auch heute war der Schreibtisch penibel aufgeräumt, es gab keine herumliegenden Ausdrucke oder Notizzettel, und der, der mich beim ersten Mal so irritiert hatte, kam mir fast wie eine Fata Morgana vor. Ich rief am Flughafen an und erfuhr, dass wir tatsächlich für den Flug nach Frankfurt und weiter nach Bristol kurzfristig zwei Plätze buchen konnten. Anschließend suchte ich im Internet nach einem Hotel in Bath und schickte eine Reservierungsanfrage. Zweieinhalb Stunden und ein Frühstück später holte ich meinen eigenen Koffer aus dem Amadeus und checkte aus. Leon hatte sich auch nach Tobias erkundigt und war ebenso überrascht wie ich, als er von dessen überstürzter Abreise hörte.

»Hätte nicht von ihm erwartet, dass er sich sozusagen kampflos zurückzieht. Ich dachte, dazu läge ihm zu viel an dir.«

»Ja. Vielleicht hat er es deshalb getan. Oder aus einem ganz anderen Grund. Ich weiß es ehrlich nicht.«

Jetzt saß Leon im Wagen und wartete auf mich. Zwar blieb noch reichlich Zeit, aber ich hatte keine Ruhe und wollte zum Flughafen.

»Ach, Frau Berg«, sagte der Portier, als ich meine Rechnung beglichen hatte, »da ist vorhin Post für Sie gekommen, hätte ich beinah vergessen.« Er reichte mir einen kleinen gefütterten Umschlag, den ich mit klopfendem Herzen entgegennahm. Die geheimnisvollen Umschläge in diesem Fall wurden stetig mehr, dieses war schon der dritte. Ich las meinen Namen und die Adresse des Hotels in Druckbuchstaben und dachte an Frau Dreising, der möglicherweise noch etwas eingefallen war. Als ich den Umschlag öffnete, war jedoch kein Brief darin. Stattdessen fiel mir ein Schlüssel in die Hand.

Er war sehr alt und ausgesprochen schwer. Sein Kopf war auffallend groß und verschnörkelt mit verschlungenen Ranken. Ich hielt ihn hoch gegen das Licht, um durch die Freiräume zwischen den Ranken zu sehen. Einen Augenblick lang schien es mir, als seien da nicht nur Ranken, sondern etwas anderes, aber das Bild löste sich auf, es blieb nur der schöne alte Schlüssel mit verziertem Kopf – mit dem ich überhaupt nichts anfangen konnte.

Ich guckte noch einmal in den Umschlag, um sicherzugehen, dass ich keine Nachricht, keinen Zettel, keine Erklärung übersehen hatte. Nichts.

Dann durchzuckte mich die Erinnerung an den Traum von dem Grab, das sich als Paracelsus' Grab herausgestellt hatte. Die Bilder wurden klarer, endlich erinnerte ich mich wieder an jede Einzelheit. Ich stand vor dem hohen Grabmal, dessen Inschrift ich nicht entziffern konnte, denn die Buchstaben waren nur sinnlose Zeichen, die sich ständig veränderten, bis sich der ganze Stein wabernd auflöste und eine andere Gestalt annahm: die eines beinah mannshohen Schlüssels, der genauso aussah wie der, den ich noch immer in der Hand hielt.

Obwohl ich in einem sicheren, warmen Hotelfoyer stand, fühlte ich eisige Kälte in mir aufsteigen, etwas in meiner Brust krampfte sich vor Angst zusammen, weil ich wusste, was als Nächstes passieren würde: Der riesige schwere Schlüssel würde beginnen zu kippen – und mit seinem gesamten Gewicht auf mich fallen.

Bevor es jedoch so weit kam, wechselte das Bild vor meinem inneren

Auge genauso plötzlich wie es erschienen war. Mir wurde bewusst, was dieser Schlüssel symbolisierte, und ich biss mir auf die Lippen, als ich jene Szene aus meiner Kindheit erneut durchlebte:

Como stand vor mir, gerade hatten wir unseren Schwur geleistet, er sah mich mit seinen großen Augen überaus ernst an, nahm meine Hand, strich mit seinem Finger über meine kleine Wunde und sagte eindringlich:

»Das Blut wird uns verbinden, auch wenn wir einander verlieren. Dann musst du den drei Schlüsseln folgen, Ninfea.«

»Welchen Schlüsseln?«, fragte ich verwirrt.

»Unser Blut wird dir den Weg zeigen«, war Comos Antwort.

Obwohl ich damals nicht verstanden hatte, was er meinte, hatte ich genickt und seinen Blick erwidert, bis mit einem Mal die Ernsthaftigkeit aus seinem Gesicht gewichen war und er angefangen hatte zu kichern, als sei alles nur Spaß.

»Frau Berg? Ist alles in Ordnung mit Ihnen?«

Ich brauchte ein, zwei Sekunden, um zu mir zu kommen und die Stimme dem Portier zuzuordnen. »Ja, danke.«

»Bestimmt? Möchten Sie sich nicht lieber setzen?«

»Es ist wirklich nichts, und Herr Eisner wartet draußen auf mich. Nochmals herzlichen Dank für alles.«

»Keine Ursache. Beehren Sie uns bald wieder«, lächelte er.

Ich nickte und verstaute dann den Schlüssel in dem Extrafach mit Reißverschluss im Inneren meines Rucksacks. Bevor ich endgültig auf die Straße trat, ließ ich meinen Blick noch einmal durch das Foyer mit den Kronleuchtern und den Gemälden an der Wand schweifen. Mir fiel ein, wie ich hier in Tobias hineingerannt war, der so besorgt um mich gewesen war und der sich nun in Luft aufgelöst hatte wie einst Como. Noch einmal hörte ich seine warnenden Worte. Ich hatte Leon bisher alles Wesentliche anvertraut und ihm meine Interpretation gleich mitgeliefert. Er wusste nicht nur eine Menge, sondern genauso viel wie ich. Falls Tobias Recht hatte – falls, und obwohl ich das eigentlich nicht glaubte, gab es keinerlei Garantie, dass ich mit meinem Gefühl richtig lag –, wäre zumindest eine kleine Vorsichtsmaßnahme angebracht. Noch einmal griff ich in meinen Rucksack und tastete nach dem Gegenstand, dessen Formen sich durch den Stoff der Reißverschlusstasche abzeichneten. Der Schlüssel würde mein Geheimnis bleiben.

Endlich kannte ich den Zweck meiner Odyssee: Ich musste die Schlüssel suchen. Nach allem, was ich bisher wusste, konnte es durchaus sein, dass Comos Leben davon abhing.

Teil 4 – Bath

1.

In England war es milder als in Salzburg, in der Luft beinah schon ein Hauch von Frühling zu spüren. Eingebettet in eine Hügellandschaft, lag Bath am südlichen Ende der Cotswolds im Tal des Avon. Die Häuser kletterten geradezu die Anhöhe empor, was ein besonders reizvoller Anblick war. Die vielen Parks strahlten die Ruhe und den Frieden aus, die das gesamte County zu prägen schienen. Das passte zu meinen Erinnerungen an die Grafschaft Somerset, an Berge, Küsten und grüne Täler, geprägt von mal schroffer, mal sanfter Schönheit. Die Stadt selbst war quirlig und voller Leben.

Das Navigationssystem unseres Mietwagens brachte uns zielsicher in die Henrietta Road zu unserem »Bed & Breakfast«, das von außen wenig hermachte. Die Zimmer dagegen entsprachen meinen Erwartungen voll und ganz. Einige Minuten war ich ganz berauscht von den rüschigen Gardinen, den Betten mit der geblümten Tagesdecke und den ebenso geblümten Sesseln. Ich hatte schon immer eine Schwäche für Großbritannien gehabt und mochte die Kombination des britischen Understatements mit dem englischen »Blumigen«. Leon allerdings verzog das Gesicht, und ich konnte ein Grinsen nicht unterdrücken. Ein krasserer Gegensatz zu seiner kühlen, unpersönlichen Wohnung war schlicht undenkbar.

»Ist ja nicht für ewig«, tröstete ich ihn. »Mach einfach die Augen zu und schlaf, wenn du im Bett liegst. Dann siehst du nichts davon!«

Genau den Ratschlag nahm ich mir selbst zu Herzen, nachdem wir einander »Gute Nacht« gewünscht hatten. Den ganzen Tag nur rumzusitzen und zu warten, dass ein Flugzeug entweder startete oder landete, hatte mich müde gemacht. Leon war während der Reise ziemlich schweigsam gewesen. Im Großen und Ganzen war es mir entgegengekommen, keine Konversation betreiben zu müssen, denn der Schlüssel und seine

Herkunft und nicht zuletzt Comos alte Andeutungen gaben mir genug Stoff zum Nachdenken.

Ich schloss die Augen und versuchte zu schlafen, doch mir geisterte immer wieder die Frage im Kopf herum, wo ich in dieser Stadt den zweiten Schlüssel finden sollte. Mein einziger Anhaltspunkt waren die römischen Bäder und der Gorgonenkopf, ich würde mit Leon hingehen und mir das Original ansehen. Möglicherweise stieß ich dort auf einen weiteren Hinweis. Und falls nicht? Como, dachte ich, hilf mir ein bisschen!

Schließlich schlief ich ein – und Como erhörte meine Bitte. Er schwebte auf mich zu, bis er ganz nah bei mir war, und lächelte, als wolle er mir damit sagen, dass ich meine Sache gut machte. Doch zu bald verließ der gelöste Ausdruck sein Gesicht, es verzerrte sich und drängte mich weiterzumachen, drängte mich, seiner Geschichte auf den Grund zu gehen. Wieder hörte ich die Stimme, die nicht seine war, und die mir die Worte zuflüsterte, die ich schon kannte: *Werde deiner Verantwortung gerecht!*

Der strahlend blaue Himmel am nächsten Morgen strafte unsere Vorurteile über das englische Wetter Lügen. Im Frühstücksraum saßen wir im sonnenbeschienenen Erker an einem Tisch mit Blick aufs Grüne und gönnten uns alles, was die Küche hergab, inklusive gebackene Bohnen und Würstchen. Es schmeckte hervorragend, dennoch schaufelte Leon seine Portion mehr oder weniger lustlos in sich hinein.

»Ich hab nicht besonders gut geschlafen, nach so einer Nacht habe ich nie Hunger«, erklärte er auf meinen verwunderten Blick hin. »Und was machen wir jetzt?«

Ich erläuterte meinen Entschluss, mir den Gorgonenkopf genauer anzusehen, und nach einer Extraportion Kaffee zum Munterwerden für Leon machten wir uns zu Fuß auf den Weg ins Zentrum von Bath. Hinter dem Henrietta Park überquerten wir den Avon oberhalb des kleinen Wehres bei der Pultney Bridge, die bebaut und links und rechts von Geschäften gesäumt war. Von dort war es nicht mehr allzu weit. Vorbei an einer weiten Grünfläche am Ufer des Flusses, auf der im Sommer Liegestühle zum Verweilen einluden, kamen wir zum Abbey Churchyard mit der Kathedrale am Kopf des Platzes und den römischen Bädern an der Seite.

»Toll!«, war Leons Kommentar. Er genoss den Anblick und schleifte mich zur Kathedrale mit dem riesigen Portal und den vielen kleinen Turmspitzen. Im Inneren des gewaltigen Baus blieb Leon stehen und staunte – besonders über das unglaublich fein gemeißelte Deckengewölbe weit über uns. Ein Meisterwerk!

»Ist das nicht grandios?«, murmelte Leon. Während er umherging und ich etwas ungeduldig wartete, erinnerte ich mich an den Gottesdienst, den ich damals in dieser Kathedrale besucht und der mir gut gefallen hatte, bis der Priester gegen alles wetterte, was nicht dem christlichen Glauben entsprach und auch nur ansatzweise esoterisch daherkam. Sollte er je von meinen Träumen von Como hören, würde er wahrscheinlich eine Teufelsaustreibung vorschlagen. Bei dem Gedanken musste ich lächeln, doch dann wurde ich von einem Gefühl überschwemmt, das ich lange nicht mehr wahrgenommen hatte. Jemand beobachtete mich, deutlich spürte ich einen Blick, der sich in meinen Rücken bohrte. Ganz langsam drehte ich mich um. Aber es war zwecklos, unter den vielen Menschen in der Kathedrale entdeckte ich niemanden, der eindeutig in meine Richtung sah.

Auch Leon war nach wie vor vertieft in die Sehenswürdigkeiten der Kathedrale. Ich entfernte mich ein Stück von ihm, ging mal hierhin, mal dorthin, ohne ihn aus den Augen zu verlieren. Das Gefühl wurde schwächer, verschwand aber nicht gänzlich. Ich hatte den Eindruck, dass irgendwo – hinter einer Säule, in einer Kirchenbank, einer Nische – jemand steckte, für den meine Gegenwart von Bedeutung war.

Als Leon mit einem Mal wieder an meiner Seite stand, brauchte ich einen Moment, seine Worte zu erfassen: »Tut mir leid. Ich kann nicht raus aus meiner Haut, wenn ich so was sehe. Ich hab glatt vergessen, dass wir keine Touristen sind, sondern auf der Suche nach Como.«

»Schon in Ordnung«, sagte ich abwesend. Ich fühlte mich äußerst unwohl.

»Nein, ist es nicht«, meinte Leon. »Ich … wollte immer Architektur studieren, weißt du, aber ich hatte gewisse Erwartungen meines Vaters zu erfüllen.«

Zweifelnd hob ich die Brauen und nahm gleichzeitig wahr, dass die Angst sich ein wenig zurückzog. »Findest du das nicht sehr antiquiert?

Wieso solltest du dich verpflichtet fühlen, das aus deinem Leben zu machen, was dein Vater will?«

Leon seufzte. »Ist eine lange Geschichte, zu lang für jetzt. Komm, lass uns diesen Gorgonenkopf ansehen, ja?«

Wir verließen die Kathedrale und gingen über den recht schmalen Platz hinüber zu den römischen Bädern. Dabei versuchte ich, mich möglichst unauffällig umzusehen und herauszufinden, ob uns jemand folgte. Ein aussichtsloses Unterfangen, weil jede Menge Leute denselben Weg nahmen wie wir. Die frische Luft wirkte befreiend, und als wir das Areal der römischen Bäder betraten, war die Beklemmung endgültig verschwunden.

Statt uns sofort auf den Rundgang zu machen, begannen wir mit dem Museum, dessen Sammlung viele interessante Dinge beinhaltete, von uralten Münzen bis hin zu georgianischen Möbelstücken. Uns interessierte nur eins: der Gorgonenkopf.

Wenig später standen wir vor dem großen Relief aus Stein, das wahrscheinlich von gallischen Bildhauern gefertigt und Ende des achtzehnten Jahrhunderts bei Ausgrabungen gefunden worden war. Das Gesicht wurde dominiert von leicht schräg liegenden Augen, einer großen Nase und einem riesigen Schnurrbart, es war umgeben von Haaren, Bart und Schlangen, alles kaum voneinander zu unterscheiden. Hinter den Ohren waren Flügel zu erkennen.

»Beeindruckend«, stellte Leon fest.

Zustimmend nickte ich und schwieg noch einen Moment, bevor ich erklärte: »Direkt neben der Heiligen Quelle haben die Römer einen Tempel gebaut und ihn der Göttin Sulis Minerva geweiht, die heilende Kräfte gehabt haben soll. Ihr Symbol war der Gorgonenkopf. Das ist zumindest eine Version, man weiß nicht hundertprozentig, was der Kopf darstellen soll.«

»Ich wüsste keine einzige Deutung«, meinte Leon. »Was genau hält denn die Forschung für möglich?«

Nachdenklich betrachtete ich den Kopf. »Seit zweihundert Jahren eine ganze Menge. Für uns sind in Verbindung mit Paracelsus und Jascha und allem, was mit Heilen zu tun hat, zwei Ansätze interessant: Zum einen hängt die Bedeutung des Namens – Gorgonenkopf – mit den Schlangen im Bart und in den Haaren zusammen. Die Gorgo war eine mythische Kreatur, die vom griechischen Helden Perseus mit Hilfe der Göttin Athena getötet wurde. Perseus hat Athena daraufhin den Kopf gegeben, die ihn als Schmuck getragen hat. Die römische Göttin Minerva entspricht der griechischen Athena, sie hat dieselben Kräfte und Eigenschaften, und deshalb leuchtete es ein, dass man den Kopf im Tempel der Sulis Minerva gefunden hat. Das Problem dabei ist bloß, dass die Gorgo eigentlich weiblich sein müsste, und das kann man von dem Kopf hier kaum sagen. Eine Erklärung dafür könnte sein, dass er so gemacht wurde, um eine Kombination aus keltischer und klassischer Symbolik herzustellen.«

»Woher weißt du das alles so genau?«, fragte Leon dazwischen, bevor ich dazu kam, die zweite Interpretation zu erläutern.

Es überraschte mich selbst, dass ich all diese Einzelheiten noch kannte, von denen ich vor Jahren mal gelesen hatte. Vielleicht hatte es sich mir deshalb eingeprägt, weil ich intuitiv schon damals ahnte, wie wichtig es einmal werden würde. Diese Erklärung überzeugte Leon wenig, aber ich fand keine andere.

»Was wäre die Alternative zu Sulis Minerva?«, fragte er schließlich.

»Dass der Kopf das Bild eines Wassergottes ist, weil er Ähnlichkeiten aufweist mit anderen Darstellungen von Wassergöttern, die man aus Britannien kennt. Man hat in ...« Ich zögerte, als mich mein Gedächtnis dann doch im Stich ließ. »Ich weiß nicht mehr genau, in welcher Stadt, jedenfalls hat man dort eine Inschrift gefunden, die beweist, dass es in diesem Land zumindest einen Tempel gegeben hat, der Minerva und Neptun zugleich gewidmet war, und der Tempel in Bath könnte so was Ähnliches sein. Die Verbindung eines Wassergottes mit den heilenden Kräften der Göttin Minerva, noch dazu bei diesen heißen Quellen, wäre als sehr mächtig angesehen worden. Übrigens hielten die Kelten schon in der Eisenzeit die Quelle für heilig und huldigten hier ihrem Gott Sul. Das Wasser soll sogar einen Leprakranken geheilt haben, der, wie es der Zufall so will, der Sohn eines Königs war. Der hat dann, als er selbst König wurde, seine Dankbarkeit bewiesen, indem er ein Bad um die Quelle gebaut hat, und daher rührt der Name Bath.«

»Besser hätte das keine Fremdenführerin erzählen können«, grinste Leon.

Ich verbeugte mich ironisch, war aber mit den Gedanken innerlich schon weiter. Sicher war das alles sehr fesselnd – aber was bewies es letztlich? Was hieß es für mich und für Como?

Nach einem letzten Blick auf den Gorgonenkopf verließen wir das Museum, um uns endlich die Bäder selbst anzusehen. Was für eine großartige Vorstellung, dass bereits vor Tausenden von Jahren die Kelten und Römer die heißen Quellen genutzt und ihre Tempel erbaut hatten! Zwar waren die römischen Statuen oberhalb des großen Bades, in dem das Wasser grüngelb schimmerte, nicht echt, sondern aus viktorianischer Zeit. Dennoch wirkten sie so, als hätten die Römer sie über dem Säulengang aufgestellt.

Langsam gingen wir weiter. Im Gegensatz zu den Statuen waren die Fußbodenmosaike in Schwarz-, Rot- und verschiedenen Grau- und Brauntönen Jahrtausende alt und teilweise erstaunlich gut erhalten. Sogar viel früher schon hatte aus der Heiligen Quelle das sechsundvierzig Grad heiße Wasser gesprudelt, und das würde sich bestimmt auch in den nächsten Jahrhunderten nicht ändern.

»Hier war das Zentrum der Bäder«, sagte ich ehrfürchtig.

»Das heißt, an dieser Stelle stand auch der Tempel mit dem Kopf?«

»So muss es wohl gewesen sein. Jedem, der sich damals näherte, soll er aus fünfzehn Meter Höhe entgegengestarrt haben.«

Nur schwer gelang es mir, den Rundgang fortzusetzen. Am Ende wollte ich die Bäder nicht verlassen, sondern alles noch einmal sehen. Und dabei zog mich das Becken der Heiligen Quelle gleichsam magisch an. Das Wasser dort war von einem intensiven Grün, wie hypnotisiert starrte ich darauf, wollte die Hände ausstrecken, sie hineintauchen – und es … nutzen. Mein Verlangen danach schmerzte mich körperlich, aber es war sinnlos, es gab keinen Zugang für Besucher.

»Juta?« Leons Stimme drang zu mir durch, sie klang verwundert. »Was ist mit dir? Du stehst da wie festgefroren.«

Ich drehte mich zu ihm um und schrak zurück. Nicht vor Leon, sondern vielmehr davor, jemanden zu sehen, den ich nicht erwartet hatte.

Ich konnte nicht sagen, wem ich stattdessen geglaubt hatte gegenüberzustehen, nur Leons Gegenwart war … falsch. Ohne zu antworten, beinah wie in Trance, lief ich zurück zum Großen Bad, wo ich mich auf den Stufen am Rand des Beckens niederließ und ganz langsam meine Fingerspitzen mit dem Wasser benetzte. Dabei durchströmte mich ein ähnliches Verlangen wie eben, auf verrückte Weise jedoch schwächer und stärker zugleich. Schwächer, weil dies nicht die Heilige Quelle war, die mich besonders in ihren Bann gezogen hatte. Stärker, weil das Wasser hier endlich meine Haut berührte. Es war, als sei ich nach einer endlosen Reise nach Hause gekommen. Wasser war etwas Heiliges.

»Juta, würdest du mir freundlicherweise sagen, was du da tust?«

Ich schöpfte ein wenig Wasser in meine Handfläche, betrachtete es wie ein Wunder – und konnte plötzlich nicht mehr fühlen, was gerade eben noch in mir gewesen war. Es schien verloren bis auf einen Hauch der Erinnerung.

»Ich … weiß nicht«, stammelte ich.

»Das sah aber eher aus, als wüsstest du genau, was du tust«, stellte Leon fest.

Ich saß noch immer da, das Wasser zwischen meinen Fingern zerronnen, die Handfläche nass. »Wusste ich eben auch noch«, flüsterte ich. »Es war so … richtig. Aber ich hab vergessen, weshalb.« Endlich schaute ich auf und in Leons Augen.

»Manchmal bist du mir unheimlich.«

Ich lachte schwach. »Da kenn ich noch jemanden. Mir kommt es vor, als würden mit jedem Schritt, den ich mache, die Rätsel größer und schwieriger zu lösen.«

»Wenn du Como am Ende dieser Reise findest, hat er dir einiges zu erklären, schätze ich«, murmelte Leon. »Und mir auch, falls ich dabei sein sollte.«

»Leon?«

»Hm?«

»Es wär schön, wenn du dabei wärst.«

»Ehrlich?«

»Ehrlich.« Das war die Wahrheit. Auch wenn mich mein Gewissen ein wenig plagte, weil ich ihm nichts von dem Schlüssel aus Salzburg gesagt hatte. Es plagte mich sogar noch mehr, dass ich es ihm auch jetzt nicht sagte. Trotzdem war ich froh, Leon bei mir zu haben, so widersprüchlich das sein mochte. Dabei versuchte ich, mir nicht auszumalen, wie es wäre, wenn ich Como tatsächlich fände. Mit Leon zusammen.

Nachdem wir die Bäder zweimal durchlaufen hatten, betraten wir die Trinkhalle, den sogenannten Pump Room. Dort war ein Restaurant untergebracht, mit hohen Decken, großzügigen Fenstern, Säulen und glitzernden Kronleuchtern. Vor zweihundert Jahren war dies das gesellschaftliche Herz von Bath gewesen, in dem man Klatsch austauschte, während man das Wasser mit den dreiundvierzig Mineralien trank, das aus den Quellen kam. Der Brunnen, aus dem es sprudelte, war hübsch anzusehen: Vier Fische aus Kupfer, deren Körper teils mit Grünspan überzogen waren, schienen aus dem Becken emporzuspringen, das Maul geöffnet, um das Wasser aufzufangen, das aus Hähnen über ihnen auf sie hinunterplätscherte.

»Das dürfen wir uns nicht entgehen lassen«, spöttelte Leon. »Wenn dieses Wasser heilende Kräfte hat, sollten wir auf jeden Fall davon kosten, oder?«

»Ich hab's schon mal gekostet, danke.«

»Du bist nicht scharf auf eine Wiederholung?«, interpretierte Leon meine Aussage vollkommen richtig.

»Irgendwo hier gibt es eine griechische Inschrift, die besagt, dass Wasser das Beste ist. Man könnte drüber streiten, wenn man das Zeug probiert.« Jäh traf mich der Gedanke an die Empfindungen, die vorhin aus meinem tiefsten Inneren gekommen waren: Wasser ist heilig. Wenn mir in letzter Zeit aufgefallen war, wie gut mir Wasser tat, hatte ich es »rein« genannt – aber nur, weil mir der Begriff »heilig« nie in den Sinn gekommen wäre.

Also tat ich es Leon gleich und nahm einen Schluck. Es schmeckte genauso wie damals: nach faulen Eiern, alles andere als heilig sozusagen. Dennoch war ich bereit, an die heilenden Kräfte zu glauben. Aber nichts bereitete mich auf das vor, was mit mir geschah, nachdem ich mein Glas geleert hatte. Ein warmer Strom durchfloss meinen Körper, der in meinem Solarplexus begann und sich von dort überallhin ausbreitete, hinunter in die Zehenspitzen und hinauf zu meiner Stirn. Und dort, hinter der Stirn, sah ich diffuse Bilder, Erinnerungsfetzen, so schnell, dass ich ihnen kaum folgen konnte. Nur ein Bild wurde deutlich: das eines verschnörkelten Schlüssels, den ich in der Hand hielt. Er sah exakt aus wie der, den ich in meinem Rucksack bei mir trug, aber es war eine Erinnerung an ein Erlebnis, das länger zurücklag. Ich stand im Freien, es war kalt und ich fror, obwohl mir nicht klar war, ob ich vor Kälte oder Aufregung zitterte.

Dann änderte sich die Szene. Como stand vor mir, ich hörte ihn nur einen einzigen Satz sagen: »Dann musst du den drei Schlüsseln folgen, Ninfea.«

Ninfea. So hatte Como mich oft genannt und sich immer geweigert, mir zu sagen, was es bedeutete. Irgendwann fragte ich nicht mehr, weil ich doch keine Antwort bekommen würde. Sehr viel später erst hatte ich es selbst herausgefunden: Es war das italienische Wort für Wasserlilie.

Wasser. Es verfolgte mich. Es musste eine Bedeutung haben, die ebenso wichtig war wie die Schlüssel!

Schließlich tauchte ich wieder in der Gegenwart auf und betrachtete das leere Glas, das ich mit beiden Händen umklammert hielt. Kein Zweifel, dieses Wasser war heilig. Es hatte mir nicht nur sehr deutlich gezeigt, dass Wasser in diesem Rätsel eine Rolle spielte, es hatte auch eine echte Erinnerung in mir hervorgerufen, eine, die bisher verschüttet gewesen war und die noch dazu bewies, dass ich bereits früher über den geheimnisvollen Schlüssel gestolpert war.

Kann es wirklich sein, habe ich ihn gefunden? Dieser Satz aus meinem verschwundenen Notizbuch bekam endlich einen Sinn, falls ich damit den Schlüssel gemeint hatte. Wo und wann, warum er mir abhanden gekommen war und wie er mich dann erneut erreicht hatte – das waren alles Dinge, die zu klären blieben. Wichtig war im Moment, dass ich ihn besaß und die anderen zwei auf mich warteten.

Einmal mehr wünschte ich mir, dass Como sich in meinen Träumen deutlicher ausdrücken würde. Wenn ich seine Worte von damals richtig deutete, dann war es unser Blut, das uns verband und diese Art der »Kommunikation« überhaupt erst möglich machte. Das war weitaus mehr als die meisten Menschen für möglich hielten, mich selbst noch vor wenigen Wochen eingeschlossen. Es hatte ausgereicht, mich den ganzen Weg von Boltenhagen nach Salzburg und anschließend nach Bath zu bringen, es würde auch reichen, mich zu Como zu führen.

Ich betrachtete meine Fingerkuppe mit der Narbe und strich darüber wie einst Como. Dabei fiel mir ein, dass er im Gegensatz zu mir keinerlei sichtbare Zeichen unserer Blutsbrüderschaft zurückbehalten hatte. Schon am nächsten Tag war von dem Schnitt in seinem Daumen nichts mehr zu sehen gewesen. Als Kind hatte ich das nicht weiter beachtet. Erst jetzt ging mir auf, wie eigenartig das war – und doch nur ein weiteres Teil in dem Puzzle, das ich Stück für Stück zusammensetzte.

Ich straffte die Schultern und sah mich nach Leon um, der sich hier fast so interessiert umsah wie in der Kathedrale und gerade eine alte Standuhr betrachtete. Offenbar spürte er meinen Blick, denn er drehte sich um und winkte mich zu sich herüber. »Die ist von Thomas Tompion«, erläuterte er.

»Aha«, machte ich.

Leon lachte. »Scheint dich nicht ansatzweise so zu beeindrucken wie die Heilige Quelle. Wie fandest du das Wasser?«

»Scheußlicher Geschmack, aber wirkungsvoll.«

»Im Ernst? Das heißt, du bist von allen Krankheiten genesen? Einschließlich deiner Amnesie?«

»Ich hab mich tatsächlich an etwas erinnert«, gab ich zu und erzählte Leon von Comos nicht vorhandener Narbe und seinem Kosenamen für mich, während ich die eigentlich wichtige Sache mit den Schlüsseln weiterhin verschwieg, was mir zunehmend schwerer fiel. Ich hatte schon länger nicht mehr an den mysteriösen Zettel auf Leons Schreibtisch gedacht, doch jetzt kam er mir gerade recht als weiteres Argument. Möglicherweise trieb ich ein übles Spiel mit Leon – aber ich konnte nicht vollkommen sicher sein, dass er nicht dasselbe mit mir tat.

2.

Kannst du dir erklären, was da drin mit dir passiert ist, als du diese Anwandlung mit dem Wasser hattest?«, fragte Leon. Wir waren lange ziellos durch Bath geschlendert, wobei besonders er die zahllosen georgianischen Häuser bewunderte, die die Straßen säumten. Ich dagegen war meist damit beschäftigt, mich unauffällig umzusehen wie am Morgen in der Kathedrale, weil ich schon wieder dieses unangenehme Prickeln im Rücken wahrnahm.

»Nein.« Diesmal musste ich nichts auslassen, es war schlicht die Wahrheit. Ich konnte einfach nicht sagen, warum ich wie unter Zwang gehandelt hatte. »Vielleicht war's auch bloß die ...« Ich stockte, weil ich merkte, dass Leon mir nicht mehr zuhörte, sondern sich auf etwas konzentrierte, was hinter mir passierte. Ich drehte mich um, sah aber nichts.

»Was ist denn da?«, fragte ich.

»Nichts. Entschuldige, was wolltest du sagen?«

»Dass es vielleicht die geschichtsträchtige Atmosphäre war.«

»Glaubst du das wirklich?«

»Das hört sich an, als würdest du was anderes glauben.«

Leon zuckte mit den Schultern. »Wundern würd's mich nicht, wenn ich an deine diversen Träume denke. Dann wär's nur noch ein kleiner Schritt von da zu der Vermutung, dass auch hinter deinem Erlebnis bei der Heiligen Quelle Como steckt. Und warum sollten wir die übersinnliche Komponente dieser Geschichte abstreiten? Alles, was wir tun, basiert auf merkwürdigen Dingen, die mit Como und seiner Familie zu tun haben und zu allem Überfluss auch noch mit einem Mann, der seit Hunderten von Jahren tot ist.«

»Ganz zu schweigen von keltischen und römischen Göttern«, lächelte ich.

»Eben.« Leon allerdings erwiderte mein Lächeln nicht, sondern drehte sich stattdessen noch einmal um. Vor uns lag die Pultney Bridge, hinter uns strömten Menschen auf die Brücke zu. Als ich seinem Blick folgte, meinte ich, aus den Augenwinkeln eine Gestalt wahrzunehmen, die schnell in den Schatten eines Gebäudes huschte. Doch bevor ich sie ausmachen konnte, war sie verschwunden. Beinah wie auf Kommando wandten wir uns einander zu. In Leons Augen lag eine Frage.

»Dir ist das also auch aufgefallen«, stellte ich erleichtert fest.

Leon zögerte, bevor er nickte. »Aber ich seh nie jemanden. Du?«

»Nein«, bestätigte ich. »Seit wann hast du denn das Gefühl, dass da einer ist?«

»Kurz nachdem wir aus der Trinkhalle kamen. Wie ist es bei dir?«

»Schon in der Kathedrale. Da warst du so abgelenkt, dass dir wahrscheinlich ein Riese auf die Zehen hätte treten können, ohne dass du's bemerkt hättest.«

»Hm. Kann es sein, dass da noch was ist, was du mir sagen willst?«

Im ersten Moment dachte ich erschrocken, er meinte den Schlüssel. Dann wurde mir klar, dass er bemerkt haben musste, wie ich auf den Verfolger reagierte. Wenn ich ihm also schon den Schlüssel verschwieg, sollte ich ihm wenigstens von meinem Verdacht berichten, schon die ganze Zeit beobachtet worden zu sein.

»Von jemand, der verhindern will, dass du Como findest?«, vermutete Leon.

»Möglich wär's.« Jedenfalls würde das erklären, weshalb mich jemand in den Katakomben niedergeschlagen und mein Notizbuch gestohlen hatte. Vielleicht war ich schon zu dicht an etwas gewesen, das ich nicht entdecken sollte.

»Wie wär's mit Tobias?«, fragte Leon.

»Falls Tobias uns hinterhergereist ist, dann sicher aus anderen Gründen. Was sollte er dagegen haben, dass ich Como suche?«

Leon neigte den Kopf. »Tobias ist ein vielschichtiger Mann, glaub mir. In dem geht mehr vor, als man auf den ersten Blick denkt, und er weiß das sehr gut zu verbergen.«

Ich war geneigt, Leon zuzustimmen, mochte das aber keineswegs zugeben. »Blödsinn!«

»Wenn du das sagst … Lass uns ein Stück gehen und sehen, was passiert.«

Wir mussten uns zwingen, uns nicht ständig umzudrehen. Erst als wir den Henrietta Park gegenüber unseres Bed & Breakfast betraten, hörte das Gefühl von einem Augenblick zum nächsten auf, und auch das bemerkten wir gleichzeitig.

»Er ist weg«, flüsterte Leon, obwohl weit und breit niemand war, der ihn hätte hören können.

»Aber warum? Das ist doch die interessante Frage.«

»Vielleicht glaubt er, wir würden von hier sowieso zur Pension zurückgehen, und wartet da auf uns. Oder er war nur hinter uns her, um uns zu verunsichern, und findet, dass es für heute reicht. Keine Ahnung. Ich bin jedenfalls froh, es ist scheußlich, ständig jemanden im Nacken zu haben, ohne zu wissen, weshalb.«

Ich konnte seine Erleichterung nicht ganz teilen. »Mir wäre wohler, wenn ich wüsste, woran ich bin. Er kann jeden Moment wieder auftauchen, und das macht mich nervös. Ich versteh sowieso nicht, wie er so unsichtbar bleiben kann.«

»Das ist die Erklärung!«, rief Leon. »Bisher waren wir im Trubel, in diesem Park dagegen ist zu wenig los, er kann sich nicht einfach unter die Leute mischen, sondern würde sofort auffallen.«

Das stimmte. Offenbar war der Henrietta Park keine große Touristenattraktion, obwohl er es mit seinen Bäumen, Sträuchern und Blumenbeeten, die im Sommer sicher besonders prächtig und bunt aussahen, verdient hätte. Im März hielt sich das Grün der Büsche, die einem Verfolger Deckung gewährten, sehr in Grenzen. Wir konnten nichts weiter tun, als zu genießen, dass wir im Augenblick in Ruhe gelassen wurden.

Als wir einen kleinen Garten mit einem Fischteich entdeckten, der von Laubengängen gesäumt wurde, setzte ich mich erschöpft auf eine der Bänke. Die Seerosen im Teich blühten noch nicht, aber das Wasser aus dem kleinen Springbrunnen gurgelte vor sich hin. Das Geräusch wirkte beruhigend auf mich. Ich schloss die Augen und ließ mich auf der Bank zurückfallen. Statt jedoch das Holz in meinem Rücken zu spüren, fühlte ich, wie Leon seinen Arm um meine Schultern legte. Ich zögerte nur kurz, bevor ich mich an ihn lehnte. Das Misstrauen ihm gegenüber, das ich vor mir selbst vorhin noch so ausgiebig gerechtfertigt hatte, schien gerade jetzt sehr weit hergeholt. Stattdessen dachte ich an seinen Kuss vor dem Amadeus und daran, dass ich trotz allem wünschte, er würde ihn wiederholen.

Leon wühlte mit seiner freien Hand in seiner Manteltasche. Ich hörte ihn in etwas blättern und dann seine Stimme. »Das hier ist der Garden of Rememberance, gewidmet König Georg von der Stadt Bath im Jahr 1936.«

»Woher weißt du das?«, murmelte ich. Ich spürte Leons Wärme und wollte mich einfach fallen lassen, ich sehnte mich nach ein bisschen Normalität.

»Weil das in diesem Gratisreiseführer steht, den ich im Museumsshop abgegriffen habe. Schön, nicht?«

»Hm«, machte ich, die Augen noch immer geschlossen, dann fiel ein Schatten über mich. Leon hatte sich bewegt und beugte sich zu mir herüber, ich spürte seine Finger auf meiner Wange. Mit sanftem Druck drehte er mein Gesicht zu sich. Ich hob die Lider und schaute in Leons Augen, die meinen sehr nah waren und mir wie ein Spiegel meiner eigenen vorkamen. Da war nichts Blaues, nichts Leuchtendes in ihnen, nur Grau, ein tiefes, unergründliches Grau. Derart intensiv hatte er mich bisher nie angesehen, sein Blick berührte etwas in meinem Innersten, wühlte mich auf, doch selbst das ließ nicht den Kuss ahnen, der folgte und so ganz anders war als ich erwartet hätte. Nicht so leicht wie in Salzburg, nicht so ausgeglichen und ruhig wie Leon sonst war, sondern kraftvoll und leidenschaftlich, als habe er lange gewartet, das zu tun. Gleichzeitig schien er mit seinem Griff nicht nur mich, sondern auch sich selbst festzuhalten, was uns für die Dauer des Kusses zu einer untrennbaren Einheit machte. In diesem Moment wusste ich ganz genau, was ich wollte und wohin ich gehörte.

Bis sich das Bild eines anderen Mannes dazwischenschob: Como, der mich still und traurig ansah.

Abrupt löste ich mich von Leon. Es fiel mir schwer aufzusehen, denn ich fürchtete, er würde von meinem Gesicht ablesen können, wie unsicher ich war.

»Ich …«, begann ich, kam aber nicht weiter.

Leon legte mir den Finger, der gerade noch meine Wange berührt hatte, auf die Lippen und brachte mich mit einem Kopfschütteln zum Schweigen. Seine Augen hielten meinen Blick fest, und ich erkannte darin eine seltsame Mischung aus Liebe, Angst, Verzweiflung, Zärtlichkeit, Wut – und Verstehen. Letzteres erinnerte mich dermaßen an Tobias, dass ich unwillkürlich ein kleines bisschen zurückwich. Was verband die beiden Männer?

Nur einen Sekundenbruchteil später schimmerten Leons Augen wieder in jenem unbestimmten Blaugrau. Erneut hatte er einen Teil von sich vor mir verschlossen. Er griff nach meiner Hand, um mich hochzuziehen. »Wir sollten nicht zu lange hier sitzen, dazu ist es noch zu kühl«, sagte er lächelnd, als wäre gerade eben überhaupt nichts geschehen.

Schweigend setzten wir unseren Weg fort. Ich hatte keine Ahnung, was in Leon vorging, und war mir nicht mal sicher, ob ich es wissen wollte. In mir kämpften immer noch die unterschiedlichsten Gefühle, von denen ich jedes einzelne besser beschreiben und interpretieren konnte, als mir lieb war. Mir stand kaum der Sinn danach, die Umgebung, die Wege und Bäume des Parks zu betrachten, bis etwas meine Aufmerksamkeit weckte: ein durch Buchsbaum abgetrenntes kleines Rasenstück, in dessen Mitte ein Granitblock aufragte. In den grob behauenen Stein waren goldene Buchstaben eingraviert. Von hier konnte ich sie nicht lesen, deshalb löste ich mich aus Leons Arm, den er locker um mich gelegt hatte, und ging auf das Rasenstück zu.

»Was ist denn?«, fragte Leon irritiert.

Ich achtete nicht auf ihn, sondern starrte auf die Buchstaben, die mit jedem Schritt größer wurden, und ich glaubte zu wissen, was dort stand, noch bevor ich die Worte las:

In Memory of James Jacoby – He followed his goal – 1916 to 1962

3.

Leon pfiff leise durch die Zähne. »In Erinnerung an James Jacoby – Er folgte seinem Ziel«, übersetzte er. »Das kann ja wohl kein Zufall sein, was?«

Benommen schüttelte ich den Kopf. Bisher hatte ich angenommen, dass ich zufällig auf die Internetseite unserer Pension, die ja gleich auf der anderen Straßenseite lag, gestoßen war. Daran mochte ich allerdings nicht mehr glauben. Como. Como hatte mich hierhergelenkt.

Ich fand meine Sprache nicht wieder, während Leon gleich loslegte: »Was meinst du, ist das Jakob Jakobus' Vater, Comos Großvater?«

Langsam nickte ich. Leon hatte Recht, auch wenn ich nichts über Comos Großeltern wusste. Vom Alter her kam es auf jeden Fall hin, das Namensmuster wiederholte sich und sogar die Widmung lautete gleich.

Eine kleine Ewigkeit stand ich mit Leon vor dem Granitblock. Kein Grab-, sondern ein Gedenkstein. Was Anlass zu Spekulationen darüber gab, wo sich das Grab von James Jacoby befand. Und über sein Leben, denn dass hier seiner gedacht wurde, in einem öffentlichen Park, bedeutete, dass Comos Großvater ein relativ wichtiger Mann gewesen sein musste. Ich war so vertieft in meine Gedanken, dass ich erschrak, als mich jemand ansprach.

»Das war lange vor Ihrer Zeit.«

Rechts neben mir stand ein älterer Mann in einem beigen Mantel, der ihm ein wenig zu groß war. Sein dichtes graues Haar war kurz geschnitten, ein paar Falten hatten sich tief in sein hageres, ansonsten ebenmäßiges und ausgesprochen attraktives Gesicht gegraben, was ihm ein martialisches Äußeres verlieh. Am bemerkenswertesten aber waren seine Augen. Die goldenen Sprenkel in der grünen Iris schienen die Sonnenstrahlen zu reflektieren und Funken zu sprühen.

Eine kleine Weile herrschte Schweigen, bis Leon sich auf meiner anderen Seite rührte. Bevor er allerdings dazu kam, etwas zu sagen, zuckten die Brauen des Fremden in die Höhe, und er murmelte etwas vor sich hin, das klang wie »Sind Sie das? Erstaunlich.«

»Wie bitte?«, fragte ich, halb befangen, halb erschrocken.

Der Mann jedoch nickte zu dem Gedenkstein hinüber. »Der gute James – Friede seiner Seele, obwohl ich das bezweifeln möchte – liegt nicht wirklich da. Ich habe diesen Stein in Ermangelung eines Grabes, das ich besuchen könnte, aufstellen lassen, denn ich muss gestehen, dass ich keine Ahnung habe, wo seine Überreste ruhen. Die Behörden waren ursprünglich wenig angetan von der Idee, aber eine gewisse Summe in die Stadtkasse hat sie überzeugt.«

»Warum …« Ich musste mich räuspern und fing noch mal von vorn an. »Warum erzählen Sie mir das?« Es gab eine Menge anderer Fragen, die ich ihm gern gestellt hätte, aber diese fesselte mich am meisten.

Wieder hob der Mann seine Brauen. »Weil ich mir nicht sicher bin, wie viel Sie schon wissen. Sie müssen entschuldigen, wenn ich Sie langweile.«

Ich schüttelte den Kopf und sah zu Leon hinüber, der meinen Blick nicht erwiderte, sondern sich auf den Fremden konzentrierte. »Langweilen?«, nahm ich den Faden wieder auf. »Ganz und gar nicht. Aber wieso gehen Sie davon aus, dass ich überhaupt etwas wüsste?«

»Ist es denn nicht so? Sie wissen doch, vor wessen Gedenkstein Sie stehen.«

»Ja, ich glaube schon. Mir ist trotzdem nicht ganz klar, woher Sie wissen, dass ich das weiß.«

Der Mann lachte leise und rau auf. »Ich bin oft im Henrietta Park. Manchmal bleiben Leute stehen und lesen die Inschrift, dann gehen sie weiter, und ich sehe ihnen an, dass sie sie nach ein paar Schritten schon wieder vergessen haben. Sie nicht. Sie standen völlig versunken da, als seien Sie ganz weit weg – in Gedanken bei James, seiner Geschichte, seinem Andenken. Der Zeitpunkt scheint gekommen …«

»Welcher Zeitpunkt?« Ich war mir bewusst, dass ich allmählich wie ein Echo klang, aber dieser Mann gab ständig Andeutungen von sich, als hätte er seinen Spaß daran, mich auf die Folter zu spannen.

»Das ist eine lange Geschichte. Meine Knochen sind nicht mehr die jüngsten, und ich würde es vorziehen, wenn ich Ihnen das alles im Sitzen erklären könnte. Macht es Ihnen was aus, mich nach Hause zu begleiten? Mein Wagen steht in der Henrietta Road, nicht weit von hier.« Er wandte sich fast beiläufig an Leon, der bisher kein einziges Wort zu unserem Gespräch beigetragen hatte. »Sie sind selbstverständlich auch eingeladen.«

Leons Miene war schwer zu deuten. Ich hätte sie düster genannt, misstrauisch, vielleicht sogar ablehnend, aber eine Sekunde später meinte ich mich getäuscht zu haben und nur noch blanke Neugier zu sehen.

Immer noch fassungslos nickte ich dem Fremden zu. Er lud uns zu sich ein, hatte sich aber weder selbst vorgestellt, noch kannte er unsere Namen. Engländer waren ja berühmt für ihre Eigenarten, allerdings auch für ihre Zurückhaltung. Letzteres jedoch war eine äußerst unpassende Beschreibung für mein Gegenüber.

Als wir uns in Bewegung setzten, blinzelte er lächelnd zu mir herüber. »Verzeihen Sie, dass ich meine Manieren vergaß. Ich bin Mortimer Grey.«

»Juta Berg«, stellte ich mich vor, und auch Leon sagte zum ersten Mal überhaupt einen Ton, als er seinen Namen nannte.

Mortimer Grey neigte leicht den Kopf. »Freut mich, Ihre Bekanntschaft zu machen, Ms. Berg, Mr. Eisner. Sie kommen aus Deutschland, Ms. Berg, oder darf ich Juta sagen?«

»Ja, das ist richtig, und nennen Sie mich ruhig Juta.«

»Fein! Dann sagen Sie bitte auch Mortimer. Was ich Ihnen zu erzählen habe, ist ohnehin sehr … privat.« Er machte ein Pause, bevor er Leon ansprach. »Sie sind kein Deutscher, nicht wahr?«

»Österreicher«, antwortete Leon wortkarg.

»Ah, das dachte ich mir.«

Ich war beeindruckt, besonders da Leon bisher nur seinen Namen gesagt hatte. »Sie können seinen Akzent von meinem unterscheiden?«

Mortimer zuckte mit den Schultern. »Ich bin viel herumgekommen. So, da sind wir schon.«

Sein Wagen war bemerkenswert: ein alter, spiegelblank geputzter schwarzer Bentley. Leon runzelte die Stirn, enthielt sich aber jeden Kommentars. Stattdessen schaute er mich an. In seinen Augen glaubte ich die

Frage zu lesen, was ich von all dem hielt und ob ich Mortimer Grey über den Weg traute. Als Antwort zuckte ich nur leicht mit den Schultern. Was hatte ich für eine Wahl? Ich ergriff jede Gelegenheit beim Schopf, mehr über Comos Familie zu erfahren. Mortimer musste ich nicht mal bitten, er wollte uns von sich aus erzählen, was er über James Jacoby wusste, über den Mann, dessentwegen wir höchstwahrscheinlich überhaupt in Bath waren.

Leon und ich nahmen im Fond Platz, und als Leon meine Hand nahm und sie drückte, war die Vertrautheit, die wir vorhin geteilt hatten, wieder da.

Mortimer setzte sich selbst hinters Steuer, es gab keinen uniformierten Chauffeur, der doch so gut zu dem Oldtimer gepasst hätte. Leon grinste mich an, sagte aber nach wie vor nichts.

Wir waren erst ein paar Meter gefahren, da hielt Mortimer wieder am Straßenrand.

»Dort drüben hat James gelebt«, sagte er und deutete auf ein hohes frühviktorianisches Gebäude mit grauem Schindeldach. Es sah zauberhaft und romantisch aus mit seinen Erkern und Gauben und den Mauern, die teilweise von grünen Ranken überwuchert waren. Einmal mehr wurde mir klar, dass die Wahl unserer Pension, die in derselben Straße lag wie das Wohnhaus von James Jacoby und der Park mit seinem Gedenkstein, einfach kein Zufall sein konnte.

Nur fünf Minuten später parkte Mortimer Grey seinen Bentley vor einem großen georgianischen Haus, das für meinen Geschmack etwas protzig wirkte. Das Wohnzimmer, in das er uns führte, war im Gegenzug eher spartanisch eingerichtet. Eine Frau mittleren Alters servierte uns Tee und verschwand anschließend genauso leise und unauffällig wie sie gekommen war.

»Wie fange ich am besten an?«, fragte Mortimer Grey und starrte an uns beiden vorbei an einen Punkt in der Ferne. »James und ich lernten uns auf der Universität kennen. James studierte Medizin und wurde praktischer Arzt – er hatte seine Praxis übrigens auch in dem Haus, das ich Ihnen vorhin gezeigt habe –, während ich mich auf die Psychologie verlegte und später als Psychotherapeut niederließ. Schon damals war James ein außergewöhnlicher Mann, dessen Persönlichkeit man schwer zu fassen bekam. Seine wirkliche Persönlichkeit meine ich, denn auf den ersten Blick war er freundlich und unkompliziert, beides Fähigkeiten, mit denen ein Allgemeinmediziner unbedingt ausgestattet sein muss, wenn er seine Patienten nicht vergraulen will. Wer ihn besser kennen lernte, merkte, dass er auch eine Schattenseite hatte. Oder vielleicht sollte ich das nicht so negativ ausdrücken, sagen wir lieber, er hatte seine kleinen Geheimnisse, Dinge, die im Verborgenen blieben und die er niemals jemandem anvertraute. Er redete nicht viel von sich selbst und hatte überhaupt nur sehr wenige Freunde. Aber selbst diese wenigen, zu denen ich mich zählen durfte, blieben aus großen Teilen seines Lebens ausgesperrt. Das Einzige, aus dem er keinerlei Hehl machte, war die Liebe zu seinem Beruf und später die zu seiner Familie. Er hatte eine Frau und einen Sohn, den er – Gott steh mir bei – ausgerechnet Jakob nannte, und das zu einem Zeitpunkt, in dem wir uns im Krieg mit Deutschland befanden. Natürlich wurde der kleine Jakob immer nur Jake gerufen, das war weit weniger verfänglich.«

In Erinnerung daran lächelte Mortimer, mir dagegen war nicht nach Lachen zumute. Er hatte gerade unsere Vermutung bestätigt: James Jacoby war tatsächlich Jaschas Vater. Gebannt wartete ich, dass Mortimer weitererzählte.

»Wenn ich James charakterisieren sollte, würde ich sagen, er war ein sehr beherrschter, zurückhaltender, aber freundlicher und unauffälliger Mann. Meistens jedenfalls. Es geschah allerdings ab und zu, dass sein Verhalten sich auf beinah beängstigende Weise änderte. Er hatte kurze Phasen, in denen ich ihn als Psychotherapeut zu gern behandelt hätte, aber das habe ich selbstverständlich nie geäußert, ich wollte unsere Freundschaft nicht aufs Spiel setzen. Seit seinem geheimnisvollen Verschwinden und mehr noch seit seinem Tod mache ich mir Vorwürfe, dass ich zu feige dazu war. Vielleicht hätte ich das, was geschehen ist, was auch immer es war, verhindern können.«

»Was für ein Verhalten hat er denn an den Tag gelegt?«, schaltete Leon sich ein.

Mortimer sah ihn an, als habe er Leons Gegenwart völlig vergessen. Er runzelte die Stirn, scheinbar ein wenig ärgerlich über die Unterbrechung. »Damals glaubte ich, James litt an Paranoia.«

»Verfolgungswahn?« Diesmal war ich es, die ihn unterbrach. Die Idee, jemand könne einen ständig beobachten, war mir selbst entschieden zu vertraut, als dass ich das in James' Fall als Paranoia abgetan hätte. »Woher wollen Sie wissen, dass seine Angst unberechtigt war?«

»Nun, Juta, heute vermute ich, dass er allen Grund hatte, beunruhigt zu sein, aber damals nahm ich einen möglichen Anhaltspunkt einfach nicht ernst genug, ich tat es als Humbug ab.«

»Welchen Anhaltspunkt meinen Sie?«

Mortimer wand sich ein bisschen. »Ich muss leider vorausschicken, wie ich zu diesem Anhaltspunkt kam, auch wenn ich mich schäme, meine Handlungsweise zuzugeben.«

»Sie haben James hinterherspioniert«, warf ich ein.

»Richtig«, seufzte Mortimer. »Ich tat es aus Sorge um den Freund, aber wenn ich es schon tat, dann hätte ich wenigstens anschließend entsprechend handeln sollen. Wie dem auch sei, ich durchsuchte seine Praxis und seine Patientenkartei, während er auf einer kurzen Urlaubsreise war. Ich wusste, wo er die Schlüssel zu seinem Schreibtisch aufbewahrte, und durchforstete sämtliche Schubladen. In einer entdeckte ich mehrere Schriftstücke über eine mysteriöse Gesellschaft mit Namen *Clavis,* und die Notizen, die James sich dazu gemacht hatte, ließen nur einen Schluss zu: Er fürchtete *Clavis* wie der Teufel das Weihwasser.«

Mir blieb fast das Herz stehen. *Clavis* war das lateinische Wort für Schlüssel.

»Und was war das genau für eine Gesellschaft?«, fragte Leon.

Wie eben schien Mortimer Leons Anwesenheit eher unangenehm zu sein. Während seiner Ausführungen war sein Blick ausschließlich auf mich gerichtet gewesen, Leon hatte er ignoriert. »Wenn das aus den Schriftstücken hervorgegangen wäre, wäre vermutlich vieles nicht passiert. Ich konnte nicht viel über *Clavis* herausfinden, außer dass es sich offenbar um eine Sekte handelte, die etwas mit Heilung zu tun hatte. Allerdings nicht mit konventioneller Medizin, sondern mit eher … spirituellen Heilmethoden. Ein Haufen Verrückter, die glaubten, durch alte Riten und Götteranbetung Krankheiten heilen zu können. Quacksalberei, dachte ich damals, deshalb habe ich es ja vorschnell zur Seite geschoben und James für paranoid erklärt. Heute würde man so was wahrscheinlich Esoterik nennen.«

»Esoterik der gefährlichen Art offenbar«, murmelte ich.

»Glauben Sie an so was? Halten Sie es für möglich, dass *Clavis* etwas mit James' Tod zu tun hat?«, erkundigte sich Mortimer und musterte mich.

Im Geist rekapitulierte ich: die Bedeutung von *Clavis* gleich Schlüssel. Die Angst von Comos Großvater vor einer gleichnamigen Sekte oder Gesellschaft oder was immer es war. Frau Dreisings Erwähnung »dieser Leute«, von denen sie bedroht worden war, die so übergroßes Interesse an Como gezeigt hatten und die – auch wenn es dafür keine Beweise gab – womöglich für den Tod seines Vaters verantwortlich waren. Es gehörte nicht viel dazu, »diese Leute« mit *Clavis* in Verbindung zu bringen. Und schließlich meine Suche nach den drei Schlüsseln, initiiert von Como selbst. Ob *Clavis* was mit James' Tod zu tun hatte?

»Ja. Unbedingt«, antwortet ich.

»Sie sagen das sehr überzeugt.«

»Das würden Sie auch tun, wenn Sie wüssten, wie James' Sohn gestorben ist. Oder wissen Sie's?«

»James' Sohn? Jake? Nein, ich habe keine Ahnung. Was ist denn passiert?« Entsetzt starrte Mortimer mich an.

»Eine Menge mysteriöser Dinge, denen wir gern auf die Spur kommen möchten. Deshalb sind wir in Bath. Aber bitte, erzählen Sie doch erst zu Ende, Mortimer.« Ich war viel zu neugierig, als dass ich seine Erläuterungen zu diesem Zeitpunkt unterbrechen wollte.

Mortimers Augen verengten sich zu Schlitzen. »Nun ja, ich nehme an, ein mysteriöser und vielleicht sogar gewaltsamer Tod von Jake sollte mich nicht überraschen, ebenso wenig wie mich Ihr Auftauchen erstaunt hat. Nicht nach der Nachricht …«

»Welcher Nachricht?« Hatte Como allen Ernstes auch Mortimer Grey einen Brief für mich hinterlassen?

»Dazu komme ich gleich«, winkte Mortimer ab. »Damals beschloss ich also fatalerweise, so zu tun, als sähe ich James' unterdrückte Angst –

er zeigte sie niemals offen – nicht. Wie gesagt, ich hätte unserer Freundschaft bestimmt einen größeren Dienst erwiesen, wenn ich anders gehandelt hätte. Aber ich kann heute an den Dingen, die ich tat oder unterließ, leider nichts mehr ändern. Eines Tages dann, Ende der vierziger Jahre, verschwand James mit seiner Familie aus Bath, so spurlos und gründlich, wie man es sich nur vorstellen kann.«

Ich zuckte zusammen und wechselte einen schnellen Blick mit Leon.

»Sie können mir glauben, dass ich Himmel und Hölle in Bewegung gesetzt habe«, fuhr Mortimer fort, »aber weder eine Vermisstenanzeige bei der Polizei noch Nachforschungen, die ich selbst und mehrere Privatdetektive angestellt haben, waren erfolgreich. James blieb verschwunden. Es dauerte lange, bis ich mich damit abfand, nie wieder von ihm zu hören. Erst über dreißig Jahre später wurde die Vergangenheit wieder zum Leben erweckt – als der Brief kam. Anonym, aber ich bin mir ziemlich sicher, dass Jake der Absender war.«

»Über dreißig Jahre?«, echote ich. »In den Achtzigern?«

»1981, um genau zu sein«, nickte Mortimer. »Sie fragen, als ob das wichtig wäre.«

Das konnte man so ausdrücken. Mortimer hatte vorhin von meinem Auftauchen gesprochen, ähnlich wie Frau Dreising, und falls der Brief tatsächlich von Jake oder Jascha oder Jakob oder wie er sonst noch genannt wurde, stammte und außerdem etwas mit mir zu tun hatte, dann musste er mich zu diesem Zeitpunkt gekannt haben. Was 1981 sehr wohl der Fall war. Im Sommer dieses Jahres hatten Como und ich unseren Blutschwur geleistet.

»Was stand drin?«, flüsterte ich und ging über Mortimers angedeutete Frage hinweg.

Mortimer zog die Brauen zusammen und schien nachhaken zu wollen, entschloss sich dann aber anders. »Es war eine sehr knapp gehaltene Nachricht, dass James im November des Jahres 1962, ich zitiere: ›aus dem Leben gerissen‹ worden sei. Zusammen mit der Mitteilung kam ein Umschlag mit der Bitte, ihn nicht zu öffnen, sondern jemandem zu geben – einer Frau, die viele Jahre später auftauchen und sich für James Jacoby interessieren würde.«

Neben mir stöhnte Leon auf. Ich dagegen war weit weniger erstaunt, immerhin hatte ich das alles vor einigen Tagen schon einmal so ähnlich erlebt. Erst ein Brief von Como, nun einer von seinem Vater. »Haben Sie ihn noch?«, wagte ich kaum zu fragen.

»Selbstverständlich. Nicht, dass Sie mich falsch verstehen, ich hege inzwischen kaum noch Zweifel, dass Jake Sie mit dieser Frau meinte, Juta. Trotzdem möchte ich gern sichergehen, bevor ich Ihnen den Umschlag aushändige, und Sie bitten, mir zu erzählen, was es mit Jakes Tod auf sich hat.«

Ich ließ mich in meinen Sessel zurückgleiten. Mortimers Vorsichtsmaßnahme war sicher gerechtfertigt, aber wie stand es mit meiner eigenen? Mortimer hatte mir mehr oder weniger zu verstehen gegeben, dass ich den Brief nur bekäme, wenn ich ebenso offen wäre wie er. Ich wollte diese Nachricht aus der Vergangenheit, ich wollte alles, was mir half, das Rätsel zu lösen, alles, was mich weiterbrachte, zu Como. Wenn ich jetzt aus Vorsicht schwieg, was ich gern getan hätte, kam ich vielleicht nicht weiter. Ich musste mal wieder die Risiken abwägen – und berichtete, wie ich, getrieben von Träumen um Como, nach Salzburg kam und dort Jaschas Spuren aufnahm, ohne zunächst zu wissen, um wen es sich handelte. Zuletzt erzählte ich von Frau Dreising und Comos Brief mit dem Gorgonenkopf, der mich nach Bath geführt hatte, ohne jedoch dessen Inhalt zu erwähnen. Über die Schlüssel bewahrte ich Stillschweigen.

Am Ende seufzte Mortimer vernehmlich. »Hätte ich solche Dinge nur früher für möglich gehalten! Wohlgemerkt, es fällt mir nach wie vor schwer, Übersinnliches zu akzeptieren, obwohl mir klar ist, welch wichtigen Bestandteil unseres Daseins die Seele ausmacht. Ich glaube an Hypnose, sogar an Rückführungen, auch an Meditation und autogenes Training. Götter verehrende Geheimgesellschaften und heilbringende Sekten, Träume, die einen durch Europa führen, das sind noch mal andere Kaliber. Dennoch passt in diesem Fall alles zusammen.«

Schwerfällig erhob er sich, und mir wurde bewusst, wie alt er sein musste, wenn er James Jacoby auf der Universität kennen gelernt hatte. Schätzungsweise waren sie damals etwa im selben Alter gewesen, und auf James' Gedenkstein hatte das Geburtsjahr 1916 gestanden. Mortimer war also um die neunzig, was man ihm überhaupt nicht ansah, er wirkte eher wie Mitte sechzig. »Bitte entschuldigen Sie mich kurz, ich werde den Brief für Sie holen.«

»Das mit dieser Geheimgesellschaft ist eine interessante Entwicklung«, sagte Leon leise, kaum dass Mortimer das Zimmer verlassen hatte.

»Absolut. Ich würde zu gern mehr über diese Leute erfahren.« Unbewusst hatte ich Frau Dreisings Wortwahl übernommen.

»Das sollten wir allerdings versuchen«, stimmte Leon zu. »Damit haben wir endlich einen ersten Anhaltspunkt in Bezug auf Jakobs … Feinde. Das macht es ein Stück wirklicher, weniger schwammig. Scheint ja ganz so, als ob *Clavis* vor nichts zurückschreckt.«

Ich konnte gerade noch nicken, da kehrte Mortimer zurück, den Umschlag in der Hand, der abgegriffener und vergilbter war als der, den ich von Frau Dreising erhalten hatte. Ich brannte darauf, Jaschas Nachricht zu lesen, aber Leons Worte erinnerten mich daran, dass ich Mortimer etwas fragen wollte. »Haben Sie eigentlich später je wieder von *Clavis* gehört?«

Mortimer setzte sich und drehte den Umschlag zwischen seinen Fingern. »Als Jakes Brief kam, fing ich noch mal an zu graben, und bis heute versuche ich das sporadisch immer wieder. Aber sogar das Internet, Quelle allen weltweiten Wissens, hat mich nicht weitergebracht. Sie können es gern selbst versuchen, ich garantiere Ihnen denselben Misserfolg.«

Das würden wir tun. Doch zunächst streckte ich langsam die Hand nach dem Brief aus.

Zögernd und mit entschuldigender Miene reichte mir Mortimer den Umschlag. »Ich muss Ihnen noch gestehen, dass Jake mich bat, die Nachricht an die unbekannte Frau nicht zu öffnen. Leider war ich zu neugierig, mich an diese Anweisung zu halten, und habe mich außerdem gefragt, ob ich darin etwas über *Clavis* finden würde …«

Tatsächlich war der Umschlag am oberen Ende sorgfältig aufgeschlitzt. »Ich nehme an, das hat Sie nicht weitergebracht?«

Mortimer schüttelte immer noch zerknirscht den Kopf, dabei nahm ich ihm seine Neugier ganz und gar nicht übel. Ich hätte an seiner Stelle genauso gehandelt. Als ich vorsichtig in den Umschlag spähte und begann, langsam, beinah ehrfürchtig, die einzige Seite herauszuziehen, beugte sich auch Leon vor. Seine Nähe tat mir gut. Zum Vorschein kam ein einmal gefaltetes Blatt mit einem Wasserzeichen in der Mitte – dem Gorgonenkopf. Und der Text war identisch mit dem aus Salzburg.

»Paracelsus«, murmelte ich vor mich hin.

Grey war beeindruckt. »Sie kennen sich gut aus, und es überrascht Sie nicht mal. Haben Sie mit so was gerechnet?«

Ich nickte, nur um gleich darauf den Kopf zu schütteln. Ich hätte nicht sagen können, was ich erwartet hatte, war aber von dem Brief gleichermaßen fasziniert wie enttäuscht. »Es ist einerseits keine sehr aussagekräftige Nachricht und auf der anderen Seite wieder doch«, fasste ich meine Gedanken in Worte. »Jetzt weiß ich zumindest, dass ich in Bath am richtigen Ort bin.«

Mortimer machte ein komisches Gesicht, und mit einem Mal dachte ich an unser Zusammentreffen im Henrietta Park zurück. Was hatte Mortimer gesagt: *Sind Sie das? Erstaunlich.* Vielleicht war er nur erstaunt, vor der Frau zu stehen, die ihm von Jake avisiert worden war. Dennoch hatte ich die deutliche Ahnung, dass es das zumindest nicht allein war.

Mit der Sicherheit eines Menschen, der es gewohnt war, die Gedankengänge anderer zu erkennen und zu analysieren, lächelte er plötzlich. »Warum fragen Sie mich nicht einfach?«

»Wie bitte?« Leon schaute verdutzt von mir zu Mortimer und zurück. »Hab ich was verpasst?«

Sichtlich erheitert lachte Mortimer auf. »Kann schon sein, Mr. Eisner.«

Ich registrierte, dass es zwischen den beiden keine Vornamen gab. Da war vom ersten Moment an eine Distanz gewesen, eine unüberwindbare Mauer, die auch von keinem überwunden werden wollte. Sie hielten bewusst Abstand, anders konnte ich es nicht beschreiben.

»Und was?«, fragte Leon fast aggressiv.

Mortimer würdigte ihn keiner Antwort, stattdessen sah er mich auffordernd an.

»Warum soll ich es noch aussprechen, wenn Sie's schon wissen?« Das kam patziger rüber als es eigentlich sollte, weil mich ärgerte, wie Mortimer Leon behandelte.

Spöttisch schürzte er die Lippen. »Sie müssen Mr. Eisner nicht verteidigen, ich bin sicher, er kann das selbst ganz gut, wenn er es für angebracht hält.« Dann wurde er wieder ernst. »Sie wollen wissen, was in mir vorging, als ich Sie sah, und warum ich sagte, was ich sagte – abgesehen von dem offensichtlichen Grund.«

»Es gibt also noch einen anderen?«

»Aber ja. Sie erinnern mich an jemanden.«

»Sagen Sie bloß nicht an jemanden aus Jacobys Familie«, warf Leon ein, und nun war er es, dessen Stimme vor Sarkasmus troff.

»Wie kommen Sie nur auf diese Idee?« Mortimers Stimme war sanft, er streifte Leon für einen Sekundenbruchteil mit einem undefinierbaren Blick, bevor er sich mir zuwandte. Er sah mich mit diesen durchdringenden Augen an, als suche er etwas in mir. Vielleicht vergebens, denn er machte einen Rückzieher. »Ach, vergessen Sie's, Juta, das ist albern. Ich lebe viel zu viel in der Vergangenheit. Noch dazu hat die in diesem Fall weniger mit James als mit mir zu tun. Nur weil ich mal eine junge aufstrebende Medizinstudentin kannte, die Ihnen ähnlich sah ... Ich bin eben alt ... Sie müssen mir verzeihen.«

Ich hätte schwören können, dass er diese Medizinstudentin gerade eben erfunden hatte, dass er etwas anderes sagen wollte und sich aus irgendeinem Grund dagegen entschied. »Ich fühle mich geschmeichelt«, erwiderte ich trotzdem.

Durch meine Worte ermutigt, legte er das Thema nicht gleich ad acta. »Sie war eine eigenwillige, zielstrebige Frau, und Sie, meine Liebe, sind ihr nicht nur äußerlich ähnlich. Unbeirrt tat sie, was sie glaubte tun zu müssen – Sie beide wären ein interessantes Team gewesen, da bin ich sicher.«

Zielstrebig. Etwas in der Art, wie er das betonte, ließ mich aufhorchen. Hatte er mit Absicht gerade dieses Wort gewählt? Wollte er mich an die Gedenksprüche für James und Jascha erinnern? Welche Verknüpfung gab es zwischen den Männern und jener Medizinstudentin? War sie eine Spur, der ich folgen sollte? Wollte Mortimer das andeuten?

»Was werden Sie jetzt tun?«, durchbrach er meine Gedanken.

Damit stellte er eine Frage, die mir während unserer Unterhaltung selbst schon durch den Kopf geschossen war. Abgesehen von jener Frau, die mir so ähnelte, gab es da nämlich noch etwas. »Das Haus, in dem James wohnte, ist ein ganz schöner Brocken. Sind da heute Büros drin oder eine Behörde, oder ist es noch immer ein Wohnhaus?«

Einen Moment lang glaubte ich, dass Mortimer ein Lächeln unterdrückte, bevor er antwortete. »Im Erdgeschoss befindet sich eine Arztpraxis, in den zwei Etagen darüber Wohnräume. Wollen Sie sich das Haus von innen ansehen? Was versprechen Sie sich davon? Seit damals ist viel Zeit vergangen, was sollte heute noch an James und seine Familie erinnern?«

»Sicher keine Möbel und keine Gegenstände mehr«, gab ich zu und zögerte dann. Mortimer sah mich jedoch unverwandt an und wartete, dass ich fortfuhr. »Vielleicht hält aber die Atmosphäre, die Seele des Hauses etwas für mich bereit. Verstehen Sie, was ich meine?« Mortimer blieb still, so dass ich schon bedauerte, das überhaupt ausgesprochen zu haben. »Sie glauben, das ist ein dummer Gedanke«, sagte ich.

Er schüttelte langsam den Kopf. »Folgen Sie Ihren Gefühlen, Juta«, stellte er dabei fest. »Machen Sie nicht denselben Fehler wie ich. Hören Sie auf Ihr Herz. Wenn es Ihnen sagt, Sie sollten sich das Haus ansehen, dann tun Sie's.«

Leon erhob sich. »Wir dürfen Sie nicht mehr länger aufhalten, Mr. Grey«, sagte er an Mortimer gewandt. »Sie haben uns schon genug Ihrer Zeit geopfert und uns ein ganzes Stück weitergebracht. Vielen Dank.«

Mortimer setzte wieder sein spöttisches Lächeln auf. »Wenn ich in meinem Alter etwas habe, dann ist es Zeit«, meinte er.

Eigentlich mochte ich ihn recht gern, er war sympathisch und sehr aufgeschlossen, nur sein Verhalten Leon gegenüber verstand ich nicht, ich war davon fast angewidert. Diese etwas übertriebene Empfindung verankerte sich in mir, ohne dass ich es wollte, und ich stand ebenfalls auf.

»Trotzdem, es muss Sie doch sehr mitgenommen haben, die Vergangenheit wieder lebendig werden zu lassen und mit uns zu teilen. Es waren ja nicht alles angenehme Erinnerungen. Bestimmt möchten Sie ein bisschen allein sein.«

Mortimers undurchdringlicher Blick glitt von Leon zu mir und verlor sich dann auf dem Umschlag, den ich in der Hand hielt. »Manchmal ist es leichter, gerade nicht allein zu sein, Juta. Die Last der Verantwortung ist schwer zu tragen, glauben Sie mir.«

Verantwortung!? Auch wenn Mortimer das auf seine Verantwortung James gegenüber bezog, auch wenn er nichts von der Stimme wissen konnte, die ich ständig hörte – auf mich hatte dieser Satz eine geradezu elektrisierende Wirkung. Ich würde alles tun, um meiner eigenen Verantwortung gerecht zu werden. Wenn ich herausfand, woraus sie bestand.

»Ich wünsche Ihnen Glück bei allem, was vor Ihnen liegt, meine Liebe«, sagte Mortimer, indem er mir die Hand reichte. Ganz ähnlich hatte sich auch Frau Dreising ausgedrückt. »Und seien Sie vorsichtig. Es wird diese *Clavis*-Leute kaum begeistern, wenn jemand versucht, hinter ihr Geheimnis zu kommen.«

4.

Was hältst du von seiner Story?«, fragte Leon draußen auf der Straße.

»Sie wirft mehr Fragen auf als sie beantwortet«, gab ich zu. »Ich will mehr über *Clavis* wissen und mir James' Haus ansehen, von außen *und* innen.«

»Dachte ich mir. Ist dir übrigens aufgefallen, dass … Mortimer Wert darauf zu legen schien, dass du genau das tust?«

Ich nickte. »Ich versteh bloß nicht, was er davon hätte.«

Leon schwieg eine Weile. »Ich versteh den ganzen Typ nicht. Er gefällt mir nicht, Juta, und er hat nur eins gesagt, dem ich uneingeschränkt zustimme: Sei vorsichtig und tu nichts Unüberlegtes, bloß weil er dir irgendwelche Ideen in den Kopf setzt. Wir können nicht wissen, was von seinen Erzählungen der Wahrheit entspricht. Vielleicht hat er dir nur das erzählt, was er für richtig hielt und von dem er glaubte, dass du es hören wolltest.«

Unwillig runzelte ich die Stirn. »Mir ist eure gegenseitige Antipathie nicht verborgen geblieben.«

»Er hat sich ja auch keine Mühe gegeben, damit hinterm Berg zu halten«, stellte Leon fest.

»Du auch nicht.«

»Wie heißt es doch so schön: Wie man in den Wald hineinruft …«

»Gut, lassen wir das mal beiseite. Wichtiger ist doch: Warum sollte Mortimer mir Märchen auftischen?«

»Keine Ahnung. Aber ich bin sicher, er hat seine Gründe. Vergiss dieses Haus, in dem er dich unbedingt haben will!«

»Selbst wenn das so sein sollte – wir haben nicht gerade überwältigend viele Spuren. Kommt überhaupt nicht in Frage, dass ich diese einfach übergehe.«

Ich spürte, dass Leon überlegte, wie er mich davon abbringen konnte.

Er brauchte zwei Straßenkreuzungen, um eine Lösung zu finden. »Na schön«, seufzte er ergeben, und ich atmete auf. Doch da redete er auch schon weiter: »Machen wir es folgendermaßen: Du wirst in Sachen *Clavis* recherchieren, und ich werde sehen, ob ich einen Termin bei diesem Arzt kriege, der in James' Haus seine Praxis hat, und mich da umsehen. Einverstanden?«

Die Recherche über die unauffindbare Geheimgesellschaft war zwar dringend notwendig, aber meine Intuition sagte mir, dass ich mich lieber um das Haus kümmern sollte. »Nicht ganz«, widersprach ich daher. »Wir machen es umgekehrt.«

»Aber ...«

»Kein Aber. Keine Ahnung, wieso ich es weiß, aber das Haus ist wichtig, und ich bin überzeugt, dass ich da mehr erreichen kann als du.«

»Herrgott, du bist wirklich stur! Weiß Como, was er sich da mit dir aufhalst?«, fragte Leon in komischer Verzweiflung.

»Hahaha«, machte ich, musste aber doch lachen.

Mittlerweile waren wir in der Henrietta Road angekommen, wenige Meter vor uns hob sich die Silhouette des Objektes unserer Diskussion vom Himmel ab. Es war dämmrig geworden, und nur einige Fenster im ersten Stockwerk waren erleuchtet, die Praxis hatte offenbar schon geschlossen. Das Haus wirkte wuchtig, sogar ein bisschen bedrohlich – bei tiefer Dunkelheit hätte es gut in einen alten Edgar-Wallace-Film gepasst.

»Heute Abend ist sowieso nichts mehr zu machen«, meinte Leon und nickte hinüber. »Lass uns ein Restaurant suchen und die englische Küche ausprobieren.«

Also machten wir kehrt und liefen zurück ins Zentrum, das um diese Zeit eine ganze andere Atmosphäre ausstrahlte. Die beleuchtete Pultney Bridge spiegelte sich im Wasser des Avon und sah aus wie ein verzaubertes Bauwerk aus längst vergangener Zeit, die Kathedrale wirkte noch gottesfürchtiger, und ich fragte mich unwillkürlich, wie es wohl wäre, jetzt in den römischen Bädern zu sein und an der Heiligen Quelle zu stehen. Wasser. Wasser war die Quelle des Lebens, schon allein deshalb war es »heilig«. Hatte ich das gemeint? Vielleicht. Aber das war nicht alles. Mein Gefühl war spezifischer gewesen, ich hatte dieses heilige Wasser zu etwas nutzen wollen. Ich wusste nicht, wozu, nur, dass ich es konnte. *Es.* Was *war* es?

Leon ließ mir keine Zeit, darüber nachzudenken. Er zog mich weiter, als ich zu lange vor dem Gebäude stehen blieb. Wir landeten in einem Restaurant, das sich im Beau Nash House befand, einem der geschichtsträchtigen Häuser in Bath, gleich neben dem ebenso geschichtsträchtigen Theatre Royal mit seinen drei großen Rundbogen-Pforten. Während des Essens erzählte ich von meiner damaligen Englandreise, und Leon berichtete von ähnlichen Erlebnissen in Frankreich. Für ein paar Stunden gelang es mir, die eigentlichen Gründe für unseren Aufenthalt hier in den Hintergrund zu drängen. Ich genoss einfach das Zusammensein mit Leon.

Als wir gingen, half er mir in den Mantel und ließ danach seinen Arm auf meiner Schulter liegen. Seite an Seite schlenderten wir durch die Straßen, blieben hier und da stehen, redeten und schwiegen, und das Schweigen zwischen uns hatte etwas Beruhigendes und Schönes, weil uns klar wurde, dass wir nicht reden mussten, um einander zu verstehen.

Erst vor meiner Zimmertür fühlte ich mich befangen. Dennoch versuchte ich, Leons Blick ruhig zu begegnen, was mir nur schlecht gelang, denn in seinen Augen las ich, was ich bei seinem Kuss am Nachmittag gespürt hatte. Bevor ich weiter darüber nachdenken konnte, beugte Leon sich vor und küsste mich erneut. Die Gefühle überschwemmten mich. Wir standen auf einem einsamen Flur, nur eine Tür trennte uns von noch mehr Ungestörtheit, und mir war sehr bewusst, was hinter dieser Tür lag.

Leons Kuss schien niemals enden zu wollen, sein Körper drängte sich dicht an meinen, seine Arme hielten mich so fest umfangen, dass es mir unmöglich war, mich zu befreien – wenn ich das denn gewollt hätte. Dass ich stattdessen diese Tür öffnen, Leon in mein Zimmer und auf mein Bett ziehen wollte, erschreckte und erregte mich zugleich. Ich dachte nur an Leon und an das, was wir einander geben konnten. Vergessen war jedes Misstrauen, das ich ihm gegenüber je gehegt hatte, vergessen der ominöse Zettel auf seinem Schreibtisch und seine Halbwahrheiten in Bezug auf seinen Job, vergessen die merkwürdige, greifbare Spannung zwischen ihm und Tobias. Ich war bereit, alles zu vergessen für diese eine Nacht, in der ich so tun wollte, als gäbe es nur Leon und mich.

Ein paar Stunden später lag ich in Leons Armen, hörte ihn ruhig und regelmäßig atmen und genoss den Nachklang dessen, was zwischen uns geschehen war. Ich dachte an die Berührungen, zärtlich, sinnlich, leidenschaftlich, und merkte zu meinem Erstaunen, dass ich Leon gern geweckt hätte, weil sich etwas in den unteren Regionen meines Körpers meldete, das ich befriedigt geglaubt hatte. Leon bemerkte meine Unruhe, er murmelte etwas vor sich hin und fuhr mit seiner Hand langsam über meinen Arm zu meinem Bauch, wo er sie liegen ließ. Ich stöhnte auf.

Jetzt war Leon wirklich wach. Er drehte mich auf den Rücken und schaute mir in die Augen, und in diesem Moment verstand ich, dass er in mir las wie in einem Buch. Was er sah, spiegelte sich in seinen Augen wider, und ich erkannte erschrocken, dass es nicht Begehren war, sondern etwas anderes, das tief in mir schlummerte und das ich doch nicht in Worte fassen konnte. Dann schloss Leon seine Augen, kam wieder zu mir, und in mir tobte ein Chaos aus Fragen und Verlangen, aus Lust und Angst vor dem, was ich war und dennoch nicht begriff.

5.

Am nächsten Morgen erwachte ich vom Geräusch der plätschernden Dusche. Ich war zu träge, um mich aufzusetzen, ich blinzelte nur in die Sonne, die durch das Fenster hereinschien, und fühlte mich gut. Erst allmählich kamen die Gedanken zurück – und mit ihnen die Erinnerung an das Durcheinander der Gefühle der letzten Nacht. Was ich in Leons Augen über mich selbst zu lesen geglaubt hatte, was ich nicht hatte greifen können und das doch da gewesen war – im Nachhinein, bei Tageslicht betrachtet schrieb ich es eher meinem erregten Zustand zu. In mir schlummerte nichts Ungewöhnliches, ich war nur über alle Maßen angespannt durch das, was seit Wochen auf mich einströmte. Und dann stellte sich noch etwas ganz anderes ein: Schuld Como gegenüber. Meine Gefühle zu Leon unterschieden sich grundlegend von denen, die ich für die Männer empfunden hatte, die nach Como in mein Leben getreten waren. Vergangene Beziehungen war ich oft nur eingegangen, damit mein Leben lebendiger wurde – was niemals funktioniert hatte. Das hier war tiefer und echter.

Ich befand mich in einer verworrenen Lage: auf der Suche nach dem Mann, der mir einmal alles bedeutet hatte, der mich verzweifelt um Hilfe bat und den ich unbedingt finden musste, bevor es zu spät war. Und das mit dem einzigen Mann, der Como bisher das Wasser reichen konnte.

»Guten Morgen.« Leon kam zu meiner Seite des Bettes, setzte sich auf die Kante und beugte sich vor, um meine Lippen mit einem Kuss zu streifen. Dann richtete er sich auf und sah mich an, auf seinem Gesicht lag kein Lächeln, nur eine unausgesprochene Frage. Bereute ich, was geschehen war? Ich hoffte sehr, dass er mir meine Zweifel nicht ansah.

»Guten Morgen, Leon«, erwiderte ich leise. Zögernd hob ich die Hand und berührte sein Gesicht. »Willst du dir einen Dreitagebart stehen lassen?«

Mein unverfänglicher Ton ließ den Ernst in Leons Blick verschwinden. Er fuhr sich übers Kinn. »Würde dir das gefallen?«

Ich lachte leise. »Ehrlich gesagt: nein.«

»Dann werd ich mich wohl in meinem eigenen Bad rasieren gehen müssen!« Er zog sich ein T-Shirt und seine Jeans an und sagte beim Verlassen des Zimmers: »Nicht weggehen, ja? Bin sofort wieder da!«

Er hielt Wort, ich hörte die Tür erneut, während ich selbst unter der Dusche stand. Mir war noch immer etwas unwohl dabei, ihm gleich gegenüberzustehen. Ich konnte schlecht so tun, als sei alles beim Alten, und wollte das auch gar nicht.

Leon stand direkt vor mir, als ich aus dem Bad kam. »Ich liebe dich, Juta«, sagte er.

Die berühmten drei Worte. Und ich war ihnen nicht gewachsen. Zu einer anderen Zeit, in einer anderen Situation vielleicht – aber gerade jetzt versetzten sie mich in eine entsetzliche Unsicherheit. Dabei ging es mir gar nicht darum, ob er das ernst meinte oder was er möglicherweise damit bezwecken könnte. In diesem Augenblick geriet all mein Misstrauen in den Hintergrund – wie letzte Nacht, nur aus einem anderen Grund: Ich hatte so viel zu bedenken, so viel zu tun, ich wusste einfach nicht, was ich erwidern sollte, nicht mal, was ich fühlte, ob ich Leon wirklich liebte. Da war immer noch Como. Como würde immer da sein, ganz egal, wie das alles ausging.

»Juta?«, fragte Leon leise, als mein Schweigen zu lange dauerte. Dann trat er einen Schritt zurück und ließ mich vorbei. »Es war zu früh, dir das zu sagen, hm? Dann vergiss es einfach. Oder nein, nicht vergessen, schließ es in dir ein, bis du bereit bist, eine Antwort darauf zu geben.«

Ich wandte mich um. »Danke«, sagte ich, erleichtert und berührt zugleich von seinem Verständnis. Davon, dass er begriff, wie wichtig es mir war, mir über ein paar Dinge klar zu werden. Er gewährte mir den Aufschub, den ich brauchte. Trotzdem widerstrebte es mir, das kommentarlos stehen zu lassen. »Aber du weißt hoffentlich …«

»Schschsch …«, machte Leon. »Du musst nichts erklären.«

»Nein, das ist wichtig. Mir bedeutet das, was zwischen uns ist, sehr viel. *Du* bedeutest mir sehr viel.«

»Aber du kannst dich nicht endgültig für einen von uns entscheiden, bevor du Como gefunden hast. Ich verstehe das. Es fällt mir schwer, aber ich versteh's.«

Leon hatte die ganze Wahrheit verdient. »Como und ich hatten ein Kind«, sagte ich leise.

»Was?« Leon wurde blass, er ließ sich schwerfällig aufs Bett fallen und starrte mich an.

Ich seufzte und setzte mich neben ihn. »Na ja, das ist nicht ganz korrekt ausgedrückt, obwohl ich es immer so betrachtet habe. Als er verschwand, war ich schwanger – aber dann verlor ich das Baby. Dieses Kind, das ich nie in den Armen gehalten habe, von dem Como nicht einmal wusste, es bindet mich an ihn. Selbst wenn er mich nicht durch diese Träume rufen würde und dringend meine Hilfe bräuchte – hätte ich jemals auf andere Weise erfahren, dass er noch lebt, hätte ich alles getan, um ihn wiederzusehen, damit ich ihm von unserem Kind erzählen kann. Er hat ein Recht, davon zu wissen, denn auch wenn ich es damals manchmal bezweifelt habe, wusste ich in meinem Herzen immer, dass er mich nicht freiwillig verlassen hat.«

Leon brauchte ein wenig, um das zu verarbeiten. Sein Gesicht war noch immer grau. »Wie … hast du das Baby verloren?«, fragte er schließlich.

Ich dachte nur sehr ungern an diesen Tag zurück, der mir doch so deutlich vor Augen stand. »Es ist einfach passiert. Ich bin abends ins Bett gegangen, und als ich morgens aufwachte, war mir übel, und ich hatte schreckliche Unterleibsschmerzen. Ich übergab mich, und meine Mutter rief sofort den Arzt, aber der konnte nichts mehr tun.«

»Du hattest keinen Unfall, bist nicht die Treppe runtergefallen oder so was Ähnliches?«

Verwundert hob ich die Brauen. »Nein, wieso? Ich glaube eher, es war der psychische Stress, weil Como fort und ich plötzlich allein war. Eine Weile habe ich das durchgestanden, bis ich dann doch zusammenbrach.« Manchmal allerdings war mir auch der flüchtige Gedanke gekommen, das Baby könnte geahnt haben, dass es nicht in die glückliche Familie hineingeboren worden wäre, die es verdient hätte.

Langsam stieß Leon die Luft aus, die er angehalten hatte, sein Gesicht bekam wieder Farbe. Er strich mit seinem Zeigefinger über meine Wange. »Wir werden Como finden, Juta. Ich versprech's dir!«

So viel Verständnis er auch wegen Como zeigte, in einer Sache beharrte er auf seiner Meinung. Beim Frühstück bestand er darauf, sich selbst in James' Haus umzusehen. »Ich sage dir, da ist was nicht geheuer, und es hat mit Mortimer Grey zu tun. Wenn du dich in Gefahr begibst, wirst du Como nicht mehr helfen können.«

»Unsinn«, schimpfte ich. »Ich weiß echt nicht, weshalb du ihm gegenüber so argwöhnisch bist. Er wollte nur helfen, besonders weil er es zutiefst bereut, nicht schon vor Jahrzehnten das Richtige getan zu haben. Außerdem: Was soll mir schon passieren, wenn ich in eine Arztpraxis gehe?«

Leon sah mich bedeutungsschwer an. »Wie ich dich kenne, wirst du dich nicht mit den Praxisräumen zufriedengeben. Du willst im ganzen Haus rumschnüffeln und benutzt die Praxis nur als Eintrittsticket, richtig?«

Erwischt. Genau das hatte ich vorgehabt. Trotzig sah ich Leon an. »Na und? Hast du einen besseren Vorschlag?«

»Denselben wie gestern: Lass mich das machen.«

»Aber du würdest vielleicht was übersehen.«

»Übersehen? Wenn du mir schon so wenig zutraust, warum, Juta, glaubst du dann, dass dir nicht dasselbe passieren könnte?«

»Ich meinte nicht übersehen in wörtlichem Sinn. Ich meinte was viel Unspezifischeres. Ich will da rein, weil ich die Atmosphäre atmen möchte, ein Gefühl dafür bekommen, wie James gelebt hat, weil mir das vielleicht etwas über ihn verraten kann, was ich anders nie erfahre.«

Zumindest für ein, zwei Minuten ließ Leon sich das durch den Kopf gehen, bevor er aufsah. »Ich kann mir nicht vorstellen, dass von der Atmosphäre noch viel übrig geblieben ist – nach mehr als einem halben Jahrhundert.«

»Das finde ich nur raus, wenn ich hingehe, oder?«

Leon schob seinen Teller in die Mitte des Tisches und starrte konzentriert auf den Rest Rührei in der Soße der gebackenen Bohnen. »Na schön. Aber ich werde mitkommen und draußen warten, klar?«

Eine halbe Stunde später stand ich vor dem großen viktorianischen Haus, dessen Eingang zu beiden Seiten von je einer grazilen Frauenstatue bewacht wurde. In ihren Händen trugen sie kleine Schalen, in denen sich das Regenwasser der letzten Nacht gefangen hatte. Ich tauchte einen Finger in eine der Schalen und betrachtete den Tropfen, der an ihm herunterlief. Eine Schale mit Wasser. Eigentlich hätte sie aus kostbarem Marmor sein müssen statt aus Stein. Was für ein merkwürdiger Einfall! Ich schüttelte den Kopf und läutete. Dabei fiel mein Blick zum ersten Mal auf das Messingschild neben der Tür: Dr. Gwendolyne Mayhew, Psychotherapeutin. Meine Güte! Ich hatte gedacht, ich könnte mich mit einfachen Kreislaufbeschwerden rausreden, aber um eine Psychotherapeutin aufzusuchen, brauchte es schon gewichtigere Gründe. Mir würde was einfallen müssen, und zwar schnell. Ich sah mich nach Leon um, der in dem kleinen roten Ford auf der anderen Straßenseite saß. Obwohl es vom Hotel zu James' Haus nicht weit war, fand Leon es bequemer, im Wagen zu warten, als auf der Straße zu stehen, vor allem, weil niemand wusste, wie lange ich brauchen würde. Dann ertönte der Summer.

Ich betrat den Hausflur und betrachtete die geschwungene Treppe, die hinauf in die oberen Etagen führte. Dieses Gebäude war zweifelsohne einmal für eine hochgestellte Persönlichkeit errichtet worden, für jemanden, der das ganze Haus bewohnte. Die Räumlichkeiten der Praxis waren erst viel später abgetrennt worden. Dennoch sah es so aus, als würde der Wohntrakt noch immer eine Einheit bilden, statt, wie ich mir das vorgestellt hatte, in mehrere Apartments aufgeteilt zu sein.

»James«, flüsterte ich. »Jascha.« Es war ein seltsamer Gedanke, dass der Mann, den ich als Jascha und Frau Dreising als Jakob Jakobus kannte, hier als kleiner Junge ein und aus gegangen war.

»Kommen Sie doch herein!«, wurde ich da von einer ebenso lauten wie energischen Stimme aufgefordert. »Sie müssen nicht draußen im Flur stehen bleiben!« Eine Sprechstundenhilfe in einem weißen Kittel hatte die Tür der Praxis geöffnet. Ich hatte immer noch keinen Geistesblitz zu meinen angeblichen Beschwerden, da sagte sie auch schon: »Haben Sie einen Termin?«

»Äh, nein. Ich wollte …«

»Dann nehmen Sie dort bitte kurz Platz, Ms. …?«

»Berg, Juta Berg. Aber ich bin …«

»Ms. Berg«, unterbrach mich die Sprechstundenhilfe. »Ich werde sehen, ob Dr. Mayhew Zeit für Sie hat.« Damit verschwand sie durch eine der zahlreichen Türen.

Die Räume waren freundlich, die Wände in einem warmen Ocker gestrichen, selbst der Empfang erinnerte mehr an eine Hotelrezeption als an eine Arztpraxis. Überall standen Blumen, aus unsichtbaren Lautsprechern klang unaufdringliche Entspannungsmusik. Was sollte ich tun? Im Haus war ich ja nun, ich konnte die Praxis wieder verlassen und versuchen, die oberen Etagen genauer in Augenschein zu nehmen. Ich war schon halb aufgestanden, als eine Frau in einem dunkelroten Rollkragenpullover und einer dunkelblauen Jeans erschien, die nur wenig älter war als ich.

»Hallo Ms. Berg. Ich bin Gwendolyne Mayhew. Mortimer hat Sie bereits angekündigt.«

»Oh«, war alles, was ich rausbrachte.

Dr. Mayhew lächelte gewinnend. »Ich sehe, er hat Sie nicht vorgewarnt. Ich bin seine Enkelin. Kommen Sie doch bitte mit nach hinten.« Sie drehte sich um, ohne meine Zustimmung abzuwarten, und ging mir voraus den Flur entlang.

Zögernd blieb ich stehen. Diese überraschende Wende bedeutete wahrscheinlich, dass Leon Recht gehabt hatte und Mortimer etwas im Schilde führte. Ich war da, wo er mich haben wollte. Fragte sich nur, wozu.

Am Ende des Ganges drehte Dr. Mayhew sich um. »Ich beiße nicht«, lächelte sie. »Aber ich gebe zu, Mortimer hätte Ihnen ruhig reinen Wein einschenken können. Tja, er hat was übrig für dramatische Auftritte.«

Das konnte ich bestätigen. Ich beschloss, mich wieder mal den Umständen anzupassen, vielleicht konnte ich Dr. Mayhew sogar ein paar Fragen stellen.

Das Zimmer, in das sie mich bat, war hellblau gestrichen, die Möbel waren weiß. Dadurch wirkte es zwar etwas kühler, trotzdem erinnerte es genauso wenig an Ärzte wie der Rest der Praxis. Vor allem, weil es keinen Schreibtisch gab, sondern nur eine Sitzgruppe mit gemütlichen Sesseln und einem Sofa.

»Setzen Sie sich doch.«

Ich nahm ihr gegenüber Platz.

»Mein Großvater hat mir erzählt, wie Sie sich getroffen haben, Juta. Darf ich Juta sagen?«

Ich nickte. In Mortimer Greys Familie kam man offenbar schnell zum vertrauten Umgangston.

»Ich bin Wendy«, lächelte sie. Dann sagte sie eine ganze Weile gar nichts, musterte mich nur sehr aufmerksam. Ich brach das Schweigen zwischen uns nicht, auch wenn ich zu gern gewusst hätte, in welche Einzelheiten Mortimer sie eingeweiht hatte.

»Sie sind auf Spurensuche. Sie suchen einen Nachkommen jenes James Jacoby, der hier früher gelebt hat. Mortimer erwähnte, dass diese Suche unter Umständen gefährlich sein könnte, mehr hat er mir nicht verraten. Abgesehen davon, dass Sie mich vermutlich bitten, Ihnen Zutritt zum Rest meines Hauses zu gewähren.«

»Ihr Haus? Sie meinen, Sie haben hier nicht nur Ihre Praxis, sondern Sie bewohnen auch die anderen beiden Etagen?«

»Richtig.« Wieder schwieg sie, als erwarte sie, dass ich das Wort ergriff. Und wieder sah sie mich konzentriert an, während sie wartete.

»Würden Sie es mich sehen lassen?«, fragte ich also.

Langsam nickte sie, eine Bewegung, die mich an Mortimer erinnerte. »Wenn Sie das wünschen.«

»Das wäre sehr freundlich.«

»Wenn es Ihnen hilft, Ihre Probleme zu lösen, dafür bin ich schließlich da.«

Ich musste lächeln. »Sie sind Psychotherapeutin, noch dazu nicht mal meine. Nur weil Sie Mortimers Enkelin sind, müssen Sie sich nicht verpflichtet fühlen, eine Fremde in Ihre Privatsphäre eindringen zu lassen und bei etwas zu helfen, das nur mich betrifft.«

»Es betrifft in gewisser Weise auch Mortimer, oder? Ich muss gestehen, dass ich eine ziemliche Schwäche für meinen Großvater habe. Und da Sie es selbst ansprechen: Haben Sie denn eine eigene Psychotherapeutin?«

»Nein. Ich glaube auch nicht, dass so jemand etwas für mich tun könnte.«

»Vielleicht nicht bei Ihrer Suche nach dem Mann. Obwohl ich mir da gar nicht so sicher wäre. Haben Sie schon darüber nachgedacht, dass die Träume, von denen Mortimer mir erzählte, gar nicht wirklich von diesem Mann ›geschickt‹ werden, sondern aus Ihrem eigenen Unterbewusstsein kommen?«

»Sie meinen, dass ich sie mir einbilde.« Meine Stimme wurde eine Spur kühler. Aus ihrer Sicht mochte das logisch sein, und wenn ich das alles nicht selbst erlebt hätte, wäre ich sogar bereit gewesen, ihr zuzustimmen. Aber es war Comos Drängen, es war seine Verzweiflung, die ich spürte, nicht meine.

»Das habe ich nicht gesagt«, erwiderte Wendy milde.

»Man muss nicht Psychologie studiert haben, um Ihre Worte zu deuten.«

Wendy lachte. »Es tut mir leid, ich wollte Ihnen nicht zu nahe treten. Es geht mich ja auch nichts an. Wie wir schon festgestellt haben, sind Sie nicht meine Patientin. Bewegen Sie sich also frei im Haus, und wenn Sie Fragen haben, wenden Sie sich an mich.«

»Danke.« Vielleicht hatte ich etwas überreagiert. »Ich werde Sie hoffentlich nicht bei Ihrer Arbeit stören, Sie haben sicher einen vollen Terminkalender.«

»Heute Vormittag kommen nur noch zwei Patienten, machen Sie sich da keine Gedanken. Wenn es gerade nicht passt, wird Grace Sie um ein bisschen Geduld bitten.«

Ich wartete, dass Wendy sich erhob, weil unser Gespräch eigentlich beendet war, doch sie blieb sitzen. »Gestatten Sie mir noch eine Frage, Juta?«

»Natürlich.«

»Da ist noch was anderes, nicht wahr? Etwas, das möglicherweise ebenfalls mit Ihrer Suche zu tun hat, das Sie aber auch aus einem anderen Grund quält. Eine … Ungewissheit.«

Hatte sie mich deshalb vorhin so gemustert? Sie sah wohl etwas in mir, das für jemanden, der weniger geschult war, nicht so deutlich hervorstach.

»Was ist es?«, insistierte sie.

Die Sache mit dem heiligen Wasser?, fragte ich mich selbst. Das, was ich letzte Nacht in Leons Augen sah? Es gab in letzter Zeit viel zu viele Unsicherheiten in meinem Leben. Mir ging auf, dass das eine vielleicht mit dem anderen zusammenhing, aber darüber würde ich nicht reden. Es reichte, wenn sie mich jetzt schon für verrückt hielt, mochte sie es abstreiten wie sie wollte. Da ich wohl oder übel antworten musste, sagte ich das Naheliegendste.

»Wegen eines Unfalls vor einiger Zeit leide ich noch immer an Amnesie. Die vier Wochen davor fehlen mir komplett.«

Verstehend nickte sie. »So was Ähnliches dachte ich mir. Es ist schlimm, wenn einem ein Teil seiner Erinnerungen fehlt. Man fühlt sich verloren, man fragt sich immerzu, ob man wirklich alles weiß, was man wissen müsste. Normalerweise passieren einem in vier Wochen selten Dinge, die von entscheidender Bedeutung sind. Meist würde es reichen, wenn uns andere durch Erzählungen die fehlende Zeit wiedergeben, aber andere können eben unmöglich alles wissen. Wir können nicht ausschließen, *dass* etwas Wichtiges geschehen ist, ohne dass wir die geringste Ahnung davon haben.«

Beklommen nickte ich. Das war genau, was in mir vorging. Mehr noch, ich konnte davon ausgehen, dass in meinem Fall tatsächlich etwas Bedeutendes geschehen war – in Bezug auf Como.

»Ich könnte Ihnen helfen, die Blockade niederzureißen und die Lücken zu schließen«, bot Wendy an. Ihr Gesicht war freundlich, sie schaute mich unverwandt und geduldig an.

»Wie?«, fragte ich.

»Hypnose. Ich könnte versuchen, Sie …«

»Das funktioniert nicht«, unterbrach ich sie und erzählte von der Sitzung bei Dr. Bernward.

Wendy schien wenig beeindruckt. »Ich will nicht die Kompetenz Ihres Arztes in Zweifel ziehen, aber der Fall scheint mir zu schwer für ein bisschen Heil- und Entspannungshypnose. Wir sollten anders darangehen und es mit Schritt-für-Schritt-Rückführung probieren. Aber selbstverständlich kann ich nachvollziehen, dass Ihr erstes Erlebnis bei Ihnen keinen sehr guten Nachgeschmack hinterlassen hat. Lassen Sie es sich durch den Kopf gehen, während Sie sich im Haus umsehen, und sagen Sie mir anschließend, wie Sie sich entschieden haben. Einverstanden?«

Ich nickte. Das war ein fairer Vorschlag.

Wendy stand auf und führte mich in die Eingangshalle zurück. »Hier im Erdgeschoss befinden sich außer der Praxis noch eine Küche und ein Hauswirtschaftsraum, beides mit Zugang zum Garten. In der ersten Etage gibt es drei Schlafräume, ein großes Wohnzimmer mit angebautem Wintergarten und ein Bad, und unter dem Dach zwei weitere Schlafräume, eine Wohnküche und noch ein Bad. Die oberste Etage ist eine abgeschlossene Wohneinheit, die ich auch hin und wieder möbliert vermiete. Im Moment ist sie frei.«

Die leicht geschwungene Treppe hinauf in den ersten Stock sah mich einladend an.

»Gehen Sie ruhig, das ist okay«, verstand Wendy mein Zögern richtig.

»Mir wäre es lieber, wenn Sie mich begleiten würden. Ich kann doch nicht einfach so in Ihren privaten Räumen rumschnüffeln!«

Wendy lachte. »Um ehrlich zu sein, habe ich genauso gedacht, als Mortimer mit dieser etwas seltsamen Idee ankam. Inzwischen habe ich mir selbst ein Bild von Ihnen machen können, und ich glaube kaum, dass Sie vorhaben, mich auszurauben. Sie sind eine ungewöhnliche Frau mit einer ungewöhnlichen Aufgabe, so was finde ich ausgesprochen reizvoll.«

»Wenn Sie das so sehen …«

In diesem Moment klingelte es an der Haustür, eine Sekunde später stand eine verhuschte Frau vor uns.

»Ah, guten Tag, Mrs. Fletcher, gehen Sie schon durch, ich bin gleich bei Ihnen, ja?«

Mrs. Fletcher nickte, ohne Wendy oder mich anzusehen und schob sich schnell an uns vorbei. Wendy schickte sich an, ihr zu folgen, drehte sich aber noch einmal zu mir um: »Sie sehen, ich kann Sie unmöglich bei der Hausbesichtigung begleiten, selbst wenn ich wollte.«

Dann war ich allein und hörte nur noch das gedämpfte Stimmengemurmel hinter der Tür zur Praxis. Ganz ruhig stand ich da und lauschte. Nach ein, zwei Minuten registrierte ich enttäuscht, dass ich nichts Ungewöhnliches wahrnahm. Etwas unsicher bewegte ich mich vorwärts auf dem gefliesten langen Flur, der mich in den hinteren Teil des Hauses und damit in die Küche brachte. Sie wirkte genau wie der Hauswirtschaftsraum nebenan eher zweckmäßig als gemütlich, auf dem Tisch stand eine halb volle Schale mit Milch und Müsli, daneben eine fast leere Kaffeetasse, als sei jemand vom Frühstück oder von einer Pause weggerufen worden. Die Waschmaschine lief und fing gerade an zu schleudern, als ich die Terrassentür öffnete und eine andere Welt betrat. So funktional die Küche gewesen war, der Garten wirkte wie ein wilder Park mit seinen großen Bäumen, dem Rasen, der alles andere als englisch aussah, und jeder Menge Hortensienbüsche und Pfingstrosensträucher, deren Duft ich einatmete, obwohl keine einzige Rose blühte. Das musste im Frühling und im Sommer ein Paradies sein mit rosa, weißen und blauen Hortensien, dicken gefüllten Pfingstrosenblüten in leuchtendem Pink, mit Bäumen, die zartgrüne Blätter trugen, und mit Vögeln, die zwitscherten, was das Zeug hielt. Ich war mir so sicher zu wissen, wie es aussah, dass ich die Luft anhielt und darauf wartete, dass sich der Garten vor meinen Augen verwandeln würde. Nichts dergleichen geschah, stattdessen wurde ich aus meinen träumerischen Vorstellungen gerissen, als mein Handy piepte. Unwillig holte ich es aus meiner Tasche. Leon hatte mir eine SMS geschickt. Hier draußen war ich ungestört, also rief ich ihn gleich an.

»Wo zum Teufel steckst du, Juta?«, hörte ich Leons etwas verzerrte Stimme.

»In James' Garten, es ist unglaublich hier.«

»Unglaublich? Ich wusste gar nicht, dass du dich für Gärten interessierst. Oder hat's was mit James zu tun? Was machst du überhaupt in diesem Garten? Wenn du dich nicht gemeldet hättest, hätte ich bald höchstpersönlich Sturm geklingelt.«

»Es ist alles in Ordnung«, beruhigte ich ihn. »Wendy hat mir angeboten, mir das Haus anzusehen, während sie sich um eine Patientin kümmert.«

»Wendy? In diesem Land sind sie ja alle wahnsinnig schnell mit dem Vornamen dabei, oder?«

»Muss in der Familie liegen«, sagte ich grinsend. »Dr. Gwendolyne

Mayhew ist nicht nur Psychotherapeutin wie Mortimer, sie ist außerdem seine Enkelin.«

Einen Moment blieb es still. Dann sagte Leon beherrscht: »Ich wusste, dass da was faul ist. Verlass sofort das Haus, Juta, bitte!«

»Ach, hör schon auf!« Es kostete mich einige Anstrengung, bei meiner Ungeduld nicht laut zu werden. »Ich sagte doch, es ist alles in Ordnung. Ich bin gerade erst im Erdgeschoss und will auch rauf in die anderen beiden Stockwerke, dann spreche ich noch mal mit Wendy, und *dann* bin wieder bei dir.« Mein Tonfall ließ keinen Zweifel daran, dass ich meinte, was ich sagte.

»Ich hab kein gutes Gefühl bei der Sache, überleg dir das lieber noch mal«, drängte Leon trotzdem. »In dem Haus kann unmöglich noch was sein, das uns weiterhilft, oder hast du bisher irgendeine Art von ... Atmosphäre wahrgenommen?«

»Nein«, gab ich zu. »Obwohl ... der Garten ... wirkt auf seltsame Art vertraut. Ich kann hier noch nicht weg, bevor ich nicht alles gesehen habe. Außerdem ...« Ich zögerte.

»Was?«

»Wendy hat angeboten, mir wegen meiner Amnesie zu helfen. Sie will mich hypnotisieren und mit einer Rückführung ...«

»Was?«, rief Leon diesmal so laut, dass ich das Handy vom Ohr nahm. »Das ist doch Wahnsinn! Du hast mir erzählt, was bei deinem Arzt dabei rausgekommen ist, willst du das Gleiche noch mal durchmachen? Und was soll das überhaupt – Rückführung? Will sie dich in eine andere Inkarnation zurückführen, der sie die Schuld geben kann für alles, was jetzt passiert, oder so ein Mist? Hör zu, ich bitte dich, lass dich nicht auf so was ein!«

»Leon, mir fehlen vier Wochen! Vier Wochen! Du kannst überhaupt nicht nachvollziehen, wie das ist, wenn man sich nicht erinnert, egal, wie sehr man es versucht! Möglich, dass es nichts bringt, möglich, dass es wieder eine Katastrophe wird, aber ich werde es auf jeden Fall versuchen, verstehst du?«

»Ja«, seufzte Leon. »Aber das ist nicht der richtige Weg.«

»Mir fällt kein anderer ein. Ich kann diese Gelegenheit nicht ungenutzt verstreichen lassen.« Bis ich es aussprach, hatte ich selbst nicht gewusst, wie ich mich entschließen würde.

»Das ist Wahnsinn, Juta. Warum willst du mir nicht glauben?«

»Du klingst wie Tobias«, sagte ich, bereute es aber sofort, obwohl was Wahres dran war.

»Besten Dank«, sagte Leon bitter. »Mag ja sein, dass ich das verdient habe, aber wenn er dasselbe gesagt hätte, dann hätte er ausnahmsweise Recht.«

»Ich muss Schluss machen«, sagte ich hastig, weil ich Wendy am Fenster eines Sprechzimmers bemerkte. Es war mir unangenehm, dass sie mich telefonieren sah, denn selbst aus der Entfernung konnte sie sicher erkennen, dass ich kein sehr harmonisches Gespräch führte. Hatte sie schon lange da gestanden und mich beobachtet? Ich winkte ihr zu und ging ins Haus zurück die Treppe hoch in den ersten Stock.

Das Wohnzimmer war ebenso beeindruckend wie der Garten. Leon hätte es gefallen, denn es war bei all seiner Größe nur sparsam mit antiken Möbelstücken eingerichtet, ein dunkles Chesterfield-Sofa dominierte die Sitzgruppe vor den großen Fenstern, durch die die Sonne hineinschien. Auch hier blieb ich stehen, nahm aber nichts weiter wahr außer dem dezenten Glockenspiel der Uhr auf der Jugendstil-Anrichte. Den Schlafräumen fehlte jene Plüschigkeit, die ich in unserem Hotel so mochte, aber sie waren alle in angenehm warmen Farben gestrichen, und im Bad warf ich einen neidvollen Blick auf die große Eckbadewanne.

Dann stand ich vor der Treppe zum Dachgeschoss, und meine Hände wurden unvermittelt feucht und begannen zu zittern. Anders als im Garten mit seiner diffusen Vertrautheit schien hier etwas auf mich zu warten. Ich horchte in mich hinein, ob es Angst war, was ich fühlte, doch das wäre das falsche Wort gewesen. Es war mehr eine fieberhafte Erwartung und eine Art Vorwarnung auf etwas, das kommen würde, das ich aber noch nicht bestimmen konnte. Langsam, Stufe für Stufe, erklomm ich die Treppe. Hier oben war es trotz der Fenster vergleichsweise düster. Oder kam es mir nur so vor? Der erste Raum, den ich vorsichtig betrat, war die Küche. Weder hier noch im Badezimmer und den übrigen Räumen erregte etwas meine Aufmerksamkeit. Alles war mehr oder weniger nüchtern und im Hinblick auf eine Vermietung eingerichtet. Aber die Stimmung, die Atmosphäre, die ich im ganzen Haus gesucht hatte, die mir James und seine Familie, die mir Jascha nahebringen sollte – hier oben unterm Dach war sie fast greifbar. Eine Sekunde lang glaubte ich in einem der Zimmer einen kleinen Schatten zu sehen und dann einen größeren, der beim Fenster stand. Sicher nur ein Spiel des Lichts. Dennoch blieb ich lange dort, wanderte von einem Raum in den nächsten und versuchte zu erfassen, was mich so berührte.

»Juta?«, hörte ich Wendy rufen. »Sind Sie noch oben?«

Überrascht zuckte ich zusammen. Diese Mrs. Fletcher war schneller wieder gegangen, als ich angenommen hatte. Ich sah auf die Uhr und erschrak, denn offenbar war die Zeit völlig unbemerkt verstrichen. Ich hatte eine Stunde hier zugebracht.

»Ja!«, rief ich mit heiserer Stimme zurück. »Ich komme schon.« Eilig lief ich die Stufen hinunter, nicht ohne noch einen Blick über die Schulter zu werfen. Was immer da oben war, ich konnte es nicht erklären.

»Und?«, erkundigte sich Wendy am Fuß der Treppe. »Hat Ihnen die Besichtigungstour was gebracht?«

Ich wollte das intensive Gefühl nicht erwähnen oder gar beschreiben. Es wäre mir wie ein Verrat vorgekommen, ohne zu wissen, an wem oder was. »Nein«, sagte ich deshalb. »Leider nicht. Außer der Erkenntnis, dass Sie ein wunderschönes Haus besitzen.«

Wendy lächelte. »Vielen Dank. Schade, dass sich Ihre Hoffnungen nicht erfüllt haben.« Nach einer kurzen Pause fuhr sie fort: »Haben Sie sich überlegt, ob Sie es mit einer Rückführung probieren möchten?«

An meiner Entscheidung hatte sich nichts geändert, Leons Vorbehalten zum Trotz. »Ich nehme an, ich sollte nichts unversucht lassen. Wann wäre es Ihnen denn recht?«

»Kommen Sie doch gleich heute Nachmittag. Es ist besser, solche Dinge nicht auf die lange Bank zu schieben. Um drei? Dann bis nachher!« Wendy reichte mir die Hand und schloss die Tür hinter mir.

Ich wollte schon die Straße überqueren und mich zu Leon in den Wagen setzen, als mich ein unwillkommenes Gefühl beschlich. Es kam mir vor, als würde ich beobachtet, als brenne sich ein Augenpaar in meinen

Körper. War da wieder derjenige, der uns auch gestern verfolgt hatte? Beunruhigt drehte ich mich um meine eigene Achse, bis mein Blick zurück auf das Haus fiel und hinauf zum Dachgeschoss wanderte, zu den Fenstern, die von unten wie dunkle Höhlen aussahen. Eines der Gaubenfenster wirkte weniger dunkel, dort war ein heller Fleck. Nein, kein Fleck, sondern das Gesicht einer Frau, die mir bekannt vorkam. Ihre Konturen waren undeutlich, dennoch erschrak ich, als mir aufging, woher ich sie kannte: Sie trug meine Züge!

Ich blinzelte, und die Frau war fort. Kein Wunder, sie war ja in Wirklichkeit nie da!, redete ich mir ein.

»Na endlich!«, begrüßte mich Leon, halb erleichtert, halb vorwurfsvoll. »Du bist hoffentlich vernünftig gewesen und hast auf diese Hypnose verzichtet, oder?«

Als ich nicht gleich antwortete, sondern mich nur stumm anschnallte und den Kopf schüttelte, berührte er meinen Arm. »Was ist da drin passiert?«

»Eigentlich gar nichts. Jedenfalls nichts, das ich rational erklären könnte.«

»Das hätte ich gern genauer.« Leon startete den Motor und fuhr los.

Ich beschrieb ihm zuerst möglichst wortgetreu meine Unterhaltung mit Wendy, dann den Eindruck, den ich vom Garten hatte, und am Ende das seltsame Gefühl im Dachgeschoss.

»Meinst du, da ist irgendwas?«, fragte Leon.

»Ich hab keine Ahnung. Eigentlich war ich lange genug da, um es herauszufinden. Alles schien völlig normal, bis auf die … Schwingungen.«

»Vielleicht kannst du diese Wendy überreden, dich noch mal nach oben zu lassen.«

»Mit welcher Begründung? Ich hab schließlich nichts davon gesagt, dass es mir in ihrem Haus so seltsam vorkam. Übrigens muss ich nachher erst mal wieder zu ihr wegen der Hypnosesitzung.«

Diesen Punkt hatte ich mir bis zuletzt aufgehoben. Ich sah, dass Leon das Lenkrad fester umklammerte als nötig, seine Knöchel stachen weiß hervor. Er schwieg.

»Würdest du mitkommen?«, fragte ich.

»Du hast vielleicht Nerven!«, donnerte er. »Du weißt genau, was ich davon halte, und verlangst von mir, dass ich auch noch zusehe? Selbst wenn alles mit rechten Dingen zugeht und ich Mortimer Grey nur Müll unterstelle, ist die Hypnose immer noch gefährlich für dich. Vergiss nicht, was Dr. Bernward gesagt hat. Es bleibt ein Risiko, und zwar ein vermeidbares, wenn du mich fragst.«

»Ich frage dich nicht, ich werde ohnehin gehen. Trotzdem wär ich froh, wenn du mitkämst.«

Leon presste die Lippen aufeinander, bog in eine kleine Seitenstraße und parkte vor einem Internet-Café. Anscheinend hatte er sich während der Wartezeit informiert, wo es hier so etwas gab. Eine Antwort blieb er mir schuldig, stattdessen wollte er aussteigen.

»Leon?« Ich legte meine Hand auf seine Schulter und hielt ihn zurück. »Da ist noch was, was ich dir sagen muss.«

Langsam drehte er sich zu mir um und sah mich mit zusammengekniffenen Augen an. »Manchmal frage ich mich, wie viel du mir erzählst und wie viel du mir verschweigst.«

Zu Letzterem fiel mir sofort der Schlüssel ein, und mit ihm tauchte mein schlechtes Gewissen auf, was ich gleich wieder verdrängte. »Es hat nichts mit der Vergangenheit zu tun, sondern mit etwas, das ich gerade eben erlebt habe.« Ein bisschen hielt ich mich selbst für übergeschnappt, weil ich das erwähnte. Dennoch berichtete ich von dem Gesicht der Frau am Fenster.

Leon hatte offenbar seinen Unmut vergessen, nachdenklich runzelte er die Stirn. »Könnte das Mortimers Medizinstudentin gewesen sein?«

»Sie soll aber mehr mit ihm als mit James zu tun gehabt haben«, wandte ich ein.

»Behauptet er. Ich bin überzeugt, dass er eine Menge ausgelassen hat. Kann es sein, dass er dich so ins Herz geschlossen hat, weil er spürte, wie ähnlich ihr euch seid?« Leons Grinsen wirkte amüsiert, nicht ärgerlich.

»Glaubst du denn, ich hab da wirklich jemanden gesehen? Das hieße ja, ich hätte Geistererscheinungen.«

»Na und? Wäre das unwahrscheinlicher als die Träume von Como?« Leon stieg endgültig aus und ging mit mir im Schlepptau ins Internet-

Café. »Wir sollten versuchen, was über diese sagenumwobene *Clavis*-Gesellschaft auszubuddeln und anschließend was essen, bevor wir uns zu deiner Hypnosesitzung aufmachen.«

»Das heißt, du kommst mit?«

Leon seufzte. »Ich würde dich nie allein in die Höhle des Löwen schicken, so gut solltest du mich inzwischen kennen.« Er strich in einer schon vertrauten Geste mit seinem Zeigefinger leicht über meine Wange, bevor er aus seiner Aktentasche einen Collegeblock und einen Stift holte. Mit dem Block für Notizen über alles, was wir über *Clavis* finden würden, setzte er sich vor den PC.

6.

Pünktlich um drei standen wir beide vor Wendys Tür – mit einem leichten Mittagessen im Magen, aber sonst um keinen Deut schlauer: *Clavis* war nicht existent, jedenfalls im World Wide Web und in den dort zugänglichen Lexika, die wir durchforstet hatten. Wenn es überhaupt Informationen über den Geheimbund gab, dann lagen die so tief im Verborgenen, dass es mehr brauchte als zwei Hobby-Detektive wie uns.

»Sie müssen Mr. Eisner sein«, begrüßte Wendy Leon. »Mortimer hat von Ihnen erzählt. Schön, dass Sie kommen konnten.«

Leon nickte. Er hatte von Wendy auf den ersten Blick kaum eine bessere Meinung als von ihrem Großvater, bemühte sich allerdings, seine Zurückhaltung und Skepsis nicht zu deutlich zu zeigen.

»Möchten Sie dabei sein, wenn ich Juta hypnotisiere, oder im Wartezimmer auf sie warten? Normalerweise ziehe ich es vor, mit den Patienten allein zu sein, weil sie sich so besser konzentrieren können, ohne von der Gegenwart einer bekannten Person abgelenkt zu werden.«

»Ich hätte gern, dass Leon dabei ist«, antwortete ich für ihn, der meine Hand genommen hatte und sie drückte.

Wendy blieb das nicht verborgen. »Das verstehe ich. In diesem Fall ist es ja auch so, dass Sie bereits eine schlechte Erfahrung gemacht haben und Mr. Eisners Anwesenheit vielleicht sogar beruhigend wirkt.«

Sie öffnete die Tür zu einem mir unbekannten Sprechzimmer und ließ uns eintreten. Leon, der vor mir ging, blieb abrupt auf der Schwelle stehen. »Was tun Sie denn hier?«, entfuhr es ihm.

Mortimer Grey lächelte milde. »Als meine Enkelin mir von der bevorstehenden Hypnosesitzung berichtete, bestand ich darauf, Juta zu fragen, ob ich daran teilnehmen könnte.« Er wandte sich mir zu. »Wenn Sie es wünschen, werde ich sofort verschwinden.«

Etwas zweifelnd schaute ich von Mortimer zu Wendy und dann zu Leon, der ein entschieden ablehnendes Gesicht machte und sich zu Wendy umdrehte: »Sagten Sie nicht gerade, Sie arbeiten lieber allein mit Ihren Patienten?«

»Ich sagte, ich ziehe es vor, wenn keine den Patienten vertrauten Personen anwesend sind. Das bezog sich nicht auf Kollegen vom Fach. Wie dem auch sei, es ist an Juta, die Gegenwart meines Großvaters abzulehnen oder ihr zuzustimmen.«

Ich sah zu Mortimer. »Was finden Sie daran so interessant? Es soll doch nur um meine verloren gegangenen vier Wochen gehen, das hat nichts mit James Jacoby oder seiner Familie zu tun.«

Mortimer hob ein wenig spöttisch die Brauen. »Nicht? Gestatten Sie, dass ich anderer Meinung bin. Aber wie Wendy schon sagte, es ist Ihre Privatangelegenheit, und Sie haben jedes Recht, mich hinauszuschicken.«

»Ich wollte schon immer mal im Mittelpunkt des Interesses stehen«, murmelte ich. »Bleiben Sie ruhig.«

»Juta«, wollte Leon eingreifen. »Das ist ...«

»Lass gut sein«, unterbrach ich, nervös genug bei dem Gedanken an das, was mir bevorstand. Mortimers Anwesenheit war im Augenblick eher zweitrangig, vor allem, weil ich Leons Haltung ihm gegenüber sowieso etwas übertrieben fand. »Auch wenn mein Unfall nicht direkt was mit James und seinen Nachfahren zu tun hat, dann doch mit einiger Sicherheit das, was ich in Salzburg getan habe, bevor du mich in den Katakomben gefunden hast.«

Leon zuckte resigniert mit den Schultern. »Wenn du meinst.«

»Sie beide nehmen auf den Sesseln Platz«, wies Wendy Mortimer und Leon an. »Und Sie, Juta, legen sich dort hin.«

Etwas zögernd setzte ich mich zunächst auf die Liege, auf der ein cremefarbener Überwurf, zwei sonnengelbe Kissen und eine ebenfalls gelbe Decke lagen. Die Farben passten zu dem gedämpften Orange der Wände. Langsam zog ich meine Schuhe aus und streckte mich dann auf der Liege aus. Wendy breitete die Decke über mich und gab sich besondere Mühe damit, meine Füße einzupacken. Dann lächelte sie mich an und trat hinter die Liege, so dass ich sie nicht mehr sehen konnte. Ich hörte nur noch ihre Stimme.

»Versuchen Sie, sich zu entspannen, lockern Sie Ihre Glieder, schließen Sie Ihre Augen und denken Sie an nichts.«

Das war einfacher gesagt als getan. Ich hatte mich schon immer gefragt, wie man an nichts denken konnte, wenn man doch damit beschäftigt war, daran zu denken, dass man an nichts denken sollte. Die Situation, der ich mich ausgesetzt sah, war außerdem wenig dazu angetan, mich zu entspannen, mit zwei Männern in meinem Publikum, die eine so offensichtliche Antipathie verband.

Die Sitzung begann ganz ähnlich wie bei Dr. Bernward, allerdings war es ein wenig merkwürdig, die Anweisungen auf Englisch zu bekommen. Ich überlegte sehr bewusst, ob es mir schwerer fallen würde, in Hypnose zu versinken, weil ich Wendys Worte simultan übersetzen musste. Bald jedoch fühlte ich, dass mein innerer Widerstand und meine Angst sich auflösten. Ich lauschte nur noch Wendys Stimme, die mir langsam und ruhig Anweisungen gab.

»Ich werde jetzt meine Hand über Ihre Stirn halten, Juta … Sie werden eine angenehme Wärme empfinden, die von Ihrem Kopf aus Ihren ganzen Körper durchströmt bis hinein in die Fußspitzen … Sie nehmen die Wärme in sich auf … Stellen Sie sich eine Sonne vor, die in Ihrem Innern lebt … Die Sonne beginnt sich zu drehen, erst langsam, dann immer schneller und schneller … Konzentrieren Sie sich auf die Sonne und auf ihre Bewegung … Ganz allmählich sehen Sie, wie sich die gelbe Scheibe der Sonne in das Zifferblatt einer Uhr verwandelt … Sie erkennen deutlich die Zahlen und die Zeiger, die sich rückwärts bewegen … erst schnell und dann immer langsamer … Nun bleiben sie stehen … Sie zeigen genau 20:06 und drei Sekunden an … Es ist der dritte Monat im Jahr 2006, es ist der … 17. März … Erzählen Sie mir, wo Sie sind, Juta, und was Sie machen.«

»Ich sitze in der Bibliothek und lese«, antwortete ich. Meine eigene Stimme kam von weit her, aber ich konnte ohne Schwierigkeiten sprechen und auf Wendy reagieren.

»Was lesen Sie?«

»Ein Buch über Paracelsus.«

»Beschreiben Sie mir den Raum, in dem Sie sitzen, werfen Sie dann einen Blick auf Ihre Uhr und sagen mir, wie spät es ist.«

Ich sah mich in der Bibliothek der Paracelsus-Stiftung um, als wäre ich dort und nicht Hunderte von Kilometer weit entfernt in Bath. Ich hatte tatsächlich das Gefühl, genau da zu sein. »Es ist kurz vor elf«, schloss ich meinen Bericht.

»Danke. Nun blicken Sie noch einmal auf Ihre Uhr … Sie werden sehen, dass der Sekundenzeiger sich kaum bewegt, nur den Bruchteil einer Sekunde … kaum wahrnehmbar … aber Sie wissen genau, er *hat* sich bewegt … Es ist der 6. März … Wo sind Sie?«

Mein Kopf tat furchtbar weh, ich hatte Schwierigkeiten zu sprechen, mir war schwindelig. »Im Krankenhaus«, wisperte ich.

»Gut. Haben Sie keine Angst, der Schmerz wird gleich verschwinden, Sie bleiben nicht dort … Denken Sie wieder an die Sonnenscheibe, die in Wirklichkeit ein Zifferblatt ist … Sehen Sie nun, wie der Sekundenzeiger einen kleinen Sprung macht … Es ist 20:06 und zwei Sekunden … Wir haben Februar, kein genaues Datum … Sehen Sie sich einfach um und erzählen Sie mir, wo Sie sind.«

Ich schlug die Augen auf und schaute an die weiße Decke. Obwohl Wendy mich nicht aus der Hypnose zurück in meinen normalen Zustand gebracht und das sicher auch gar nicht vorgehabt hatte, war es geschehen. Ohne Anweisung war ich aus der Hypnose erwacht. Offensichtlich weigerte sich mein Unterbewusstsein trotz aller Hypnose- und Rückführungskünste, sich an etwas zu erinnern, das in den vier Wochen vor meinem Unfall geschehen war.

Immerhin blieb mir diesmal die beängstigende Situation mit der schemenhaften Gestalt erspart – vielleicht, weil ich inzwischen wusste, dass es Como war, der mich rief, und dass ich keine Angst vor ihm haben musste.

Seufzend richtete ich mich auf. »Ich hab geahnt, dass das zu nichts führt.«

Hinter mir trat Wendy vom Kopfende der Liege zurück und an meine Seite. Mein Blick glitt zu ihr nach rechts, doch statt Wendy stand da ein Mann in den Dreißigern, der mich intensiv anstarrte. Vage erinnerte er mich an jemanden, ich konnte ihn im ersten Moment aber nicht einordnen. Etwas versetzt hinter ihm lehnte an einem Schreibtisch ein zweiter Mann, der mich aus halbgeschlossenen Lidern beobachtete. Und das war definitiv weder Leon noch Mortimer. Ich befand mich in einem Raum mit zwei völlig Fremden, und alle, die bei mir gewesen waren, als Wendy mit der Sitzung begonnen hatte, waren verschwunden.

»Warum glauben Sie, dass es zu nichts geführt hat? Haben Sie keine Bilder gesehen? Können Sie sich an gar nichts erinnern?«, fragte der Mann neben mir und schaute mich, wenn überhaupt möglich, noch intensiver an als zuvor. Seine dichten braunen Haare waren in einer Art zurückgekämmt, wie ich es nur von alten Fotos kannte, und sein scharf geschnittenes hageres Gesicht war ausgesprochen attraktiv. Er steckte in einem grauen Anzug, der nicht nur seine besten Jahre hinter sich hatte, sondern mindestens ebenso altmodisch war wie seine Frisur.

»Ich … weiß nicht«, flüsterte ich heiser. Ich sah ihn nicht an, sondern fuhr mir mit der Hand übers Gesicht, um meine Beunruhigung zu verbergen. Verstohlen schaute ich mich dabei im Raum um und erkannte, dass die Wände hellgrün statt orange gestrichen waren, dass die Möbelstücke nichts mit denen gemein hatten, die ich kannte, und dass auf dem schweren Mahagonischreibtisch ein großes weißes Telefon und ein Monster von einer Schreibmaschine standen. Das Zimmer war fremd und zugleich vertraut, denn es war zweifellos trotz aller Veränderungen dasjenige, in dem Wendy mich in Hypnose versetzt hatte. Schließlich traf mein Blick auf die goldenen Sprenkel in den grünen Augen des Mannes neben mir, der sich nicht von der Stelle gerührt hatte und mich unverändert fixierte, und er traf auf den zweiten Mann, der sich interessiert, fast neugierig vorbeugte. Er war ganz ähnlich gekleidet wie Mortimer, aber seine Haare waren schwarz und sein Gesicht sanfter.

Was hatte ich eben gedacht? Wie Mortimer?

Großer Gott! Jetzt wusste ich, warum mir der Mann mit den grünen Augen bekannt vorkam: Er sah aus, wie Mortimer Grey ausgesehen haben musste – vor ungefähr einem halben Jahrhundert.

Nicht Wendy und Leon hatten den Raum verlassen, sondern ich. Nicht körperlich, sondern zeitlich!

Teil 5 – Bath 1948

1.

So hätte ich mir eine Rückführung nicht vorgestellt. Nie wäre mir in den Sinn gekommen, dass das, was man erlebte, so unglaublich real war. Ich beobachtete nicht nur, vielmehr war ich direkt in jemanden hineingeschlüpft. Ich besaß einen Körper, den ich beherrschte, als wäre es mein eigener, obwohl das nicht sein konnte, denn der lag in Wendys Sprechzimmer im Jahr 2006. Außerdem trug ich völlig andere Kleidung, ein weinrotes, schon einige Male ausgebessertes Kleid. Auf dem Fußboden vor der Liege, auf der ich saß, stand ein Paar schwarze Schuhe mit Riemchen und etwas klobigen, abgelaufenen Absätzen. Ich spürte, wie die Panik unaufhaltsam in mir hochstieg, im selben Maß, in dem mir klar wurde, dass das unmöglich noch ein normaler Hypnosezustand sein konnte. Meine Hände begannen zu zittern, und um das zu verbergen, schlang ich die Arme um den fremden Körper, der trotzdem irgendwie mein eigener war. Verzweifelt versuchte ich, mich an etwas Konkretem festzuklammern und konzentrierte mich auf die Dinge im Raum, nur um mich nicht fragen zu müssen, was geschehen war und wie ich damit umgehen sollte oder konnte.

Die Möbel, das Telefon, die Schreibmaschine, die ausgebesserte Kleidung deuteten darauf hin, dass ich mich im England der Nachkriegszeit befand. Ich wusste wenig über diese Periode, nur dass es den Briten länger schlecht gegangen war als den Deutschen, obwohl sie den Krieg gewonnen hatten.

»Emily? Du bist ja ganz blass«, durchbrach der Mann mit dem sanften Gesicht meine wirren Grübeleien, die rasend schnell durch meinen Kopf ratterten. »Sag mir, wie es dir geht, ja?« Auch seine Stimme war sanft und beruhigend, ein bisschen wie – Comos.

Ich riss die Augen auf. »James?«

Er lächelte milde. »Natürlich, Emily, meine Liebe, wer denn sonst?«

Ich wünschte, ich hätte mit ebensolcher Gewissheit sagen können, wer ich oder besser wer Emily war. Was sie hier tat und warum. Was *ich* hier tat und warum. »Es … geht mir gut«, murmelte ich schwach. Was sollte ich auch sonst sagen? Ich brauchte Zeit, Zeit zum Nachdenken, Zeit, meine Angst niederzukämpfen, und Zeit, mich irgendwie dem Hier und Jetzt anzupassen. James Jacoby zu erklären, was mit mir los war, schien schlicht undenkbar. »Etwas durcheinander. Vielleicht würde es mir helfen, wenn ich einen Moment allein sein und wieder zu mir kommen könnte.«

James lächelte. »Ich hole dir ein Glas Wasser, dann lassen wir dich ein bisschen in Ruhe. Dr. Grey kann seine Fragen anschließend stellen. Oder, Mortimer?«

Ich folgte James' Blick zu Mortimer hinüber, der in den Dreißigern sein mochte, obwohl ich das nicht wissen konnte – er hatte auch als Neunzigjähriger weitaus jünger gewirkt. Jetzt sah er James leicht indigniert an, nickte dann aber. »Sicher.«

Zusammen mit James verließ er den Raum und blieb auch draußen, als James mit dem Glas zurückkam. Dankbar nahm ich es entgegen, trank zwei, drei Schluck und wartete auf die vertraute Wirkung des Wassers. Aber ich bemerkte nur, wie trocken meine Kehle gewesen war. Emilys Kehle.

»Geht's dir wirklich gut, Emily?«, fragte James besorgt und berührte meinen Arm. »Da ist etwas in deinen Augen, was mir nicht so richtig gefällt.«

Was erkannte er darin? Einen Teil von Juta? Ich schüttelte den Kopf und gab ihm das Glas zurück. »Es ist schon in Ordnung, ich muss mich nur ein wenig sammeln.« Dabei bezweifelte ich sehr, dass es damit getan sein würde.

Meine Stimme war etwas tiefer als gewohnt, außerdem sprach ich nicht das Oxford-Englisch, das ich gelernt hatte, durchsetzt mit leichtem deutschen Akzent. Ich rollte das R mehr und klang ein bisschen, als hätte ich eine Kartoffel im Hals, eine Sprechweise, die ich mal in Cornwall gehört hatte.

»Schon gut. Ich sorge dafür, dass Dr. Grey dich nicht gleich in den nächsten fünf Minuten überfällt. Vielleicht hätten wir die Hypnose doch aufschieben oder sogar warten sollen, bis sich deine Erinnerungslücken von selbst schließen. Aber ich kann auch deine Ungeduld verstehen.« James tätschelte meine Schulter, zwinkerte mir noch mal zu und ließ mich dann allein.

Ich saß noch immer auf der Liege und traute mich kaum, meine Beine zu bewegen. Emilys Beine in dünnen Strümpfen, die mit Zwickel an ihrem Mieder befestigt waren, etwas, das ich selbst nie zuvor im Leben getragen hatte, sondern nur von meiner Großmutter kannte.

Bald würde James zurückkommen und, noch schlimmer, Mortimer ebenfalls. Bis es so weit war, musste ich mich zusammenreißen und möglichst viel über Emily und diese Zeit hier herausfinden. Unsicher stand ich auf, und als ich merkte, dass meine Beine nicht unter mir nachgaben, zog ich die schwarzen Schuhe mit den abgelaufenen Absätzen an und versuchte ein paar Schritte. Kein Problem, ich fühlte mich in diesem Körper merkwürdigerweise wie in meinem eigenen. Aber allein der Gedanke! »Meine« Beine trugen mich zwar, aber je länger ich darüber nachdachte, dass es eigentlich nicht meine waren, desto weicher wurden meine Knie. Reiß dich zusammen!, erinnerte ich mich und wiederholte diesen Satz einige Male, ähnlich wie die Formeln beim autogenen Training. Das half ein bisschen.

Der Raum war, vermutlich wegen der Hypnosesitzung, mit Gardinen leicht abgedunkelt. Ich zog sie mit einem Ruck zur Seite, schaute hinaus auf den Garten – und hielt die Luft an. Da blühten Hortensienbüsche in rosa, weiß und blau, die Pfingstrosen leuchteten in sattem Pink. Es sah genauso aus, wie ich es mir in Wendys Garten vorgestellt hatte. War das erst diesen Vormittag gewesen? Während ich noch immer fassungslos in den Garten starrte, versuchte ich, meine Gedanken zumindest grob zu ordnen.

Wie war ich hierhergekommen? Warum war ich hier? Wer war ich, beziehungsweise wer war Emily?

Frage 1 konnte ich nicht klären, abgesehen davon, dass sehr wahrscheinlich die Hypnose dafür verantwortlich war. Das allerdings konnte kein Zufall sein. Also:

Frage 2: Warum war ich hier?

Antwort: wegen Como und/oder Jascha und/oder James. Offenbar hatte ich hier was zu erledigen, etwas, das ich nur in der Vergangenheit klären konnte, nicht in der Gegenwart. Das führte zu einer weiteren, bisher nicht bedachten

Frage 3: Was musste ich tun?

Antwort: im Moment keine, leider.

Frage 4: Wer war Emily?

Antwort: James hatte von Emilys Erinnerungslücken gesprochen und von der Hoffnung, sie mit Hilfe von Hypnose zu beseitigen. Das waren eindeutige Parallelen zu mir selbst, zu Juta, was mich plötzlich die Antwort auf Frage 2 in Frage stellen ließ. War ich am Ende überhaupt nicht Comos wegen in Emily geschlüpft, sondern ausschließlich meinetwegen? Und, wenn ich das weiterführen wollte: War dieses Erlebnis Wendys ganz spezielle Heilmethode für meine ureigensten Probleme? Gaukelte sie mir eine fremde und damit von außen besser zu betrachtende und vielleicht auch besser zu lösende Lage vor? Selbst wenn das so war – konnte mir Wendy eine derart präzise Situation suggerieren, oder schaffte vielmehr mein Unterbewusstsein das entsprechende Setting?

Dennoch: Der Grund aller bisherigen Ereignisse hieß Como, und ich war sicher nicht ausgerechnet bei dessen Großvater gelandet, um meine Amnesie loszuwerden, sondern weil ich als Emily etwas tun konnte, was mir als Juta unmöglich wäre.

Ich biss mir auf die Lippen und wandte mich vom Anblick des Gartens ab, der auf gewisse Weise beruhigend auf mich gewirkt hatte. Stattdessen sah ich mich im Raum um. In der hintersten Ecke gab es ein Waschbecken mit einem Spiegel darüber, dem ich mich langsam näherte. Sehr deutlich erinnerte ich mich daran, wie ich im Krankenhaus in Salzburg zum ersten Mal auf meinen Personalausweis geschaut und mein eigenes Gesicht gesehen hatte.

Entschlossen hob ich den Blick. Emily und ich hatten dasselbe schmale Gesicht und rotbraune Haare. Emilys waren einen Ton heller, weich und in Wellen aus dem Gesicht gekämmt und hinten mit einer Spange so gebunden, dass sie ihr bis kurz über den Nacken fielen. Aus der ursprünglich sorgfältig frisierten Tolle auf ihrem Kopf hatten sich hier und da Haare gelöst. Ihre Nase war ebenso gerade wie meine, aber kürzer, ihr Mund mittelgroß mit etwas volleren Lippen, auf denen ein dunkles Rot lag, was sie noch blasser erscheinen ließ, als sie ohnehin war. Ihre Augen waren von tieferem und gleichmäßigerem Grau als meine.

Trotz der Unterschiede sahen wir uns ähnlich genug, um Mortimers Andeutungen ganz anders zu interpretieren. Offenbar hatte er in mir gar keine Studentin, sondern eine Patientin gesehen, die er vor Ewigkeiten einmal behandelt hatte. Emily.

Ich schaute mich nach einer Damenhandtasche um, ohne die zweifellos keine Frau in dieser Zeit das Haus verlassen hätte. Seltsamerweise fand ich jedoch keine, also musste ich mir meine Hinweise anders zusammenklauben. Das Verhältnis zwischen James und Emily war, der Stimmung nach zu urteilen, eines, das über Arzt-Patientin hinausging, es hatte etwas eindeutig Vertrautes. War sie eine Freundin von James oder seiner Frau? Ratlos machte ich ein paar Schritte auf den Schreibtisch zu und entdeckte hinter der monströsen Schreibmaschine eine Patientenakte. Begierig griff ich danach.

Emily Fountain, geboren 17. März 1916 in Penzance. Ich sah hoch. Fountain? Vor mir tauchte das Bild eines gluckernden Springbrunnens auf, ähnlich einer Quelle. Vielleicht hätte mich das gar nicht weiter wundern sollen, aber Emilys Nachname *war* beziehungsreich. Erneut wandte ich mich der Akte zur. Seit ihrer ersten Behandlung im Jahr 1938 schien Emily meist beneidenswert gesund gewesen zu sein, abgesehen von den üblichen Erkältungskrankheiten und zu niedrigem Blutdruck. Dann kam ich zu den letzten Eintragungen. Emily war Mitte Mai 1948 von einem Unbekannten angegriffen worden, der sie nicht nur überfallen, sondern offensichtlich auch noch zu vergewaltigen versucht hatte. Darauf wiesen jedenfalls Abschürfungen und blaue Flecken hin. Erinnern konnte sie sich daran nicht. James vermutete ein Trauma, hervorgerufen durch den Schock und die Gehirnerschütterung, die sie erlitten hatte, als ihr Kopf auf einem Stein landete, nachdem der Täter sie niederschlug. Aus James' Notizen ging hervor, dass der Mann durch Passanten gestört wurde, die Emily fanden und die Polizei sowie einen Arzt verständigten.

Mein Gott! Die arme Emily! Voller Mitgefühl las ich weiter. Trotz allem war ihr Gesundheitszustand einigermaßen zufriedenstellend – bis auf den Gedächtnisverlust, der hauptsächlich den Tag des Verbrechens selbst betraf. Zudem kam es gelegentlich vor, dass sie ganz willkürlich Dinge aus ihrer Vergangenheit vergaß, was eher lästig als besorgniserregend war. James hatte weiter notiert, dass diese Symptome verschwinden würden. Wichtiger war ihm offensichtlich der Tag der versuchten Vergewaltigung, um das Trauma zu überwinden. Nachdenklich betrachtete ich die Akte. Vielleicht konnte es sogar gelingen, den Täter zu überführen, wenn Emily sich an ihn erinnerte. Die letzte Eintragung trug das Datum 15. Juni 1948 – Emily war also zweiunddreißig Jahre alt – und den Zusatz »Dr. Mortimer Grey, Hypnose«. Emilys Adresse auf der Vorderseite war mit Bleistift durchgestrichen, allerdings nicht durch eine neue ersetzt worden.

Ich legte die Akte wieder an ihren Platz und sah etwas nervös auf die Uhr. James und Mortimer hatten mich zwanzig Minuten allein gelassen, bald würden sie wieder auftauchen. Das brachte mich zu

Frage 5: Welche Rolle spielte Mortimer eigentlich?

Antwort: Ich wünschte, es gäbe eine. Sollte ich mich Leons Meinung anschließen und mich vor Dr. Grey, wie Emily ihn nannte, in Acht nehmen? Wenn er im Jahr 2006 wusste, dass das hier geschehen war, warum hatte er geschwiegen? Was immer ich jetzt tat, für Mortimer lag das in der Vergangenheit, er musste also seine eigenen Schlüsse gezogen haben. Vielleicht nicht 1948, vielleicht kamen seine Vermutungen erst viel später, als er mich im Henrietta Park traf. Hatte er mich also mit voller Absicht zu Wendy geschickt, weil er dafür sorgen musste, dass passierte, was längst passiert war? Hatte das etwas mit James und dessen Verschwinden zu tun? Mortimer hatte selbst zugegeben, James aus Neugier und Sorge hinterherspioniert zu haben. Wie viel davon entsprach der Wahrheit?

All diese Überlegungen halfen mir nichts bei

Frage 6: Was sollte ich bloß tun, wenn Mortimer und James gleich wieder im Zimmer standen? Und was sollte ich tun, wenn ich Emilys Leben weiterführen musste? Ein fremdes Leben in einer völlig fremden Zeit. Ich bezweifelte, dass Wendy mich aus der Hypnose holte, bevor Emily gezwungen sein würde, dieses Haus zu verlassen.

Noch einmal betrachtete ich Emilys Spiegelbild. So ähnlich wir uns auch waren, so sehr sich unsere augenblicklichen Situationen auch glichen und trotz meiner verblüffend exakten Vorstellung von Wendys Garten im Sommer – ich hatte eindeutig nicht das Gefühl, vor langer Zeit einmal Emily Fountain *gewesen* zu sein. Ich lehnte Dinge wie Reinkarnation nicht rundheraus ab, ich verließ mich einfach auf mein Gefühl, das mir sagte, dass Emily und mich etwas anderes verband. Was auch immer.

2.

Wie geht's dir jetzt, Emily?«, fragte James, als er den Raum betrat. Ich war mir noch immer nicht sicher, wie ich mich verhalten sollte, ob ich zumindest James ins Vertrauen ziehen konnte. »Besser, danke«, sagte ich zögerlich.

»Das freut mich. Du wunderst dich vielleicht, warum ich dir nicht vorgeschlagen habe, dich zum Ausruhen nach oben zurückzuziehen, aber Dienst ist Dienst und Schnaps ist Schnaps, weißt du?« James lächelte, und seine braunen Augen leuchteten warm dabei. »Im Moment bist du meine Patientin, auch wenn ich dich sozusagen an Mortimer ausgeliehen habe, und das bleibst du, bis dieses Experiment ausgestanden ist.«

»Und Patienten gehören ins Sprechzimmer«, versuchte ich zu interpretieren. Im Stillen fragte ich mich, was er damit gemeint hatte, mich »nach oben« zu schicken.

James' Lächeln wurde breiter. »Genau.«

Fasziniert betrachtete ich sein Gesicht. Dieses Lächeln, das an Intensität zunahm, je länger es anhielt, das einen ganz für ihn einnahm, ohne je aufdringlich zu wirken – wie gut kannte ich es von Como! Allmählich merkte ich, dass er seinem Großvater sehr viel ähnlicher sah als seinem Vater. Er hatte die gleichen Haare und die gleichen Augen, sogar der Ausdruck darin war identisch.

Jäh blitzte ein Gedanke in meinem Kopf auf. Was bewirkte mein Auftauchen hier? Sicher, ich hatte irgendeine Aufgabe zu erfüllen, aber konnte ich möglicherweise mit dem, was ich tat oder nicht tat, versehentlich etwas Fatales auslösen? James würde bald spurlos verschwinden wie sein Sohn und sein Enkel nach ihm. War ich der Grund dafür? Oder war ich hier, um es zu verhindern? Konnte ich überhaupt in die Geschichte eingreifen? Eigentlich doch nicht. Da diese Gegenwart für Mortimer in der Vergangenheit gelegen hatte, als er mir davon erzählte, war das alles schon geschehen. Meine Anwesenheit durfte also keine Auswirkungen haben – zumindest nicht auf James' Verschwinden.

Es sei denn, Mortimer hatte gelogen.

Die Frage nach seinen Gründen blieb unbeantwortet. Aber es war immerhin möglich.

Was für ein Durcheinander.

Das nicht gerade dazu beitrug zu entscheiden, ob ich James nun in meine Geschichte einweihen sollte oder durfte. Ich zweifelte nicht daran, ihm trauen zu können, trotzdem sträubte sich etwas in mir. Vielleicht war es einfach Instinkt. Was zu erledigen war, musste ich allein bewältigen. Ich würde so tun, als wäre alles normal. In Salzburg war ich damit durchgekommen, wieso nicht auch in Bath? Genau genommen hatte ich hier sogar den Vorteil, dass Emily ganz offiziell unter Gedächtnislücken litt und mein Unwissen daher weniger auffallen würde.

»Emily?«

Ich erschrak, als ich James' Stimme hörte.

»Ich muss sagen, du gefällst mir immer noch nicht«, stellte er fest. »Soll ich Mortimer bitten, morgen noch mal vorbeizukommen? Oder wäre es dir lieber, wenn er gar nicht mehr käme?«

Eine verlockende Vorstellung. »Nein, es geht schon«, sagte ich trotzdem. Um Mortimer kam ich einfach nicht herum. Egal, welches Spiel er spielte, falls er überhaupt eins spielte, er schien verwickelt in die Angelegenheit. Ich brauchte ihn vielleicht sogar, und sei es nur indirekt, um herauszufinden, weshalb ich hier war.

»Sicher?« James trat näher zu mir und hob mein Kinn mit seiner Hand. Er war ein ganzes Stück größer als ich, ich musste zu ihm aufschauen, konnte seinem Blick nicht ausweichen und nur hoffen, dass mein Nicken einigermaßen überzeugend wirkte. Nach einer eingehenden Prüfung schien er zufrieden und wandte sich erst an der Tür noch einmal um. »Möchtest du, dass ich dabei bin, oder störe ich eher?«

»Es klingt vielleicht etwas pathetisch, aber lass mich bitte nicht mit ihm allein. Er ist … ich weiß nicht …«

»Er ist dir nicht ganz geheuer, ja, das hast du schon erwähnt«, grinste James. »Wie gesagt, eigentlich fallen die Frauen eher reihenweise um, er dürfte eine Reaktion wie deine nicht gewohnt sein, aber natürlich bleibe ich.«

»Ich werde mir Mühe geben, mir so wenig wie möglich anmerken zu lassen«, erwiderte ich sein ironisches Lächeln. Dabei fand ich es sehr aufschlussreich, dass Emily genauso empfand wie ich, und hätte gern gewusst, ob es dafür einen besonderen Anlass gab.

James ging, um Mortimer zu holen, und ich tigerte hin und her, bis ich plötzlich draußen aus dem Garten einen lauten Schrei hörte. Mit wenigen Schritten war ich beim Fenster und sah eine kleine Gestalt unter einem Baum liegen. Selbst von hier aus erkannte ich, dass ein Bein seltsam verrenkt war.

Ich riss die Tür auf, lief in den angrenzenden Raum, offenbar ein Wartezimmer mit mehreren dunklen Holzstühlen vor einer lindgrünen Wand, und erreichte endlich den Flur.

»James!«, rief ich durch das Haus, wartete aber nicht auf eine Antwort, sondern rannte weiter und rief atemlos noch einmal nach ihm. »James!«

Hier unten hatte sich wenig verändert, ohne Mühe fand ich die Küche, stieß die Terrassentür auf und lief hinüber zu dem kleinen Jungen, der im Gras lag und wimmerte. Ich ließ mich neben ihm auf den Boden fallen. Ganz offensichtlich war sein Bein gebrochen, und ich hatte keine Ahnung, was man da tun musste. Ich konnte nur versuchen, ihn zu beruhigen. Vorsichtig strich ich ihm über die Wange. »Schschsch«, machte ich. »Ist ja gut. Schschsch.«

Das Gesicht des Jungen war kreidebleich, die Sommersprossen um seine Stupsnase stachen deutlich hervor, seine Züge waren schmerzverzerrt. Auf meine Worte hin öffnete er die Augen.

»Es tut … weh«, brachte er mühevoll hervor.

»Ich weiß.« Ganz sachte strich ich durch seine erstaunlich langen Locken. »Aber du bist sehr tapfer, und gleich ist Hilfe da.«

Wo blieb James nur? Ich drehte mich um und wollte gerade noch einmal rufen, als ich sah, wie er in der Terrassentür erschien und schreckensbleich zu uns herübergelaufen kam.

»Tante Emily?«, vernahm ich die Stimme des Jungen und wandte mich wieder ihm zu.

Der Junge sah mich nachdenklich aus dunklen Augen an, er schien den Schmerz für eine Sekunde vergessen zu haben – und in diesem Moment, in dem James mich zur Seite schob, ich aber gerade noch den Blick des Jungen erhaschte, stockte mir der Atem.

»Jascha«, wisperte ich, überwältigt vom Schock der Erkenntnis. Ich betrachtete das Gesicht des Kindes, das ich als erwachsenen Mann und Comos Vater kannte. Ich wusste mehr über sein späteres Leben als er selbst, ich wusste sogar, wann und wie er sterben würde, und verspürte den Drang, ihn zu berühren.

Der Junge stöhnte leise, während James ihn ins Haus trug, aber er hatte seine Augen auf mich gerichtet. »Jake«, flüsterte er. »Ich heiße Jake.«

»Ja, mein Junge«, antwortete James. »Es tut gleich nicht mehr so weh, du musst nur noch einen winzigen Moment durchhalten, das schaffst du doch, okay?«

Erleichtert registrierte ich, dass James mich nicht gehört hatte. Er brachte den Jungen in sein Sprechzimmer und legte ihn auf die Liege, auf der ich selbst vorhin aufgewacht war.

»Soll ich einen Krankenwagen rufen?«, fragte ich, auch wenn ich keine Ahnung hatte, wie ich das überhaupt bewerkstelligen sollte.

James schüttelte den Kopf, drehte sich aber nicht um, als er antwortete. »Nein, nicht nötig, ich kümmere mich selbst um Jake.«

»Kann ich was tun?« Ich kam mir so hilflos vor, während ich da stand und James' Rücken betrachtete, der den Großteil von Jakes Körper verdeckte und nur den Blick auf dessen Schultern und Gesicht zuließ. »Soll ich Mortimer holen?« Mir fiel auf, dass der noch nicht aufgetaucht war.

»Ist nicht mehr hier«, murmelte James undeutlich, reagierte jedoch ansonsten nicht auf mein Hilfsangebot.

Und so stand ich weiter da und beobachtete die kleine Szene aus einiger Entfernung. Ich wartete darauf, dass James etwas machen würde, das Bein richten, Gips anrühren, sonst was. Stattdessen blieb er ruhig bei seinem Sohn stehen und tat scheinbar gar nichts.

»Tante Emily?«, hörte ich unerwartet wieder Jake. Er klang ein bisschen kraftvoller als zuvor, weniger gequält. Er schaute mich an.

»Ja?«, fragte ich mit unsicherer Stimme. Es kam mir immer noch unglaublich vor, Jascha als kleinem Jungen gegenüberzustehen.

»Kommst du bitte, Emily?« Das war wieder James.

Zögernd trat ich auf die andere Seite der Liege. Jakes Bein lag gerade. Dort, wo es verdreht gewesen war, erkannte ich eine gerötete Schwellung. Es sah längst nicht mehr so schlimm aus wie noch vor wenigen Minuten. Jakes Augen waren meiner Bewegung gefolgt, er streckte die rechte Hand nach mir aus. Seine linke ruhte in der seines Vaters. Ganz leicht drückte ich seine kleinen Finger.

»Du wirst wieder ganz gesund!«, sagte ich.

»Ja«, antwortete er. »Es geht mir schon viel besser.«

Es war kaum zu glauben, aber er sagte anscheinend die Wahrheit. Selbst in der kurzen Zeit, die ich neben ihm stand, hatte die Schwellung ein wenig abgenommen. Jakes Augen wanderten zu seinem Vater, dann wurden seine Lider schwer. Bald war er eingeschlafen und atmete tief und regelmäßig.

Über seinem kleinen Körper trafen sich James' und mein Blick. Ich wollte etwas sagen, doch James schüttelte stumm den Kopf. Behutsam nahm er Jake wieder auf den Arm. »Ich bringe ihn ins Bett.«

Obwohl er es nicht ausgesprochen hatte, wusste ich, dass er anschließend mit mir reden wollte, und nickte. Ich folgte ihm hinaus ins Wartezimmer bis an die Tür zum Flur und lauschte seinen Schritten, bis sie oben verklangen.

Was genau war geschehen? Ich wäre bereit gewesen zu schwören, dass sich Jake das linke Bein gebrochen hatte – und wenig später war davon nichts weiter zurückgeblieben als eine leichte Schwellung! Gab es hier etwa Parallelen zu der nicht vorhandenen Narbe an Comos Daumen?

Ich ließ mich auf einen der Stühle im Wartezimmer fallen und wartete auf James. Auf einem kleinen, etwas wackelig aussehenden Tisch lag ein Stapel Zeitschriften, von denen ich mehr automatisch denn aus Interesse eine nahm. »The Strand«, stand da in dicken roten Buchstaben und darunter »May – One Shilling and Threepence«. Das Titelbild zeigte eine gezeichnete Londoner Straßenszene mit den typischen roten Doppeldeckerbussen. Ich blätterte ein wenig in dem Heft, ohne die Artikel zu lesen, stattdessen betrachtete ich die Werbeanzeigen, die mich unter anderen Umständen amüsiert hätten. Jetzt jedoch machte mir diese beinah sechzig Jahre alte Zeitschrift, die doch nigelnagelneu war, umso deutlicher bewusst, wo ich mich befand. Und wann.

3.

Emily? Warum sitzt du denn hier unten?« James kam gerade rechtzeitig, um eine neuerliche Panikattacke meinerseits zu verhindern. Er sah erschöpft aus, aber es lag noch etwas in seinem Blick, das ich nicht deuten konnte. »Komm doch mit rauf.«

Ich erhob mich und ging neben James die Treppe hoch, die Wendy bis auf einen neuen Anstrich unverändert gelassen hatte – im Gegensatz zu der verblassten geblümten Tapete, den Landschaftsbildern und den Blumenhockern mit den Grünpflanzen. James ließ mich vorangehen ins Wohnzimmer, das zwar im selben Raum wie Wendys lag, aber kaum unterschiedlicher hätte ausfallen können. Abgesehen von dem Chesterfield-Sofa, das offensichtlich all die Jahre überdauert hatte, war dieser Raum gemütlich und warm eingerichtet mit Möbeln, die alle alt, aber beileibe keine Antiquitäten waren. An der Wand standen diverse Bücherregale, in einer Vitrine wurden Geschirr und Gläser aufbewahrt, und in der Vase auf dem Tisch blühten Pfingstrosen, sicher aus dem eigenen Garten.

Abwartend blieb ich mitten im Raum stehen. Wahrscheinlich war ich oft hier zu Gast, trotzdem wollte ich mich nicht setzen, ohne dazu aufgefordert zu werden.

»Um Himmels willen, Emily, tu mir den Gefallen und setz dich, ja?« James klang in etwa so nervös, wie ich mich fühlte. Es bereitete ihm sichtlich Mühe, ebenso ruhig zu sprechen wie zuvor.

Ich nahm auf dem Chesterfield Platz, James hingegen ging schweigend vor dem Fenster auf und ab.

»Warum ist Mortimer denn so plötzlich gegangen?«, eröffnete ich das Gespräch, um zumindest etwas zu sagen.

James sah mich an, sein Blick verdunkelte sich. »Weil ich ihn darum gebeten habe.«

»Meinetwegen? Aber ich hatte doch gesagt, dass ich mit ihm reden will.«

»Nein. Nicht deinetwegen. Wegen Jake.« Er zögerte. »Ich weiß, es klingt merkwürdig, wenn ich sage, dass ich gespürt habe, was mit Jake passiert war.«

Ich dachte einen Augenblick darüber nach, dann schüttelte ich den Kopf. Schließlich spürte ich etwas ganz Ähnliches in Bezug auf Como. »Das sind wohl innere Antennen.«

»Hm«, machte James. »Ich wäre viel schneller bei euch gewesen, aber ich musste Mortimer erst loswerden.« Verhalten seufzend setzte er sich in einen Sessel, stützte die Arme auf die Lehnen und legte den Kopf in seine Hände.

»Du wolltest nicht, dass Mortimer sieht, was ich gesehen habe«, stellte ich leise fest.

James hob den Kopf. »Was hast du denn gesehen?«

Ich musste mich räuspern, um es auszusprechen. »Einen kleinen Jungen, dessen Bein erst gebrochen und kurz darauf beinah vollständig verheilt war.«

James nickte, fast geschlagen. Wieder schwieg er, wartete, dass ich weitersprach. Aber gerade weil es so viele Fragen gab, wusste ich nicht, mit welcher ich beginnen sollte.

»Es … fällt mir schwer, dich darum zu bitten, Em«, sagte James endlich, »aber ich muss, es ist wichtig.«

»Was?«, fragte ich, obwohl ich die Antwort ahnte.

»Bitte sprich mit niemandem darüber. Und damit meine ich wirklich mit niemandem außerhalb dieser Familie.«

Emily musste ein außergewöhnliches Vertrauen genießen, wenn sie wissen durfte, was vor allen anderen geheim gehalten werden sollte. Oder … spürte er unterschwellig, dass es mit ihr – mit *mir* – eine besondere Bewandtnis hatte? »Natürlich«, nickte ich. »Du kannst dich auf mich verlassen.« Gleichzeitig fragte ich mich, ob dieses Versprechen auch die Menschen in der Zukunft beinhaltete. Leon. Er war so weit weg! Würde ich noch mal mit ihm reden können, würde ich zurückkehren? Ich drängte diese Frage beiseite. »Was genau ist mit Jake passiert?«, erkundigte ich mich stattdessen.

»Es führt zu weit, dir das im Einzelnen zu erklären, und je weniger du darüber weißt, desto besser für alle Beteiligten. Ganz besonders auch für dich, und das sage ich nicht, um dich an dein Versprechen zu erinnern oder dir Angst zu machen. Es ist schlicht eine Tatsache.«

So leicht gab ich mich nicht geschlagen. »Ich hab dich vorhin beobachtet und ständig drauf gewartet, dass du was für Jake tust, aber du hast nur neben ihm gestanden«, sagte ich. »Könnt ihr das alle? Ich meine, seid ihr fähig, einander zu heilen, ohne euch zu berühren – durch Gedankenkraft?«

James erhob sich, allerdings nur, um sich neben mich auf das Sofa zu setzen. »Du bist angesichts dieser Möglichkeit erstaunlich ruhig, als wäre das etwas Alltägliches.«

Da täuschte er sich ganz gewaltig. Ich war alles andere als ruhig, ich war in innerlichem Aufruhr. Es erklärte so viel – Comos verschwundene Narbe zum Beispiel und das Leitmotiv »Heilung«, das sich durch diese ganze Geschichte zog –, aber es warf mindestens genauso viele Fragen auf. So was gab es doch gar nicht! Niemand konnte durch pure Gedankenübertragung oder irgendeine »Energie« geheilt werden. Und doch hatte ich es gesehen! Ich verbarg meine zitternden Hände und zuckte mit den Schultern. »Sicher nicht. Aber wer hat doch gesagt, dass es mehr Dinge zwischen Himmel und Erde gibt, als der Mensch sich vorstellen kann?«

James lächelte. »Du bist eine erstaunliche Frau, Em. Man sollte meinen, du hättest gerade genug mit dir und deinen eigenen Problemen zu tun. Jetzt kommen unsere noch dazu, und du wirkst auf einmal ganz gelassen.«

»Wahrscheinlich würde Dr. Grey sagen, dass etwas von außen Herangetragenes, das von uns selbst ablenkt, eine wunderbare Therapie sein kann«, gab ich das Lächeln zurück. »Aber du hast meine Frage nicht beantwortet.«

James lachte. »Touché! Ich hatte gehofft, mich da rausreden zu können.« Dann wurde er wieder ernst. »Du hast Recht: Ich habe gar nichts gemacht. Ich habe weder die Hände aufgelegt noch ein Gebet gesprochen noch sonst etwas. Jake hat es selbst getan. Sein Körper hat sich selbst geheilt.«

»Er hat … Wie kann das sein?«

James' Blick erinnerte mich so sehr an Jascha, dass ich nach Luft schnappte. Es war der »Bis hierhin und nicht weiter«-Blick, wie Como und ich es immer genannt hatten. Ich wusste sofort, dass ich aus James nichts mehr herauskriegen würde. Und ich lag richtig.

»Bitte besteh nicht auf weiteren Erklärungen. Du wirst keine bekommen. Ich verstehe, wenn du das unfair findest, aber ich habe meine Gründe.«

Ich konnte die Bemerkung, ob die was mit *Clavis* zu tun hatten, gerade noch zurückhalten. Woher hätte Emily von *Clavis* wissen sollen – wenn sie nicht selbst dazu gehörte? Also beschränkte ich mich darauf, meine Frage zu wiederholen. »Könnt ihr das alle?«

James runzelte ob meiner Sturheit ein wenig ärgerlich die Stirn, antwortete dann aber doch. »Inzwischen können es alle von uns, ja.«

Ich bemerkte, dass er das Wort »uns« auf eigentümliche Weise betonte. Meinte er damit die Familie oder etwas anderes, Größeres, Allumfassenderes? Ein Gegenstück zu *Clavis* möglicherweise? Zwei konkurrierende Geheimgesellschaften, daran hatte ich überhaupt noch nicht gedacht. Unabhängig davon hätte ich am liebsten nachgebohrt, was er mit »inzwischen« meinte, doch James legte seine Hand auf meine Schulter.

»Hör zu, Emily, ich weiß, es ist viel verlangt, das wegzustecken und nicht mal fragen zu dürfen. Vertrau mir bitte. Das ist eine sehr, sehr lange und komplizierte Geschichte, die zurückreicht bis …« Er unterbrach sich. »Also, jedenfalls sehr weit zurückreicht, und die nicht immer erfreulich war.«

»Ich versteh schon«, sagte ich. Dabei verstand ich eindeutig zu wenig, wenn auch mehr als James annahm.

Er lächelte. »Nein, das glaube ich kaum. Aber danke. Danke für deine Geduld und dein Verständnis.«

Das klang nach dem Ende unserer Unterhaltung, daher sollte ich aufstehen, mich verabschieden – und irgendwo da draußen Emilys Leben führen. Mir wurde schlecht bei der Vorstellung. Zögernd raffte ich mich auf und streckte James die Hand hin, der sie etwas verwundert nahm.

»Dann ist es wohl Zeit zu gehen.« Ich wollte gerade anschließen, ob er mir vielleicht ein Taxi rufen könnte, in der Hoffnung, dass James der Zentrale am Telefon gleich sagen würde, wohin mich der Wagen bringen sollte, aber so weit kam ich nicht, denn er stand gleichzeitig mit mir auf und nickte.

»Stimmt, gut, dass du mich erinnerst. Ich schätze, meine Patienten warten schon auf meine Hausbesuche.«

Entsetzt sah ich James an. »Du willst Jake allein lassen? Sollte nicht jemand bei ihm sein, auch wenn es ihm wieder einigermaßen gut geht?«

»Aber du bist doch hier, Em! Bitte, sieh ab und zu nach ihm. Er wird erst mal viel schlafen, und wenn er doch zwischendurch wach wird, wird er sich freuen, seine Lieblingstante zu sehen.« Er machte eine Pause, in der sein Gesicht sich leicht verdüsterte. »Oder hältst du mich für herzlos?«

»Um Himmels willen, nein!«, protestierte ich.

»Das ist gut. Ich würde lieber bleiben, aber ich kann mir nicht leisten, auf meine Honorare zu verzichten, die Hypotheken auf dieses Haus bringen mich noch um.« James grinste. »Du musst dir keine Sorgen machen, Jake wird morgen schon wieder okay sein. Er braucht Ruhe, sonst nichts. Wir sehen uns heute Abend.« Er beugte sich zu mir herüber, gab mir links und rechts einen Kuss auf die Wange und verschwand.

Als bald darauf unten die Tür ins Schloss fiel, wurde mir bewusst, dass ich ganz allein mit Jake im Haus war. Allein mit Jascha.

4.

Emily wusste selbstverständlich, welches Zimmer Jake gehörte, mir dagegen blieb nichts anderes übrig, als leise alle Türen zu öffnen. Nacheinander schaute ich in einen feminin anmutenden Raum mit einem Sekretär und einer etwas abgewetzten Sesselgarnitur, in ein bescheiden eingerichtetes Schlafzimmer und einen leer stehenden Raum, in dem nur eine Glühbirne von der Decke hing. Vermutlich hatte James nicht übertrieben, und die Jacobys brauchten das Geld wirklich. Dieses Haus verschluckte sicher eine Menge Erhaltungs- und Nebenkosten. Da sie sich dennoch nicht davon trennten, gab es vielleicht familiäre Bindungen.

Das war auf dieser Ebene alles, also musste sich Jakes Zimmer im Dachgeschoss befinden. Erwartungsvoll stieg ich die Treppe hinauf. Das Dachgeschoss wirkte sehr viel bewohnter als zu Wendys Zeiten. An der Decke im Flur hingen zwei Flugzeugmodelle, was ich als Hinweis auf Jakes Reich interpretierte.

Ich stieß die erste Tür auf und sah in einen behaglichen Raum, in dem ein Bett mit einem selbstgenähten Tagesüberwurf stand. Neben dem Gaubenfenster stand ein Schrank, davor zwei Sessel mit einem Tisch, der offensichtlich auch als Schreibtisch genutzt wurde, denn es lagen Hefte, lose beschriebene Blätter und ein ledernes Schreibetui darauf. Neugierig trat ich näher. Wessen Zimmer war das? Dann sah ich die auf dem Etui eingeprägten Initialen: E. F., Emily Fountain?! War dies mein Zimmer? Wohnte ich hier? Deshalb war James wie selbstverständlich davon ausgegangen, dass ich bei Jake blieb! Deshalb war Emilys Adresse auf der Patientenakte durchgestrichen und nicht durch eine andere ersetzt worden, deshalb hatte ich weder Handtasche noch Mantel unten im Wartezimmer gesehen. Ich konnte nur darüber spekulieren, weshalb Emily bei den Jacobys lebte. Vielleicht, weil sie nach dem Überfall nicht allein sein konnte.

Ich ließ das Zimmer auf mich wirken und erinnerte mich dabei, dass ich bei meiner Hausbesichtigung geglaubt hatte, in einem der Räume zwei Schatten zu sehen, einen kleinen und einen großen. Es war dieses Zimmer gewesen, dessen war ich mir sicher. Ich schob einen der Sessel zur Seite, um aus dem Fenster auf die Straße zu sehen. Die wenigen Autos kamen mir vor wie aus alten Kriegsfilmen, klobig und meist dunkel mit großer Motorhaube. Dabei rief ich mir ins Gedächtnis, wie ich unten auf der Straße stand, hier heraufblickte und das Gesicht einer Frau erkannte, die mir ähnlich sah. Emily.

Endlich konnte ich die seltsam dichte, fast greifbare Atmosphäre erklären, die ich im Dachgeschoss wahrgenommen hatte. Es musste Emilys Geist gewesen sein oder, da ich nicht recht an Geister glauben wollte, zumindest die Verbindung zwischen uns, die über die Jahrzehnte hinweg noch immer spürbar war. Meine Verbindung zu Emily und zu Jake. Ich starrte aus dem Fenster und betrachtete die Leute, die ähnlich gekleidet waren wie Emily und James und für mich alle so wirkten, als wären sie dem Fotoalbum meiner Großeltern entsprungen. Wenn ich nicht mittendrin gewesen wäre.

Immerhin, dass ich in diesem Haus lebte, würde eine Menge erleichtern. Vieles, dem ich mit Horror entgegengesehen hatte, blieb mir erspart, ich musste vor allem nicht zwangsweise raus in die fremde Welt. Obwohl – wenn ich es nicht zwingend musste, mochte es unter Umständen reizvoll sein, es trotzdem zu tun. Ich konnte ja immer wieder hierher zurück. Das da draußen waren die vierziger Jahre, direkt vor meiner Nase. Wenn nun …

»Hallo«, ließ mich eine leise Stimme herumfahren.

»Jake!« In der offenen Tür stand der Junge, den ich fast wieder Jascha genannt hätte, in seinem Schlafanzug. Er *stand,* auch wenn er sich mit dem Arm am Türrahmen abstützte. »Du solltest im Bett liegen!« Ich wollte auf ihn zugehen und ihn in sein Zimmer bringen, aber etwas in seinem Blick hielt mich davon ab. Er wirkte zurückhaltend, anders als vorhin im Garten. Dann änderte sich plötzlich sein Ausdruck, er lächelte. »Es ist langweilig im Bett.«

»Ja, das kann ich mir denken.« Ich erwiderte das Lächeln, nahm ihn an der Hand, und zusammen gingen wir über den Flur in sein Zimmer, wo weitere Flugzeugmodelle von der Decke hingen und an der Wand das Bild eines Piloten prangte. »Was möchtest du denn tun? Soll ich dir was vorlesen?«

»Hm. Gleich. Darf ich dich was fragen?«

»Ja, klar.«

»Was hast du geträumt?«

»Geträumt?«, wiederholte ich verblüfft.

»Daddy hat gesagt, Onkel Mortimer lässt dich einschlafen und träumen, und wenn du aufwachst, wirst du dich vielleicht erinnern können, wer dir weh getan hat. Kannst du dich erinnern?« Jake streckte beinah fürsorglich seine kleine Hand nach mir aus. Nichts Zurückhaltendes war mehr in seinem Verhalten, eher etwas sehr Liebevolles, was ihn älter wirken ließ als seine sechs Jahre.

»Nein, leider nicht«, erwiderte ich.

»Willst du es noch mal versuchen?«

»Ich weiß nicht«, murmelte ich, mehr zu mir selbst als zu Jake. Ich wusste es tatsächlich nicht. Es gab so viel Unvorhergesehenes, was dabei geschehen konnte. Wenn ich zum Beispiel zu früh wieder in meiner eigenen Zeit landete, war alles umsonst gewesen. Aber wer weiß, dachte ich, möglicherweise werde ich Mortimer mal um eine weitere Sitzung anbetteln, nämlich wenn ich dringend nach Hause muss und es selbst nicht bewerkstelligen kann. Ob das dann funktionierte, war eine ganz andere Frage. »Vielleicht hilft es ja irgendwann, aber ich habe noch gar nicht mit Dr. Grey darüber geredet.«

»Hm«, machte Jake.

»Du klingst nicht sehr überzeugt«, lächelte ich. »Meinst du, ich soll es lieber lassen?« Dass ich das ausgerechnet einen Sechsjährigen fragte, machte mir noch bewusster, wie unsicher ich war.

»Tu's nur, wenn du's wirklich willst«, war Jakes kluge Antwort. »Ich tue auch keine Dinge, die ich nicht will.«

Jetzt musste ich doch lachen. »Ach! Was sagen denn deine Eltern dazu?«

Jake verdrehte die Augen und griente. »Denk gar nicht erst dran, Jakob!«, sagte er mit etwas tieferer Stimme und schürzte die Lippen.

»Wir wissen alle, dass du deinen eigenen Kopf hast, aber den habe ich auch!«

Das war James in Reinkultur und außerdem schon eine Andeutung des erwachsenen Jascha. Gleich darauf jedoch kicherte Jake ungehemmt. Als er sich wieder beruhigt hatte, fragte er: »Liest du mir jetzt was vor? Die Geschichte von den Löwen im *Strand*?«

Es dauerte etwas, bis ich begriff, dass er die Zeitschrift aus dem Wartezimmer meinte. Ich holte sie von unten, setzte mich auf Jakes Bett und suchte den Artikel über die Löwen.

»Weiter hinten«, wies Jake mich an, und beim Durchblättern blieb unser beider Blick an einer Werbung für Quality Street Toffees hängen. »Hast du noch welche?«, fragte er begehrlich.

Gute Frage. Falls ja, hatte ich keine Ahnung, wo, also zuckte ich etwas ratlos mit den Schultern. Jakes Blick ließ nur den einen Schluss zu: Er würde nicht lockerlassen. Also ging ich in mein Zimmer und kehrte drei Minuten später siegessicher mit einer angebrochenen Dose Toffees zurück. »Bedien dich!«

Jake zögerte und schaute fast wachsam von den Toffees zu mir.

»Welche magst du denn am liebsten?«, fragte ich.

»Die da.« Jake deutete auf ein dreieckiges Stück, das in grüne Folie eingewickelt war.

»Die? Aber die kleben doch gar nicht so schön an den Zähnen«, antwortete ich und hoffte, dass die Firma ihre Toffees und Schokoladen in den letzten sechzig Jahren nicht wesentlich verändert hatte und in den Formen, die mir vertraut waren, auch damals schon dieselben Süßigkeiten steckten. Demnach müssten die grünen Dreiecke Schokolade mit Nougat enthalten.

»Na ja …« Jake zögerte erneut.

»Nun nimm schon die Klebrigen, wenn du die lieber magst. Ich verrat's bestimmt niemandem!«

»Aber was ist mit dem Zahn? Ich will nicht noch einen wackeligen Zahn verlieren wegen so einem Bonbon.« Er öffnete den Mund und deutete mit seinem Zeigefinger auf eine Lücke im Unterkiefer. »Du weißt doch noch, oder?«

Ich legte meine Stirn in Falten und tat so, als würde ich nachdenken. Dann nickte ich. »Ja, gerade fällt's mir wieder ein. Du hast gar nicht geweint«, wagte ich einen Schuss ins Blaue. Jake sah nicht aus wie ein Junge, der wegen eines verlorenen Milchzahns in Tränen ausbrach.

»Hm«, machte er wieder. Dann griff er in die Toffee-Dose und nahm ein schmales Stäbchen heraus, zumindest in meiner Zeit mittelweiches Karamell in Schokolade. Er wickelte es aus und schob es langsam in den Mund, wobei er mich keinen Moment aus den Augen ließ. »Willscht du nichtsch?«, nuschelte er kauend.

Ich griff nach dem grünen Dreieck, auf das Jake zugunsten des Karamells verzichtet hatte, und wickelte es aus.

Jake beobachtete meine Finger, die das Einwickelpapier kneteten. »Emily mag die Runden in Goldpapier, genau wie meine Maman. Sie machen sich immer einen Spaß daraus, sich drum zu streiten.«

Wie vom Donner gerührt schluckte ich die Schokolade runter und hustete. Dieses Kind war sechs Jahre alt! Wie konnte es bemerkt haben, was ich sowohl vor James als auch vor Mortimer hatte verbergen können? Andererseits: Jake war ein Kind, und Kinder nehmen Dinge wahr, die Erwachsene nicht wahrnehmen, weil die nur sehen, was sie zu sehen erwarten. Ich fragte mich, was er glaubte und welche Erklärung er sich zurechtgelegt hatte.

Egal, was es war, wenn ich mich James nicht anvertraute, konnte ich auch das Risiko, ausgerechnet einen kleinen Jungen zu meinem Verbündeten zu machen, nicht eingehen.

»Das stimmt, ich mag die Runden am allerliebsten, aber es ist nur noch einer davon da, und den heben wir für deine Mama auf.«

»Maman«, verbesserte mich Jake, indem er das Wort wie zuvor auf Französisch aussprach. »Sie kommt erst nächsten Monat von Großpapa und Großmama zurück, das ist noch lange hin. Du kannst den Runden natürlich auch für Emily aufheben. Falls sie früher zurückkommt.« Fragend und wissend zugleich sah Jake mich an.

»Aber … ich bin doch hier«, widersprach ich.

Jake sah mich nur an, als wolle er sagen, ich möge ihn nicht für dumm verkaufen.

»Wenn du nicht glaubst, dass ich Emily bin«, tastete ich mich angespannt vor, »wer sollte ich denn dann sein?«

»Jemand, den Onkel Mortimer geholt hat.«

Das war ausgesprochen gut beschrieben. »Warum sollte er das tun? Und außerdem: So was geht doch gar nicht.«

»Du bist hier, also geht es.« Kinder konnten manchmal so unglaublich logisch sein, dass es einem Erwachsenen die Sprache verschlug. »Und außerdem«, imitierte er meinen Tonfall, »glaube ich, dass er nicht weiß, was er getan hat.«

Es hatte keinen Zweck, weiter mit Jake zu debattieren, es war Zeit aufzugeben. »Ich … bin also nicht besonders überzeugend, oder?«, fragte ich kläglich.

Jakes Grinsen kehrte zurück. Langsam und klein zwar, aber es war da. »Doch. Daddy und Onkel Mortimer werden nichts merken, jedenfalls nicht, wenn ich dir helfe.«

»Du willst mir helfen?«

»Klar.«

»Aber …«

»Möchtest du gar nicht wissen, was du falsch gemacht hast?«, unterbrach mich Jake, dem die Sache offenbar Spaß zu machen begann.

»Was denn?«

»Ich hab meinen Zahn verloren, als ich mich letzte Woche mit Matthew Ryan geprügelt habe.« Seine triumphierende Miene ließ keinen Zweifel daran, dass der Kampf für Jake entschieden besser ausgegangen war als für Matthew, trotz des verlorenen Zahns. Seine Geschichte mit dem Toffee beinhaltete aber noch was anderes.

»Du hast schon vorher vermutet, dass ich nicht Emily bin, und beschlossen, mich reinzulegen, stimmt's?«

Jake lachte und zeigte dabei sehr deutlich seine Zahnlücke.

»Woran hast du's erkannt?«, hakte ich nach.

»Zuerst hab ich's einfach gefühlt, gleich im Garten, als du mich Jascha genannt hast. Tante Emily … Etwas ist anders, wenn sie da ist. Ich weiß nicht … Etwas in ihrem Inneren, das man außen sieht … Also, nicht sieht … aber merkt. Fühlt.«

»Warum …« Ich zögerte und begann dann noch mal. Ich musste diese Frage stellen. »Wie kommt es, dass du so einfach akzeptierst, dass ich hier bin? Dass ich in Emilys Körper bin?«

»Weil ich es geträumt habe. Von Tante Emily, die nicht wirklich Tante Emily war. Ich hab einen Schatten gesehen, einen zweiten Körper über ihrem, verschwommen, aber er war da.«

»Und jetzt glaubst du, dein Traum ist Wirklichkeit geworden?«, erkundigte ich mich.

Eine Sekunde lang starrte Jake an mir vorbei, bevor er mir wieder in die Augen sah. »Manchmal träume ich etwas, was dann auch passiert.« Er wirkte nicht besonders glücklich. »Ich weiß gewöhnlich beim Aufwachen, ob das so ein Traum war.«

»Du hast also geträumt, dass ich kommen würde?«

Jake schüttelte den Kopf. »Als du mich zum ersten Mal angeschaut und mir durch die Haare gestrichen hast, da hab ich den Schatten wiedergesehen. Er hat sich ganz schnell mit Emily … vermischt, aber ich wusste, dass es war wie in meinem Traum und dass Tante Emily nicht mehr Tante Emily ist.« Das schien ihm als Erklärung vorerst zu genügen. »Warum bist du hier?«, wollte er wissen.

»Tja, siehst du, Jake«, beschloss ich, die Wahrheit zu sagen, »ich muss jemandem helfen, das ist leider im Augenblick alles, was ich weiß.«

»Wem musst du helfen?«

»Einem … Freund.« Ich brachte es nicht über mich, ihm zu erklären, dass dieser Freund sein eigener Sohn war.

Jake grinste auf einmal wieder. »Du bist verliehiebt!«

»In wen ist sie verliebt?«, erklang hinter mir eine Stimme.

Ich fuhr herum. In der Tür stand Mortimer Grey. Wie kam der Mann ins Haus? Wie lange hatte er schon dort gestanden?

»Hallo, Onkel Mortimer«, sagte Jake, der es offenbar normal fand, dass der Freund seines Vaters in sein Zimmer platzte.

»Hallo, Junge. Geht's dir besser?«

Jake nickte und errötete. »Ich bin hingefallen und hab mir ein bisschen den Knöchel verrenkt. War blöd, dass ich so geschrien habe. Morgen kann ich wieder aufstehen.« Der Junge hatte offensichtlich Übung darin, die Kräfte, die in seinem Körper wohnten, vor anderen zu verbergen.

»Ach, das muss dir nicht peinlich sein, du hast dich erschrocken, das ist doch ganz natürlich«, lächelte Mortimer. »Und in wen ist deine Tante Emily nun verliebt?«, fragte er dann augenzwinkernd. »Oder ist das ein Geheimnis?«

Ich wusste nicht, ob ich konsterniert, wütend oder misstrauisch sein sollte. »Ach, Jake hat übertrieben«, beschloss ich diese Diskussion ein für alle Mal zu beenden.

»Jake übertreibt nie, er weiß immer, was er sagt, oder?«, stellte Mortimer fest. Er wirkte dabei ausgesprochen belustigt – und ausgesprochen anziehend.

»Tante Emily ist in mich verliebt!«, ließ sich Jake vernehmen. »Sie hat gesagt, sie heiratet mich, wenn ich erwachsen bin.«

»So, hat sie das? Na, das dauert sicher noch eine ganze Weile, und bis es so weit ist, werde ich mal deine Braut entführen, ja? Das heißt, wenn sie sich entführen lässt.« Letzteres war an mich gerichtet. Mortimers grüne Augen hatten mich schon in meiner eigenen Zeit beeindruckt, jetzt, da sie noch jünger und strahlender waren, schaffte ich es kaum, meinen Blick auf etwas anderes zu richten. Sie hatten auch ganz ohne offizielle Sitzung etwas Hypnotisches. Ich hätte Jake liebend gern als Entschuldigung benutzt, nicht mit Mortimer gehen zu müssen, brachte es aber nicht über meine Lippen.

»Kommst du ohne mich zurecht?«, fragte ich Jake stattdessen.

»Klar. Wenn du wiederkommst, kannst du mir die Löwengeschichte vorlesen.«

»Versprochen« Als Mortimer mir voran das Zimmer verließ, zwinkerte ich Jake noch einmal kurz zu, was er mit einem Grinsen quittierte.

5.

Auf der Treppe wandte ich mich an Mortimer, doch er kam mir zuvor. »Ich habe James zufällig getroffen, und er erzählte mir, dass mit seinem Sohn alles in Ordnung ist. Er hatte nichts dagegen, dass ich kurz komme und mir die Unterlagen hole, die ich vorhin vergessen habe.«

An meinen hochgezogenen Brauen konnte er ablesen, was mich beschäftigte. »Oh, stimmt, das können Sie nicht wissen, Sie wohnen ja noch nicht lange hier. James und ich haben uns gegenseitig unser Hausschlüsselversteck verraten, für den Notfall sozusagen.«

»Ich verstehe«, sagte ich langsam. »Und bei der Gelegenheit wollten Sie auch gleich nach Jake sehen.«

Mortimer grinste fast ein bisschen verlegen. »Nun, genau genommen nicht nach Jake, sondern nach Ihnen.«

»Nach mir?«

»Sie haben mir gar nicht gefallen nach unserer Sitzung, Miss Fountain, und ich wollte mich einfach vergewissern, dass Sie sich erholt haben. Normalerweise reagieren meine Patienten auf die Hypnose anders als Sie. Zugegebenermaßen war ich beunruhigt.«

Mittlerweile waren wir im Sprechzimmer angekommen. Auf einem Tisch am Fenster lag eine braune Mappe, die Mortimer an sich nahm. »Da sind sie ja.« Dann drehte er sich zu mir um und fixierte mich mit seinem Blick. Ich begann zu verstehen, was James gemeint hatte, als er sagte, die Frauen würden bei Mortimer reihenweise umfallen.

»Wie geht's Ihnen inzwischen?«, fragte er. Eigentlich hätte ich bei der Frage den Therapeuten vor mir sehen müssen. Stattdessen sah ich den Mann.

»Ganz gut, danke. Ich schätze, mir ist dasselbe passiert wie Jake, ich war einfach verwirrt und habe überreagiert.«

»Das wäre möglich.« Er machte eine Pause. »Erlauben Sie mir trotzdem eine Frage? Als ich Sie aus der Hypnose zurückbrachte, war Ihre erste Reaktion eher gelassen, Sie haben sogar gesagt, Sie hätten sich gedacht, dass die Sache nicht funktionieren würde.« Wieder hielt er inne und wartete mein Nicken ab. Mir schwante, was gleich kam. »Wenn also überhaupt nichts passiert ist – weshalb haben Sie sich verwirrt gefühlt? Können Sie beschreiben, was in Ihnen vorging?« Er merkte, dass ich mich bei dieser Frage unwohl fühlte, und reagierte prompt. »Verzeihen Sie, ich benehme mich unmöglich. Ich überfalle Sie einfach mit meiner beruflichen Neugier, dabei bin ich ganz privat und nicht als Arzt hier. Lassen wir das und machen stattdessen einen Termin aus, einverstanden?«

Was sollte ich tun? Ich kam um ein Gespräch mit Mortimer nicht herum, aber vielleicht war es besser zu warten, bis James dabei sein konnte. Allerdings hatte der sicher eine Menge zu tun und durfte nicht meinetwegen seine Patienten vernachlässigen. Die Alternative war, jetzt mit Mortimer zu reden. Allein. Der Mann weckte durchaus zwiespältige Gefühle in mir. Ich wollte seiner Person und seiner Rolle in dieser Sache auf den Grund gehen, obwohl ich mich gleichzeitig davor fürchtete. Trotzdem – oder vielleicht gerade deswegen? – übte er eine Faszination auf mich aus, der ich mich nicht entziehen konnte. War das gut oder schlecht? Ich musste eine Entscheidung fällen.

»Nein, das geht schon in Ordnung«, sagte ich nach einem Räuspern. »Ich möchte nur schnell Jake Bescheid sagen, dass es etwas länger dauert.«

»Aber nur, wenn Sie sich sicher sind. Ich will mir hinterher von James keine Vorhaltungen machen lassen, dass ich die Patentante seines Sohnes vereinnahme.« Bei den letzten Worten lächelte er.

Jake schlief tief und fest und bemerkte nicht mal, dass ich in sein Zimmer sah, so dass ich kurze Zeit später wieder bei Mortimer stand. »Wollen wir in den Garten gehen?«, schlug er vor.

Auf der Terrasse standen ein paar Stühle und ein Tisch, die Abendsonne schien auf uns herab, und die Stimmung war so schön, dass ich einen Moment vergaß, weshalb wir dort saßen. Auch Mortimer ließ seinen Blick schweifen. »Ich wollte, mein Garten wäre auch eine Oase der Ruhe.

Stattdessen ist er etwa acht Quadratmeter groß und liegt direkt an einer Eisenbahnlinie. Der Makler nannte das ›gute Verkehrsanbindung‹.«

Ich lachte. »Was haben Sie denn erwartet? Hätte er damit werben sollen, dass der Zug praktisch an Ihrem Bett vorbeifährt?«

»Das Schlafzimmer liegt nach vorne raus«, gab Mortimer zu und blinzelte dabei. Ich war mir nicht sicher, ob er das wegen der Sonne tat oder aus anderen Gründen. Aber ein Arzt flirtete doch nicht mit seiner Patientin?

Ich fragte mich, wie Emily reagiert hätte, und schaute weg, als ich wieder sprach. »Um auf Ihre Frage zurückzukommen, ich bin mir nicht sicher, was direkt nach meinem Erwachen in mir vorging. Zuerst glaubte ich, es wäre wirklich nichts geschehen, als hätte ich einfach dagelegen und mich einigermaßen entspannt.«

»Ich verstehe. Und dann?« Er war ganz professionell geworden, fast ein wenig kühl.

»Dann kam es mir mit einem Mal so vor, als wäre ich doch kurzzeitig woanders gewesen.«

»Haben Sie Bilder gesehen? Menschen?«

»Ein Zimmer … wie das, in dem ich lag.« Vielleicht sollte ich so dicht an der Wahrheit bleiben wie möglich. Ich konnte schlecht vorgeben, den Überfall auf Emily gesehen zu haben oder die Zeit kurz davor, ich wusste ja nicht mal, wo er überhaupt stattgefunden hatte.

»Aber es war nicht James' Sprechzimmer?«

»Nein, ich glaube nicht. Es hat anders ausgesehen, die Wände, die Möbel. Aber vielleicht täusche ich mich auch und war nur durcheinander.«

»Beschreiben Sie es bitte, so genau Sie können.«

Eben das hatte ich vermeiden wollen. Wenn Mortimer bei unserem ersten Treffen im Henrietta Park wieder einfiel, was Emily damals gesagt hatte, würde er bestimmt Wendys Praxis wiedererkennen. Also blieb ich vage.

»Es war nur ein Sekundenbruchteil, aber ich glaube, die Wände waren anders gestrichen. Gelb vielleicht.«

»War noch jemand bei Ihnen?«

»Eine Frau, hinter mir. Und zwei Männer, die etwas weiter weg saßen.«

»Was haben sie gesagt?«

»Nichts. Ich hatte das Gefühl, die Frau erwartete etwas von mir, und ich wusste, ich würde sie enttäuschen.«

Mortimer schwieg einen Moment, bevor er sich vorbeugte und seine nächste Frage stellte. »Wie hat die Frau ausgesehen?«

»Das weiß ich nicht. Sie saß ja hinter mir. Ich ... habe nur ihre Gegenwart gespürt. Tut mir leid, dass ich nicht mehr sagen kann.«

Mortimer lehnte sich wieder zurück. »Das muss Ihnen nicht leidtun. Wir hatten heute gerade die erste Sitzung, und obwohl ich zugeben muss, dass ich mir etwas mehr erhofft habe, ist doch wenigstens ein bisschen dabei herausgekommen. Ich würde Sie gern bald noch einmal hypnotisieren. Sie wissen dann, was auf Sie zukommt, und sind vorbereitet. Wären Sie einverstanden?«

»Darf ich darüber nachdenken?«

»Selbstverständlich. Melden Sie sich, sobald Sie sich entschieden haben.«

»Haben Sie ...«, begann ich ganz instinktiv, weil ich es unbedingt wissen wollte, stockte dann aber.

»Habe ich was?«, fragte Mortimer.

»... eine bestimmte Vorstellung von dem, was ich da gesehen habe? Glauben Sie, das hat etwas zu bedeuten?«

Mortimer sah mich offen an. Das Gold in seinen Augen dominierte jetzt eindeutig über das Grün, was vielleicht am Licht lag. »Ich glaube, Miss Fountain, es ist besser, wenn Sie unvoreingenommen in die nächste Hypnose gehen. Sie sollten nicht schon vorher erwarten, das zu sehen, was Sie denken, das ich mir vorstelle.« Unvermittelt breitete sich ein Lächeln auf seinem Gesicht aus, vielleicht wegen seiner unmöglichen Satzkonstruktion, und plötzlich war er wieder der andere, gelöste Mortimer.

Mein Lächeln kam ganz automatisch. »Ich wüsste aber wirklich gern, was Sie denken.«

Mortimer lachte leise. »Das glaube ich! Trotzdem muss ich auf meiner Zurückhaltung bestehen.«

»Ich dachte immer, ärztliche Schweigepflicht bezieht sich nur auf Dritte«, stellte ich etwas empört fest.

»Dann haben Sie ja heute was Wichtiges dazugelernt«, spöttelte er und stand auf. »Miss Fountain, in Ihnen steckt viel mehr Energie und Durchsetzungsvermögen, als ich zuerst annahm und, verzeihen Sie, eine gewisse Sturheit.«

»Dabei sollen Ärzte doch so gute Menschenkenner sein.«

»Sind wir auch. Das heißt aber nicht, dass wir grundsätzlich vor allen Überraschungen gefeit sind. Ich bin sehr zuversichtlich, dass wir bei weiterer Zusammenarbeit Ihr Problem früher oder später lösen werden.«

»Das würde mich freuen«, erwiderte ich, wobei mir selbst nicht ganz klar war, ob ich die weitere »Zusammenarbeit« meinte oder die Lösung meines beziehungsweise Emilys Problems. Der Mann machte erheblich mehr Eindruck auf mich als er sollte. Das wiederum war ein Problem, das ich weder bedacht hatte noch brauchen konnte. Ganz zu schweigen davon, was Leon von der Sache halten mochte. Allein der Gedanke an Leon ließ mich ruhiger werden. Ich erhob mich und reichte Mortimer die Hand. »Dann also auf Wiedersehen, Doktor.«

»Das hoffe ich, Emily.« Sein Ton klang neutral, obwohl er mit einem Mal meinen Vornamen benutzte, noch dazu glaubte ich, ein Blitzen in seinen Augen gesehen zu haben. »Bleiben Sie ruhig im Garten, ich finde allein raus.«

Das tat ich für etwa zehn Minuten, in denen ich über Mortimer nachdachte, ohne sein widersprüchliches Wesen besser interpretieren zu können als vor unserem Gespräch. Dann ging ich hinauf, um nach Jake zu sehen, der nach wie vor schlief. James war noch nicht zurück, also machte ich mich daran, Emilys Zimmer systematisch zu durchsuchen. Ich begann mit den Schränken, die wenig hergaben: Kleidung und Wäsche, allesamt ordentlich und sauber, aber nicht mehr neu, eine Handtasche mit einigen Papieren, die mich nicht weiterbrachten. Emily lebte hier nur auf Zeit, ihre eigentliche Wohnung befand sich bei der durchgestrichenen Adresse auf der Patientenakte.

Wie wichtig war Emily Fountain als Person für mich? Hatten wir einfach nur genug ähnliche Erfahrungen, dass es mir leicht fiel, so lange wie nötig ihr Leben zu führen? Wäre ich auch in jede andere Person geschlüpft, die zufällig in diesem Haus wohnte? Und was passierte eigentlich mit mir, während mein Ich in Wendys Sprechzimmer lag? Wie viel Zeit verging dort? Ebenso viel wie hier?

Ich zwang mich, die aufsteigende Angst zu unterdrücken. Sie würde nicht dazu beitragen, Como zu helfen, im Gegenteil. Wenn er die treibende Kraft hinter all meinen Erlebnissen war, dann wusste er, was er von mir verlangte, und er würde nichts von mir verlangen, was ich nicht meistern konnte oder was mich in Lebensgefahr brachte. Oder doch?

»Was soll ich hier, Como?«, fragte ich laut in das leere Zimmer hinein, ohne mit einer Antwort zu rechnen. Ich irrte mich.

Du musst den drei Schlüsseln folgen, hörte ich eine Stimme in mir, nicht Comos, sondern meine eigene, die zu Recht ungeduldig klang.

Die Schlüssel, na klar! Aber wie sollte ich einen Gegenstand von der Vergangenheit in die Zukunft transportieren? Dem Problem konnte ich mich später widmen, erst mal musste ich den Schlüssel finden. Dazu würde ich meine systematische Suche möglichst unauffällig auf das ganze Haus ausdehnen. Mir widerstrebte es, Jake um Hilfe zu bitten. Es war eine Sache, Jake wegen Emily auszufragen oder mir so weit helfen zu lassen, dass ich keine allzu großen Fehler machte, aber eine ganz andere, ihn einer Gefahr auszusetzen. Vermutlich suchten diejenigen, die für James' und viele Jahrzehnte später für Jakes Tod verantwortlich waren, genauso wie ich nach den geheimnisvollen Schlüsseln, und Jake durfte da unter keinen Umständen jetzt schon mit hineingezogen werden.

An diesem Abend kam ich nicht weiter. James kehrte von seinen Krankenbesuchen zurück und brachte eine ältere Dame mit, die mich freundlich begrüßte und die James nur Mrs. B. nannte. Sie bereitete das Essen zu und kam offensichtlich hin und wieder vorbei, während Claire fort war. Claire war bisher für mich mehr oder weniger eine Art Phantom. Ich wusste nichts über sie, außer dass James sie sehr geliebt hatte, dass sie sich gegenwärtig bei ihren oder James' Eltern aufhielt und nächsten Monat zurückerwartet wurde. Wie war sie? Wie sah sie aus? Ich nahm mir vor, Jake bei Gelegenheit danach zu fragen.

Nach dem Abendbrot erzählte ich von Mortimers Besuch und unserer Unterhaltung, woraufhin James die Stirn runzelte. Als er aber hörte, dass alles komplikationslos verlaufen war, nickte er zufrieden.

Meine erste Nacht als Emily war alles andere als erholsam. Ich wälzte mich von einer Seite auf die andere und grübelte unendlich über Dinge, die ich im Augenblick doch nicht ändern konnte. Sogar die Gedanken, die zu Leon und zu meinem »alten« Leben wanderten, halfen diesmal nicht, mich zu entspannen. Tagsüber war ich wenigstens abgelenkt gewesen, nun lag das Haus still und dunkel da, und ich hätte heulen können vor Sehnsucht nach jemandem, der mich festhielt und mir zuwisperte, dass das alles nur ein Traum war.

6.

Bevor ich am nächsten Morgen hinunterging, schaute ich kurz bei Jake vorbei, doch er war nicht in seinem Zimmer. Kurze Zeit später stand ich am Fuß der Treppe im Flur des Hauses und starrte auf die geschlossene Eingangstür, die mich magisch anzog. Es gab keine Gewissheit darüber, dass das, was ich tun musste, hier im Haus zu tun war. Wenn es um den Schlüssel ging: Der konnte sonst wo sein – auch irgendwo dort draußen. Gestern hatte ich noch daran gedacht hinauszugehen in das England der vierziger Jahre, etwas zu sehen, was jemand aus meiner Generation nur aus Filmen und Büchern kannte. Wer bekam schon die Gelegenheit, in der Vergangenheit herumzulaufen – da zu sein, daran teilzuhaben, sie zu erleben? Was für eine faszinierende Idee. Ich könnte mir die römischen Bäder ansehen, die Heilige Quelle, das Wasser. Das heilige Wasser. Gleichzeitig hatte ich Angst, mich nicht zurechtzufinden oder etwas falsch zu machen. Ich war hin und her gerissen.

Die Neugier siegte. Ich musste es ja nicht gleich übertreiben, sondern nur ein bisschen die Straße rauf- und runtergehen. Dazu brauchte ich nicht mal einen Mantel oder meine Handtasche. Langsam, fast vorsichtig öffnete ich die Tür und blickte auf die Henrietta Street, leergefegt und ruhig im Vergleich zu meiner eigenen Gegenwart. Ein paar Fußgänger, hin und wieder ein Auto. Eine oder zwei Minuten stand ich da und beobachtete, was ich ebenso gut von meinem Fenster aus sehen konnte.

Dann machte ich meinen ersten Schritt in die Welt der Vergangenheit. Das heißt, ich wollte ihn machen, aber ich prallte zurück wie von einer unsichtbaren Mauer. Ich versuchte es erneut. Vergeblich. Probehalber streckte ich die Hand aus und stieß gegen etwas, das durchsichtig war und nur ein ganz klein wenig nachgab. Es war als befände ich mich in einer Art stabilen Seifenblase, aus der es keinen Weg heraus gab. Abgesehen von einer Richtung: zurück.

Ich war eingeschlossen. Eingeschlossen in das Haus und den Garten, in ein paar Quadratmeter Vergangenheit, und die Zeit würde nicht erlauben, dass ich woanders hinging. Was ich zu erledigen hatte, fand fraglos im Haus statt. Ich horchte in mich hinein und stellte fest, dass ich gleichermaßen enttäuscht und erleichtert war.

Sorgfältig schloss ich die Tür und hoffte, dass niemand auf die Idee kommen würde, mich zu einem Ausflug zu überreden, weil ich spätestens dann in Erklärungsnot geraten würde.

Nachdenklich betrat ich die Küche, vielleicht gab es noch Frühstück, obwohl es schon neun war. Mrs. B. kam gerade durch die Terrassentür herein. Sie trug Gummihandschuhe und eine schmutzige Schürze und war anscheinend gerade beim Unkrautjäten gewesen. Offensichtlich kümmerte sie sich in Claires Abwesenheit auch um den Garten. »Guten Morgen, Miss Fountain. Möchten Sie Rührei zum Frühstück? Ich brühe Ihnen auch gleich frischen Tee auf, und den Toast da rühren Sie gar nicht erst an, der macht schon Schuhsohlen Konkurrenz.« Die schmale, grauhaarige Frau war offensichtlich angewiesen worden, mich nach Strich und Faden zu verwöhnen.

»Bitte bemühen Sie sich nicht, ich kann mich gut selbst versorgen«, versicherte ich ihr, obwohl mich der Anblick des uralten Herdes einschüchterte und ich mir alles andere als sicher war, ihn bedienen zu können.

»Unsinn, dafür bin ich schließlich da, und Dr. Jacoby würde mich zu Recht fristlos rauswerfen, wenn ich Sie auch nur einen Finger krümmen lasse. Ich werde gleich …«

»Hallo, Tante Emily!«, wurde sie von Jake unterbrochen, der ebenfalls aus dem Garten reinkam. Er humpelte ein wenig, und ich fragte mich, ob er wirklich noch ein bisschen Schmerzen hatte oder ob er das tat, um seine Geschichte glaubwürdiger erscheinen zu lassen. »Es hat keinen Zweck, Mrs. Blunt zu widersprechen!« Er grinste und wirkte dabei wieder so erstaunlich erwachsen. Außerdem hatte er mir aus der Patsche geholfen und Mrs. B.'s vollständigen Namen genannt. Bisher hatte ich jede direkte Anrede vermieden, weil ich nicht wusste, ob es unhöflich gewesen wäre, die Abkürzung zu benutzen, wie es der Rest der Familie tat.

»Ganz richtig«, schaltete sich Mrs. B. ein. »Sie setzen sich hin und essen.«

Jake lehnte sich an den Küchenschrank und sah mir zu, wie ich Unmengen von Rührei in mich reinstopfte.

»Wie geht's deinem … Knöchel?«, fragte ich zwischen zwei Gabeln.

»Ganz gut, tut fast nicht mehr weh.«

»Dir würde überhaupt nichts wehtun, wenn du nicht ständig so viel Unsinn im Kopf hättest«, schimpfte Mrs. B.

Jake streckte ihr hinter ihrem Rücken die Zunge raus, und ich musste mir ein Lachen verkneifen.

Erst nachdem sie sich verabschiedet hatte, sah Jake mich auffordernd an. »Weißt du inzwischen, wie du deinem Freund helfen kannst?«

»Ja, ich glaube, ich hab eine Ahnung, was ich hier soll.«

»Was denn?« Die Neugier auf seinem Gesicht entsprach ganz der eines Sechsjährigen. Wieder meldete sich mein schlechtes Gewissen, weil ich mich ihm nicht anvertrauen durfte – und Jake bemerkte es. »Du kannst es mir nicht sagen, oder?«

Ich seufzte. »Ich würde gern, aber ich glaube, es ist besser, wenn ich das für mich behalte. Verstehst du das?«

»Hm. Es ist aus demselben Grund, weshalb niemand wissen darf, dass wir uns selbst heilen können.« Er bemühte sich sichtlich um Verständnis, trotzdem gelang es ihm nicht ganz, seine Enttäuschung zu verbergen.

»Ich vermute, es hat was damit zu tun, ja.«

»Verrätst du mir dann wenigstens deinen richtigen Namen? Wenn ich verspreche, dass ich mich nicht verplappere?«

Ich brachte es kaum über mich, ihn schon wieder zu enttäuschen und biss mir auf die Lippen. Dabei spürte ich, wie mich Jakes Augen durchdrangen. Ich hob den Blick und begegnete seinem. Eine ganze Weile musterten wir uns gegenseitig, bis sich seine Augen auf einmal weiteten und er erblasste.

»Was ist denn?«, fragte ich erschrocken. »Hast du Schmerzen?«

»Ich weiß, wer du bist«, flüsterte er. »Du musst es mir nicht sagen.«

Seine heisere Stimme verursachte mir eine Gänsehaut. Nicht nur, dass ich mich fragte, was genau er eigentlich meinte. Wusste er alles über mich, über Juta Berg? Ich begriff nicht, wie das möglich sein konnte, andererseits verfügte diese Familie über allerhand Fähigkeiten. Falls er also Juta sah, was erschreckte ihn daran so sehr? Hatte es was mit dieser Stimme zu tun, die mir dauernd sagte, ich würde eine Verantwortung tragen, der ich gerecht werden sollte? Oder sah er etwas in der Zukunft, sah er die Verbindung zwischen ihm und mir? Oder etwas, das mir widerfahren würde? Seinem Gesichtsausdruck nach zu urteilen wäre das gelinde ausgedrückt etwas eher Unschönes. Ein Kloß bildete sich in meinem Hals, so groß, das ich kaum noch Luft bekam.

Jakes Blick wurde sanfter. »Du weißt es nicht«, stellte er fest.

»Was?«, fragte ich verzweifelt. »Was weiß ich nicht? Wer ich bin?«

Jake zauberte ein Lächeln auf seine Züge. »Das ist gut. Es wäre zu früh.«

»Zu früh?«, echote ich verwirrt. »Was meinst du damit?«

»Du wirst es erfahren, wenn es an der Zeit ist«, sagte Jake nur und brachte mich damit fast auf die Palme. Ich malte mir alles Mögliche aus, und dieses Kind sprach in Rätseln. Wie konnte ein Sechsjähriger so darin geübt sein, aus allem ein Geheimnis zu machen?

»Jake, bitte …« Ich nahm seine Hände in meine und sah ihn eindringlich an. »Ich muss das wissen. Es könnte mir helfen zu tun, was ich zu tun hier bin.«

Einen Augenblick lang schien er zu schwanken. Dann schüttelte er den Kopf. »Nein. Das darf ich nicht. Komm, ich zeige dir stattdessen das Haus. Vielleicht hilft dir das auch.«

Es blieb mir nichts anderes übrig, als ihm zu folgen. Jake begann seine Führung unten im Praxisbereich, wobei er mir bedeutete, leise zu sein. Offensichtlich war gerade Sprechstunde, die Tür zum Wartezimmer stand halb offen, und ich sah zwei ältere Männer und eine schwangere Frau darin sitzen. Im Flur nahm ich zum ersten Mal den Schreibtisch wahr, weil jetzt eine junge Frau daran saß, die mich an Mrs. Blunt erinnerte. Sie sah kurz von einer Patientenakte hoch und grüßte lächelnd. Ich erwiderte den Gruß und ließ mich von Jake weiterlotsen in den einzigen Raum im

Erdgeschoss, den ich noch nicht kannte. Vorsichtig schloss Jake die Tür hinter sich.

»Das da draußen ist Janey, die Tochter von Mrs. B., sie ist Daddys Sprechstundenhilfe. Sie war gestern nicht da, weil Daddy normalerweise mittwochnachmittags nur Hausbesuche macht.« Dann breitete er die Arme aus. »Das ist Daddys Bibliothek.«

Der Raum strahlte eine wunderbar ruhige und gelassene Atmosphäre aus. Die Wände waren vom Fußboden bis zur Decke mit Regalen vollgestellt, im Fenstererker standen zwei bequeme Sessel und ein niedriger Tisch, in der einzigen anderen freien Ecke ein massiver Holztisch mit einem Stuhl davor, und auf diesem Tisch stand die Büste eines Mannes, der mir fast vertraut geworden war: Paracelsus. Sein Auftauchen brachte mich etwas aus der Fassung. Ich dachte an das Foto, das Max uns gebracht hatte: Jaschas Körper vor dem Paracelsus-Grab. Und jetzt stand Jake so quicklebendig vor mir, in einem Raum mit der Büste. Schnell schaute ich in eine andere Richtung.

»Hier würde ich mich gern mal länger umsehen«, sagte ich zu Jake, der abwartend an der Tür stehen geblieben war.

»Es gefällt dir«, stellte er fest. »Das dachte ich mir.«

»Ich liebe Bücher und hätte schon immer gern Platz für eine eigene Bibliothek gehabt, aber meine Wohnung ist nicht sehr groß, deshalb stehen an jeder freien Ecke Regale, obwohl ich auch gern mal ein Bild aufhängen würde.«

Jake nickte ernsthaft. »Wenn ich ein eigenes Haus hätte, gäb's darin ein ganzes Zimmer voller Flugzeuge.«

»Bist du denn schon mal geflogen?«

»Nein. Nur mit dem Zug bin ich gefahren und mit der Fähre. Mit meiner Maman nach Frankreich zu ihren Eltern. Aber ich würde gern! Wenn ich mir was wünschen könnte, dann wie Johnnie Johnson in einer Spitfire zu fliegen!«

»Oh«, war alles, was ich sagen konnte.

Jakes Gesicht leuchtete auf. Jetzt war er ein kleiner Junge, der übers Fliegen ins Schwärmen geriet. »Johnnie ist ein großer Fliegerheld«, erklärte er. »Er hat im Krieg in drei Jahren achtunddreißig feindliche Flugzeuge abgeschossen, die meisten davon Einsitzer, das ist am schwierigsten! Achtunddreißig!«, wiederholte Jake ehrfurchtsvoll. »So viele hat kaum einer geschafft!«

»Klingt beeindruckend«, sagte ich. Mit Kriegshelden konnte ich wenig anfangen, egal auf welcher Seite, aber ich gab mir Mühe, seine Begeisterung zumindest nach außen hin zu teilen.

Jake verzog plötzlich den Mund. »Eigentlich soll ich Johnnie nicht bewundern. Daddy sagt, dass Krieg falsch ist und es keine Gewinner gibt, sondern nur Verlierer. Und dass das Geld, was ein Krieg kostet, für nützlichere Dinge ausgegeben werden sollte.«

»Damit hat er Recht«, sagte ich.

»Ja. Bestimmt. Ich weiß ja nicht viel vom Krieg, ich war noch zu klein.«

Das war rührend ausgedrückt, normalerweise hätte ich einen Jungen in seinem Alter auch noch für zu klein gehalten, viel von der Welt zu verstehen. Nur war bei Jake eben nichts normal.

»Meinst du, ich kann trotzdem Pilot werden?«

Jake würde eine ganz andere Laufbahn einschlagen, trotzdem nickte ich und lächelte. »Klar! Du könntest Passagierflugzeuge fliegen. Eines Tages wird es vielleicht ganz alltäglich, dass Menschen nicht mehr mit dem Auto, dem Zug oder dem Schiff wegfahren, sondern noch viel weiter weg in ferne Länder reisen.«

»Dann würde ich meine Maman immer nach Frankreich fliegen!«, sagte er mit Feuereifer. »Dann wäre sie auch viel schneller wieder zurück!«

»Vermisst du deine Maman sehr?«

»Mhm. Aber ich bin froh, dass sie dich ausgesucht hat, meine Patentante zu werden – und dass sie und Daddy dich hier wohnen lassen. Oder vielmehr Tante Emily …«

Womit wir wieder beim Thema waren. Wir setzten uns in die Sessel am Fenster, und Jake erzählte mir von Claire und James, wie sie sich in Frankreich vor dem Krieg kennen gelernt und eine Zeit lang dort gelebt hatten. Claire hatte etwas Naturwissenschaftliches studiert, was genau, wusste Jake nicht, und offenbar übte sie zurzeit auch keinen Beruf aus.

Anschließend setzte Jake die Führung fort. Es gab zwar nicht viel

Neues zu entdecken, aber ich hatte mehr Muße, mir die Räume genau anzusehen. Jeden einzelnen betrachtete ich besonders im Hinblick auf ein mögliches Versteck für den weiteren Schlüssel, den ich zu finden hoffte. Claires Sekretär erschien mir vielversprechend. Es gab jede Menge kleine Schubladen, und oft hatten diese alten Dinger ja auch noch Geheimfächer.

Zum Mittagessen, das in der Küche eingenommen wurde, traf ich James wieder. Nach dem Essen verabschiedete sich Jake, als er von der Mutter eines Freundes abgeholt wurde, und James wandte sich an mich. »Ich bin froh, dass du dich so gut mit Jake verstehst. Claire hätte niemand Besseren als Patentante auswählen können, das stelle ich jedes Mal fest, wenn ich euch zusammen sehe. Heute übrigens ganz besonders.«

»Ich hoffe, das geht Jake auch so«, erwiderte ich.

»Ganz sicher. Falls er dich zu sehr in Beschlag nimmt, sag es nur, er kann ja nicht dauernd um dich rum sein, ob die Schule nun wegen Masern geschlossen hat oder nicht. Du willst sicher auch mal deine Ruhe haben.«

»Jake stört mich überhaupt nicht. Im Gegenteil, er bereitet mir viel Freude. Wenn er bei mir ist, denke ich nicht so viel an … anderes.« Was wahrscheinlich für Emily genauso galt wie für mich.

»Was wirst du denn heute Nachmittag tun, Em? So ganz ohne deine ständige Begleitung?«

Ich lachte. »Wenn du nichts dagegen hast, würde ich mich gern in die Bibliothek setzen und ein bisschen lesen.«

»Die Bibliothek?«, fragte James verwundert. »Seit wann interessierst du dich für Bücher?«

Ups, das war mein erster größerer Fehler. »Es ist nie zu spät, oder?«, versuchte ich mich rauszureden.

James schüttelte den Kopf. »Nein. Allerdings befürchte ich, dass du kaum was Unterhaltsames finden wirst, das meiste sind wissenschaftliche Bücher.«

Das gab mir das Stichwort. »Hast du was über Hypnose? Möglicherweise helfen mir mehr Informationen, eine Entscheidung zu treffen, ob Dr. Grey mich noch mal hypnotisieren soll.«

»Lass mich überlegen … Ja, ich glaube, ich habe da was für dich.«

In der Bibliothek sah ich unwillkürlich hinüber zu der Paracelsus-Büste, und auch während James nach dem Buch suchte und ich umherwanderte, kehrten meine Augen immer zu Paracelsus zurück. Mir fiel auf, dass sein Blick mir überallhin zu folgen schien, egal, wo im Raum ich mich aufhielt. Ging das nur mir so, oder war das eine vom Künstler beabsichtigte Sinnestäuschung?

»Hier, das ist es.«

»Was?«, fragte ich geistesabwesend.

»Na, das Buch über Hypnose.« James drehte sich um und bemerkte, wohin ich schaute. »Das Ding muss dich nicht irritieren. Claire hat die Büste vor vielen Jahren in Paris gekauft, weil sie es so faszinierend fand, dass der alte Kerl einen nicht aus den Augen lässt.«

»Ich könnte mir vorstellen, dass Paracelsus tatsächlich nur selten etwas aus den Augen ließ«, sagte ich gedankenverloren. »Er hatte sie vermutlich überall.«

Verblüfft starrte James mich an. »Was weißt *du* über Paracelsus?«

Da war mir schon wieder ein Fehler unterlaufen! Selbst wenn Emily je von Paracelsus gehört haben sollte – nach James' Tonfall eher unwahrscheinlich –, hätte sie wohl nicht diese Antwort gegeben.

»Nicht annähernd so viel, wie ich sollte«, sagte ich schnell, um den Fehler auszubügeln. »Jedenfalls nach Jakes Meinung. Ich habe vorhin mit ihm hier gesessen, und er hat mir ein bisschen was über den Mann erzählt. Dass er ein großer Mediziner war und viel rumgekommen ist in der Welt.« Ich hoffte, dass Jake diese Dinge wusste, wenn nicht, hatte ich mich gerade noch tiefer reingerasselt.

»Oh«, machte James jedoch und lächelte. »Wir befinden uns im Moment noch in der Schwebe darüber, was Jakes mal werden wird: Mediziner oder Flieger.«

»Also, heute Morgen klang es eher nach Flieger.«

»Kann ich mir denken! Demnach hat er dir nicht nur einen Vortrag über Paracelsus, sondern auch über Flugzeuge gehalten.«

Ich nickte und nahm mir vor, Jake nachher abzupassen, um ihm sicherheitshalber zu sagen, dass wir beide uns über Paracelsus unterhalten hatten. »Ich fand es übrigens ganz erstaunlich, dass er sich in seinem Alter schon so gut auskennt. Auf beiden Gebieten.«

»Ja, er ist ein sehr aufgeweckter Junge, manchmal kommt er mir viel zu erwachsen vor. Liegt vielleicht daran, dass er keine Geschwister hat«, meinte James. Dann reichte er mir das Buch. »So, nun muss ich wieder. Viel Vergnügen damit, vielleicht hilft es dir.«

7.

Nachdem James gegangen war, legte ich das Buch auf den Tisch neben die Büste. Ich würde es später lesen, zuerst wollte ich herumstöbern und mir ansehen, was es alles gab. Langsam ging ich die Regale ab und las die Buchrücken. James hatte nicht übertrieben, dies war eine wissenschaftliche Bibliothek, fast alle Bücher hatten mit Medizin, Naturwissenschaften oder Mathematik zu tun, und die meisten sahen sogar gelesen aus. Für die oberen Regale benötigte ich die Leiter, die an einem schmalen Bücherbord neben der Tür lehnte. Dort oben fand ich die echten Schätze. Ich kannte mich nicht aus mit Erstausgaben oder antiquarisch wertvollen Büchern, aber das war auch nicht nötig. Diese in Leder gebundenen Werke waren zum Teil hundert, zweihundert Jahre alt, Bücher über Medizin und Mediziner, über Heilkunde und damals zeitgenössische Heilkundige oder solche, die lange vor Paracelsus gewirkt hatten. Die Themen reichten bis in die Zeit der römischen Göttin Sulis Minerva zurück. Über Paracelsus selbst gab es ebenfalls jede Menge, auch in deutscher Sprache – vor allem über seine Heilmethoden und sein Alchimistendasein. Damals in Salzburg hatte ich die Kapitel über Alchimie nur kurz überflogen, weil ich mit dem Thema wenig anzufangen wusste und das Goldmachen für puren Blödsinn hielt.

James jedoch hatte sehr viele Bücher, die sich gerade damit befassten. Ich nahm eins heraus und setzte mich damit wieder in den Sessel am Fenster. Je länger ich las, desto mehr verstand ich, dass Paracelsus die Alchimie zur Herstellung von Heilmitteln nutzte. Er forderte die Ärzte seiner Zeit auf, das Wirken der Natur in seiner Gesamtheit zu verstehen und damit auch die umweltlichen und kosmischen Einflüsse einzubeziehen, denen der Mensch ausgesetzt ist. Paracelsus ging außerdem davon aus, dass in jedem Nahrungsmittel »Gift« sei: »der leib ist uns one gift gegeben und in im ist kein gift, aber das was wir dem leib geben müssen zu seiner nahrung im selbigen ist gift.« Er glaubte offenbar, dass alles für sich allein vollkommen geschaffen worden sei, beim Zusammentreffen mehrerer in sich vollkommener Dinge diese sich aber dennoch schaden konnten. Daher gäbe es im Magen des Menschen einen »Alchimisten«, der dafür sorge, das »Gute« vom »Bösen« zu trennen. Wenn dieser »Alchimist« allerdings gestört werde, würde der Mensch krank.

Beim Lesen fielen mir immer wieder verblasste handschriftliche Bemerkungen am Rand auf, die kaum noch lesbar waren. Jemand musste vor langer Zeit sehr intensiv mit diesem Werk gearbeitet haben. Nur hin und wieder war ein Wort zu erkennen, manchmal ein deutscher, manchmal ein englischer oder auch ein französischer, meist allerdings ein lateinischer Begriff. Es handelte sich um dieselbe Schrift, der Leser war also nicht nur naturkundlich interessiert, sondern auch noch sprachbegabt. Ich konnte mich kaum von dem Buch losreißen, aber es gab in dieser Bibliothek noch so viel zu entdecken, und Paracelsus würde nicht weglaufen. Also legte ich das Buch neben die Büste und sah mich weiter um. Ich fand zwei dicke mit Goldschnitt versehene Werke über Sulis Minerva, die ich mit zum Fenster nahm, um die großartigen, augenscheinlich handgemalten Illustrationen bei Licht zu betrachten. Aber es gelang mir nicht, mich darauf zu konzentrieren, ständig huschte mein Blick zu dem Paracelsus-Buch zurück.

Paracelsus' Augen starrten mich an. Ich starrte zurück. Er schien mich zu etwas aufzufordern. Wie von selbst bewegte ich mich auf den Tisch zu und legte die Sulis-Minerva-Werke ab. Hatte ich bei Paracelsus etwas übersehen? Oder etwas gesehen, aber nicht wahrgenommen? Ich griff erneut nach dem Buch. Seite für Seite blätterte ich um, überzeugt davon, dass ich wissen würde, was ich suchte, wenn ich es fand. Diese Überzeugung schwand, je näher ich dem Ende kam. Da war nichts. Doch. Auf der allerletzten Seite. Meine Handflächen wurden feucht, als ich es sah. Ich hatte keine Ahnung, was genau es bedeutete, spürte nur, dass es enorm wichtig war. Jemand – derselbe, von dem die Anmerkungen stammten? – hatte den Gorgonenkopf in allen Einzelheiten gezeichnet und daneben die Gestalt einer Frau, die mich an eine römische Göttin oder Nymphe erinnerte. Darunter stand ein handschriftlicher Vermerk, etwas weniger verblasst, trotzdem schwer lesbar. Ich ging zum Fenster, bei Tageslicht konnte ich es besser entziffern: *II: S, 3, 16.*

Ich schaute vom Buch hinüber zu Paracelsus, der mich jetzt vollkommen gleichgültig musterte. Aus seinem Blick war jede Intensität verschwunden, als sei das nicht mehr nötig, weil alles erledigt war.

»II: S, 3, 16«, murmelte ich vor mich hin, mehrere Male, bis ich mir die Kombination eingeprägt hatte. »Kann das was mit den Schlüsseln zu tun haben? Wenn ja, was?«, fragte ich mich, während ich alle Bücher bis auf das über die Hypnose zurückstellte. Dann überkam mich eine Eingebung. Ein Hinweis auf das Versteck! Ich musste meine Aufregung zügeln, immerhin war das nur ein Verdacht, es konnte vieles bedeuten. Aber es erinnerte auf jeden Fall ein bisschen an Planquadrate oder Koordinaten. »II. Stock, Zimmer nach Süden, 3 Schritte Richtung 16 Uhr?«, fantasierte ich leise vor mich hin.

Mit dem Hypnosebuch unter den Arm verließ ich die Bibliothek. »Vielleicht gar keine so schlechte Idee. Welche Zimmer gehen nach Süden, Jakes oder meins, das kleine Badezimmer oder die Rumpelkammer?« Letztere hatte Wendy Jahrzehnte später in die Wohnküche umgewandelt, es war der größte Raum mit der besten Möglichkeit für ein Versteck, weil dort jede Menge alter Krempel stand. Andererseits, wenn meine Deutung der Zahlen-Buchstaben-Kombination stimmte, die jemand vor langer Zeit geschrieben hatte, dann mochte dieses Zimmer gar keine Ähnlichkeit mehr haben mit dem von vor zig Jahren. Trotzdem sollte ich diese Möglichkeit nicht außer Acht lassen.

Im Hausflur bekam ich nur am Rande mit, dass es an der Tür klingelte und Janey an mir vorbeilief, um zu öffnen. Stattdessen starrte ich die Treppe hinauf und fragte mich, wann die beste Zeit sein würde, mich durch die Rumpelkammer zu arbeiten. Am besten sofort. »Einen Versuch ist es allemal Wert«, sagte ich laut zu mir selbst.

»Was denn?«, erkundigte sich eine Stimme neben mir. Mortimer. Wieso tauchte der immer so unerwartet auf? Bevor ich antworten konnte, entdeckte er das Buch unter meinem Arm. »Ah, ich sehe, Sie informieren sich, Emily! Dann darf ich annehmen, dass Sie mit dem Versuch eine zweite Sitzung mit mir meinen?«

»Ach, Mortimer, schön, dass du so schnell kommen konntest.« Das war James, der aus seinem Sprechzimmer schaute und Mortimer ungeduldig zu sich winkte.

Schon im Gehen wandte sich Mortimer noch mal zu mir um: »Wir sehen uns, ja? Sie müssen mir ja auch noch verraten, in wen Sie eigentlich verliebt sind, das haben sie bei unserem letzten Gespräch sehr elegant unter den Tisch fallen lassen!«

Ich sah James kurz die Stirn runzeln, dann schloss er hinter Mortimer die Tür. Dr. Mortimer Greys eigene Praxis lief offenbar nicht so gut, wenn er sich erlauben konnte, mitten am Tag einem Kollegen zu Hilfe zu eilen.

»Hallo, Tante Emily! In einer halben Stunde gibt's Abendessen«, rief Jake aus der Küche und winkte.

Abendbrot? Unglaublich, wie schnell die Zeit vergangen war – ich hatte fünf Stunden in der Bibliothek zugebracht! Ich winkte zurück und lief die Treppe hinauf. Die ganze Familie war unten, es gab keinen besseren Zeitpunkt, sich auf die Suche nach dem Schlüssel zu machen.

Oben öffnete ich die Tür zur Rumpelkammer. Das Fenster war zugestellt, ich musste das Licht anknipsen, um einigermaßen sehen zu können. Erst dann fiel mir ein, dass ich nicht nachgeprüft hatte, ob dieser Raum nach Süden ging. Ganz davon abgesehen, dass die Aktion ohnehin ein Schuss in den Ofen sein konnte. Schließlich hatte ich keine Ahnung, ob II: S, 3, 16 annähernd das bedeutete, was ich hineininterpretierte. Wenn ich dem aber folgen wollte, brauchte ich einen Kompass.

Ich zögerte nur kurz, in Jakes Reich einzudringen, der als Flugzeugfan bestimmt einen besaß. Neben einem halb fertig gebauten Modell auf der Fensterbank wurde ich fündig und orientierte mich. Dieser Raum war ebenso nach Süden ausgerichtet wie die Rumpelkammer. Mir blieben noch fünfundzwanzig Minuten. Entschlossen machte ich kehrt und war nach zwanzig Minuten in dem Abstellraum so verstaubt, dass ich die restlichen fünf bis zum Essen dazu brauchte, mich einigermaßen wieder herzurichten. Logischerweise war ich bei der Vielzahl von alten Kommoden und zwei Schränken auf viele Schlüssel gestoßen, aber nicht auf den, den ich suchte. Keiner hatte auch nur entfernt Ähnlichkeit mit dem, den ich besaß – und ich zweifelte nicht daran, dass die drei Schlüssel auch äußerlich zusammenpassen würden.

8.

In der Küche saß Jake schon am Tisch, Mrs. B. trug gerade die Schüsseln auf, und vom Flur hörte ich Stimmengemurmel. James hatte Mortimer zum Essen eingeladen, was meine Hoffnungen zunichte machte, einer weiteren Diskussion über mein angebliches Verliebtsein ausweichen zu können. Zu meiner Verwunderung allerdings setzte sich Mortimer mir gegenüber und zwinkerte mir zu, als wolle er sagen: Keine Angst, ich werde das Thema nicht ansprechen.

»Wann kommt Claire eigentlich zurück?«, erkundigte er sich bei James, nachdem sie sich über die Patientin, derentwegen er hier war, unterhalten hatten.

»Nächsten Monat. Ihr lag sehr viel daran, ihre Eltern wiederzusehen, was ich verstehen kann, auch wenn mir lieber gewesen wäre, sie hätte noch ein bisschen gewartet.«

»Weshalb? Sie freut sich doch sicher, bei ihnen zu sein, und du hast ja auch ohne ihre Anwesenheit weibliche Unterstützung ...«, meinte Mortimer amüsiert mit Blick auf mich.

James erwiderte das Lächeln. »Zweifellos. Trotzdem wäre ich gern mitgefahren, nur kann ich zurzeit unmöglich weg, es ist zu viel los in der Praxis.«

Mochte er Claire auch vermissen, ich für meinen Teil war ganz froh, dass sie erst erwartet wurde, wenn ich mein Gastspiel hoffentlich längst beendet hatte. Ich konnte vielleicht James und Mortimer an der Nase rumführen, war mir aber ziemlich sicher, dass Claire mich durchschauen würde. Da sie Emily ausgewählt hatte, Jakes Patentante zu werden, waren sie bestimmt so was wie beste Freundinnen, zwischen denen es wenig gab, das sie nicht voneinander wussten.

»Womit haben Sie heute den Tag verbracht?«, wandte sich Mortimer an mich. Obwohl er mich diesmal weder besonders musterte noch mich mit einem Funkeln aus seinen Augen bedachte, bildete ich mir ein, darin etwas mehr als das normale Interesse zu sehen. »Haben Sie sich mit der Wissenschaft der Hypnose auseinandergesetzt?«

»Ein bisschen. Das ist wirklich ein ausgesprochen spannendes Gebiet.« Hoffentlich würde er die Unterhaltung darüber nicht vertiefen, ich hatte mir ja nicht mal das Inhaltsverzeichnis dieses Buches durchgelesen.

Mortimer nickte vielsagend. »Das ist es. Beschäftigen Sie sich ruhig noch ausführlicher damit, Sie werden sehen, welche enormen Möglichkeiten die Hypnose birgt.«

Mehr als du dir vorstellen kannst, mein lieber Dr. Grey, dachte ich. Dafür bin ich das lebende Beispiel. Laut sagte ich nur: »Davon bin ich überzeugt.«

»Stimmt es, dass man in vergangene Leben zurückgeführt werden kann, Onkel Mortimer?«, mischte sich plötzlich Jake ein.

Mortimer legte seine Gabel neben den Teller. »Tja, siehst du, Jake, da bin ich mir nicht sicher. Die Leute glauben zumindest, dass das, was sie sehen, ein früheres Leben ist. Beweisen kann man's nicht.«

»Haben Sie das schon mal gemacht? Jemanden in eine andere Inkarnation geführt?«, erkundigte ich mich neugierig.

Diesmal durchdrang mich ein sehr intensiver Blick. Mortimer schürzte die Lippen und wiederholte: »Ich bin mir nicht sicher. Vielleicht.«

Mir wurde kalt bei diesen Worten, die ganz allein für mich bestimmt zu sein schienen. War es am Ende sogar ich, die an der Nase rumgeführt wurde statt James und Mortimer? Was genau wusste er – jetzt und vor allem achtundfünfzig Jahre später? Ich versuchte mich selbst zu beruhigen, indem ich mich daran erinnerte, was Jake glaubte: *Mortimer weiß nicht, was er getan hat.* Aber das war vor unserem Gespräch gewesen, bei dem ich vielleicht unbewusst etwas Verräterisches gesagt hatte. Es fiel mir schwer, überhaupt Luft zu bekommen, ganz zu schweigen davon, so zu tun, als würde ich mich darüber lustig machen.

»Tatsächlich? Wer hat sich denn da offenbart? Napoleon? Oder Josephine?«

Mortimers Lippen zuckten. »Weder noch, es war weit weniger spektakulär, obwohl das immer eine Frage der Perspektive ist, meinen Sie nicht, Emily?«

»Kannst du rausfinden, was ich mal war?«, schaltete sich Jake ein.

»Dazu muss dich niemand hypnotisieren«, meinte James grinsend. »Du warst mit Sicherheit ein Pionier der Lüfte …«

»Meinst du?« Jakes Stimme überschlug sich ein bisschen vor Aufregung, und ich konnte mich des Gedankens nicht erwehren, dass er das nur tat, um von mir abzulenken.

»Könnte gut sein!«, schmunzelte nun auch Mortimer. »Manchmal bleibt ein Stück von dem in uns zurück, was wir früher einmal waren.« Jakes Ablenkungsmanöver hatte nicht so funktioniert, wie es sollte, Mortimer lächelte zwar nach wie vor, wandte aber seine Aufmerksamkeit wieder mir zu. »Wer oder was wären Sie denn gern mal gewesen?«

»Danke, ein Leben reicht mir«, bekundete ich mit einem Stoßseufzer, den Mortimer mit einem Lachen beantwortete.

»Wie langweilig! Stellen Sie sich vor, was Sie versäumen! Nicht nur ein anderes Leben, sondern andere Jahrhunderte, andere Epochen, andere Erdteile möglicherweise! Fänden Sie das nicht reizvoll?«

»Selbst wenn es das alles gäbe, hat der liebe Gott sich bestimmt was dabei gedacht, dass wir uns daran nicht erinnern können«, konterte ich.

Wieder blitzte es in Mortimers Augen auf. »Wer hat behauptet, dass der liebe Gott nicht langweilig ist?«

»Mortimer, bitte!«, fuhr James dazwischen. Ich hatte ihn bisher weder laut noch ungehalten erlebt, doch Mortimers Frage schien ihn ehrlich zu empören, während ich aus anderen Gründen froh war, dass Mortimer einen Rückzug machte.

»Du musst mir verzeihen, da ist die Begeisterung mit mir durchgegangen.« Trotz seiner Entschuldigung sah er nicht sonderlich zerknirscht aus, als er sich erhob. »Außerdem wird's Zeit, dass ich mich verabschiede. Vielen Dank für das Abendessen, James, und gute Nacht.«

Jake und ich murmelten eine Erwiderung, während James, der sich sichtlich bemühte, seinen Ärger runterzuschlucken, ebenfalls aufstand. »Ich begleite dich nach draußen.«

Kaum hatte sich die Tür hinter beiden geschlossen, schnitt Jake eine Grimasse. »Ich finde nicht, dass Götter langweilig sind. Du?«

Kurz wunderte ich mich, weshalb Jake den Plural benutzte, doch letztlich spielte das keine Rolle. Gott oder die Götter oder das Schicksal waren alles andere als langweilig, wenn ich meinen eigenen Weg betrachtete. Ich schüttelte lächelnd den Kopf.

Als James zurückkam, wirkte er abwesend, er reagierte kaum auf Jake, den er kurzerhand ins Bett schickte. Nicht mal seinen Protest nahm er ernst, er räumte etwas fahrig den Tisch ab und wiederholte seine Anordnung, die Jake schließlich widerwillig befolgte. Wahrscheinlich kannte er diese Stimmungslage seines Vaters und wusste, wann Schluss war.

»Mortimer sollte sich vor Jake am Riemen reißen«, murmelte James, während ich half, das Geschirr zu spülen. Mrs. B. war längst nach Hause gegangen.

»Ich glaube, ihm war gar nicht bewusst, dass er sich falsch verhalten hat – oder dass Jake überhaupt da war«, meinte ich, wobei ich mich fragte, weshalb ich Mortimer verteidigte. James sah zum ersten Mal hoch und mir direkt in die Augen. »Offensichtlich nicht. Dafür war ihm deine Gegenwart sehr bewusst, Em.«

Ich schluckte. »Was meinst du denn damit?«

»Genau was ich sage. Ich habe durchaus bemerkt, dass du Mortimer nicht mehr ganz so kühl gegenüberstehst wie anfangs.«

»Willst du mich etwa vor deinem eigenen Freund warnen?«, versuchte ich, seine Bemerkung amüsiert abzutun.

Wieder hielt James mitten in der Bewegung inne. »Ich schätze Mortimer wirklich sehr, es ist sonst nicht seine Art, seine Patienten zu beeinflussen, nicht mal die attraktiven weiblichen. Es beunruhigt mich, dass er bei dir eine Ausnahme macht, und ich frage mich, warum.«

Da war er nicht der Einzige.

9.

Einige Stunden später lag ich im Bett und wartete darauf, dass im Haus Ruhe einkehrte. Bald hörte ich James' Schritte eine Etage unter mir und dann zweimal eine Tür. Ich ließ weitere fünfundvierzig Minuten verstreichen, bevor ich mich sicher wähnte, dass James sich endgültig zurückgezogen hatte und nicht mehr aus seinem Zimmer kommen würde. Dann erhob ich mich, zog Emilys Morgenmantel über und betrat den Flur.

Ich hätte gern die Durchsuchung der Rumpelkammer zu Ende gebracht, scheute aber das Risiko. Wenn ich begann, dort Möbel zu rücken und Lärm zu veranstalten, würde James vielleicht aufwachen. Mir war aber eingefallen, dass es noch einen Teil des Hauses gab, den mir weder Wendy noch Jake gezeigt hatten: den Keller. Ich hatte hin und her überlegt, wie ich II: S, 3, 16 darauf anwenden sollte, und beschlossen, das nur rausfinden zu können, indem ich mir die Räumlichkeiten ansah. Ich fand sie keineswegs auf Anhieb, was daran lag, dass die Tür zu der steilen steinernen Treppe gut verborgen in einer Ecke der Küche lag. Wenigstens gab es elektrisches Licht, und ich schlich auf Zehenspitzen die Stufen hinunter.

Ich erreichte einen dunklen, etwas feuchten und mit altem Krempel vollgestellten Kellergang, von dem diverse Türen abgingen. Vielleicht bedeutet II nicht zweiter Stock, sondern einfach zweite Tür, überlegte ich. Die zweite Tür wäre diejenige, die zu dem Raum führte, der unter dem von Jake lag und damit ebenfalls nach Süden wies. Ich öffnete die Tür und stand in einem Waschkeller, der kaum ein geeignetes Versteck für den Schlüssel abgab. Der zweite Raum auf der anderen Seite des Ganges war vielversprechender, aber auch arbeitsintensiver: Eingemachtes und Konserven standen in schmalen Holzregalen. Wenn ich jede Dose und jedes Glas von links nach rechts, von vorn nach hinten und wieder zurückschieben wollte, wäre ich Weihnachten noch beschäftigt. Stattdessen versuchte ich mein Glück mit den anderen beiden Türen. Hinter der einen lagerten Kohlen und Holz, da würde man nichts Wichtiges verstecken. Blieb noch eine übrig – und die war verschlossen. Seufzend ließ ich meine Hand auf dem Knauf ruhen. Also musste ich mich doch den Einweckgläsern widmen.

»Was machst du denn hier unten?«

Ich hatte niemanden kommen hören und fuhr schuldbewusst herum, erleichtert, dass mich Jake statt James erwischt hatte. Er stand auf der letzten Stufe der Treppe, eingehüllt in einen zu langen Bademantel, dessen Saum über den Boden schleifte.

»Ich suche einen Hinweis«, erwiderte ich halbherzig. Wie gern hätte ich ihm gesagt, was genau das war, hielt das aber immer noch für falsch.

»Im Labor? Glaubst du, du kannst deinem Freund damit helfen?«

Elektrisiert starrte ich Jake an. Labor klang sehr bedeutungsvoll. »Leider ist zugesperrt …«

Jake nickte und ging wortlos an mir vorbei in die Vorratskammer. Dort stellte er sich auf eine Kiste, langte in eins der Regale und zog einen Schlüssel hervor. Nicht den, den ich suchte, nur einen ganz normalen zweckmäßigen Schlüssel – den zum Labor. Jake schloss auf, und ich hielt überrascht die Luft an, als er das Licht anknipste. Der Fußboden war gefliest, die Wände gekachelt, der Raum beinah klinisch rein. Links von mir befand sich ein großes Keramikwaschbecken, in der Mitte des Raumes stand ein überdimensionaler Tisch mit komplizierten Gerätschaften, von denen ich lediglich einen Bunsenbrenner und Reagenzgläser identifizierte. An der gegenüberliegenden Wand gab es Arbeitsflächen, dort standen Flaschen in jeder Größe, Pipetten, Mörser und Tiegel und Gefäße mit getrockneten und frischen Pflanzen und Kräutern und anderen mir unbekannten Substanzen.

In einem der Tiegel befand sich ein Rest zerstoßenen Materials, daneben lagen dünne Gummihandschuhe, und davor standen eine größere und eine sehr viel kleinere Flasche. Auf der Größeren war vermerkt: Alkohol, 100 %. Die kleine war nur halb voll.

Zögernd nahm ich sie hoch, schraubte sie auf und roch an der Flüssigkeit. Der Alkohol war eindeutig zu erkennen, was darunter gemischt war, blieb mir ein Rätsel.

Jake hatte mich beobachtet. »Findest du hier, was du brauchst?«

»Keine Ahnung«, gab ich zu. »Eigentlich hatte ich nicht nach einer Medizin gesucht. Das ist es doch wohl, was dein Vater im Labor herstellt, oder?«

»Und meine Maman, wenn sie da ist«, nickte er. »Aber davon weiß Tante Emily nichts, sie weiß nicht mal was von diesem Raum. Niemand weiß davon, außer Daddy, Maman und mir. Und jetzt du.«

»Dann ist das also ein weiteres Geheimnis? Warum denn?«

Jake zuckte mit den Schultern. »Weil es Medizin ist, die man nicht in der Apotheke kaufen kann, jedenfalls zum großen Teil.«

Das hätte ich mir fast denken können. Vermutlich gab James seinen Patienten anfangs nur gewöhnliche Medizin, für den Fall, dass jemand auf die Idee kam, das Mittel zu überprüfen. Später, wenn er genug Vertrauen gewonnen hatte, wandte er dann seine eigenen Heilmittel an.

»Man macht es so.« Jake stellte sich auf eine Fußbank vor den großen Tisch und begann derart schnell und routiniert mit einigen Fläschchen und Pipetten zu hantieren, dass ich Mühe hatte zu folgen. »Das ist nur die ganz einfache Variante, und man muss drauf achten, dass alles keimfrei bleibt und so, aber zum Zeigen reicht es.« Er maß zwei Flüssigkeiten zu exakt gleichen Teilen ab, eine davon Alkohol, und vermischte sie. »Das ist die Ur-Tinktur«, erklärte er. Dann nahm er eine Pipette und tropfte einen einzigen Tropfen davon in eine zweite Flasche und fügte neun Tropfen Alkohol hinzu. Schließlich schloss er das Fläschchen und schüttelte es – genau zehnmal, er zählte laut mit.

»D 2«, sagte er kurz darauf und hielt die Flasche hoch.

»Was bedeutet das?«, fragte ich ratlos.

»Dass diese Medizin eins zu zehn verdünnt wurde. Wenn du einen Tropfen von der Ur-Tinktur und 99 Tropfen Alkohl vermischst und das dann schüttelst, heißt es C 1, wenn du dasselbe damit noch mal machst, C 2.« Erstaunt blickte ich Jake an. Er klang für mich wie ein professioneller Mediziner. Wieder musste ich mir klarmachen, dass ich es mit einem sechsjährigen Jungen zu tun hatte. Er redete wie selbstverständlich über Dinge, die für mich böhmische Dörfer waren.

»Kann das denn bei so viel Verdünnung noch wirken?«

Anscheinend hatte ich eine recht dumme Frage gestellt. »Je mehr desto besser. Das Schütteln und Verdünnen verstärkt die Wirkung.«

»Aha«, machte ich nur.

»Das ist an sich nichts Besonderes«, meinte Jake. »Aber Maman und Daddy benutzen auch Stoffe und Flüssigkeiten, die nicht jeder kennt oder zur Herstellung von Medizin nutzen würde. Und natürlich heiliges Wasser.«

In meinem Bauch begann es zu kribbeln. »Heiliges Wasser? Das aus den Quellen in den Bädern unterhalb der Stadt?«, erkundigte ich mich. Das würde mein seltsames Erlebnis beim Besuch der Heiligen Quelle erklären. Ich hatte also nicht nur das *Gefühl,* dass das Wasser heilig war!

»Hauptsächlich«, nickte Jake. »Es gibt noch andere Quellen, dort bewirkt das Wasser mehr oder anderes als hier.«

»Tatsächlich? Wo sind die?« Zum ersten Mal fragte ich mich, ob ich mich geirrt hatte. Ob ich den zweiten Schlüssel gar nicht in Bath selbst finden würde. Ob es genügte, dass Jake mir verriet, wo ich suchen musste!

»Weiß nicht«, sagte Jake. »Daddy weiß es. Eines Tages wird er es mir erzählen, und ich werde es später meinem Sohn erzählen. Das ist so in meiner Familie, seit mein Großvater …«

»Was?«, fragte ich, als er verstummte.

»Nichts. Ich glaub nicht, dass du hier findest, was du suchst, wenn es keine Medizin ist.«

»Hm. Darf ich mich trotzdem noch ein bisschen umsehen?« Zumindest musste ich alle Möglichkeiten ausschöpfen.

»Wenn du willst«, stimmte Jake zu.

Ich brauchte eine knappe halbe Stunde, bis ich alle Behältnisse zur Seite gerückt, in sie hineingesehen und auch ansonsten in allen Ecken gesucht hatte. Am Ende seufzte ich resigniert und gab Jake Recht.

Das Labor war faszinierend gewesen, hatte mich aber kein Stück weitergebracht. Je länger ich über die Möglichkeit nachdachte, den Schlüssel außerhalb des Hauses oder gar außerhalb von Bath zu finden, desto mehr Zweifel beschlichen mich. Wenn Como mich auf eine Quelle an einem anderen Ort hätte hinweisen wollen, hätte er gleich ein anderes Symbol als den Gorgonenkopf gewählt. Er schickte mich sicher nicht in die Vergangenheit, nur um eine Information mitzunehmen. Außerdem kam ich nicht aus dem Haus, ich konnte gar nicht weg von hier!

Damit blieb als Versteck der Vorratskeller mit seinen Gläsern und Dosen, obwohl ich ahnte, dass die Suche dort vergeblich sein würde. Sowie das restliche Haus, inklusive James' Praxis – und der Garten.

»Du liebe Zeit«, murmelte ich, als ich im Bett lag und mich von der rechten auf die linke Seite wälzte. »Soll ich jeden Millimeter Erde umgraben? Wie lange muss ich hierbleiben, um das alles zu schaffen?«

10.

Der nächste Morgen stellte mich vor ein neues und vor allem unvorhergesehenes Problem. Jakes Verhalten mir gegenüber hatte sich verändert, kaum ersichtlich für andere, ich aber merkte es deutlich. Machte er sich Gedanken darüber, dass er mir in der Nacht ein weiteres Familiengeheimnis verraten hatte, noch dazu, ohne dass sein Vater davon wusste? Er hatte kein Stillschweigen von mir verlangt. War es das, was Jake auf der Seele lag? Falls ja, hätte ich ihn beruhigen können, ich würde auf jeden Fall den Mund halten. Ich wollte ihn darauf ansprechen, ließ es aber sein, als ich spürte, dass Jake jeder Begegnung mit mir allein aus dem Weg ging und froh war, als er wieder von der Mutter seines Freundes Dean abgeholt wurde.

Nachdem auch Mrs. B. gegangen und James in seiner Praxis verschwunden war, hatte ich zwei Stockwerke des Hauses für mich und den ganzen Tag vor mir.

Ich suchte ohne nennenswerte Unterbrechung sehr sorgfältig, immer darauf bedacht, keinerlei Spuren zu hinterlassen. Hin und wieder beschlich mich ein unangenehmes Gefühl, wenn ich mich durch private Dinge wühlte, aber ich beruhigte mich damit, dass es sein musste – für Jakes Sohn. Meine Suche aber blieb erfolglos, auch in Claires Sekretär, an den ich so hohe Erwartungen geknüpft hatte. Als wir uns abends zu Tisch setzten, konnte ich das Dachgeschoss, die erste Etage und die Bibliothek abhaken, ich hatte sogar die Wände dort, wo mich keine Möbelstücke daran hinderten, nach eventuellen hohlen Stellen abgeklopft. Natürlich mochte sich genau hinter dem einen oder anderen schweren Schrank eine solche Stelle verbergen, doch das konnte ich nicht herausfinden. Alles in allem ein entmutigendes Ergebnis. Ich gab kaum ein Wort von mir, womit ich mich in guter Gesellschaft befand, denn auch Jake war wie am Morgen überaus schweigsam. Der arme James warf uns ein paar ratlose

Blicke zu und bemühte sich um eine lockere Unterhaltung, bis er mit den Schultern zuckte und ebenso still zu Ende aß.

In der Nacht stand ich wieder auf und beschloss, mein Glück in der Praxis zu versuchen. Ich war erst ein paar Stufen weit gekommen, als ich Schritte hörte und mich umdrehte. Oben stand Jake in seinem Schlafanzug und mit bloßen Füßen.

»Nicht da«, sagte er. Das waren die ersten Worte, die er seit fast vierundzwanzig Stunden an mich direkt gewandt sprach.

Fragend und schuldbewusst sah ich zu ihm hinauf. Er hatte mich schon wieder erwischt, und ich konnte nicht sicher sein, dass er mich genauso unterstützen würde wie zuvor.

»Wo dann?«, brachte ich mit leicht krächzender Stimme heraus. Jakes Vertrauen aus irgendeinem Grund verloren zu haben, tat mir weh, ich hätte sehr viel getan, um es wiederzugewinnen.

Jake musterte mich lange, als müsse er abwägen, was er sagen sollte, ob er überhaupt was sagen sollte. Er schluckte mehrmals.

»Hier«, sagte er dann, trat zurück in sein Zimmer und ließ die Tür offen stehen.

Langsam ging ich die Stufen wieder hoch und folgte ihm. Jake saß im Schneidersitz auf seinem Bett, die kleine Lampe auf dem Nachttisch verbreitete nur wenig Licht. Schweigend sah er mich an.

Ich stand unentschlossen vor ihm. »Bitte sag mir, was ich falsch gemacht habe«, sagte ich. »Falls du dir Gedanken wegen letzter Nacht machst, ich werde bestimmt nichts verraten.«

»Ich weiß«, sagte Jake. »Du hast nichts falsch gemacht. Es war nur … ich … Letzte Nacht hatte ich einen Traum.«

Alarmiert, weil ich mich an seine Bemerkung erinnerte, dass manche seiner Träume wahr wurden, setzte ich mich in den Sessel, der seinem Bett gegenüberstand. »Wovon hast du denn geträumt?«

Jake richtete sich auf, zog die Knie an seinen Körper und umschlang sie mit den Armen. Seine Augen richteten sich auf das Flugzeugmodell auf der Fensterbank.

»Da war ein Mann«, fing er leise an. »In … einer Art Höhle. Allein. Er hatte Angst.«

Ich wollte ihn unterbrechen, aber er hielt mich mit einer Handbewegung davon ab. Es fiel ihm sichtlich schwer, die folgenden Worte auszusprechen. »Dieser Mann … ich … er … wird mein Sohn sein, nicht? Und er ist derjenige, dem du helfen willst.«

Ich fand keine Kraft, etwas zu erwidern.

Jake nickte, er hatte mich auch ohne Worte verstanden. »Du hast nicht mehr viel Zeit. Du musst zurück, von wo du kommst.«

»Aber ich kann noch nicht zurück!« Ich schlug mir auf den Mund, weil ich viel zu laut geworden war. Verzweifelt fuhr ich fort: »Ich muss etwas mitnehmen, was ich schon überall gesucht habe. Ich kann's nicht finden!« Wenn die Zeit so drängte, warum hatte mich Como verdammt noch mal nicht rechtzeitig auf diese Reise geschickt? Hat er ja getan!, schoss es mir durch den Kopf. Dummerweise war ich nur zwischendurch in Salzburg im Krankenhaus gelandet und hatte anschließend in Boltenhagen meine Tage damit verschwendet, mein Gedächtnis und mein Leben wiederzufinden.

Ich musterte Jake. Wenn er schon so viel wusste, konnte ich ihm dann nicht ebenso gut sagen, worum es mir ging? Ich öffnete den Mund, um ihm von den Schlüsseln zu erzählen.

»Wenn ich weg bin«, flüsterte er im selben Moment, »musst du kommen und etwas holen.«

»Was meinst du damit, wenn du weg bist?«

Jake zuckte nur mit den Schultern und sah mich mit großen Augen an. »Wenn ich weg bin, eben.«

»Wenn du morgen wieder von Deans Mum abgeholt wirst?« Ich bekam keine Antwort, Jake starrte nur auf das Flugzeugmodell, also versuchte ich es mit einer anderen Frage: »Was muss ich denn holen?«

Ganz langsam hob sich Jakes Blick. »Das, was du suchst.« Er machte eine Pause, gerade lang genug, damit ich mich von meinem Schreck erholen konnte. »Ich zeige dir, wo es sein wird«, fuhr er fort und stand auf. In wenigen Schritten war er beim Fenster und reichte mir das Flugzeugmodell. Da drin? Ein geniales Versteck, das Modell war etwa dreißig Zentimeter groß, genug Platz für den Schlüssel. Aber Jake beachtete das Modell nicht weiter, sondern öffnete das Fenster, wo er am Sims herumfingerte und mich dann zu sich winkte. Als ich neben ihm stand, erkannte ich, dass sich dort ein Geheimfach verbarg, das ich selbst niemals gefunden hätte.

Jake schob eine Schindel vor das Fach. »Schieb sie weg und drück dabei genau hier«, erklärte er. »Sonst klemmt sie.«

Ich probierte es, beim zweiten Mal klappte es reibungslos. Jake nickte zufrieden, schloss das Fenster und stellte das Flugzeugmodell wieder davor. Als er sich zu mir umdrehte, traf sein Blick auf meinen. Gegenseitig hielten wir einander fest, ohne uns auch nur zu berühren. In die Stille hinein sagte er eindringlich: »Gib es niemandem!«

Ich schüttelte den Kopf und erneuerte wortlos den Schwur, den ich Como gegeben hatte – oder ihm einmal geben würde, ganz wie man es betrachtete.

Nach einer scheinbaren Ewigkeit wandte mir Jake den Rücken zu und kroch in sein Bett, wo er sich in die Decke mummelte und sich zur Wand drehte.

»Jake …«, fing ich an. »Ich …«

»Geh zurück«, hörte ich ihn nur leise ins Kissen murmeln. Dabei sah ich seine Schultern zucken. Lieber Gott, er weint, dachte ich und spürte selbst einen Kloß im Hals. Ich wollte Jake in die Arme nehmen, spürte aber, dass das falsch gewesen wäre, also ließ ich ihn allein und verkroch mich ebenfalls in mein Bett.

Lange Zeit lag ich wach und horchte auf die Geräusche im Haus, lauschte, ob ich etwas aus dem Zimmer gegenüber hörte. Nein – nichts. Wenn Jake morgen bei seinem Freund war, musste ich den Schlüssel aus dem Fach holen und James bitten, Mortimer zu sagen, dass ich eine weitere Hypnosesitzung wollte, und zwar sofort. Ich war überzeugt, dass Mortimer alles stehen und liegen ließ. Er schien ja ganz wild auf dieses Experiment zu sein.

Während ich in der Dunkelheit darüber brütete, ob mich diese Sitzung tatsächlich wieder nach Hause brachte, wusste ich plötzlich, dass ich nie wieder mit Jake allein sein würde, dass das eben unser Abschied gewesen war. Ich ballte die Hände zu Fäusten und schluckte. In Jakes Zukunft würden wir uns wiedersehen.

Doch das lag in meiner Vergangenheit.

11.

Da ich in der Nacht kaum geschlafen hatte, wachte ich später auf, als ich wollte. Ich lief hinunter in die Küche, in der Hoffnung, Jake zu treffen, stattdessen fand ich nur James, der sich gerade eine Tasse Kaffee einschenkte.

»Morgen, Em. Tut mir leid, dass wir nicht zusammen frühstücken können. Ich muss mich um eine Menge Papierkram kümmern, für den ich nur am Wochenende Zeit habe. Aber vielleicht gehen wir heute Mittag zusammen eine Kleinigkeit essen, was meinst du?« Er bemerkte mein Zögern. »Ist alles in Ordnung mit dir?«

»Ja. Nein.«

James lächelte. »Eine sehr differenzierte Aussage! Nimm dir erst mal Kaffee und setz dich, und dann sag mir, was dich bedrückt.«

Ich sah die Kaffeekanne an und den Rest Toast und Orangenmarmelade, und mir wurde übel. »Ich hab keinen Hunger, danke«, sagte ich. »Kommt wahrscheinlich, weil ich so schlecht geschlafen habe. Ich habe nachgedacht. Ich möchte, dass Dr. Grey mich noch mal hypnotisiert.«

James hob die Brauen. »Bist du sicher?«

»Ja. Könntest du ihn bitten, heute noch zu kommen?«

Jetzt rutschten James' Brauen noch höher. »Heute noch? Emily, ich will dir da bestimmt nicht reinreden, aber meinst du nicht, dass du es ein bisschen zu eilig hast?«

»Ich weiß, und vielleicht hast du Recht. Aber ich möchte keine solchen Nächte mehr haben, in denen ich grübele und grübele und nichts dabei rauskommt. Ich muss mich einfach erinnern, damit ich mit meinem normalen Leben weitermachen kann, und Dr. Greys Methode ist so gut oder so schlecht wie jede andere.« Das war sicher eine einigermaßen logische Erklärung für Emilys Drängen.

»Also schön, ich werd ihn anrufen.«

»Danke.«

James stellte die leere Kaffeetasse in die Spüle und verließ dann die Küche, nicht ohne mich noch einmal sorgenvoll am Arm berührt zu haben.

Kaum war er verschwunden, hechtete ich die Treppe hoch und klopfte an Jakes Tür. Niemand antwortete, das Zimmer war leer. Wo immer Jake den Schlüssel hergeholt hatte, inzwischen war genug Zeit gewesen, ihn für mich zu verstecken. Trotzdem stand ich unentschlossen in der Mitte des Raumes. Sollte ich den Schlüssel jetzt schon holen oder erst unmittelbar vor der Hypnose?

Was ich hatte, hatte ich, also trat ich ans Fenster und öffnete es. Ich drückte auf die richtige Stelle der Schindel, die sich problemlos zurückschieben ließ. Meine Hand konnte ich kaum ruhig halten, als ich nach dem Schlüssel griff.

Das Fach war leer.

Ich beugte mich weit aus dem Fenster, um besser hineinsehen zu können, tastete noch einmal jeden Zentimeter ab – das Ergebnis blieb dasselbe. Kein Schlüssel. Gar nichts.

Mit zitternden Fingern schob ich die Schindel wieder an ihren Platz. Wenn Jake wusste, wie dringend ich zurückmusste, um Como zu helfen, warum hatte er den Schlüssel noch nicht hier deponiert?

Allmählich bekam ich wirklich Übung, diese Treppe rauf und runter zu laufen, ohne anschließend allzu sehr außer Atem zu sein. Im Erdgeschoss suchte ich James und fand ihn an seinem Schreibtisch im Sprechzimmer über Patientenakten sitzen. Überrascht sah er hoch, als ich ohne anzuklopfen eintrat.

»Wo ist Jake?«, fragte ich.

Diese Frage schien ihn noch mehr zu erstaunen als mein unhöfliches Reinplatzen.

»Übers Wochenende mit Dean und seinen Eltern an die See gefahren. Das wusstest du doch!«

Mir war es in diesem Moment gleichgültig, ob ich Fehler machte oder nicht. »Er ist erst Montag wieder hier?«, fragte ich entsetzt.

»Sonntagabend, wieso, was ist denn bloß mit dir? Du bist ja ganz aufgeregt! Es wird ihm schon nichts passieren, Deans Eltern sind sehr verantwortungsvolle Menschen.«

Was war geschehen? Jake konnte doch nicht wollen, dass ich zwei Tage untätig hier rumsaß und auf seine Rückkehr wartete!

»Hast du Mortimer schon erreicht?«, fragte ich hektisch und achtete nicht darauf, dass ich »Dr. Grey« hätte sagen müssen.

»Ja. *Mortimer* ist hocherfreut über deine Entscheidung.« Er betonte dessen Namen in einer sehr doppeldeutigen Weise. War James amüsiert? Oder misstrauisch? »Er will …«

»Du musst absagen!«, fuhr ich dazwischen. »Ich kann …«

Diesmal wurde ich selbst unterbrochen, nämlich von dem riesigen Telefon auf James' Schreibtisch. James runzelte die Stirn und hob ab. Er lauschte eine Weile, dann antwortete er, und mir wurde klar, dass es sich um eine längere und kompliziertere Angelegenheit handelte. Trotzdem ließ ich mich nicht abwimmeln, sondern blieb im Sprechzimmer. Während ich wartete, dass James das Telefonat beendete, trat ich ans Fenster und starrte hinaus in den Garten. Vor meinem inneren Auge sah ich Jake mit gebrochenem Bein unter dem Baum liegen, erinnerte mich an die Stunden, die wir seitdem gemeinsam verbracht hatten, auch an die in der letzten Nacht. Ich erinnerte mich an das, was er gesagt und wie er mich angesehen hatte.

Und dann begriff ich.

Wenn ich weg bin, musst du kommen und etwas holen.

Ich hatte gefragt, was das sei und seine Worte und seinen Blick so interpretiert, als wisse er von dem Schlüssel. Tatsächlich war nie die Rede von einem Schlüssel gewesen oder von sonst einem bestimmten Gegenstand. Zweifellos hatte Jake in seinem Traum Como gesehen und gewusst, dass er es war, der Hilfe brauchte, deshalb war ich davon ausgegangen, dass er ebenfalls wusste, wie. Falsch. Jake kannte viele Geheimnisse, aber nicht alle. James war derjenige, der sie kannte. Eines Tages würde er sie Jake anvertrauen, so wie Jake sie eines noch späteren Tages an Como weitergab.

Jake wusste noch nichts von den Schlüsseln, nur dass er mir etwas hinterlassen musste für die Zeit, in der *er weg war.* Bei diesem Satz war er beharrlich meinem Blick ausgewichen, er hatte das Flugzeug angestarrt und nur diese Worte wiederholt. *Wenn ich weg bin, eben.*

Ebenso hätte er sagen können: Wenn ich tot bin.

Mir lief ein Schauder über den Rücken, als mir klar wurde, was Jake noch geträumt haben musste.

»Also, was ist nun?« James' ungeduldige und etwas ärgerliche Stimme unterbrach diese Vorstellung. »Willst du die Hypnosesitzung oder nicht? Falls nicht, sagst du ihm das am besten selbst.«

Wer wollte ihm seine Reaktion verübeln, mir war dieses Rein-in-die-Kartoffeln-raus-aus-den-Kartoffeln auch verhasst. Rational konnte ich nicht wissen, dass ich mit meinen Vermutungen Recht hatte. Dass Jake erfahren würde, was ich suchte, und es in dem Versteck hinterließ, damit ich es in der Zukunft fand. Aber was an dieser ganzen Sache war schon rational? Ich wusste es einfach. »Nein, es ist in Ordnung. Tut mir leid, dass ich hysterisch war, James. Ich will diese Hypnose, und wenn Mortimer heute kommen kann, umso besser. Bitte entschuldige die Störung.«

James stand auf und kam zu mir herüber. »Ich hätte dich nicht so anfahren sollen, verzeih mir. Ich verabscheue diesen Papierkram, das ist alles, ich hab nur meinen Ärger abgeladen.«

»Und ich bin ein bisschen zu wankelmütig«, lächelte ich. »Freunde?«

»Freunde!« James nahm mich kurz in den Arm, bevor er sich wieder an seinen Schreibtisch setzte. »Mortimer kommt um die Mittagszeit vorbei.«

Das gab mir noch etwa zwei Stunden. Falls ich mit Mortimers Hilfe in meine Zeit gelangte, waren das hier unwiederbringlich die letzten zwei Stunden, die ich in der Vergangenheit verbrachte. Meine Mission war erfüllt, es gab nichts mehr zu tun. Um das Warten zu verkürzen, schlenderte ich hinüber in die Bibliothek, wo ich mich in einen der Sessel setzte und in die Betrachtung von Paracelsus' Büste versank. Dabei dachte ich an Jake und seine Familie und auf welche Weise sein Schicksal mit dem alten Heilkundigen verbunden war. Warum hatte derjenige, der Jascha später töten sollte, seinen Körper vor Paracelsus' Grab abgelegt? War das eine Botschaft, ein deutliches Zeichen seiner Feinde? *Clavis?* Seit ich hier war, hatte ich kaum mehr an die seltsame Gesellschaft gedacht, aber ich war nach wie vor der Meinung, dass sie hinter allem steckte. Auch Mortimer schien ja davon überzeugt zu sein, der Hinweise zu *Clavis* in James' Schreibtisch ... Mir stockte der Atem. Mein Leben in der Vergangenheit und die Suche nach dem Schlüssel hatten mich davon abgelenkt, es Mortimer gleichzutun. Falls die Unterlagen überhaupt noch dort lagen, hätte ich sie mir genau ansehen können, zum Beispiel während James' Hausbesuchen. Nun war es zu spät. Ich würde ihn nicht mehr aus dem Sprechzimmer locken können, bevor Mortimer kam. Wie aufs Stichwort erschien der auch schon in der Tür.

»Hallo Emily«, begrüßte er mich und hielt meine Hand etwas länger als unbedingt nötig. »Sie haben sich also entschieden, sich mir noch einmal anzuvertrauen. Sie brauchen keine Angst zu haben, Sie wissen ja, wie's geht und dass Ihnen nichts passieren kann.«

Ich wandte mich ab, weil ich es kaum schaffte, ihm in die Augen zu sehen. Meine Nervosität war anders begründet.

»Emily.« Mortimer drehte mich zu sich herum und legte seine Hände auf meine Schultern. »Ich werde auf Sie aufpassen, versprochen. Wenn das hier vorbei ist, wenn Sie Ihre Erinnerung wiedergewonnen und die Schrecken überwunden haben, dann beginnt für Sie ein neues Leben.«

Ich nickte. Das traf auf uns beide zu, auf Emily und auf mich. Mein neues Leben würde beginnen, wenn ich Como geholfen hatte. Davor musste ich nur noch in die Zukunft kommen, zwei Schlüssel finden und anschließend in Erfahrung bringen, was ich damit tun sollte. Ich war so in Gedanken, dass ich nicht merkte, wie nah Mortimer mir inzwischen gekommen war.

»Emily, was ich jetzt sagen werde, ist alles andere als professionell, und Sie können sich gern bei James über mich beschweren. Trotzdem hoffe ich, dass Sie mich nicht vollkommen aus Ihrem neuen Leben aussperren werden.« Er beugte sich ein wenig zu mir herunter und berührte sachte meine Wange.

Was sollte ich darauf erwidern? Aus Mortimers Bemerkung in meiner eigenen Zeit konnte ich wenig ableiten, außer dass er sich deutlich an Emily erinnerte.

»Niemand weiß, was die Zukunft bringt«, sagte ich leise und so neutral wie möglich. »Und das ist vielleicht auch ganz gut so.«

Mortimer richtete sich auf und trat einen Schritt zurück. »Da mögen Sie Recht haben, Miss Fountain. Die Zukunft ist … voller Geheimnisse, ebenso wie die Vergangenheit. Eins davon sollten wir jetzt versuchen zu lösen.« Er wandte sich abrupt ab, doch glaubte ich einen Augenblick, einen verletzten Ausdruck auf seinem Gesicht gesehen zu haben, dabei hatte ich ihn kaum deutlich abgewiesen. Allerdings aber auch nicht ermutigt. Brauchte Emily Mortimer? Brauchte *ich* ihn womöglich noch? Ich durfte ihn mir nicht zum Gegner machen. Ich musste etwas sagen, das ihn besänftigte, falls er tatsächlich aus Emilys Leben verschwand und dies die letzte Gelegenheit war, ihm eine schöne Erinnerung an sie zu bewahren. Sonst würde er sich mir gegenüber im Henrietta Park vielleicht nicht so freundlich benehmen. Aber das war nicht der einzige Grund, ihn zurückzuhalten.

»Mortimer«, sagte ich. Er hatte mich eben merkwürdig berührt. Wenn alles klappte, würde ich ihn fast sechzig Jahre lang nicht sehen, dieser Abschied sollte keinen bitteren Beigeschmack bekommen.

Er drehte sich um. »Ja?«

»Was Sie getan haben und was Sie noch tun werden, wird immer ein Teil meiner Gegenwart sein.« Auch das traf auf uns beide zu, auf Emily und mich.

Mortimer neigte seinen Kopf und schaute mich an, als würde er überlegen, was genau ich damit sagen wollte. Dann lächelte er und hielt mir seine Hand entgegen. Ich ergriff sie und folgte ihm aus der Bibliothek.

Das Déjà-vu war unheimlich, noch dazu, da ich befürchtete, alles könne schiefgehen. Ich lag in James' Sprechzimmer, Mortimer stand neben der Liege, und James lehnte sich an seinen Schreibtisch. Sprungbereit, so kam es mir vor, jederzeit darauf gefasst, einschreiten zu müssen. Er nickte mir zu, und ich lächelte zurück.

»Liegen Sie bequem?«, fragte Mortimer.

Ich war viel zu angespannt, um es bequem zu haben, dennoch nickte ich.

»Gut, dann schließen Sie bitte Ihre Augen.«

Ich tat, was er verlangte, und hörte, wie er auf dem Stuhl hinter mir

Platz nahm. Dann zwang ich mich, mich auf seine Stimme und seine Anweisungen zu konzentrieren, was mir schwerfiel. Ich war beseelt von der Angst, dass alle Anstrengungen vergeblich sein könnten, und Mortimer merkte das.

»Emily«, sagte er leise und legte die Hand auf meine Stirn. »Sie müssen ruhig werden, ganz ruhig. Atmen Sie gleichmäßig. Eins – ein, zwei – aus, drei – ein, vier – aus.« So zählte er weiter, monoton und sanft, ich glaubte, er würde nie aufhören und wollte ihn anschreien, endlich mit der Hypnose weiterzumachen. Stattdessen wurde ich ruhiger und lauschte mehr und mehr auf den Klang seiner Stimme als auf seine Worte, atmete tief und regelmäßig. Ich dachte dabei an Emily und daran, wie ich ihr Leben für sie hinterließ, daran, dass ihr vier Tage in ihrer Erinnerung fehlen würden und wie sie damit zurechtkäme.

Mein allerletzter bewusster Gedanke galt Jake, bevor ich hinüberglitt in einen Zustand, in dem ich zu schweben schien, mitten im Dunkel, ohne etwas wahrzunehmen. Ich sah und hörte nichts mehr, ich existierte nur noch, ganz allein, schwerelos, ohne Körper, ein Wesen aus purem Geist. Ich fühlte mich leicht, so leicht …

»… und erzählen Sie mir, wo Sie sind.«

Mit einem Ruck saß ich aufrecht auf der Liege. Die Stimme, die ganz plötzlich aus dem Nirgendwo kam, hatte mich aus dem angenehmen schwebenden Zustand geholt.

Mein Herz raste, obwohl ich gerade eben noch geschworen hätte, gar keins zu haben. Verwirrt fuhr ich mir mit den Händen übers Gesicht, rieb meine Augen und gab mich der Illusion hin, wieder in der Schwärze versinken zu können. Aber es nützte nichts, ich musste den Tatsachen ins Auge sehen: Es hatte nicht funktioniert.

Ich nahm die Hände vom Gesicht und wandte mich um.

»Bitte versuchen Sie's noch mal, ich muss …« Ich brach ab, als ich quer durch den Raum auf den Blick aus grüngoldenen Augen traf, die über die Jahrzehnte wenig von ihrer Eindringlichkeit verloren hatten.

Teil 6 – Bath und London

1.

Der Schock, Mortimer so gealtert zu sehen, war heftig, zu heftig, als dass es mir gelang, meine Gefühle schnell genug zu verbergen. Wir starrten einander für einen Moment an, der mir wie ein halbes Leben vorkam. Zweifellos beherrschte Mortimer die Kunst, sich unter Kontrolle zu haben, doch diesmal versagte er. Für einen Sekundenbruchteil huschten alle möglichen Empfindungen über seine Züge, so schnell, dass ich sie kaum auseinanderhalten konnte. Bisher mochte er geahnt haben, dass ich damals in Emily geschlüpft war, spätestens jetzt aber hatte er es endgültig verstanden. Dann riss er sich zusammen, sein Gesicht drückte nur milde Neugier aus.

»Juta? Legen Sie sich bitte wieder hin«, hörte ich eine weibliche Stimme in freundlichem Befehlston sagen. Wendy hatte ich vollkommen vergessen.

Ich blieb aufrecht sitzen, schaffte es aber, meinen Blick von Mortimer zu wenden.

»Juta. Bitte schließen Sie die Augen und legen Sie sich wieder hin.« Ich spürte den leichten Druck von Wendys Händen auf meiner Schulter. »Sie sind ganz ruhig und fühlen sich gut. Es ist nichts geschehen. Entspannen Sie sich.«

Offenbar glaubte Wendy, ich sei noch immer in Hypnose. Ich ließ mich zurück auf die Liege gleiten, das würde mir ein bisschen Zeit verschaffen, mich zurechtzufinden, mich von James und Jake zu verabschieden.

Jake. Jascha. Jakob Jakobus. Wir würden uns niemals wiedersehen. Weil jemand ihn umgebracht hatte! Die Erkenntnis traf mich wie ein Schock. Erneut fuhr ich hoch.

»Juta, Sie müssen …«, begann Wendy, kam aber nicht weit.

»Lassen Sie sie in Ruhe!«

Ich spürte einen Arm um meine Schulter, drehte mich zur Seite und erkannte Leon.

»Geht's dir gut, Juta?«, fragte er – auf Deutsch. Wollte er die anderen bewusst ausschließen? Seine Miene war merkwürdig neutral, als wolle er nichts von dem preisgeben, was in ihm vorging. Was zum Teufel war hier passiert, während ich Emily Fountain gewesen war?

»Hören Sie, Mr. Eisner«, schaltete Wendy sich ein. »Ich muss Juta aus der Hypnose zurückholen. Auch wenn es so aussieht, ist sie keinesfalls ganz bei uns.«

»Doch. Bin ich.« Es bereitete mir Mühe zu sprechen. Meine eigene Stimme kam mir fremd vor, zu sehr hatte ich mich an Emilys gewöhnt.

»Nein, Juta. Das fühlt sich nur so an. Bitte, Mr. Eisner, setzen Sie sich auf Ihren Platz.«

Ich hielt Leons Hand fest. Als sich unsere Blicke trafen, durchströmte mich Wärme. Da war etwas zwischen uns, wir brauchten nicht zu reden, wir brauchten nicht einmal etwas Konkretes zu *denken,* um einander zu verstehen. Leon wusste, dass sich etwas Bahnbrechendes ereignet hatte – und ich wusste, dass ich mich bei dem, was ich zu tun hatte, auf ihn verlassen konnte.

Was ich zu tun hatte … Ich musste den Schlüssel holen!

Hastig schlug ich beide Hände vor den Mund. Ich würgte. Hielt krampfhaft zurück, was raus wollte. Versuchte hastig, von der Liege aufzustehen.

Leon wurde von Wendy zur Seite gestoßen, die die Tür aufriss. Ich würgte erneut und folgte Wendy auf wackeligen Beinen. Gnädigerweise ließ sie mich auf der Toilette allein, allerdings hörte ich keine Schritte, sie wartete also draußen auf dem Flur. Was meinen Plan durchkreuzte, mich nach oben in Jakes Zimmer zu schleichen und den Schlüssel aus dem Versteck zu holen, während alle Welt glaubte, ich würde mich im Bad übergeben.

Gib es niemandem! Das war Jakes deutliche Warnung gewesen, aber ich konnte nicht wissen, vor wem, und ich glaubte auch nicht, dass Jake es damals gewusst hatte. Ich würde nichts von meinen Erlebnissen in der Vergangenheit berichten und musste auf jeden Fall allein nach oben, was schwierig war, solange Wendy vor der Tür stand.

Ich spritzte mir etwas Wasser ins Gesicht und betrachtete mich im Spiegel, dabei fiel mein Blick auf die Uhr hinter mir. In der Gegenwart war kaum eine halbe Stunde vergangen, während ich vier Tage lang Emilys Leben geführt hatte! Meine Augen wanderten wieder zu meinem Gesicht im Spiegel. Vielleicht würde ich weniger schauspielern müssen als ich dachte, ich sah blass und erschöpft aus, und so fühlte ich mich auch.

»Besser?«, fragte Wendy, als ich auf den Flur trat und mich matt an die Wand lehnte.

»Geht so«, murmelte ich. »Was immer Sie mit mir gemacht haben, ich lege keinen Wert auf eine Wiederholung. Außerdem bin ich mir sehr sicher, dass ich mich nicht mehr in Hypnose befinde. Das da drin hat sich leider nur allzu normal angefühlt.«

»Tja …«, machte Wendy, »ich hatte schon Patienten, die mussten sich während der Hypnose erleichtern, aber ich gebe zu, dass mir so ein Fall wie Ihrer bisher nicht untergekommen ist.«

»Tatsächlich? Das muss wohl an mir liegen. Mein Arzt in Boltenhagen hat ganz was Ähnliches gesagt …« Langsam folgte ich Wendy zurück ins Sprechzimmer.

»Juta!«, empfing mich Leon. »Alles in Ordnung?«

Ich nickte und griff nach seiner Hand. Die Wärme war wieder da. »Ich würde mich nur gern ein bisschen hinlegen. Geht das?«, fragte ich Wendy.

»Selbstverständlich. Möchten Sie ein Glas Wasser?«

»Ja, danke.«

Während Wendy das Wasser holte und Leon dicht bei mir blieb, machte ich es mir auf der Liege bequem.

»Wollen Sie vielleicht lieber allein sein?« Mortimers Stimme klang rauer und älter, als ich sie in Erinnerung hatte. Ich hielt seinem Blick stand, obwohl ich ihm zu gern ausgewichen wäre, und nickte.

»Dann sollten wir drei uns zurückziehen, schlage ich vor. Was meinst du, Wendy?« Obwohl er Wendy ansprach, ruhten seine Augen noch immer auf mir. Wen sah er in mir? Er hatte nicht gefragt, was ich in der Hypnose erlebt hatte. Weil er es ahnte oder sogar wusste?

Wendy zögerte mit einer Antwort, bis Mortimer sich endlich seiner

Enkelin zuwandte. In diesem Moment kam es mir so vor, als gäbe es zwischen Mortimer und Wendy eine ähnliche wortlose Kommunikation wie zwischen Leon und mir. Wendys Brauen zogen sich kurz zusammen, ihr Mund zuckte, als wolle sie widersprechen, doch dann gab sie nach.

»Leon? Bleibst du bitte?«, fragte ich.

»Ja, klar.«

»Verzeihen Sie, Juta«, sagte Mortimer. »Es ist natürlich Ihre Sache, aber ich halte es für das Beste, wenn Sie sich nur auf sich konzentrieren. Ruhen Sie sich so lange wie nötig aus. Wir sind in der Küche, wenn Sie uns brauchen.«

Ich wartete auf Leons Protest, der erstaunlicherweise ausblieb. Er sah mich nur noch mal kurz an, bevor er sich anschickte, Mortimer und Wendy aus dem Zimmer zu folgen. Seltsam. Bisher hatte er sich von Mortimer nicht vorschreiben lassen, was er tat und ließ. Mortimer ging als Letzter aus dem Raum, fast so, als wolle er sichergehen, dass ich wirklich allein blieb.

Trotz unserer Begegnung in der Vergangenheit wusste ich nicht wesentlich mehr über ihn. Dieser Mann ließ sein Gegenüber das sehen, was er zeigen wollte, und sonst gar nichts. Als Emily war ich hin und her gerissen gewesen zwischen Faszination und Misstrauen. Jetzt war ich es wieder.

Schluckweise trank ich das Wasser, das mir nun half, da ich wieder in meinem eigenen Körper war. Ich leerte das Glas und gab mir einen Ruck. Jetzt oder nie. Sie hatten meine Ausrede geschluckt, vielleicht war das meine einzige Chance, das Versteck zu öffnen. Entschlossen stand ich auf und lauschte an der Tür. Nichts. Erst nachdem ich sie geöffnet hatte, hörte ich gedämpfte Stimmen, die aus Richtung Küche kamen. Leise huschte ich über den Flur und die Treppe hinauf bis ins Dachgeschoss.

Oben blieb ich noch einmal stehen und horchte. Das Gemurmel von unten war verstummt, auch sonst blieb alles ruhig. Ich betete, dass das kein schlechtes Zeichen war, dann drehte ich den Türknauf zu Jakes Zimmer. Als ich eintrat, lag vor mir nur einer der nichtssagenden Räume, die ich von meiner Besichtigungstour kannte, nichts erinnerte mehr an Jake.

Ich eilte hinüber zum Fenster, öffnete es und tastete nach der Dachschindel. Laut Mortimer war James mit seiner Familie Ende der vierziger

Jahre fortgezogen. Hoffentlich war seitdem niemand auf die Idee gekommen, die Schindeln auszuwechseln. Doch sie ließ sich problemlos bewegen. Blind fingerte ich in dem Geheimfach herum. Ich musste schnell und gleichzeitig ganz vorsichtig sein, damit mir nicht der Schlüssel zu guter Letzt noch aus der Hand auf die Straße fiel. Da! Meine Fingerspitzen berührten etwas, einen schmalen Kasten. Ich zog ihn hervor und hielt ihn auf meiner zitternden Handfläche. Auf dem Kästchen prangte in verblassten Lettern der Name eines Juweliers. Fahrig nestelte ich am Verschluss. Der Deckel schnappte hoch, und da lag auf dunkelblauem, durch die Jahrzehnte faserig gewordenem Samt ein Schlüssel mit verschnörkeltem Kopf, alt und schwer. Wie der aus Salzburg.

Ich hatte den zweiten Schlüssel gefunden.

2.

Danke, Jake«, flüsterte ich. Den Schlüssel steckte ich in die Tasche meiner Jeanshose, bevor ich die Schachtel zurück in das Geheimfach legte, das ich ebenso wieder verschloss wie das Fenster. Lautlos betrat ich den Flur. Als ich mich umwandte, um die Treppe hinunterzulaufen, verharrte ich mitten in der Bewegung.

Auf der obersten Stufe stand Mortimer. Er sagte kein Wort, sah mich nur aus diesen irritierenden grünen Augen an und streckte dann sehr langsam und fordernd eine Hand aus.

Ich schüttelte genauso langsam den Kopf. *Gib es niemandem!,* hatte Jake gesagt, und daran würde ich mich halten. Ich musste es schaffen, mit dem Schlüssel das Haus zu verlassen. Um jeden Preis!

Das gleiche Ziel und dieselbe Bereitschaft las ich in Mortimers Gesicht.

»Es ist vorbei, Emily«, sagte Mortimer leise, fast flüsternd.

»Im Gegenteil, es fängt gerade erst an«, erwiderte ich im selben Tonfall. Mortimers Motive lagen immer noch im Dunkeln. Waren es heute dieselben wie damals? Gehörte er zu *Clavis* – und war damit vielleicht sogar beteiligt an den Morden an James und später an Jake? Allein der Gedanke an diese Möglichkeit ließ meinen Zorn ins Unermessliche wachsen.

Ich schrie auf und stieß Mortimer mit aller mir zur Verfügung stehenden Kraft zur Seite. Dieser Überraschungsangriff brachte ihn aus dem Gleichgewicht, er stürzte zu Boden.

Ich rannte die Treppe hinunter, nahm zwei, drei Stufen auf einmal. Hinter mir hörte ich, wie Mortimer sich mühsam aufrappelte, die Jahre machten sich doch bemerkbar. Er war nicht so schnell, wie er hätte sein müssen, um mich einzuholen.

Am Fuß der Treppe tauchten Wendy und Leon auf, wahrscheinlich herbeigerufen durch meinen wütenden Schrei. Ich wich Wendy aus, die einen Schritt auf mich zu machte, packte Leon am Arm und zerrte ihn mit mir.

Mein Mantel hing an der Garderobe bei der Eingangstür, mein Rucksack stand darunter. Für den Mantel blieb im Vorbeilaufen keine Zeit, ich schnappte nur meinen Rucksack und sah dabei aus den Augenwinkeln Leon nach seiner Aktentasche greifen. Als ich auf den Eingang zurannte, dachte ich für eine winzige Schrecksekunde, dass alles umsonst war, weil ich nicht raus konnte, weil ich in diesem Haus gefangen war. Dann begriff ich erleichtert, dass ich die Zeiten verwechselte und mich in der Gegenwart keine unsichtbare Wand aufhalten würde. Ich riss die Tür beinah aus den Angeln und stolperte vorbei an den Statuen mit den Wasserschalen, Leon hinter mir.

»Juta …«, fing er atemlos an, ich schüttelte nur den Kopf.

»Lauf!«, rief ich. Ein Blick über die Schulter verriet mir, dass Mortimer aufgeholt hatte. Aber wir hatten einen guten Vorsprung und hechteten die Straße entlang unserem Hotel entgegen.

»Der Wagen«, stieß ich atemlos hervor.

Im Laufen fingerte Leon den Autoschlüssel aus seiner Hosentasche und drückte auf die Fernbedienung, als es in Sicht kam. Er stellte keine Fragen mehr, er tat nur noch, was ich sagte.

»Fahr los!«, brüllte ich unnötigerweise. Er hatte den Motor schon gestartet, kaum, dass ich auf dem Beifahrersitz saß. Wir brausten an Mortimer Grey vorbei, der mitten auf der Straße stehen blieb, sich die Seite hielt und uns hinterhersah. Wütend und seltsam verloren zugleich.

3.

Wohin?«, war das Erste, was Leon sagte, nachdem wir ein paar Straßen zwischen uns und Mortimer gebracht hatten.

»Keine Ahnung«, murmelte ich, inzwischen auf meinem Sitz zusammengesunken. »Fahr einfach. Ich muss nachdenken.«

Was untertrieben war. Zu welchem Zeitpunkt hatte Mortimer was gewusst oder zumindest vermutet? Wie viel hatte er geplant? Und warum hatte er den dummen Fehler gemacht, eben den Schlüssel von mir zu fordern? Ein bisschen mehr Geduld, um mein Vertrauen zu gewinnen – wer weiß, was ich ihm dann erzählt hätte! Bestimmt nicht alles, aber möglicherweise genug für ihn. Vielleicht hätte sich sogar eine Gelegenheit ergeben, mir den Schlüssel unbemerkt abzunehmen. Die einzige Erklärung, die ich für sein Verhalten fand, war die, dass Mortimer schon sehr, sehr lange gewartet und nun so kurz vor dem Ziel die Geduld verloren hatte. Suchte er wirklich seit Jahrzehnten nach dem Schlüssel?

Ich war dankbar, dass Leon jede Bemerkung darüber unterließ, in Bezug auf Mortimer von Anfang an den richtigen Riecher gehabt zu haben, sondern nur drauflosfuhr. Ich kramte den Schlüssel aus meiner Hosentasche und drehte ihn zwischen den Fingern hin und her, das half mir beim Überlegen.

»Was hast du da?«, erkundigte sich Leon plötzlich.

»Einen Schlüssel.«

Einen Augenblick schwebte die Stille über uns. »Ist der … der Grund dafür, dass wir eben abgehauen sind?«, frage Leon dann. Er las die Antwort an meinem Gesicht ab. »Hast du ihn geklaut?«

Schwierige Frage. Da er sich in Wendys Haus befunden hatte, könnte sie das mit Fug und Recht behaupten. Andererseits hatte Jake den Schlüssel für mich dahin gelegt. Nur würde mir das keiner glauben.

»Nicht wirklich«, antwortete ich, was Leon veranlasste, seine Brauen zu heben.

»Wir sind also wegen eines alten Schlüssels auf der Flucht vor einem pensionierten Psycho-Fritzen und seiner Enkelin?«

Ich schluckte und spürte, dass ich es nicht länger schaffen würde, alles für mich zu behalten. Ich warf einen kurzen Seitenblick auf Leon, starrte wieder geradeaus und setzte zweimal an, bevor ich stockend sagte: »Der Schlüssel ist wichtig für Como. Er ist einer von Dreien, die ich für ihn finden muss.«

Obwohl ich seinen Blick mied, spürte ich ihn sehr wohl. »Seit wann weißt du das?«, fragte er.

»Genau genommen schon seit unserer Kindheit, ich hatte es nur vergessen und deshalb auch nicht gewusst, dass es das ist, was ich tun muss.« Ich berichtete von Comos Worten bei unserem Schwur, während wir aus Bath heraus und auf einer Landstraße Richtung Osten fuhren.

»Du hast vorhin bloß so getan, als ob du dich ausruhen wolltest und stattdessen diesen Schlüssel gesucht«, bemerkte Leon.

»Stimmt«, bestätigte ich.

»Hm.« Anscheinend dachte er über etwas Bestimmtes nach, es dauerte, bis er weitersprach. »Du hast ihn ziemlich schnell gefunden, und ich nehme nicht an, dass du am Vormittag schon wusstest, wo du suchen musst, sonst hättest du den Schlüssel gleich geholt. Würdest du mir erzählen, was in der Hypnose passiert ist?«

»Ist eine komplizierte Geschichte, von der du mir wahrscheinlich kaum die Hälfte glaubst. Wie zum Beispiel die Tatsache, dass ich im Jahr 1948 aufgewacht bin.«

Leon riskierte einen Seitenblick und sah, dass es mir ernst war. »Ist auch nicht erstaunlicher als manches andere, was ich bisher mit dir mitgemacht habe. Außerdem sollte der Schlüssel doch Beweis genug sein, oder? Was genau ist nun eigentlich so besonders daran?«

»Frag mich was Leichteres. Ich hoffe, ich werde es erfahren, wenn ich alle drei beisammen habe, und das möglichst bald.« Selbst wenn die drängenden Träume nicht gewesen wären, hatte mich auch Jake daran erinnert, dass ich schnell handeln musste.

Vor uns tauchte ein Kreisverkehr auf, Leon musste sich darauf konzentrieren, richtig herum hineinzufahren. »Du hast in der Hypnose erfahren, wo der Schlüssel ist, richtig?«, stellte er danach fest. »Wer hat's dir gesagt? James Jacoby?«

Dicht dran. Aber weit mehr erstaunte mich, dass er einfach etwas hinnahm, sogar voraussetzte, was die meisten Menschen weit von sich gewiesen und für Blödsinn gehalten hätten. Andererseits hatte ich ja schon zuvor gespürt, dass er viel von dem wahrnahm, was in mir vorging.

»Sein Sohn«, sagte ich leise.

»Jakob Jakobus? Der kann höchstens ein Kind von sechs, sieben Jahren gewesen sein!«

»Ein sehr außergewöhnliches Kind.«

»Sieht ganz so aus. Was genau ist passiert?«

Ich seufzte und entschloss mich, ihm eine etwas abgespeckte Version meiner Reise in die vierziger Jahre zu erzählen. Irgendwann fuhr er in einem Ort namens Chippenham auf einen Parkplatz, um mir besser zuhören zu können. Er unterbrach mich nur selten mit kurzen Zwischenfragen, dabei interessierte ihn besonders James' Bibliothek. Ich berichtete von den wertvollen Büchern in den Regalen und hielt mitten im Satz inne, als mir die Formel in dem Paracelsus-Buch in den Sinn kam. II: S, 3, 16.

»Was ist?«, fragte Leon irritiert.

Ich schüttelte den Kopf über mich selbst. Was immer ich in die Formel hineininterpretiert hatte, war völliger Quatsch gewesen! Das mit dem Zimmer nach Süden konnte ja sein, aber der Rest stimmte hinten und vorne nicht. Wieso auch? Kein Mensch konnte zig Jahre zuvor geahnt haben, dass es notwendig sein würde, auf dieses Geheimfach hinzuweisen. Vermutlich bedeutete der Buchstaben-Zahlen-Code überhaupt nichts Wichtiges für mich, dachte ich. Wenn – ja, wenn er nicht in Kombination mit dem Gorgonenkopf und Paracelsus aufgetaucht wäre.

Ich hatte lange vor mich hingebrütet, ohne Leons Frage zu beantworten, aber als ich zu ihm hin sah, bemerkte ich, dass er seine Aufmerksamkeit auf etwas ganz anderes richtete. Er starrte den Schlüssel an, den ich noch immer in den Händen hielt. Auf seinem Gesicht lag ein Ausdruck von Faszination und etwas, das ich nicht benennen konnte. Abscheu? Furcht?

Mein Blick folgte seinem. Je länger ich den verschnörkelten Schlüsselkopf betrachtete, desto schwummeriger wurde mir. Die Ranken verschwammen vor meinen Augen, ich musste blinzeln, um die Täuschung abzuschütteln.

»Juta, würde es dir was ausmachen, mich in deine Gedanken einzuweihen?«, erklang Leons ungeduldige Stimme.

Ich riss mich von dem Schlüssel los und entdeckte in Leons Zügen keinerlei Anzeichen mehr von dem, was ich zuvor wahrgenommen zu haben glaubte.

»War was Ungewöhnliches in der Bibliothek?«, erkundigte er sich.

Ohne nachzudenken, zuckte ich mit den Schultern. »Höchstens die Paracelsus-Büste auf dem Tisch. Die Augen folgten mir scheinbar überall hin, egal, wo im Raum ich mich aufhielt.«

Ich fuhr mit meiner Erzählung fort und merkte, dass ich immer ungenauer wurde, immer weniger preisgab. So erwähnte ich zwar meine Suche im Keller, ließ aber aus, wie Jake mir die Herstellung der Tropfen erklärt hatte. Dafür schilderte ich sehr ausführlich das Geheimfach und dessen Mechanismus. Damit ging ich kein Risiko ein, immerhin lag das Ergebnis unübersehbar vor uns.

Wieso war ich auf einmal wieder so misstrauisch? Nur weil Leon den Schlüssel seltsam beäugt hatte, bedeutete das noch lange nicht, dass ich mich nicht auf ihn verlassen konnte. Oder? Tobias' Warnungen tauchten wieder auf. Und die Frage, weshalb Leon so bereitwillig mit Mortimer und Wendy das Sprechzimmer verlassen hatte. Und wo wir schon dabei waren: Wie kam es, dass Leon diese ganze abstruse Rückführungs-Story widerspruchslos hinnahm?

Ein Teil von mir fand all diese Einwände lächerlich und inakzeptabel. Der andere Teil bestand darauf, vorsichtig zu sein, egal, was zwischen Leon und mir passiert war. Der Schlüssel aus Bath ließ sich nicht mehr verheimlichen, wohl aber der aus Salzburg und die Formel. Ich beendete meinen Bericht mit dem Aufwachen in Wendys Sprechzimmer.

»Scheint ein windiger Typ zu sein, unser Mortimer«, stellte Leon fest. »Ziemlich eindeutig, dass er selbst zu *Clavis* gehört.«

»Zumindest heute. Für damals würde ich nicht meine Hände ins Feuer legen. Allerdings frag ich mich auch, weshalb er uns überhaupt von *Clavis* erzählt hat.«

»Weil er dich ködern wollte und dabei nichts ausgelassen hat, nur für den Fall, dass ein alter Zettel mit einem Paracelsus-Zitat und ein paar Bemerkungen zu dem seltsamen Verhalten seines ... Freundes James allein nicht reichen. Außerdem: Was riskiert er? Gut, wir wissen, dass es eine Gesellschaft namens *Clavis* gibt, falls er sie nicht erfunden hat, aber weder, was sie tut noch wer zu ihr gehört oder sonst was.«

»Ich glaub nicht, dass er sie erfunden hat«, widersprach ich. »Dummerweise hab ich versäumt, nach diesen Unterlagen zu suchen, die Mortimer erwähnte. Die Gelegenheit dazu hätte ich zu Beginn meines Besuchs gehabt.«

»Wo du genug anderes zu bedenken hattest«, nickte Leon verstehend.

»Ja. Leider. Aber jemand ist für die Morde an James und Jake verantwortlich, und zumindest in James' Fall können wir davon ausgehen, das PharmaCon nichts damit zu tun hat. Erzähl mir nicht, dass hinter zwei ungeklärten Todesfällen innerhalb einer Familie zwei völlig verschiedene Motive und Täter stecken.«

»Sicher nicht. Das hieße aber, dass *Clavis* jetzt auch hinter uns her ist, weil du was hast, was die wollen. Bist du sicher, dass du weitermachen willst? Dein Leben könnte angenehmer verlaufen, wenn wir einfach nach Bath zurückfahren und Mortimer geben, was er will.«

Vehement schüttelte ich den Kopf. »Ich lasse Como nicht im Stich. Ganz davon abgesehen waren die schon vorher an uns dran, das haben wir schließlich beide bemerkt. Was auch heißt, dass wir Tobias als Verfolger ausschließen können.«

»Können wir das?«, fragte Leon langsam. »Wer sagt dir denn, dass Tobias nicht auch zu *Clavis* gehört und eure Beziehung gewollt war. Von denen.«

Und wer sagt mir, zu wem du gehörst?, fragte ich im Stillen, obwohl ich mich immer noch sträubte, Leons Verwicklung anzunehmen. Wer sagte mir, um Leons Worte zu gebrauchen, dass es nicht noch andere Gruppen gab, die Interesse an Comos bemerkenswerter Familie hatten?

Das hat alles keinen Sinn, schimpfte ich mit mir selbst. Irgendjemandem muss ich doch trauen. Du kannst aber nur dir selbst trauen, widersprach ich mir. Dann soll ich Leon also in die Wüste schicken? Sei nicht blöd! Bleib bei ihm und beobachte ihn. Reicht doch, wenn dir zwei andere auf der Pelle hocken, die du nicht so gut im Blick hast.

Ich konnte das Für und Wider abwägen, wie ich wollte, es beruhigte mich nicht wesentlich und änderte nichts an meinen Gefühlen für Leon.

»Was machen wir jetzt?«, wiederholte ich Leons Frage. Am liebsten hätte ich mal alle Verantwortung abgewälzt und mich nur noch fallen lassen. »Nach Bath können wir nicht zurück.«

»Zuerst sollten wir im Hotel anrufen und bitten, unsere Sachen zusammenzupacken und herzubringen«, schlug Leon vor. »Dieses – wo sind wir? – Chippenham ist nicht sehr weit entfernt, das machen die bestimmt.«

»Nein«, widersprach ich. »An einigen Dingen hänge ich zwar, aber an meinem Leben noch mehr. Kein Risiko. Was wir brauchen, können wir überall kaufen. Hast du deine Papiere bei dir?«

Leon deutete auf den Rücksitz.

»Da ich bei Wendy schnell genug meine Aktenmappe greifen konnte, ja. Was hast du vor?«, fragte er.

»Wenn ich das wüsste. Wir brauchen neue Klamotten, neue Hinweise, eine Möglichkeit, schnell wegzukommen, wenn wir welche finden ... Und wir sollten viele Meilen zwischen uns und Mortimer bringen.«

»London?«, schlug Leon vor. »Ist weit genug weg. Außerdem kommen wir von dort aus überall schnell hin, wenn wir unser nächstes Ziel kennen.«

4.

In London mieteten wir uns in einem kleinen Hotel in der Great Russel Street ein, nahe des British Museum. Ich befand mich in einer kuriosen Stimmung, weil ich mich permanent fragte, wo ich nach dem dritten Schlüssel suchen sollte. Andererseits war ich so müde, dass das durchgelegene Bett im Hotelzimmer verlockender schien als eine Luxussuite im Ritz.

»Schlaf«, meinte Leon. »Vielleicht ist das sogar die einzige Methode rauszufinden, wohin Como dich als Nächstes schickt.«

Das war ein gutes Argument, bewirkte aber leider das Gegenteil. Weil ich auf Teufel komm raus schlafen wollte, blieb ich wach und wurde immer nervöser, fast aggressiv, nichts lief so, wie es sollte.

»Weshalb glaubst du eigentlich den ganzen Kram, den ich dir erzähle?«, fragte ich angriffslustig. »Jeder vernünftige Mensch würde mich einweisen lassen, statt mit mir durch die Gegend zu fahren.«

Nachsichtig schaute Leon mich an, was mich noch wütender machte. »Wenn's dich beruhigt«, sagte er, »dann gebe ich zu, dass mir durchaus der Gedanke durch den Kopf gegangen ist, du bildest dir das alles nur ein.«

»Also doch!« Beinah triumphierend setzte ich mich auf.

»Ja. Wär doch möglich, dass Mortimer und Wendy dich auf eine Weise manipuliert haben, die ich weder mitbekommen habe noch nachvollziehen kann, so dass du genau das gesehen hast, was du sehen solltest.«

Entsetzt starrte ich Leon an und spürte, wie mein Magen sich zusammenkrampfte. Konnte das sein? War nichts, was ich als Emily erlebt hatte, echt gewesen?

»Der Schlüssel spricht eindeutig gegen diese These«, fuhr Leon ruhig fort. »Er ist der einzige, aber sehr handfeste Beweis für den Wahrheitsgehalt deiner Geschichte. Darum glaube ich dir.« Er beugte sich zu mir herüber und küsste mich. Ganz leicht, wie ein Schmetterlingsflügel berührten seine Lippen meine. »Schlaf«, sagte er. Leon strich mit der Hand über meine Augen und schloss meine Lider, eine Berührung, die sich ebenso leicht anfühlte wie sein Kuss.

Weit entfernt fiel eine Tür ins Schloss. Ich sollte die Augen öffnen, dachte ich träge, wobei ich mich zu erinnern versuchte, warum ich eigentlich in diesem unbequemen Bett lag. Gleich darauf plumpste etwas auf die Matratze, und ich zwang mich, mich aufzurichten. Neben mir lagen massenweise Einkaufstüten, dahinter erkannte ich Leon, der sich auf einen wackeligen Stuhl fallen ließ und die Beine von sich streckte.

»Ich hoffe, die Klamotten passen«, sagte er. »Die haben in diesem Land merkwürdige Konfektionsgrößen, da steigt kein Mensch durch.«

Neugierig griff ich nach der ersten Tüte, in der eine Jeans und eine weiße Bluse steckten.

»Hast du von Como geträumt?«, unterbrach Leon meine Inspektion.

Ernüchtert ließ ich die Tüte los und horchte in mich hinein. Nein, dachte ich verzweifelt. Ich hörte Jakes Stimme, die mich zur Eile mahnte, und fragte mich, ob Como möglicherweise nicht mehr in der Lage war, durch mein Unterbewusstsein Kontakt zu mir aufzunehmen.

Leon stand auf, schob die Tüten zur Seite und legte sich, aufgestützt auf seinen rechten Ellenbogen, neben mich. Mit der freien Hand schob er mir das Haar aus der Stirn. »Wir finden einen Weg, Juta. Wenn Como nicht in deinen Träumen auftaucht, muss er dir einen anderen Hinweis gegeben haben.«

Das bezweifelte ich. »Und wie?«

»Das kannst nur du beantworten, also denk nach! Vielleicht war's was in der Vergangenheit, etwas, das du gesehen oder gehört hast.«

Ich versuchte, seinem Rat zu folgen. In der Vergangenheit war eine Menge geschehen, nur was davon ein Hinweis auf meine nächste Station und damit den nächsten Schlüssel sein sollte, blieb mir schleierhaft. Die einzige Verbindung, die ins Auge stach, war die Heilkunde. Mein Weg hatte mich von Paracelsus in Salzburg zu Sul oder Sulis Minerva in Bath geführt, die man um Gesundheit und Heilung anrief.

»Nenn mir ein paar bedeutende Mediziner, Heilkundige, Forscher oder meinetwegen auch Götter, die was damit zu tun haben«, bat ich.

Leon hatte gerade begonnen, die neuen Kleidungsstücke und Toilettenartikel, die er gekauft hatte, aus den Tüten zu holen und in eine Reisetasche zu werfen. Daneben lag ein ebenfalls neuer Rucksack, nach dem er nun griff und sich mit dem Rücken zu mir daran machte, den Inhalt seiner sperrigen Aktentasche umzupacken. Gleichzeitig zählte er auf: »Albert Schweitzer, Robert Koch, Louis Pasteur, Ferdinand Sauerbruch …« Er stockte. »Hippokrates, Aristoteles, Galen, Nostradamus, wenn du's ein bisschen älter willst. Mit Göttern kenn ich mich leider nicht so aus. Hast du eine Idee, die uns weiterbringt?«

Obwohl mir alle Namen ein Begriff waren, wären mir nie so schnell so viele eingefallen. Ich war beeindruckt von Leons Allgemeinwissen. »Wär schön. Ich bin mir sicher, dass es was mit Medizin zu tun hat. Aber allein die Auswahl an Personen ist unendlich, wie soll ich denjenigen finden, auf den es ankommt?«

Leon lehnte sich an den Schrank, der knarrte, als würde er gleich unter seinem Gewicht zusammenbrechen. »Como, Jakob, James«, fing er an, aufzuzählen. »Es scheint immer weiter zurückzureichen. Wer ist James' Vater, wo hat er gelebt? Weißt du irgendwas über James' Vergangenheit?«

»Jake hat erzählt, dass sein Vater längere Zeit in Frankreich war und dort Claire kennen lernte.«

»Aber er hat nicht gesagt, weshalb er da war?«

Ich schüttelte den Kopf. »Glaubst du, er könnte dort seine Wurzeln haben? Mit einem Namen wie James Jacoby?«

Leon rollte mit den Augen. Natürlich – Jakob Jakobus klang auch nicht besonders englisch, und trotzdem war Jake in Bath aufgewachsen und hatte später sogar zweimal seinen Namen geändert.

»Frankreich …«, murmelte ich.

»Tja. Wenn du nicht bald wieder was von Como … hörst, ist Frankreich das Beste, was wir vorerst probieren können.« Als ich zu ihm rüber sah, umspielte ein Lächeln seine Lippen. *»Alors, on y va?«*, fragte er. »Gehen wir?«

5.

Frankreich klang verführerisch logisch, hatte allerdings einen kleinen Haken: Es war reichlich groß. Weder James noch Jake hatten erwähnt, wo genau Claire ihre Eltern besuchte, und selbst wenn, hätte es keine Garantie dafür gegeben, dass wir dort richtig gewesen wären. Trotzdem: Es war unsere einzige Spur. Leon ging zur Rezeption, um sich nach Flügen zu erkundigen. Währenddessen stellte ich mich unter die Dusche und zog danach die Jeans und einen schwarzen Pullover an, beides neu und beides passend, als hätte ich es anprobiert.

»Da ist nicht viel zu machen«, kam Leon mit der niederschmetternden Nachricht zurück. »Es gibt noch einen Flug nach Marseille um halb neun ab Gatwick, den wir wahrscheinlich verpassen, selbst wenn wir gleich losdüsen.«

»Nicht mal nach Paris?«, fragte ich fassungslos.

»Tut mir leid. Der nächste geht morgen kurz nach sechs von Heathrow.«

»Mist!«, schimpfte ich. »Was jetzt?«

»Bis morgen warten«, schlug Leon vor.

»Aber wir haben keine Zeit. Ein paar Stunden können eine Menge ausmachen!«

»Beruhig dich, Juta! Du hilfst Como ganz sicher nicht, wenn du dich aufregst. Wir sollten lieber einen vernünftigen Plan schmieden.«

Er hatte Recht – und außerdem auch einen Plan, wie sich rausstellte. »Wir könnten uns über berühmte Ärzte in Frankreich kundig machen, vielleicht stolpern wir dabei über was Wichtiges. Lass uns ein paar Buchläden abklappern.«

Kurz dachte ich an die Möglichkeit, im Internet zu recherchieren, was schneller ging und vielleicht sogar effektiver war. Aber ich hieß alles willkommen, was mich davon ablenkte, in London festzusitzen. Ein Bummel durch Geschäfte war dazu geeigneter, als vor einem PC zu hocken.

Auf der Charing Cross Road, die nur einen Katzensprung entfernt lag, herrschte noch reger Betrieb. Buchhandlungen und Antiquariate wechselten sich ab, es gab eine schier unübersichtliche Anzahl an Bücherregalen, und wir hatten freie Auswahl. Wir teilten uns auf und vereinbarten ein Treffen beim Pizza Hut am Leicester Square zwei Stunden später.

Nachdem ich einige Läden umsonst abgeklappert hatte, entdeckte ich endlich in einem kleinen, dunklen Antiquariat ein Büchlein »The History of France, Vol. III – The Famous and the Infamous«, Band 3 einer Reihe »Die Geschichte Frankreichs« mit dem Titel »Berühmte und Berüchtigte«. Dankenswerterweise war die dreißig Jahre alte Ausgabe mit einem Index versehen, in dem ich Nostradamus und Louis Pasteur fand sowie, ebenfalls unter dem Kapitel »Medizin und Forschung«, einen Philippe Pinel und einen Jean Martin Charcot, beides mir gänzlich unbekannte Namen.

Mit meinem Fund machte ich mich auf den Weg zum Leicester Square, wo Schlangen vor den Kinos und vor dem kleinen Kiosk standen, an dem man für denselben Abend Theaterkarten zum halben Preis bekam. Auch im Pizza Hut war es voll, so dass ich nur mit Mühe einen Tisch ergatterte. Von Leon war weit und breit noch nichts zu sehen. Relativ lustlos begann ich, die Speisekarte zu studieren, zum Essen war ich viel zu nervös.

»Wartest du schon lange?« Leon ließ sich auf den Stuhl mir gegenüber fallen. Er wirkte atemlos und etwas niedergeschlagen. »Ich hab mich durch Dutzende von medizinischen Fachabteilungen gekämpft, habe zum Transport ungeeignete zehnbändige Lexika entdeckt, in Antiquariaten gab's kostbare Erstausgaben, deren medizinwissenschaftliche Kapitelüberschriften ich nicht mal andeutungsweise verstand, und zum guten Schluss hab ich mich auch noch bei Foyles verlaufen. Der Laden ist vielleicht unübersichtlich!«

Foyles war eine der bekanntesten Buchhandlungen in London, riesengroß und mit allem bestückt, was man sich vorstellen konnte – wenn man das Glück hatte, es zu finden. Wider Willen musste ich lachen.

»Sehr komisch«, fand Leon. »Ich hab aber zumindest eine interessante Sache in einem Secondhand-Laden entdeckt. Meine Beute hab ich kurz ins Hotel gebracht, damit ich das Ding nicht mit mir rumschleppen muss. Wir können nachher drin schmökern. Und du – was hast du gefunden?«

Nachdem die Bedienung nach unseren Wünschen gefragt hatte, lasen wir in meinem Buch. Pinel und Charcot hatten sich mit Geisteskranken befasst, wobei Charcot im 19. Jahrhundert mit Hypnose-Experimenten ein erster Ansatz zur Psychotherapie gelungen war.

Ich schnitt eine Grimasse. »Das erinnert mich ein bisschen zu sehr an Mortimer und seine Wendy.«

»Du findest, der passt eher zu *Clavis?*«, meinte Leon so undurchdringlich, dass ich mich fragte, wie ernst er das meinte.

Ich zuckte mit den Schultern. Nach Jakes Experimenten im Keller ging ich davon aus, dass sich Comos Familie eher mit anderen Heilmethoden beschäftigte. Ausschließen konnte ich trotzdem weder Charcot noch Pinel.

»Was ist mit Nostradamus?« Offenbar fand Leon den am faszinierendsten. Tatsächlich sprach einiges für Nostradamus: Er war ein Zeitgenosse Paracelsus' und ähnlich geheimnisumwittert wie sein deutscher Kollege, vor allem, was die Weissagungen und ihre vielfältigen Deutungen betraf. Ein vielversprechender Kandidat. In seiner Biografie stand zu lesen, dass er aus der Provence stammte, wo er auch den größten Teil seines Lebens verbracht hatte. War das unser nächstes Ziel?

Nein, denn was ich anschließend über Louis Pasteur las, erinnerte mich so sehr an Paracelsus, dass ich die anderen drei Männer sofort von unserer Liste strich. Pasteur war in Dôle geboren, hatte aber die letzten achtunddreißig Jahre bis zu seinem Tod 1895 in Paris gelebt. Paracelsus hatte von »Giften« in Lebensmitteln gesprochen, und das passte genau zu dem, worum es Pasteur in seiner Forschung gegangen war: Der Franzose zeigte zum ersten Mal, dass Fäulnis und Gärung durch Mikroben hervorgerufen werden, und entdeckte, wie man die Keime – also möglicherweise die »Gifte«, von denen Paracelsus sprach – abtöten konnte: durch Erhitzen, ein Verfahren, das man später »Pasteurisieren« nennen würde.

Leons Einwand, dass das nicht automatisch die restlichen Kandidaten ausschloss, wischte ich mit einer Handbewegung fort. »Sag, was du willst, wir müssen nach Paris.«

6.

Während der kurzen Nacht war ich in Gedanken schon in Paris und beim dortigen Institut Pasteur, das ich sofort nach der Landung aufsuchen wollte. Leon tat sein Bestes, mich von diesem Zustand runterzuholen, allerdings vergeblich. Ich wälzte mich wie schon so oft hin und her und hielt damit auch ihn vom Schlafen ab. Bis Leon mich in den Arm nahm und mich festhielt. Seine Nähe beruhigte mich, und auch wenn ich kaum schlief, fühlte ich mich trotzdem wohler und weniger kribbelig.

Erst im Flugzeug konnte ich mich entspannen. Das Summen der Motoren wirkte einschläfernd, ich lehnte meinen Kopf an Leons Schulter und schloss die Augen.

Es war dunkel um mich herum, nur weit vor mir schien ein kleines Licht, wie das Ende eines Tunnels. Je näher ich dem Licht kam, desto wärmer wurde meine Umgebung, aber nicht heller. Nach einer endlosen Wanderung durch die Dunkelheit, die mich an einen Felsgang erinnerte, öffnete sich vor mir ein hoher Raum, eine Grotte mit sanftem Licht in der Mitte. Wasser lief von den Wänden und wurde von Schalen aufgefangen. Ich legte meine Hand an die Felswand, ließ das Wasser darüberfließen und ging in die Hocke, dicht vor einer der Schalen. Wie von selbst tauchte ich meine Fingerspitzen in eine der Schalen und spürte die Kraft des Wassers, die durch meine Finger in meinen Körper strömte. Das Wasser machte mich stark, es tat etwas mit mir, ich sah plötzlich merkwürdige Bilder vor meinen Augen von Männern in weißen Togen und Frauen in Stolen. Sie hielten Schalen in den Händen, hoben ihre Arme erst weit über ihre Köpfe und stellten dann die mit Wasser gefüllten Gefäße auf einen steinernen Altar.

Juta, erklang eine Stimme. Ich drehte mich um und fand mich in der Grotte wieder. Auf dem Boden neben mir lag eine Gestalt, und als ich mich niederkniete, erkannte ich Como. Er lächelte mich an, doch im nächsten Moment veränderte sich sein Ausdruck, und ich sah, wie erschöpft und ausgezehrt er war, wie krank. *Juta,* wiederholte er. Sonst sagte er nichts, nur seine Augen sprachen zu mir, und sie flehten: *Bitte! Beeil dich, wir haben nur noch wenig Zeit!*

Plötzlich wurde mein Körper durchgeschüttelt, ich erwachte von der Turbulenz und brauchte ein paar Sekunden, um zu registrieren, dass die Grotte und Como verschwunden waren, dass ich in einem Flugzeug saß und vor mir auf dem Klapptisch ein Becher Wasser stand, den Leon bei der Stewardess für mich bestellt haben musste.

Ich nahm den Becher, und noch bevor ich trank, wusste ich, dass die Wirkung dieselbe sein würde wie zuvor und wie in meinem Traum. Das Wasser verlieh mir eine Stärke, die ich bitter nötig hatte. Comos zusehends schlechterer Zustand machte mir Angst. Ich gondelte in der Weltgeschichte herum, während er verzweifelt wartete.

»Geht's dir nicht gut?«

Langsam dreht ich mich zu Leon um. »Nein«, wisperte ich. »Oder doch. Mir schon. Aber Como nicht.« Ich schilderte meinen Traum und das, was ich in Comos Blick gelesen hatte. Die gesamte Szenerie erinnerte mich an Jakes Worte, er habe einen Mann in einer Art Höhle gesehen. Mitten in meine Überlegungen schlich sich noch etwas anderes. Etwas, das ich vergessen hatte, weil es in den Zeitraum meiner Amnesie fiel. Es hatte mit Como zu tun und mit Tobias. Tobias, der wie vom Erdboden verschluckt schien, es sei denn, er wäre derjenige gewesen, der uns in Bath verfolgt hatte. Er war für mich nach wie vor vollkommen undurchschaubar. Selbst wenn er was mit *Clavis* zu tun haben sollte, wie Leon vermutete, wäre es von seiner Seite aus klüger gewesen, so weiterzumachen wie zuvor – sich besorgt zu zeigen und sich wenigstens ab und an bei mir zu melden. Stattdessen herrschte Stillschweigen, auf meinem Handy war keinerlei Nachricht von ihm.

Jetzt sah ich mich wieder auf einer Liege in der Ostsee-Therme, spürte, wie kräftige Hände mich massierten, und sah im nächsten Augenblick, wie Tobias und ich uns beim Griechen nahe der Strandpromenade in Boltenhagen gegenübersaßen. In der darauf folgenden Nacht hatte ich begonnen, von Como zu träumen.

Teil 7 – Paris

1.

Am Pariser Flughafen Charles de Gaulle mieteten wir einen dunkelblauen Renault, warfen die Reisetasche auf den Rücksitz – und trugen, kaum dass wir saßen, eine kleine Meinungsverschiedenheit über unser erstes Ziel aus. Leon plädierte für das Hotel, das wir noch in London gebucht hatten, ich dagegen wollte sofort zum Institut Pasteur.

»Glaubst du wirklich, dazu bist du in deinem Zustand in der Lage?«, fragte Leon besorgt, der den Schlüssel im Zündschloss drehte, jedoch noch nicht losfuhr. »Du bist vollkommen fertig, und es bringt nichts, irgendwas zu unternehmen, wenn du dich nicht mal richtig drauf konzentrieren kannst. Du brauchst Schlaf!«

»Ich verplempere keine kostbaren Stunden mit Schlafen«, protestierte ich. »Manchmal hab ich das Gefühl, du versuchst uns absichtlich aufzuhalten! Gestern Abend schienst du schon ganz froh zu sein, dass wir nicht mehr aus London wegkamen. Auf welcher Seite stehst du? Auf meiner oder auf der von *Clavis?*« Ich hatte das nicht aussprechen wollen, es war mir einfach rausgerutscht.

Leons Gesicht glich von einer Sekunde auf die andere einer Maske. Einer sehr bleichen Maske. Er schaltete den Motor wieder aus, legte die Hände aufs Lenkrad und starrte durch die Windschutzscheibe.

»Leon …«

»Halt den Mund«, sagte er leise und in einem Ton, der mich tatsächlich zum Schweigen brachte. Plötzlich saß ein fremder Mann neben mir, der nichts gemein hatte mit dem Leon, den ich kannte. Ein verschlossener, undurchsichtiger Typ, der alles sein konnte, auch mein Feind. Zwei Minuten verstrichen, bevor Leon wieder sprach, ohne allerdings den Blick auf mich zu richten. Seine Stimme war noch immer sehr leise, wenn auch weniger scharf als zuvor.

»Ich nehme an, darüber denkst du schon eine ganze Weile nach, und wahrscheinlich ist es gut, dass du's endlich gesagt hast. Was erwartest du von mir zu hören? Dass ich zugebe, zu *Clavis* zu gehören? Dass ich dich in den Mönchsbergkatakomben zwar aufgespürt, den Rettungsdienst aber erst gerufen habe, nachdem ich dich niedergeschlagen hatte, um dir dein Tagebuch zu klauen? Dass ich mich anschließend an dich rangehängt habe, weil mir das Ding nicht weiterhalf? Dass ich dich nach Bath gelockt und es zusammen mit Mortimer darauf angelegt habe, dich den Schlüssel für uns finden zu lassen? Dass ich noch hier bin und Zeit schinde, weil ich zwar den nächsten Schlüssel will, aber nicht, dass du Como hilfst?« Endlich wandte er seinen Blick mir zu. »Willst du das hören? Ja? Okay. Es war so!«

»Leon …«, fing ich unglücklich an. »Es tut mir leid.«

»Wieso? Jetzt weißt du wenigstens, woran du bist.« Leon sah schrecklich aus. Wie jemand, der endlich etwas losgeworden war, was er sehr lange mit sich rumgeschleppt hatte. Sehr überzeugend. Aber nicht überzeugend genug.

»Da ist ein kleiner logischer Fehler in deiner Beichte.«

»Ach?« Ein Teil von ihm schien sich zu entspannen.

»Nicht du hast mich nach Bath gelockt, sondern der Brief, den ich von Frau Dreising bekommen habe.«

Leon zuckte mit den Schultern. »Na und? Frau Dreising gehört auch zu uns.«

Ich streckte die Hand aus und berührte Leons Gesicht. Dann beugte ich mich zu ihm hinüber. Leon ließ seine Maske fallen, als wir einander in die Augen sahen, ich las in seinen, was in ihm vorging, und wusste, dass er mich küssen würde, bevor er es tat.

»Vertrau mir, Juta«, sagte er, wieder sehr leise. »Bitte. Ich weiß, wir müssen uns beeilen. Aber vergiss nicht, dass *Clavis* mächtig genug ist, uns aufzuspüren, und uns, und damit auch Como, gefährlich werden kann. Du brauchst deine Kraft und solltest nichts unternehmen, wenn du mehr oder weniger durch die Gegend taumelst.«

»Ich weiß.« Noch immer spürte ich Leons Kuss, seine Hände, mit denen er mich festgehalten hatte. »Ich will nur nicht wahrhaben, dass wir sie nicht endgültig abgeschüttelt haben.«

»Vielleicht haben wir das. Aber nur weil wir niemanden sehen, heißt das nicht, dass keiner da ist. Selbst wenn ich es nicht bin, irgendjemand hat die Finger im Spiel. Ich kann mich des Gefühls nicht erwehren, dass wir bloß die Bauern sind, die für *Clavis* die Drecksarbeit machen. Sie mögen vermuten, in welchem Land, in welcher Stadt die Schlüssel versteckt wurden, vielleicht wissen sie sogar, dass der nächste in Paris ist, aber Sie brauchen dich, um ihn zu finden.« Er machte eine Pause, in der er mir Zeit ließ, das zu verarbeiten – und ich erinnerte mich daran, dass Tobias eigentlich immer gewusst hatte, wo ich war.

»Stell dir vor, du kriegst den Schlüssel«, fuhr er fort, »und bist zu k. o., damit abzuhauen, körperlich und geistig. In Bath ist es dir noch gelungen, und ich garantiere dir: Nach der Schlappe werden die es uns bestimmt nicht noch mal so einfach machen.«

Ich hatte längst eingesehen, das Leon Recht hatte. »Fahr zum Hotel.«

2.

Das Hôtel de l'Opéra lag in der Rue Caumartin im neunten Arrondissement. Leon deutete auf das Gebäude schräg gegenüber, in dem sich der Bühneneingang des berühmten Chanson-Tempels Olympia befand. Zu den Dingen, die ich bis dahin nicht über Leon gewusst hatte, gehörte, dass er französische Musik mochte und die Sprache sehr gut beherrschte. Das würde uns hier von großem Nutzen sein, denn meine Französischkenntnisse beschränkten sich trotz zweier Wochenendtrips nach Paris leider auf wenige Worte.

Kurz darauf fiel ich ins Bett. Die Suche zehrte an mir und Como gleichermaßen, aber ich musste unbedingt durchhalten, damit wir am Ende nicht beide auf verlorenem Posten standen. Das Letzte, was ich bewusst dachte, war, wie schade ich es fand, dass wir kein Doppelzimmer mehr bekommen hatten, sondern nur zwei extrem enge Einzelzimmer, die durch eine Tür miteinander verbunden waren. Ich sehnte mich nach Leons Berührung, mehr als ich angenommen hatte, und wäre gern in seinen Armen eingeschlafen.

Fünf Stunden später wachte ich zum ersten Mal seit langem ausgeruht auf. Ich klopfte an die Verbindungstür und betrat Leons Zimmer, ohne eine Antwort abzuwarten. Die hätte ich auch nicht bekommen, denn Leon war fort. Auf dem kleinen Tisch neben dem Bett lag ein aufgeschlagenes Buch, das ich neugierig hochnahm: »Große Mediziner der Zeitgeschichte«, las ich auf dem Deckel. Bestimmt handelte es sich um das Buch, das Leon in London gekauft, mir dann aber gar nicht mehr gezeigt hatte, weil es durch meine Entscheidung für Pasteur unwichtig geworden war.

Mit dem Buch in der Hand setzte ich mich auf Leons unbenutzt aussehendes Bett und begann zu blättern. Es war ein deutschsprachiges Werk, herausgegeben in Wien. Außerdem entdeckte ich Lesezeichen, schmale Papierstreifen, die schon länger zwischen den Seiten stecken mussten, weil die Ecken, die herausragten, vom Tageslicht gebleicht waren.

Die »großen Mediziner der Zeitgeschichte« waren alphabetisch sortiert, nacheinander schlug ich die Stellen mit den Lesezeichen auf: Axenfeld, Auguste, 1825–1876, Professor für interne Pathologie der medizinischen Fakultät in Paris. Fracastoro, Girolamo, 1478–1553, Leibarzt Papst Paul III., verfasste astronomische Schriften und das erste zusammenfassende Werk über Infektionskrankheiten. Die drei restlichen Papierschnipsel markierten Nostradamus, Paracelsus und Pasteur. Vier davon konnte ich nachvollziehen, Leon hatte wohl auch Axenfeld in Erwägung gezogen. Aber ein Italiener? Wieso Italien? Und nicht zu vergessen: Diese Lesezeichen steckten nicht erst seit gestern da. »Vertrau mir«, hatte Leon gesagt. »Bitte.«

Leichter gesagt als getan, wenn ich immer wieder über Dinge stolperte, die mein Vertrauen ins Wanken brachten. Es wäre ein komischer Zufall, wenn sich derjenige, der vor Leon dieses Buch besessen hatte, für dieselben Leute interessiert hatte wie wir. Wie war Leon an das Buch gekommen? Gekauft, wie er behauptete? Es gab keinen Beweis dafür, dass er während der zwei Stunden, die ich durch die Buchläden der Charing Cross Road getigert war, dasselbe getan hatte.

Draußen auf dem Gang erklangen Schritte. Instinktiv sprang ich auf, legte das Buch an seinen Platz und zog mich in mein Zimmer zurück. Ich hatte die Verbindungstür noch nicht ganz geschlossen, als Leon eintrat – und mit jemandem sprach.

»Ich tue, was möglich ist, aber ich kann nicht zaubern.« Pause. In der ich die Verbindungstür so weit zuzog, dass man den winzigen Spalt kaum sah. »Paris, ja.« Pause. »Ich weiß. Das ist nicht meine Schuld, sondern ...« Hier wurde er offenbar unterbrochen, diesmal schwieg er länger als zuvor. »Wenn's sein muss. Ja. Ich melde mich.«

Dieses Gespräch konnte alles und nichts bedeuten. Vielleicht hatte Leon Anweisungen von *Clavis* oder sonst wem erhalten. Oder er hatte nur eine alte Freundin abgewimmelt, der er noch einen Gefallen schuldete.

Lautlos fluchte ich vor mich hin. Ich war diese ständige Ungewissheit und meine eigenen Zweifel so leid! Ich holte tief Luft, beschloss, Leon geradeheraus zu fragen, wo er gewesen war, und stapfte ohne anzuklopfen in sein Zimmer. Weiter kam ich nicht, denn Leons Handy klingelte schon wieder. Ich wollte zumindest diskret tun und mich zurückziehen, aber erstaunlicherweise winkte Leon mir zu bleiben. Also setzte ich mich an den Tisch, auf dem das Buch über die Mediziner lag, und hörte zu. Schon nach ein paar Sätzen wurde klar, dass er mit einem Familienmitglied über eine Feier sprach, zu der er nicht kommen konnte. Weil er mit mir unterwegs war, was er verschwieg. Es kostete ihn Mühe, eine einigermaßen plausible und hinreichende Erklärung zu finden, das Gespräch nahm und nahm kein Ende.

Ich griff nach dem Buch und blätterte ein bisschen durch die Seiten, als Leon mitten im Satz abbrach. Irritiert schaute ich hoch, doch in dem Augenblick sprach er weiter, und ich wandte mich wieder dem Buch zu. Ich befand mich bei H und schaute auf den Namen Samuel Hahnemann.

»Ja, ich schwör's, zu deinem nächsten Geburtstag bin ich da und halte eine Rede, wenn du willst«, sagte Leon gerade seufzend.

Und ich entdeckte in dem Abschnitt über den mir unbekannten Hahnemann ein magisches Wort: Paracelsus. Ich begann das Kapitel von vorn und erfuhr, dass sich Hahnemann, der 1755 in Meißen geboren wurde und als Gründer der Homöopathie galt, in seinen Forschungen von Paracelsus hatte inspirieren lassen. Sein Grundsatz lautete: Ähnliches mit Ähnlichem heilen. Die Krankheit sollte mit einer Medizin geheilt werden, die bei einem Gesunden ähnliche Krankheitssymptome erzeugen würde. Auf den ersten Blick widersinnig, aber es funktionierte, da der Körper mittels der entsprechenden Arznei genau dem Reiz ausgesetzt wurde, unter dem er litt, was dann die körpereigenen Selbstheilungskräfte anregte.

Dann sprach Leon mich an. »Juta, falls du dich mal einen Moment losreißen kannst von deiner Lektüre ...«

Konnte ich nicht, denn was als Nächstes kam, schlug dem Fass den Boden aus. Im Folgenden wurde die Herstellung der Arzneimittel beschrieben, die so genannte Potenzierung, und das entsprach exakt dem Prozess, den Jake mir gezeigt hatte: Zerkleinerte Pflanzen wurden mit Alkohol oder einem Alkohol-Wasser-Gemisch versetzt, woraus die Ur-Tinktur entstand. In der anschließenden Potenzierung wurde die Ur-Tinktur so oft im Verhältnis eins zu zehn verdünnt und geschüttelt, bis die gewünschte Potenz erreicht war.

»Hey, Juta, was ist denn da so ungeheuer aufregend?« Leon klang nicht mehr belustigt, sondern neugierig.

Ich schaute von dem Abschnitt hoch, der nicht mit einem Lesezeichen markiert war, und vergaß in meiner Begeisterung alle Vorsicht. »Wir haben uns geirrt, es ist nicht Pasteur, sondern Samuel Hahnemann!« Ich fasste das Kapitel über den Mediziner zusammen und erzählte anschließend von Jakes Künsten im Kellerlabor, um Leon zu vermitteln, wie bedeutungsvoll meine Entdeckung war.

Leon hatte sich aufs Bett gesetzt und mir aufmerksam zugehört. Die Erwähnung von Jakes Arzneimittelherstellung provozierte eine erhobene Braue, aber er blieb still, selbst als ich fertig war.

»Was sagst du dazu?«, fragte ich ungeduldig.

»Wenn du Recht haben solltest, sind wir hier falsch«, sagte er langsam. »Wir sollten nach Deutschland fahren, was hieße, dass wir die Spur über Claire Jacoby vernachlässigen.«

Ich musste mir das Grinsen verkneifen, weil ich Leon etwas vorenthalten hatte. »Nicht ganz, *mon ami.* Hier steht, dass Hahnemann sich im hohen Alter in eine Französin verliebt hat. Mit 80 ist er in Paris gestorben, und seine Überreste liegen auf dem Friedhof Père-Lachaise!«

Leon starrte mich sprachlos an. Erst nach einer Ewigkeit nickte er. Ich hätte viel drum gegeben zu wissen, was ihm durch den Kopf ging. Vielleicht hatte ich gerade einen großen Fehler gemacht, vielleicht hätte ich das alles lieber für mich behalten sollen. Nun war es zu spät, und genau genommen war ich froh darüber.

3.

Der Cimetière du Père-Lachaise auf einem bewaldeten Hügel von Paris war ein riesiger Friedhof, auf dem reihenweise berühmte Persönlichkeiten lagen: von Balzac und Chopin zu Oscar Wilde, über Edith Piaf und Gilbert Bécaud bis hin zu Jim Morrison. An seinen langen, mit Bäumen gesäumten Alleen ebenso wie an seinen schmaleren Wegen gab es schlichte Urnengräber wie große Mausoleen, und ohne den Friedhofsführer hätten wir Hahnemanns Grab nie gefunden. So folgten wir der Avenue de la Chapelle, dem Chemin du Bassin und bogen dann in den Chemin du Dragon ein, bis wir vor dem großen Stein aus rosa Marmor und einer kupfernen, grünspanbesetzten Büste des Homöopathen standen.

»Der Mann sieht sogar aus wie Paracelsus«, stellte Leon fest, und tatsächlich war eine gewisse Ähnlichkeit nicht zu leugnen. Ein lockiger Haarkranz umrahmte seine Glatze, die Gesichtszüge mit der langen Nase waren scharf geschnitten.

Ich betrachtete das monumentale Grab. Es schien nichts zu geben, das mir weiterhalf. Auch die Inschriften, die Leon für mich übersetzte, klangen allesamt bedeutungslos. Schließlich trat er näher heran, stieg sogar auf die beiden Stufen, bis er beinah an die Büste stieß, und untersuchte jeden Millimeter. »Nicht das kleinste Versteck für einen Schlüssel.«

Ich zuckte mit den Schultern, was Leon wütend machte.

»Was? Wieso tust du so gleichgültig? Wir sind doch auf der Suche nach dem Schlüssel, und du warst es, die darauf bestanden hat, dass Hahnemann der entscheidende Hinweis ist!«

»Aber ich habe nicht gesagt, dass wir den Schlüssel ausgerechnet hier finden. Wäre das nicht viel zu einfach?«

Ich drehte mich um, betrachtete die Gräber in der Nähe und ging ein paar Meter den Weg in die eine, dann in die andere Richtung. Plötzlich spürte ich ein merkwürdiges Kribbeln im Nacken und blieb stehen. Leon sah meinen Schrecken und kam heran.

»Da ist wer hinter uns«, flüsterte ich. »Jemand verfolgt uns. Du hattest Recht, wir haben's nicht geschafft, sie abzuhängen.«

Blitzschnell wandte Leon sich um, während ich die Luft anhielt. Als von Leon nichts kam, atmete ich langsam wieder aus. »Siehst du wen?«, fragte ich leise.

»Wie man's nimmt«, sagte er angespannt. »Du solltest dich doch mal umdrehen.«

Ich weiß nicht, was ich erwartet hatte. Vielleicht einen Mann mit einer auf uns gerichteten Waffe, der die Herausgabe des kostbaren Schlüssels forderte, den ich seit Bath immer in meinem Rucksack trug – sicher verwahrt im Reißverschlussfach zusammen mit dem aus Salzburg.

Aber hinter uns war niemand, nur eine Reihe Gräber. Verwundert folgte ich Leons Blick, der auf einen alten, aber eher unscheinbaren Stein gerichtet war, halb versteckt hinter dichten Hecken. Unwillkürlich griff ich nach Leons Hand, die ich fast zerquetschte, als ich die Inschrift las:

Jacques Jacobé – Il poursuivait son but – 1884–1933.

»Comos Urgroßvater«, sagte ich ergriffen. »Lass mich raten – der französische Satz heißt: Er folgte seinem Ziel.«

»Ja. Und ist dabei zu jung gestorben.« Dann zeigte Leon auf die rechte Hälfte des Steins. »Sieh mal, hier liegt nicht nur Jacques Jacobé, sondern auch seine Frau Angèle.«

Angèle Jacobé hatte ihren Mann nur um wenige Jahre überlebt. Unter ihren Daten stand »Femme Poète« – Dichterin, darunter zwei Verse, die ihre Initialen trugen. Den ersten las Leon laut vor, bevor er ihn übersetzte:

Tu étais mon premier amour, ô Mercure
Et je t'ai suivi jusqu'à la sixième étoile
Pour y mourir – seule, si loin de toi qui m'as déjà quittée –
Le jour de mes 80 ans.

Du warst meine erste Liebe, Merkur

Und ich folgte Dir bis zum sechsten Stern
Um dort zu sterben – allein, so weit von Dir, der mich schon verlassen hat –
An meinem 80. Geburtstag.

»Oje«, stellte er nach der letzten Zeile fest.

»Ich kapier's auch nicht«, stimmte ich etwas ratlos zu. »Allerdings versteh ich generell nicht viel von Poesie.« Trotzdem, irgendwas in den Worten fiel mir auf, erinnerte mich an etwas, ohne dass ich sagen konnte, was genau und woran.

Statt mich daran festzubeißen, wandte ich mich erst mal der zweiten Strophe zu und bat Leon, sie ebenfalls zu übersetzen. Der Text war weniger außergewöhnlich, dafür ziemlich kitschig:

Plus fort que toi, plus fort que moi
Dans l'univers de notre amour
Réunis pour l'éternité
Immortalité de l'âme, je bois à ton calice.

Stärker als Du, stärker als ich
Im Universum unserer Liebe
Auf ewig vereint
Unsterblichkeit der Seele, aus Deinem Kelche trink ich.

Erstaunt hörte ich Leon durch die Zähne pfeifen.

»Das gefällt dir?«, fragte ich zweifelnd.

»Ich find's nur erstaunlich, dass sie hier eine Dichterkollegin zitiert. Die Zeile ›Unsterblichkeit der Seele, aus Deinem Kelche trink ich‹ stammt aus einem Gedicht von Isabelle Beaucaire.«

»Aha. Sollte ich die kennen?«

Leon lachte. »Wenn du für Lyrik nichts übrig hast, kaum. Isabelle Beaucaire war zu ihrer Zeit, etwa ein halbes Jahrhundert vor Angèles Tod, recht bekannt. Sie liegt übrigens ebenfalls auf dem Père-Lachaise.«

»Wusste gar nicht, dass *du* eine Schwäche für Lyrik hast …«

Unvermutet verschwand jeder Funke Humor aus Leons Augen. »Du kennst eben nicht alle Seiten von mir«, sagte er. »Gehen wir ihr Grab suchen. Wenn Angèle Jacobé Wert darauf gelegt hat, als eigenständige Dichterin anerkannt zu sein, muss sie einen Grund gehabt haben, sich ausgerechnet hier mit fremden Federn zu schmücken.«

Zum zweiten Mal zogen wir das Friedhofsverzeichnis zu Rate. Bald gingen wir die Avenue des Acacias entlang, vorbei am passenderweise obeliskförmigen Grabmal des Ägyptologen Jean-François Champollion – und fanden nicht weit davon entfernt das von Isabelle Beaucaire. Auf dem weißen Marmorstein, den ein kleiner Engel mit traurigem Gesichtsausdruck bewachte, war ebenfalls ein Vers eingemeißelt. Bevor ich Leon aber bitten konnte, ihn zu übersetzen, stach mir ein Begriff in der ersten Zeile ins Auge: Échelle de Jacob.

»Siehst du, was ich sehe?«, fragte ich fassungslos.

Zu meinem Erstaunen sah Leon weniger begeistert aus. »Ich weiß nicht, Juta. Könnte doch sein, dass das Zufall ist.«

»Zufall? Erzähl das deinem Großvater!«

»Dazu wäre ein weiterer Besuch auf einem weiteren Friedhof angesagt.«

»Oh … das …«

Leon zuckte mit den Schultern. »Sag jetzt nicht, dass es dir leidtut. Ich nehme an, er unterhält sich da blendend mit meinem Vater. Sie haben sich immer großartig verstanden.«

Betroffen schaute ich Leon an. »Dein Vater ist auch tot?« Er konnte nicht sehr alt geworden sein. »Wie ist er gestorben? War er krank?«

»In gewissem Sinne, obwohl er es nicht so bezeichnet hätte. Sein Tod kam … sehr plötzlich.« Leon wandte sich ab und ließ mir keine Gelegenheit, weiter nachzufragen. Offensichtlich hatte ich mich auf verbotenes Terrain begeben.

Stattdessen untersuchte ich das Grab, fand aber nichts von Bedeutung. »Was heißt eigentlich Échelle de Jacob?«, erkundigte ich mich nach einer Weile.

»Himmelsleiter«, erklärte er. »Kann mir nicht denken, dass da was hintersteckt.«

Ich war entschieden anderer Meinung.

Die Métro der Linie 3 brachte uns zurück zur Station Opéra. Während der Zug dahinratterte und die Sirenen an jeder Station dröhnten, saß Leon mit geschlossenen Augen auf seinem Platz, den Kopf an die Fensterscheibe gelehnt, und schwieg. Nach einigen Versuchen gab ich es auf, ein Gespräch anzufangen.

»Ich wäre gern etwas allein«, fand Leon seine Sprache wieder, als wir die Treppe hinauf liefen, die uns auf die Place de l'Opéra entließ. »Nur ein, zwei Stunden, ja? Wir treffen uns im Hotel.«

Er wartete meine Antwort nicht ab, sondern marschierte einfach los. Etwas unsicher sah ich ihm hinterher, bis er zwischen den Fußgängern verschwand. Die Bäume auf dem Boulevard des Capucines wurden langsam grün, es war mild für Ende März. Ich war in Paris, der Stadt der Liebe. Der Mann, in den ich mich gerade verliebt hatte, ging seine eigenen Wege, und der, der vor fünfzehn Jahren meine große Liebe gewesen war, wartete darauf, dass ich ihm half.

Vielleicht hatte Leon Recht, und es gab keine Hinweise auf Gräbern. Vielleicht war Hahnemann ein Irrtum gewesen, und *Er folgte seinem Ziel* bloß das Familienmotto der Jacobés, Jacobys, Jakobus' und Giacobbes.

Ich weigerte mich, das zu glauben, und setzte mich in Bewegung, in der Hoffnung, dass mir das Laufen beim Nachdenken half. Ich ließ den prachtvollen Opernbau hinter mir und schlug den Weg zur Madeleine ein, die mit ihrem gewaltigen klassizistischen Bau eher an einen römischen Tempel als an eine Kirche erinnerte, lief weiter über den Place de la Concorde bis zur Seine und zu meiner Lieblingsbrücke in Paris, der Pont Alexandre III., deren üppig bestückte Lampen aus Kupfer in der Sonne glänzten. Lange stand ich da, starrte abwechselnd zum Invalidendom und auf die Seine. Fußgänger und Autos fluteten an mir vorbei, auf der Seine fuhren gläserne Boote mit Touristen, die sich sicher amüsierten. Ich dagegen musste ein für Como lebenswichtiges Rätsel lösen und kam keinen Deut voran.

Langsam schlug ich die entgegengesetzte Richtung ein und betrachtete dabei den Eiffelturm, der in den Himmel ragte und von meinem Standpunkt so aussah, als wüchse er direkt aus den Häusern des gegenüberliegenden Seine-Ufers. Nur mühsam riss ich mich von dem Anblick los. Während ich an einer Kreuzung darauf wartete, die Straße überqueren zu können, raste ein Bus an mir vorbei, dessen großflächige Werbung ich aus den Augenwinkeln wahrnahm: »L'Échelle de Jacob – depuis 1856«.

Verdutzt blickte ich ihm nach. Schon wieder die Himmelsleiter! Entgegen Leons Überzeugung glaubte ich immer noch, dass dieser Begriff eine Spur war. Zumindest die einzige, die wir hatten. »Depuis« hieß »seit«, so viel wusste ich. »Seit 1856« ließ also darauf schließen, dass ein Traditionsunternehmen auf sich aufmerksam machte, aber was für eins?

Während ich zurück zum Hotel hastete, wühlte ich nach meinem Handy und wählte Leons Nummer. Dabei registrierte ich, dass ich nach wie vor keinerlei Nachricht oder SMS erhalten hatte, weder von Tobias noch sonst jemandem.

»Ja?«, meldete sich Leon.

»Bist du schon im Hotel?«

»Juta? Ja, bin ich. Hör zu, tut mir leid, dass ich vorhin so kurz angebunden war, ich musste ...«

»Ja, ja, schon gut«, unterbrach ich ihn. »Liegen in unseren Zimmern Telefonbücher oder besser noch ein Branchenverzeichnis?«

»Beides«, meldete er sich nach einer Pause. »Das Branchenverzeichnis ist allerdings von Anno Dunstkreis.«

»Das macht nichts. Die Firma, um die es geht, gibt's seit 1856. Leider hab ich keine Ahnung, um was genau es sich handelt, aber guck doch mal nach *L'Échelle de Jacob*. Die machen zu ihrem 150. Bestehen teure Werbung auf Bussen, es muss also ein großes Unternehmen sein. Fang schon mal mit Suchen an, ich bin bald da!«

Zwanzig Minuten später grinste Leon von einem Ohr zum anderen und hielt mir das Branchenbuch mit einer zweispaltigen Anzeige unter die Nase. L'Échelle de Jacob war ein Restaurant, das schon zu Jacques Jacobés Zeiten für seine hervorragende Küche berühmt gewesen war, damals allerdings nicht mit Sternen ausgezeichnet, sondern mit dem »Schlüssel der Geheimrezepte«, wie die Anzeige verkündete.

»Hast du nicht auch das Bedürfnis, mal wieder richtig auszugehen?«, schmunzelte Leon. »Ich finde, wir sollten für heute Abend einen Tisch reservieren.«

4.

Schon verrückt, wenn man bedenkt, was uns hergeführt hat«, meinte Leon, als wir vor dem alten Bauernhof draußen vor der Stadt standen, in dem das Échelle de Jacob seit anderthalb Jahrhunderten untergebracht war. Das Hauptgebäude war aus Granitblöcken gebaut, die Stallungen drum herum wirkten im Abendlicht fast so, als wären sie noch in Betrieb. Irgendwo muhte sogar eine Kuh. Das Restaurant lag einsam und romantisch mitten in einer weiten Landschaft, nur an einer Seite schloss es an ein kleines düsteres Wäldchen.

»Ein Homöopath, ein Grab, noch ein Grab, ein weiteres Grab – und ein Bus. Was soll daran verrückt sein?«, fragte ich und zog eine Grimasse. Meine Nerven waren zum Zerreißen gespannt, ich hatte keine Ahnung, was uns da drin erwartete.

»Mademoiselle, entrez!«, sagte Leon. Er hielt mir die Tür auf, und sofort schlug uns lautes Stimmengewirr entgegen.

Das Échelle de Jacob mochte ein ausgezeichnetes Restaurant sein, aber dorthin gingen nicht die Oberen Zehntausend, sondern ganz normale Gäste. Im Innenraum war es eng, noch dazu gab es reichlich Fachwerk und Holzbalken, die das Dach und ein sehr niedriges Zwischengeschoss stützten. Dicht an dicht standen die Tische, die mit weißen Damasttischtüchern, Silberbesteck und voluminösen Weingläsern eingedeckt waren. Der Ober führte uns zu einer behaglichen Ecke unter einem Butzenfenster.

Auf den Menükarten war die Auswahl erstaunlich gering, offenbar wurde hier jeden Tag etwas anderes serviert. Es gab lediglich zwei Vorspeisen, drei Hauptgerichte, zwei Desserts. Dafür verfügte das Restaurant über einen exzellenten Weinkeller. Ratlos las ich die Weinkarte und hätte am liebsten nur Wasser bestellt. Als Kompromiss schloss ich mich Leons Entscheidung für einen Chardonnay an und orderte zusätzlich eine große

Flasche San Pellegrino. Dennoch fesselte mich die Weinkarte mit den diversen Jahrgangsangaben und sonstigen Bezeichnungen so sehr, dass ich kaum meinen Blick davon abwenden konnte. Zahlen. Irgendwas war mit diesen Zahlen. Dann sah ich unerwartet wieder Angèles Gedicht vor mir und begriff, was mich daran so irritiert hatte: die Zahlen. Sie erinnerten mich an jene Formel aus James' Buch: II: S, 3, 16. Gab es da eine Parallele? Ich rief mir Leons Übersetzung ins Gedächtnis: »erste Liebe« – das könnte eine römische eins bedeuten, also I in Entsprechung zu der II in der Formel aus Bath. »Sechster Stern« hieße dann 6 und der »80. Geburtstag« eben ganz einfach 80. Was fehlte, wäre der Buchstabe. Gab es für den Buchstaben ein Synonym in dem Gedicht?

»Wo willst du hier nach dem Schlüssel suchen?«, durchbrach Leon meine Gedankenspiele. »Ich finde, der Weinkeller wäre einen Versuch Wert, aber da kommt der gewöhnliche Gast nicht so ohne Weiteres rein.«

Das musste ich zugeben. »Fällt dir eine plausible Erklärung für den Restaurant-Inhaber ein, weshalb wir unbedingt da runter müssten – ohne das Wort Schlüssel in den Mund zu nehmen oder uns sonst wie verdächtig zu machen?«

»Warum sollten wir uns damit verdächtig machen? Die Eigentürmer sind doch bestimmt keine *Clavis*-Mitglieder, sonst hätten sie ja keine Probleme damit, den Schlüssel zu ergattern. Ich schätze, niemand ahnt, dass hier seit Menschengedenken was Außergewöhnliches versteckt ist.«

»Da ist was dran«, fand ich und spann den Bogen weiter. »Wär doch möglich, dass der Schlüssel dann nicht mal im eigentlichen Sinne versteckt wurde.«

Zweifelnd sah Leon mich an. »Das hieße also, wir nehmen sämtliche Schlüssel in diesem Gebäude kurz unter die Lupe, einer davon wird's schon sein?«

So formuliert, klang es albern, aber eigentlich hatte ich genau das gedacht. »Ruf mich, wenn die Vorspeise kommt.«

Ich stand auf und schlängelte mich zwischen den voll besetzten Tischen hindurch. Erst im Eingangsbereich, wo auch eine kleine Bar ihren Platz gefunden hatte, wurde es etwas geräumiger. An einer Wand standen zwei Vitrinen, in denen Zeitungsausschnitte vom vergangenen und gegenwärtigen Ruhm des Échelle de Jacob zeugten. Auf einem Foto war der Besitzer von 1879 zu sehen, ein Mann mit einem kolossalen Schnauzbart, dessen Anblick mich zum Lachen reizte. Das Lachen blieb mir allerdings im Hals stecken, als ich mich der zweiten Vitrine zuwandte.

Dort lag, fein säuberlich, für jedermann sichtbar auf einem roten Samtkissen ein Schlüssel. *Der* Schlüssel. Er sah genauso aus wie die anderen beiden, sehr alt und schwer, mit auffallend großem verschnörkeltem Kopf. Unter dem Samtkissen war ein kleines, zweisprachiges Schildchen angebracht, dessen englischer Version ich entnahm, dass es sich um den »Ehemaligen Schlüssel zum Tresor der Geheimrezepte« handelte. Vermutlich glaubten die jetzigen Inhaber sogar, was da stand.

Mit weichen Knien wankte ich an den Tisch zurück und ließ mich wenig graziös auf den Stuhl fallen.

»Ist dir der Wein so zu Kopf gestiegen?«, fragte Leon amüsiert. Dann sah er genauer hin. »Sag nicht, du hast den Schlüssel gefunden!«

»Doch.« Ich schluckte. »Er liegt da hinten in einer Vitrine, und die Leute halten ihn für den Schlüssel zum Tresor der Geheimrezepte«, fügte ich schwach hinzu.

»Im Ernst?« Leon erhob sich ruckartig, wurde sich dann bewusst, wie das auf die anderen Gäste wirkte, und tat, als suche er den Weg zur Toilette. Nach drei, vier Minuten war er zurück. »Was machen wir jetzt?«

Der Ober kam mit den Vorspeisen und enthob mich einer Antwort. Das Lachstatar an Senfsauce sah durchaus appetitlich aus, trotzdem brachte ich keinen Bissen hinunter. »Jetzt? Jetzt stehlen wir den Schlüssel.«

Hatte ich das wirklich gesagt? Wie stellte ich mir das vor? Genau das fragte auch Leon.

»Woher soll ich das wissen?«, fauchte ich zurück. »Wir warten, bis hier alles dicht ist und brechen ein. Kann doch nicht so schwer sein! Diebe tun das andauernd!«

»Ach? Und ist dir schon mal aufgefallen, dass wir keine Meisterdiebe sind? Ich muss leider passen, wenn du mich für ›Die Katze‹ in ›Über den Dächern von Nizza‹ hältst.«

Das stimmte, er sah überhaupt nicht aus wie Cary Grant und ich nicht wie Grace Kelly. Außerdem hatte ich im Eifer des Gefechts vergessen, dass ich schlecht von Leon verlangen konnte, meinetwegen eine kriminelle Handlung zu begehen. Aber wir mussten an den Schlüssel kommen, mir war jedes Mittel recht. Ich hatte doch schon die ersten beiden und anderthalb Formeln dazu!

Erst als ich das in Gedanken so formuliert hatte, wurde mir klar, dass zwischen den Schlüsseln und den Formeln ein Zusammenhang bestehen konnte. Gehörte zu jedem Schlüssel eine Formel?

Leon sah die Veränderung in meinem Gesicht und berührte meinen Arm. »Du willst das doch nicht allein durchziehen?«

Geistesabwesend schüttelte ich den Kopf. Notfalls würde ich das tun, aber wohl war mir bei der Vorstellung nicht. Ich konnte seine Hilfe brauchen – um Schmiere zu stehen, die Leute abzulenken, etwas in der Art. Kam ganz drauf an, wie ich vorging. Mit meiner Gabel begann ich, in dem Lachstatar herumzustochern. Ich hatte Leon bisher einiges vorenthalten. Wenn ich ihm endlich alles anvertraute, was ich wusste und was ich hatte, könnte ich ihn überzeugen, mir bei meinem neuen kleinen Problem zu helfen. Ohne ihn würde ich vielleicht an dieser Stelle festsitzen – und Como wäre dem Untergang geweiht.

Und was ist, wenn du Como durch zu viel Vertrauen ebenfalls gefährdest?, meldete sich meine Skepsis zurück. Unwillig befahl ich ihr zu schweigen. Ich *wollte,* dass Leon mir half, nicht nur wegen Como, sondern meinetwegen. Es gab jede Menge »Aber«, was Leon betraf, doch es gab auch ein »Weil«. Weil er mir so viel bedeutete, weil ich etwas Besonderes empfand, wenn wir einander in die Augen sahen. Das würde ich ihm nicht sagen, noch nicht.

Ich legte die Gabel zur Seite. »Meine Einbruch-Erfahrung beschränkt sich leider auch auf das Lesen von Krimis. Leon, ich brauche dich bei dieser Sache, und ich bitte dich um deine Hilfe.«

»Wegen Como.« Diese Feststellung kam leise und bestimmt zugleich.

»Was ist falsch daran? Würdest du einer alten Freundin, mit der dich so viel verbindet wie mich mit Como, nicht genauso beistehen?«

Leon sah an mir vorbei. »Keine Ahnung, ob ich so edel wäre. Vielleicht.«

»Dann versuch einfach mal, ein bisschen edel zu sein. Für mich und für Como – und für dich. Es fühlt sich ja unter Umständen ganz gut an, etwas aus uneigennützigen Motiven heraus zu tun.«

Jetzt blickte Leon mir wieder direkt in die Augen. »Wenn ich tue, wozu du mich überreden willst, dann kannst du Gift drauf nehmen, dass meine Motive alles andere als uneigennützig sind.« Er machte eine Pause. »Hast du eben so ausgiebig darüber nachgedacht, wie du mich am besten bittest, bei diesem kleineren Delikt mitzumachen, oder warst du schon dabei, einen Plan auszuklügeln?«

»Weniger über den Einbruch an sich«, gab ich zu. »Mehr darüber, dass es da was gibt, das du wissen solltest. Außer den Schlüsseln muss ich noch was finden: drei Formeln, zu jedem Schlüssel eine.«

Leon zog die Stirn in Falten. »Was für Formeln?«

»Die erste habe ich in Bath in einem Buch entdeckt. Sie lautet II: S, 3, 16. Ich dachte damals, das könnte ein Hinweis zum Versteck des Schlüssels sein, war es aber nicht.«

»Gibt es einen bestimmten Grund, warum du damit erst jetzt rausrückst?« Leon klang deprimiert und sah auch so aus, was der Ober, der in diesem Augenblick die Vorspeise abräumte, falsch verstand, besonders weil niemand von uns viel gegessen hatte. Weder Leon noch ich machten uns die Mühe, den Sachverhalt zu klären. »Du hast mir nie vertraut, stimmt's, Juta?«, sagte Leon, als wir wieder allein waren.

Ich wand mich ein bisschen. »Ich vertrau dir jetzt.« Jedenfalls bis zu einem gewissen Grad, schaltete sich schon wieder meine innere Stimme ein. Leon schien die Sache mit den Formeln als wichtig genug zu schlucken, ich brauchte ihm gar nichts von dem Salzburger Schlüssel zu erzählen.

»Wirklich?«

»Sonst würde ich das mit den Formeln doch wohl weiter für mich behalten.«

Leon schwieg einen Moment, in dem er sich meine Bemerkung durch den Kopf gehen ließ. Dann nickte er. »Gut. Dann kann ich also davon ausgehen, dass du in Salzburg auch eine Formel gefunden hast – obwohl dir da der Schlüssel fehlt?«

»Nein, jedenfalls kann ich mich nicht dran erinnern. Vielleicht war es trotzdem so, und sie steht in meinem verschwundenen Tagebuch, wer weiß? Dafür gibt es hier möglicherweise eine Formel.«

»Hier?« Leon sah sich um. »Wo? Auch in der Vitrine?«

»Nicht im Restaurant, Leon. Auf dem Friedhof, in Angèles Gedicht.« Ich erklärte ihm, was ich mir zusammengereimt hatte, und beim Hauptgericht, Seezunge mit Zitrone und Fenchelpüree, das wir mit etwas mehr Appetit aßen, grübelten wir beide über den fehlenden Buchstaben nach, kamen jedoch zu keinem Ergebnis.

»Heben wir uns die Formel für später auf, das Gedicht läuft uns nicht weg«, stellte ich fest. »Worum wir uns gleich kümmern müssen, ist der Schlüssel.«

»Sofort?«, fragte Leon belustigt. Die Diskussion über die Formeln hatte ihn entschieden aufgemuntert.

»Am liebsten ja. Schätze nur, es kommt nicht so gut, wenn wir eben mal kurz die Vitrine einschlagen, den Schlüssel nehmen und uns absetzen.«

»Außerdem wär's besser, wenn niemand merkt, worauf die geheimnisvollen Einbrecher es abgesehen haben. Wir sollten eine Doublette von dem Schlüssel aus Bath machen und die gegen das Original eintauschen.«

»Das kostet uns mindestens einen weiteren Tag, wenn nicht länger, immerhin ist das kein Standardschlüssel, den ein Schlüsseldienst schnell nachmachen kann. Uns läuft die Zeit davon!«, erinnerte ich Leon, auch wenn sein Einwand berechtigt war.

»Du hast echt vor, das heute Nacht zu erledigen«, stellte Leon fest. »Wie willst du denn hier reinkommen? Du schleppst doch kaum ein paar Dietriche mit dir rum. Und wie kriegen wir die Vitrine auf, ohne sie so zu beschädigen, dass der Einbruch sofort bemerkt wird?«

»Letzteres dürfte leicht zu bewerkstelligen sein. Es hängt kein schweres Schloss davor, es ist bloß ein ganz gewöhnlicher alter Glaskasten, in dem nichts Wertvolles liegt – denken zumindest die Besitzer. Was mir mehr Sorgen macht, ist deine erste Frage. Das Restaurant ist bestimmt doppelt und dreifach mit Alarmanlagen gesichert.«

»Lassen wir uns einschließen.«

Ich schüttelte den Kopf. »Die werden doch prüfen, ob alle weg sind, bevor sie gehen. Ich fürchte, wir müssen sehr früh aufstehen und wieder hier sein, wenn morgen in aller Herrgottsfrühe die Lebensmittel angeliefert werden, damit wir uns in einem unbemerkten Moment reinschleichen können.«

»Das ist doch Wahnsinn«, seufzte Leon. »Wir werden garantiert entdeckt und landen in einem schicken französischen Gefängnis. Ich weiß ja nicht, wie's im deutschen Knast zugeht, aber gegen den französischen wahrscheinlich luxuriös!«

»Fällt dir was anderes ein?«

Leon brütete vor sich hin. »Meinst du, du kriegst diese Vitrine schnell und ohne Schwierigkeiten auf?«, antwortete er schließlich mit einer Gegenfrage.

Ich verzog das Gesicht. »Was verstehst du unter schnell? Ich hab so was noch nie gemacht …«

»Dann geh noch mal nachsehen.«

Das ließ sich am unauffälligsten bewerkstelligen, indem ich die Vitrine auf dem Weg zur Toilette aufmerksam begutachtete. Die Toiletten im Échelle de Jacob waren ebenso auf altertümlich getrimmt wie das übrige Restaurant, zur Zierde standen dort Waschkrüge und Waschschüsseln aus Porzellan, dazu Schränkchen mit karierten Vorhängen. Die Kabinen waren mit Schlüsseln verschließbar, die kaum Ähnlichkeit mit dem aufwiesen, der in der Vitrine lag. Trotzdem steckte ich kurzerhand einen ein. Wenn mein Diebstahl nachher gelang, würde ich diesen Schlüssel auf das Samtkissen legen, das fiel weniger auf, als wenn dort gähnende Leere herrschte.

»Ein einfaches und ziemlich altes Schloss mit einem halb verrosteten Hakenriegel«, murmelte ich, als ich mich wieder zu Leon setzte. »Entweder ich krieg's mit der Nagelfeile auf, oder wir haben mit Zitronen gehandelt.«

»Willst du das Risiko eingehen?« Leon wartete mein Nicken ab und beugte sich zu mir herüber: »Also schön, dann pass auf …«

Kurz darauf sprang er hoch. »Bist du übergeschnappt?«, rief er auf Deutsch, seinem Tonfall war deutlich zu entnehmen, was er meinte. Er machte eine fahrige Handbewegung, als wolle er über den Tisch nach mir greifen, und stieß dabei die Flasche Wasser und die beiden Weißweingläser um, deren Inhalt über das Tischtuch und in meinen Schoß hineinlief. Ich kreischte und sprang ebenfalls hoch.

»Wenn hier einer verrückt ist, dann du, du aufgeblasener Scheißkerl!«

»Ach ja? Na, wenn du schon dieser Meinung bist, dann sollte ich dir Recht geben!« Blitzschnell drehte er sich zum Tisch neben uns um, nahm das Glas der Dame, die dort saß und ihn mit großen Augen anstarrte, und wollte mir den Rotwein ins Gesicht schütten. Ich duckte mich gerade noch rechtzeitig, und der Mann, der hinter mir gesessen hatte, fuhr wie von der Tarantel gestochen hoch, obwohl sich nur ein paar Spritzer auf seine Hose verirrten.

Er brüllte etwas, das ich nicht verstand, sich aber vermutlich auf Leons Geisteszustand bezog, und fügte noch einen weiteren Schwall Worte hinzu.

Der herbeigeeilte Ober hielt Leon fest, bevor der sich auf sein Opfer stürzen konnte. Ich schlug dramatisch eine Hand vor den Mund, angelte mit der anderen nach meinem Rucksack und ergriff die Flucht. Gott sei Dank war Leons Französisch so hervorragend, dass es ihm keine Mühe bereitete, sich ein Wortduell sowohl mit Monsieur Rotweinhose als auch dem zweiten herbeigestürzten Ober zu liefern. Niemand achtete mehr auf mich.

Meine Nagelfeile brach beinah ab, als ich fieberhaft versuchte, den Riegel zu heben, der die Glasplatte auf dem Schaukasten hielt. Nach einer gefühlten Ewigkeit bewegte sich der Riegel ein bisschen. Ich schaute mich noch einmal um, doch nach wie vor richtete sich alle Aufmerksamkeit auf den Streit im Gastraum, selbst die Bedienung hinter der Bar hatte neugierig ihren Platz verlassen, und aus der Küche erklangen nur das übliche Geschirrgeklapper und die Kommandos. Allerdings hätte ich ein Problem, wenn jemand mit einem Tablett aus der Küche käme und mich sah. Es gab drei Ober, einer davon musste noch wo stecken.

Hastig stocherte ich weiter, und endlich, endlich klappte der Riegel zurück. Ich hob die Scheibe und nahm vorsichtig den Schlüssel von seinem Kissen, um ihn gleich darauf in meiner Hosentasche verschwinden zu lassen. Schließlich ersetzte ich ihn durch den aus der Toilette. Im selben Moment, als ich die Scheibe wieder auf die Vitrine legte, hörte ich Schritte hinter mir.

Der dritte Ober sprach mich an. Ich konnte nur das Wort »Madame« identifizieren, alles andere rauschte an mir vorbei. Was hatte er mitbekommen?

Ich bemühte mich um ein harmloses Aussehen, zuckte hilflos mit den Achseln und deutete auf den Gastraum, in dem es noch immer weitaus lauter zuging als gewöhnlich. Was ihn auch zuvor an meinem Verhalten irritiert hatte, er erfasste die Situation sofort und ließ mich stehen. Nach einem letzten Blick auf die Vitrine und den falschen Schlüssel darin verließ ich das Échelle de Jacob und lief in das Wäldchen.

Kaum war ich im Schutz der Bäume untergetaucht, beobachtete ich, wie Leon, immer noch laut fluchend, von allen drei Obern vor die Tür gesetzt wurde. Wild gestikulierend stieg er in unseren Wagen und fuhr die Landstraße hinunter, bis er nicht mehr zu sehen war. Im nächsten Ort würde er kehrtmachen, um mich aus dem Wäldchen abzuholen.

Mir blieb nur zu warten – und endlich den Schlüssel zu verstauen. Ich öffnete den Rucksack und die Innentasche und ließ ihn zu den anderen hineingleiten. Bevor ich den Reißverschluss zuzog, umschlossen meine Finger kurz alle drei Schlüssel. Eine merkwürdige Wärme ging von ihnen aus, und zum ersten Mal wurde mir bewusst, dass meine Suche beendet war.

Das hieß, nicht ganz. Mir fehlte noch die Kleinigkeit von anderthalb Formeln. Und dann musste ich rausfinden, was ich mit den Schlüsseln und den Formeln überhaupt anfangen sollte. Beides würde mich zu Como führen, das schien logisch. Aber mehr auch nicht.

Nach einer Weile hörte ich leise Motorengeräusche und erkannte auf der Straße unseren Renault, der mit abgeblendetem Licht einen kleinen Weg hinauf in das Wäldchen fuhr. Ich trat zwischen den Bäumen hervor und winkte.

»Hast du ihn?«, fragte Leon, als ich neben ihm saß und er uns zurück auf die Straße nach Paris brachte.

»Mhm«, nickte ich und drückte den Rucksack an mich. »Du bist ein geradezu perfekter Schauspieler, Leon. Hat dir das mal jemand gesagt?«

Leon deutete eine Verbeugung an. »Danke gleichfalls. In deinem Fall darf ich noch hinzufügen, dass du auch eine verdammt gute Diebin abgibst.«

5.

Vor uns auf Leons Bett lagen zwei Schlüssel und ein Stück Papier, auf das ich die anderthalb Formeln geschrieben hatte.

Vor einer Viertelstunde waren wir im Hotel angekommen, hatten die Zimmertüren von innen verschlossen und uns einen Augenblick lang wortlos angesehen, bevor wir uns unserer Beute widmeten. Leon starrte auf die unvollständigen Formeln, zu denen mir nichts mehr einfiel. Vollkommen fasziniert von den Schlüsseln, nahm ich sie immer wieder in die Hand und wartete auf die Wärme, die mich durchströmt hatte. Ich ahnte, dass sie ausblieb, solange nicht alle drei komplett beieinander sein würden. Etwas war komisch mit ihnen, anders als ich es in Erinnerung hatte, anders als es sein sollte.

»Meine Güte!«, rief Leon plötzlich aus. »Das hätte mir gleich auffallen müssen!«

»Was denn?«, fragte ich und warf einen neuerlichen Blick auf die rätselhaften Zahlen- und Buchstabenkombinationen.

»Du bist nicht gut in Chemie, oder?«

Chemie! Ich griff nach dem Papier mit den Formeln. »Nein«, wisperte ich. »Ich nicht, aber ich wette, Paracelsus hat sich sehr gut ausgekannt.« Leon hatte Recht. Ein solcher Zusammenhang sprang einen doch geradezu an!

»Ich selbst kenne mich auch ein bisschen aus, ich fand das schon immer faszinierend.«

»Und?«, fragte ich ungeduldig. »Was hat das hier mit Chemie zu tun?«

»Das Periodensystem«, sagte er, als würde das alles erklären.

Dunkel erinnerte ich mich, zu Schulzeiten damit gequält worden zu sein. »Eine Tabelle, die alle chemischen Elemente darstellt, oder?«

Leon nickte. »Und zwar mit steigender Kernladung – ihrer Ordnungszahl – und entsprechend ihrer Eigenschaften. Das Ganze eingeteilt in Perioden, Haupt- und Nebengruppen. Zwar gab es das zu Paracelsus' Zeiten noch nicht, aber wenn du die römischen Ziffern weglässt, dann steht da einfach nur S, 3, 16. Und das heißt: Element Schwefel, 3. Periode, Ordnungszahl 16. Könnte es jedenfalls heißen, natürlich ist nicht ganz sicher, dass …«

»Was ist mit der zweiten Formel?«, unterbrach ich ihn.

»Na ja, da fehlt der Buchstabe für das Element …« Leon zögerte. »Wie lautete noch mal das Gedicht?«

Ich kannte es auswendig und rezitiert es. Leon biss sich auf die Lippen, folgte meinen Worten, bis er sie langsam auf Französisch wiederholte. Den Rest ließ er jedoch in der Luft hängen und sah triumphierend auf. »Das muss Hg, 6, 80 heißen. Hg steht für Quecksilber, englisch Mercury, französisch Mercure, 6. Periode, Ordnungszahl 80.«

»Leon, du bist ein Genie!« Ich schlang die Arme um ihn.

Lachend befreite er sich aus meiner Umarmung. »Mal langsam. Es fehlt immer doch die Bedeutung der römischen Zahlen.«

»Die zeitliche Reihenfolge!«, begriff ich endlich. »Mit Jacques hat alles begonnen. Jake erwähnte in einem anderen Zusammenhang, dass die Familiengeheimnisse seit der Zeit seines Großvaters vom Vater zum Sohn weitergegeben werden. Damit dürfte dies hier die erste Formel sein, die in Bath bei James die zweite, und in Salzburg bei Jakob muss es eine dritte geben! Leon! Wie müssen zurück nach Salzburg!«

Ich sah, wie Leons Gesicht jede Farbe verlor. Gleichzeitig fiel mir etwas ein, etwas, das ich über Paracelsus gelesen hatte. Wir mussten gar nicht zurück nach Salzburg! Wenn Leon sich mit dem Periodensystem auskannte, dann wäre die fehlende dritte Formel für uns kein Problem.

»Salz«, sagte ich.

»Natrium«, sagte Leon gleichzeitig.

Ich starrte ihn ungläubig an, doch Leon beachtete mich nicht, sondern murmelte vor sich hin: »Was war ich für ein Idiot …«

»Wieso? Du kannst nicht wissen, was ich über Paracelsus weiß«, meinte ich verdutzt.

Leon sah mich an, einen seltsamen Ausdruck auf seinem Gesicht. »Dann erklär's mir.«

»Paracelsus hat eine Lehre der ›Tria Prima‹, der ›Ersten Drei‹, aufgestellt«, begann ich und versuchte, die bohrende Frage in meinem Hinterkopf zu verdrängen, weshalb er im selben Moment auf Salz gekommen war wie ich. »Merkur = Quecksilber, Sulphur = Schwefel und Sal = Salz. Paracelsus wendete das System der Tria Prima zur Beurteilung aller Dinge, einschließlich der Krankheiten, an. Sinngemäß sagte er, dass es um die Gesundheit gut steht, wenn die drei vollkommen miteinander verbunden sind. Wenn sie dagegen zerfallen, sich trennen und die eine fehlt, die andere dies tut und die dritte jenes, dann ist das der Anfang der Krankheit. Also ist Salz, oder Natrium, wie du es nennst, die logische Fortführung der Formeln. Wie lautet die Formel für Salz?«

Leon war meinen Ausführungen schweigend gefolgt. »Na, 3, 11«, sagte er tonlos.

»Davor steht dann bestimmt eine III«, schloss ich. Ich nahm den Zettel, vervollständigte die zweite und schrieb die dritte Formel darunter, so dass am Ende drei Zeilen dort standen:

I: Hg, 6, 80

II: S, 3, 16

III: Na, 3, 11

Das sah imposant aus. Nur konnte ich immer noch nicht sagen, was ich damit machen sollte. Einfacher war, eine Antwort von Leon zu fordern. »Würdest du mir jetzt vielleicht erklären, weshalb du dich für einen Idioten gehalten hast und wie du zur selben Schlussfolgerung gelangt bist wie ich?«

Schwerfällig stand Leon auf, holte seinen Rucksack und griff hinein. Ich konnte kaum glauben, was er mir mit ausgestrecktem Arm entgegenhielt. Bis ich es in meinen eigenen Händen hielt und wusste, dass es kein Trugbild war: mein rotes Tagebuch.

6.

Sprachlos, ja erschüttert, starrte ich von dem Buch zu Leon, der meinem Blick abwartend standhielt, und zurück zum Tagebuch. Ich war immer auf der Hut gewesen, hatte mein Misstrauen nie ganz abschütteln können – und damit ganz Recht gehabt, wie sich nun rausstellte. Dennoch war ich maßlos enttäuscht und fand keine Worte, um das auszudrücken. Ich stand auf und schob mich an Leon vorbei.

»Ich muss allein sein«, presste ich hervor.

Leon erwiderte nichts. Auch als ich längst die Verbindungstür zugeknallt hatte, blieb drüben alles ruhig. Ich ließ mich auf mein Bett sinken. Das lange vermisste Tagebuch lag in meinem Schoß, und ich traute mich nicht, es zu öffnen und zu lesen! Dabei war vermutlich alles dort drin! Alles, was mir in meiner Erinnerung fehlte, alles, wonach ich so lange gesucht hatte. Abgesehen von der Antwort auf die Frage: Wie war Leon an das Tagebuch gekommen?

Ich richtete das Kissen hinter meinem Rücken so her, dass ich bequem sitzen konnte. Dann atmete ich tief durch und schlug das Büchlein auf. Ich zwang mich, Leon aus meinen Gedanken zu verbannen und mich stattdessen meinen Eintragungen zu widmen, zu lesen, wie alles begonnen und wie viel ich bereits in Erfahrung gebracht hatte, bevor ich von jemandem – Leon? Tobias? *Clavis?* War das alles dasselbe? – mit Gewalt daran gehindert worden war, meine Suche fortzusetzen.

Teil 8 – Die fehlenden Wochen

1.

Montag, 13. Februar

Ich habe nie zuvor Tagebuch geführt, dabei hätte es genug Situationen in meinem Leben gegeben, die geeignet gewesen wären, damit anzufangen. Aber jetzt glaube ich, dass ich meine Gedanken besser ordnen kann, wenn ich sie festhalte, statt sie endlos im Kopf zu wälzen.

Seit Ewigkeiten hatte ich keine Albträume mehr, und die, die mich zurzeit heimsuchen, haben definitiv nichts mit denen von damals zu tun. Da ist nur Dunkelheit und das Gefühl, dass in dieser Dunkelheit jemand auf mich wartet, darauf, dass ich etwas tue. Ich habe keine Ahnung, was. Beides ist bedrohlich: derjenige, der wartet, und meine Hilflosigkeit. Ich träume schon eine Woche fast jede Nacht dasselbe. Allmählich kann ich mich sogar tagsüber kaum mehr davon lösen, weil ich ständig überlege, ob es eine bestimmte Person ist, von der ich träume, jemand, den ich kenne oder gekannt habe. Oder ob ich selbst es bin, ob ich meinen eigenen Schatten in der Finsternis wahrnehme, der Schatten, zu dem mein Leben geworden ist und der darauf wartet, dass ich endlich … ja, etwas tue, etwas aus meinem Leben mache. Das wäre eine logische Erklärung. Allerdings eine, die mir falsch vorkommt.

Vielleicht sollte ich auch was Erfreuliches aufschreiben. Ich habe jemanden kennen gelernt. Tobias ist nett und bemüht sich sehr um mich. Trotzdem … Ich weiß nicht …

Mittwoch, 15. Februar

Die Träume werden heftiger. Letzte Nacht bin ich schweißgebadet aufgewacht, fühlte mich gehetzt. Hatte ich vor meinem eigenen Schatten Angst? Ja, vielleicht. Aber ich habe in diesen Träumen ständig das Gefühl, ich müsste eine Aufgabe lösen. Was ziemlich schwierig ist, weil ich nicht weiß, woraus sie besteht. Es ist diese Hilflosigkeit, die mir am meisten zu schaffen macht. Sie ist so wirklich, selbst dann noch, wenn ich längst wach bin und an die Decke starre. Ich sollte zu Dr. Bernward gehen, ich muss endlich mal wieder durchschlafen, ich bin völlig gerädert.

Tobias kümmert sich rührend um mich, ein bisschen erdrückt mich seine Fürsorge, und das, obwohl wir uns erst anderthalb Wochen kennen. Vielleicht sollte ich das beenden?

Später: Gerade ist mir was Seltsames aufgefallen: Am Tag vor dem allerersten Albtraum bin ich auch Tobias zum ersten Mal begegnet. Ist wahrscheinlich paranoid, da einen Zusammenhang zu sehen.

Donnerstag, 16. Februar
Paranoid oder nicht, Tobias fängt an, mich auszuhorchen. Er will ständig über meine Kindheit und Jugend reden, sagt, es sei wichtig, viel über Menschen zu wissen, die einem was bedeuten. Wink mit dem Zaunpfahl, ha! Andererseits findet er seine eigene Vergangenheit wohl weniger spannend. Er kommt mir reichlich zugeknöpft vor. Wenn er drauf wartet, dass ich ihm was wirklich Wichtiges erzähle, kann er lange warten. Er ist nett – aber gegen Como kommt er nicht an. Niemand kommt gegen Como an. Das ist ja mein Dilemma.

Der Albtraum hat mich letzte Nacht in Ruhe gelassen. Vielleicht brauche ich doch keine Schlaftabletten.

Freitag, 17. Februar
Zu früh gefreut! Letzte Nacht war Tobias bei mir, wir haben miteinander geschlafen, aber es war wie bei jedem Mann seit Como. Ich sehe nur sein Gesicht vor mir und habe dann ein schlechtes Gewissen. Nachdem Tobias eingeschlafen war, lag ich noch lange wach und dachte über Como nach und über mein Leben. Irgendwann schlief ich ein. Und dann kam der Traum wieder. Ich muss geschrien haben. Als ich aufwachte, hielt Tobias mich fest und versuchte, mich zu beruhigen. Ich zitterte am ganzen Körper und dachte ständig an diesen fremden Mann, der sich endlich gezeigt hatte, in Umrissen nur, ein Schemen, aber es war zweifelsfrei ein Mann, kein Schatten meiner selbst. Wortlos verlangte er von mir, etwas für ihn

zu tun. Nicht zu wissen, was, war das Grauenvollste überhaupt! Tobias fragte, was mit mir los sei und ob ich öfter solche Albträume habe. Ich konnte ihm das nicht erzählen. Es erscheint so … intim.

Merkwürdig, das in diesem Zusammenhang zu denken. Gibt es was Intimeres, als mit einem Mann zu schlafen? Offenbar. Diesen Mann aus meinem Traum und mich – uns verbindet etwas.

Sonntag, 19. Februar

Mein Gott. Es ist Como. Mir ist klar, wie verrückt das klingt, aber ich bin nicht verrückt. Como ist der Mann aus meinen Träumen. Ich hätte es sofort spüren müssen, sofort. Ich hätte wissen müssen, dass Como mich ruft. Ich kann nicht mal sagen, weshalb ich mir so sicher bin, aber ich weiß es.

Ich spüre Comos Gegenwart in meinen Träumen. Er ist … lebendiger als je zuvor in den letzten fünfzehn Jahren. Er ist … bei mir. Anders kann ich diese überwältigende Gewissheit nicht beschreiben, und was dabei in mir vorgeht, ist erst recht nicht in Worte zu fassen. Wenn ich es versuchen sollte, würde ich es als eine Mischung aus Glück, Angst und Bedrohung bezeichnen. Die Bedrohung allerdings gilt nicht mir. COMO wird bedroht, und er will, dass ich ihm helfe. Er ruft nach mir – nach all den Jahren! Und ich brauche so unendlich lange, bis ich es verstehe! Und nachdem ich es nun verstanden habe – was jetzt???

Ich weiß nicht, wie ich ihm helfen soll! Ich weiß ja nicht mal, wo er eigentlich in dieser ganzen Zeit gesteckt hat, geschweige denn, wo er heute ist.

Ich muss weiterträumen! Je öfter ich träume, desto deutlicher wird seine Gestalt, desto mehr erfahre ich vielleicht. Ich muss weiterträumen!

Montag, 20. Februar

Ulli sagt, ich soll mich zusammenreißen. Sie hat Recht. Ich kann mich kaum noch auf mein Geschäft konzentrieren, denke nur noch an die folgende Nacht und an die Träume. Davon erzähle ich ihr lieber nichts.

Heute Abend wollte Tobias mich treffen. Ich hab abgesagt. Ich kann ihn nicht sehen. Ich muss zu Como. Die Vergangenheit, unsere Vergangenheit lebt wieder auf in mir, als wäre das alles erst gestern gewesen. Warum musstest du verschwinden, Como? Warum? Verdammt, SAG MIR, WAS DU VON MIR WILLST!

Mittwoch, 22. Februar

Letzte Nacht kein Traum von Como. Habe ich mir das doch nur alles eingebildet? Nein.

Tobias ließ sich heute nicht abwimmeln. Wir waren essen und haben anschließend in seiner Wohnung miteinander geschlafen, aber er hat gemerkt, dass ich mit den Gedanken weit weg war. Ich sollte Schluss machen. Wieso tue ich's nicht endlich? Irgendwas an Tobias lässt mich an ihm festhalten. Hat das was mit Como zu tun? Weshalb kam der erste Traum, kurz nachdem ich Tobias begegnet bin?

Ich MUSS diese Nacht wieder träumen!

Freitag, 24. Februar

Ich kann nicht mehr schlafen. Jede Nacht liege ich wach und hämmere mir in meinen Kopf, dass ich schlafen muss. Ich MUSS. Ich muss von Como träumen. Manchmal fühle ich, dass ich in den Schlaf hinübergleite, aber dann geht ein Ruck durch meinen Körper, und ich bin wieder hellwach. Als würde etwas mich daran hindern wollen einzuschlafen. Dennoch verfolgt mich Como ständig, egal, was ich tue oder wo ich bin.

Heute gehe ich zu Dr. Bernward. Er soll mir ein Schlafmittel verschreiben.

Tobias sagt, ich soll mich fallen lassen, mich beruhigen, autogenes Training machen, dann kommt der Schlaf von allein. Er sagt, man darf nicht schlafen wollen, das sei kontraproduktiv. Geniale Schlussfolgerung. Dafür brauch ich Tobias nicht. Aber manchmal, um mich anzulehnen …

Ich hab das Gefühl, dass der Knoten platzt, wenn es mir nur noch EINMAL gelingt, Como in meinen Träumen zu begegnen, dann könnte er mir sagen, was es ist, das er von mir erwartet.

Ich bin so müde.

Sonntag, 26. Februar

Ich war nicht bei Dr. Bernward. Plötzlich bekam ich Angst, dass die Träume durch ein Schlafmittel »verfälscht« werden könnten. Was, wenn das, was ich sehe, höre und vor allem spüre, durch Chemikalien hervorgerufen wird und nicht durch Como oder meinetwegen auch mein Unterbewusstsein? Stattdessen habe ich es mit homöopathischen Mitteln aus der Apotheke versucht. Ein bisschen konnte ich schlafen, aber meine Träume blieben diffus. Como war da, weit weg, irgendwo. Er schien die Hand nach mir auszustrecken, mich aber nicht erreichen zu können.

Nach Tobias' Anweisungen habe ich mit autogenem Training begonnen, meine Arme und Beine sind mächtig schwer und ein bisschen warm geworden bei dem ewigen Einhämmern der Formeln, die besagen, dass genau das passiert. Hab nicht das Gefühl, dass ich wesentlich ruhiger geworden bin. Oder vielleicht ein bisschen. Trotzdem – jedes Mal, wenn ich beginne, ruhig zu werden, schiebt sich wieder was dazwischen, es kommt immer ein Punkt, an dem mein Unterbewusstsein mich davor zu warnen scheint, mich ihm ganz hinzugeben.

Dienstag, 28. Februar

Die Träume bleiben schwammig, habe aber das Gefühl, Como will dringend, dass ich zu Dr. Bernward gehe. Ich muss wieder vernünftig schlafen.

Tobias warnt mich vor Schlaftabletten. Wenn ich bei ihm bin, scheint Como ein bisschen in den Hintergrund gedrängt zu werden. Ich will das nicht. Ich darf Tobias nicht mehr sehen. Como braucht mich.

Donnerstag, 2. März

Ich hatte Recht! Como wollte, dass ich zu Dr. Bernward gehe, aber nicht wegen der Schlaftabletten.

Ich weiß jetzt, was ich tun muss.

Bei Dr. Bernward im Wartezimmer habe ich in einer dieser langweiligen medizinischen Zeitschriften geblättert. Das Verrückte ist, dass ich zuerst nach dem »Stern« greifen wollte, dann war es, als hielte jemand meine Hand fest und führe sie anschließend zu »Medizin heute«. Mich interessierte weder Heuschnupfen noch was man gegen Schnarchen tun kann, aber dann … Dann schlug ich eine Seite um, und da war dieser Artikel über Paracelsus. Und ich SCHWÖRE, dass in diesem Moment Como in meinem Kopf war, und obwohl ich keine Worte ausmachen konnte, spürte ich, was er mir sagen wollte: Folge Paracelsus.

*

Ich sah von den eng beschriebenen Seiten meines Tagebuchs hoch und merkte, wie die Erinnerung, die echte Erinnerung immer mehr Gestalt annahm. Bisher hatte ich mehr oder weniger nur die Worte gelesen, jetzt gesellten sich Bilder dazu, Empfindungen – es wurde ein Ganzes. Ich musste nicht weiterlesen, ich hatte mein Leben zurück, komplett, und alles, was ab diesem Zeitpunkt geschehen war, rollte wie ein Film vor mir ab:

Ich sehe, wie ich auf den Termin bei Dr. Bernward verzichte, stattdessen vertiefe ich mich in ein paar Bücher über den faszinierenden Paracelsus und hoffe, dass Como mir über die Schulter blickt und mir mitteilt, wenn ich auf was Wichtiges stoße. Und tatsächlich: Ein eiskalter Schock durchfährt mich, als ich mit dem Foto vom Paracelsus-Grab in Salzburg konfrontiert werde. Von diesem Grab geht etwas Böses aus, das spüre ich. Nicht von Paracelsus, sondern von dem Ort des Grabes an sich. Etwas Schreckliches ist dort geschehen.

Noch am selben Tag frage ich Ulli, ob sie auf meinen Laden aufpassen kann, was sich als geringstes Problem herausstellt. Mehr Schwierigkeiten bereitet Tobias, der von meiner Idee nicht sonderlich angetan ist. Als ich dann noch sage, dass ich allein nach Salzburg fahren will, behauptet er, dass ich ihn aus meinem Leben aussperre. Er hat Recht, verletzen möchte ich ihn dennoch nicht, und wenigstens davon kann ich ihn überzeugen. Beim Abschied habe ich kurz den Eindruck, er will mir noch etwas sagen, etwas, das vielleicht alles verändern würde. Stattdessen bittet er mich nur eindringlich, auf mich aufzupassen, und fragt, ob er mich ab und zu anrufen darf.

In Salzburg führt mich mein erster Weg auf den Sebastiansfriedhof zum Paracelsus-Grab. Ich erklimme die Stufen sehr zögerlich, beinah mit jedem Schritt scheine ich dem Bösen, das ich schon allein beim Anblick des Fotos gespürt habe, näher zu kommen. Den Stein direkt vor mir, schnürt es mir fast die Kehle zu. Er wackelt, kippt nach vorn, direkt auf mich und verwandelt sich dabei in einen gigantischen Schlüssel.

Ich schreie auf.

Das löst den Bann. Der Grabstein steht an seiner Stelle, nichts bewegt sich, kein Schlüssel weit und breit. Tief in mir höre ich unversehens Comos Stimme. Nicht die des Mannes, sondern des Kindes: *Du musst den drei Schlüsseln folgen.*

Seit langer Zeit drängt sich dieser Satz wieder in mein Bewusstsein – und ich verstehe ihn immer noch nicht. Ich höre dieselben Worte und dieselbe Stimme, nur der Tonfall ist ungleich dringlicher.

Ich weiß nicht, was ich daraus machen soll, schlendere ziellos und entmutigt durch die Straßen. Plötzlich beschleicht mich ein unheimliches Gefühl. Werde ich beobachtet? Ich kann mir nicht vorstellen, warum mich jemand verfolgen sollte – sicher würde nicht mal Tobias auf diese Idee kommen. In dem Bemühen, das Gefühl abzuschütteln, betrete ich ein Café, das Don Giovanni. Nervös lasse ich meinen Blick durch den Raum wandern, sehe aber nur ein älteres Paar gehen und einen Mann mit mürrischer Miene eintreten.

Nach ein paar Notizen in mein Tagebuch und einer Melange verlasse ich das Café, um noch einmal zum Paracelsus-Grab zurückzukehren. Zwei ältere Frauen stehen dort, deren Unterhaltung mich aufhorchen lässt.

»Weißt du noch, diese schreckliche Sache letztes Jahr?«, fragt die eine.

Gebannt bleibe ich am Fuß der Treppe stehen, als würde ich mich für die Inschrift eines alten Grabsteins interessieren.

»Wie könnte man so was vergessen? Schon eine unheimliche Angelegenheit, oder? Dass man da nie wieder was drüber gehört hat … So einfach tot da zu liegen, eiskalt ermordet!«

»Grausig, gell?«, stimmt die andere zu, klingt dabei aber durchaus genüsslich. »Wie hieß der Mann doch gleich? Es war so ein komischer Name.«

»Jakob Jakobus. Ich erinnere mich genau, weil ich damals noch dachte, ach Gott, Jakob, wie mein Schwager!«

»Hättst lieber gehabt, wenn der das gewesen wär, der da gelegen hat, was?«, kichert die Erste.

Wie betäubt richte ich mich auf. Der gewaltsame Tod eines Menschen, das ist das Böse, was ich gespürt hatte! Eines Menschen mit Namen Jakob Jakobus, die deutsche Entsprechung von Giacomo Giacobbe! Como!

Die beiden Frauen machen sich wieder auf den Weg, ich höre nur noch Fetzen ihres Gesprächs: »Jakobus … reden könnten … Petersfriedhof … fragen«.

Ich wanke mehr oder weniger in mein Hotel. Auf den paar Schritten dorthin spüre ich die Augen wieder, die sich in meinen Rücken zu bohren scheinen, obwohl ich niemanden sehe, und meine Beunruhigung verwandelt sich zunehmend in Angst.

Sie hat sich auch am nächsten Morgen nicht verflüchtigt, trotzdem will ich mir die letzte Ruhestätte des rätselhaften Jakob Jakobus ansehen. Zuvor lese ich den Abschnitt über den Petersfriedhof im Reiseführer, und das Wappen des Stiftes St. Peter springt mir sofort ins Auge: zwei gekreuzte Schlüssel! Sicher sind sie nur symbolisch zu verstehen, als die Himmelsschlüssel Petri, dennoch …

Schnee und Regen wechseln einander ab – und ich kann das Gefühl, beobachtet zu werden, wieder nicht abschütteln. Auf dem großen Areal des Petersstiftes sind die gekreuzten Schlüssel allgegenwärtig: als gemaltes Wappen über dem Eingang zum Stiftskeller, auf Weinflaschen im Klostershop, versteckt und offen in den Gemälden der Kirche, als Ornamente auf dem Friedhof und an den Klostergebäuden.

Der Friedhof selbst ist eher klein und übersichtlich, so dass ich bald vor dem kleinen Mausoleum stehe und den Schriftzug »Jakob Jakobus« über der schief in den Angeln hängenden schweren Tür lese. Mit klopfendem Herzen stoße ich sie auf. Mein Blick fällt auf die Zeile mit seinen Geburts- und Sterbedaten sowie auf den Spruch »Er folgte seinem Ziel«. Dann erst schaue ich hinunter zu der schlichten Grabplatte, auf der in kupfernen Lettern steht: »Christus spricht: Ihr seid das Salz der Erde. Ihr seid das Licht der Welt.« III Na, 3, 11.

Mit der Bibel kenne ich mich aus. Nach meiner Fehlgeburt hatte ich mich intensiv damit beschäftigt, ohne letztlich etwas Tröstendes oder Erklärendes darin zu finden. So viele Jahre später kann ich endlich einen Nutzen daraus ziehen. Der Vers hätte mit »Matthäus 5, 13/14« unterschrieben sein sollen. Die seltsame Buchstaben- und Zahlenkombination auf der Grabplatte gibt es nicht in der Heiligen Schrift. Da hat sich der Steinmetz einen heftigen Schnitzer erlaubt.

Ich notiere ich die Daten von Jakob Jakobus, den Spruch darunter und den Bibelvers in meinem Tagebuch, die falsche Zitation lasse ich weg.

Einer plötzlichen Eingebung folgend, frage ich mich, ob das hier vielleicht ein geeignetes Versteck abgibt. Ich gehe vor der Grabplatte in die Knie und fahre mit den Händen an den Kanten entlang. Hinten am Kopfende werde ich fündig. Zwischen Platte und Mauer, unsichtbar für jeden, der nicht danach sucht, sind zwei Schlüssel angebracht, gekreuzt wie die im Wappen von St. Peter. Ich muss mich strecken, damit ich sie abtasten kann, und bemerke, dass einer locker sitzt. Mit Mühe gelingt es mir, ihn von seinem Zwilling zu trennen und abzunehmen.

Ich werde nervös bei dem Gedanken, dass ich möglicherweise den ersten der drei Schlüssel, denen ich laut Como folgen muss, gefunden habe. Und noch nervöser, als ich daran denke, dass jemand, der mich möglicherweise beobachtet, ein ebenso großes Interesse an dem Schlüssel haben könnte wie ich. Einerseits will ich so schnell wie möglich in die Abgeschiedenheit meines Hotelzimmers zurück. Andererseits möchte ich nach meiner Entdeckung aber auch nur ungern allein sein. Vielleicht ist es sicherer in einer unverfänglichen Menschenmenge.

So kommt es, dass ich zum zweiten Mal das Don Giovanni besuche. Ein gut aussehender Ober fragt mich nach meinen Wünschen. Als er lächelt, lächeln seine grauen Augen mit.

Na also, denke ich. Geht doch! Erst da erkenne ich ihn wieder. Er ist am Tag zuvor mürrisch ins Café gekommen und hat dann in einer hinteren Ecke gesessen und so verdrießlich aus der Wäsche geguckt, als würden die Leiden der Welt auf seinen Schultern lasten. Ich wäre nie auf die Idee gekommen, dass er hier kellnert.

Ein paar Minuten lang schreibe ich ungestört in mein Tagebuch von dem Mausoleum und der Entdeckung des Schlüssels: *Kann es wirklich sein, habe ich ihn gefunden?* Da beginnt am Nebentisch eine Frau laut zu fluchen und den Kellner zu beschimpfen, der nicht mehr lächelt. Offenbar ist ihm eine Tasse Kaffee umgekippt. Die Dame ist pikiert und empört, sie wirkt hochnäsig. Ich muss grinsen und bedaure den Kellner mehr als sie, die jetzt aus dem Café rauscht. Der Ober sieht ihr verdutzt und ratlos hinterher. Dann trifft sein Blick auf meinen. Es ist mir peinlich, das Geschehen so neugierig verfolgt zu haben, ich schaffe es nicht mal, mein Grinsen abzuschalten. Zu meiner Erleichterung erwidert er es, hebt in einer gespielt verzweifelten Geste die Arme und formt mit den Lippen den Satz: »Ist mein erster Tag heute.«

Ich nicke und wende mich wieder dem Tagebuch zu. Vor allem zwei Fragen beschäftigen mich: Was soll ich mit dem Schlüssel tun? Falls ich tatsächlich verfolgt werde, muss ich ihn in Sicherheit bringen, er darf keinesfalls bei mir gefunden werden. Und dann: Was wird als Nächstes geschehen? Zweifellos besteht meine Aufgabe darin, den zweiten Schlüssel zu finden. Wird mir Como wieder helfen und mich darauf stoßen, wie er das bei Paracelsus getan hat?

Teil 9 – Paris

1.

Das Tagebuch lag geschlossen auf meinen Knien, immer wieder strich ich mit der Hand über den Einband. Es symbolisierte für mich das Ende einer verzweifelten Suche, der Suche nach einem Stück meines Lebens. Es machte mich euphorisch. Und es machte mich unglaublich wütend auf Leon. Am liebsten hätte ich einfach meine Klamotten gepackt, Leon ein für alle Mal vergessen und mich allein auf die Suche nach Como gemacht. Wie konnte er es wagen, mich die ganze Zeit im Ungewissen über meine Erinnerungen zu lassen und dann auch noch unverfroren den Verständnisvollen zu spielen? Aber mir war bewusst, dass mir das nicht so leicht gelingen würde. Trotz allem bedeutete er mir nun mal was. Außerdem gab es ein paar Dinge, die ich unbedingt wissen wollte: Wieso das ganze Getue und die Geheimniskrämerei? Warum hatte er jetzt sein Schweigen gebrochen?

Was ich auch tat, ich durfte auf keinen Fall preisgeben, dass sich der erste Schlüssel aus Salzburg in meinem Besitz befand. Denn wenn Leon mein Tagebuch gelesen hatte, und daran zweifelte ich nicht, nahm er selbstverständlich an, dass ich den Schlüssel besaß, ohne ihm das verraten zu haben. Das stimmte ja auch, nur würde ich ihm was anderes auftischen, das zumindest halb der Wahrheit entsprach. Ich schwang meine Beine über den Bettrand und erhob mich, das Tagebuch fest in den Händen.

Leon stand am Fenster, als ich sein Zimmer betrat, und drehte sich nicht gleich um. Also gut, dann würde ich ihn mal verblüffen.

»Willst du wissen, was weiter passiert ist?«, fragte ich in sein Schweigen hinein. Das wirkte. Leon brachte es endlich fertig, mich anzuschauen.

»Das ist alles, was du mir zu sagen hast?«, fragte er ungläubig.

»Verlass dich drauf, ich hab noch sehr viel mehr zu sagen«, gab ich zurück. »Aber da du so viel über mich und mein Leben weißt – mehr als ich selbst noch vor einer Stunde –, interessiert dich ja vielleicht auch der Rest. Wie du festgestellt haben wirst, fehlen hier drin die letzten anderthalb Tage vor meinem Krankenhausaufenthalt.« Ich tippte auf das Buch.

»Du scheinst davon auszugehen, dass ich geschnüffelt und es gelesen habe«, meinte Leon.

Ich lachte bitter auf. »Etwa nicht?«

»Doch«, gab er zu. »Aber ich …«

»Warte«, unterbrach ich ihn. »Wir sollten die Reihenfolge schon einhalten, lass mich zuerst meine Geschichte zu Ende erzählen. Danach bin ich gespannt zu hören, wie du an das Buch gekommen bist und wieso du …« Diesmal unterbrach ich mich selbst, als ich spürte, wie der Zorn in mir hochkochte, was ich unbedingt vermeiden wollte.

Leon nickte und setzte sich auf sein Bett, ich nahm auf dem Sessel Platz, so schafften wir den größtmöglichen Abstand zwischen uns. Ich räusperte mich und begann.

»Nachdem ich den Schlüssel gefunden und im Don Giovanni alles dazu aufgeschrieben hatte, war ich in Hochstimmung und gleichzeitig ratlos. Ich hatte einen Sieg errungen, aber es war bloß ein Teilsieg, weil mir ein entscheidendes Detail fehlte: Was sollte ich mit dem Schlüssel anstellen? Also hoffte ich auf ein weiteres Zeichen von Como – durch einen Traum oder sonst was. Aber nichts geschah, obwohl ich diverse Male krampfhaft versuchte einzuschlafen und zusätzlich noch durch Salzburg streifte. Bei meinen Spaziergängen hatte ich ständig das Gefühl, beobachtet zu werden. Versteh mich richtig, ich hab nie jemanden gesehen, sondern es nur gespürt. Ich war sowieso wegen Como in Panik, jetzt kamen noch die Angst vor dem Unbekannten und die Sorge um die Sicherheit des Schlüssels dazu.«

Leon regte sich auf seinem Bett, sagte aber nichts.

»Zumindest was den Schlüssel betraf, konnte ich was tun«, nahm ich den Faden wieder auf. »Ich wickelte ihn in mehrere Lagen Taschentuch, bat den Mann an der Hotelrezeption um eine Briefmarke und einen gefütterten Umschlag und adressierte das Päckchen an mich selbst in Boltenhagen. Am nächsten Morgen sah ich mich auf der Straße sehr sorgfältig um. Ich entdeckte weder was Auffälliges, noch spürte ich, dass ich beobachtet wurde. Also ging ich die Linzer Gasse hinunter bis zum nächsten Briefkasten und warf das Päckchen halb im Vorbeigehen ein.«

»Du hast was?« Leon war laut geworden. »Du hast den Schlüssel der *Post* anvertraut?«

Ich gab mir Mühe, zerknirscht auszusehen. »War ein Fehler, zugegeben.«

Leon argwöhnte, was ich damit sagen wollte. »Heißt das, er ist nie an der Ostsee angekommen?«, resümierte er.

»Ich hab ihn weder in meiner Wohnung noch in meinem Laden gefunden.« Das stimmte, und so sehr ich diese kleine Rache an Leon auch genoss, so sehr nagte es an mir, dass ich nicht wusste, wie der Schlüssel wieder seinen Weg zu mir nach Salzburg gefunden hatte. Jemand musste ihn in Boltenhagen abgefangen und mir später zugeschickt haben. Ulli kam nicht in Frage. Sie bearbeitete nur die Post, die im Geschäft ankam, und ich hatte das Päckchen an meine Privatadresse gesandt. Meine Nachbarin, der ich sowohl einen Wohnungsschlüssel als auch den zum Briefkasten gegeben hatte, kannte nur meine Handy-Nummer, nicht meine Adresse in Salzburg und hätte mir deshalb nichts schicken können. Dann war da noch der geheimnisvolle Tobias, der allerdings weder Wohnungs- noch Briefkastenschlüssel besaß. Trotzdem – ich stolperte immer wieder über ihn.

»Mist!«, fluchte Leon in die Stille nach meinem Bekenntnis. »Wie willst du jetzt an den letzten Schlüssel kommen?«

»Spar dir die Betroffenheitsmasche!«, sagte ich, nicht länger fähig, meine Gefühle im Zaum zu halten.

»Was soll das denn heißen?«, gab Leon im gleichen Ton zurück. »Gut, es war falsch, dir dein Tagebuch vorzuenthalten und dir zu verschweigen, was drin steht. Aber du hast mir vorhin nicht mal den Hauch einer Chance gegeben zu erklären, wie das alles überhaupt kam. Außerdem kannst du mir kaum vorwerfen, ich hätte mich nicht für dich ins Zeug gelegt. Was passiert ist, seit wir unterwegs sind, war kein Spaziergang! Erzählst du mir nun den Rest, oder muss ich raten?«

Er hatte nicht ganz Unrecht, mich daran zu erinnern. Dennoch würde ich Leons Motive grundsätzlich in Frage stellen, egal, was er mir nachher erzählte.

»In der Nacht zuvor hatte ich endlich doch noch von Como geträumt, ich spürte sein Drängen stärker als sonst, wusste aber nach wie vor nicht, was er von mir erwartete. Das Einzige, was mir noch einfiel, war, mehr über Jakob Jakobus rauszufinden. Nachdem ich also den Schlüssel auf den Weg nach Boltenhagen gebracht hatte, lief ich weiter und war fast unten an der Salzach, als ich wieder merkte, dass ich verfolgt wurde. Das Gefühl war viel heftiger als zuvor, weniger subtil, es war, als wäre die Person direkt hinter mir. Ich rannte fast durch die Straßen und über die Plätze, kreuz und quer, versuchte, den Schatten loszuwerden oder mir wenigstens einzureden, dass ich an einem Übermaß an Fantasie litt.«

Leon war aufgestanden. Ich zuckte zusammen, als er mich berührte, und schüttelte seine Hand ab.

»Juta ...«

»Nein«, sagte ich, ohne ihn anzusehen. »Lass mich ausreden, ich bin gleich fertig. Ich hatte die Orientierung verloren und war überrascht, als ich plötzlich vor dem Tor zum Petersfriedhof stand. Dort mischte ich mich unter eine Reisegruppe und drehte mich um. Ein Stück entfernt stand ein Mann mit hochgeschlagenem Mantelkragen und einer Sonnenbrille, obwohl die Sonne weit und breit nicht zu sehen war. Ich wanderte mit der Gruppe weiter zu den Katakomben, und als ich mich das nächste Mal umdrehte, war der Typ verschwunden. Seine Nähe oder zumindest jemandes Nähe spürte ich trotzdem.« Mein Herz schlug so heftig wie an jenem Tag. »Es ist kalt in den Katakomben«, fuhr ich mühsam fort, während ich mich vor meinem inneren Auge dort stehen sah. »Ich fröstele, und gleichzeitig bricht mir der Schweiß aus, ich hoffe so sehr, jeden Moment aus einem Albtraum aufzuwachen, aber ich wache nicht auf, stapfe halb blind mit den anderen die Treppe hinauf zur ersten Kapelle. Ich seh nicht, was sie sehen, achte nicht auf den Ausblick auf den Friedhof, fühle nur diese lähmende Angst. In der Gertraudenkapelle weiß ich schlagartig, dass es außer dem Schlüssel noch was gibt, das mein Verfolger auf keinen Fall finden darf: mein Tagebuch. Zwischen den Menschen streife ich den Rucksack ab, taste nach dem roten Buch und suche mit den Augen nach einem Versteck. Ich muss das Ding loswerden! Aber es ist so dunkel hier drin, und das laute Stimmgewirr hindert mich am Nachdenken. Als sie endlich gehen, denke ich nicht mehr logisch, denke nicht, dass ich bei der Gruppe bleiben sollte, damit ich sicher bin. Ich denke nur noch daran, das Buch zu verstecken. Ich taste die Felswände ab und entdecke ganz hinten, genau gegenüber vom Altar einen schmalen, tief in die Wand gehenden Riss, in den ich das Buch stecke. Ich richte mich wieder auf, gehe nach vorn zum Altar und spüre im selben Moment, dass jemand im Eingang zur Kapelle steht und mich ansieht. Ich könnte mich umdrehen und vor demjenigen stehen, der mir hinterherspioniert, aber es geht nicht. Meine Füße sind wie festgefroren auf dem Boden, mein ganzer Körper ist starr vor Angst. Dicht hinter mir höre ich etwas, ich spüre einen stechenden Schmerz auf meinem Hinterkopf – und dann wird alles schwarz.«

Atemlos ließ ich mich im Sessel zurückfallen und schloss erleichtert und erschöpft zugleich die Augen.

»Wahrscheinlich habe ich dich nur wenige Minuten danach gefunden.« Leon hatte sich wieder auf das Bett zurückgezogen und betrachtete mich, er klang distanziert.

Wahrscheinlich, wiederholte ich in Gedanken. Vielleicht, korrigierte ich mich. Oder du hast mich niedergeschlagen, vergeblich meinen Rucksack nach dem Schlüssel und dem Tagebuch durchsucht und anschließend den Rettungsdienst alarmiert, weil du ohne mich keine Möglichkeit mehr gehabt hättest, Schlüssel und Buch zu finden. Dann hast du dich an mich dran gehängt, womit du im Krankenhaus anfingst, und dir auf diese Weise mein Vertrauen erschlichen. Dein Pech, dass ich plötzlich verschwunden war, wo du und *Clavis* mich doch sicher im Krankenhaus wähnten.

Nette Theorie, aber weder konnte ich sie beweisen, noch mochte ich dran glauben. Wen würde ich als Nächstes verdächtigen, zu *Clavis* zu gehören? Ulli in Boltenhagen? Es war eine schlechte Angewohnheit, alle als Gegner zu betrachten, vielleicht sollte ich stattdessen Leon seine vorhin eingeforderte Chance geben, sich zu erklären.

»Du hast auf dem Rücken gelegen, was ich seltsam fand«, begann er. »Wenn man stolpert, fällt man normalerweise nach vorn. Heute glaube ich, du wurdest niedergeschlagen und fielst tatsächlich vornüber. Um dich zu durchsuchen, musste der Täter dich umdrehen, wobei dein Kopf praktischerweise auf dem Felsvorsprung landete, so dass es aussah, als wärst du genau darauf gefallen. Die vom Rettungsdienst haben dich dann ins Spital gebracht, wohin ich nicht mit durfte, weil ich kein Angehöriger bin. Deshalb nahm ich mir vor, dich zu besuchen.« Er hielt kurz inne und suchte meinen Blick. »Ich hatte dich nämlich erkannt und mich dir irgendwie verbunden gefühlt wegen deiner Anteilnahme bei der Geschichte mit der Kaffeetante.«

Wider Willen lächelte ich, bevor Leon weitererzählte.

»Dementsprechend war ich etwas enttäuscht, als ich im Spital ein völlig Fremder für dich zu sein schien. Trotzdem …« Leon zögerte. »Trotzdem war da unleugbar dieser Draht zwischen uns beiden.« Wieder ein Zögern. Vielleicht wartete er, dass ich etwas darauf erwiderte. Als nichts kam, fuhr er fort: »Ich jedenfalls habe das so empfunden. Deshalb wollte ich dich auch ein zweites Mal besuchen, aber dann musste ich weg, weil mein durchgeknallter Bruder mal wieder in der Tinte saß.«

»Du hast einen Bruder?«, fragte ich dazwischen. Er hatte ihn bisher nie erwähnt.

Leon rollte mit den Augen. »Der mich eines Tages noch ins Grab bringt. Als ich zurück nach Salzburg kam, warst du verschwunden. Blöderweise haben sie im Amadeus auf Datenschutz gepocht und sind nicht mit deiner Adresse rausgerückt, genau wie im Spital. Also war das Einzige, was ich sozusagen in Erinnerung an dich tun konnte, noch mal in die Katakomben zu gehen. Hat mir keine großartigen Aufschlüsse über das Geschehen dort vermittelt, aber ich habe dein Tagebuch gefunden. Dein Name stand auf der ersten Seite, ich nahm es mit nach Hause und las es durch. Ehrlich: Ich hatte dich zwar im Don Giovanni in ein rotes Buch schreiben sehen, aber wenn da nicht schwarz auf weiß Juta Berg gestanden hätte, wäre ich jederzeit bereit gewesen zu schwören, dass so was nicht von dir kommen konnte. Allerdings klang deine Verzweiflung aus jeder Seite, das gab mir zu denken.« Leon verschränkte die Arme vor der Brust und sah mich herausfordernd an. Ich schwieg, und nachdem wir uns lange fixiert hatten, sprach er weiter.

»Ich legte das Buch im Amadeus vor und bat sie noch mal, mir deine

Adresse zu geben, damit ich es dir zurückschicken konnte. Sie haben mir vorgeschlagen, das für mich zu übernehmen. Ich habe mich geweigert. Du hattest dich in mir festgesetzt, nach der Lektüre des Tagebuchs noch mehr als vorher. Vorher fand ich dich nett, attraktiv und hätte dich gern wiedergesehen. Nachher fand ich dich zusätzlich – interessant.«

»Interessant?«, echote ich. So wie er das gesagt hatte, klang es, als würde sich ein Forscher fasziniert über eine besonders eklige Amöbe unterm Mikroskop beugen.

Leon überging meinen Einwurf. »Am Tag darauf standest du vor meiner Tür. Das war das Letzte, womit ich je gerechnet hätte, vor allem, weil du offensichtlich gerade *meine* Hilfe wolltest.«

»Bei der Gelegenheit habe ich dich explizit nach dem Tagebuch gefragt. Du hättest es mir sofort geben müssen!«, fuhr ich dazwischen.

Leon wich meinem Blick aus, wenn auch nur kurz. »Du hast immerhin gesagt, du wärst deswegen in Salzburg. Du hättest einfach wieder abreisen können, wenn ich es dir gegeben hätte. Ich wollte eben, dass du noch eine Weile länger bleibst. Bei mir.«

Ich schüttelte den Kopf. »Zweifelhaftes Kompliment. Aber selbst wenn das so war: Du hast dich ungefragt in mein Leben eingemischt, hast mir eine Menge Fragen gestellt, hast dir alles über Como erzählen lassen, hast dich bereit erklärt, mir zu helfen, bist mit mir durch halb Europa gedüst und hast mich die ganze Zeit im Trüben fischen lassen, was meine Amnesie betrifft, obwohl es ein Leichtes für dich gewesen wäre, mir wenigstens die paar Wochen zurückzugeben. Wie konntest du ernsthaft glauben, mich damit an dich zu binden?«

Leon setzte eine trotzige Mine auf. »Entschuldige, aber das stimmt ja wohl nicht ganz! Du bist zu *mir* gekommen! Du hättest auch Tobias bitten können, dir zu helfen. Hast du aber nicht. Außerdem bist du auch nicht gerade übermäßig ehrlich zu mir gewesen, du hast mir nie vertraut, sondern mir immer nur Bruchstücke von deiner Geschichte hingeworfen!«

»Dazu hatte ich ja auch allen Grund! Du hast mich belogen, bestohlen und hintergangen! Und alles bloß, damit ich bei dir bleibe? Für wie blöd hältst du mich eigentlich?«

»Überhaupt nicht! Ich habe mir Sorgen gemacht, und das würde jeder, der dein Tagebuch liest. Was da drin steht, klingt nicht ganz normal. Im besten Fall nach einer blühenden Fantasie, im schlimmsten nach heftiger Paranoia. Ich dachte …« Er hielt inne, bevor er es aussprach, sah mir dabei allerdings unverändert in die Augen. »Ich dachte, du bist krank, Juta.«

Völlig entgeistert starrte ich Leon an. Das war ja wohl das Letzte! »Krank? Du hast das alles mitgemacht, weil du mich für eine Geisteskranke hältst? Du hast mit mir geschlafen, weil ich eigentlich in eine Zwangsjacke gehöre?« Meine Stimme überschlug sich fast.

»Nein … Ich …«

»Was?«

»Ich habe nur am Anfang gedacht, du wärst krank. Weißt du noch, wie wir darüber sprachen, dass Kellnern kaum mein Traumberuf ist, dass ich wieder von vorn anfangen wollte? Nachdem du dann von Mortimer und Wendy in die Mangel genommen worden warst, habe ich noch weniger Wert drauf gelegt, dir zu erzählen, was ich eigentlich bin. Ich hab nämlich Psychologie studiert.«

Heiliger Strohsack. Gab's auch noch Leute auf dieser Welt, die nichts mit Medizin zu tun hatten? »Warum übst du deinen Beruf dann nicht aus? Warum hast du aufgehört, Verrückte wie mich in Anstalten einzuweisen?«, konnte ich mir die Spitze nicht verkneifen.

»Weil ich festgestellt habe, dass das nicht mein Ding ist. Ich meine, ich halte mich für begabt, was die ganze Theorie betrifft, aber ich konnte mich nicht auf zehn Patienten mit zehn verschiedenen Problemen am Tag einstellen. Vielleicht hätte ich in die Forschung gehen sollen, statt gleich alles hinzuschmeißen. Jedenfalls hab ich aus meinem Berufsleben eine ganze Menge mitgenommen, und was du aufgeschrieben hast …«

Zugegeben, mein Tagebuch las sich nicht gerade wie harmlose Belletristik. »Auf mich konntest du dich aber ganz gut einstellen, was?«, fragte ich trotzdem bissig. »Musstest du erst ausprobieren, wie ich mich im Bett mache?«

Leon wurde blass, und gerade als ich dachte, er würde das ganze Hotel zusammenbrüllen, sagte er ganz ruhig: »Und du? Was hast du getan? Du warst gar nicht mit mir im Bett, sondern mit Como. Denk nicht, ich hätte das nicht gemerkt. Du hast nicht mich gesehen, sondern ihn. Glaubst du, es macht Spaß, mit einem Phantom zu konkurrieren? Zu wissen, dass man gegen die allmächtige Vergangenheit doch nie eine Chance hat? Ja, ich hätte dir das Buch längst geben sollen. Das wäre besser gewesen für dich – und für mich, weil ich dann keine Entschuldigung mehr gehabt hätte, überhaupt noch mit dir zusammen zu sein. Aber ich musste mich ja unbedingt in dich verlieben.«

Was Como betraf, hatte Leon Recht, das wusste ich selbst nur zu gut. Vielleicht waren wir also quitt. Obwohl ich es nicht wollte, verrauchte mein Zorn, ich war auf seltsame Weise berührt von seiner Liebeserklärung. Er hatte es mir schon nach unserer ersten Nacht gesagt, doch hier, jetzt, in einem schäbigen Pariser Hotelzimmer in den frühen Morgenstunden, wo wir beide müde bis zum Umfallen waren, schien es mir viel wahrer zu sein.

»Ist dir mal durch den Kopf gegangen, dass ich mich, trotz Como, auch in dich verliebt haben könnte?«, fragte ich. »Oder glaubst du, eine Irre geht ganz gern mal mit einem Phantom und einem realen Mann gleichzeitig ins Bett?« Bei der letzten Frage erlaubte ich mir ein kleines Lächeln und hoffte, dass Leon es als das auffassen würde, was es war: ein Friedensangebot. Oder zumindest ein Waffenstillstandsangebot.

Ganz vorsichtig erwiderte Leon das Lächeln. »Ich halte dich nicht mehr für verrückt, Juta. Die Beweise liegen da auf dem Tisch.« Er zeigte auf die Formeln und die beiden Schlüssel. Und als wolle er vermeiden, dass die Diskussion sich gleich wieder unserem Gefühlsleben zuwandte, fügte er hinzu: »Bleibt nur noch ein Problem: Der letzte Schlüssel fehlt. Irgendeine Vorstellung, wie wir drankommen, oder wie wir Como ohne ihn helfen können?«

»Wir?«

»Ja, wir. Es sei denn, du packst deine Tasche, knallst mir die Tür vor der Nase zu und sagst mir, dass du mich nie wiedersehen willst.«

»Das ist unlogisch in der Reihenfolge.«

»Du weißt, was ich meine.«

Ich stand langsam auf. »Gönn uns ein bisschen Schlaf, ich kann kaum noch einen klaren Gedanken fassen.«

»Ich glaub nicht, dass ich schlafen kann, bevor ich weiß, wie du dich entscheidest.«

»Dann lieg eben wach.« Das klang harscher als beabsichtigt, aber ich war immer noch enttäuscht. Gleichzeitig machten Leons Worte mich nachdenklich. Auch wenn es mir nicht gerade schmeichelte, für verrückt gehalten zu werden, erklärte es so viel. Gut, es erklärte nicht die Notiz auf seinem Schreibtisch, aber wer sagte denn, dass die überhaupt was bedeutete? Ich ging hinüber zu Leon, legte mich auf die andere Seite des schmalen Bettes, so dass gerade noch genug Platz für ihn blieb, und schloss die Augen. »Wenn du nicht schlafen kannst, sieh mir einfach dabei zu.«

Leider klappte es bei mir auch nicht. Ständig grübelte ich über die Schlüssel und die Formeln nach, und als Leon aus dem Bad kam, fiel mir etwas ein. »Was meintest du eigentlich vorhin? Wieso sagtest du, du wärst ein Idiot – als hättest du gleich wissen müssen, wie die dritte Formel lautet?«

Leon deutete auf das Tagebuch. »Wegen des Spruchs auf Jakes Grab: *Du bist das Salz der Erde.* Außerdem – alles spielte sich in Salzburg ab. Diesen ultimativen Hinweis hat keiner von uns gesehen.«

Das war kaum zu glauben, aber es stimmte! Hoffentlich war es genauso »einfach«, den Zusammenhang zwischen den Formeln und den Schlüsseln zu erkennen.

2.

Einen Teil dieses Problems nahm ich mit in den Schlaf. Vor meinen Augen tanzten drei Schlüssel einen nicht enden wollenden Reigen. Manchmal glaubte ich, etwas Wesentliches erhascht zu haben, dann umschwirrten mich die Schlüssel wie zuvor, immer schneller und schneller, bis sie zu einem großen Dunkel verschmolzen.

Das Dunkel erhellte sich ein wenig, ich sah Como auf dem Boden liegen, seine Augen waren geschlossen, er war zu erschöpft, um sie zu öffnen. Als seine Lider sich endlich hoben, las ich in seinem Blick eine Beschwörung. Er wollte mir etwas zu den Schlüsseln sagen, das spürte ich, doch ich vernahm keine Worte, keine Stimme. Mühsam deutete Como zuerst auf mich und dann ein Stück nach links. Ich folgte seinem Finger und erkannte vor mir eine Szene aus einem anderen Traum. Da waren die Frauen und Männer in den weißen Gewändern, diesmal unverkennbar in einem kleinen Säulentempel. Sie knieten nieder und murmelten Worte, zu leise, um sie zu verstehen. Auf einem Altar standen Schalen mit Wasser, dahinter erkannte ich das Bildnis einer Frau – einer Göttin? Die Männer und Frauen schienen ihr zu huldigen, und plötzlich vermochte ich Silben auszumachen, die mir das Blut in den Adern gefrieren ließen. Es klang beinah wie mein Name.

»Juta?«

Mit einem Schlag war ich hellwach, riss die Augen auf und starrte in Leons Gesicht, das grau war von einer durchwachten Nacht.

»Die Schlüssel!« Ich sprang auf. Während ich aus dem Rucksack die Schlüssel hervorholte, dachte ich daran, wie sich eben Realität und Traum vermischt hatten. Ich war tatsächlich überzeugt gewesen, diese Menschen nach mir rufen zu hören. »Die Schlüssel haben was mit mir zu tun, ich glaube, das wollte Como mir sagen«, erklärte ich und breitete sie auf Leons Bett aus.

»Woher hast du den dritten?« Leons vollkommene Fassungslosigkeit machte mir bewusst, dass ich meine Entscheidung offenbar endgültig getroffen hatte.

»Den hatte ich von Anfang an.« Ich sah auf und wartete auf seine Reaktion.

Leon nickte mehrmals hintereinander wie zu sich selbst, bevor er sagte: »Also keine Post nach Boltenhagen?«

»Doch, aber als ich hinkam, war der Schlüssel wirklich nicht da! Am Morgen, an dem wir nach Bath flogen, gab mir der Portier im Amadeus einen Briefumschlag. Damals wusste ich noch nicht, was ein alter Schlüssel bedeutet – und heute weiß ich immer noch nicht, welche Reise er hinter sich hat.«

»Tobias?«

»Schon möglich.«

»Hm«, machte Leon und starrte an mir vorbei, bevor er zögernd fragte: »Wieso ziehst du mich jetzt ins Vertrauen?«

Betont gleichgültig zuckte ich die Schultern und schwieg, während ich mich wieder auf die Schlüssel konzentrierte. Jetzt, wo ich sie alle drei nebeneinander sah, wurde der Traum wieder ganz deutlich. In Gedanken verfolgte ich den Tanz der Schlüssel und streckte die Hände aus, um sie hin und her zu schieben.

»Juta, bitte!«

Verdammt, fast hatte ich es gehabt! Das eine Detail, das mir zuvor entgangen war.

»Was ist denn?«, fauchte ich ungeduldig. »Bring mich nicht dauernd raus!«

»Ich will wissen, warum du mir den dritten Schlüssel zeigst, nachdem du ihn die ganze Zeit gut versteckt mir dir rumgeschleppt hast.«

»Wer ist hier der Psychologe? Wenn dir keine Erklärung einfällt, kannst du nicht viel auf dem Kasten haben. Außerdem ist das jetzt unwichtig, ich muss …«

»Unwichtig? Dein Psychologe findet das sogar extrem wichtig, es sagte nämlich jede Menge über dein Innenleben.«

»Ach, wirklich?«

Leons Grinsen verlor sich. »Das hoffe ich. Ich weiß – was ich getan habe, ist unverzeihlich, ich war ein bescheuerter Mistkerl und noch viel Schlimmeres.«

»Selbstanalyse, was?«

»Da muss ich nicht viel analysieren. Juta, ich …«

»Halt die Klappe, ja, Leon?«, sagte ich nachsichtig lächelnd. »Ich muss nachdenken.« Das allerdings fiel mir schwer, weil Leon seinen Blick nicht abwandte, fast wie damals in Bath, als … Die Erkenntnis traf mich mit einer Wucht, die mich die Schlüssel vergessen ließ.

Ich erinnerte mich an unsere erste gemeinsame Nacht und an das, was geschehen war, nachdem Leon und ich uns geliebt hatten. Was ich in seinen intensiven grauen Augen gelesen hatte, die wie der Spiegel meiner eigenen gewesen waren und in denen ich etwas erkannte, was tief in mir verborgen lag. Etwas, das ich war. Jemand, der ich war? Ich hatte es weder verstanden noch darüber nachdenken wollen. Nun sah ich es wieder und spürte, dass ich mich nicht verweigern durfte – ich musste hinsehen und begreifen.

Wie damals war es Leon, der den Bann brach. Er schaute weg und wandte sich den Schlüsseln zu. Ich hätte ihn verfluchen mögen, wusste aber gleichzeitig, dass es nichts brachte, wenn ich ihn bat, mich noch einmal so anzusehen. Es gab Dinge, die man nicht erzwingen konnte, und ein Blick gehörte dazu. Ich fragte mich, ob es ihm damals in Bath ebenso ergangen war wie mir, ob er dasselbe oder etwas Ähnliches gespürt hatte wie ich. Doch Leons nächste Worte lenkten mich gründlich von diesen Überlegungen ab.

»Sie sind nicht vollkommen gleich, ist dir das aufgefallen?«, fragte er und hielt einen der drei Schlüssel gegen das Licht, ohne dass ich hätte sagen können, welcher es war.

»Was?« Ungläubig riss ich ihm den Schlüssel aus der Hand und legte ihn zurück neben die anderen. Hatten wir irgendwo den falschen erwischt? Tatsächlich, ihre Köpfe unterschieden sich. Die Umrahmung war gleich, während die Verschnörkelungen innen minimal voneinander abwichen.

»Ich hab das schon mal unterschwellig wahrgenommen«, murmelte ich, »ohne es wirklich zu registrieren. Es muss was zu bedeuten haben.« Grübelnd stapelte ich sie übereinander und stellte fest, dass das innere Muster im Schlüsselkopf der einzige Unterschied blieb, die äußeren Ranken lagen exakt aufeinander.

»Darf ich mal?«, fragte Leon und nahm den obersten hoch. Er betrachtete die Muster lange und intensiv. »Das da in der Mitte könnten verschlungene Buchstaben sein. Man muss schon sehr genau hinsehen, aber findest du nicht, dass das aussieht wie ein N und ein A?«

»NA? Wie Natrium in der letzten Formel?« Das ergab Sinn. »Dann dürfte das der Schlüssel aus Salzburg sein, obwohl ich gestehen muss, dass ich mir nie gemerkt habe, welcher welcher ist, weil ich dachte, sie wären identisch.« Ich nahm den nächsten Schlüssel, drehte ihn zwischen meinen Fingern. »Wenn du Recht hast, finden wir in den anderen beiden ein S und ein HG.«

Das allerdings war ein Trugschluss, weder das Zeichen für Schwefel noch für Quecksilber lag in den Ranken verborgen. Stattdessen entzifferten wir mühevoll im nächsten Schlüssel drei Buchstaben, nämlich TUR, und im letzten wieder zwei: JU.

Ratlos hieb ich mit der Faust auf die Bettdecke. »Das passt alles nicht zusammen, es heißt bestimmt was anderes.«

Was hatte mir Como in meinem Traum genau sagen wollen, indem er auf mich deutete? Plötzlich aufgeregt, begann ich die Schlüssel zu verschieben: JUNATUR. Das hatte was von einer Zauberformal aus einem Märchen, ansonsten blieb mir die Bedeutung schleierhaft. Ich probierte es erneut und vertauschte das NA mit dem TUR. Zu lesen war nun: JUTURNA.

Ich sah Como vor mir, wie er verzweifelt mit dem Finger auf mich gezeigt hatte. Ich hörte die Menschen in dem Tempel meinen Namen rufen oder jedenfalls einen, der ganz ähnlich klang. *Juturna!*, drang es wie durch einen Nebelschleier zu mir, vom Traum in die Wirklichkeit – und zurück, denn die Bilder vor meinem geistigen Auge waren so echt, als befände ich mich mitten in der Szene.

Das Bildnis einer Frau, eine Statuette auf einem Altar, Menschen, die meinen Namen wispern, die mich verehren. Mit nackten Füßen stehe ich in einer kühlen Quelle, spüre, wie das Wasser über meine Knöchel, zwischen meinen Zehen rinnt, fühle, wie es meine Beine umspielt, weiß um die Stärke des Wassers, denn Wasser ist heilend und heilig. Ich knie nieder, tauche meine Finger hinein, denen die Kraft zu heilen innewohnt. Juturna. Ich bin Teil des Namens, Teil der Kraft. Teil Juturnas.

Wie in Trance nehme ich die Schlüssel in meine Hände, Juturnas Schlüssel, meine Schlüssel. Sie haben mich zu ihr geführt, mir gezeigt, wonach ich suchen muss: den Weg zurück zur Quelle.

»Wovon redest du? Juta, komm zu dir!«

Ich schrak hoch und blickte verwirrt umher. Das Hotelzimmer, Leon, das Hier und Jetzt, all das kam mir fremd vor. Der Tempel, die Göttin und die Menschen dagegen waren mir nah und vertraut.

Leon legte seine Hand auf meine Schulter. Die Berührung half, wieder ganz in der Gegenwart aufzutauchen, doch das, was Como oder mein Unterbewusstsein mir gezeigt hatte, blieb in mir. Der Tempel. Ich sollte dort sein, schon längst.

»Wir müssen nach Rom«, sagte ich. »Sofort.«

Teil 10 – Rom

1.

Als wir das Gebäude des Flughafens Fiumicino verließen, brach ich zusammen. Leon schaffte es gerade noch, mich aufzufangen.

»Um Gottes willen, Juta, was ist los?«

Ich merkte, wie er sich bemühte, die Panik in seiner Stimme zu dämpfen. Mein Schock war nicht geringer. So kurz vor dem Ziel durfte ich unmöglich schlappmachen! Mir war schwummerig, meine Knie bestanden aus Gummi, mein Kopf war in einem Moment ein schwereloser Ballon, während im nächsten jemand darin ein Hammerkonzert veranstaltete. Schließlich kamen die Schmerzen, die in meinem Solarplexus wie tausend Messer wüteten.

Es war unmöglich, mich auf den Beinen zu halten, ich ließ mich in Leons Arme fallen und stammelte vor mich hin. Nur am Rande merkte ich, wie er mich hochhob und zurück ins Gebäude brachte, wo er mich auf eine Bank gleiten ließ und mit mir sprach. Ich verstand keine Worte, hörte nur den Klang seiner Stimme, was mich dennoch beruhigte. Die Schmerzen ebbten ab, der Schwindel legte sich, zumindest etwas Kraft kehrte in meine Beine zurück.

»Kannst du einen Augenblick allein sein?«, fragte Leon. »Ich hol dir was zu trinken.«

Ich nickte schwach, blieb reglos sitzen und wartete. Kurz darauf drückte Leon mir einen Becher in die Hand. Ich nahm einen Schluck des lauwarmen Wassers, das weit davon entfernt war, aus einer heiligen Quelle zu stammen, aber es tat unendlich gut. Alles Wasser spendete Leben – es war heilig.

»Was war das eben?«, erkundigte sich Leon, der mir den leeren Becher abgenommen hatte.

Es wurde mir selbst erst in dem Moment klar, in dem ich es ausgesprochen hatte.

»Como. Es war, als ob Como seinen Zustand, seine Schmerzen auf mich projiziert, als würde ich spüren, was er spürt.«

»Warum sollte er das tun?«

»Ich glaub nicht, dass er das absichtlich tut, es geschieht, weil wir einander verbunden sind und ich ihm immer näher komme. Oder weil es ihm schlechter geht. Oder beides. Ich hab doch gesagt, wir müssen uns beeilen!«

»Und wenn wir zu spät kommen? Wenn er stirbt? Projiziert er das auch auf dich?«, fragte Leon leise, als er mir hoch half.

»Mach mir nur Mut«, sagte ich sarkastisch.

»Entschuldige. Ich hab einfach Angst um dich. Ich will nicht, dass dir was passiert, das ist die ganze Sache nicht wert.«

»Wie bitte?« Entgeistert starrte ich ihn an. »Ich tu das alles nur wegen Como, weil er mich braucht. Er *ist* es wert, Leon! Für mich jedenfalls. Niemand zwingt dich mitzumachen, das ist ganz allein deine Entscheidung.« Dass ich froh war, ihn dabeizuhaben, weil ich fürchtete, es allein nicht zu schaffen, verschwieg ich.

»Schon gut«, sagte er. »Das war eine dumme Bemerkung, vergiss sie.«

Mit unserem Mietwagen, diesmal einem roten Fiat Uno, quälten wir uns durch die engen und übervollen römischen Straßen. Ich fühlte mich noch immer schwach, müde und elend. Wenn das, was ich da erlebt hatte, das war, was Como durchmachte, wurde es höchste Zeit, dass wir ihn fanden, sonst würde er vielleicht wirklich sterben. Dann hätte ich versagt und meinen Schwur gebrochen.

»Erklär mir noch mal, was es mit dieser Juturna auf sich hat«, forderte Leon mich auf. Dabei hatte ich das Gefühl, er wolle mich am Reden halten, vermeiden, dass ich ganz wegsackte, denn ich hatte ihm das Wenige, das ich wusste, schon im Flieger erzählt. Es blieb mir ein Rätsel, woher ich es überhaupt »wusste«, es war auf eine eigentümliche Weise in mir, schon immer, als sei ein uraltes Wissen lange, lange dort vergraben gewesen. Ich spürte, dass dort noch mehr im Verborgenen lag, auf das ich im Augenblick nur keinen Zugriff hatte. Möglicherweise brauchte es einen Auslöser – ein Ereignis oder einen Menschen. Como?

»Juturna war berühmt für ihre Schönheit«, begann ich, »und Jupiter verliebte sich in sie. Weil er sie so liebte, verwandelte er sie in eine Nymphe, schenkte ihr Unsterblichkeit und die Macht über alle Quellen in Latinum. Roms wichtigste Quelle entsprang am Fuß des Palatins, von dort holten die Römer Wasser, bevor es Aquädukte gab. Diese Quelle brachten sie mit Juturna in Verbindung, die wie alle Quellgöttinnen Heilkräfte besessen haben soll. Das Wasser der Quelle wurde als Heil bringend verehrt. Eine andere Legende besagt, dass Juturna die Gattin des Janus war und die Mutter des Quellgottes Fontus. Wohin du auch siehst«, schloss ich erschöpft, das Sprechen strengte mich sehr an, »heilige und heilende Quellen, genau wie in Bath.«

»Was oder wer, glaubst du, ist eigentlich der Kern dieser ganzen Sache, der Ursprung? Warum geschieht das mit Como und mit dir?«, fragte Leon.

»Ich weiß nicht«, seufzte ich und setzte mich gerade hin. »Zuerst dachte ich, es wäre Paracelsus, der mit Sicherheit eine Rolle spielt. Sulis Minerva in Bath dagegen ist ungleich älter, Samuel Hahnemann viel jünger, während Juturna wieder bis in die altrömische Zeit zurückreicht. Es hat etwas mit Heilung zu tun, mit Kräften, die unseren Verstand übersteigen. Dazu würde zumindest passen, dass Jake fähig war, sich selbst zu heilen, und das klingt älter als Paracelsus. Vielleicht hat es, was immer es ist, mit Juturna angefangen? Sie scheint der Schlüssel zu allem zu sein.«

Leon grinste ob dieses Wortspiels und nickte dann ernst. »Durchaus plausibel. Was ich besonders faszinierend finde, ist die Ähnlichkeit deines Namens mit dem der Quellgöttin – und dass du auf einmal Dinge weißt, die dir vorher fremd waren. Bist du sicher, dass du nie was über Juturna gelesen hast?«

»Nie«, konnte ich bestätigen. In der hintersten Ecke meines Unterbewusstseins regte sich allerdings ein Gedanke oder eine vage Erinnerung. Hatte Como mir etwas erzählt, eine alte Geschichte oder Legende? Manchmal, wenn ich mit ihm zusammen gewesen war, wenn wir uns geliebt hatten, dann war mir, als würde er zu mir sprechen. Sprechen traf es vielleicht nicht ganz, er gebrauchte keine Worte, vielmehr teilte er sich mir auf eine seltsame Art und Weise mit, keine Sätze, nichts, was ich fassen konnte, »es« bestand aus einem Gefühl, das Erklärungen unnötig machte. Weil das so schwammig klang, ich es aber nicht besser formulieren konnte, behielt ich das alles für mich. Nur eins konnte ich konkret zuordnen: In Bath hatte ich Comos Kosenamen für mich wieder gehört: Ninfea, Wasserlilie. Mir war zwar sofort das »Wasser« darin aufgefallen, es bedeutete aber noch viel mehr. Wenn man das »e« in Ninfea wegließ, blieb Ninfa – Nymphe.

Das Hupen der Autos, das Gedränge und Geschiebe auf den Straßen entlang des Tibers, das Geschlängel der Motorrollerfahrer, die sich auch noch durch die schmalste Lücke quetschten, all das machte mich nervös. Am liebsten hätte ich Leon angeschrien, er möge auf der Stelle anhalten und mich aussteigen lassen. Ich widerstand dem Impuls, weil ich genau wusste, ich würde dann völlig ungeschützt mitten im Gewimmel stehen, mitten in einer Atmosphäre, die ich früher als lebendig, sprühend, mitreißend beschrieben hätte, in der ich jetzt aber untergehen würde. Mitten in Rom, der Ewigen Stadt.

Plötzlich fiel mir auf, dass ich – abgesehen von Salzburg – alle Städte, die für die Suche nach den Schlüsseln von Bedeutung gewesen waren, schon vorher gekannt hatte. Vermutlich handelte es sich nicht mal dabei um Zufall. Ich versuchte, Rom zu betrachten wie bei meinem letzten Besuch. Damals hatte mir der Mann an meiner Seite, den ich zufällig in Deutschland kennen gelernt hatte, die Schätze seiner Stadt gezeigt, die ich heute so wenig zu würdigen wusste. So sehr ich mich auch bemühte, ich konnte mich einfach nicht an der Schönheit der Kirchen und Paläste erfreuen, an den weiten Straßenzügen und engen malerischen Gassen. Nur einmal zog etwas meine Aufmerksamkeit auf sich: ein kleiner Brunnen, eingelassen in eine Mauer. Das lang gezogene Gesicht war umrahmt von wallendem Haar, aus dem Mund floss ein schmaler Wasserstrahl in ein muschelförmiges Becken. Nicht weiter ungewöhnlich, es gab viele solcher Brunnen in Rom. Wenn da nicht die Augen gewesen wären, weit aufgerissen, vielleicht vor Entsetzen, vielleicht vor Überraschung. Oder gar aus Furcht? Vor dem Unbekannten? Ich sah in das Gesicht und glaubte für eine Sekunde, in mein eigenes zu schauen. Wie in Salzburg, schoss es mir durch den Kopf. Dort hatte mich die Plastik einer Gestalt gänzlich ohne Gesicht aus dem Gleichgewicht gebracht, hier war es ein allzu ausdrucksstarkes. Dann schaltete die Ampel auf Grün, die Autos schoben sich vorwärts, der Brunnen verschwand aus meinem Blickfeld. Aber nicht aus meinen Gedanken – lange begleitete mich das Bild. Das änderte sich erst, als das Colosseum vor uns auftauchte. Dahinter lag das Forum Romanum mit der Quelle der Juturna.

Von unserem Parkplatz zum offiziellen Eingang mussten wir ein ganzes Stück laufen, und dabei ging es auch ein Stück bergauf, was mich enorm anstrengte. Schweiß perlte auf meiner Stirn, obwohl angenehme Temperaturen herrschten. Als wir auf dem Kapitolshügel ankamen, lehnte ich mich verausgabt an eine Mauer.

»Fantastisch«, murmelte Leon und schwieg dann ergriffen beim Anblick des Forum Romanum, dem Zentrum des antiken Rom. Einst, in der Blüte des Römischen Reiches, errichtete man die prachtvollen Gebäude, Kultstätten, Tempel, Markthallen und Denkmäler. Von hier wurde das Imperium gelenkt, hier tagte der Senat. Heute standen nur noch Ruinen, die man Anfang des 19. Jahrhunderts unter einer fünfzehn Meter dicken Schuttschicht begonnen hatte auszugraben. Dennoch ging von diesem Ort eine unvergleichliche Faszination aus, das Areal war riesig und in ein Freiluftmuseum umgewandelt worden, in dem der Besucher mit jedem Staubkorn Geschichte einatmete.

Von unserem Standpunkt aus war der Blick auf das Forum überwältigend schön, an keinem anderen Platz in Rom konnte man sich so davon verzaubern lassen. Die Tempelruinen, die Säulen, die lange Reihe der Statuen, die einst im Innenhof des Hauses der Vestalinnen gestanden hatten, und ganz hinten das Colosseum – am frühen Abend oder im späten Nachmittagslicht war das nicht zu übertreffen. Alles lag dann wie von einer sanften rotgoldenen Schicht überzogen, beinah magisch vor dem Betrachter.

Jetzt jedoch war Mittagszeit, die Sonne stand hoch am Himmel, mein Mund war ausgetrocknet, meine Kehle brannte, mein Magen war leer. Eigentlich hätte ich dringend was essen müssen, aber selbst die köstlichsten Antipasti hätten mir nur Übelkeit verursacht. Ich starrte hinunter auf das Forum und dachte an die Juturna-Quelle, die ich, ebenso wie den

Tempel, bei meinem ersten Besuch nicht bewusst wahrgenommen hatte. Irgendwo da unten, dachte ich. Wieder drehte sich für eine Sekunde alles um mich. Gleichzeitig tauchte ein sehr vertrautes Gefühl auf, das meine Angst noch verstärkte: das Prickeln im Nacken, sicheres Zeichen dafür, dass wir beobachtet wurden. Ich schaute zu Leon hinüber, der jedoch unverändert hingerissen das Forum betrachtete.

»Spürst du was?«, fragte ich leise.

Er stieß sich ein kleines Stück von der Mauer ab, stand ganz still, sein Blick scheinbar auf die Säulen unter uns gerichtet, tatsächlich aber hörte er in sich hinein, ob wir beobachtet wurden.

Ganz kurz blitzte in Leons Augen etwas auf, sein Körper versteifte sich, beides eine Bestätigung dafür, dass er genauso empfand. Als er allerdings antwortete, behauptete er das Gegenteil: »Nein, da ist nichts.« Er sah, dass ich nicht überzeugt war. »Hör zu, auch falls sie eine Vorstellung davon haben sollten, dass Rom auf unserer Reiseroute liegt, können sie unmöglich wissen, wo genau wir gerade sind.«

Belog er mich, oder war mein Urteilsvermögen schon zu sehr von meinem geschwächten Zustand beeinträchtigt?

»Du hast in Paris selbst gesagt, nur weil wir niemanden sehen, bedeutet das nicht, dass keiner da ist.«

»Stimmt«, gab Leon zu. Dann fuhr er mit einem Seufzer fort: »Aber was willst du machen, wenn es keinen greifbaren Verfolger gibt? Wie willst du ein Phantom abschütteln?«

Ratlos zuckte ich mit den Schultern. Er hatte ja Recht, außerdem musste ich dringend zu Como, sowohl seine als auch meine Kräfte schwanden, je länger ich wartete. Sollte ich Zeit darauf verwenden, einen möglicherweise eingebildeten Verfolger loszuwerden? Ich musste das Risiko eingehen und darauf bauen, dass es Leon gelang, mir im Zweifelsfall freie Bahn zu verschaffen.

»Lass uns weitergehen«, bat ich ihn.

»Dann wollen wir mal.« Er legte seinen Arm um meine Hüfte und hielt mit seiner freien Hand meine, so dass wir wie ein verliebtes Paar wirkten, statt wie ein Mann, der eine Frau stützte, weil sie sich kaum aufrecht halten konnte. So erreichten wir die Via dei Fori Imperiali, die das Forum

Romanum säumte und uns zum Haupteingang führte, wo wir zusammen mit den Eintrittstickets einen Plan und einen Führer kauften.

Inzwischen fühlte ich mich etwas besser. Wahrscheinlich hatte mir das Wasser, das Leon an einem der Stände am Straßenrand gekauft und das ich dankbar getrunken hatte, geholfen. Zusammen beugten wir uns über den Plan. Leon holte das Heft zur Hilfe und sah im Index nach.

»Quelle der Juturna, hier steht's. Sie liegt zwischen dem Tempel von Castor und Pollux und dem Haus der Vestalinnen, da wurde das Wasser der Quelle in einem Brunnen gesammelt.«

»Das passt«, sagte ich. »Juturna soll auch die Schwester von Castor und Pollux gewesen sein. An der Stelle, an der sich die Quelle befindet, haben die beiden angeblich ihre Pferde getränkt nach …« Ich runzelte die Stirn, es fiel mir nicht ein, »… irgendeiner Schlacht.« Mittlerweile war ich mir einigermaßen sicher, dass ich diese Dinge durch Como wusste – vielleicht aus der Vergangenheit, vielleicht aber teilte er sich mir auch ähnlich wie in meinen Träumen mit.

»Interessante Frau, ich hätte sie gerne mal kennen gelernt«, stellte Leon fest. »Bin gespannt, als was sie sich noch alles entpuppt.«

»Tja«, machte ich unbestimmt und setzte mich wieder in Bewegung. Dabei erschien vor meinem inneren Auge ein fast quadratisches, mit Marmor verkleidetes Becken, in dessen Mitte sich ein Sockel mit den Statuen von Castor und Pollux befand.

»Ha! Hör dir das an!«

Ich war so vertieft in das Bild der Quelle, dass ich bei Leons Ausruf zusammenzuckte.

»Archäologen haben in der Quelle nicht nur Statuenüberreste von den Dioskuren, also Castor und Pollux, entdeckt, sondern auch von Äskulap. Wenn das kein Zufall ist.«

Wie Leon glaubte ich schon längst nicht mehr an Zufälle. Und gerade bestätigte er mir, dass mein ganz eigenes Bild von den Castor- und Pollux-Statuen, das ich vor mir gesehen hatte, stimmte. Dass man ebenfalls eine Statue des Gottes der Heilkunst aus der griechischen Mythologie gefunden hatte, war nur noch das Sahnehäubchen oben drauf.

Wieso eigentlich Mythologie?, fragte ich mich. Was ist denn Juturna?

Doch auch nur Mythologie, denn der gesunde Menschenverstand sagt einem ja wohl, dass es keine Nymphen gibt. Ich hatte aber das, was von Juturna ausging, in meiner Vision, meinem Traum, so deutlich gespürt, dass ich ihre Existenz schlecht anzweifeln konnte oder zumindest die Existenz eines Wesens, das in Juturna ihre Entsprechung, ihre Erklärung gefunden hatte. Wie viel von dem, was wir heute Mythologie und Legende nennen, hatte seinen Ursprung in einer Wirklichkeit, an die wir uns weigern zu glauben, weil wir unsere weit, weit zurückreichenden Erinnerungen aus dem Gedächtnis gestrichen haben?

»Hier muss es sein«, sagte Leon schließlich.

Ich wusste schon vorher, dass wir sie erreicht hatten, die Quelle der Juturna.

2.

Rechts von uns ragten die gigantischen drei Säulen des Castor-und-Pollux-Tempels in den stahlblauen Himmel. Gerade in diesem Augenblick allerdings schob sich eine Wolke halb vor die Sonne, so dass ihre Strahlen gebrochen auf die Umgebung fielen und alles in ein unheimliches Licht tauchten. Ich bekam eine Gänsehaut. Hätte sich jetzt offenbart, dass unser Verfolger niemand anders als ein römischer Gott war, wäre ich nicht überrascht gewesen.

Die Wolke wanderte weiter, alles war wie zuvor, die Säulen immer noch riesig, besonders im Vergleich zu dem Tempelchen ein Stück weiter vor uns, das mich zu sich hin zog, obwohl ich meinen Blick auf die Quelle selbst lenkte. Vor einem Rundbogen aus Ziegeln sah ich das viereckige Becken und die Überreste eines Sockels, auf dem allerdings die Statuen fehlten; stattdessen wuchs spärliches Gras auf der Stelle, an der sie einst gestanden haben mussten. Das Becken war ausgetrocknet, und doch hatte hier einmal eine Quelle die Siedlung auf dem Palatin versorgt.

Unter meinen Füßen spürte ich die Kraft, die einst an diesem Ort geherrscht hatte, fühlte das Wasser der längst versiegten Quelle, als wäre es da. Vielleicht war es da, nur unendlich tief unter der Erde. Ich ging in die Hocke, strich mit den Fingern über den Boden, die kleinen Steine, die vertrockneten Grasbüschel. Juturnas Quelle, ihr heiliges Wasser. Es *war* hier, ganz sicher, irgendwo.

Ohne Vorwarnung durchfuhr mich eine Schmerzwelle, die mich von den Beinen riss, ich landete mit meinen Knien im Staub, es gelang mir gerade noch, mich mit den Händen abzustützen. Sofort war Leon bei mir.

»Was ist? Was passiert mit dir?«

Ich rang nach Atem, versuchte in Worte zu fassen, was meinen Körper so erschütterte. »Es zerreißt mich, es ist, als würde ich von innen … aufgezehrt. Mein Gott, Leon, ich schaff das nicht! Du musst allein weitermachen, für mich.«

»Unsinn! Natürlich schaffst du das! Glaubst du, Como lässt dich diesen ganzen beschissenen weiten Weg herkommen, nur damit du dann aufgibst? Wenn er dir zutraut, dass du das zu Ende bringst, dann kannst du das auch, klar?«

Ich war mir da allmählich nicht mehr sicher und fragte mich nicht zum ersten Mal, ob Como mich überschätzte. Als hätte Leon meine Gedanken gelesen, schüttelte er den Kopf.

»Er hat bestimmt nicht gewollt, dass sich das so lange hinzieht und so schwer für dich wird. Immerhin konnte er nicht damit rechnen, dass du zwischendrin das Gedächtnis und damit viel Zeit verlierst, aber er hätte dich in Ruhe gelassen, wenn er wüsste, dass es aussichtslos ist.«

»Und sich zurückgezogen, um zu sterben?« Ich bekam ein zynisches Lächeln zustande.

»Ja.«

»Nein«, widersprach ich und wusste intuitiv, dass das der Wahrheit entsprach. »Es hängt zu viel davon ab, er darf nicht sterben.« Langsam richtete ich mich wieder auf. »Er ist der Letzte.«

»Der Letzte?«, wiederholte Leon. »Von wem oder was?«

»Der Letzte der Ersten«, war meine rätselhafte Antwort.

Leon schwieg eine Sekunde, bis er die nächstliegende Frage stellte. »Was meinst du damit?«

»Keine Ahnung«, flüsterte ich, und auch das entsprach der Wahrheit. Allmählich ließ der Schmerz so weit nach, dass ich mich wieder aufrichten konnte. »Bitte führ mich da rüber«, bat ich und nickte in die Richtung des kleinen Tempels. Mir war immer noch schwindelig, deshalb ließ ich mich kurz darauf dankbar auf einem umgestürzten Säulenrest nieder, vermutlich verbotenerweise, doch das kümmerte mich nicht.

»Aedikula, der Juturna geweiht«, las Leon aus dem Heft vor.

Ich nickte nur, es war mir klar gewesen. Der Tempel der Juturna bestand aus zwei Säulen mit einem Dreiecksgiebel darüber, zwischen den Säulen der Eingang in den dunklen Innenraum. Vor dem Fundament, auf dem die Säulen ruhten, stand ein runder Marmorbrunnen und wieder davor, etwas erhöht, der Säulenstumpf mit Reliefs von Jupiter, den Dioskuren, Leda, in die Zeus sich verliebte – und Juturna selbst. Ohne mich mit antiken Relikten auszukennen, ahnte ich, dass dies nur eine Kopie war, sie war einfach zu gut erhalten. Außerdem schien die ganze Komposition falsch, als hätte man es nur so dorthin gestellt, weil es hübsch aussah.

Unsicher stand ich auf.

»Wo willst du hin?«, fragte Leon, der wie ich stumm den Tempel betrachtet hatte.

»Rein«, antwortete ich einsilbig.

»Das geht nicht!«, protestierte Leon.

»Wieso? Siehst du ein Schild, auf dem *Vietato l'accesso* steht?«

»Ich brauche kein Zutritt-verboten-Schild, um das zu wissen. Wenn jemand zufällig vorbeikommt und dich bei deinem Experiment beobachtet, fliegen wir raus und kriegen Hausverbot oder Forumsverbot oder wie sie das hier nennen. Und dann?«

»Du stehst Schmiere, ich beeil mich. Ich muss da rein, Leon. Verlass dich auf mein Gefühl.«

»Ich glaub ja deinem Gefühl, darum geht's nicht. Aber erklär mir mal, wie du dich in deinem geschwächten Zustand beeilen willst! Es nützt niemandem, wenn du beim Klettern ausrutschst und hinfällst, bloß weil du es besonders eilig hast. Lass uns warten, bis niemand mehr hier ist.«

Das klang vernünftig, hatte aber zwei Haken. »Mir fehlt leider die geniale Idee, wie wir uns zu einem Zeitpunkt, an dem wir ungestört sein würden, hier einschmuggeln, das ist nämlich ein etwas größeres Problem als Theaterspielen in einem französischen Restaurant. Überhaupt ist Warten ein Luxus, den wir uns nicht leisten können.«

»Wir haben aber keine andere Wahl. Wenn Como so lange durchgehalten hat, wird er es auch noch ein paar Stunden länger schaffen. Für alles andere ist das Risiko zu groß.« Leon sprach mit so viel Überzeugung, dass ich fast nachgegeben hätte. Ich setzte gerade zu einem Gegenargument an, als mich mit einem Mal wieder eine Übelkeitswelle überkam, und in derselben Sekunde spürte ich, dass Leon Recht hatte, dass wir warten *mussten,* als ob Como selbst es mir befahl.

»Como«, entfuhr es mir unbeabsichtigt laut. Ich spürte sein Lächeln in meinem Kopf. Er war erschöpft, krank, am Ende seiner Kräfte, und er tröstete mich, wickelte mich ein in eine Wärme, die ich seit seinem Verschwinden nie mehr wahrgenommen hatte. Dann kam die neue Schmerzwelle, heftiger als zuvor – die Verbindung zu Como war jetzt derart stark, dass ich seine Schmerzen fühlte wie sein Lächeln. Eine Art Empathie, die mich in die Knie zwang.

Es waren Leons Arme, die mich erneut stützten, Leons Körper, an den ich mich lehnte, atemlos und erschöpft. Er fragte nichts weiter, sondern führte mich nur langsam zum Ausgang und weiter zu unserem Wagen, wo er den Sitz zurückstellte, so dass ich mich halbwegs hinlegen konnte.

»Ruh dich aus«, sagte er. »Ich lass mir was einfallen, wie du in den Tempel kommst, versprochen.«

Ich schloss die Augen, versuchte wieder, Comos Anwesenheit zu spüren, doch sie war fort für den Moment. Zum Schlafen war ich zu aufgewühlt, stattdessen berührte ich Leon, der schweigend neben mir hinter dem Lenkrad saß. Er nahm meine Hand und hielt sie fest.

Ich dachte an Tobias, an Leon, an Jake und an James. Mortimer wollte ich aus meinen Gedanken verbannen, was sehr schwer war, er gehörte leider dazu. Seine irritierenden grünen Augen tauchten direkt vor meinen auf, ich hörte seine Stimme mit angenehmer Monotonie sagen: *Sie müssen ruhig werden, ganz ruhig. Atmen Sie gleichmäßig. Eins – ein, zwei – aus, drei – ein, vier – aus.* Konzentriert lauschte ich Mortimer wie damals in Bath, ich zählte und stellte mir zum Ein- und Ausatmen eine Schaukel vor, die hin und her schwang, bis ich wegdämmerte.

3.

»Juta? Es ist Zeit, wir müssen los.«

Mir kam es vor, als erwachte ich aus einem tiefen heilsamen Schlaf. Ich streckte meine Glieder und fühlte mich einigermaßen ausgeruht. Leon war ausgestiegen, er lehnte vorn an der Motorhaube des Fiats. Als ich mich neben ihn stellte, hielt er mir eine Flasche Wasser und ein Stück kalte Pizza entgegen.

»Magst du?«

»Ja, danke. Ich hab zwar keinen Hunger, aber ich muss ja mal wieder was essen, wenn ich das durchstehen will.« Ich griff nach der Flasche und trank ein paar Schluck, bevor ich in die lappige Pizza biss. Leider war das die falsche Entscheidung. Von der Pizza wurde mir augenblicklich so übel, dass ich mich im Rinnstein übergeben musste.

»Entschuldige«, sagte Leon, der mir ein Taschentuch reichte.

»Wofür?«, fragte ich heiser.

»Dass ich nicht mitgedacht habe. Wenn du kein echtes Bedürfnis hast zu essen, solltest du es lassen – das ist die Botschaft, die dir dein Körper übermittelt, indem er nur Wasser akzeptiert. Er will wahrscheinlich auf diese Weise rein gehalten werden.«

»Du meinst, ich soll fasten?«

»Damit hättest du schon eher anfangen müssen, aber das ging schlecht, weil du dauernd unterwegs warst.«

»Also gibt mir mein Körper den spätestmöglichen Zeitpunkt vor, ihn wenig zu belasten. Möglich.« Nach einer Pause fuhr ich fort: »Du wolltest dir überlegen, wie ich ungesehen in den Tempel komme. Ist dir was eingefallen?«

»Nichts Originelles, fürchte ich. Die machen um halb sechs dicht, ich schlage vor, wir gehen rein und bleiben einfach drin, wenn sie schließen.«

»Und verstecken uns hinter einer Säule?« Meine Zweifel waren mir deutlich anzuhören.

»Wir werden schon ein Plätzchen finden, ohne vorher auffällig rumklettern zu müssen.«

Je näher wir dem Eingang des Forums kamen, desto mehr spürte ich, wie mich die Kraft, die ich im Schlaf getankt hatte, wieder verließ. Ich schwieg, es hatte keinen Sinn, sich zu beklagen oder Leon zu beunruhigen. Wir gehörten zu den Letzten, die noch Tickets kaufen konnten, und gingen langsam die Via Sacra entlang, die quer durch das Forum führte.

»Schade, dass so wenig Brauchbares stehen geblieben ist«, meinte Leon. »Das ist alles zu übersichtlich, viel zu viel Platz zwischen den Säulen und Ruinen.«

Ich stolperte neben Leon her und überließ es ihm, sich nach einem geeigneten Versteck umzusehen.

»Da hinten«, sagte er, »in den Spalten unterhalb des Palatin. Die werden bestimmt nicht jedes kleine Eckchen kontrollieren.«

Prüfend folgte ich seinem Blick. »Gut, versuchen wir's. Zumindest sollte genug Platz sein, dass wir es bequem eine Weile da aushalten, bis es dunkel genug ist.«

Bald darauf fanden wir eine Nische, die uns beide aufnahm, ohne dass wir von anderen Besuchern beim Hineinkriechen beobachtet wurden. Ob es dennoch jemanden gab, der jeden unserer Schritte verfolgte, wie ich am Mittag geglaubt hatte, konnte ich nicht sagen. Ich spürte nur Erschöpfung und hin und wieder die Schmerzen, die ich mit Como teilte.

»Hast du noch Wasser?«, fragte ich Leon nach einer langen Zeit des Schweigens und Wartens.

Aus seinem Rucksack holte er eine volle Flasche und reichte sie mir. »Mehr als drei konnte ich nicht unterkriegen, wir werden sie uns einteilen müssen.«

»Klingt, als wärst du einkaufen gewesen, während ich schlief.«

»Ich musste abwägen, dich allein zu lassen und Wasser zu kaufen, was dir offenbar hilft, oder bei dir zu bleiben. In Anbetracht der Tatsache, dass wir vielleicht eine lange Nacht vor uns haben, entschloss ich mich fürs Einkaufen. Nur die Pizza hätte ich mir sparen können.«

Ich quälte mir ein Lächeln ab. »War gut gemeint, und du hast doch bestimmt selbst was essen wollen.«

»Nein. Da ist ein Knoten in meinem Magen, ich krieg nichts runter.« Er sah mich nicht an bei den Worten, und auch sein Tonfall war merkwürdig.

»Warum?«, fragte ich. »Weil wir was Verbotenes tun? Oder ist es wegen Como?«

Leon zuckte mit den Schultern. »Wegen Como und wegen dem, was dabei rauskommt, wenn wir ihn finden. Er hat sicher eine Menge zu erzählen.«

Wieder dieser seltsame Tonfall. Ich seufzte, unzufrieden mit mir selbst. Wahrscheinlich hörte ich Gras wachsen, wo gar keins wuchs. Wie zuvor herrschte längere Zeit Schweigen zwischen uns, während es allmählich dämmriger wurde. Solange ich hier still saß, ging es mir einigermaßen gut, nur die Vorstellung, Como bald wiederzusehen, rief ein zwiespältiges Gefühl in mir hervor. Wie lange hatte ich darauf gehofft, wie lange davon geträumt.

»Ich glaub, wir können es jetzt wagen«, riss mich Leon aus meinen Gedanken. »Es ist dunkel genug.«

Ich richtete mich auf und kam mühevoll auf die Beine. Draußen waren die bedeutendsten Gebäude und Tempel des Forums mit Scheinwerfern angeleuchtet, was der Umgebung eine eigenartige Atmosphäre verlieh. Glücklicherweise wurde der Juturna-Tempel als weniger wichtig betrachtet.

Leon musste mir helfen, auf den runden Marmorbrunnen zu steigen und von dort in den kleinen Innenraum weiterzuklettern.

»Kannst du was erkennen?«, rief er leise.

»Wenig. Hast du zufällig wieder deine Taschenlampe dabei wie auf dem Petersfriedhof? Es ist düster hier drin.«

»Nicht zufällig, ich hab eine gekauft.« Leon stand inzwischen neben mir und ließ den Strahl der Lampe über die Wände gleiten. »Wär hilfreich, wenn wir wüssten, was wir eigentlich suchen. Wir haben alle Schlüssel und alle Formeln, das kann es also schlecht sein.«

»Ich glaub nicht, dass wir einen Gegenstand suchen, eher einen Eingang.« Es musste einen Weg geben, der zu Como führte, dorthin, wo die Quelle der Juturna einst entsprungen war.

»Sieh mal«, sagte Leon und richtete die Taschenlampe auf die linke hintere Ecke des Raumes, auf einen kleinen Geröllhaufen. »Vielleicht liegt dein Eingang dahinter.«

Zweifelnd schüttelte ich den Kopf. »Wenn da was wäre, hätten es Archäologen schon vor Generationen gefunden.«

»Siehst du eine Alternative?« Ohne meine Antwort abzuwarten, legte er die Taschenlampe auf den Boden und begann mit der Arbeit.

Wie aus heiterem Himmel durchfuhr ein Stich meinen Körper. Vor Schreck und vor Schmerz sog ich scharf Luft in meine Lungen und versuchte vergebens, mich an der hinteren Wand des Tempels festzuhalten. Stattdessen landete ich unsanft auf der Erde. Alarmiert drehte Leon sich um und wollte mir beistehen, aber ich winkte ab. Ich lehnte mich zurück, die Augen geschlossen, während er nach kurzem Zögern weiter geräuschvoll die Steine und das Geröll zur Seite räumte.

Bitte, mach, dass es vorbeigeht, betete ich. Lass mich Como finden, und dann lass es vorbei sein. Bitte!

Kleine Steinchen rollten von Leon zu mir herüber, streiften meine Hand, die auf dem kalten Boden lag. Abwesend griff ich danach, meine Finger spielten mit einem quaderförmigen Stein. Ich öffnete die Augen, mein Blick wanderte zu Leon. Er war fast fertig und hatte doch nur eine unscheinbare Wand freigelegt. Warum war es so wichtig gewesen, in den Tempel der Juturna zu gelangen, wenn es hier überhaupt nichts gab? Was übersahen wir bloß? Dann nahmen meine Finger etwas wahr, das nur langsam den Weg in mein Bewusstsein fand. Ich schaute auf den Stein in meiner Hand. War er wirklich rübergerollt? Oder hatte er schon hier gelegen? Mit seiner gleichmäßigen Form wirkte er fast wie ein Würfel. Da war etwas eingeritzt, was ich in der Dunkelheit nicht erkennen konnte. Ich begann, die einzelnen Seiten mit den Fingern abzutasten. Gerade Linien auf drei Seiten, Rundungen auf zwei weiteren, eine Seite war uneben, als wäre ein Relief eingemeißelt. Hatte ich tatsächlich das ertastet, was ich glaubte?

»Du hattest Recht«, sagte Leon resigniert und ließ sich neben mir nieder. »Die ganze Arbeit war umsonst.«

Ich legte den Würfel auf meine Handfläche und streckte ihn Leon hin. »Vielleicht nicht ganz. Leuchte mal und sag mir, was du siehst.«

Leon war ziemlich lange still, dann nahm er den Würfel von meiner Hand. »Buchstaben ringsum«, sagte er. »H, G, N, A. Auf der Unterseite ein S und auf der oberen ein Gorgonenkopf, der genauso aussieht wie der in Bath.«

Die Buchstaben aus den Formeln.

»Wo hat der gelegen?«, wollte er wissen.

»Zuerst dachte ich, zwischen all dem Zeug, das du weggeräumt hast. Aber das Risiko, dass er da untergeht, wäre zu hoch gewesen. Es war bestimmt kein Zufall, dass ich gerade an dieser Stelle zusammengebrochen bin.«

»Dann muss jemand den Würfel hier deponiert haben, und zwar erst vor kurzem, sonst wär er weg gewesen.«

Genau das dachte ich auch. »Wahrscheinlich war es das Letzte, was Como tat, bevor er dahin ging, wo er jetzt ist.«

»Er veranstaltet eine ganz schön wilde Schnitzeljagd mit reichlich verschlüsselten Zeichen. Was sollen wir damit anfangen?«

Ich nahm Leon den Würfel wieder ab, der zwar alt, aber nicht altertümlich aussah. »Er wirkt wie ein Modell. Ich glaube, es soll etwas darstellen, das sich außerhalb des Tempels befindet, etwas, das genauso oder ähnlich aussieht, aber viel größer ist.«

»Steinquader liegen im Forum haufenweise rum, wie sollen wir da den richtigen finden? Como hätte sich ruhig etwas deutlicher ausdrücken können.«

»Hat er ja. Denk an die Buchstaben.«

Nachdenklich betrachtete Leon den Würfel in meiner Hand. »Die sind doch nur da, um ihn als weiteren Hinweis zu identifizieren.«

»Sie bedeuten garantiert noch was anderes«, widersprach ich. »Wir müssen das Original finden, irgendwo da draußen.« Mir wurde schwindelig, obwohl ich ruhig auf dem Boden saß. Allein der Gedanke daran, aufzustehen und das komplette Forum abzusuchen, verursachte noch heftigeren Schwindel. »Das heißt, du musst«, korrigierte ich mich leise. »Hinter dem Quader ist der Eingang.«

»Kannst du allein bleiben?«

»Juturna wird mich schon nicht im Stich lassen«, versicherte ich. »Pass auf dich auf und komm zurück, ja?«

Leon strich mir über die Wange, ich fing seine Hand auf, bevor er sich aufrichten konnte. Eine Sekunde lang drückte ich sie sehr fest, bevor ich ihn gehen ließ.

Während ich seinen Schatten davonhuschen sah, fragte ich mich, ob uns das, was wir miteinander durchmachten, aneinander binden oder schließlich trennen würde und ob Leon das Misstrauen, das ich ihm entgegengebracht hatte, je vergessen konnte. *Hatte?* Wieso dachte ich in der Vergangenheitsform? War ich nicht mehr misstrauisch? Noch vor wenigen Stunden hatte ich ihn verdächtigt zu lügen, als er behauptete, keinen Verfolger zu bemerken. Falls das so war, konnte er das auch nur getan haben, um mich zu beruhigen.

Mir blieb keine Wahl, ich musste ihm vertrauen. Ich hatte ihn losgeschickt, eine Aufgabe zu erfüllen, die meine gewesen wäre. Falls er den Eingang fand, falls er Como fand und mich nicht holte, falls all mein Misstrauen gerechtfertigt war, falls … Dann war jetzt sowieso alles zu spät.

4.

Die zweite der Wasserflaschen war leer, die dritte hatte Leon mitgenommen, der noch immer fort war. Langsam breitete sich ein flaues Gefühl in meiner Magengegend aus. Entweder ich hatte mich doch in Leon getäuscht, oder es war ihm etwas zugestoßen. Ich stand auf und bewegte langsam meine Beine. Die Zeit verrann, draußen blieb alles ruhig.

Die Warterei war kaum auszuhalten, ich fühlte mich zur Untätigkeit verurteilt. Ich konnte versuchen, Leon aufzuspüren, aber die Chance, ihn zu finden, war verschwindend gering, außerdem würde ich es rein kräftemäßig nicht schaffen. Ich setzte mich wieder. Wenn Leon zurückkam, musste ich noch genug laufen, es war besser, mich so lange wie möglich auszuruhen. *Falls* Leon zurückkam. Immer wieder warf ich einen Blick auf meine Uhr. Ohne Leons Taschenlampe hatte ich Mühe, das Zifferblatt zu erkennen, aber es waren mittlerweile drei Stunden vergangen, in denen ich vor mich hinbrütete.

Da! Ich richtete mich an der Wand auf und lauschte angestrengt. Da war ein Geräusch, leise Schritte auf dem Weg, das Knirschen von Steinchen unter Schuhsohlen.

Möglicherweise war das Leon. Hoffentlich. Es konnte aber auch jemand anders sein, jemand vom Sicherheitsdienst des Forums, der kontrollierte, ob alles in Ordnung war. Oder jemand, der mich beobachtete, der ebenso ungeduldig geworden war wie ich. Der mich suchte. Ich drückte mich noch dichter an die Wand, obwohl ich schon in der hintersten Ecke des kleinen Innenraums saß. Eine Gestalt kletterte auf demselben Weg in den Tempel, den ich genommen hatte, über den runden Marmorbrunnen.

»Leon!« Erleichtert erkannte ich seine Umrisse, als er sich aufrichtete. »Hast du den Quader gefunden?«

Er stand nur still da, rührte sich nicht, etwas an seiner Haltung kam mir seltsam vor, passte nicht zu ihm. Etwas hatte sich verändert.

»Leon? Ist alles in Ordnung?«

Endlich regte er sich, ich hörte ihn tief ausatmen. »Ja«, sagte er. Seine Stimme klang belegt, und die paar Schritte, die er benötigte, um zu mir zu kommen, wirkten schleppend. »Alles in Ordnung. Ich hab den Eingang gefunden. Komm.« Er streckte mir die Arme entgegen, um mir hochzuhelfen, dabei bemerkte ich, dass seine Hände zitterten und feucht waren.

Ich setzte an, etwas zu sagen, doch ein Blick in sein Gesicht, das mir selbst in der Dunkelheit ganz grau erschien, hielt mich davon ab. Seine Augen sahen mich an und gleichzeitig durch mich hindurch, als nähmen sie etwas wahr, das sich nur in seinem Innern abspielte. Dann riss er sich zusammen.

»Wir haben einen Weg vor uns, der anstrengend für dich wird.«

»Ist wirklich alles in Ordnung mit dir?«, vergewisserte ich mich und ignorierte seine Bemerkung.

»Ja. Ich sag doch, der Weg ist nicht ohne, besonders nachts, nur mit der Taschenlampe bewaffnet.«

Noch immer nicht gänzlich überzeugt, gab ich auf, weiter in ihn zu dringen. Je länger wir allerdings über das Gelände des Forums liefen, desto mehr schwand mein Verdacht, dass Leon mir etwas verschwieg. Er musste mich ständig stützen oder ziehen, einmal sogar fast tragen. So schlimm hatte ich mir das nicht vorgestellt. Es ging auf den Hügel oberhalb des Tempels und von dort über holprige Wege, vorbei an eingefallenen und erhaltenen Mauern, an Säulen und herumliegenden Steinbrocken, bis er endlich vor den Resten eines Rundbogens stehen blieb.

»Das muss mal eine vornehme Villa gewesen sein«, sagte er und leuchtete mit der Taschenlampe an eine Mauer mit einem gut erkennbaren Wandgemälde, das eine gesichtslose Gestalt mit einer Obstschale zeigte. Daneben befand sich die Hälfte einer Türöffnung, die wir durchschritten und anschließend ein paar Stufen eine ausgetretenen Treppe hinabstiegen, über uns sternenklarer Himmel. Am Ende der Treppe erwartete uns ein ehemaliges Kellergewölbe, auch dies ohne Dach, und darin lag, umgeben von einigen dichten Sträuchern, ein großer Steinquader.

Ehrfürchtig trat ich ganz nah an den Quader, berührte den Stein, der sich nicht kalt, sondern angenehm warm anfühlte. »Wenn du jede Ruine im Forum so gründlich abgesucht hast wie diese, grenzt es an ein Wunder, dass du bloß drei Stunden gebraucht hast.«

Leon neigte den Kopf zur Seite und sah mich halb amüsiert, halb ärgerlich an. »Soll das heißen, du glaubst, ich wär einfach zur Tarnung so lange weg geblieben, während ich in Wirklichkeit genau wusste, wo das Ding ist? Meine Güte, Juta, ich dachte, du wärst über das Stadium des Misstrauens hinaus.«

Ich konnte ihm diese Reaktion nicht verübeln. »Nein, ich wollte nur sagen, dass das eine beachtliche Leistung ist und vielleicht auch ein bisschen Glück.«

»Das beruhigt mich. Tatsächlich ist es das Ergebnis von stundenlangem Nachdenken, dazu hatte ich heute Nachmittag ja viel Zeit. Du hast da was gesagt, was mir nicht aus dem Kopf ging, nämlich dass Como der Letzte der Ersten ist. Wer war der Erste der Ersten? Oder die Erste? Eine Quelle ist immer ein Anfang, aus ihr entspringt Leben. Es hätte auch die Heilige Quelle in Bath sein können, aber Bath war nur eine Station auf dem Weg, der uns mit Hilfe von Juturnas Schlüsseln weiter nach Rom geführt hat. Folglich liegt der Ursprung hier und das Ende ebenso, falls man es so nennen kann. Eigentlich gibt es nämlich kein Ende, ebenso wenig wie Como sterben darf. Deshalb bin ich überzeugt, dass er dort ist, wo es kein Ende, sondern einen Kreislauf gibt – beim Ursprung der Quelle.«

Ich war zu demselben Schluss gelangt, mit dem Unterschied, dass das bei mir nicht auf Logik, sondern auf Intuition beruhte.

»Kreislauf?«, fragte ich trotzdem dazwischen.

»Wasser«, nickte er – und ich verstand.

»Alles Leben kommt aus dem Wasser«, sagte ich mehr zu mir selbst, »und Wasser ist Teil eines immerwährenden Kreislaufs. Das Wasser des Meeres oder von Flüssen verdunstet, gelangt als Luftfeuchtigkeit in die Atmosphäre, dann kondensiert es, es bilden sich Wolken, und es kehrt als Regen oder Schnee zurück auf die Erde und sickert in den Boden. Es kehrt sozusagen zurück zur Quelle.«

»Genau. Ich habe also Tempel und Quelle als Mittelpunkt betrachtet und bin dann konzentrisch von innen nach außen alles abgegangen. Kein Wunder, sondern ganz einfach.«

»So gesehen hast du viel zu lange gebraucht«, spöttelte ich und war überrascht, dass Leon mein Lächeln nicht erwiderte, sondern kommentarlos einen Schritt auf den Quader zu machte. Mit der Taschenlampe leuchtete er eine Seite an.

»Hast du die lateinischen Inschriften bemerkt?« Ohne meine Antwort abzuwarten, las er vor und übersetzte gleich mit: »*Hic locus est, partis ubi se via findit in ambas,* Hier ist die Stelle, wo sich der Weg in zwei Richtungen trennt. Nach dem ersten Buchstaben zu urteilen wäre das dann wohl das H von dem kleinen Würfel und der erste Teil der Quecksilberformel.« Er umrundete den Quader weiter. »Das G, zweiter Teil der Quecksilberformel: *Grave ipsius conscientiae pondus,* Schwer ist die Last des Gewissens selbst. Dann das N: *Neminem time, nosce te ipsum,* Fürchte niemand, erkenne dich selbst, und das A: *Amor vincit omnia,* Die Liebe überwindet alles. Damit wäre die Natriumformel komplett.« Zum Schluss fiel der Lichtstrahl auf die obere Fläche des Würfels: »Hier ist nichts, abgesehen von einem kaum mehr erkennbaren Relief eines Gorgonenkopfes, das übrigens auch hinter jedem der Sätze den Schlusspunkt bildet. Das S dürfte auf der Unterseite des Quaders sein. Ich frage mich, ob diese Sprüche was zu bedeuten haben.«

Mir war wieder schwindelig, aber wenigstens hielten sich momentan die Schmerzen in Grenzen. »Wahrscheinlich«, gab ich zurück. »In dieser Geschichte ist nichts ohne Bedeutung. Viel wichtiger finde ich allerdings, wie wir den Quader von der Stelle bewegen. Unter dem S liegt mit Sicherheit der Eingang, den wir suchen, der Zugang zur Quelle. Das Teil wiegt bestimmt Tonnen, und ich bin froh, dass ich es überhaupt bis hierher geschafft habe.«

»Er ist vermutlich weniger schwer als er wirken soll«, widersprach Leon. »Como muss es allein fertig gebracht haben, den Stein zur Seite zu schieben und dann wieder an seinen Platz zu bringen, zu einem Zeitpunkt, zu dem er selbst schon geschwächt war.«

Da war was dran. Gemeinsam versuchten wir, den Quader von der Stelle zu bewegen, aber diesmal funktionierte Leons Logik leider nicht.

Wir waren so weit gekommen, Como wartete irgendwo da unten, und wir saßen fest.

Aus Verzweiflung und Wut hämmerte ich mit der Faust auf das Relief mit dem Gorgonenkopf. Leon war meiner sinnlosen Geste gefolgt. »Wie war noch mal die Reihenfolge der Formeln?«, erkundigte er sich.

»Quecksilber, Schwefel, Natrium. Warum?«

»Lass mich was ausprobieren.« Er hockte sich vor das Zitat, das mit H begann, und fuhr mit dem Zeigefinger über den Punkt am Ende des Satzes, den Gorgonenkopf. Als er darauf drückte, machte es kaum hörbar »Klick« im Innern des Quaders. Leon sah hoch, sein Blick traf meinen. »Soll ich weiter machen?« Eine eher rhetorische Frage. Nacheinander drückte er auf die anderen Gorgonenköpfe, jedes Mal ertönte ein Klicken, doch als er mit allen durch war, tat sich nichts.

»Kein Wunder«, sagte ich. »Das S fehlt.«

Leon richtete sich auf und betrachtete die obere Seite des Würfels. Ein befriedigtes Lächeln schlich sich in seine Züge. »Wenn Sie bitte den magischen Knopf betätigen wollen!« Damit deutete er auf das Gorgonensymbol, das nicht mehr mit dem Stein verschmolz, sondern etwa einen Zentimeter herausragte.

Mit zitterndem Finger drückte ich ihn zurück in den Würfel, der daraufhin sehr langsam zur Seite schwang. Staunend beobachtete ich, wie unter dem Quader eine dunkle Öffnung sichtbar wurde. »Ist dieser Mechanismus nun uralt oder neueren Datums?«

Leon zuckte mit den Schultern. »Frag das Como, wenn wir ihn gefunden haben.« Er deutete die ausgetretenen Steinstufen hinab. »Nach dir.«

5.

Geh du vor«, bat ich. »Du hast die Lampe.«

Leon ließ das Licht der Taschenlampe über die Stufen gleiten, die scheinbar in ein dunkles Nichts führten, bevor er in der Öffnung verschwand. Ich folgte ihm langsam. Meine Knie erinnerten an Gelatine, leichte Übelkeit überfiel mich, wobei ich nicht unterscheiden konnte, ob das die vertrauten Symptome waren oder vielmehr meine Angst gepaart mit angespannter Erwartung.

Nach einigen Stufen hörte ich über mir ein schabendes Geräusch. Ich sah zurück und erkannte einen Teil des Sternenhimmels, der im selben Maß schrumpfte, in dem sich der Quader langsam an seine ursprüngliche Position zurückschob. Offensichtlich war automatisch ein entsprechender Mechanismus ausgelöst worden.

»Leon?«, rief ich. »Leuchtest du mal nach oben?«

Er kam mir entgegen und richtete die Lampe auf den Würfel. Inzwischen waren anderthalb Worte eines Satzes zu lesen, der mit S begann: *Similia similib …*

»*Similia similibus curentur*«, vervollständigte ich, noch bevor alles zu lesen war. »Ähnliches wird durch Ähnliches geheilt, der Grundsatz der Homöopathie. Es wäre sensationell, wenn der schon zu Juturnas Zeiten gegolten haben sollte.«

»Das klärt vielleicht deine Frage nach dem Alter des Würfels. Jedenfalls ist er gut gemacht, ich wette, jeder hält ihn für antik.«

Nachdem kein Schimmer des Nachtlichts mehr zu uns drang, stiegen wir die nicht enden wollenden Stufen weiter hinab. Die Luft wurde immer stickiger, selbst Leon schwitzte, zumal er mich auch noch stützen musste. Am Fuß der Treppe standen wir vor einer Weggabelung. Über beiden Gängen waren römische Zahlen in den Fels gehauen.

»Hier ist die Stelle, wo sich der Weg in zwei Richtungen trennt«, zitierte Leon sarkastisch den ersten Spruch. Ich merkte ihm an, dass er viel von seiner Ruhe verloren hatte. Massen von Stein über und das Unbekannte vor uns trugen kaum dazu bei, gelassen zu bleiben.

»Wir haben uns bisher immer nach den Formeln gerichtet«, sagte ich und rutschte an der Felswand entlang zu Boden. Mittlerweile waren auch meine Arme aus Gummi, ich konnte mir nicht mal mehr den Schweiß aus dem Gesicht wischen. »Das muss hier auch gehen.«

Undeutlich, als hätte ich Watte in den Ohren, hörte ich Leon laut nachdenken. »Das ist keine der Zahlen, die in den Formeln vorkommen.«

»Das wäre ... zu einfach«, flüsterte ich. »Es sind Formeln. Mach was damit ...« Und beeil dich, fügte ich in Gedanken hinzu. Ich kann nicht mehr!

Leon ließ sich neben mir nieder, öffnete seinen Rucksack und holte einen Notizblock heraus. Mit Kugelschreiber begann er auf einer freien Seite ein Gitternetz zu zeichnen, das mich an Schiffeversenken erinnerte. Dann begriff ich, was er tat: Er errechnete die Summen der Zahlen der einzelnen Formeln.

Paris	Bath	Salzburg
I.	II.	III.
Hg	S	Na
80	16	11
6	3	3
86	19	14

Die erste vertikale Summe, die zum Quecksilber passte, war 86. Aber weder über dem rechten noch über dem linken Gang stand die entsprechende römische Ziffer. Leon rechnete weiter, bis er zum Natrium kam. Dort ergab die Summe 14, und über dem linken Gang stand deutlich XIV.

»Also links«, sagte ich und erhob mich mühsam.

Leon blieb allerdings sitzen und runzelte die Stirn. »Warum ändert sich das Schema? Bisher haben wir uns immer nach der Reihenfolge Paris, Bath, Salzburg gerichtet, und jetzt soll sich das plötzlich umkehren? Ich weiß nicht …«

»Aber es ist die einzige Zahl, die passt«, wandte ich ungeduldig ein.

»Warte noch einen Augenblick«, sagte Leon. Er fügte der Tabelle eine Zeile hinzu.

Paris	Bath	Salzburg
I.	II.	III.
Hg	S	Na
80	16	11
6	3	3
86	19	14
14	**10**	**5**

Triumphierend zeigte er auf die 14, die nun unter Paris stand. »14 ist die Quersumme von 86.«

»Na und? Das Ergebnis ist dasselbe. Wir müssen nach links.«

»Ja«, erwiderte Leon. »Hier ist es vielleicht gleichgültig, aber das kann sich schnell ändern.«

Wir liefen weiter, so schnell es mir möglich war, bis wir zur nächsten Gabelung kamen. Dankbar für die Pause nahm ich einen Schluck Wasser aus der letzten Flasche, die Leon auf seiner Suche nach dem Quader zur Hälfte geleert hatte. Es durchströmte mich wohltuend, würde aber nicht ewig anhalten.

»Noch mal links«, sagte er, nachdem er zur doppelten Absicherung seinen Zettel konsultiert hatte. Über dem Gang stand X.

Bei der dritten Abzweigung richteten wir uns nach der V und wandten uns nach rechts.

»Das müsste es gewesen sein«, stieß ich erleichtert hervor. »Mehr Quersummen gibt's nicht.«

Leon schwieg, und bald erkannte ich, dass sein Pessimismus angebracht war, wir standen vor der vierten Gabelung. »Dachte ich mir«, sagte er und vervollständigte das Gitternetz mit zwei weiteren Spalten um die horizontalen Summen und Quersummen:

Paris	Bath	Salzburg		
I.	II.	III.		
Hg	S	Na		
80	16	11	107	**8**
6	3	3	12	**3**
86	19	14		
14	**10**	**5**		

Mir war ein Rätsel, wie er überhaupt noch rechnen konnte, selbst wenn es sich nicht um Einstein-Gleichungen handelte. Mein Kopf war nur noch leer, ich überließ mich Leons Führung, wankte neben ihm zuerst in den Gang mit der VIII und dann in den, der die Nummer III trug. Dieser letzte war länger als die vorigen, es ging auf und ab, es gab ein paar Biegungen, aber keine weitere Gabelung mehr. Stattdessen kamen wir vor einem Tor an, das in dieser Umgebung so deplatziert wirkte wie nur irgendwas: Es war aus dickem Stahl und ausgestattet mit einem elektronischen Sicherheitssystem in Form eines kleinen Kästchens mit Tastenfeld und einem blinkendem roten Lämpchen.

»Wieder ein Zahlencode?«, fragte ich schwach. »Was denn nun noch?«

Leon zeichnete weiter.

Paris	Bath	Salzburg		
I.	II.	III.		
Hg	S	Na		
80	16	11	107	**8**
6	3	3	12	**+ 3**
86	19	14		**= 11**
14	**+ 10**	**+ 5**	**= 29**	

»Die Summe der Quersummen ergibt 40, und davon die Quersumme wiederum 4«, murmelte er. »Nur eine einzige Zahl?« Er schaute auf das Tastenfeld. »Das wäre ein bisschen wenig.«

In der Tat. Selbst wenn wir dieses Mal auf das Ziehen der Quersumme verzichteten und bei der 40 blieben, schienen mir zwei Zahlen ebenso unwahrscheinlich wie eine.

Leon zog noch einmal seine Tabelle zu Rate. Laut begann er zu überlegen. »Bisher haben wir immer die lateinischen Zahlen in römische umgewandelt und die dann über den entsprechenden Gängen gefunden. Die römische Darstellung der 40 ist XL.«

»Auf dem Tastenfeld sind keine Buchstaben, sondern Zahlen«, wandte ich ein.

»Stimmt. Aber was wäre, wenn wir XL auflösen? In X für 10 und L für 50. Dann hätten wir 1050.«

»Versuch's!«, forderte ich ihn nach kurzem Überlegen auf.

Leon nickte. Dennoch schwebte sein Zeigefinger eine Weile unentschlossen über dem Tastenfeld, weil niemand von uns ahnen konnte, was passierte, falls er die falsche Kombination eingab. Doch dann überwand er sich. Jede eingetippte Zahl löste ein elektronisches Piepen aus – und am Ende glitt das Stahltor langsam und fast geräuschlos zurück.

Waren wir am Ziel? Bei Como? Ungewollt kam mir in den Sinn, dass möglicherweise gar nicht Como selbst das Ziel war, wie ich bisher angenommen hatte, sondern dass er mich aus einem bestimmten Grund an diesem Ort haben wollte.

Die Antwort darauf würde sich noch etwas hinauszögern. Das Stahltor hatte sich ganz geöffnet und ließ den Blick frei auf eine Art Zwischenraum mit einem weiteren, kleineren Tor. So in etwa stellte ich mir den Hochsicherheitstrakt in Guantánamo vor.

Ich stöhnte. »Wie um alles in der Welt kommen wir da durch?«

»Keine Ahnung, aber ich bezweifle, dass uns die Formeln hier noch helfen«, sagte Leon. »Das da vorn sieht aus wie ein Scanner, für Fingerabdrücke oder Augenlinsen, was weiß ich. Leg doch mal deinen Daumen auf das Feld. Wenn Como dich erwartet, sollte das System darauf vorbereitet sein.«

Wir traten gemeinsam in die Kammer, Leon ein Stück hinter mir. Da schloss sich ohne Vorwarnung das Stahltor in unserem Rücken, und das Gerät, das Leon als Scanner bezeichnet hatte und von dem mich nur noch zwei Schritte trennten, erwachte zum Leben. Zuerst sah es so aus, als drängen kleine blaue Blitze daraus hervor, dann bündelten sich die Blitze zu einem Laserstrahl, der sich in einem Punkt über meinem Kopf zentrierte und sich so weit senkte, bis er zwischen meinen Augen auftraf. Ich stand ganz still, spürte aber seltsamerweise keinerlei Panik, wartete nur, was weiter geschah. Der blaue Strahl breitete sich aus und glitt an meiner Gestalt entlang, bis er mich komplett einhüllte. Das Ding war tatsächlich eine Art Scanner, allerdings nicht nur für Fingerabdrücke, es ging sehr viel gründlicher vor. Das Gefühl war durchaus angenehm, die wohltuende Kühle des Laserstrahls empfand ich wie einen Wasserfall.

Ich breitete die Arme aus, und sofort passte sich der Strahl meiner Bewegung an, auch als ich die Handflächen nach oben richtete, wie um das »Wasser« aufzufangen. Weiche Wellen flossen über meine Hände, über meine Arme und an meinem Körper hinab. Es war unglaublich, ich hätte ewig dort stehen und diese Energie auffangen können. Doch schließlich sammelte sich der Strahl erneut zu einem winzigen Punkt zwischen meinen Augen und zog sich zurück in den Scanner. Damit wich die Energie von mir, ich spürte erneut die Schwäche in meinem Körper, schwankte und musste mich abstützen.

»Mein Gott«, hörte ich Leon fassungslos murmeln, den ich während des ganzen Vorgangs überhaupt nicht wahrgenommen hatte. »Du hast ausgesehen wie eine leibhaftige Wassernymphe.«

Das zweite Tor schob sich zur Seite. Vor uns lag eine weitläufige Grotte, die nicht von Menschenhand in den Stein gehauen, sondern natürlich entstanden war. In der Grotte schimmerte warmes Licht. Ich erwartete Wasser von den Felswänden laufen zu sehen, das von Schalen aufgefangen wurde, aber die Felsen waren trocken. Trotzdem wusste ich, dass es einmal so gewesen war, vor sehr, sehr langer Zeit. Wenn das Wasser auch nicht von den Felsen lief, hörte ich doch ein leises Gluckern, irgendwo sprudelte zögerlich eine Quelle. Da. Im Zentrum der Grotte war ein

Becken in den Boden eingelassen, aus dessen Mitte ein winziger Wasserstrahl emporquoll.

»Juturna.«

Beim Klang der vertrauten und zugleich fremden Stimme schrak ich auf. Ich machte meinen ersten zögernden Schritt in die Grotte hinein und suchte die Richtung, aus der die Stimme gekommen war.

Hinter dem Marmorbecken hockte an einem Felsen ein Mann mit wirrem schwarzem Haar, halb liegend, halb sitzend, ausgemergelt und blass.

»Juturna«, wiederholte er und hob den Blick. In seinen Augen brannte eine schwache Glut, die einmal ein Feuer gewesen war.

Erst einen Schockmoment später erkannte ich, dass wirklich Como dort saß – und dass er mich gemeint hatte, als er den Namen der Göttin aussprach.

6.

Ich wollte auf ihn zustürzen, ihn berühren, mich versichern, dass ich nicht unter Halluzinationen litt, wollte etwas tun, damit es ihm besser ging. Er bot so einen erbärmlichen und mitleiderregenden Anblick, dass es mir das Herz zerriss. Ich wollte alles gleichzeitig und war zu überhaupt nichts fähig.

»Como«, wisperte ich. Meine Knie hielten mich am Ende nicht mehr, doch ein Arm packte meinen und hielt mich aufrecht. Ich lehnte mich an die Gestalt, der ich nicht mal mehr einen Namen geben konnte. Intensiv und unverwandt war mein Blick auf Como gerichtet, es gab nichts anderes, nur Comos Augen, die sich plötzlich weiteten, als er zur Seite schaute, neben mich.

Ich sah, wie er zurückwich, wie er versuchte, mit dem Felsen, an dem er lehnte, zu verschmelzen, ich sah, wie sich in einem Bruchteil von Sekunden auf seinem Gesicht Überraschung, Entsetzen, Wut, Enttäuschung und Angst widerspiegelten. Selbst der klägliche Rest verbliebener Kraft schien ihn zu verlassen. Er schnappte nach Luft, die in einem einzigen Wort wieder entwich:

»Clavis ...«

Erschrocken von diesem Wort, das zum Synonym für das Böse geworden war, erschrocken, dass Como es ausgerechnet jetzt aussprach, wo ich endlich bei ihm war, drehte ich langsam meinen Kopf nach links.

Leon stand da. Noch immer hielt er mich fest, scheinbar ohne es überhaupt zu bemerken. Stattdessen starrte er zu Como hinüber. Als er mich abrupt los ließ, wäre ich fast gestürzt, doch darauf achtete Leon nicht. Er ging auf Como zu, setzte einen Schritt vor den nächsten. Comos Blick war mittlerweile so ausdruckslos wie Leons, und dennoch hatte ich den Eindruck, dass Blitze flogen, als lade sich Elektrizität auf, die, wenn sie sich entlud, hier unten den Armageddon auslösen konnte.

Nur einen halben Meter vor Como blieb Leon stehen und schaute auf ihn herunter. Was sich da abspielte, erinnerte mich exakt an das Duell zwischen Leon und Tobias in Salzburg. Sie waren einander nie begegnet und wussten doch alles, was es über den anderen zu wissen gab. Anders als damals in Salzburg allerdings wusste Leon offenbar nicht, wer dieses endlose Duell gewinnen würde. Ich sah nur seinen Rücken, doch das reichte, um zu erkennen, dass sein Körper zum Zerreißen gespannt war. Er hatte Angst, genau wie Como vorhin, nur aus einem anderen Grund.

Ganz langsam, vorsichtig streckte er Como seine Hand entgegen, schweigend und doch vielsagend, auch wenn ich es nicht verstand. Como dagegen schien zu begreifen und eine gewisse Zeit zu brauchen, bis er glauben konnte, was geschah. Er lehnte sich ein kleines Stück vor, stützte eine Hand auf den Boden, während er die andere Leon reichte, der sie umschloss und Como hochzog, bis sie aufrecht voreinanderstanden.

Como überragte Leon ein wenig und wirkte sehr viel älter, obwohl er eigentlich jünger war. Er schwankte leicht, und Leon stützte ihn, aber nur so viel wie eben nötig. Dabei kommunizierten sie ständig miteinander, auf eine Art, die mich ausschloss. Bis sie sich im selben Moment zu mir umdrehten.

Leon gehörte zu *Clavis.* Dabei konnte ich ihm nicht mal vorwerfen, mir das verschwiegen zu haben, es hatte es ja in Paris so gut wie zugegeben, allerdings um mich genau dadurch von meinem Verdacht abzubringen. Como dagegen hatte es sofort gespürt – und dann etwas, das mehr wog als alle Gefahr, die von *Clavis* ausging: Leon war nicht länger sein Feind.

»Was …«, begann ich.

Como schüttelte den Kopf, wovon ihm offenbar schwindelig wurde. Er fuhr sich mit der Hand über die Augen und tastete blind nach dem Felsen hinter ihm. Er würde fallen, und ich wäre nicht schnell genug bei ihm, um es zu verhindern. Aber Leon stand bereit. Er half Como, sich wieder hinzusetzen, griff nach einem Tuch, das auf dem Boden lag und wischte ihm den Schweiß von der Stirn. Noch immer schweigend.

Weshalb machte mich diese Szene so wütend? Natürlich: Ich hatte eine Menge durchgemacht, um hierherzukommen, ich war verfolgt und niedergeschlagen worden, hatte mein Gedächtnis verloren, war ständig auf Achse gewesen und hatte all das auf mich genommen, um Comos Ruf zu folgen. Ich sollte es sein, die für ihn sorgte.

Ich war eifersüchtig! Auf Leon! Ich machte einen Schritt vorwärts, kam aber nicht weit. Eine Schmerzwelle durchzuckte mich, dabei hörte ich undeutlich, dass Como zur gleichen Zeit gequält aufstöhnte. Und ich hörte noch etwas, die ersten Worte, die laut zwischen ihm und Leon gesprochen wurden.

»Hilf ihr, sie schafft es nicht allein«, sagte Como.

Leon ließ ihn zurück und kam zu mir herüber. Inzwischen war ich auf die Knie gesunken. Die Anstrengung, die es Como gekostet hatte aufzustehen, zollte nun ihren Tribut, bei ihm und bei mir. Mir war schwarz vor Augen, aber ich bekam mit, dass Leon mich zu Como bringen wollte.

»Nein, führ sie zur Quelle.« Comos Stimme klang leise und schwach. »Juta, du musst von dem Wasser trinken. Es ist Juturnas Quelle, sie wird dich heilen.«

Ich stellte keine Fragen, ich trank, und mit jedem Schluck des kühlen Wassers strömte das Leben in mich zurück. Ich nahm die Kraft in mein Innerstes auf und fühlte, dass sie mich nicht wieder verlassen würde. Ich wurde stärker, je mehr ich trank, ich konnte mich bewegen, in meinem Kopf herrschte Klarheit, ich war frei von Schwindel, Übelkeit und Schmerz, als ich mich aufrichtete. Ich war wieder ich selbst und noch viel mehr, auch wenn es mir nicht gelang zu erfassen, was dieses »Mehr« war.

Ich stand auf, ganz allein, ohne Leons Hilfe, der zurücktrat, als wolle er Distanz zwischen uns bringen. Ich spürte seinen Blick auf mir ruhen, doch als ich ihm begegnete, schlug er die Augen nieder. Ganz kurz nur sah ich zwei Dinge: Ein schlechtes Gewissen war das Erste. Das andere war komplexer. Leon ermutigte mich, etwas zu verstehen und zu akzeptieren, etwas, das ich war. Ein Teil von mir weigerte sich, ein anderer, mir unbekannter Teil gab Leon Recht.

Das bist nicht du!, sagte eine innere Stimme. Das ist jemand anders, jemand Fremdes. Eine zweite Stimme antwortete sofort, eine Stimme, die meine war und doch auch wieder nicht: Falsch. Genau das bist du! Es ist *in* dir. Como sieht es, hat es schon immer gesehen, sonst wärst du nicht hier. Und Leon sieht es auch. Du hast dich gefragt, was du bist, als du deine Seele in seinen Augen widergespiegelt sahst. Du kennst jetzt die Antwort, lauf nicht vor ihr davon.

Etwas geschah mit mir, das von dem Wasser der Juturna-Quelle ausging, es hing mit der Nymphe zusammen. Sicher war das wichtig, aber vor allem war ich Comos wegen hier, nicht meinetwegen. Von dem Marmorbecken der Quelle zu dem Platz, an dem Como am Felsen lehnte, musste ich nur ein paar Meter zurücklegen. Sie kamen mir länger vor als die ganze Reise, die hinter mir lag. Schließlich setzte ich mich neben Como auf den Boden, und wir sahen einander in die Augen. Ich hatte oft gehört, dass man sein Leben im Schnelldurchlauf an sich vorüberziehen sieht, wenn man stirbt. Dasselbe geschah gerade mit mir. Jeden einzelnen Moment, den Como und ich geteilt hatten, durchlebte ich erneut, das Glück und die Liebe. Die Trauer schloss ich aus, es gab nur noch die Liebe, die jetzt eine andere Dimension erreichte. Es war nicht mehr die Liebe einer Frau zu einem Mann, sondern die bedingungslose Liebe, die wir einander als Kinder entgegengebracht hatten.

Como lächelte. »Kannst du mir verzeihen?«

»Du bist damals nicht freiwillig gegangen«, antwortete ich. »Was sollte ich dir also verzeihen? Außerdem: Wenn ich dir immer noch was nachtragen würde, hätte ich mir kaum die Mühe gemacht, dich zu suchen.«

»Oh, ich bin nicht sicher, ob ich mir das auf meine Fahne schreiben darf«, grinste Como verhalten. Er sprach leise, die Silben kamen ihm nur mühsam über die Lippen. »Du hattest keine große Wahl, du trägst die Verantwortung und musst ihr gerecht werden. Ich hab wenig damit zu tun, ich bin nur zufällig derjenige, der dich daran erinnern musste.«

Diesen Satz mit der Verantwortung hörte ich das erste Mal laut ausgesprochen. Ich verstand ihn immer noch nicht ganz, auch wenn ich zu ahnen begann, wohin mich das alles führte. Trotzdem knüpfte ich an etwas anderes an.

»Zufällig, ja? Diesen Ausdruck hab ich aus meinem Wortschatz gestrichen, und nicht mal du wirst mich dazu bringen, wieder an Zufälle zu glauben.«

»Du hattest schon immer deinen eigenen Kopf, Ninfea.«

Wie lange hatte ich das alte Kosewort nicht mehr ausgesprochen gehört! Ich erhob mich und ging zur Quelle, wo ich meine Hände in das Wasser tauchte. Sie waren noch nass, als ich an meinen Platz neben Como zurückkehrte und mit meinen Fingern über sein Gesicht und über seine Arme strich. Das Quellwasser benetzte seine Haut, schien sie zu wärmen, während ich es behutsam verteilte. Ein Schauder durchlief seinen Körper, seine Hände fanden meine, mit erstaunlich festem Griff hielt er sie, als wolle er sie nie mehr loslassen. Seine Augen blickten klarer, und als er sprach, war seine Stimme ruhig.

»Juturna«, wiederholte er das erste Wort, das er an diesem Tag an mich gerichtet hatte. »Du spürst es, du spürst ihre Kraft in dir und du weißt sie instinktiv einzusetzen.«

Ich zuckte etwas unbehaglich mit den Schultern. Was sich begann, mir zu offenbaren – und das galt für eine Menge Dinge, die sich ereignet hatten –, war mir immer noch unheimlich.

»Das heilige Wasser ist ein Hilfsmittel für dich, Ninfea, zusammen mit deinen Händen kann es Wunder wirken.«

»Aber warum …«

»Weil du Juturnas Tochter bist.«

7.

Obwohl etwas in der Art seit einiger Zeit in meinem Kopf herumgespukt hatte, traf es mich wie ein Hammerschlag. Das war einfach verrückt, ich war nicht die Tochter einer römischen Nymphe, ich war die Tochter von zwei ganz normalen Menschen, die noch immer in Lüneburg lebten, wo ich geboren und aufgewachsen und Como zum ersten Mal begegnet war. Jede andere Erklärung gehörte ins Reich der Fantasie.

Wie kam es dann, dass dieser eine Satz – *Weil du Juturnas Tochter bist* – so einleuchtend klang?

»Ich sollte am besten von vorn anfangen. Du hast noch eine Aufgabe zu erfüllen, das kannst du nur, wenn du die Zusammenhänge verstehst und nicht nur fühlst, dass es richtig ist.« Como machte eine kurze Pause. »Das heißt, falls wir Zeit genug dafür haben.«

Das war mehr eine Frage als eine Feststellung, und zu meiner Überraschung kam die Antwort ausgerechnet von Leon, der sich im Hintergrund hielt, als wäre er vollkommen unbeteiligt. »Ja, ich denke schon.«

Como wandte sich direkt an Leon, ließ mich aber nicht los. »Was ist mit Mortimer Grey?«

»Was?«, fragte ich geschockt.

»Bist du sicher, dass er euch nicht gefolgt ist?«, überging Como mich, sein Blick nach wie vor auf Leon gerichtet.

»Mach dir keine Sorgen wegen Mortimer, wir sind hier sicher.«

Ja, dachte ich, in der Grotte schon. Dieser Scanner, der mich so gründlich abgetastet hatte, würde niemanden sonst hineinlassen, es sei denn, er wäre in meiner Begleitung wie Leon vorhin. Das Tor würde verschlossen bleiben, davon war ich überzeugt. Aber wenn wir diesen Ort verließen? Ich erinnerte mich deutlich daran, dass ich am Mittag oberhalb des Forum Romanum geglaubt hatte, beobachtet zu werden. Ebenso an das Gefühl, dass Leon gelogen hatte, als er es abstritt.

»Nein!«, rief ich. »Das stimmt nicht! Trau ihm nicht, Como!«

»Warum sollte ich dem Mann misstrauen, den du liebst?«, fragte Como milde und versetzte mir damit schon wieder einen Schock. »Du wärst nicht mit ihm hier, wenn du ernsthaft glauben würdest, er könnte uns verraten. Stattdessen hast du auf deinen Instinkt gehört, das einzig Verlässliche, was man tun kann.«

»Ach ja? Deine Vorfahren haben damit aber ziemlich viel Pech gehabt, oder? Vielleicht hätten sie mal ihren Verstand einschalten sollen, dann wären sie nicht ermordet worden. Selbst Jake scheint am Ende drauf reingefallen zu sein, und er war der gescheiteste Junge, der mir je begegnet ist. Wie kannst du jemandem vertrauen, der mit *Clavis* zu tun hat?«

»Jake?« Como sah mich fragend an.

»Dein Vater.«

»Oh«, nickte er verstehend. »Entschuldige, es ist nur, dass ich mich an diesen Namen von damals nicht gewöhnen kann, auch wenn er mir von seiner Kindheit und von eurer Begegnung erzählt hat.«

»Du weißt davon?«

»Sicher. Ich würde die Geschichte gern mal aus deiner Perspektive hören, aber im Augenblick gibt es Wichtigeres.« Como starrte auf unsere ineinander verschränkten Hände, bevor er den Faden wieder aufnahm. »Zweifellos hat sich meine Familie immer mal wieder geirrt und den falschen Leuten vertraut, aber wir sind bloß Menschen, du dagegen bist die Tochter Juturnas.«

»Hör auf damit! Wie kann ich die Tochter einer Nymphe aus der römischen Mythologie sein, so was gibt's nicht! Was auch immer mich hergeführt hat und was mich mit dir und deiner Familie verbindet – nenn es meinetwegen Schicksal, aber erzähl mir nichts von Quellgöttinnen, von denen ich abstamme.«

»Du darfst das nicht zu wörtlich nehmen«, erklärte Como. »Ich habe nicht behauptet, dass du in direkter Linie von Juturna abstammst. Du bist vielmehr ihre …« Er stockte, weil ihn Schmerzen quälten. Nach ein paar Sekunden war es ihm gelungen, sie weit genug zu unterdrücken, um fortzufahren. »Nenn es ihre spirituelle Tochter. Juturna wacht seit langem über uns und sieht schon einige Zeit den Punkt kommen, an dem eine

Entscheidung getroffen werden muss. Sie hat dich auserwählt, in den Lauf des Schicksals einzugreifen.«

»Welchen Lauf des Schicksals, welche Entscheidung? Eingreifen worin?« Comos Erklärungen warfen nur noch mehr Fragen auf. »Und warum sollte sie ausgerechnet mich ausgewählt haben? Es muss doch außer mir noch Millionen andere geben, die dasselbe tun könnten wie ich. Was ist Besonderes an mir?«

Comos Blick war schwer zu deuten. Er schien amüsiert und auch etwas ärgerlich. »Ich hätte mir denken können, dass du das nicht einfach so hinnehmen kannst. Juturna hatte mit Sicherheit gute Gründe für ihre Wahl, auch wenn ich sie nicht kenne.« Den letzten Halbsatz sprach er leiser und zögernder, seine Augen schauten an mir vorbei, so dass ich mich fragte, ob er etwas vor mir verbarg. Dann jedoch hob der den Kopf und sah mich direkt an. »Mein Vater hat versucht rauszufinden, was dich mit Juturna und mit uns verbindet.«

Jake! Natürlich! Er war der Erste gewesen, der über mich Bescheid wusste. »Und?«, fragte ich atemlos.

Como zuckte bedauernd mit den Schultern, was erneute Schmerzen verursachte. Er verzog kurz das Gesicht. »Falls er Erfolg hatte, hat er das Geheimnis mit in den Tod genommen.«

»Meinst du …«, begann ich.

»Juta«, unterbrach mich Como. »Auch wenn es dir schwerfällt, glaub mir bitte. Die Zeit drängt, und ich muss dir noch eine Menge erklären, was alle deine übrigen Fragen beantworten wird.«

Ich wollte schon nachgeben, als ich mich erinnerte, dass wir ursprünglich darüber gesprochen hatten, ob wir Leon vertrauen konnten. »Wenn ich nicht die leibliche Tochter Juturnas bin oder von ihr abstamme, bin ich ein ganz gewöhnlicher Mensch. Der sich täuschen kann. Auch und vielleicht sogar erst recht in Bezug auf Leon.«

»Ich hab viel falsch gemacht, wofür ich sicher irgendwann in der Hölle schmoren werde«, schaltete sich Leon ein. »Aber trotz allem, was du von mir weißt: Es ist wahr, dass wir vor Mortimer sicher sind. Hör Como jetzt zu, du musst ein paar Dinge wissen, sonst hört das alles niemals auf.«

Ich schaute von Leon zu Como und dann zu Juturnas Quelle. Ich horchte in mich hinein. Was sagte der von Como beschworene Instinkt? Was hatte er die ganze Zeit über gesagt, in der ich mich zwar nie komplett von meinem Misstrauen befreien, es aber doch immer wieder überwunden und Leon auf meinem Weg mitgenommen hatte?

»Ninfea«, sagte Como leise, »vielleicht hilft dir das: Niemand wurde ermordet, auch nicht mein Vater. Was er tat, tat er mit meiner Hilfe und aus einem bestimmten Grund.«

Ich sah Jake vor mir, der mich mit seinen klugen Augen anschaute, und dann den erwachsenen Jascha und wollte nicht glauben, was Como da sagte, obwohl ich die Wahrheit dahinter spürte.

Erschüttert schloss ich die Augen. »Also gut. Erzähl, wie alles begann. Wenn dein Vertrauen in Leon gerechtfertigt ist, haben wir nichts zu befürchten. Wenn nicht, ist wahrscheinlich auch das vorherbestimmt. Wir haben ja nur unser Leben zu verlieren.«

»Das ist leider nicht alles«, widersprach Como. »Es hängt mehr davon ab, ob wir sterben oder nicht. Falls nicht, wird sich Leons Leben und das vieler anderer Menschen ändern. Sein Schritt in die richtige Richtung war sehr mutig.«

»Weiß nicht, ob ich es mutig finde, mich in den Mönchsbergkatakomben niederzuschlagen«, murmelte ich und streifte Leon mit einem Seitenblick. »Das hast du doch getan, oder nicht?«

Er besaß den Anstand, nicht wegzusehen. »Diese schlimmen Folgen hab ich nicht beabsichtigt. Ich wollte nur an dein Tagebuch.«

»Wie tröstlich.«

»Es tut mir leid, Juta, ehrlich. Aber es gab keine andere Möglichkeit, meine und die Interessen von *Clavis* unter einen Hut zu bringen, ohne zu verraten, dass die durchaus unterschiedlich waren. Ich würde dir das gern begreiflich machen. Später.«

Leon hatte Recht, ich war nicht hergekommen, um mich wie eine beleidigte Zicke aufzuführen, obwohl ich schon noch einiges zu sagen gehabt hätte.

»Bring mir noch einen Schluck Wasser, Ninfea«, bat Como, der merklich blasser geworden war. Ich tat sogar noch ein bisschen mehr. Wie um seine Behauptung, ich könne mit meinen Händen und dem Quellwasser

Wunder wirken, zu beweisen – oder sie zu widerlegen? – berührte ich damit erneut seine Arme, Hände und sein Gesicht. Und es half ihm auch diesmal ein wenig. Er lächelte hintergründig, als hätte er um meine Zweifel gewusst. Dann fasste er wieder nach meiner Hand.

»Es begann vor etwa tausendneunhundert Jahren, als Trajan in Rom herrschte«, begann er, »und der Tempel der Juturna errichtet wurde.«

8.

Vater, sieh her! Er ist wunderschön!«

Marcus Glabrio rollte mit den Augen und wünschte, seine Frau Sabina hätte ihn nicht überredet, Lusius schon wieder mit auf die Baustelle zu nehmen. Für einen Sechsjährigen war er meist recht vernünftig, aber ein Ort wie dieser versprach Abenteuer, und man konnte von einem kleinen Jungen schlecht erwarten, dass er still da saß und nur bei den Bauarbeiten zuschaute. Stattdessen tobten er und seine Spielgefährtin Claudia zwischen den Männern umher, versuchten, sich hier und da nützlich zu machen, und brachten damit alle durcheinander.

»Was hast du denn da?«, fragte Marcus und wischte sich Staub und Schweiß vom Gesicht.

Lusius streckte seinen Arm empor, er hielt einen Würfel aus Marmor in der Hand, in den das feine Relief einer Frauengestalt eingemeißelt war. »Ist sie das?«, wollte er wissen.

Prüfend nahm Marcus den Würfel entgegen. »Wo hast du den gefunden? Du musst ihn zurücklegen!«

»Ist sie es?«, wiederholte Lusius, ohne auf die Anweisungen seines Vaters zu achten.

»Ja, Lusius, und nun bring ihn zurück, damit er in den Tempel eingearbeitet werden kann.« Marcus wandte sich ab, um mit seiner Arbeit fortzufahren.

»Haaalt!«, brüllte plötzlich jemand. »Bei allen Göttern, Vorsicht!«

Nur einen Wimpernschlag später ertönte ein kleiner erschrockener Schrei, der abrupt abbrach. Entsetzte Stille breitete sich aus, selbst die Vögel hörten auf zu singen.

Marcus wusste sofort, was geschehen war, doch es fehlte ihm die Kraft, sich umzudrehen. Seine Beine gehorchten ihm nicht, sein Verstand versagte ihm den Dienst. Jemand fasste ihn an den Schultern, zwang ihn, die wenigen

Schritte zu bewältigen. Zuerst nahm er nur Claudia wahr, die bleich und mit weit aufgerissenen Augen auf den Boden starrte, auf etwas, das er sich weigerte zu sehen. Erst ein leises Stöhnen brachte ihn zur Vernunft.

Marcus versuchte, den Steinquader zu ignorieren, der einen Teil des Rumpfes und die Beine seines Sohnes unter sich begraben hatte, und kniete nieder. Lusius' Brustkorb hob und senkte sich zitternd.

»Lusius«, flüsterte er.

Die Lider seines Sohnes flatterten, er öffnete die Augen. »Vater? Sie ist schön, nicht wahr? Wir werden immerzu in ihren Tempel gehen und ihr Opfergaben bringen. Sie ist so wunderschön!«

Lusius' Lider flatterten erneut, dann schlossen sie sich ganz, ein letzter Atemzug entwich seinem Körper, er lag ruhig und friedlich da, ein kleines Lächeln auf den Lippen.

Am selben Abend schwor sich Marcus Glabrio, den Tempel niemals zu betreten. Er hatte bereits sein Opfer gebracht, größer als die Götter es erwarten konnten. Und er schwor ihnen ab – bis zu jenem Tag, an dem er die Weisheit seines Sohnes erkannte, denn sein Opfer war nicht umsonst gewesen. Sie, die Lusius so bewundert hatte, hatte nicht genommen, ohne zu geben. Nur so war zu erklären, was fortan in Marcus' Familie geschah.

Como hatte diese Szene in nur wenigen Worten geschildert, aber mir war fast, als erlebte ich sie mit. Ich spürte Lusius' Freude über Juturnas Schönheit ebenso wie die Qualen seines Vaters und das langsame Begreifen dessen, wie sich der Tod seines Sohnes auf die Familie auswirkte.

»Marcus, Sabina und Lusius waren deine Ahnen«, stellte ich fest, als Como einen kurzen Moment schwieg. »Und was Juturna ihnen geschenkt hatte, war die Fähigkeit, sich selbst zu heilen. Wie es bei deiner Narbe passiert ist und bei Jakes gebrochenem Bein.«

»Was meine Narbe betrifft, hatte ich Mühe damit, die Heilung rauszuzögern, damit du nicht dabei zusehen konntest. Solche kleinen Wunden schließen sich enorm schnell«, erklärte Como. »Für Marcus Glabrio und seine Nachfahren jedenfalls stand außer Frage, wer für diese Wunder verantwortlich war, besonders weil sie nicht nur die Fähigkeit der Selbstheilung bemerkten. Jupiter hatte Juturna die Unsterblichkeit geschenkt, und es schien, als habe Juturna auch davon einen winzigen Bruchteil weitergegeben. Viele Mitglieder der Familie wurden sehr viel älter, als es für damalige Verhältnisse normal war.«

»Wie Mortimer«, flüsterte ich. »Der Mann wirkt mindestens zwanzig, wenn nicht dreißig Jahre jünger. Aber das würde ja heißen …«

»… dass wir einen gemeinsamen Ursprung haben, genau. Aber lass mich der Reihe nach erzählen. Aus Lusius' Familie gingen viele begnadete Heiler hervor, ebenso wie Wissenschaftler, denen viel Zeit blieb, ihre Forschungen zu betreiben. Die Ergebnisse waren überragend, weil sie ihre Arbeiten in den meisten Fällen zu Ende bringen und nachfolgenden Generationen eine noch bessere Basis hinterlassen konnten. Lusius' Tod brachte dadurch vielen Menschen Leben. Juturna hatte sich nicht nur wahrhaft dankbar für die Erbauung ihres Tempels gezeigt, sondern auch Wiedergutmachung für Lusius' Tod geleistet.«

Trotz der Worte kam es mir so vor, als ob Como das ein bisschen anders sah und diese Fähigkeiten keineswegs nur als Segen betrachtete. Durchaus verständlich, wenn man bedachte, wohin das alles geführt hatte, auch wenn mir die Zusammenhänge noch fehlten.

»Im Laufe der Zeit verzweigte sich die Familie immer weiter«, fuhr Como fort, »aber nicht allen waren Selbstheilung und hohes Alter gegeben. Die, die es traf, merkten schnell, dass sie anders waren, und bewahrten ihren Glauben an die alten Götter und an Juturna. Es war nie nötig gewesen, die göttlichen Fähigkeiten verborgen zu halten. Das änderte sich erst, als die meisten Familienmitglieder, die in dieser Beziehung leer ausgegangen waren, sich dem Christentum zuwandten und anfingen, das Geschenk Juturnas als Fluch zu sehen. Ewig zu leben – wenn auch eigentlich nur viele Jahre länger und keineswegs ewig – und so zu heilen, sollte allein dem Auferstandenen vorbehalten sein. Bald sah sich die eine Hälfte der Familie von der anderen bedroht. Um uns gegen Verfolgung und Schlimmeres zu schützen, schotteten wir ›Befähigten‹ uns ab. Wir nannten uns *Clavis,* als Synonym für den Schlüssel zur Selbstheilung, und blieben unter uns. Durch diese Isolation besaßen unsere Nachfahren alle die Fähigkeiten, die wir, wie uns selbst, sehr geschickt tarnten. So gerieten wir allmählich in Vergessenheit.«

Comos Blick glitt an mir vorbei zur Quelle, aus der das heilige Wasser sprudelte. Seine Familie hatte also vor vielen hundert Jahren zu *Clavis* gehört. Eigentlich sollte man annehmen, dass so eine verschworene Gemeinschaft zusammenhalten wollte, ja sogar musste, um nicht entdeckt zu werden. Trotzdem war es offenbar zu einer Spaltung gekommen.

Como seufzte. »Zuerst kaum merklich, schlich sich etwas ein, das niemand vorhergesehen hatte, obwohl es eigentlich eine logische Schlussfolgerung dessen war, was unsere Familie auszeichnete: Forscherdrang. Wissenschaftler haben es oft nicht so sehr mit dem Glauben an die Götter. Einzelne Familienmitglieder wollten und konnten nicht länger hinnehmen, dass das, was sie waren, aus dem Geschenk einer Nymphe resultierte. Also suchten sie nach anderen Hinweisen auf ihre Gaben und ihr hohes Alter. Noch dazu weigerten sie sich, ein Leben im Verborgenen zu führen, stattdessen strebten sie danach, erklären zu können, dass sie anders waren und warum. Sie brachen aus dem Kreis von *Clavis* aus und mussten nun die Verfolgung derer fürchten, die doch genauso waren wie sie, die nur um jeden Preis vermeiden wollten, dass etwas von ihren Geheimnissen an die Öffentlichkeit drang. Anderssein war immer schon gefährlich, Inquisition und Hexenverfolgung sind nur zwei Beispiele dafür.«

»Deine Vorfahren haben also für die Wissenschaft beschlossen, den Kampf gegen ihre eigene Familie aufzunehmen«, schloss ich.

Como versuchte, sich bequemer hinzusetzen. Er brauchte eine Weile, bis er die richtige Position gefunden hatte und mich wieder anschaute, ein selbstironisches Lächeln in seinen Zügen. »Bedauerlicherweise nicht.«

»Aber dann müsstest du auf der Seite von *Clavis* stehen und weder Mortimer noch Leon fürchten«, sagte ich verwirrt.

»Letzteres tu ich ja auch nicht«, erinnerte er mich. »Weißt du übrigens, dass ich trotz der fünfzehn vergangenen Jahre auf eine Zukunft für uns gehofft habe?« Ohne meine Antwort abzuwarten, redete er gleich weiter. »Und dann kommt ein Typ wie Leon mir in die Quere. Sieht aus, als müsste ich ihn doch fürchten, oder?« Letzteres war eindeutig an Leon gerichtet, mir war allerdings unklar, wie ernst Como das meinte. Er lächelte immer noch, wehmütig jetzt. »Wenn du auch mit meinen Vorfahren falsch gelegen hast«, erzählte er weiter, »dann kannst du dir denken, dass einer ganz bestimmt zu den Abtrünnigen gehörte. Paracelsus war ein Mann, der enorme Aufmerksamkeit auf sich gelenkt hat, im positiven wie im negativen Sinn. Die Lehren, die er verbreitete, waren hilfreich für die Menschen, aber wenn sie herausfanden, worauf er sie gründete, geriet auch *Clavis* in Gefahr, entdeckt und verfolgt zu werden. Was Leute wie Paracelsus vermochten, versprach Macht, und das war das Zweite, was *Clavis* befürchtete: ausgebeutet zu werden von machtbesessenen Menschen, die das Wissen und die Geheimnisse nicht zum Guten einsetzten, sondern zu ihrem eigenen Vorteil. *Clavis* hatte die Abtrünnigen immer verfolgt, aber Paracelsus war ein ganz besonderer Fall, er ging viel zu weit. Juturna hatte uns die Selbstheilung geschenkt, Unsterblichkeit war uns nicht gegeben. Paracelsus fand ein … vorzeitiges Ende. So gesehen hab ich vorhin die Wahrheit ein bisschen strapaziert. Es wurde auch gemordet, reichlich sogar, aber das hatte nichts mit meinem Vater zu tun. Paracelsus' Tod jedenfalls half *Clavis* nur bedingt, weil er schon genug Anhänger um sich geschart hatte, die bereit waren, seinen Kampf weiterzuführen, und zwar nicht nur den seiner Forschungen, sondern auch den der Unabhängigkeit und Freigeistigkeit.« Como sah zu Leon hinüber, dann zurück zu mir. »Ich schätze, Leon wird mir zustimmen, wenn ich sage, dass diese Menschen Recht hatten. All die Jahrhunderte, die wir gegen sie kämpften, hatten sie Recht. Als meine Vorfahren endlich begriffen, dass aus *Clavis* nichts weiter geworden war als ein Haufen Leute, die nicht mehr ihr Geschenk der Nymphe ehrten, sondern ihre Gaben dazu missbrauchten, herumzulaufen und die zu töten, die eine andere Auffassung derselben Dinge hatten …« Einen Moment lang hielt Como inne. Er war erschöpft vom vielen Reden, und gleichzeitig schienen ihm die Worte zu fehlen, etwas besonders Unverständliches zu schildern. Er schüttelte den Kopf. »Sie töteten Menschen, die so waren wie sie, die aber ihre Intelligenz und ihr Wissen zum Guten der Menschheit einsetzten. Inzwischen begingen sie diese Verbrechen nicht mehr, weil sie Verfolgung fürchten mussten, nun hielten sie sich für einzigartig und wachten eifersüchtig darüber, dass das so blieb. Bis mein Urgroßvater, Jacques Jacobé, dem allen ein Ende bereiten wollte. Er war der direkte Nachkomme jener Familie, deren Sohn beim Bau des Tempels starb, er stand an der Spitze von *Clavis,* und er beschloss, dass es genug war. Heute würde man sagen, er …« Comos Mund verzog sich zu dem schon vertrauten spöttischen Lächeln. Wahrscheinlich war inzwischen viel geschehen, das ihn zwang, mit solchen ernsthaften Themen auf diese Art umzugehen. »… er stieg aus. So wie man aus einer Sekte aussteigt. Allerdings war er eben nicht nur irgendein Mitglied von *Clavis.* Er war der Erste und besaß damit etwas, das *Clavis* heilig war, etwas, das immer vom Ersten an seinen ersten Nachkommen weitergegeben wurde. Mündlich, es gab keinerlei Aufzeichnungen. Als Jacques ging, nahm er die Herzstücke von *Clavis* mit: das Wissen um den wahren Ursprungsort der Quelle und die Schlüssel. Beides …«

»Warte mal«, unterbrach ich an dieser Stelle. »Das versteh ich nicht, wieso den wahren Ursprungsort? Dass sich die Quelle der Juturna im Forum Romanum befindet, kannst du in jedem Reiseführer lesen.«

»Der Weg zur wahren Quelle ist weniger einfach«, stellte Como fest, »wenn man nicht weiß, wonach man suchen muss. Du hast die Spur über die Formeln gefunden, und das letztlich nur, weil ich den kleinen Würfel in den Tempel gelegt habe. Was sein großes Pendant betrifft: Wer achtet schon auf einen Steinquader mit ein paar lateinischen Zitaten? Im Forum Romanum?«

»Juturna hat euch die Fähigkeiten geschenkt, sie sind einfach vorhanden, wenn ich das richtig verstehe. Wozu braucht ihr diesen speziellen Ort? Müsst ihr euch mit dem Wasser taufen lassen?«

»Nein, aber diese Grotte ist ein Heiligtum, sie ist der Ursprung von allem, vielleicht vergleichbar mit dem Petersdom, der auf dem Grab Petri errichtet wurde – oder noch besser mit Betlehem, wo Jesus geboren wurde. Wo genau das war, weiß keiner, aber stell dir vor, man wüsste es! Stell dir die Menge an Pilgern vor, stell dir vor, was aus dem kleinen Ort geworden wäre: nichts Heiliges mehr, nur noch eine Art Disneyland mit Souvenirläden, in denen man Plastikkrippen kaufen kann, und ein McDonald's gleich nebenan. Was ich meine: Der Ursprung sollte bewahrt und heilig gehalten werden, und der Erste war jeweils der Bewahrer dieses Ursprungs. Jacques Jacobé hatte *Clavis* damit sozusagen ihrer Quelle im doppelten Wortsinn beraubt, und das ist, als ob ein Teil von einem stirbt oder als ob Juturnas Geist in einem stirbt, und dann ist es nur noch eine Frage der Zeit, bis sie selbst stirbt.«

»Aber Jupiter hat ihr Unsterblichkeit verliehen«, wandte ich ein.

»Niemand ist unsterblich, nicht mal die Götter. Sie hören auf zu existieren, wenn niemand mehr an sie glaubt. Für die Menschheit da oben«, er deutete zur Felsdecke, »ist Juturna schon seit Ewigkeiten tot, nur der Tempel und die scheinbar versiegte Quelle sind noch Zeichen ihrer einstigen Existenz. Das sind bloß Steine, Erinnerungen an längst vergangene Zeiten, interessant nur für Historiker, Archäologen und für etwa fünf Minuten für ein paar Touristen, wenn die sich kurz mal vom Tempel von Castor und Pollux losreißen.«

Auch wenn ich früher mal intensiv versucht hatte, an Gott zu glauben, hatte ich darin keine Lösung gefunden – von den alten Göttern ganz zu schweigen. Nun sollte ich das alles nicht nur intellektuell verstehen, sondern auch emotional nachvollziehen. Ich musste mich überzeugen lassen, dass das, was Como sagte, nicht nur eine Legende war, sondern die Wahrheit. Und wenn dem so war, musste ich dann auch meine eigene Verbundenheit mit Juturna akzeptieren, selbst wenn Como mir dafür keinerlei Erklärung bieten konnte? Unmöglich – und gleichzeitig auch wieder nicht.

»Was ist mit der Quelle in Bath?«, fragte ich, um mich etwas Handfesterem zuzuwenden. »Ich habe die Kraft des Wassers gespürt und das Gefühl gehabt, dass auch das heilig und heilend ist.«

»Ist es auch. Auf seine Weise«, sagte Como. »Wir alle spüren die Kraft des Wassers an einer heiligen Quelle, aber das ist trotzdem nicht ganz dasselbe. Die Quelle der Juturna ist einzigartig wie Juturna selbst.«

»Ich verstehe«, nickte ich. »Man kann die Götter und ihre Macht nicht beliebig austauschen. Die Verbindung zwischen Juturna und deiner Familie wurde hier geschaffen, darum ist gerade diese Quelle etwas so Besonderes für dich und für *Clavis*.«

»Richtig. *Clavis* machte es sich seit Jacques Jacobés ›Verrat‹ zur Aufgabe, den Ersten zu finden und das Geheimnis aus ihm herauszupressen. Das war übrigens auch der Grund, aus dem Jacques und seine Nachfahren sich von denen fernhielten, dessen Überzeugungen sie mittlerweile teilten. Niemand sollte unnötig in Gefahr gebracht werden. Die Mitglieder von *Clavis* sind weit verbreitet, meiner Familie konnte es nie auf Dauer gelingen, sich vor ihnen zu verbergen. Darum entschieden die Ersten, wenn sie schon zu oft und zu lange geflohen waren, wenn sie bereits an zu vielen Orten versucht hatten, sich eine neue Existenz aufzubauen …« Como biss sich auf die Lippen, bevor er weitersprach. »Sie entschieden, sich das Leben zu nehmen, kurz bevor *Clavis* sie endgültig fand. Sie gaben ihr Wissen an den Sohn weiter, der damit die Reise fortsetzte und hoffte, woanders wieder eine Zeit lang unbehelligt bleiben zu können. Ich bin *Clavis* nur sehr knapp entwischt, mehr tot als lebendig, und habe mich nach langem Herumirren an keinen anderen Ort mehr gewagt als diesen, den letzten. Was reichlich passend ist. Denn ich bin der Letzte der Ersten.«

»Jake hat sich das Leben genommen«, flüsterte ich. Ich verstand jetzt, warum, aber nicht, weshalb er es so prominent getan hatte. »Was hat er damit beabsichtigt, am Grab von Paracelsus gefunden zu werden?«

»Wenn er einfach zu Hause im Bett gestorben wäre, hätte es keine Schlagzeile in der Zeitung gegeben. *Clavis* konnte sich denken, dass wir mit dieser aufsehenerregenden Methode etwas beabsichtigten, und ich schätze, es hat sie mächtig befriedigt zu sehen, was unmittelbar nach dem Tod meines Vaters passierte: gar nichts. Was sie auf ihre Effizienz zurückführten, mit der sie dafür gesorgt hatten, dass die Geschichte in den Medien schnell totgeschwiegen wurde. Dabei sah unser Plan vor, dass du erst später auf die Sache aufmerksam werden solltest, zu einem Zeitpunkt, den ich bestimmte und zu dem *Clavis* kaum mehr damit rechnete, dass sich noch jemals jemand für den rätselhaften Todesfall am Paracelsus-Grab interessieren würde. Damit wärst du – und ich – aus der Schusslinie von *Clavis* gewesen. Etwas muss dann aber schiefgelaufen sein.« Comos blinzelte kurz hinüber zu Leon. »Ich wüsste wirklich gern, wie *Clavis* doch noch von dir erfahren hat.«

Vielleicht hatte Leon dafür eine Erklärung parat, mich dagegen beschäftigte etwas anderes im Moment weitaus mehr. »Ich war Teil eures Plans?«

»Natürlich, du gehörst dazu, du bist die Tochter Juturnas, schon vergessen?«

Verdrängt hätte es besser getroffen. »Du wolltest, dass ich herkomme, schon klar, du hast mich schließlich zwei Monate lang ständig gerufen. Aber Jakes Tod liegt viel länger zurück, woher habt ihr schon so früh gewusst, dass du mich brauchen würdest? Dass ich dir helfen muss?«

»Letzteres war durchaus nicht geplant. Ich war zu unvorsichtig, deshalb wurde ich so schwer verletzt, dass dein Kommen noch dringender wurde. Nicht, damit du mir hilfst, sondern damit ich noch Zeit genug habe, dir zu erklären, was du tun musst. Ursprünglich, Ninfea, ging es nur um die Quelle. Deswegen war auch unsere Begegnung vorherbestimmt: ich, der Letzte der Ersten, und du, die Tochter der Juturna. Zuerst dachten wir, das Kind, das du trugst, wäre zumindest ein Teil der Bestimmung. Dann …«

Ich starrte ihn an, während zu mir durchsickerte, was er über unser Kind gesagt hatte.

»Du hast das gewusst?«, unterbrach ich ihn fassungslos.

»Wir sind aus Lüneburg fortgegangen, um dich und das Kind zu schützen. Mein Vater wusste zwar, dass du älter warst, als du ihm in Gestalt von Emily Fountain begegnetest, weshalb ihm auch klar war, dass dir zumindest bis dahin nichts passieren würde. Aber er konnte weder abschätzen, ob das so war, weil wir bleiben oder weil wir gehen würden, noch ob das auch für das Kind zutraf. Wir mussten das Risiko abwägen und haben entschieden, dass es für euch beide geringer war, wenn wir verschwanden. Nachdem du das Baby verloren hattest, begriffen wir unseren Irrtum. Ich hab das kaum ertragen können, glaub mir, aber es durfte nicht sein, du und ich, wir durften kein Kind haben. Unsere Bestimmung hat gar nichts mit uns persönlich zu tun, sie reicht viel weiter, sie bedient sich unserer nur.«

Meine Bestimmung war mir in diesem Moment scheißegal, ich konnte nur noch an damals denken, an meine Trauer, nicht nur von Como verlassen worden zu sein, sondern auch noch sein Kind verloren zu haben. Ich wäre beinah daran zugrunde gegangen, und jetzt saß Como hier und erklärte mir seelenruhig, dass es eben so hatte kommen müssen.

»Weshalb hat dann das Schicksal überhaupt zugelassen, dass ich schwanger wurde?«, verlangte ich zu wissen. »Oder Juturna oder was weiß ich, wer? Warum?«

Como zuckte zusammen und verzog gequält sein Gesicht, diesmal nicht wegen seiner Schmerzen. »Ich weiß es nicht«, sagte er leise.

Von weither nahm ich ein Geräusch wahr, es dauerte ein wenig, bis ich es zuordnen konnte. Es war ein Räuspern, und es kam von Leon.

»Entschuldigt, ich sollte mich nicht einmischen. Es ist nur, ich hätte da eine Vermutung.« Abwartend schaute er von Como zu mir.

Como rührte sich nicht, starrte nur zu Boden, also nickte ich.

»Como war deine große Teenie-Liebe, richtig?«, fragte Leon, was mich ärgerte, denn die Wortwahl reduzierte diese Liebe auf eine Schwärmerei, auf etwas Vorübergehendes, dabei war es unendlich viel mehr gewesen. »Ich will damit nicht sagen, dass du ihn vergessen hättest, wenn du nicht schwanger geworden wärst, aber du hättest vielleicht einen anderen Mann getroffen, ihn geheiratet, Kinder bekommen, ein ganz normales Leben geführt. Dass du nicht nur ihn, sondern auch sein Kind verloren hast, hat dich gefühlsmäßig viel länger und viel stärker an ihn gebunden, als es sonst der Fall gewesen wäre.«

»Was notwendig war für das, was kommen würde?«, vervollständigte ich Leons Theorie.

»So sehe ich das jedenfalls. Como?«

»Leuchtet ein«, gab er zu, immer noch sehr leise und mehr zu sich selbst.

»Ich will das nicht«, sagte ich. »Ich will diesen ganzen Mist nicht, ich bin einfach nur Juta, nicht Juturna oder ihre Tochter, spirituell oder sonst wie. Und erst recht will ich nicht dazu auserkoren worden sein, irgendwelche Bestimmungen zu erfüllen.«

»Man kann sich sein Schicksal nicht aussuchen«, stellte Leon fest und klang dabei, als sei er über sein eigenes auch eher unglücklich. »Man kann sich auf seinem Weg mal für die eine und mal für die andere Richtung entscheiden, aber es führt dich trotzdem genau dahin, wo es dich haben will. Erst am Ende wirst du den Sinn erkennen – und vielleicht sogar sehen, dass es gut so ist.«

Quatsch!, wollte ich sagen, ließ es aber bleiben. Ich war nun mal unbestreitbar hier und nicht von allein auf die Idee gekommen, ausgerechnet nach Juturnas Quelle zu suchen. Dabei fiel mir etwas ein. »Welche Bedeutung haben eigentlich die Schlüssel? Mortimer wollte den aus Bath unbedingt haben, dabei hätte *Clavis* ihn überhaupt nicht gebraucht, sie kannten doch Juturnas Namen.«

»Für dich waren die Schlüssel bisher nur Wegweiser, tatsächlich liegt ihre Bedeutung in etwas ganz anderem. Sie sind uralt. Sie sind heilig. Sie sind Juturna geweiht – mit diesem Wasser.« Como zeigte auf die Quelle und stand dann schwerfällig auf. »Du hast sie mitgebracht, oder?«

Aus meinem Rucksack förderte ich das Tuch zutage, in dem ich die Schlüssel sorgsam eingewickelt hatte. Sie klimperten in meiner Hand, als ich sie herausnahm und Como entgegenhielt. Zu meiner Überraschung schüttelte er den Kopf.

»Nein. Was zu tun ist, musst du tun.«

»Was soll das sein?«, fragte ich. An seinem angespannten Gesichtsausdruck erkannte ich, dass es etwas Außergewöhnliches war. Neugier und plötzliches Unbehagen packten mich.

Como sah weg. »Ich hab vorhin gesagt, dass es weder um dich noch um mich geht, sondern um die Quelle: Du wirst sie zerstören, Ninfea.«

9.

Einen Augenblick lang hörte sich das sanfte Gluckern an wie das laute Rauschen eines Wasserfalls, es dröhnte in meinen Ohren.

»Das … das kann nicht dein Ernst sein!«, protestierte ich, eher ratlos als wütend. »Du hast gesagt, die Schlüssel wären heilig, wie können sie heilig und Juturna geweiht sein und gleichzeitig dazu dienen, die Quelle zu zerstören?«

»Eine Sache ist niemals ganz gut oder ganz böse, nie nur schwarz oder weiß. Ich kann mit einer Axt Holz für ein Feuer hacken oder jemandem den Kopf abschlagen. Du kannst mit den Schlüsseln die Quelle und damit unsere Fähigkeiten zum Versiegen bringen. Das ist letztlich ein geringer Preis dafür, dass *Clavis* in die Schranken gewiesen wird. Deshalb wollte Mortimer den Schlüssel, weil sie ganz genau wissen, welche Macht du hast, wenn du sie besitzt. Du kannst ihnen ihre eigene Macht nehmen, die sie selbst und andere nur ins Unheil geführt hat.« Er hielt einen Moment inne, um dann fortzufahren: »Hätte ich mich nicht erwischen lassen, wäre ich unverletzt geblieben, wäre meine Kontaktaufnahme zu dir weniger dramatisch und weniger eilig gewesen. Ich hätte dich besser führen können, hätte auf dich gewartet, nachdem du alle Schlüssel gefunden hattest, und am Ende wären wir den letzten Weg hierher gemeinsam gegangen.«

»Warum musste ich die Schlüssel suchen? Hast du nicht gewusst, wo sie waren?«

»Doch«, nickte Como. »Aber weder ich noch mein Vater durften sie bei uns tragen. Du siehst, wie dicht mir *Clavis* auf den Fersen war, undenkbar, wenn ihnen auch noch die Schlüssel in die Hände gefallen wären. Dass du ebenfalls in ihr Fadenkreuz geraten würdest, war nicht beabsichtigt.«

Ich dachte einen Augenblick darüber nach und landete wieder bei Comos unmissverständlicher Aufforderung an mich. »Heißt das, es war von Anfang an klar, dass die Quelle eines Tages mit Hilfe der Schlüssel zerstört werden muss?«

»In der christlichen Welt wird manchmal gefragt, wie Gott all die Kriege, Hungersnöte, Naturkatastrophen und tausend andere Grausamkeiten zulassen kann. Es heißt dann, Gott habe die Welt erschaffen und der Menschheit geschenkt – was die Menschen daraus machen, ist ihnen überlassen. Offenbar ist Juturna weniger gleichgültig und sehr klug. Sie hat gewusst, dass Menschen eben Menschen sind, verführbar und unvollkommen.«

»Wieso hat Jacques Jacobé das nicht gleich erledigt, als er *Clavis* verließ?«

»Er hat's versucht, auch wenn er ahnte, dass es ihm nicht gelingen würde. Immerhin kannte er wie alle anderen die Prophezeiung: Nur der Tochter der Juturna würde es gestattet sein einzuschreiten. Also begann er, alles Nötige für ihre Ankunft vorzubereiten, Spuren zu legen und James anzuweisen, dasselbe zu tun, der das wiederum an seinen Sohn weitergab. Den Bibelspruch und die falsche Zitation auf seinem Grab hat mein Vater übrigens schon in sehr jungen Jahren verfügt.«

»Prophezeiung?«, wiederholte ich schwach. »Sag bloß nicht, dass auch noch Nostradamus ins Spiel kommt.«

Ein beinah sardonisches Grinsen schlich sich in Comos Züge. »Bingo. Niemand anders als Nostradamus, den Paracelsus übrigens auf einer seiner vielen Reisen traf, hat ihr Kommen angekündigt.« Dann verschwand jeglicher Funke Humor aus seinen Augen. »Seine Weissagung war sowohl für die Ersten von *Clavis* als auch für die Anhänger von Paracelsus bestimmt: *Zweimal kommt die Stunde, an der der Weg sich scheidet. Einmal wird die Welt in Flammen stehen. Einmal, dreimal danach, wird Juturna ihre Tochter senden zum Letzten der Ersten. Sie erneuere ihr Geschenk oder lasse es auf immer versiegen.* Jacques, der sich während des Ersten Weltkriegs von *Clavis* abwandte – als die Welt in Flammen stand , war überzeugt, dass Nostradamus die dritte Generation nach seiner meinte. Unsere.«

»Warum hat Juturna so lange gewartet, so lange zugesehen, wie ihr euch gegenseitig bekämpft? Sie hätte es doch früher beenden können!«

»Vielleicht wollte sie uns eine Chance geben, wieder zueinander zu finden.« Bei diesen Worten sah Como Leon an und lächelte, bevor er sich wieder mir zuwandte. »Du kannst in dieser Stunde die Erlösung sein, Juta«, sagte er eindringlich. »Du kannst dafür sorgen, dass unsere Gaben versiegen wie die Quelle und es damit eines Tages keine Notwendigkeit mehr gibt zu kämpfen – weder um sie zu bewahren, sie geheim zu halten oder sie wie Paracelsus zu nutzen. Oder du bestimmst, dass der Kampf weitergeht.« Der letzte Satz kam sehr stockend, als befürchte er, ich könne die falsche Entscheidung treffen.

Götter. Nostradamus. Paracelsus. Und ich? Mein Blick richtete sich auf die Quelle. Abgesehen davon, dass ich ganz deutlich die Kraft des Wassers gespürt hatte, dass ich an dessen Heilkraft glaubte, dass ich Wasser grundsätzlich für etwas Heiliges hielt und nicht zuletzt, dass ich eine Menge Unglaubliches erlebt hatte, fühlte ich mich durchaus nicht wie die Tochter einer Nymphe.

»Ist das die Verantwortung, die ich trage?«, fragte ich.

»Deine Verantwortung. Und dein Schicksal«, erwiderte Leon.

Schicksal? Der Begriff bestärkte mich, er hatte zumindest nichts mit alten römischen Gottheiten zu tun – und gab meinem ganzen Leben einen Sinn. Es hieß, dass nichts vergebens war. Das Schicksal konnte ich akzeptieren.

»Was muss ich tun?«

10.

Die Erleichterung auf Comos Gesicht berührte mich zutiefst. Es war, als würde eine enorme Belastung von ihm abfallen, die Ruhe, die ich früher immer an ihm bewundert hatte, kehrte in ihn zurück, er wirkte sogar kräftiger. Ich versank in seiner Stimme, nahm nichts anderes mehr wahr. Fast kam es mir vor, als wären wir wieder Kinder und heckten eine Verschwörung aus, lebten in einer Welt, zu der nur wir Zutritt hatten.

Nach Comos Anweisungen entzündete ich einige Schritte von der Quelle entfernt ein Feuer. Dazu durfte ich weder Streichhölzer noch ein Feuerzeug verwenden, es musste aus meinen Händen kommen, aus meinen Bewegungen, aus meinem Körper fließen. Ich hatte nicht geglaubt, das überhaupt zu können, doch alles Folgende war so wenig rational, dass ich mich nicht mehr über meine eigenen Fähigkeiten wunderte, sondern einfach tat, was nötig war. Dabei spürte ich eine gewisse Vertrautheit, als ob Comos Worte schon in mir gewesen waren und nur darauf gewartet hatten, auf diese Weise erfüllt zu werden. Ich hörte seine Erklärungen, die gleichzeitig von ihm und von einer anderen, weiblichen, Präsenz zu kommen schienen.

In einer großen tönernen Schale erwärmte ich heiliges Wasser aus der Quelle, brachte es zum Kochen und verteilte es anschließend gleichmäßig auf drei kleine Marmorschalen, die ich um die Quelle herum anordnete. Sie erinnerten mich an jene aus meinem Traum. Menschen in weißen Gewändern hatten sie gehalten und Juturna angerufen, jetzt wusste ich, dass ich die Weihung des Tempels gesehen hatte.

Erneut nahm ich die große Schale zur Hand, füllte nur sehr wenig Wasser hinein und ließ es über dem Feuer so lange brodeln, bis es fast verdampft war. Dann legte ich den ersten Schlüssel hinein. Es zischte leise, kleine orangefarbene Flämmchen loderten auf, in denen der Schlüssel ganz langsam weich wurde und seine Form verlor. Wie gebannt schaute ich zu, kämpfte gegen widerstreitende Gefühle an, wollte in letzter Sekunde den Schlüssel retten – und ließ es bleiben. Keine Form war mehr zu erkennen, der Schlüssel zu einer silbrigen Masse geworden, die ruhig am Boden der Schale verharrte und darauf wartete, dass ich sie in die erste der Marmorschalen mit dem noch warmen Wasser goss. Was immer die chemische Reaktion sein sollte – Leon hätte es sicher gewusst –, hier vermischten sich Silber und Wasser zu einer schillernden blaugrauen Flüssigkeit.

Diesen Vorgang wiederholte ich mit dem zweiten und mit dem dritten Schlüssel, jedes Mal fielen mir die Handgriffe leichter. Schneller ging es deshalb trotzdem nicht, alles brauchte seine Zeit und verdiente, mit Respekt ausgeführt zu werden.

Als alle Schälchen gefüllt waren, hielt ich einen Moment inne. Ich schaute zu Como. Wir wussten beide, was als Nächstes geschehen sollte. Wenn ich es tat, war es endgültig, war das Schicksal der Quelle besiegelt. Alles wäre unwiederbringlich verloren. Ich zögerte, und einen Moment lang las ich die Unsicherheit auch in Comos Augen. Zweifel, sogar Angst. Er wandte den Blick ab, richtete sich ein Stück auf und schaute zur Quelle, als ob er von ihr eine Antwort erhoffte. Als er mich wieder ansah, nickte er beinah unmerklich. Er lehnte sich an den Felsen und schloss die Augen. Vielleicht mochte er nicht bei dem zusehen, was folgte. Seltsamerweise hatte ich aber eher den Eindruck, dass er sich vor etwas wappnete, sein Körper war angespannt. Dennoch, er hatte seine Entscheidung getroffen, und auch ich hörte wieder die Stimme der Frau in mir, die die vertrauten Worte sprach: *Du trägst eine große Verantwortung. Werde ihr gerecht!* Zugleich fühlte ich, dass diese Stimme für immer schweigen würde, wenn ich es zu Ende brachte.

Vorsichtig nahm ich das erste Schälchen hoch und goss die Flüssigkeit langsam in die Quelle. Dabei schossen mir Tränen in die Augen, ohne dass ich es verhindern konnte. Wie blind tastete ich nach dem zweiten Schälchen und wischte mir mit der freien Hand über die Augen, um besser zu sehen und nichts zu verschütten. Hinter mir hörte ich ein Seufzen oder ein Stöhnen, aber ich wagte nicht, mich umzudrehen, wollte das Ritual nicht unterbrechen. Ich ahnte, dass Como der Urheber des Seufzers gewesen war, er spürte den Schmerz genauso wie ich. Als ich das dritte Schälchen leerte, wusste ich nicht mehr, ob ich physische oder psychische Schmerzen empfand oder beides. Sie fühlten sich anders an als der Schmerz, der mich schon den ganzen Tag über begleitet hatte. Das Zentrum lag in meinem Brustkorb, unter dem sich alles zusammenzog, und brannte wie das Feuer, das ich selbst entzündet hatte. Es gelang mir gerade noch, das letzte Schälchen abzusetzen.

Schwach ließ ich mich am Boden nieder und starrte auf Juturnas Quelle. Zunächst veränderte sich nichts, außer dass es mir selbst von Minute zu Minute besser ging. Irgendwann bemerkte ich, dass der Schmerz im selben Maß abnahm, wie das Gluckern der Quelle leiser und das Wasser weniger wurde, bis fast überhaupt nichts mehr sprudelte. Plötzlich, wie ein verzweifeltes Aufbäumen, schoss ein letzter Strahl empor – danach herrschte völlige Ruhe. Die Quelle war versiegt.

»Danke, Ninfea«, sagte Como.

Ich erschrak, weil seine Worte in der unheimlichen Stille viel zu laut klangen, und drehte mich um. Etwas gebeugt stand er an der Felswand, von der er sich abstieß und mit wackeligen Schritten zu mir herüber kam.

Er streckte die Hände nach mir aus, doch bevor ich danach greifen konnte, brach er zusammen.

11.

Ich starrte auf Comos Körper zu meinen Füßen. Er musste schwere innere Verletzungen haben, zu schwer sogar, um sie mit seinen Kräften gänzlich zu heilen. Er hätte mich dazu gebraucht. Mich und das heilige Wasser. Ich hatte doch gesehen, wie sehr es ihm half, als ich ihn damit berührte, meine nassen Hände über seine Haut glitten. Jetzt war die Quelle zerstört, ihr Wasser für immer verloren. Und mit ihm Como! Was hatte ich getan?

Warum hatte ich nicht darauf bestanden, ihn zu heilen, bevor ich die Quelle zum Versiegen brachte? Ich war viel zu tief in Comos Erklärungen, in seine Geschichte, meine eigene Verwicklung darin und in meine Aufgabe versunken gewesen. Aber warum hatte er mich nicht selbst rechtzeitig erinnert? Vielleicht weil er wusste, dass selbst meine Kräfte dazu nicht ausreichten? Das änderte nichts daran, dass ich es wenigstens hätte versuchen müssen. Ich würde mir niemals verzeihen, so gedankenlos gewesen zu sein. Niemals!

»Dein Como ist ein Sturkopf. Er überinterpretiert das ein bisschen, der Letzte der Ersten zu sein.«

Leon hatte die Stille über uns gebrochen. Ich fuhr herum. Wie konnte er es wagen, so zu reden?

»Halt den Mund!«, fuhr ich ihn an und sank auf die Knie, um Comos Kopf in meinen Schoß zu betten. »Wie kannst du über seine Motive urteilen? Du kennst sie ja nicht mal!«

»Ich denke schon. Er will erfüllen, was vorhergesagt wurde. Dabei muss der Letzte der Ersten doch nicht heißen, dass es mit dem Tod endet. Es bedeutet, dass es keinen Ersten mehr geben wird, weil eine Vererbung unserer Fähigkeiten unmöglich ist, nachdem die Quelle zerstört wurde. Kein Wissen wird mehr vom Vater an den Sohn weitergegeben, keine Schlüssel werden aufbewahrt und verborgen gehalten. Como hat sich ganz umsonst vorgenommen zu sterben. Er ist ein Sturkopf, und du weißt, dass ich Recht habe.« Leon hockte sich nieder und hielt mir etwas entgegen, das ich erst auf den zweiten Blick als einen tönernen Krug identifizierte. Gefüllt mit Wasser. Er musste das unbemerkt abgezweigt haben, während Como und ich uns ausschließlich auf das Ritual konzentriert hatten.

Hoffnung keimte in mir auf, dankbar sah ich Leon an. »Stell den Krug hin, wir müssen ihn ausziehen«, bat ich. Wir breiteten eine Decke neben dem Feuer aus und begannen, Como zu entkleiden. Er war geschwächt und abgemagert, aber seine Glieder waren schwer. Als er endlich nackt vor uns lag, zog Leon sich zurück. Rein äußerlich fehlte Como nichts, seine Fähigkeiten hatten ausgereicht, die Wunden zu schließen.

Ich handelte instinktiv, tauchte meine Hände in das heilige Wasser aus dem Krug und bedeckte jeden Zentimeter seines Körpers damit, massierte die heilende Kraft des Wassers durch meine Hände in ihn hinein. Ich spürte, wie seine Haut sich erwärmte, spürte, wie die Energie des Wassers und meiner Hände in Como floss, um ihn am Leben zu halten. Juturna hatte mir ein Geschenk gemacht – ein vorübergehendes, denn es war gebunden an das Wasser aus ihrer Quelle, das ich fast bis zur Neige verbrauchte, um Como zu retten. Für mich war es das kostbarste Geschenk überhaupt.

Nachdem ich fertig war, blieb uns nur, zu warten und zu hoffen. Allmählich kam Como wieder zu sich. Im Krug befand sich noch ein letzter Rest Wasser, das ich in meine hohle Hand füllte und Como zu trinken gab, sobald er dazu fähig war. Zuerst war sein Blick voller Ablehnung, dann trank er doch. Zögernd zwar, aber er trank.

Wieder warteten wir eine ganze Weile, bis Como sich rührte und mühsam aufsetzte. Er streckte Arme und Beine und berührte seinen Solarplexus, so vorsichtig, dass mir klar wurde, wo sich seine inneren Verletzungen befunden hatten. Ich wollte mir lieber nicht ausmalen, was mit ihm passiert war, seine Schilderung, *Clavis* mehr tot als lebendig entkommen zu sein, reichte mir vollauf.

Jetzt jedenfalls schienen alle Schmerzen von ihm genommen zu sein, er war weniger blass und erschöpft, die Bewegungen fielen ihm leichter. Als er bemerkte, dass er ganz nackt war, griff er hastig nach seinem Hemd und der zerschlissenen, dreckigen Jeans und streifte beides über. Das alles geschah, ohne dass ein Wort zwischen uns gewechselt wurde.

Aufrecht stand Como da, er schwieg noch immer, kehrte uns den Rücken zu und kniete neben der versiegten Quelle nieder. Als er endlich sprach, klang seine Stimme leise, aber kräftig.

»Ich wollte lange genug leben, damit ich dir unsere Geschichte erzählen und dir sagen kann, was du tun musst. Ich wollte, dass du das alles verstehst. Danach wollte ich Ruhe finden. Ich wollte, dass es vorbei ist. Alles.«

»Es ist vorbei«, sagte ich fest. »Du wirst der Erste sein, der einfach eine Familie gründen kann – um der Familie wegen, nicht um ein Erbe weiterzugeben.«

Como drehte sich zu mir um. »Liebe hat immer eine Rolle gespielt in meiner Familie, es gab niemals Kinder ohne Liebe.«

»Du weißt genau, was ich meine: Zusätzlich zu der Liebe gab es sicher auch eine Verpflichtung, oder willst du das bestreiten?«

»Nein«, lächelte Como. »Das gehörte wohl zusammen. Wenn der Erste eine Frau liebte, geschah das, weil es vorherbestimmt war. Davon waren meine Eltern überzeugt. Und ich bin es auch.«

Was er mit dem letzten Satz ausdrücken wollte, war mir nicht ganz klar. Seinem Blick nach zu urteilen, konnte es durchaus was mit mir zu tun haben.

»Wo ist eigentlich deine Mutter?«, erkundigte ich mich, auch um nicht länger über meine Rolle in Comos Leben nachdenken zu müssen.

»In einem Bergkloster in Kroatien.«

»Kloster?«, echote ich. »Ist das nicht …«

»… unpassend?«, unterbrach Como mich spöttisch. »Vielleicht. Aber das Kloster liegt sehr einsam im Hinterland von Split, da gibt's nichts weiter als karge Berge und sehr weit entfernt die Ahnung von bewaldeten Hügeln und einem See. Die Brüder dort haben sie aufgenommen, weil sie Menschen in Not nicht wegschicken – und weil sie das letzte Mal, als sie uns halfen, sehr davon profitierten. Meine Großmutter Claire hat ihnen eine Menge beigebracht, was sonst eher selten in die abgelegene Bergwelt gelangt.«

»War deine Mutter in großer Gefahr?«

»*Clavis* hätte sie als Geisel benutzen können, um mich mit ihr zu erpressen. Sie selbst weiß weder, wo die Quelle ist – war –, noch wo die Schlüssel versteckt lagen.«

»Sie hat ganz sicher nicht damit gerechnet, dich wiederzusehen, und wird überglücklich sein, wenn du sie abholst.«

Ein Schleier senkte sich über Comos Augen. »Es ist besser, wenn sie bleibt, wo sie ist. Sie wird auf andere Weise erfahren, dass ich noch lebe.«

»Du willst nicht …«, fing ich an.

»Ich kann nicht«, fuhr Como mich heftig an. »Du hast vorhin gesagt, es ist vorbei. Das stimmt – für alle, die *Clavis* in der Vergangenheit den Rücken kehrten. *Clavis* wird nicht mehr versuchen, sie aufzuspüren und zu bekämpfen, weil das sinnlos geworden ist. Aber für mich ist es nicht vorbei. Mich werden sie weiter jagen.«

Verständnislos starrte ich Como an. »Wozu denn noch?«

»Um sich zu rächen«, erklärte Leon erschreckend kaltblütig und sachlich. »Como hat sie allem beraubt, wofür sie gelebt haben. Sie werden darüber nicht einfach so hinwegsehen, glaub mir.«

Das lag auf der Hand und etwas noch viel Wesentlicheres dazu. »Das war nicht Como, das war ich.«

»Tja, ich fürchte, an dir werden sie auch kein gutes Haar lassen, aber du bist die Tochter der Juturna, und da sie ihren Glauben in dieser Hinsicht sehr ernst nehmen, werden sie sich hüten, dir was anzutun. Außerdem war Como der Auslöser, ohne ihn wärst du nie hergekommen und hättest das alles nicht getan. Sie werden ihre Wut an ihm auslassen.«

»Das heißt, du musst wieder fliehen«, wandte ich mich unglücklich an Como.

»Da bin ich nicht der Einzige. Leon wird es kaum besser gehen, schließlich hat er seine eigenen Leute verraten, indem er dir half.«

Ein Schnauben aus Leons Richtung sagte mir, dass er das selbst auch schon kapiert hatte.

Wütend ließ ich meinen Frust raus. »Himmel, Como, du hast gesagt, ich könnte dafür sorgen, dass niemand mehr kämpfen muss, also hab ich getan, was du wolltest. Was ist nun mit deinen Prognosen für eine friedliche Zukunft?«

»Ich habe nicht behauptet, dass das von heute auf morgen geht, ich sagte, eines Tages. Aber es gibt eine Möglichkeit, die Sache zu verkürzen: Wir dürfen nicht überleben.«

12.

Como klang viel zu vernünftig, andernfalls hätte ich geglaubt, er wäre wahnsinnig.

»Wie willst du das anstellen?«, fragte Leon, der Comos Gedankengang offenbar besser folgen konnte als ich. »Wie willst du *Clavis* glauben machen, dass wir draufgegangen sind?«

»Die Grotte in die Luft zu jagen, wäre einen Versuch Wert. Wenn mitten im Forum Romanum eine Explosion für Aufsehen sorgt und das ausgerechnet zu diesem Zeitpunkt, werden sie hoffentlich annehmen, dass wir einen folgenschweren Fehler gemacht haben.«

»Eine Explosion?«, echote ich. »Erlaub mir zwei Anmerkungen. Erstens: Wenn das so einfach ist, wozu brauchtest du mich? Zweitens: Du riskierst damit, dass antikes Weltkulturerbe über uns zerstört wird, von dem sowieso nur noch wenig übrig ist. Du weihst die letzten Reste dem Untergang!«

»Keine Sorge, die Auswirkungen hier unten werden zwar einem Erdbeben gleichen, aber oben wird nicht allzu viel beschädigt«, beruhigte mich Como. »Über uns steht weder der Tempel von Castor und Pollux noch das Haus der Vestalinnen oder sonst ein wichtiges Monument. Es werden nur ein paar Steinblöcke im Erdinnern verschwinden, das sollte es gewesen sein. Als mein Vater und ich das alte Sicherheitssystem auf den neuesten Stand brachten, damit es dich scannen konnte, haben wir nichts unbedacht gelassen. Auch nicht die Möglichkeit, alles zu zerstören.« Er verzog das Gesicht. »Obwohl ich es ungern tue, dieser Ort ist immer noch heilig für mich. Was deine Beteiligung angeht: Selbst wenn massenhaft Schutt und Steine auf die Quelle niedergehen, würde das nicht ihr Versiegen bewirken, dazu braucht es schon mehr, nämlich die Tochter der Juturna.«

»Aber man wird keine Leichen finden«, wandte Leon ein. »Außerdem weiß niemand von *Clavis* mit Bestimmtheit, dass wir während der Explosion hier waren.«

Como nickte. »Richtig. Hoffen wir also, sie glauben, es hätte uns getroffen. Es sei denn, euch fällt eine bessere Lösung ein.«

Auch wenn mir unwohl war bei Comos Plan, musste ich ihm Recht geben, es schien der einzige Ausweg zu sein. Schweigend sammelte Leon unsere Sachen ein, während Como unbeweglich dastand und auf die Quelle starrte, die das Leben seiner Familie und so vieler anderer bestimmt hatte. In Gedanken war er weit, weit fort, in einer anderen Zeit, an einem anderen Ort, bis er sich abrupt abwandte, um eine endlose Zahlenreihe in ein Kästchen mit Tastenfeld am Ausgang der Grotte zu tippen, das mich an jenes erinnerte, das Leon und mich auf dem Hinweg aufgehalten hatte. Kurz darauf standen wir wieder in dem kleinen Zwischenraum mit dem Scanner. Ich erwartete, dass sich das Tor automatisch schließen würde, aber es blieb offen, stattdessen öffnete sich auch dasjenige, das zurück in die Gänge führte. Como ging uns voran und drehte sich nicht noch einmal um, er hatte sich schon von der Quelle der Juturna verabschiedet. Ich dagegen konnte nicht widerstehen, über die Schulter zu sehen. Die Grotte lag ruhig und verlassen da, der Lichtschimmer, der vorhin noch ihre Mitte erhellt hatte, wurde schwächer und erstarb endlich ganz. »Como?«, rief ich. »Was musst du tun, um die Explosion auszulösen?«

Vor uns sah ich ihn innehalten. »Gar nichts mehr«, antwortete er mit gedämpfter Stimme. »Mit der Zahlenkombination, die ich eingegeben habe, wurde der Prozess gestartet. Außerdem habe ich den Zeitpunkt bestimmt. In anderthalb Stunden möchte ich nicht mehr hier unten sein.«

Auf dem Rückweg kamen wir sehr viel schneller voran, so dass bald die Treppe vor uns auftauchte, die in die Villa mit dem großen Steinquader führte. Stufe für Stufe näherten wir uns der realen Welt. Schließlich hob Como die Hand und drückte auf den kleinen Gorgonenkopf am Ende des Satzes *Similia similibus curentur,* woraufhin sich der Quader mit einem Rumpeln zur Seite bewegte. Draußen dämmerte es bereits, ein Blick auf meine Uhr sagte mir, dass es zwanzig nach fünf war. Die Explosion sollte gegen halb sieben erfolgen, das Forum Romanum öffnete erst um neun, keine Gefahr also für Besucher oder Angestellte. Uns selbst blieb auch noch reichlich Gelegenheit, uns zu einer weit entfernten Stelle zu begeben, von der aus wir später unauffällig verschwinden würden.

Im Augenblick aber standen wir drei nebeneinander in der kühlen, angenehmen Luft.

»Das tut gut«, murmelte Como und hob den Kopf. »Ich hätte nicht gedacht, dass ich noch mal den Himmel sehe.«

»Und verflucht sollen Sie dafür sein!«, sagte eine Stimme vor uns. Ich kannte sie, aber es gelang mir nicht, sie einzuordnen. In ihr klang Wut, gleichzeitig war sie seltsam kraftlos.

Es dauerte ein bisschen, bis wir die Gestalt ausmachten, die an einer verfallenen Mauer lehnte. Sie machte eine kaum wahrnehmbare Bewegung mit dem linken Arm. Eine Sekunde später blendete uns das Licht einer Taschenlampe, das von einem zum anderen wanderte und zum Schluss an Leon kleben blieb.

»Verräter«, sagte der Mann anklagend. Noch mitten im Wort rutschte er an der Mauer zu Boden. Dabei entglitt ihm die Taschenlampe, deren Strahl jetzt auf sein Gesicht fiel.

Uns traf der hasserfüllte Blick Mortimer Greys.

13.

Mein Gefühl hatte mich also nicht getrogen, Leon und ich waren tatsächlich verfolgt worden. Ich sah zu Leon hinüber, der Mortimer überrascht anstarrte.

»Du hast meine Kräfte unterschätzt«, ließ sich Mortimer vernehmen, und endlich erfasste ich, was mich an seiner Stimme irritierte. Er sprach deutsch, mit unüberhörbarem englischen Akzent zwar, aber ansonsten perfekt, eine Mühe, der er sich in Bath nicht unterzogen hatte. »Du hättest dich überzeugen sollen, dass ich tot bin, und lieber ein Dutzend Mal gezielt zugestochen, aber so was liegt dir nicht, oder, Leon? Dein Vater hat gewusst, dass du ein Versager bist. Mein Fehler, dass ich den Mut in dir gesehen und falsch gedeutet habe. Ich wünschte, du hättest ihn für das richtige Ziel eingesetzt.« Mortimer hatte sich in Fahrt geredet, trotzdem kamen die letzten Worte abgehackt und stockend.

Noch während ich ihm zuhörte, verstand ich die Zusammenhänge. In den Stunden, die ich in Juturnas Tempel auf Leon gewartet hatte, musste er nicht nur den Steinquader gefunden haben, sondern auch auf Mortimer getroffen sein, der uns entweder gefolgt oder in Rom erwartet hatte. Leons verstörtes und abwesendes Benehmen nach seiner Rückkehr erklärte sich dadurch, dass er davon ausgegangen war, Mortimer niedergestochen und getötet zu haben. Was keinen Menschen kaltließ.

»Leon hat seinen Mut durchaus richtig eingesetzt«, sagte Como. »Und selbst Sie – der selbst ernannte Neue Erste von *Clavis* – haben es nicht verhindern können.« Es war augenscheinlich das erste Mal, dass er Mortimer persönlich traf, trotzdem wusste er genau, wen er vor sich hatte.

Mortimer lachte, was in einen Hustenanfall mündete. Erst jetzt entdeckte ich die tiefe Wunde in seinem Bauch, ein normaler Mensch wäre bereits verblutet. Als er sich bewegte, sah ich, dass Leon ihn auch an der Seite empfindlich getroffen hatte. Nachdem er sich vom Husten erholt hatte, lag ein wehmütiges Lächeln auf seinem Gesicht. »Gestatten Sie, dass ich anderer Meinung bin, Giacomo Giacobbe. Oder sollte … ich Jakob Jakobus sagen? James … Jacoby? Und das alles nach … Jacques Jacobé?« Wieder wurde er von Husten geschüttelt. »Warum … diese Einfallslosigkeit?«, wollte er schließlich wissen. »Es war so leicht, euch zu finden. Früher … oder später.«

Das war eine Frage, die ich mir auch schon gestellt hatte. Dennoch wäre mir wohler gewesen, wenn wir diese Diskussion auf ein anderes Mal verschoben oder zumindest an einem anderen Ort geführt hätten. Ich linste auf meine Uhr. Noch eine gute Stunde bis zur Explosion.

»Das Risiko haben wir einkalkuliert«, erwiderte Como ruhig, als hätten wir alle Zeit der Welt. »Aus nahe liegenden Gründen durfte Jacques nicht selbst auf die zugehen, die *Clavis* sowieso schon verfolgt hat. Aber er wollte ihnen die Möglichkeit geben, uns zu finden – ebenso wie Juturnas Tochter.«

»Ich an eurer Stelle hätte lieber auf die anderen verzichtet und wäre am Leben geblieben«, sagte Mortimer. Kurz stöhnte er schmerzverzerrt auf, fing sich aber gleich wieder. »Was Juturnas Tochter angeht, hättet ihr davon ausgehen können, dass sie euch mühelos aufspürt, immerhin war es doch vorausbestimmt.«

»Wenn alles vorausbestimmt war«, schaltete ich mich ein und sah Mortimer in die Augen, die ihre strahlende Präsenz verloren hatten, »wieso haben Sie sich so große Mühe gegeben, gegen mich zu kämpfen? Sie hätten doch wissen müssen, wie sinnlos das war.«

Langsam drehte Mortimer seinen Kopf in meine Richtung. Zum ersten Mal sah er mich direkt an – und zuckte mit den Schultern. »Es ist nicht meine Art, kampflos aufzugeben. *Clavis* ist … war mein Leben. Würden Sie zulassen, dass jemand Ihr Leben zerstört, ohne sich zu wehren? Ich glaube nicht.«

Wieder wurde er von einem Hustenanfall geschüttelt, schlimmer und länger anhaltend diesmal. Leon hatte offensichtlich sehr heftig zugestoßen, und die Zerstörung der Quelle verhinderte, dass Mortimer den Selbstheilungsprozess zu Ende bringen konnte. Wie kam es, dass ich auf einmal Mitleid mit ihm empfand? Er versuchte, mich zu manipulieren und um mein Verständnis zu heischen, indem er mich mit ihm selbst verglich. Und damit hatte er sogar auf perfide Art Recht. Mit Comos Verschwinden war mein Leben zerstört worden; als ich die Chance bekam, ihn wiederzufinden, hatte ich sie ergriffen und versucht, die Vergangenheit wieder auferstehen zu lassen. Vielleicht waren wir einander doch ähnlicher, als ich wahrhaben wollte.

Widerwillig schüttelte ich in Antwort auf Mortimers Frage den Kopf, kam aber nicht dazu, etwas zu sagen, weil Como das Wort ergriff.

»Eine Bestimmung erfüllt sich nicht notwendigerweise von allein«, sagte er. »Man muss die Voraussetzungen dafür schaffen. Ich bin sicher, Sie haben sich auch nicht immer allein auf die Götter verlassen, Mr. Grey.«

»In der Tat«, murmelte Mortimer, sah dabei aber nach wie vor mich an. Er presste seine Hand auf die Bauchwunde, aus der mit einem Mal ein ganzer Schwall Blut schoss, und krümmte sich.

Unwillkürlich machte ich einen Schritt auf ihn zu, zögerte dann aber wieder.

»Hilf ihm«, hörte ich Como sagen.

»Wie denn?« Ratlos wandte ich mich zu ihm um. »Ich habe dir nur mit Juturnas Wasser helfen können. Es ist nichts mehr da.« Außerdem geht hier gleich alles in die Luft, wollte ich hinzufügen, biss mir aber auf die Lippen.

Como starrte ein paar Sekunden auf Mortimer hinunter, dann sagte er, fast im Befehlston: »Leon, gib ihr das Wasser.«

Leons »Kommt nicht in Frage!« und mein »Wie bitte?« kamen wie aus einem Mund.

»Er hat eine volle Wasserflasche in seinen Rucksack gepackt, bevor wir die Grotte verließen«, erklärte Como. »Sie war vorher leer, er muss Quellwasser hineingefüllt haben.«

Also hatte Leon mehr als nur das Wasser im Krug abgezweigt.

»Worauf wartest du?«, forderte Como Leon auf.

Mortimer lag stoßweise atmend auf dem steinigen Boden und zitterte, fraglos ging es zu Ende mit ihm.

»Er hat's nicht verdient«, sagte Leon.

»Willst du, dass er stirbt? Dann hättest du einen Mord auf dem Gewissen«, stellte Como fest.

»Wie … unmoralisch«, stieß Mortimer hervor. »Tu mir den Gefallen und … entscheide dich, bevor ich … sterbe. Ich würde das wirklich … gern mitkriegen.«

Es wunderte mich, dass er der Auseinandersetzung überhaupt folgte, in seinem Zustand hätte er dazu kaum fähig sein dürfen. Gleichzeitig fühlte ich mich in das Jahr 1948 zurückversetzt. Die sarkastische Bemerkung ließ mich praktisch das Grün mit den goldenen Sprenkeln in den Augen des jungen Mortimer funkeln sehen, der – vielleicht – etwas für Emily empfunden hatte. Ich war hin und her gerissen. Einerseits wäre sein Tod auf jeden Fall besser für uns, um keinen Zeugen dafür zu haben, dass wir die Explosion überleben würden. Andererseits widerstrebte es mir, einen Menschen sterben zu lassen, auch wenn ich Leon insgeheim zustimmte.

Leons Gesicht war zu einer Maske geworden. Er richtete seine nächsten Worte an Como und mich. »Das ist nicht nur meine Entscheidung, sondern auch eure. Bevor ihr was dazu sagt, solltet ihr allerdings noch was wissen.« Er räusperte sich. »Er hat Tobias umgebracht.«

Entsetzt ließ ich mich auf einen Säulenstumpf fallen. Tobias, den ich verdächtigt hatte, zu *Clavis* zu gehören! Ich erinnerte mich an unsere letzte Begegnung in Salzburg beim Frühstück, als ich ihn und Leon allein gelassen hatte, weil sie es nicht lassen konnten, sich zu streiten. Wäre irgendwas anders gekommen, wenn ich damals bei Tobias geblieben wäre und mich gegen Leon entschieden hätte?

Ich bekam nur am Rande mit, dass Como irritiert fragte: »Tobias? Doch nicht Tobias Herder?«

Leon nickte.

»Aber … warum? Was hat Tobias mit der ganzen Angelegenheit zu tun?«

»Ist eine lange Geschichte, für die wir keine Zeit haben«, erwiderte Leon. »Was soll mit Mortimer passieren?«

»Ich habe bloß … deine Aufgabe übernommen«, sagte Mortimer so leise, dass wir ihn kaum verstanden. »Du hast mich nicht … davon abgehalten.«

»Stimmt das?«, fragte Como mit einer Stimme, die ich kaum wiedererkannte.

Leon starrte zu Boden und mied Comos Blick. »Ja und nein. Ich sag doch, das ist eine längere Geschichte. Alles in allem glaub ich nicht, dass ich es hätte verhindern können. Für gewöhnlich geschieht nämlich, was Mortimer befiehlt, egal, wer's am Ende ausführt.«

»Das ist mir ein bisschen zu wenig«, brauste Como auf. »Du hast …«

»Stopp«, unterbrach ich ihn. Es wurde immer später, und was uns Leon zu erzählen hatte, musste warten. »Wir können das jetzt nicht ausdiskutieren, so sehr mich Tobias' Tod auch trifft.«

»Du kanntest Tobias?«, fragte Como.

Ein keuchendes Geräusch kam aus Mortimers Richtung, das mich davon abhielt, etwas zu erwidern. »Allerdings. Sehr gut … sogar. Tobias Herder … hatte sozusagen … Ihren Platz … bei Juta eingenommen. Haben Sie … nicht gewusst, was?«

Langsam schüttelte Como den Kopf. »Nein. Aber es ändert nichts an meiner Meinung. Wenn wir das nach Leons Wunsch demokratisch entscheiden wollen, dann kommt hier meine Stimme.« Como hob eine Hand mit ausgestrecktem Daumen nach oben – nach Sitte der römischen Herrscher hatte er sich für Mortimers Leben ausgesprochen. »Juta?«

Es mochte feige sein, aber ich wollte nicht den Tod eines anderen Menschen verschulden. Ich nickte wortlos, auch wenn das unser eigenes Untertauchen erschweren, wenn nicht gar unmöglich machen würde.

»Leon? Schließt du dich uns an?«

»Das spielt doch wohl keine Rolle mehr. Ihr habt entschieden.« Dabei zog er die Wasserflasche hervor und reichte sie mir. »Beeil dich, wir haben nur noch fünfzig Minuten.«

Mortimers Verletzungen waren im Gegensatz zu Comos gut sichtbar, ich wusste, wo ich beginnen musste. Como half mir, Mortimer von dessen Hemd zu befreien, das rot, feucht und klebrig war. Der Bauch blutete aus einer großen Wunde, dennoch sah es weniger schlimm aus als befürchtet. Sicher waren das ursprünglich ein oder zwei Einstiche mehr gewesen, aber Mortimer hatte den Selbstheilungsprozess eine ganze Zeit vor dem Versiegen der Quelle einleiten können. Was ihn ohne mein oder Juturnas Eingreifen töten würde, waren zweifellos weitere innere Verletzungen. Die rechte Seite dagegen wirkte nun, da das blutige Hemd nicht mehr irritierte, fast verheilt. Ich legte Mortimer flach auf den Rücken, und genau wie vorhin tat ich alles wie von selbst, ohne darüber nachzudenken, zügig und sicher.

Mortimer half die Behandlung mit dem Quellwasser schneller als Como, vermutlich deshalb, weil er erst ein paar Stunden mit seinen Verletzungen kämpfte, wohingegen es Como weit schlimmer erwischt und er noch dazu lange auf meine Hilfe hatte warten müssen. Wir konnten zusehen, wie Mortimers Wunden sich oberflächlich zu schließen begannen, ein Vorgang, den sein Körper unter der Haut- und Fettschicht fortführte. Intuitiv wusste ich, dass der Heilungsprozess der inneren Organe langsamer vor sich ging, dennoch war deutlich zu erkennen, wie sich Mortimer mit jedem Atemzug erholte. Zu Anfang der Behandlung hatte er Comos Arm unter Schmerzen umklammert, bald wurde sein Griff schwächer, seine Gesichtszüge entspannter. Es gelang ihm, sich zittrig an der Mauer, vor der er gelegen hatte, aufzusetzen und sich anzulehnen. Seine Hand tastete nach einem Steinblock, an dem er sich abstützte.

Como zog sich zurück, doch als ich das ebenfalls tun wollte, hielt Mortimer mich fest.

»Bleiben Sie noch«, bat er. Er ließ den Kopf gegen die Mauer fallen und holte ein paarmal tief Luft.

Gerade ging die Sonne über Rom auf und tauchte die Umgebung sogar in diesem deckenlosen Kellergewölbe in ein unwirkliches Licht. Mortimer spürte die Veränderung, er öffnete die Augen und schaute sich ein paar Sekunden um, bevor er sich im Sitzen noch weiter aufrichtete. Dabei rutschte seine Hand hinter den Steinblock. »Was meintest du vorhin, Leon, als du sagtest, ihr hättet noch fünfzig Minuten?«

Erstaunt bemerkte ich, dass Mortimer Leon unter halb geschlossenen Lidern beobachtete. Sämtliche Härchen an meinem Körper stellten sich auf, ich bekam eine Gänsehaut. Mit plötzlicher Gewissheit wusste ich, dass etwas ganz Schreckliches bevorstand, ohne auch nur im Geringsten zu ahnen, was. Ich versuchte, Leon und Como zu warnen, brachte aber kein Wort raus.

Leon starrte Mortimer an und schwieg.

»Antworte!«

»Ich werde nie wieder etwas tun, nur weil du es so willst«, sagte Leon ruhig.

Mortimers Augen verengten sich noch mehr, er machte eine blitzschnelle Bewegung, zu der ich ihn nicht für fähig gehalten hätte. Von einer Sekunde zur anderen schoss die Hand, die eben noch hinter dem Steinbrocken gelegen hatte, an meine Kehle, und diese Hand hielt ein Messer, an dem getrocknetes Blut klebte.

14.

Ich saß wie gelähmt an Mortimers Seite und bemühte mich, selbst das Atmen auf ein Minimum zu beschränken. Jeder Millimeter, den ich mich rührte, würde die Spitze des Messers tiefer in meine Haut dringen lassen. Ich wusste nicht, ob der warme Faden, den ich an meinem Hals entlanglaufen spürte, echt war oder eingebildet. Ich wusste nur, dass ich nicht über selbstheilende Kräfte verfügte – und dass ich das heilige Wasser endgültig für Mortimer aufgebraucht hatte.

»Überleg dir das noch mal«, sagte er zu Leon. »Übrigens solltest du generell besser überlegen, bevor du handelst. Du hast nicht nur versäumt, öfter zuzustechen, du hast auch dein Messer liegen lassen. Sehr leichtsinnig. Und jetzt beantworte meine Frage. Fünfzig Minuten, bis was passiert? Und wie viele davon sind noch übrig?«

Leon hatte aufspringen wollen, als Mortimer mich packte, war jedoch von Como zurückgehalten worden. Noch immer stand er halb erhoben da, wie mitten in der Bewegung erstarrt. »Ich wollte, es wäre vorhin nach mir gegangen, dann wärst du da, wo du hingehörst«, zischte er.

»Ich tendiere inzwischen dazu, dir Recht zu geben«, sagte Como, »aber man soll nicht beklagen, was man nicht mehr ändern kann. Juta hat die Quelle versiegen lassen, zusätzlich habe ich beschlossen, die Grotte zu sprengen. Unter uns wird in …« Er sah auf die Uhr. »… etwa zwanzig Minuten alles hochgehen.«

»Direkt unter uns?«, erkundigte sich Mortimer in einem fast beiläufigen Tonfall, als säße er in einem Büro und führe ein Geschäftsgespräch.

»Nein. Hier wird's ein bisschen ungemütlich, aber die Grotte ist zu weit entfernt, als dass wir in ernsthafter Gefahr wären.«

»Dann nehme ich an, es ist auch zu spät, die Explosion noch zu verhindern.«

Como nickte und starrte Mortimer herausfordernd an.

»Ihr zerstört tatsächlich den heiligen Ort. Ich kann nicht ausdrücken, wie sehr ihr mich anwidert.« Dabei klang Mortimer eher traurig als wütend, und wenn er mit diesem Messer nicht mein Leben bedroht hätte, hätte ich vielleicht wieder einen Anflug von Mitleid verspürt. So hatte ich bloß furchtbare Angst, trotz Leons und Comos Auffassung, *Clavis* würde sich hüten, der Tochter Juturnas zu schaden.

Mortimer holte noch einmal tief Luft und schien sich zu etwas durchzuringen. »Na schön. Es gibt einen einzigen Weg, wie ihr mich davon abhalten könnt, mit Juta dasselbe zu tun wie mit Tobias Herder: Geht zurück in die Unterwelt. Wählt den schnellen Tod, indem ihr der Explosion entgegenlauft, oder den langsamen Tod des Verhungerns und Verdurstens – ihr habt selbst dafür gesorgt, dass es kein Wasser mehr gibt. Und versucht gar nicht erst, hierher zurückzukommen, ich werde den Mechanismus im Steinquader zerstören, sobald ihr unten seid.« Er machte eine kurze Pause, bevor er hinzusetzte: »Mir ist übrigens gleich, welche Art zu sterben ihr vorzieht.«

Leon machte einen Schritt auf Mortimer und mich zu. »Du dreckiger …«

Weiter kam er nicht, sofort verstärkte sich der Druck des Messers auf meinen Hals. »Sprich ruhig weiter«, sagte Mortimer, »Juta wird jede Silbe spüren.«

»Komm schon, Leon«, ließ sich Como vernehmen. »Mr. Grey meint, was er sagt.«

Ruckartig drehte Leon sich zu ihm um. »Wenn du widerspruchslos da runter gehst und stirbst, hat Juta dich umsonst ins Leben zurückgeholt!«

»Wenn wir nicht gehen, ist der Preis dafür *ihr* Leben. Willst du das?«

»Nein. Natürlich nicht.«

Die Vorstellung, dass Como sich und Leon für mich opferte, war unerträglich. Warum versuchte er nicht wenigstens, sich zu wehren? Anscheinend betrachtete er die Lage als hoffnungslos. Leon dagegen wagte verzweifelt einen letzten Einwand. »Aber wer garantiert uns denn, dass Juta in Ruhe gelassen wird?«

Mortimer lächelte. »Niemand. Mein Wort muss euch genügen. Wenn ihr das Risiko nicht eingehen wollt, werdet ihr eben zusehen, wie sie stirbt.«

Como packte Leons Arm und zog ihn zum Steinquader, der unbewegt an derselben Stelle stand. Offensichtlich gab es für den Ausstieg aus dem Tunnel keinen automatischen Mechanismus, und wegen Mortimers überraschendem Auftauchen hatte niemand daran gedacht, den Eingang wieder zu verschließen. Leon zögerte, gab seinen Widerstand aber langsam auf.

»Komm«, wiederholte Como und schaute ihm in die Augen, bevor er noch einmal zu mir sah. »Egal, was passiert, Ninfea, wir haben das Richtige getan, vergiss das nie.«

»Como, nein! Bitte, Leon, halt ihn zurück!« Einen Moment vergaß ich das Messer an meinem Hals. Ich versuchte sogar, mich von Mortimer loszureißen, doch der hielt mich fest wie ein Schraubstock.

»Es hat keinen Zweck, Juta«, sagte Mortimer in mein Ohr. »Die beiden gehören zu den Menschen, die sich letztlich immer für andere opfern, erst recht für die Tochter der Juturna. Vielleicht haben Sie bisher Ihre Bestimmung als Segen betrachtet, jetzt lernen Sie, dass sie ebenso ein Fluch ist. – Meine Herren, bitte.«

Como war schon die ersten Stufen der Treppe hinuntergestiegen, nun hielt er inne und wartete auf Leon, der meinen Blick suchte. »In meinen achtunddreißig Jahren habe ich eine Menge falsch gemacht – mich gegen *Clavis* und für dich zu entscheiden, war das Beste, was ich je getan habe.«

Hilflos sah ich zu, wie er sich umdrehte und Como folgte. Ich hätte mich in Mortimers Messer stürzen und ihr Opfer unnötig machen sollen, aber im Gegensatz zu ihnen lag mir Heldentum offenbar nicht. Tief in mir ahnte ich außerdem, dass jedes Eingreifen meinerseits, jedes »Opfern«, das Mortimer so verachtete, genau das Gegenteil von dem gewesen wäre, was Leon und Como wollten. Sie wollten, dass ich lebte, und das half mir zumindest ein winziges bisschen, die Scham, die ich angesichts meines Versagens fühlte, nicht übermächtig werden zu lassen.

Gemeinsam mit Mortimer, wenn auch mit völlig unterschiedlichen Gefühlen, lauschte ich auf die immer leiser werdenden Schritte, die in den dunklen Gängen unter uns sehr schnell verklangen, so schnell, dass außer

Frage stand, für welches Ende sie sich entschieden hatten: Sie liefen dem Tod entgegen, während der Steinquader sich langsam zurück an seinen Platz schob.

Als Mortimer sich endlich rührte, kam es mir wie eine Bewegung aus einer anderen Welt vor. Er ließ mich kurz los, weil er beide Arme und Hände brauchte, um sich abzustützen und aufzustehen, und ich erwachte aus meiner Starre. Ich sprintete los, ziellos, bloß weg von Mortimer. Ich war noch nicht weit gekommen, als ich auch schon eine Hand auf meiner Schulter spürte. »Ihre Heilkraft ist wirklich erstaunlich, Juta, obwohl ich mir lebhaft vorstellen kann, Sie wünschten, es wäre anders. Bedauerlich für Sie, dass es jetzt um meine Wünsche geht. Sie werden mir sagen, wie der Mechanismus des Quaders funktioniert, damit ich ihn zerstören kann.«

»Warum sollte ich das tun? Sie haben mir schon alles genommen, was mir wichtig war, es gibt nichts, womit Sie mir noch drohen könnten«, stellte ich plötzlich ganz ruhig fest.

»Meine liebe Juta«, sagte Mortimer schneidend, »Sie mögen uns vor ein paar Stunden unserer Fähigkeiten beraubt haben, das heißt aber keineswegs, dass *Clavis* tot ist. Noch nicht. Wenn ich es befehle, wird morgen einer von uns losgehen und dafür sorgen, dass jemandem, der Ihnen was bedeutet – sagen wir, Ihren Eltern – etwas sehr Unangenehmes zustößt. Wenn Sie das in Kauf nehmen möchten, bitte, weigern Sie sich nur.«

Und ich hatte geglaubt, nicht mehr erpressbar zu sein! Ein flüchtiger Blick auf meine Uhr verriet mir, dass Leon und Como noch knapp fünf Minuten blieben – es war zu spät. Ich konnte nicht verantworten, dass meinetwegen noch mehr Menschen starben. Mortimer dicht hinter mir, ging ich auf den Quader zu, deutete auf die kleinen Gorgonenköpfe und erklärte, was geschah, wenn man in der richtigen Reihenfolge darauf drückte.

Mortimer nickte verstehend. Er schaute sich suchend auf dem Boden um, bis er einen großen, aber handlichen spitzen Stein fand. In umgekehrter Reihenfolge zerschlug er die Köpfe, kein einziges Relief blieb unversehrt. Zum Schluss widmete er sich dem oberen Gorgonenkopf, der seiner Zerstörungswut hartnäckiger widerstand. Stein traf auf Stein, wieder und wieder. Das Erschreckende dabei war, dass Mortimers Gesicht überhaupt keine Regung zeigte, außer der Anstrengung, die ihn sein Tun kostete. Erst nach einer ganzen Weile begann der Gorgonenkopf zu zersplittern, kleinere und größere Stücke brachen heraus, bis kaum noch etwas übrig war, das an die ursprüngliche Form erinnerte.

Wieder schaute ich auf die Uhr. Genau halb sieben. Weiter entfernt begann es leise zu grummeln, das Geräusch schwoll an, wurde lauter wie das Donnergrollen eines Gewitters, unter unseren Füßen bebte spürbar die Erde. Ich hielt mich an dem Quader fest, klammerte mich in meiner Hoffnungslosigkeit an den Stein, krallte meine Finger so fest um eine Kante, dass meine Nägel einrissen und meine Fingerkuppen zu bluten begannen. Ich wollte nicht weinen, und noch viel weniger wollte ich wahrhaben, dass dies der Moment war, in dem Como und Leon starben.

Das Donnergrollen wurde lauter, das Beben unter unseren Füßen stärker. Ich sah hoch und suchte den Bereich des Forum Romanum ab, den ich von hier überblicken konnte. Hinten wirbelte eine Staubwolke auf, die mit dem heller werdenden Tageslicht verschmolz. Dann wurde es still, vollkommen still. Kein Vogel zwitscherte, kein Windhauch war zu spüren, sogar das Rauschen des fernen Verkehrsflusses auf der Via dei Fori Imperiali verstummte.

Mitten in diese Stille vollführte Mortimer einen letzten, diesmal in ungeheurer Rage ausgeführten Hieb auf den Gorgonenkopf. Das Geräusch, das daraufhin die Welt erfüllte, klang wie ein schmerzerfüllter Schrei. Mir war unklar, ob er von Mortimer kam, ob einfach der Mechanismus des Quaders mit lautem Protest endgültig den Geist aufgab – oder ob ich Juturnas Schrei vernahm, die von der Welt der Götter hinabgeschaut und zugesehen hatte, wie das, was vor zweitausend Jahren begann, nun endgültig sein Ende fand.

15.

Mortimers und mein Blick trafen sich über dem Steinquader, ein merkwürdiger Moment, in dem wir beide erschöpft und aller Kraft beraubt waren. Eine Gemeinsamkeit mit Mortimer, und sei es bloß ein Zustand, war das Letzte, was ich wollte. Er hatte weder Como noch Leon eine Chance gegeben, sie waren tot.

Offenbar las Mortimer in meinem Gesicht, was ich dachte. Er hob eine Braue und kam mit dem Messer um den Quader auf mich zu. Da geriet er über eine Unebenheit im Boden ins Straucheln, streckte die Hände aus, um sich abzustützen – und ließ das Messer fallen. Auf das ich mich ohne nachzudenken stürzte. Mortimers Hand kam nur einen Sekundenbruchteil zu spät, sie streifte sogar noch meine. Aber er schaffte es nicht mehr, mich zu packen, bevor ich ein paar Schritte zurückstolperte, mein Gleichgewicht fand und das Messer auf ihn richtete.

Alles in mir schrie: Stich zu! Bring zu Ende, was Leon angefangen hat!

Mortimer sah mich nur an aus diesen grünen Augen. Furchtlos, er schien sich vollkommen sicher zu fühlen. »Sie werden das nicht tun«, sagte er ruhig. »Sie sind wie Leon. Como wäre vielleicht fähig gewesen, mich zu töten, aber Sie nicht.«

Das Fatale war, dass er Recht hatte. Ich konnte das einfach nicht, so sehr ich es mir auch wünschte.

»Haben Sie schon mal daran gedacht, dass Sie sich bei all Ihrer Menschenkenntnis auch irren könnten?«, fragte ich trotzdem. Langsam senkte ich die Hand mit dem Messer, aber nur, um es kurz darauf mit einer schnellen Bewegung gegen Mortimers Bauch zu richten, ziemlich genau dort, wo Leon zugestochen hatte.

»Ich irre mich selten.« Er verzog keine Miene, nur in seinen Augen blitzte es einmal verräterisch auf.

»Das ist zumindest eine Einschränkung. Vielleicht bin ich so, wie Sie glauben, vielleicht nicht. Es wird noch eine Weile dauern, bis Sie das rausfinden, zuerst möchte ich ein paar Antworten. Setzen Sie sich.« Mit der freien Hand deutete ich auf den Boden.

Mortimer seufzte und tat, was ich verlangte. Er behielt dabei das Messer im Auge, das jeder seiner Bewegungen folgte, während ich mich vor ihm niederließ, den Quader in meinem Rücken. Ich musste mich anlehnen.

»Was möchten Sie wissen?«, fragte er. »Was aus Emily geworden ist, nachdem Sie in Ihre eigene Zeit zurückgekehrt sind?«

Das wäre allerdings interessant, würde mich zu diesem Zeitpunkt aber zu sehr von dem ablenken, was wirklich wichtig war. »Später. Erst erzählen Sie mir, was es mit Ihrer … Freundschaft zu James auf sich hatte.«

Mortimers Blick schweifte in die Ferne. »Meine Familie wurde zu den Neuen Ersten gewählt, nachdem Jacques Jacobé uns verraten hatte, und *Clavis* hat sich von der ersten Sekunde an geschworen, ihn aufzuspüren, ihm die Schlüssel abzunehmen und ihn zu töten. Der Schwur wurde auf seine Nachfahren ausgedehnt, nachdem er uns erfolgreich durch einen Selbstmord entkommen war. Meine Aufgabe war es, James zu finden, was mir relativ schnell gelang. Ich habe gedacht, ich würde ihn verachten und hassen, doch erstaunlicherweise war das nicht der Fall, ich bewunderte ihn sogar. Er war ein großartiger Mensch und wurde ein hervorragender Heiler, obwohl er sich alle Mühe gab, seine Genialität und deren Ursprung geheim zu halten. Aber er war auch allein und einsam, und ich beschloss, das auszunutzen und sein Freund zu werden. Das machte es für mich leichter, an die Schlüssel zu kommen, und außerdem hoffte ich, dass er mir zuvor noch ein paar Dinge anvertraute, die ich sonst nie erfahren würde.« Mortimer machte eine kleine Pause und lächelte. »Am Ende stellte sich heraus, dass ich zu lange gewartet hatte. Schon als er Claire kennen lernte, hätte ich ahnen müssen, dass er mit ihr eine Vertraute fand, die mich ersetzte.«

»Wie ist James überhaupt seiner Frau begegnet? Wusste sie, wer er war?«, erkundigte ich mich.

»Oh ja. Claire gehörte zu dem Kreis der Menschen, die Kontakt zu den Ersten aufnahmen, obwohl sie sich der zusätzlichen Gefahr bewusst waren, die ihnen dadurch von unserer Seite drohte«, erwiderte Mortimer. »Dass sie James sogar heiratete, war ein weiteres Risiko, weil Aussteiger sicherer lebten, wenn sie verstreut blieben. Sie hat ihn sehr geliebt, so wie James sie geliebt hat. Was meinen Untergang bedeutete. Ich blieb selbstverständlich James' Freund, war ihm aber einfach nicht mehr so nahe wie zu Beginn unserer Freundschaft. Ich hätte ihm besser gleich das Geheimnis abpressen sollen, als ich ihn noch kaum kannte und mich keinerlei Gefühle hinderten zu tun, was notwendig war.« Mortimer sah endlich zurück zu mir. »Das fällt Ihnen schwer, nicht wahr, sich vorzustellen, ich könnte Freundschaft oder sogar Liebe empfinden. Ich gebe zu, dass das eine Schwäche ist, die ich mir anlasten muss, von der ich mich aber seit vielen Jahrzehnten befreit habe. Damals jedenfalls habe ich den Fehler begangen, subtiler vorgehen und James und seiner Familie nicht schaden zu wollen, selbst als *Clavis* mich massiv drängte, endlich etwas zu tun. Ich habe zu lange gewartet«, wiederholte er. »James hat irgendwann begriffen, dass ich nicht der Freund war, für den ich mich ausgab, oder vielleicht war es sogar Jake, der seinen Vater darauf aufmerksam machte. Der Junge hatte einen scharfen Verstand, womöglich war er einer der klügsten Köpfe der Familie. Wie dem auch sei, James täuschte mich schließlich ebenso wie ich ihn getäuscht hatte. Eines Tages, etwa ein halbes Jahr nach Ihrem Intermezzo in Bath, war er fort.«

Mit Genugtuung sah ich, dass Mortimer daran immer noch zu knabbern hatte. »Und die Sache mit dem Paracelsus-Zitat auf dem Gorgonen-Briefpapier?«, fragte ich. »Wenn Jake wusste, dass Sie zu *Clavis* gehörten, wird er Ihnen kaum diesen Brief geschickt haben.«

»Das Ding war eine Fälschung. Leon hatte mir eine genaue Beschreibung des Briefes geliefert, den Sie in Salzburg bekommen hatten. Ich dachte, das macht sich ganz gut, damit Sie am Ball bleiben und wissen, dass Sie auf der richtigen Spur sind. Wo wir schon von Fälschungen reden: Der Gedenkstein stammt nicht von mir, sondern wohl eher von Jake, wie immer er das hingekriegt hat. Ich sage ja, er war ein besonderes Kind und sicher auch ein außergewöhnlicher Mann. Sie kannten ihn ja.«

In diesem Moment hätte ich fast zugestochen, was Mortimer mir zweifellos ansah, er zuckte merklich zurück. Meine Hand zitterte, ich riss mich zusammen, es gab noch ein paar Dinge, die ich wissen wollte.

»Wann ist Ihnen klar geworden, dass ich nicht nur die Tochter der Juturna war, sondern auch in die Vergangenheit gehörte? Denn das haben Sie doch gewusst, oder?«

Mortimer nickte. »Vom ersten Moment an, in dem ich Sie im Henrietta Park sah. Ich kannte Fotos von Ihnen, aber – gestatten Sie mir das Kompliment – die wurden Ihnen nicht gerecht und waren eben nur Bilder, nichts Lebendiges. Als ich vor Ihnen stand und feststellte, wie sehr Sie Emily Fountain tatsächlich glichen, auch in Ihrem Blick, Ihrer Körpersprache, habe ich vieles verstanden, was mir vorher ein Rätsel war. Zum Beispiel die Wandlung in Emilys Charakter und ihre Verwirrung, nachdem ich sie aus jener Hypnose geholt hatte, mit der gleichzeitig Sie, Juta, zurück in Ihre Zeit gelangt waren. Ich habe mir da ernsthafte Vorwürfe gemacht, weil ich dachte, ich hätte ihr geschadet, ihr das Gedächtnis genommen statt zurückgegeben. So was war mir vorher noch nie passiert.« Beinah zwinkerte er mir zu. »Die Emily, in der Sie steckten, gefiel mir übrigens viel besser, falls Sie das interessiert.«

»Nicht sonderlich«, gab ich zurück. Nur ungern erinnerte ich mich an die Wirkung, die Mortimer damals das eine oder andere Mal auf mich ausgeübt hatte.

»Nein. Das dachte ich mir.« Mortimer grinste, als sei ihm ganz genau bewusst, was in mir vorging. »Wie dem auch sei, von dem Zeitpunkt an, als wir uns im Henrietta Park begegneten – das Zusammentreffen war natürlich von Leon inszeniert worden –, wusste ich, was geschehen sein musste, genauso wie ich wusste, was zu tun war, nämlich Sie in die Vergangenheit bringen, wie es der Lauf der Zeit bestimmte oder bestimmt hatte. Diese Dinge sind ein wenig paradox, kaum logisch zu begründen, dennoch passieren sie immer wieder. Leider konnte ich nicht wissen, dass Sie dieselben Schlüsse ziehen und meinen Plan durchkreuzen, deshalb stand ich dann doch ohne James' Schlüssel da, weil Ihnen die Flucht gelang.« Seine Augen verdunkelten sich etwas. »Mir hätte da bereits klar sein sollen, dass Leon die Fronten gewechselt hat, aber ich muss gestehen, dass ich annahm, er würde wie abgesprochen an Ihnen dranbleiben.«

»Haben Sie uns eigentlich in Bath schon vorher beobachtet?«, fragte ich.

»Nein, das war Wendy. Ich hielt mich da zurück und wollte mich Ihnen erst im Henrietta Park präsentieren. Darf ich Ihnen zwischendrin auch mal eine Frage stellen?«

Widerwillig nickte ich. Gab es wirklich etwas, das Mortimer nicht wusste?

»Wo haben Sie die anderen beiden Schlüssel gefunden? Und das so schnell?«

Ich war überrascht. »Sie sind uns nicht nach Paris gefolgt?«

»Paris – das haben wir vermutet wegen Jacques Jacobé, aber nein, ich habe da noch auf Leon vertraut und geglaubt, er würde mir Bescheid geben, wenn sich was tut. Wo war der Schlüssel?«

Kurz berichtete ich ihm von den Hinweisen auf den Gräbern auf dem Père-Lachaise und dem Échelle de Jacob, um ihm anschließend zu erzählen, dass ich den ersten Schlüssel zwar entdeckt, dann aber wieder verloren und keine Ahnung hatte, wieso ich wieder in seinen Besitz gelangt war. Wahrscheinlich steckte doch Tobias dahinter. Dass der für Como kein Fremder war, hatte mich fast umgehauen und eröffnete ganz neue Möglichkeiten. Damit spielte es keine Rolle mehr, dass Tobias weder einen Schlüssel zu meiner Wohnung noch zu meinem Briefkasten gehabt und nicht an den anderen, viel wichtigeren Schlüssel aus meiner Post hätte kommen können. Entweder er hatte heimlich meinen Briefkasten unter die Lupe genommen oder war vor einem kleinen Einbruch in mein Apartment nicht zurückgeschreckt. Er musste ihn auf jeden Fall an sich genommen und bei sich getragen haben, bis er merkte, in welcher Gefahr er schwebte. Dann erst ließ er ihn mir zukommen – vielleicht die letzte Handlung vor seinem Tod.

»Ich bin wieder dran«, sagte ich. »Was ist mit Tobias?«

»Tobias Herder war ein unwichtiger Mensch, er hat sich bedauerlicherweise in Dinge eingemischt, die ihn nichts angingen. Das hat uns viel Ärger bereitet und ihn das Leben gekostet. Er hat gewusst oder zumindest geahnt, wer Leon war. Wenn er genug Grips im Kopf gehabt hätte, dann hätte er sich zurückgezogen – und Sie ausreichend gewarnt, nebenbei gesagt. Leider entschloss er sich, den Kampf für Sie und für Como zu führen. Sehr dumm.«

»Aber …«

»Nein, Juta. Das reicht, ich habe keine Lust mehr zu Erklärungen, Herder ist kein weiteres Wort wert.« Mit einer plötzlichen, kaum wahrnehmbaren Bewegung beugte er sich vor und riss mir das Messer aus der Hand. Ich war mit den Gedanken bei Tobias gewesen, der so viel riskiert und verloren hatte. Jetzt saß ich in der Falle.

»So schnell kann das Blatt sich wenden«, sagte Mortimer. »Es gibt nur noch wenig zu sagen, was Sie interessieren könnte. Das Erste betrifft mein Auftauchen in Rom. Mir war klar, dass die Reise früher oder später hier endet, ebenso wie mir – leider zu spät – bewusst wurde, dass ich mich auf Leon nicht mehr verlassen konnte. Er hatte sich von selbst nicht mehr gemeldet. Als Sie in Paris waren, musste *ich* sogar *ihn* anrufen, um überhaupt etwas zu erfahren.« Sein Tonfall machte deutlich, dass das eine Insubordination war, die er sich sonst nicht bieten ließ. »Danach hat er sein Handy ausgeschaltet, so dass er unerreichbar blieb. Also kam ich her und wartete und beobachtete das Forum Romanum, bis Sie beide auftauchten. Ich verfolgte jeden Ihrer Schritte und dachte, ich würde mich geschickt genug anstellen, aber anscheinend wurde ich später zu unvorsichtig. Kurz nachdem ich gesehen hatte, wie interessiert und lange Leon um diesen Quader herumgeschlichen war, entdeckte er mich. Er beging den Fehler, mir zu erzählen, was genau er gefunden hatte, wohl weil er wollte, dass ich um den Untergang von *Clavis* wusste, bevor ich starb. Dann stach er zu. Nicht heftig genug, um sein Ziel zu erreichen, aber meine Wunden waren dennoch zu schwer, um sie halbwegs zu heilen, bevor Sie die Quelle zerstörten. In meinem geschwächten Zustand schaffte ich es gerade mal bis hierher zurück. Den Rest kennen Sie.« Mortimer verstummte und starrte mich an. Das Schweigen zog sich in die Länge und trug wenig dazu bei, mich zu beruhigen. Immer noch hatte ich Angst um mein Leben, auch wenn es noch weniger Sinn hatte als je zuvor. So lange Mortimer redete, würde er mich nicht umbringen.

»Was noch?«, fragte ich. »Sie sagten eben, das Erste, was mich interessieren könnte, wäre Ihr Auftauchen. Was ist das Zweite?«

Mortimer verzog die Mundwinkel. »Wollen Sie denn immer noch nicht nach Emily fragen?«

Der unterschwellige Vorwurf war berechtigt, sie hatte meinetwegen ja einiges durchgemacht. »Was ist nun also aus ihr geworden?«, erkundigte ich mich.

Mortimer antwortete nicht gleich, drehte stattdessen das Messer zwischen seinen Fingern hin und her, bis er aufsah und lächelte. »Ich hab sie geheiratet.«

Das erstaunte mich allerdings sehr. Laut James war Emily Mortimer gegenüber ebenso skeptisch gewesen wie ich, sie musste ihre Einstellung später geändert haben. Möglicherweise sogar indirekt durch mich, weil etwas von der Faszination, die Mortimer auf mich ausgeübt hatte, in ihr zurückgeblieben war. »Wie haben Sie das denn geschafft?«, fragte ich trotzdem.

»Ich kann sehr charmant sein, wenn ich will«, lachte Mortimer, »und ich bin sehr geduldig. Ich dachte, es würde helfen, weil ich so James' Familie noch stärker verbunden wäre, immerhin war Emily Claires beste Freundin.« Das Lachen auf Mortimers Gesicht verschwand abrupt. »James hat mich reingelegt und ins offene Messer rennen lassen, meine Motive dürften ihm klar gewesen sein, denn einen Tag nach der Hochzeit hat er sich in Luft aufgelöst.«

»Und dann?«, fragte ich zögernd. Ich wollte das, was kam, eigentlich gar nicht hören, auch wenn ich es schon zu wissen glaubte.

»Dann … ist Emily im Kindbett gestorben.« Mortimer klang völlig emotionslos.

»Sie haben Sie umgebracht«, stieß ich hervor.

Beinah verletzt sah Mortimer mich an. »Sie haben tatsächlich keine gute Meinung von mir. Glauben Sie im Ernst, ich hätte mein Kind gefährdet, auch wenn es von einer Unwissenden war, einer Frau, die keine Ahnung von meinem wahren Ich hatte, von *Clavis* und damit von allem, wofür ich lebte?«

»Sie werden ihr etwas gegeben und es dann so aussehen lassen haben, als wäre sie während der Geburt gestorben.«

»Und die Hebamme?«

»Jemand von *Clavis*?«

»Nein, Juta«, schüttelte Mortimer den Kopf. »Ob es Ihnen nun passt oder nicht, Emily ist bei der Geburt verblutet, niemand hätte ihr helfen können. Die Ärzte setzten all ihr Können ein, wenigstens unsere Tochter zu retten, die glücklicherweise meine Fähigkeiten geerbt hatte. Wenn Sie mir die Schuld für Emilys Tod in die Schuhe schieben wollen, könnten Sie höchstens damit argumentieren, dass ich eine Schwangerschaft überhaupt zuließ. Aber wissen Sie, ich habe Emily auf meine Art sehr gemocht. Wenn ich sie ansah, musste ich immer an die andere Frau denken, die Emily einmal gewesen und die verschwunden war, einfach so.«

Einen Wimpernschlag lang sah ich mich wieder mit Mortimer im Garten in Bath stehen, ich wollte glauben, was er sagte – aber ein Teil von mir weigerte sich, denn dann hätte ich mir selbst die Schuld geben müssen, weil Emily ohne mich, ohne den Rest von mir in ihr, Mortimer vielleicht nie geheiratet hätte.

»In Ihren Augen bin ich die Verkörperung des Bösen«, stellte Mortimer fest. »Nichts, was ich sage oder tue, wird Sie davon abbringen. Vergessen Sie aber eines nicht: Auf gewisse Weise sind Sie dasselbe für mich, denn Sie waren die einzige Hoffnung für *Clavis,* es stand in Ihrer Macht zu entscheiden, ob *Clavis* lebt oder stirbt. Niemand konnte Sie zwingen, die Quelle versiegen zu lassen. Jetzt ist es zu spät.«

Seltsamerweise berührten mich seine Worte, die so resigniert klangen, obwohl ich nichts von dem bereute, was ich getan hatte.

Er erhob sich, das Messer in der Hand, und bedeutete mir, ebenfalls aufzustehen. Es war also so weit – für ihn, seine Rache zu vervollkommnen, für mich zu sterben.

»Vielleicht«, sagte Mortimer, »war die Tochter der Juturna weiser als ich, das wird die Zeit zeigen, aber ich werde es nicht mehr erleben. Mein Weg ist ohne die Kraft der Quelle bald zu Ende.« Er machte einen Schritt auf mich zu, ich wich zurück. »Was haben Sie?«

»Angst«, gab ich zu.

Mitleidig erwiderte Mortimer meinen Blick. »Sie sind schon wieder im Irrtum, Juta. Sie glauben, ich würde Sie töten, aber ich bin kein sehr gnädiger Mensch, und soweit ich es beurteilen kann, wäre der Tod eine

Gnade für Sie. Warum sollten nur die Menschen von *Clavis* für das büßen, was Sie getan haben? Ich möchte, dass Sie leben – und wenn Sie sterben wollen, dann müssen Sie den Mut dazu schon selbst aufbringen.«

Während er sprach, steckte er wie beiläufig das Messer ein. Was er sagte, hallte in mir wider, erschütterte mich, weil er mich so gut kannte und durchschaut hatte – und weil seine Rache so allumfassend war.

Mortimer sah mich an, mit einer Intensität, als wolle er sich mein Gesicht für den Rest seiner Tage gut einprägen. »Leb wohl, Tochter der Juturna.«

Wie in Zeitlupe drehte er sich um und stieg die steinerne Treppe aus dem Keller der Villa hinauf. Immer mehr von seiner Gestalt verschwand, bis ich nur noch seine Schritte auf dem steinigen Boden hörte. Dann verstummte auch dieses Geräusch.

Damals, vor fünfzehn Jahren, als ich ohne Como dastand, hatte ich mich allein, einsam und verlassen gefühlt. Ich hatte gedacht, dass es nichts Schlimmeres geben könnte, dass das die größtmögliche Qual sei, die ein Mensch ertragen konnte. Ich war siebzehn gewesen und ganz und gar ahnungslos, was noch alles auf mich zukommen sollte.

Schwerfällig setzte ich einen Fuß vor den anderen, erklomm die Stufen und begriff erst heute die volle Bedeutung dieser Worte: Verlassen. Einsam. Allein.

Allein?

Ich schaute über das Forum Romanum hinweg, das in immer wärmeren Farben zu leuchten begann, je höher die Sonne stieg. Wie hatte es wohl damals ausgesehen, zu Lusius Zeiten, wie großartig war das hier gewesen? Allen folgenden Jahrhunderten, allen Veränderungen zum Trotz war das Forum Romanum nicht endgültig untergegangen, immer noch zeugten die Ruinen vom einstigen Glanz und von der Stärke des römischen Imperiums. Es gab immer etwas, das weiterlebte und die Erinnerungen und das Leben der Menschen unvergessen machte.

Ich war nicht allein, es gab noch jemanden mit Erinnerungen, Erinnerungen, die zu meinen gehörten so wie meine zu ihren.

Comos Mutter musste erfahren, was geschehen war.

16.

Es gelang mir nicht mehr, das Forum Roman zu verlassen, bevor die Explosion – erstaunlich spät – die Polizei und die Feuerwehr auf den Plan rief. Stattdessen verkroch ich mich in ein Versteck, in dem ich über mein weiteres Vorgehen nachdenken konnte. Ich wollte die Suche nach Maria Giacobbe sofort in Angriff nehmen, von Rom aus, ohne erst nach Hause zurückzukehren. Zwar glaubte ich Mortimer ohne weiteres, dass er mich am Leben lassen wollte, war mir aber auch sicher, dass er mich weiter beobachten lassen würde, und wäre es nur, um bestätigt zu bekommen, wie sehr ich litt.

Ich hatte nicht vor, Mortimer oder sonst jemanden von *Clavis* unabsichtlich zu Comos Mutter zu führen, falls ich sie denn fand. *Clavis'* Rache würde sie ebenso treffen wie Como, Leon oder mich. Deshalb musste ich handeln, solange mir noch niemand im Nacken saß.

Als ich mich endlich ins Freie wagte, blendete mich das helle Licht. Ich trat aus der täuschenden Sicherheit in eine bittere Realität, der ich mich nicht gewachsen fühlte. Wie in Trance lief ich durch ein paar Läden, erstand Klamotten und was ich sonst noch brauchte. Das alles kam mir unwirklich vor, als würde ich jemand anders bei Handlungen beobachten, die mich nichts angingen. Schließlich setzte ich mich auf eine Bank mitten im Straßenlärm und in die Auspuffgase. An einem Kiosk neben mir wurden Sandwiches und Getränke verkauft, und ganz allmählich dämmerte mir, dass dieser fremde Körper meiner war, auch wenn er sich nicht so anfühlte. Ich musste was zu mir nehmen, sonst würde ich es kaum zum nächsten Hotel, geschweige denn nach Kroatien schaffen. Mit Mühe und Not aß ich ein Sandwich, das wider Erwarten drin blieb, und trank viel Wasser. Dabei wurde mir klar, dass ich nicht von jetzt auf gleich schon wieder in einem anderen Land sein, eine weitere Aufgabe bewältigen konnte, als wäre nichts geschehen. Ich brauchte wenigstens ein bisschen Zeit, das alles zu verarbeiten, ich brauchte einen langen Weg für mein Ziel, keinen Flieger. Ich brauchte ein Auto. Der Fiat fiel mir ein, doch den Schlüssel dazu hatte Leon bei sich gehabt. Ohnehin wäre ein Mietwagen auf die Dauer zu teuer gewesen, ein billiger Gebrauchter eignete sich besser. Den allerdings würde ich anmelden müssen, was für mich als Ausländerin sicher eine Odyssee, wenn nicht gar unmöglich wäre.

Vielleicht, kam mir plötzlich die Idee, gab es noch einen anderen Weg. Ich kannte jemanden in Rom, in Genzano di Roma genauer gesagt, etwa dreißig Kilometer südlich der Stadt in den Albaner Bergen. Zwar lag unser letztes Zusammentreffen schon ewig zurück, aber das war sogar von Vorteil, denn es bedeutete, dass *Clavis* vermutlich nichts von dieser Bekanntschaft wusste.

Sicherheitshalber suchte ich ein öffentliches Telefon, und als Andrea abnahm, hörte ich ihm an, dass er zuerst überlegen musste, wer ihn da so unerwarteterweise nach sechs Jahren Stillschweigen anrief. Dann aber klang er vollkommen begeistert und versprach, alles Menschenmögliche zu tun, um mir zu helfen. Andreas und meine Bekanntschaft beruhte auf einem kleinen Missverständnis – ich hatte damals eine Mitfahrerin nach Italien gesucht, weil Ulli kurzfristig ausgefallen war, ich aber meinen Urlaub und das gebuchte Hotel nicht in den Wind schreiben und mir außerdem mit jemandem das Benzingeld teilen wollte. Auf meine Anzeige hatte sich Andrea gemeldet. Ich war davon ausgegangen, es mit einer Frau zu tun zu haben, und entsprechend überrascht gewesen, als ein italienischer Mann vor mir stand, der zurück nach Hause wollte und sich weder Zug noch Flug leisten konnte. Es wurde ein unvergesslicher Urlaub, Andrea zeigte mir Rom, wie es nur die wenigsten Touristen zu sehen bekommen. Danach gingen noch einige E-Mails hin und her, bevor der Kontakt einschlief. Bis zu diesem Zeitpunkt.

Die Stunden bis zum Treffen mit Andrea nutzte ich sinnvoll. Einmal unterwegs nach Split, wollte ich so wenig Spuren wie möglich hinterlassen, das hieß, ich durfte nur noch in Rom Geld aus dem Automaten ziehen, so dass *Clavis* aus meinen Kontobewegungen nicht ableiten konnte, wo ich mich aufhielt. Gleiches galt für die Kreditkarte, deshalb hob ich von meinen beiden Konten, dem geschäftlichen und dem privaten, jeweils den Höchstbetrag ab und nahm mir vor, das am nächsten Tag zu wiederholen. Schließlich kaufte ich einen Kroatien-Reiseführer und eine Straßenkarte und suchte mir eine Route aus für den Fall, dass Andrea mir mit dem Wagen helfen konnte.

(Fast) auf die Minute pünktlich wurde ich von Andrea umarmt und auf beide Wangen geküsst – und das Verrückteste war, dass er Auto und Fahrzeugschein gleich mitbrachte. »Kannst du haben, solange du willst. Ist von einem Kumpel, der gerade drüben in den Staaten arbeitet.«

»Aber …«, wandte ich ein, doch Andrea zuckte die Achseln, schüttelte den Kopf und grinste.

»Der wird schon einverstanden sein, Juta. Für eine bezaubernde Frau tun wir Italiener einfach alles!«

»Dabei kann ich dir nicht mal sagen, was mich eigentlich hierhergeführt hat und wohin ich will.«

Wieder das Schulterzucken und das Grinsen, das in dieser Kombination nur die Südländer fertig bringen. »Na und? Jemand, der beim Anblick der Piazza Navona im Abendlicht in Tränen ausbricht, muss ein gutes Herz haben. *Ecco!* Ich vertraue dir!«

So einfach war das. Ich hatte ein Auto – von jemandem, der keine Fragen stellte und der mir außerdem ansah, dass ich auf langes Erinnerungenaufwärmen lieber verzichten wollte.

»Pass auf dich auf«, sagte Andrea zum Abschied und winkte mir hinterher, als ich mich mit etwas mulmigem Gefühl in den römischen Verkehr einreihte.

In einem Randbezirk von Rom suchte ich mir eine günstige Pension, wo ich für den Rest des Tages nur im Bett lag, versuchte, in den Schlaf zu finden und alternierend dazu grübelte. Unter anderem schweiften meine Gedanken zu Maria Giacobbe. Was wusste sie eigentlich – über mich und meine Verwicklung in die ganze Sache?

Erschreckend deutlich erinnerte ich mich an Comos Ratlosigkeit, als ich ihn fragte, weshalb Juturna mich auserwählt habe: *Mein Vater hat versucht rauszufinden, was dich mit Juturna und mit uns verbindet. Falls er Erfolg hatte, hat er das Geheimnis mit in den Tod genommen.*

Wirklich? Sehr wahrscheinlich hatte Jake die letzten Stunden seines

Lebens gemeinsam mit seiner Frau verbracht, und sicher war in diesen Momenten vieles wichtiger gewesen als ich. Dennoch könnte er ihr etwas anvertraut haben, das mich betraf. Falls das so war, blieb unklar, warum sie es Como später nicht gesagt hatte. Dafür fiel mir nur eine einzige Erklärung ein: Die Beziehung zwischen ihr und mir war nicht besonders herzlich gewesen, es war mir nie gelungen, Zugang zu ihr zu finden. Deshalb fiel es mir auch schwer, als »Maria« an sie zu denken, sie war immer nur »Comos Mutter« gewesen. Aus irgendeinem Grund mochte sie mich nicht. Aber ich musste sie aufspüren – nicht nur Comos wegen, wie mir langsam aufging, sondern auch, weil zumindest eine vage Chance bestand, etwas zu erfahren, was mich sonst für den Rest meines Lebens beschäftigen würde: Warum ausgerechnet ich?

Am Sonntagvormittag telefonierte ich mit Ulli, sagte ihr, dass es mir gut ging und sie sich keine Sorgen machen sollte, wenn sie wie bisher lange nichts von mir hören würde. Sie war wenig entzückt, dass sie nicht mehr aus mir rauskriegte, versprach aber, sich um das Geschäft zu kümmern, das mir unendlich weit weg und vollkommen unwichtig vorkam, obwohl es meinen Lebensunterhalt bestritt. Ich ließ sie in dem Glauben, mich über das Handy erreichen zu können, das ich allerdings nicht mehr benutzen wollte.

Mittags hob ich wieder Geld von meinen Konten ab, vom Geschäftskonto weniger, damit Ulli im Notfall nicht ohne Kohle dastand. Damit waren meine Reserven so gut wie erschöpft.

Ich machte mich auf den Weg durch das Land nach Pescara, wo ich eine Fähre nach Split nehmen wollte, doch als ich dort am Hafen ankam, stellte ich fest, dass die nur in den Sommermonaten verkehrte. Nun würde ich also wahrhaftig lange unterwegs sein, sehr viel länger als mir lieb war. Die Dame am Schalter sah mir meine Verzweiflung an, und zum zweiten Mal innerhalb kurzer Zeit konnte ich mich vom Improvisationstalent der Italiener überzeugen. In den frühesten Morgenstunden fand ich mich mitsamt meinem zwölf Jahre alten Lancia auf einem Frachter in Richtung Split wieder.

Die Lichter an der Küste wurden immer kleiner, bis sich die winzigen

Punkte in nichts auflösten und ich nur noch vom Rauschen des Meeres umgeben war. Hinter mir lag Italien, wo ich so viel zurückgelassen hatte. Und vor mir lag das unbekannte Land, in dem ich hoffte, Antworten auf meine Fragen zu finden.

Teil 11 – Kroatien

1.

Seit der Stunde X in Rom waren zweieinhalb Tage vergangen. Ich saß in einem Restaurant an der Hafenpromenade von Split, hinter mir der Diokletian-Palast, der Ende des dritten Jahrhunderts erbaut worden war und eines der beeindruckendsten Zeugnisse römischer Architektur in diesem Landstrich darstellte. So beeindruckend wie das Forum Romanum und doch ganz anders, weil sich innerhalb der mächtigen Mauern Ströme von Menschen durch die Gassen mit ihren Geschäften und Straßencafés treiben ließen.

Sagte jedenfalls mein Kroatien-Reiseführer. Ich sah nur die faszinierenden Fassaden, hatte aber noch keinen Fuß hineingesetzt und das auch nicht vor. Stattdessen wollte ich mir ein schnelles Mittagessen gönnen, um mich gleich anschließend wieder auf den Weg zu machen. Während ich unter der grünen Markise auf Kaffee, Wasser und Pizza wartete, holte ich eine Europa-Straßenkarte aus dem Rucksack. Ich schlug die Karte an der entsprechenden Stelle auf, doch die roten, gelben und teilweise grünen Straßen darauf verschwammen vor meinen Augen. Die letzte Nacht war kurz gewesen, ich brauchte dringend einen Kaffee.

Als der Kellner mir mit einem Lächeln und einem Wort, das klang wie »Molim« und wahrscheinlich »Bitte sehr« bedeutete, den Kaffee und die ersehnte Flasche Wasser brachte, klappte ich die Karte zu. Ich würde mich später damit befassen. Erst mal nahm ich einen Schluck von dem sehr heißen Kaffee und trank anschließend das Wasser. Wasser. Welche Bedeutung das jetzt für mich hatte. Es kühlte meinen Körper und weckte meine Lebensgeister. Früher war mir das nie aufgefallen.

Vor mir lag eine neue Suche. Como hatte sich nur sehr dürftig zu Marias Aufenthaltsort geäußert. Das wiederum hieß, dass ich mich durchfragen musste – in einem Land, in dem ich mich nicht verständigen konnte. Sicher sprach man hier in Split und den anderen Touristenorten englisch oder sogar deutsch, aber im Hinterland? In Dörfern? In Klöstern? Schwierig, aber es würde schon klappen, ich hatte schon ganz andere Dinge bewältigt. Ein paar Minuten später brachte der freundliche Kellner die Pizza – die größte meines Lebens, von der ich höchstens ein Viertel schaffen würde. Ich aß ja ohnehin bloß, damit mein Körper funktionierte. Ungeduldig schob ich den Rest zur Seite und holte die Straßenkarte hervor, auf die ich mich nun konzentrieren konnte. Was genau hatte Como gesagt?

Das Kloster liegt sehr einsam im Hinterland von Split, da gibt's nichts weiter als karge Berge und sehr weit entfernt die Ahnung von bewaldeten Hügeln und einem See.

Im direkten Hinterland von Split konnte ich allerdings keine Seen entdecken. Ein ganzes Stück entfernt an der Küste, bei einem Ort namens Omiš, gab es einen breiten Fluss, der sich erst noch weiter nach Süden und dann wieder in Richtung Norden schlängelte, dort nach etlichen Kilometern dann aber in einen sehr lang gezogenen See mündete, den Peručko jezero. Dort in der Nähe musste der Fluss in den Bergen entspringen. An der einen Seite des Sees führte eine gut ausgebaute Straße entlang, dahinter allerdings lag ein Gebirge – wie auch auf der anderen Seite des Peručko jezero, der etwa sechzig oder siebzig Kilometer von Split entfernt sein mochte. Das noch als Hinterland der Hafenstadt zu bezeichnen, schien gewagt, wenn auch nicht ausgeschlossen. Ich ließ meine Augen auf der Suche nach weiteren Seen erneut gründlich über die Karte schweifen und entdeckte eine zweite große blaue Fläche, allerdings schon in Bosnien-Herzegowina, das kam nicht in Frage. In der Nähe von Postranje befanden sich ebenfalls zwei kleinere Gewässer, aber das war entschieden zu weit weg.

»Hat es Ihnen nicht geschmeckt?«

Die englische Frage des Kellners, der ganz unglücklich auf meinen noch fast vollen Teller guckte, ließ mich hochschrecken.

»Doch, doch. Es war nur viel zu viel.«

»Ah!«, stieß er sichtlich erleichtert hervor, dann schaute er auf die ausgebreitete Karte. »Kann ich Ihnen helfen? Wohin wollen Sie denn?«

Einen kurzen Moment, in dem ich es ernsthaft für möglich hielt, dass

Clavis diesen Mann geschickt hatte, zögerte ich. Dann brachte ich mich selbst zur Vernunft. »Ich suche ein Kloster in den Bergen, mit Blick auf einen See. Leider kenne ich den Namen des Klosters nicht.«

Der Kellner, der laut des Stickers auf seiner Schürze Ante hieß, runzelte die Stirn. »Das soll in der Umgebung von Split sein? Ich wüsste nicht, dass es hier so was gibt. Das nächste Kloster ist in Sinj«, sagte er und tippte auf ein schwarzes Viereck mit einem Kreuz darauf. »Da ist zwar kein See in der Nähe, aber möglicherweise können Ihnen die Franziskaner-Mönche dort helfen.«

»Das ist eine gute Idee«, stimmte ich zu. »Ich werde auf jeden Fall hinfahren und nachfragen. Danke!«

»Kein Problem«, lächelte Ante. »Soll ich Ihnen den Rest von der Pizza einpacken? Wär doch schade, sie wegzuschmeißen, und sie schmeckt auch noch kalt.«

Ich konnte mir was Besseres als kalte Pizza vorstellen, besonders nach meiner letzten Erfahrung damit in Rom, wollte den hilfsbereiten Ante aber nicht enttäuschen. Also nickte ich. Während er mit dem Teller verschwand, suchte ich die Karte nach weiteren Vierecken mit Kreuzen ab. Tatsächlich gab es eins nördlich des Perućko jezero, daneben stand Sveti Spas. Es lag nahe der Quelle des Flusses Cetina und eines Ortes mit demselben Namen.

Ich sah hoch und über die Hafenpromenade hinweg auf das blaue Meer. Konnte ich mir die Fragerei in Sinj sparen? War Comos Mutter in diesem Kloster? Ich wusste weder, wie abgelegen und einsam das war – die nächste Straße lag recht dicht dabei, zu dicht für meinen Geschmack –, noch, ob man von dort auf den See blicken konnte.

Dennoch … Irgendwas spukte mir im Kopf herum, etwas, das ich gerade gesehen hatte. Ich schaute wieder auf den Plan, fand aber nichts von besonderer Bedeutung. Als Ante mit der in Alufolie verpackten Pizza zurückkam, fragte ich ihn nach seiner Meinung. »Könnte es vielleicht Sveti Spas in Cetina sein, das ich suche?«

Zweifelnd runzelte er die Stirn. Er setzte an, etwas zu sagen, dann deutete er auf den Platz neben mir. »Darf ich kurz?«

»Ja, klar!«

Ante setzte sich und tippte mit dem Finger auf die Karte. »Ich komme selbst aus der Gegend, deshalb weiß ich einigermaßen gut Bescheid. Die ursprüngliche Heilige Erlöserkirche Sveti Spas ist nur noch eine Ruine, wenn auch eine gut erhaltene – mit einer traurigen und wechselhaften Geschichte, ein Spiegelbild unseres Landes, könnte man sagen.« Er machte eine kurze Pause, dann fuhr er lächelnd fort: »Es gibt drei verschiedene Schichten von Gräbern auf dem riesigen Areal des Friedhofs: Die unterste Schicht besteht aus der größten kroatischen Nekropole mit über tausendsechshundert Gräbern, in denen karolingisches Gold aus dem achten Jahrhundert gefunden wurde. Darüber fand man Gräber aus der Zeit des bosnischen Königs Tvrtko, und darüber befindet sich der heutige orthodoxe Friedhof«, erklärte er weiter, und ich fragte mich schon, weshalb er mir das alles so haarklein auseinandersetzte. »Was ich damit sagen will«, fuhr er fort, »sind Sie auf der Suche nach einem orthodoxen Kloster?«

Etwas ratlos zuckte ich mit den Schultern. Nicht nur, dass es sich bei Sveti Spas um eine Kirche statt um ein Kloster handelte – an orthodoxe Klöster hatte ich bisher keinen Gedanken verschwendet.

»Also, ich kann mir nicht vorstellen, dass Sveti Spas Ihr Ziel ist«, stellte Ante fest. »Aber es ist auf jeden Fall sehenswert und interessant, gerade auch wegen der Cetina-Quelle ganz in der Nähe. Das Wasser dort ist berühmt, müssen Sie wissen, sogar der kaiserliche Hof in Wien wurde früher mit Quellwasser beliefert.«

Das war es, das hatte ich auf der Karte gesehen, ohne es wahrzunehmen: die Quelle! Vielleicht bedeutete es gar nichts, immerhin waren Flussquellen bisher nie wichtig gewesen, aber es schien doch auffällig, dass ich schon wieder mit der Nase auf eine Quelle gestoßen wurde. Gut, Ante hatte nichts von heiligem Wasser gesagt. Aber es musste dennoch als etwas Besonderes gegolten haben, sicher als gesund, vielleicht sogar als heilbringend, sonst hätte man in Wien ja auch anderes Wasser importieren können.

Ante erhob sich. »Ich muss wieder«, sagte er mit Blick auf einen Kollegen, der ihn missmutig beäugte.

»Ja, natürlich. Und vielen Dank für die Hilfe!« Ich bedachte ihn mit einem großzügigen Trinkgeld und verabschiedete mich.

»Viel Glück bei Ihrer Suche«, wünschte er mir.

Das konnte ich brauchen. Ich würde nach Cetina fahren, auch wenn Ante kein Kloster in der Umgebung der Quelle erwähnt hatte. Ich folgte meinem Instinkt.

2.

Ich verließ Split, fuhr vorbei an hässlichen Plattenbauten, die nichts gemein hatten mit der antiken Altstadt und nach einem winzigen Bruchteil der Zeit in sich zusammenfallen würden – das ganze Gegenteil des Diokletian-Palastes, den ich mir nicht mehr ansah. Vielleicht würde ich das mal nachholen, wenn alles vorbei war und ich wieder ein ganz normales Leben führen konnte. Obwohl mir allein der Gedanke an ein »ganz normales Leben« geradezu absurd vorkam.

Die Gegend entlang der E 71 war ziemlich trist, ich passierte ein paar kleinere Ortschaften, in denen ich kaum einen Menschen sah. Der große Stausee kam langsam in Sicht, das Wasser, in dem sich die Farbe des Himmels reflektierte, war tiefblau. Hinter dem Perućko jezero lag eine Bergkette mit wenigen Bäumen; Städte oder Dörfer gab es anscheinend nicht, jedenfalls konnte ich keine erkennen. Auf meiner Seite des Sees waren die Berge grüner, und der Gegensatz verschärfte sich, je weiter ich fuhr. Jetzt lag am gegenüberliegenden Ufer eine hohe und sehr karge Gebirgskette, während links die Berge niedriger wurden. Der See verbreiterte sich nach Norden hin, sein Wasser wurde grüner und sanfter, glatt wie eine Spiegelfläche, eine kleine bewaldete Halbinsel ragte hinein. Schließlich kam ich nach Vrlika, einem kleinen Ort am Fuß eines Bergmassivs, auf dem eine Festungsruine thronte. Die Straßen führten ein Stück den Hang hinauf, schon von dort musste man einen guten Blick auf den Perućko jezero haben, von der Festung aus war er sicher unübertrefflich.

Die Ruine?, ging es mir kurz durch den Kopf. Aber nein, das war eben bloß eine Ruine, so viel sah man auch von hier unten, da gab es kein Kloster. Außerdem hatte Como nichts von einer Stadt erwähnt. Kurz hinter Vrlika bog ich in eine schmalere Straße nach rechts ab, nach einer weiteren Kreuzung noch einmal nach rechts und war wenig später in Cetina.

Das, was noch von der Erlöserkirche Sveti Spas übrig geblieben war, der quadratische Glockenturm ohne Spitze und ein Großteil des Hauptschiffes, dem das Dach fehlte, ragte hoch auf inmitten eines wilden, grasüberwucherten Gräberfelds. Die meisten Steine und Kreuze standen noch gerade, einige schon nach vorn oder zur Seite geneigt. Ich rief mir in Erinnerung, was Ante gesagt hatte, wie alt das hier war und auf wie vielen Schichten von Gräbern ich mich bewegte. Etwas Vergleichbares hatte ich bisher nur in den etruskischen Nekropolen in Italien empfunden: Staunen, Ehrfurcht und den Wunsch, in die Vergangenheit sehen zu können, um zu wissen, wie diese Menschen, die seit Ewigkeiten tot waren, gelebt hatten. Damit meinte ich nicht das »Wissen« aus Geschichtsbüchern, sondern das Gespür für ihr Leben, für ihre Zeit, für das, was sie fühlten und dachten.

Ich richtete den Blick nach oben zum Glockenturm und in den Himmel darüber, und mir wurde bewusst, dass mir dieser Wunsch erfüllt worden war. Nicht über Jahrhunderte oder Jahrtausende hinweg, aber doch über fast sechzig Jahre. Ich war in der Vergangenheit gewesen und hatte sogar teilgenommen am Leben der Menschen. Dieser Gedanke brachte mich zurück zu meinem Ausgangspunkt. Sveti Spas und der Friedhof waren faszinierend, aber eben nicht mein Ziel. Ich hoffte so sehr, dass die Quelle der Cetina mich weiterbringen und einen Hinweis liefern würde. Außerdem war ich neugierig auf das hochgelobte Wasser und darauf, was es möglicherweise bei mir bewirkte.

Die Quelle sprengte jeden Rahmen. Sie sah aus wie ein riesiges blaugrüntürkis schimmerndes Auge, hundert Meter tief, das Wasser so unglaublich klar, jedes Felsenriff war deutlich zu erkennen. Ich glaubte, in einen unendlichen blauen Abgrund zu sehen, der mich zu sich hinabzog. Es hätte beängstigend sein müssen, stattdessen fühlte ich Ruhe, nahm nichts um mich herum wahr, sah nur auf das Wasser. Vorsichtig ließ ich mich am Rand nieder, streckte meine Hand aus, zögernd, weil ich fürchtete, etwas Heiliges zu stören, wenn ich sie eintauchte. Meine Finger schwebten Millimeter über der Oberfläche, als würden sie das Wasser streicheln und liebkosen. Dann berührten sie das kalte Nass. Ich spürte ein Prickeln in meinen Fingerspitzen, das ganz langsam meinen Arm hinaufzog bis hinein in meinen Kopf, als meine Hand ganz von Wasser umschlossen wurde.

Du bist auf dem richtigen Weg, Ninfea!

Zu Tode erschrocken riss ich meinen Arm hoch, das Wasser der Quelle spritzte mir ins Gesicht, benetzte meine Wangen und Stirn mit feinen Tröpfchen. Como. Das war eindeutig Comos Stimme gewesen.

Um regelmäßiges Atmen bemüht, schaute ich abwechselnd von der Quelle auf meine Hand. Sollte ich es noch mal probieren? Was würde ich dann hören?

Ich beugte mich ein kleines Stück vor und tauchte erneut die Hand ein. Wieder umschloss mich das wohltuende Wasser, umspielte meine Finger – eine Energie, die ich zuvor nicht wahrgenommen hatte, durchdrang mich und gab mir die Ruhe zurück, die ich beim ersten Anblick der Quelle gespürt hatte. Ich tauchte auch die rechte Hand ein, formte aus beiden Händen eine Schale, in der ich das Wasser auffing. Vorsichtig hob ich die Hände an die Lippen und trank einen Schluck.

Folge deinem Gefühl und deinem Instinkt, du weißt, wohin du gehen musst.

Diesmal erschrak ich nicht. Es hätte Comos Stimme sein können – oder meine eigene.

3.

Ich befand mich in einem seltsam schwebenden Zustand, trotzdem war ich mir jedes einzelnen Schrittes, jeder Bewegung bewusst. Ich stieg in mein Auto, in dem ich die Straße, auf der ich gekommen war, weiter bis an ihr Ende fuhr. Dort mündete sie in einen Fußweg. Wie selbstverständlich verließ ich den Wagen und schulterte meinen Rucksack, in dem nur das Nötigste war. Viele der Sachen, die ich in Rom noch gekauft hatte, ließ ich zurück.

Der Weg führte mich ein langes Stück geradeaus, wieder in Richtung des Perućko jezero. Die Sonne ging unter, die Dämmerung wurde langsam zur Nacht, als ich an eine Gabelung kam. Ohne zu überlegen bog ich nach links ab. Von da an wurde es beschwerlicher, weil es stetig bergauf ging, noch dazu war es dunkel. Trotzdem ging ich unbeirrt weiter, bis mein Körper kapitulierte. Vielleicht hätte ich etwas von dem Wasser der Quelle abzweigen sollen wie Leon damals bei der Juturna-Quelle. Damals? Ich blieb stehen, die Hände in die Hüften gestemmt, und atmete schwer. Das lag erst zwei Tage zurück.

Seit dem Verlassen der Quelle war ich niemandem begegnet, und jetzt stand ich mitten im Nirgendwo und wusste nicht mal, wo ich die Nacht verbringen sollte. Dennoch spürte ich nach wie vor keine Angst. Zuversicht hatte sich meiner bemächtigt, es war richtig, was ich tat, ich durfte nur nicht aufgeben.

Ich ging nur langsam weiter, weil ich aufpassen musste, nicht zu stolpern und hinzufallen. Wahrscheinlich hatte auch das einen Sinn, denn wäre ich so schnell gegangen wie anfangs, hätte ich die unscheinbare Abzweigung übersehen, die ich automatisch nahm. Unter meinen Füßen lösten sich kleine Steinchen, das einzige Geräusch, das mich begleitete. Ich wähnte mich vollkommen allein und glaubte deshalb im ersten Moment an eine Täuschung, als ich ein Licht vor mir sah. Der Weg hielt direkt darauf zu, so dass ich bald ein kleines Steinhaus erkannte, aus dessen offen stehender Tür der Schein einer Lampe drang.

Zum ersten Mal auf meiner Wanderung überkamen mich Zweifel. Ich fühlte mich abgekämpft, hatte Durst, wenn auch noch immer keinen Hunger, und außerdem wurde es allmählich empfindlich kühl in den Bergen. Die Nacht unter einem ordentlichen Dach zu verbringen, war ein verführerischer Gedanke. Aus dem Inneren des Häuschens drang leises Klappern. Ich klopfte an den Türrahmen und trat zwei Schritte zurück.

Es dauerte nur einen Augenblick, bis eine Frau in einem einfachen Wollkleid erschien, die etwas auf Kroatisch sagte. Hilflos zuckte ich mit den Schultern und bedeutete ihr mit Zeichensprache, dass ich durstig war. Ich hätte mir in Split ein Wörterbuch kaufen sollen, doch sie verstand auch so, nickte und winkte mich ins Haus.

Es gab nur einen einzigen karg eingerichteten Raum mit einem großen altmodischen Eisenherd, darauf ein Topf, in dem etwas äußerst Wohlduftendes brodelte, daneben ein alter Küchenschrank. In der Mitte standen ein Tisch, drei Stühle und eine Bank, und in einer Ecke erkannte ich neben einem mit Schnitzereien verzierten Holzschrank einen zurückgezogenen Vorhang mit einem Bett dahinter.

Die etwa fünfzigjährige Frau trug ihre halb ergrauten Haare zu einem Knoten gebunden, die dunklen Augen in einem beinah faltenlosen Gesicht blickten freundlich. Sie wies auf den Tisch, was ich als Aufforderung zum Setzen auffasste. Das Angebot nahm ich gern an, ich spürte meine Füße und meinen Rücken allmählich mehr als mir lieb war. Kurz darauf reichte sie mir ein Glas.

»Water«, sagte sie.

Ich war überrascht, sie Englisch sprechen zu hören, doch als sie fortfuhr, begriff ich, dass das kroatische Wort für Wasser dem englischen nur sehr ähnelte. Ich zeigte auf das Glas.

»Water?«

Sie lächelte und schüttelte den Kopf, bevor sie meine Aussprache verbesserte. Nun klang es eher wie »Woda«.

Ich erwiderte ihr Lächeln. Nach ein paar Schlucken wich die Erschöpfung ein wenig von mir. Als die Frau mir nachschenkte, bedankte ich mich auf Kroatisch, das Wort dafür hatte ich am Mittag in dem Café in Split mitbekommen: »Falla.«

Die Frau lachte und korrigierte erneut meine Aussprache, dann stand sie auf und holte einen Block, auf den sie zwei Worte kritzelte, bevor sie ihn mir hinschob: *»Hvala«* stand da und *»Voda«*. Daraufhin nahm ich den Stift zur Hand und setzte »Danke« unter *»Hvala«* und »Wasser« unter *»Voda«*. Sie las und versuchte sich an den deutschen Wörtern, was ihr gut gelang. Anscheinend hatte sie Spaß an dieser Art der Verständigung, denn sie nahm erneut den Stift und schrieb *»Jelo?«*, dabei machte sie die Geste des Essens. Abgesehen von dem Stück Pizza in Split hatte ich überhaupt noch nichts gegessen, also nickte ich aus Pflichtgefühl meinem Körper gegenüber.

Das schien sie zu freuen, sie nickte ebenfalls und zeigte dann auf sich selbst. »Snjezana.«

»Juta«, erwiderte ich mit derselben Geste.

Snjezana wandte sich dem Herd zu und rührte im Topf. Während sie auf der Arbeitsplatte des Küchenschranks etwas Gemüse zerkleinerte, das sie nach und nach in den Topf warf, streckte ich meine Glieder. Es war angenehm warm in diesem kleinen Haus, ich fühlte mich geborgen und seit langem endlich mal wieder sicher. Die Müdigkeit überfiel mich ganz plötzlich.

Ein leichtes Anstupsen ließ mich aus meinem Schlaf hochschrecken. Snjezana stand neben dem Tisch und hielt eine Decke in der Hand, die sie mir reichte. Es war merklich kühler geworden, der Herd aus, der Topf zur Seite gestellt. Es mussten mindestens ein, zwei Stunden vergangen sein. Offenbar ging Snjezana wie selbstverständlich davon aus, dass ich bei ihr übernachtete, wofür ich sehr dankbar war. Außerdem zeigte sie auf den Teller, der noch auf dem Tisch stand. Bestimmt schmeckte der Eintopf gut, trotzdem schüttelte ich den Kopf.

»Hvala«, sagte ich und hoffte, sie würde mir das nicht übel nehmen.

Aber sie verstand offensichtlich, faltete die Decke auseinander und legte sie mir über die Schultern. Bevor sie hinter dem Vorhang verschwand, wünschte sie mir »Gute Nacht« – zumindest glaubte ich das und bemühte mich, ihre Worte nachzusprechen.

Obwohl ich so müde gewesen war, bereitete es mir Schwierigkeiten, wieder einzuschlafen. Ich horchte auf die Geräusche von draußen, den Wind, der um das Haus strich, ein paarmal glaubte ich, einen Vogel schreien zu hören. Dabei fragte ich mich, wo ich wohl morgen um diese Zeit wäre. Wenn ich Maria fand, würde ich ihr zuerst von Como erzählen müssen, wovor mir graute. Der Tod des eigenen Kindes war für eine Mutter das Schlimmste, was passieren konnte. Auch wenn mein Kind nicht mal geboren worden war, konnte ich das nachempfinden. Ich zwang mich, das auszublenden, ebenso wie ich mich bemühte – meist vergebens –, Como und Leon aus meinen Gedanken zu streichen. Ständig sah ich ihre Gesichter, ständig ging ich die Tage und Nächte durch, die ich mit Leon verbracht hatte. Zu allem Überfluss schlich sich auch noch Tobias ein. So viel Tod um mich herum. Juturna brachte anscheinend jede Menge Unglück mit sich, oder besser gesagt Juturnas Tochter, denn ich fühlte mich verantwortlich für alles, mochte das nun berechtigt sein oder nicht.

Es war noch nicht hell draußen, als ich erwachte. Meine Knochen schmerzten von der harten, schmalen Bank, auf der ich lag, aber ich hatte schlafen können, und das sogar traumlos.

Snjezana stand bereits am Herd und kochte Kaffee, sie begrüßte mich lächelnd, nahm meine Hand und führte mich nach draußen, wo sie mir einen kleinen Anbau zeigte, den ich am Abend zuvor übersehen hatte. Darin war eine Art Badezimmer mit Toilette und Waschbecken untergebracht, so dass ich mich halbwegs wie ein Mensch fühlte, als ich ins Haus zurückkehrte. Der Block lag noch auf dem Tisch, ich nahm den Stift und malte ein Gebäude mit einer Kirche und einem Kreuz drauf aufs Papier und daneben ein dickes Fragezeichen.

Snjezana sah nur kurz drauf und nickte. »*Da.* Sveti Jakov.«

Elektrisiert sprang ich von meinem Stuhl hoch. »Jakov?«, echote ich atemlos.

Etwas irritiert schaute Snjezana mich an. »*Da*«, wiederholte sie und winkte mich zur Tür, wo sie in die karge Landschaft deutete. Ein kaum erkennbarer Pfad führte von ihrem Haus weiter den Berg hinauf. Aus der entgegengesetzten Richtung war ich gestern Abend gekommen.

Sveti bedeutete heilig, das wusste ich aus dem Gespräch mit Ante über die Erlöserkirche in Cetina. Sveti Jakov konnte also durchaus der Name eines Klosters sein.

Nach einem Frühstück aus Kaffee und selbst gebackenem Brot, von dem Snjezana mich drängte, etwas einzupacken, verabschiedete ich mich von ihr. Sie hatte mich aufgenommen, ohne zu fragen, einfach, weil es Nacht und ich allein gewesen war. Sicher kamen nur wenige Menschen hier vorbei, und eigentlich hätte sie vorsichtiger und misstrauischer sein müssen. Aber in diesem Land schienen andere Regeln zu gelten.

Ich war schon einige Meter weit, da hörte ich ein Rufen.

»Juta!« Snjezana kam mit einer Flasche hinter mir hergelaufen. »Wasser«, lachte sie und hielt es mir entgegen.

Der Pfad nahm kein Ende. Jedes Mal, wenn ich um eine Kurve bog, hoffte ich, endlich vor dem Kloster Sveti Jakov zu stehen oder es zumindest von weitem zu sehen. Als dann tatsächlich etwas vor mir aufragte, hielt ich es für ein Trugbild: Die dicken Steinmauern verschmolzen beinah mit der Umgebung der Berge, als hätten die Mönche absichtlich eine Tarnfarbe für ihre Enklave gewählt. Der Komplex war umgeben von wenigen Bäumen und Sträuchern, ansonsten sah alles genauso karg aus, wie ich es mir nach Comos Beschreibung vorgestellt hatte. Ein schlichter Glockenturm beherrschte die Südseite des Klosters, die Spitze wie auch die Dächer der Gebäude bestanden aus demselben Stein wie die Mauern. Sveti Jakov sah trutzig und abweisend aus – dieser Ort wirkte wie das Ende der Welt.

Es gab nur einen einzigen Eingang, ein großes hölzernes Tor mit einem Eisenring. Mit den Fingerspitzen strich ich über die unebene Oberfläche und über die ganz glatte Stelle unten am Ring, die über die Jahrhunderte schon unzählige Hände berührt haben mussten. Mir stand die Begegnung mit Comos Mutter bevor, und ich hatte Angst. Davor, zurückzublicken, davor, nicht mit ihrer Reaktion zurechtzukommen. Davor, dass sie mir später auch nicht mehr über mich selbst sagen konnte, als Como gewusst hatte. Und schließlich davor, dass sie es doch konnte.

Noch einmal drehte ich mich um und betrachtete die Weite. Es war genau das Bild, das Como gemalt hatte: karge Berge, in weiter, weiter

Ferne bewaldete Hügel und davor der Peručko jezero, ganz hell an diesem Tag statt blau oder grün. Ich gab mir einen Ruck und ließ den eisernen Türklopfer gegen das Holztor fallen. Dies war mein Ziel, ich war angekommen.

Es dauerte Ewigkeiten, bis sich drinnen etwas tat. Gerade wollte ich es ein zweites Mal versuchen, da näherten sich Schritte. Ein kleines Fenster im Tor öffnete sich, ein sehr alter Mann schaute mich an, unzählige Falten und Fältchen im Gesicht, die blauen Augen hellwach.

Ich wünschte, ich hätte Snjezana nach den Worten für »Guten Tag« gefragt. So starrte ich den Mann an und wartete, dass er zuerst das Wort an mich richten würde. Aber er schwieg. Stattdessen musterten mich seine klaren Augen, schienen in mich hineinzusehen und in mir zu lesen. Himmel, ich musste doch jetzt was sagen, egal in welcher Sprache!

»Vodarica.« Seine Stimme klang ruhig und bestimmt. Bevor ich dazu kam, über das Wort nachzudenken, das genauso anfing wie das für Wasser, verschloss der Mönch das kleine Fenster. Ich setzte zu einem Protest an, doch dann öffnete sich behäbig das große Tor, der Mönch trat zurück und machte eine einladende Handbewegung. »Wir haben Sie erwartet. Kommen Sie bitte.«

4.

Einen Moment lang wollten meine Beine mir nicht gehorchen. Dass der Mann deutsch gesprochen hatte, war gegen das, was er sagte, kaum der Erwähnung wert.

Die Falten in seinem Gesicht vermehrten sich beim Lächeln. Er kam einen Schritt auf mich zu und streckte mir die Hand entgegen. »Ich bin Bruder Matej«, sagte er. »Kommen Sie.«

Zögernd setzte ich mich in Bewegung und trat in einen Innenhof, der an einen Kreuzgang erinnerte, aber längst nicht so kunstvoll war wie diejenigen, die ich in Italien oder England gesehen hatte. Dieser war sehr einfach gehalten, die Rundbögen und Säulen schmucklos. In der Mitte stand ein Brunnen, ein Eimer daneben zeugte davon, dass er noch benutzt wurde. Kurz fragte ich mich, was für Wasser durch diese kargen Berge floss.

»Verzeihung«, fand ich endlich meine Sprache wieder. »Was heißt das, was Sie eben gesagt haben? *Vodarica?*«

Wieder lächelte der Mönch. »Was glauben Sie denn, was es bedeutet?«, antwortete er mit einer Gegenfrage.

Ich blieb stehen. »Etwas mit … Wasser?«

Bruder Matej drehte sich zu mir um und nickte, nachdem er mich gemustert hatte wie vorhin am Tor. »Wassernymphe.«

Dann setzte er seinen Weg fort. Ich stolperte fassungslos hinter ihm her.

»Verzeihung«, wagte ich einen zweiten Versuch. »Ich möchte zu Maria …« Ich stockte, weil ich keine Ahnung hatte, wie Comos Mutter sich hier nannte. Maria Giacobbe oder Maria Jakobus? Oder ganz anders?

Der Mönch allerdings lächelte nur wieder. »Ja, ich weiß, ich bringe Sie zu ihr.«

Das alles wurde mit jedem Satz undurchsichtiger statt klarer.

»Woher können Sie das wissen, verdammt?«, rutschte es mir raus. Erschrocken schlug ich mir auf den Mund.

Bruder Matej schmunzelte amüsiert. »Ich glaube, das sollte sie Ihnen besser selbst erklären«, sagte er.

Wir hatten den sonnigen Hof hinter uns gelassen und ein Gebäude betreten, das düster und kühl wirkte. Ich zog meine Jacke enger um die Schultern, als wir eine Treppe hinaufstiegen. Der Gang, auf den Bruder Matej mich führte, war freundlicher, am Ende befand sich ein Fenster, das genügend Licht hineinließ. Es war ganz still hier oben. Der Mönch blieb vor einer der vielen braunen Holztüren stehen und klopfte. Von drinnen ertönte ein dumpfes »Ja, bitte«, woraufhin Bruder Matej die Tür aufstieß.

»Sie ist hier, Maria«, sagte er.

Ich hörte eilige Schritte und sah gleich darauf die Silhouette einer Frau, die sich gegen das Fenster des Raumes abzeichnete. Ihre Züge konnte ich nicht genau ausmachen, ihre Stimme dagegen erkannte ich sofort.

»Juta. Dem Himmel sei Dank, es geht dir gut!« Sie streckte mir beide Arme entgegen und zog mich ins Zimmer. Maria Giacobbe war kaum gealtert, die hellbraunen Haare fielen ihr noch immer bis auf die Schultern, sie hatte ein paar Fältchen mehr um die Augen, die mich mit ungewohnter Wärme anschauten. Von der Distanz zwischen uns war, zumindest von ihrer Seite, nach all den Jahren nichts mehr zu spüren. Von meiner Seite betrachtet jedoch … Sie war froh, dass *mir* nichts passiert war! Wie sollte ich ihr bloß beibringen, dass sie Como nie wiedersehen würde?

Ganz kurz huschte ihr Blick über meine Schulter, zu Bruder Matej, so dass ich eine Sekunde lang das Gefühl hatte, sie übermittele ihm eine Botschaft.

»Ich lasse euch nun allein«, verabschiedete er sich.

Eine Weile herrschte Schweigen zwischen uns, Maria ließ meine Hände nicht los, sondern zog mich weiter in den Raum und drückte mich auf das erstaunlich bequeme Bett. Auf einem Tisch am Fenster stand ein frischer Blumenstrauß, wo auch immer sie den her hatte in dieser Gegend, auf dem Nachttisch ein Foto, das mir einen kleinen Schock versetzte. Jake und Como lachend nebeneinander, voller Leben.

Unwillkürlich griff ich nach dem Bild und versank in Jakes Gesicht.

»Jascha hat mir von dir erzählt«, sagte Maria leise. »Von eurer Begegnung in Bath. Das muss ein eigenartiges Gefühl gewesen sein, für euch beide.«

Ich konnte nur nicken. Sorgfältig stellte ich das Foto wieder an seinen Platz und schluckte. »Maria ...«, fing ich an.

»Er hat dich sehr gemocht, weißt du«, unterbrach sie mich. »Immer schon, lange bevor er dich ... erkannte. Wozu er im Übrigen länger brauchte als Como.« Sie machte eine kurze Pause, bevor sie fortfuhr: [illegible] ch gewundert, warum du so gut mit ihm und Como [illegible] nd mit mir nicht. Ich habe gespürt, dass etwas Be[illegible] ch war, das mich ausschloss, und ich fürchte, ich [illegible] rst, weil ich es mir nicht erklären konnte, später *ge*[illegible] f. Das habe ich ungerechterweise an dir ausgelassen, [illegible] dass du diese Verbundenheit mit Jascha viel weni[illegible] r. Du warst ja auch zu sehr mit Como beschäftigt«, [illegible] h darauf wieder ernst zu werden. »Kannst du mir [illegible] zeihen, Juta?«

[illegible] würdiges Geständnis. Ich wusste nicht recht, wie [illegible] sollte, obwohl es angesichts dessen, was noch zwischen uns gesagt werden würde, zur Bedeutungslosigkeit verblasste. Vage machte ich eine Geste zwischen Schulterzucken und Nicken.

Maria schien es zu reichen. »Jascha ist es furchtbar schwergefallen, dir gegenüber zu schweigen, nachdem er wusste, wer du warst.«

»Trotzdem war es besser so«, erwiderte ich, da ich mir vorzustellen versuchte, wie ich auf eine derartige Eröffnung reagiert hätte. Mein Kopf war voller Bilder von Jake als Kind, von Jascha als Mann. Unverändert nagte die Trauer an mir, die mich mein Leben lang begleiten würde. Einen Moment schwiegen wir beide, doch schließlich ging ein Ruck durch Maria. Sie erhob sich von ihrem Stuhl, öffnete einen Schrank und holte etwas daraus hervor, das sie mir reichte.

»Das ist für dich. Von Jascha.«

Auf dem Deckel der silbernen Dose, die ich zögernd entgegennahm, prangte ein Gorgonenkopf, ansonsten war sie fast schmucklos. Nur um das Schloss herum erkannte ich den wirren Haarschopf und den Bart, der Kopf selbst war durch das Schlüsselloch ersetzt.

»Das wirst du brauchen«, riss Maria mich aus meinen Betrachtungen. Sie legte einen kleinen Schlüssel auf den Deckel, eine Miniaturausgabe derjenigen, die ich quer durch Europa und sogar durch die Zeiten hindurch gesucht hatte. »Öffne sie später, wenn du allein bist, ich glaube, das hätte Jascha sich gewünscht.«

Das ging mir genauso. Wenn es so weit war, wollte ich den Augenblick nur mit meinen Erinnerungen an Jake teilen. Außerdem hatte ich ein bisschen Angst vor dem, was sich möglicherweise in der Dose befand.

Ich weiß nicht, wie lange ich auf den Gorgonenkopf gestarrt hatte, bis Maria wieder sprach. »Das Kloster hat einen kleinen Garten, Juta, den würde ich dir gern zeigen. Es ist schöner dort als hier im Zimmer, und wenn du magst, kannst du mir da erzählen, wie du hergefunden hast.«

Und noch ein paar andere Dinge, dachte ich bedrückt. Auf dem Weg nach unten über kalte Treppen und Gänge berichtete mir Maria von ihrer eigenen Reise nach Kroatien und wie freundlich und hilfsbereit die Mönche sie aufgenommen hatten. »Jaschas Mutter Claire hat viele Jahre in diesem Kloster gelebt. Sie starb erst vor kurzem und wurde auch hier beerdigt. Möchtest du später ihr Grab sehen?«

Claire? Oh lieber Gott, ich hatte in letzter Zeit so viele Gräber gesehen, ich brauchte eigentlich kein weiteres mehr. Dennoch nickte ich abwesend, wie ich ihr überhaupt zuhörte, ohne dass die Worte wirklich zu mir durchdrangen. Ich hoffte und fürchtete gleichzeitig, dass sie mich von selbst nach Como fragte, weil das für mich wenigstens den Anfang etwas leichter machen würde.

Maria stieß eine letzte Tür auf. Der Garten, in dem sich kleinere und größere Beete abwechselten, wurde umsäumt von einem Säulengang ähnlich dem im Eingangshof. Hier gab es allerdings die eine oder andere Verzierung an den Säulenkapitellen und sogar verblasste Wandmalereien an den Mauern dahinter. Weiter hinten im Garten saß ein Mann auf einer Bank, der sich nun langsam erhob.

Mitten im Schritt hielt ich inne, ich spürte, wie alles Blut aus meinem Kopf wich. Mir wurde kalt und heiß und wieder kalt.

»Ninfea …«, sagte Como.

5.

Seine durchaus reale Stimme ließ mich alle verwirrenden Gefühle und Ängste vergessen. Ich war wie aus heiterem Himmel und ohne Vorwarnung entsetzlich aufgebracht. Er hatte es schon wieder getan! Er war einfach verschwunden und hatte mich diesmal sogar glauben lassen, er wäre meinetwegen äußerst tapfer in den Tod gegangen! Statt froh und dankbar zu sein, dass er hier vor mir stand, gelang es mir nicht, meinen Zorn zu unterdrücken und mein Bedürfnis, ihn Como entgegenzuschleudern.

Dann war er bei mir und nahm mich ohne ein weiteres Wort in den Arm. Das war zu viel für mich, ich wollte ausbrechen, weglaufen, vor ihm und vor mir selbst und vor all den Anspannungen und Schrecken der letzten Wochen. Ich wehrte mich, versuchte, Como von mir zu stoßen, doch das ließ er nicht zu. Zu allem Überfluss brach ich auch noch in Tränen aus. Ich hatte seit dem Beginn meiner Reise auf Comos Spuren nur einmal geweint, damals in Salzburg, als ich Tobias gebeichtet hatte, wie wenig ich von meinem eigenen Leben wusste. Nun hielt Como mich umfangen, ich gab jeden Widerstand auf und lehnte mich einfach an ihn. Alles war wie früher, Como und ich zusammen. Es gab nichts, was uns auseinander bringen würde, nichts, was uns und unsere Zukunft bedrohte, so lange Mortimer und *Clavis* von Comos Tod überzeugt blieben. Es war so, wie es sein sollte, endlich.

Langsam beruhigte ich mich wieder, rückte ein Stück von Como ab, der mich gewähren ließ, ohne mich ganz loszulassen. Nur undeutlich hörte ich hinter mir eine Tür ins Schloss fallen und Schritte auf dem Kiesweg.

»Hallo, Juta.«

»Leon!« Ich hatte seinen Namen auf meinen Lippen, noch bevor ich herumfuhr und ihn vor mir stehen sah.

Seine grauen Augen, in denen ich mich in Bath selbst gesehen hatte, ohne mich zu erkennen, blickten mich unverwandt an. Es gab nur Leon und mich, und zwischen uns passierte so viel, dass ich nichts davon lange genug zu fassen bekam, um es zu deuten. Wie viel hatten wir miteinander erlebt, wie viel verband uns, wie viel trennte uns! Gerade eben noch in Comos Armen war alles einfach und klar gewesen. Was hatte ich wirklich gefühlt? Die Gegenwart oder nur meine Vergangenheit, von der mir ein endgültiger Abschied bisher verwehrt geblieben war?

»Ninfea?«, fragte Como und durchbrach damit die Stille über dem Klostergarten. Seine Stimme klang seltsam, unsicher, so wie ich sie noch nie gehört hatte.

Als ich mich langsam umdrehte, merkte ich, dass er an mir vorbei Leon ansah, der seinen Blick erwiderte. Sie waren einmal Gegner gewesen, vom Schicksal vorbestimmt, dem sie gerade noch hatten entrinnen können, als sie die Fäden selbst in die Hand nahmen. Jetzt waren sie wieder Gegner. Meinetwegen.

Ich musste das beenden. Was mich in dieser Situation eindeutig überforderte. Meine Gefühle sprachen eine deutliche Sprache, ich spürte die Antwort und konnte sie trotzdem nicht aussprechen. Vielleicht irrte ich mich, vielleicht traf ich eine falsche Entscheidung – und wie auch immer sie ausfiel, ich würde einem von ihnen wehtun.

»Setzen wir uns doch«, mischte sich Maria ein. »Es gibt noch ein paar Dinge, die ich gern erfahren würde.«

6.

Im rechten Winkel zu der Bank, auf der Como gesessen hatte, stand eine weitere, ebenfalls aus Stein und von der Sonne erwärmt. Maria und ich nahmen auf der einen, Como und Leon auf der anderen Platz, die beiden weitaus entspannter als eben. Über uns hing der Duft von Kräutern, ein Gemisch aus Rosmarin, Salbei und Thymian, und zart der von Jasmin.

Como räusperte sich. »Leider brauchten wir ziemlich lange, durch den … Notausgang das Labyrinth zu verlassen.« Ein entschuldigender Blick traf mich. Natürlich hatte er gewusst, dass es unterhalb des Forum Romanum einen zweiten Ausgang gab. Und natürlich hätte sich Mortimer deshalb gar nichts Besseres einfallen lassen können, als Como und Leon zurück und in den vermeintlichen Tod zu schicken. Die perfekte Lösung für all unsere Probleme. »Wir waren zwar schnell aus der unmittelbaren Gefahrenzone raus, mussten uns aber durch Steine und Geröll graben, bis wir wieder Tageslicht sahen. Da wimmelte es im Forum von Polizei und Feuerwehr und sonstigen Einsatzkräften, so dass wir einen Haufen Umwege in Kauf nahmen, bis wir endlich wieder da ankamen, wo wir dich und Mortimer zurückgelassen hatten. Nur um festzustellen, dass ihr beide verschwunden wart, was uns wenigstens in unserer Annahme bestätigte, dass dir nichts passiert war. Entweder Mortimer hatte dich mitgenommen oder dich laufen lassen. Leon war sich sicher, dass Letzteres der Fall war, weil die Freiheit im Bewusstsein dessen, was du verloren hattest, die größtmögliche Strafe für dich wäre.«

Ich nickte wortlos. Leon kannte Mortimer gut.

»Ich zählte darauf, dass du dich erinnern würdest, was ich dir über den Aufenthaltsort meiner Mutter erzählt hatte«, fuhr Como fort, »und darauf, dass du sie sehen und ihr erzählen wolltest, was geschehen war. Wir machten uns auf den Weg hierher, wo wir eine Zeit lang auf dich warten wollten. Wenn du nicht gekommen wärst, hätten wir unsere Fühler nach dir ausgestreckt. Ich hätte dich niemals in dem Glauben gelassen, wir wären tot! Ich hätte einen Weg gefunden, dir zu sagen, wo wir sind.«

Ich seufzte leise auf und berichtete dann von der Unterhaltung mit Mortimer und meiner anschließenden Suche nach diesem Ort.

Como lächelte. »Sveti Jakov wurde nicht zufällig hier gegründet. Die Cetina hat mehrere Quellen, eine davon befindet sich unter diesem Berg. Der Brunnen, den du im Vorhof gesehen hast, ist unglaublich tief und reicht bis hinunter zur Quelle.«

Eine Weile herrschte Schweigen, bis Leon sich bewegte. Er hatte bisher überhaupt noch nichts gesagt und mich auch nicht angesehen.

»Wo wir schon mal dabei sind, kann ich auch noch ein paar Lücken füllen.«

»Lass mich anfangen«, bat Como.

»Du?«, fragte ich dazwischen. »Du hast doch schon in Rom alles erklärt.«

»Nicht alles«, schüttelte Como den Kopf. »Dazu wusste ich selbst zu wenig, und das, was ich jetzt sage, sind auch nur Vermutungen. Vielleicht kann Leon die eine oder andere bestätigen.« Er machte eine Pause und sah ihn bedeutungsvoll an, bevor er sich wieder auf einen unsichtbaren Punkt vor ihm konzentrierte. »*Clavis* sollte nie auf dich aufmerksam werden, Juta, deshalb sind wir damals alle sang- und klanglos verschwunden. Dass es doch passierte, dürfte meine Schuld gewesen sein.« Wieder hielt er inne, anscheinend musste er sich überwinden, mir die nächste Frage zu stellen. »Wie hast du Tobias Herder kennen gelernt?«

Sein Name versetzte mir einen Stich. Obwohl unsere Beziehung zumindest von meiner Seite aus eher locker gewesen war, hatte er sich als zuverlässiger Freund erwiesen, der auf mich aufpassen wollte. Ich erzählte von unserem ersten Zusammentreffen in Boltenhagen bis hin zu unserem letzten in Salzburg.

Como seufzte. »Ich hätte nie so unvorsichtig sein dürfen. Tobias war ein Nordlicht wie ich, das es nach Österreich verschlagen hatte. Und er war der beste Freund, den ich je hatte, der selbst meine mieseste

Laune und mein Grübeln ertrug, das mich ab und zu heimsuchte. Er fragte nie. Erst als ich wusste, dass mein Vater sich das Leben nehmen würde und ich mich so grottenschlecht und allein fühlte, habe ich in einem schwachen Moment ein bisschen zu viel erzählt. Ich konnte einfach nicht mehr. Das ist keine Entschuldigung, dafür kann es gar keine geben, nur eine Erklärung. Zwar blieb ich bei Andeutungen, trotzdem konnte er sich wohl einiges zusammenreimen, nachdem er die Zeitung gelesen hatte und ich noch dazu verschwunden war. Außerdem war ich in einem Punkt ganz besonders deutlich gewesen, als ich von der Frau erzählte, die ich geliebt hatte und verlassen musste. Hätte ich bloß den Mund gehalten, dann könnte Tobias noch leben.« Como schluckte trocken und riss sich zusammen. »Ich nehme an, er hat sich nach unserem sorgfältig geplanten, aber für alle anderen vollkommen überraschenden Rückzug aus Salzburg seine eigenen Gedanken gemacht und versucht, mich zu finden. Als das erfolglos blieb, muss er sich auf dich konzentriert haben, Juta, vielleicht weil er hoffte, ich hätte wieder Kontakt zu dir aufgenommen, was ich ja später auch tat. Obwohl Tobias sicher eine etwas andere Art vorgeschwebt hatte. Es hat ihn bestimmt einiges gekostet, dich ausfindig zu machen, weil ich nur Lüneburg erwähnte und deinen Vornamen.«

»Vielleicht hast du nicht nur mich ›gerufen‹, sondern unbewusst auch Tobias«, unterbrach ich ihn, »sonst wäre unsere Begegnung zum selben Zeitpunkt zu zufällig.«

Como nickte. »Möglich wär's. Jedenfalls wusste *Clavis* zwar nichts von dir, dafür aber von Tobias, und sie taten, was jeder getan hätte, als ich verschwand, und was ich in meinen vom bevorstehenden Tod meines Vaters umnebelten Momenten nicht bedacht hatte. Sie hefteten sich an Tobias' Fersen.«

»Ja«, bestätigte Leon. »Wir hatten immer nach der Tochter der Juturna aus Nostradamus' Prophezeiung Ausschau gehalten und sie in eurer Umgebung vermutet. Zwar führten uns unsere Nachforschungen langsam nach Österreich, wir kannten aber leider nicht alle Orte, an denen ihr vorher gelebt hattet. Durch den furiosen Tod deines Vaters landeten wir dann tatsächlich in Salzburg, nur zu spät. Und die Tochter der Juturna suchten wir da vergebens. Wie du gesagt hast: Wir hielten uns stattdessen an deinen besten Freund. Es war relativ einfach herauszufinden, mit welchen Leuten deine Familie Umgang hatte. Tobias führte uns zu Juta, und als Mortimer einen Blick auf ihr Foto geworfen hatte, wusste er, dass sie die Tochter der Juturna war. Frag mich nicht, wieso, er wusste es einfach. Von da an vernachlässigten wir Tobias und richteten unsere Aufmerksamkeit auf Juta, weil wir, ähnlich wie er, hofften, dass sie uns zu dir führen würde.«

Also war ich schon in Boltenhagen beobachtet worden, hatte es aber, gefangen in diesen seltsamen Träumen, nicht mal bemerkt. Und dann war da ja auch noch Tobias gewesen. Im Nachhinein wurde mir klar, weshalb er so einen Aufstand veranstaltet hatte, als ich zum ersten Mal nach Salzburg wollte. Vielleicht wäre mir das erspart geblieben, wenn ich nicht darauf bestanden hätte, allein zu fahren. War er mir damals schon so schnell wie möglich hinterhergereist? Ohne zu wissen, wo ich untergekommen, geschweige denn, dass ich zwischendurch im Krankenhaus gelandet war, dürfte es schwierig gewesen sein, mich zu finden. Und nur deshalb hatte es so lange gedauert, bis er mich endlich im Amadeus aufstöberte.

Nach einer kurzen Pause fuhr Leon an mich gewandt fort: »Ich wurde aus zwei Gründen von Mortimer dazu bestimmt, mich um dich zu kümmern, nachdem abzusehen war, dass du nach Salzburg kommen würdest: Erstens war ich sowieso dort, weil ich zuvor für die Beschattung von Tobias verantwortlich gewesen war und auf Abruf bereitstand, falls er wieder auftauchen sollte. Zweitens, und das ist eigentlich eher erstens, weil es dazu führte, dass meine Familie überhaupt mit der ganzen Sache zu tun bekam: Mein Großvater Paul Ironmonger war damals mit Mortimer auf der Suche nach James Jacoby, nachdem der aus Bath verschwand – und einige Jahre später sogar sehr nah dran, näher als Mortimer geahnt hat. Dann passierte ein … Unfall.« Hier blickte Leon kurz zur Seite, als wolle er damit sagen: Ihr habt auch Dreck am Stecken.

Como runzelte die Stirn, doch Maria hinderte ihn mit einer Handbewegung daran zu protestieren. Offenbar wusste sie über die Angelegenheit Bescheid, sie zuckte bedauernd mit den Schultern. »Das war wirklich ein Unfall, Leon. Zugegeben ein glücklicher für unsere Familie, aber dennoch selbstverschuldet von deinem Großvater. Bei einer Beschattung kam er mit seinem Wagen von der Straße ab und stürzte einen Abhang hinunter, das Auto explodierte, bevor er sich retten konnte. Bis heute wäre ich übrigens nie drauf gekommen, dass zwischen dir und Ironmonger ein Zusammenhang besteht.«

»Meine Großmutter hatte Wurzeln in Deutschland, sie ging nach seinem Tod dorthin zurück, und mein Vater, der bald nach Österreich weiterzog, übersetzte Ironmonger in einen dort üblichen Namen.« Leon fixierte mich. »Mein Vater machte zusammen mit seinem Bruder und Mortimer da weiter, wo mein Großvater zwangsweise aufgehört hatte. Er war regelrecht besessen von dem Gedanken an Rache und das, was er Gerechtigkeit nannte. Trotzdem gelang es ihnen nicht, James rechtzeitig aufzuspüren, und das betrachtete er als sein persönliches Versagen. Es belastete ihn enorm, er schwor sich, das nächste Mal erfolgreicher zu sein. Dass auch Jake ihm dann zuvorkam und mein Vater ein zweites Mal scheiterte, gab ihm den Rest. Er konnte sich das nie verzeihen.«

»Du meinst, er hat sich genau wie Jake umgebracht?«, fragte ich fassungslos.

Leon schüttelte den Kopf, um gleich anschließend zu nicken. »Nicht absichtlich. Er hat sich bis zur Besinnungslosigkeit betrunken, fiel eine Treppe runter und brach sich das Genick. Er war sofort tot, da half auch keine Selbstheilung mehr.« Eine paar Sekunden sagte niemand ein Wort, dann sprach Leon in neutralem Ton weiter. »Mortimer ging davon aus, dass ich die Arbeit meines Vaters mit meinem Onkel fortsetzen würde. Der war es schließlich, der Como zuerst fand und ihn bei seiner Jagd fast umbrachte. Pech für ihn, dass er ihn trotzdem wieder entwischen ließ. Mortimer war stocksauer und zog ihn ab. Auch wenn er später bitter bereut hat, dasselbe nicht mit mir getan zu haben, rechnete er damals noch damit, dass ich genauso wie der Rest meiner Familie jede Chance ergreifen würde, mich für die beiden Todesfälle zu rächen. Aber schon das Schicksal meines Großvaters hatte bei mir etwas ganz anderes in Gang gesetzt. Ich dachte immer intensiver über den Sinn von *Clavis* nach, dessen Existenz nur zu Verfolgung und Tod führte, und darüber, ob es nicht richtig und weitsichtiger von Comos Familie gewesen war, sich davon abzuwenden. Ich behielt solche Gedanken für mich und nutzte Mortimers Aufträge für meine eigenen Zwecke. Ich wollte Como finden, um mich ihm anzuschließen.«

»Wie konntest du davon ausgehen, dass er dir trauen würde?«, wunderte ich mich und wandte mich an Como: »Du wusstet doch bestimmt ganz genau, wer zu *Clavis* gehörte und wer nicht.«

»Indirekt«, nickte er. »Natürlich sind das zu viele Menschen, als dass ich sie alle oder wenigstens ihre Namen kennen kann, aber wenn jemand vor mir steht, weiß ich es. Nenn es untrüglichen Instinkt.«

Der Instinkt war James bei Mortimer abgegangen, sonst wäre alles anders gekommen. Jedenfalls erklärte das auch, weshalb Como bei Leons Anblick in der Grotte der Juturna-Quelle so erschrocken war.

»Das dachte ich mir, deshalb beschloss ich, mit dir auf die Suche zu gehen, Juta. Ich glaubte, wenn wir gemeinsam bei Como auftauchten, dann hätte ich vielleicht eine Chance, sein Vertrauen zu gewinnen. Dazu musste ich dich aber erst mal kennen lernen, offiziell sozusagen für dich und für Mortimer. Ihm gegenüber begründete ich es damit, dass ich mehr von dir erfahren würde, wenn ich mich bei dir einschleiche, als wenn ich dich nur beobachte. Außerdem köderte ich ihn mit dem Tagebuch, in das ich dich hatte schreiben sehen und in das er zu gern einen Blick geworfen hätte. Er war einverstanden und gab mir Carte Blanche.« Leon verzog sein Gesicht, als ob ihm etwas Unangenehmes bevorstand.

»Du hast mich in den Katakomben niedergeschlagen, um dich anschließend als Retter aufzuspielen«, sagte ich für ihn. »Hat ja auch ganz gut geklappt.« Ich hätte sauer sein müssen, milde ausgedrückt, war es aber längst nicht mehr, vor allem, da ich jetzt wusste, wie alles zusammenhing. Aus seiner Sicht hatte Leon gar keine andere Wahl gehabt – mit allen anderen Versuchen, an mich ranzukommen, wäre er gescheitert.

»Ich hatte keine Erfahrung darin, wie heftig ich zuschlagen musste. Dass du gleich das Gedächtnis verlierst, brachte mich in Teufels Küche. In Bezug auf mein Gewissen und auf Mortimer, der mich zu sich zitierte. Übrigens der Grund, weshalb ich kurzfristig aus Salzburg weg musste. Im

Gegensatz zu dem, was ich dir in Paris auftischte, habe ich keinen Bruder, das war nur die Ausrede, die ich auch im Don Giovanni gebrauchte. Mortimer gegenüber behauptete ich, wegen des Tagebuchs hätte ich so handeln müssen. Das hatte ich immerhin vorzuweisen, weil ich es fand, bevor ich den Rettungsdienst rief. Er war auch erst überaus begeistert, als er las, dass du außer Como zusätzlich die Schlüssel suchtest. Seine Begeisterung legte sich dann, weil du zwar das Finden des Schlüssels ausführlich beschrieben hattest, aber nicht, was du anschließend damit gemacht hast. Wir haben dein Zimmer im Amadeus durchsucht und sogar dein Krankenzimmer – umsonst. Deshalb drängte mich Mortimer nun geradezu, dich näher kennen zu lernen und dein Vertrauen zu gewinnen. Wir hofften beide, wenn auch aus unterschiedlichen Motiven, dass du dein Gedächtnis möglichst schnell wiedererlangen würdest.«

»Da wart ihr nicht die Einzigen«, ließ sich Como vernehmen. »Ich hatte angefangen, zu Juta Kontakt aufzunehmen, als ich bemerkte, wie dicht ihr mir auf den Fersen wart. Leider hatte ich zu lange gewartet, es dauerte eine ganze Weile, bis Juta begriff, was sie zu tun hatte. Von da an verlief alles nach Plan, bis mich dein Onkel erwischte und ich alle meine Kräfte brauchte, abzuhauen und mich zu verstecken. Es war schwer, nebenbei noch genug Energie auf Juta zu verwenden, damit sie meiner Spur folgen konnte. Dann riss plötzlich der Kontakt ab, und ich hatte keine Ahnung, wieso. Auch wenn die Verbindung immer schwach gewesen war, hatte ich sie ständig gespürt. Ich begann, mir Sorgen zu machen – um sie und ihre Mission und um mich selbst. Es ging mir immer schlechter, ich schaffte es gerade noch bis zur Juturna-Quelle, und wenn ich gestorben wäre, hätte niemand mehr Juta sagen können, was sie tun sollte.«

Leon nickte und blinzelte gegen die Sonne. »Falls es dich tröstet: Mortimer hatte seine eigenen Sorgen. Er befürchtete, Juta käme ohne ihre Erinnerungen nicht weiter oder würde die Suche sogar ganz aufgeben. Was meint ihr, was los war, als Tobias wieder auftauchte und Juta nach Hause brachte! Der Mann bereitete uns zunehmend Schwierigkeiten, denn auch als Juta ihren Kopf durchsetzte und zurück nach Salzburg kam, musste er ihr folgen, um sie von ihrer Mission abzubringen. Dabei war sie doch gerade erst mit meiner Hilfe über Jakob Jakobus' rätselhaften Tod gestolpert.«

Ich mochte mir gar nicht ausmalen, was in Tobias vorgegangen war, als die ganze Sache von vorn losging und ich zum zweiten Mal nach Salzburg aufbrach. Sicher hatte er Como finden wollen, aber nicht um jeden Preis. Er musste tausend Tode gestorben sein – schon bevor Mortimer ihn tatsächlich umbrachte.

»Er hat vermutet, dass Leon zur Gegenseite gehört, oder?«, fragte ich. »Was sich da zwischen euch abgespielt hat, war unheimlich.«

Leon nickte. »Vielleicht wusste er nichts Genaues, aber er hatte ein feines Gespür für Menschen, insbesondere für Unaufrichtigkeit und Lügen. Alles Dinge, die ich verkörperte, wenn auch inzwischen aus den richtigen Gründen, was er wiederum nicht wissen konnte.« Er hielt kurz inne und sprach dann schnell weiter, die Worte sprudelten aus ihm heraus, als wolle er unter keinen Umständen unterbrochen werden. »Mortimer verlangte von mir, Tobias zu töten. Er meinte, damit könne ich meinen Patzer in den Katakomben ausradieren. Ich hätte viel getan, um meine Treue zu *Clavis* unter Beweis zu stellen und an dem Fall dranbleiben zu können, aber Mord? Mortimer wurde immer unzufriedener mit mir und kam nach Salzburg, um mir ins Gewissen zu reden, was nichts brachte. Er hat dann selbst Tobias getötet, weil ich mich weigerte, und ich wette, er hätte mich liebend gern gleich hinterhergeschickt. Er mag es nicht, wenn man seine Pläne durchkreuzt, aber ich war mittlerweile relativ erfolgreich bei dir, Juta, deshalb hat er mich weitermachen lassen, obwohl er mich – Zitat Mortimer – für einen Schlappschwanz hielt.« Leon hielt inne.

Was genau hatte Mortimer mit Tobias gemacht? Ich brachte es nicht fertig, diese Frage zu stellen. Die Vorstellung von Tobias, wie er tot dalag und sein Körper irgendwo verscharrt wurde, damit ihn niemand fand, war unerträglich. Er hatte keine Familie mehr gehabt, so viel wusste ich und wohl auch *Clavis.* Niemand, außer ein paar Freunde oder Kollegen, würde groß Alarm schlagen, wenn er sich in Luft auflöste, oder weiter Druck ausüben, wenn die Polizei sein Verschwinden letztlich zu den Akten legte.

»Er hat geahnt, was ihm drohte«, stellte ich fest. »Das Letzte, was er tat, war, mir den Schlüssel ins Hotel zu schicken – mit der Post, weil das unauffälliger war.«

»Und wir machten uns auf die Reise«, sagte Leon.

»Du wusstest die ganze Zeit, dass es nicht Tobias sein konnte, der uns beobachtete, weil er längst tot war«, murmelte ich.

Leon zuckte zusammen, ohne weiter auf den Vorwurf einzugehen. »Mortimer folgte uns. Vermutlich war er misstrauisch geworden, konnte aber das Risiko nicht eingehen, mich von dir zu trennen, falls er sich doch täuschte. Zusätzlich wollte er weitere Fehler meinerseits vermeiden, dabei machte *er* den nächsten. Er rechnete nicht damit, dass du ihn durchschauen und mit mir im Schlepptau fliehen würdest – bis nach Rom. In Rom …« Er ließ den Rest des Satzes in der Luft hängen und folgte mit seinen Augen einem Schmetterling, der vor uns mit schnellem Flügelschlag um einen Busch flog, sich auf eine Blüte setzte, weiterflog, sich erneut setzte und am Ende hinaufstieg und in den blauen Himmel eintauchte.

Wir wussten alle, woran Leon dachte.

»Sei froh, dass Mortimer überlebt hat«, sagte Como. »Nicht, dass mir persönlich was an ihm liegt, im Gegenteil, meinetwegen könnte er in der Hölle schmoren.«

»Aber du hast kein Menschenleben auf dem Gewissen«, beendete ich Comos Gedanken.

»Hm«, machte Leon, nur halb überzeugt.

»Was ist mit dir, Juta?«, schaltete sich Maria ein, die lange geschwiegen hatte.

Mit mir? Was erwartete sie zu hören? Ich befand mich ja selbst noch in einer Art Vakuum.

»So viel Sterben – und alles, weil eine Nymphe Leben schenken wollte«, sagte ich. »Was an sich schon eine seltsame Vorstellung ist. Es fällt mir immer noch schwer zu glauben, dass das wirklich was mit mir zu tun haben soll. Eigentlich würde es mich nicht wundern, wenn ich gleich aufwache und feststelle, dass ein Pfleger mich abholt zu meiner täglichen Spazierfahrt im Park einer psychiatrischen Klinik.«

Como grinste, doch die Fröhlichkeit verschwand schnell aus seinem Blick. »Du bist, was du bist, du kannst das nicht ausradieren. Du kannst es nur akzeptieren und das Beste draus machen.«

»Was ist denn das Beste?«, wollte ich wissen.

Niemand antwortete, doch ich verstand auch so. Das konnte nur ich selbst entscheiden.

7.

Ich saß allein am Rand der Cetina-Quelle mit ihrer unendlichen Tiefe und dem Blautürkisgrün, das mir fast den Atem nahm. In der Nähe des Gräberfeldes und der Kirchenruine stand mein Wagen. Ich brauchte nur einzusteigen, ihn zurück nach Rom zu bringen, nach Hause zu fliegen und mit meinem Leben da weiterzumachen, wo es vor knapp zwei Monaten auf den Kopf gestellt worden war. Wenn ich das tat, würden weder Leon noch Como oder Maria versuchen, mich wiederzusehen – um jedes Risiko zu vermeiden und weil sie meine Entscheidung respektierten.

Vor mir stand die silberne Dose von Jake, die ich bisher nicht geöffnet hatte. Ich betrachtete sie neugierig und ein bisschen beklommen, bevor ich den kleinen Schlüssel aus meiner Tasche holte, ihn ins Schloss schob und langsam drehte. Ein Knacken verriet mir, dass die Dose offen war, ich brauchte nur den Deckel mit dem Gorgonenkopf heben. Um das hinauszuzögern, strich mein Zeigefinger noch einmal die Konturen des Kopfes nach.

Ich, die Tochter Juturnas, dachte ich. Wieso ich? Weil ich zufällig gerade dort gelebt hatte, wo auch Jake sich mit seiner Familie niederließ? Wenn nicht ich, sondern jemand anders in Lüneburg im Nachbarhaus gewohnt hätte, wäre dann diese Frau auserwählt worden? Oder wäre Jake dorthin gezogen, wo ich war, damit sich das Schicksal erfüllte?

Ich gab mir einen Ruck und klappte den Deckel der silbernen Dose hoch. Darin lag ein winziges Flugzeugmodell, dessen Anblick mich fast zum Weinen brachte. Es war eine Spitfire, so viel erkannte ich, schließlich hatte ich in Jakes Zimmer einige davon gesehen. Ich nahm sie vorsichtig in die Hand und hielt sie gegen den Himmel, machte eine Bewegung, wie sie Jake vielleicht ausgeführt hätte, so dass es aussah, als flöge die kleine Maschine tatsächlich. Dabei hörte ich seine begeisterte Stimme: *Wenn ich mir was wünschen könnte, dann wie Johnnie Johnson in einer Spitfire zu fliegen!*

Sorgsam setzte ich das Modell in den aufgeklappten Deckel. In der Dose lag noch etwas, ein in grünes Alupapier eingewickeltes Dreieck aus einer Quality-Street-Packung, was mich zum Lachen brachte. Ganz unten steckte ein vergilbter Briefumschlag, den ich mit klopfendem Herzen öffnete. Es lagen zwei Blätter darin, das erste war merklich älter.

Ich lasse die Anrede weg, stand da in runder Kinderschrift, *weil ich Deinen wirklichen Namen nicht kenne – und »Tochter der Juturna« kommt mir so fremd für Dich vor, auch wenn es stimmt.*

Du bist jetzt weg, und wir haben Tante Emily wieder, die ziemlich verwirrt ist … Ich hätte lieber gehabt, wenn Du geblieben wärst, aber ich weiß ja, dass das nicht geht. Ich hoffe, dass Du eines Tages diesen Brief liest, obwohl das wahrscheinlich heißt, dass ich nicht mehr lebe, denn sonst könnte ich dir das ja alles selbst sagen. Jedenfalls, wenn Du es liest, dann hast Du gefunden, was Du gesucht hast, und getan, wofür Du auserwählt worden bist. Als ich mir das Bein gebrochen hatte, hast Du mich für tapfer gehalten, aber Du bist viel tapferer, als ich je sein könnte, denn Du musstest eine Entscheidung treffen, die das Leben von vielen Menschen verändern wird.

Ich habe darüber nachgedacht, was mein Daddy gesagt hat, weißt Du, die Sache mit dem Krieg und dass er falsch ist, weil es keine Gewinner, sondern immer nur Verlierer gibt. Ich glaube nicht, dass er Recht hat. Es gibt einen Kampf, den man immer führen muss, nämlich den gegen sich selbst. Das ist auch eine Art Krieg. Man möchte weglaufen und sich seiner Verantwortung entziehen, aber das geht nicht, man muss sich ihr stellen und tun, was richtig ist. Wenn man das schafft, gewinnt man den Krieg. Ich werde nie Pilot werden, ich werde, was mein Vater vor mir war und seiner vor ihm, und ich werde, obwohl ich mir nichts mehr wünsche, als ein ganz normales Leben zu führen, das tun, was ich tun muss.

Ich weiß, dass wir uns wiedersehen – auch wenn Du mich nicht erkennen wirst, aber ich bin froh, dass wir uns nicht für immer verloren haben. Noch nicht.

Ich umarme Dich.

Jake

Die Tränen kullerten aus meinen Augen und fielen auf das dünne Blatt Papier, bevor ich es verhindern konnte. Ich war dankbar, dass ich ungestört weinen konnte. Erst nachdem ich zwei feuchte Taschentücher zerknüllt und in meine Tasche gestopft hatte, steckte ich Jakes Brief zurück in den Umschlag und nahm den zweiten, diesmal ein eng bedrucktes Blatt.

Liebste Juta, las ich, *Du kannst die Schokolade ruhig essen, sie ist nicht so alt wie die Spitfire!* ☺ *Ich habe lange überlegt, ob ich Dir den pathetischen Brief, den ich als Junge geschrieben habe, wirklich hinterlassen sollte, aber er war für Dich bestimmt, also sollst Du ihn bekommen. Und jetzt sitze ich hier am letzten Abend, den ich sehen werde, und denke noch immer mit derselben Liebe an Dich, die mich mein Leben lang begleitet hat.*

Es gibt nicht mehr viel zu sagen, es ist ja bereits alles gesagt. Bis auf eins. Dass Du das hier liest, bedeutet, dass alles so gekommen ist wie vorgesehen, zumindest was das Ende betrifft. Wie viele Dinge zwischendrin geschehen sind, die ganz anders oder überhaupt nicht geplant waren, werde ich nie erfahren. Ich stelle mir vor, wie Du irgendwo für Dich allein mit diesem Blatt in der Hand sitzt und Dich immer wieder und wieder fragst, was Du eigentlich mit der ganzen Sache zu tun hast, warum ausgerechnet Du ausgewählt wurdest, die Tochter der Juturna zu sein. Diese Frage habe ich mir selbst gestellt, seit ich dich in Lüneburg wiederfand. Ich habe das Mädchen, mit dem Como immer rumhing, nicht sofort erkannt, obwohl ich mich später fragte, wie ich so blind gewesen sein konnte. Como war viel klüger als ich, er wusste es von Anfang an und sagte es mir an dem Tag, an dem Ihr Euren Schwur geleistet habt. Da endlich begriff ich, weshalb ich selbst mich vom ersten Moment an zu Dir hingezogen gefühlt hatte. Ich hätte viel darum gegeben, Dir alles zu erzählen, besonders als Du älter wurdest. Diese Wandlung in Dir zu sehen, war wunderschön und erschreckend zugleich, weil du anfingst, mich an die Frau zu erinnern, die einst in Tante Emily geschlüpft war. Aber ich musste schweigen. Stattdessen habe ich nach unserer Flucht begonnen, deine Wurzeln zu suchen, deine Verbindung zu uns.

Die Linie deiner Vorfahren nachzuvollziehen, war eine Herausforderung. Die Reise führte nicht nur durch die Jahrhunderte, sondern auch durch viele Länder und sogar zwei Kontinente, sie waren die sprichwörtlichen Nomaden, fast so wie wir. Im 2. Jahrhundert stieß ich auf eine Frau namens Claudia und ihren Mann Septimus, der von Kaiser Hadrian nach Alexandria in Ägypten abkommandiert worden war. Hadrian war der Nachfolger Trajans, des Herrschers, der den Tempel der Juturna hatte errichten lassen. Bei Claudias Vater handelte es sich um Flavius, einen bekannten Baumeister, der zur Zeit des Tempelbaus mit seiner Familie in Rom lebte und mit Sicherheit schon aufgrund seines Berufs Lusius' Vater gekannt haben dürfte, der ja ebenfalls Baumeister war.

Den Namen Claudia trugen damals viele Mädchen und Frauen, und deshalb ist es nicht verwunderlich, dass auch in unserer Chronik von einer Claudia die Rede ist. Es wird berichtet, dass sie und Lusius sehr aneinander hingen, genau wie du und Como als Kinder, und dass sie dazu verdammt war, hilflos mit anzusehen, wie Lusius an jenem schicksalhaften Tag von dem Steinquader getroffen wurde und starb. Nach dem Unfall soll sie nie wieder ein Wort gesprochen haben.

Ich muss Dir den letzten Beweis dafür schuldig bleiben, dass jene Claudia und die Tochter des Baumeisters Flavius – ganz ohne Zweifel deine Urahnin – ein und dieselbe Person war. Aber die äußeren Umstände und mein Gefühl sprechen dafür.

Mein Gefühl sagt mir noch etwas: Juturna hat Dich genau aus diesem Grund ausgewählt. Claudia war ein kleines Mädchen, das vor Entsetzen verstummte. Sie war machtlos. Generationen später schenkte Juturna Claudias Nachfahrin die Möglichkeit zu tun, was Claudia nicht konnte: den Lauf der Dinge zu ändern.

Damals wurde Claudias Liebe geopfert. Heute Juturna selbst. Ich nehme an, sie betrachtet das als eine Art Wiedergutmachung, denn ohne Juturna hätte es niemals einen Tempelbau gegeben, und ohne den Tempelbau wäre Lusius zu einem Mann geworden – vielleicht Claudias Mann. Juturna hat dich dazu bestimmt, ihr eigenes Schicksal zu erfüllen und ihren Untergang herbeizuführen. Durch die Fähigkeiten, die sie Lusius' Familie gab, hat sie viel Gutes bewirkt – aber ebenso viel Böses. Es wird Zeit, dass man sie vergisst und einreiht in den Reigen der leblosen Statuen und alten Tempel, die heute keine Bedeutung mehr haben.

Ich schreibe das so, als ob ich alles im Voraus wüsste, dabei bleibt mir das, was ab morgen geschieht, verschlossen. Wie Marcus bin ich ein Vater, der einen Sohn hat, und ich kann mir jede einzelne mögliche Gefahr, in der Como schwebt, deutlich ausmalen. Trotzdem habe ich weder Angst um ihn noch um die Zukunft. Du wirst da sein und das Schicksal zum Guten wenden.

In Liebe

Jake

Ich ließ das Blatt sinken und schaute auf das Wasser der Cetina-Quelle vor mir. Was ich vor meinem inneren Auge sah, spielte sich woanders ab. Ich versuchte, mir ein kleines Mädchen vorzustellen, vielleicht mit schwarzen Locken. Es turnt mit einem kleinen Jungen zwischen Steinen und Arbeitern herum, der Junge, Lusius, entdeckt etwas auf dem Boden, hebt es auf und zeigt es Claudia: ein Würfel mit dem Relief einer Frau. Beide berühren es ehrfurchtsvoll, ahnen instinktiv, dass es Juturna darstellt. Lusius rennt damit zu seinem Vater, um sich zu vergewissern, und läuft anschließend aufgeregt zurück. Bevor er bei Claudia ankommt, stürzt der schwere Quader auf ihn herab. Sie muss mit ansehen, wie ihr Spielgefährte darunter begraben wird – ein Schock, der so groß ist, dass sie niemals mehr ein Wort über ihre Lippen bringt.

Danach konnte ich mir nichts mehr vorstellen. Eine Ahnentafel über so unendlich viele Generationen hinweg war schlicht atemberaubend. Was Jake da ausfindig gemacht hatte, stellte, wie er selbst zugab, keinen endgültigen Beweis dar, konnte aber zumindest eine Erklärung sein.

Andere Bilder begannen meinen Kopf zu füllen, Bilder von Jake, wie er den Brief zusammenfaltete, ihn mit dem aus seiner Kindheit, dem Flugzeugmodell und der Praline in der silbernen Dose verstaute und sich dann auf seinen Tod vorbereitete. Ruhig und sicher und ohne viel Aufhebens. Ein paar Dinge waren tatsächlich anders gekommen, als er gedacht und geplant hatte, es hatte Umwege und Klippen und noch mehr Gefahren gegeben, aber am Ende behielt er Recht.

Ich saß noch lange da und dachte über die Vergangenheit nach, über die Gegenwart und über die Zukunft, bis ich merkte, dass ich nicht mehr allein war.

8.

»Warum bleibst du da hinten stehen?«, fragte ich, ohne mich umzudrehen.

»Ich wollte dich nicht stören«, antwortete Leon. »Du hast so gedankenverloren ausgesehen. Vielleicht sollte ich lieber wieder gehen.«

»Nein. Setz dich.« Damit deutete ich auf den Boden neben mir. Ein paar Minuten schwiegen wir und schauten nur auf das Wasser.

»Hast du sie geöffnet?«, wollte Leon schließlich mit einer Kopfbewegung in Richtung der verzierten Dose wissen.

»Ja«, sagte ich nur und wartete, dass Leon fragen würde, was drin war. Was er bleiben ließ. Ich klappte den Deckel erneut hoch und hielt ihm die Dose hin.

Neugierig schaute er hinein, dann breitete sich ein Lächeln auf seinem Gesicht aus. Ich hatte ihm von den Flugzeugmodellen und auch von den Quality-Street-Pralinen erzählt, er wusste, was sie mir bedeuteten.

»Ich hätte ihn gern kennen gelernt«, sagte er.

»Ihr hättet euch gut verstanden.«

»Meinst du? Wir waren Gegner, oder zumindest hätte er mich dafür gehalten, so wie du.«

»Höre ich da einen leisen Vorwurf?«, fragte ich spöttisch und ein bisschen ungehalten. »Das lag schließlich zum großen Teil an dir. Hättest du mir gegenüber gleich mit offenen Karten gespielt, hätten wir es bedeutend leichter gehabt.«

»Ach ja? Du wusstest doch nach deiner Amnesie nicht mal, was überhaupt los war und hättest mich für vollkommen verrückt erklärt, wenn ich mit Nymphen, heiligem Wasser und ominösen Schlüsseln gekommen wäre, oder?«

Ich biss mir auf die Innenseiten meiner Wangen, um mir ein Lachen zu verkneifen. Er hatte ja Recht. »Und später, als ich wusste, worum es ging? Da hast du immer noch den Mund gehalten.«

»Du kannst mir glauben, dass ich etwa hundertmal darüber nachgedacht habe, dir die Wahrheit zu sagen, und hundertmal hab ich mich dagegen entschieden, weil du mich kaum mit offenen Armen empfangen, sondern bei nächster Gelegenheit die Flucht ergriffen hättest. Du warst schon misstrauisch genug, Juta.«

Ehrlicherweise musste ich eingestehen, dass er auch da ganz richtig lag.

»Dann«, begann ich, »sag wenigstens jetzt was.« Dabei hielt ich Leons Blick fest, lange und offen, bis ich in seinen tiefgrauen Augen für einen Sekundenbruchteil etwas aufblitzen sah, was er sofort wieder verbarg: Hoffnung und Unglauben.

Aber er schwieg.

»Na schön«, seufzte ich. »Verzichte ich eben auf Worte. Es reicht, wenn du mich einfach nur küsst.«

Ganz langsam hob Leon die Hand, zögernd berührte sein Finger meine Wange, dann meinen Mund, wanderte zu meinem Kinn und zog mein Gesicht dicht an seines, bis unsere Lippen sich trafen. Ich vergaß, dass wir am Rand einer hundert Meter tiefen Quelle saßen und in eiskaltes Wasser fallen würden, wenn wir nicht aufpassten oder eine falsche Bewegung machten. Ich vergaß auch zum ersten Mal seit langem die Tochter der Juturna. Stattdessen war ich einfach nur Juta. Ich spürte, wie sich alles in mir auflöste, alles, was mir seit fünfzehn Jahren keine Ruhe gelassen, was mich gequält hatte. Ich fühlte mich frei.

»Was … ist mit Como?«, wollte Leon viel später wissen.

»Como wird immer ein Teil meines Lebens sein«, sagte ich ruhig. »Er gehört unauslöschlich zu meiner Vergangenheit wie ich zu seiner, und wir werden einander immer verbunden bleiben. Aber wenn ich meine Zukunft sehe, sehe ich dich.«

Der Morgen war bereits angebrochen, das Kloster Sveti Jakov, unsere Zuflucht, lag vor uns. Wir wussten, dass wir nicht ewig hierbleiben konnten, dieser stille Ort mitten im Nirgendwo der kroatischen Berge aber würde uns Zeit lassen, über unser »Leben danach« nachzudenken. Allein hätte ich nach Boltenhagen zurückkehren können, doch das stand außer Frage, wenn ich bei Leon bleiben wollte. Leon war bei der Explosion unterhalb des Forum Romanum zu Tode gekommen, er sollte für den Rest der Welt tot und begraben sein, ebenso wie Como.

Der Gedanke an Como machte mich etwas nervös. Zu ihm zu gehen und zu sagen: »Du bedeutest mir viel, aber Leon bedeutet mir mehr« gehörte nicht zu den Dingen, auf die ich mich freute. Aufschieben hatte keinen Sinn, trotzdem wollte ich noch einen Augenblick allein sein, um mich zu sammeln.

»Ich setz mich einen Moment in den Garten«, sagte ich.

Leon küsste mich auf die Nasenspitze und nickte verstehend.

Im Garten kümmerte sich einer der Brüder um die Kräuterbeete. Er lächelte und wünschte mir guten Morgen. Die beiden Bänke lagen noch im Schatten, ich erinnerte mich jedoch an den Steinquader – schon wieder einer, früher war mir nie aufgefallen, wie unglaublich viele es davon gab – nahe einer kleinen Rasenfläche, die um diese Zeit sonnenbeschienen sein sollte. Als ich mich umdrehte, um darauf zuzugehen, hielt ich inne. Como saß da und schaute mir entgegen.

»Ich hab euch zurückkommen sehen und dachte, du würdest vielleicht ein bisschen im Garten sitzen wollen«, sagte er.

»Du kennst mich gut«, brachte ich heraus. Zögernd nahm ich neben ihm Platz.

Como lächelte. »Ich kenne dich lange. Du hast nie was vor mir verbergen können, schon vergessen? Ich wusste meist, was du dachtest oder was du vorhattest.«

»Ja«, gab ich zu. »Como … ich …«

»Nicht.« Como legte mir sanft seinen Zeigefinger auf die Lippen. »Du musst nichts sagen. Du hast dich entschieden. Ich hatte gehofft, dass du dir das noch mal überlegst, aber wenn ich ehrlich zu mir selbst bin, wusste ich auch diesmal wieder, was in dir vorgeht. Wahrscheinlich hast du sogar Recht, man kann die Vergangenheit nicht wieder lebendig machen, so gern man es möchte. Sie ist nun mal vorbei, und wenn man es trotzdem versucht, wird nur ein billiger Abklatsch aus dem, was mal war. Es macht möglicherweise sogar kaputt, was mal war. Ich habe lange genug in der Vergangenheit gelebt, unsere ganze Familie hat das. Es wird Zeit, dass endlich einer ausbricht und nach vorn schaut.« Como sagte das ein bisschen wehmütig, aber auch mit einer gewissen Freude im Blick, Freude und Neugier auf das Unbekannte, das vor ihm lag. Er stand auf und sah sich um, erst im Garten, dann auf die Steinmauern des Klosters, bis hinauf über die Dächer.

»Wohin werdet ihr gehen?«, fragte er.

»Ich weiß noch nicht«, antwortete ich. »Und du? Und Maria?«

»Meine Mutter wird bleiben. Ich … keine Ahnung. Die Welt ist groß, ich wollte schon immer mal nach Island. Oder Kanada. Oder nach Ungarn. Budapest muss eine faszinierende Stadt sein.« Er sah mich an. »Egal, wohin es uns verschlägt, wir werden uns nicht wieder verlieren, oder?«

»Nein«, sagte ich mit fester Stimme.

Como lächelte. »Das ist gut.« Er umfasste meine Schultern, zog mich vom Steinquader hoch und nahm mich in die Arme. So wie früher, als wir Kinder waren, als Como und ich uns Treue und Freundschaft geschworen hatten. Diesen Schwur würden wir halten.

Epilog

»Wer war eigentlich Max?«, fragte ich.

»Max?«, echote Leon. Er hatte gerade den frisch gepressten Orangensaft auf den Frühstückstisch gestellt.

Unsere Terrasse mit dem fantastischen Blick auf den See und die selbst im Sommer schneebedeckten Berge dahinter war zwar klein, aber für einen Tisch mit zwei Stühlen reichte es. Dieser Ausblick war ein ausschlaggebendes Argument gewesen, das Haus zu kaufen. Das andere war der Preis. Der Makler hatte uns die Vorzüge des entsetzlich heruntergekommenen Zustands verkaufen wollen als Chance, das Haus nach unseren eigenen Vorstellungen zu gestalten. Allzu wählerisch konnten wir nicht sein, weil uns dazu das Geld fehlte.

Wir waren aus Kroatien weggegangen mit dem, was ich in Rom von meinem Konto abgehoben hatte, und einem Betrag, der es uns ermöglichte, so lange über die Runde zu kommen, bis wir einen Lebensmittelpunkt und Jobs gefunden haben würden. Geld aus Comos Familie, die – mit Jacques Jacobé angefangen – einen »Notgroschen« angesammelt hatte. Dieses Geld lag in einem Banksafe in Genf auf den bürgerlichen Namen Bruder Matejs, der in die Schweiz reiste und den Koffer in einem Schließfach am Flughafen deponierte. Als Andrea ihn dort abholte, gab es keine Probleme. Im Koffer lagen außer dem Geld noch gefälschte Papiere für mich und für Como, Jake hatte an alles gedacht. Nur nicht an die Möglichkeit, dass wir zu Dritt sein könnten. Andrea brachte den Koffer nach Basel und schickte uns die Papiere, woraufhin zumindest Como und ich einreisen konnten. Unter extremer Anspannung schmuggelten wir das Geld über die Grenze und zahlten es dank unserer neuen Ausweise »legal« auf ein Konto in Deutschland ein. Wir trafen Andrea, der die Schweiz nicht verlassen wollte, bevor er wusste, dass wir gut angekommen waren, noch kurz vor seinem Abflug.

»Die Dinger sind echt gut gemacht, das war ein Profi«, stellte er fest, ohne das Wort Papiere in den Mund zu nehmen. Er lachte, als er meinen verdutzten Ausdruck sah. »Na ja, ich kenn mich ein bisschen mit so was aus. Falls du mal wieder einen brauchst …«

Zu Andreas Belustigung wurden meine Augen immer größer. »Ach Gott, Juta, was glaubst du, woher das Auto stammt, das ich dir … geliehen habe? Und dass du mich damals mit deinem Wagen nach Italien mitgenommen hast, war eine prima Tarnung für das, was ich hinbringen wollte.«

Völlig entsetzt wollte ich losschimpfen, ein geklautes Auto hätte mich in Teufels Küche bringen können. Andrea winkte ab. »Absolut sicher, *cara!*«

Über Andrea, der niemals etwas über die wahre Identität von Como und Leon erfuhr, bekam letztlich auch Leon seinen Pass und andere nötige Kleinigkeiten. Das Geld teilten wir untereinander auf.

Was sich im Nachhinein so leicht anhört, dauerte in Wirklichkeit alles in allem ein Vierteljahr, dann trennten sich die Wege von Como und Leon und mir. Como wusste endlich, wohin er gehen und was er machen würde – und wir ebenfalls.

Leon liebt die Berge, also kamen wir hierher. Bei der Hausrenovierung stellte er fest, wie geschickt er in der Holzverarbeitung war, dass es ihm Spaß machte, mit den Händen zu arbeiten und am Schluss etwas vor sich zu sehen, das er selbst geschaffen hatte. Das kam nicht ganz an das Architekturstudium heran, das er vor vielen Jahren gern begonnen hätte, aber es bestätigte ihm, dass er nicht nur etwas entwerfen, sondern die Entwürfe auch umsetzen konnte. Was er machte, gefiel außer uns beiden auch einer Menge anderer Leute, die ihn bald mit Aufträgen überhäuften, so dass wir ein Geschäft daraus machten. Leon ist für die handwerklichen Arbeiten zuständig, ich, die ich zwei linke Hände habe, kümmere mich um den Ablauf hinter den Kulissen, etwas, das ich aus meinem eigenen Geschäft gut kenne.

Der einzige Wermutstropfen an meinem neuen Leben ist der, dass Juta Berg aufgehört hat zu existieren, ebenso wie Leon und Como. Ich habe mit meiner Entscheidung einigen Menschen, allen voran meinen Eltern, sehr viel Kummer bereitet und durfte mich nicht mal verabschieden. Für sie bin ich tot oder verschollen, ich weiß nicht, was besser ist. Ich hoffe, dass ich eines Tages trotz allem eine Möglichkeit finde, ihnen dieses Manuskript zukommen und sie wissen zu lassen, dass es mir gut geht.

»Keine Ahnung«, sagte Leon jetzt. »Ich kenne keinen Max. Sollte ich?«

Ich lachte. »Allerdings. Ich habe mich immer gefragt, wie ein Typ wie der zu *Clavis* gehören kann.«

Leons Stirnrunzeln verriet mir, dass er nach wie vor im Dunkeln tappte. Er fragte aber nicht weiter, sondern begann, sich sein Brötchen mit Honig zu beschmieren, den wir im Ort direkt vom Imker kauften. Ich sah, wie es in seinem Kopf arbeitete, und wartete. Endlich hellten sich seine Züge auf, mit breitem Grinsen schaute er hoch, bevor er in sein Brötchen biss.

»Ach der!« Kauend blinzelte er in die Sonne. »Weißt du noch, was du über ihn gesagt hast?«

»Klar. Ich hätte ihn für einen schlechten Schauspieler gehalten, wenn er nicht auf deine Bitte hin mit den Informationen über Jake gekommen wäre.«

»Der Kandidat hat hundert Punkte! Er *war* ein schlechter Schauspieler. Als ich ihn engagiert habe, wusste ich allerdings nicht, wie schlecht, obwohl ich es mir hätte denken können, er verlangte zu wenig Gage. Ich hab ihn instruiert, ein bisschen geheimnisvoll und ängstlich zu tun und sofort wieder zu gehen, nachdem er uns den Umschlag überreicht hätte, den er vorher von mir bekam.«

»Von dir? Woher hattest du die Fotos von …« Ich musste schlucken, die Erinnerung tat immer noch weh, »… Jake aus der Gerichtsmedizin?«

»Jake hatte sich offenbar entschieden, nicht nur äußerlich auf spektakuläre Weise aus dem Leben zu scheiden. Er lag sehr lange in der Gerichtsmedizin, weil die nicht rausfinden konnten, woran er eigentlich gestorben war. Soweit ich weiß, ist das bis heute unklar. Jedenfalls war *Clavis* zwar zu spät gekommen, um Jake sein Geheimnis zu entreißen, aber sie dachten, es könne nicht schaden, wenigstens zu wissen, wie er aussah – als Richtwert bei der Suche nach Como. Sie bestachen jemanden dort, die

Fotos zu machen, und später wurden Experten drangesetzt, die mit einem Computerprogramm sein Gesicht verjüngten.«

»Aber das Gespräch zwischen Como und Maria, von dem Max' angeblicher Freund berichtet hat …«

Leon zuckte schuldbewusst mit den Schultern. »Meine Erfindung, um die Sache etwas dramatischer zu gestalten. Hätte nicht sein müssen, ich weiß, das Foto wäre ausreichend und Schock genug gewesen. Entschuldige.«

»Du wolltest ganz sichergehen, dass ich auch ja bei der Stange bleibe, was?« Wider Willen musste ich lachen. »Geschieht dir recht, dass du mit diesem Max so reingefallen bist.«

»Hahaha!«, machte Leon und reichte mir die Erdbeermarmelade, nach der ich die Hand ausgestreckt hatte.

Jakes Tod lag noch keine zwei Jahre zurück. Er würde für immer einen Platz in meinem Herzen haben, wäre allerdings auch der Erste gewesen, der gesagt hätte, dass das Leben weitergeht. Also nahm ich das Marmeladenglas, um ganze Erdbeeren auf mein Croissant zu häufen. »Ich wette, du warst dicht am Kollabieren, als der Typ in seinem Trenchcoat auftauchte!«

Wir prusteten los. Vielleicht drang das Echo dieses Lachens sogar im Geist bis zu Como, der heute weit oben im Norden mit seiner Frau Mittsommer feierte. Leon schmiss mit einer Orange nach mir, der ich geschickt auswich – und jetzt warfen auch die Berge unser Lachen zurück. Jedenfalls fühlte es sich so an.

Nachwort der Autorin

Um der Verwirrung vorzubeugen, möchte ich hier erwähnen, dass es in Salzburg tatsächlich eine Paracelsus-Gesellschaft gibt, die nicht mit der von mir erwähnten Paracelsus-Stiftung zu verwechseln ist. Da ich bestimmte räumliche Vorstellungen umsetzen wollte, habe ich kurzerhand die Stiftung erfunden; ich hoffe, die Paracelsus-Gesellschaft sieht es mir nach.

Die Schlüssel im Wappen von St. Peter dagegen habe ich nicht erfunden. Als ein Missionar, der Heilige Rupert, nach Salzburg kam, weihte er die erste Kirche und das Kloster dem Heiligen Petrus, jenem Apostel, dem Jesus einst die Schlüssel des Himmelreichs und damit symbolisch die Leitung seiner Kirche anvertraute. Man findet die Schlüssel auch über dem Eingang des Stiftskellers, unter der Sonnenuhr, auf den Etiketten der Weinflaschen im Klostershop – aber auf dem Friedhof und an den Grabstätten selbst sind mir nicht annähernd so häufig welche begegnet wie Juta …

Apropos Friedhöfe: Das beeindruckende Hahnemann-Grab auf dem Père-Lachaise in Paris liegt an der beschriebenen Stelle und lohnt sich anzusehen, ebenso wie das von Jean-François Champollion, der als Erster die Hieroglyphen entziffert hat. Man stolpert auf Schritt und Tritt über berühmte Namen auf den kunstvollsten oder auch einfachsten Grabsteinen, an denen heute noch ständig frische Blumen niedergelegt werden, einerlei, ob die Todesdaten aus dem frühen 19. oder dem 21. Jahrhundert stammen. Wer allerdings nach dem Grab der Dichterin Isabelle Beaucaire Ausschau hält, bemüht sich vergeblich – die Dame entspringt ausschließlich meiner Fantasie.

Eins noch: Sollte jemand in nächster Zeit nach Rom reisen, empfehle ich dringend einen Blick vom Kapitolshügel auf das Forum Romanum im Spätnachmittags- oder Frühabendlicht. Es verleitet den Betrachter zu glauben, dass es die römischen Götter, ja selbst Nymphen und ihre heiligen Quellen tatsächlich gab …

Danksagung

Während der vielen Monate, die ich mit Juta quer durch Europa unterwegs war, hatte ich tatkräftige Unterstützung:

Allen voran von meinem Mann Jörg, der nicht nur mit mir auf Recherchereise war, sondern mir auch sonst zur Seite stand, wenn ich seine umfangreiche Bibliothek nach Paracelsus-Büchern und sonstigen Nachschlagewerken durchforstete. Unschätzbar außerdem seine Hilfe in Computer(viren)fragen, die mich so manches Mal an den Rand der Verzweiflung gebracht haben. Danke – auch fürs Notebook-durch-Hannover-Tragen. Du hast viele, viele Kartoffel-Tomaten-Aufläufe bei mir gut!

Meine Mutter Ursula Koch und Louise Kämmerer halfen mir mit ihren wertvollen Kommentaren zum Exposé und zur ersten Fassung des Manuskripts.

Marion Labonte hat sich mit Querverweisen, Quersummen und Quasis herumgeschlagen und wieder wunderbare Lektoratsarbeit geleistet.

Mein Agent Roman Hocke hat immer ein offenes Ohr, steht mit Rat und Tat zur Seite – und verfügt nicht zuletzt über einen ansteckenden Enthusiasmus.

Mick Weinberger von der Pressestelle der Landeskliniken Salzburg hat sich netterweise Zeit genommen, mich durch die »Unfallchirurgie West« zu führen, so dass ich Jutas Krankenhauserlebnisse möglichst authentisch darstellen konnte.

Und schließlich bewies Gerit Stenitzer eine Menge Geduld und viel Weisheit in schwierigen Phasen, die nicht nur mit dem Buch zu tun hatten. Gerit, Du hast mich mehr als einmal moralisch aufgerichtet und zurechtgestutzt, wenn's nötig war.

Mein Dank an alle!

Corinna Kastner
www.kastners-welten.de

Eine geheimnisvolle Perlenkette
Ein verschollenes Buch
Eine aufregende Reise in die Vergangenheit

Corinna Kastner
DAS ERBE VON RAGUSA
Roman
560 Seiten
ISBN 978-3-404-15498-2

Mit der kostbaren Perlenkette, die Nella von ihrer Mutter geerbt hat, hat es eine geheimnisvolle Bewandtnis. Ein fremdes Gesicht scheint sich vor ihres zu schieben, sobald sie sich im Spiegel betrachtet. Als sie kurz darauf den Antiquitätenhändler Safet kennen lernt, führen die Perlen sie an die dalmatinische Küste nach Dubrovnik. Dort findet sie einen Hinweis auf die einstige Besitzerin des rätselhaften Schmuckstücks – Mirjana, die im 16. Jahrhundert als Hexe angeklagt wurde. Nella weiß, sie muss Mirjanas wahres Vermächtnis retten – vor wem genau, erfährt sie jedoch erst, als es beinah schon zu spät ist.

Bastei Lübbe Taschenbuch

Der beste Krimi aus St. Petersburg – unbedingt lesen!

Viktoria Platowa
DAS RITUAL DER
LETZTEN NACHT
Roman
460 Seiten
ISBN 978-3-404-15750-1

Warja ist ein Mädchen für pikante Aufträge. Eines Morgens muss sie feststellen, dass Olef, ihr »Klient« für die letzte Nacht, tot neben ihr liegt, ein Messer in der Brust. Der Auftrag hatte ihr von Anfang an nicht gefallen: Um Olef, den weltberühmten Cellisten, der zu einem Gastspiel nach Petersburg gekommen war, zu verführen, sollte sie sich in eine Kopie seiner vor einem Jahr verstorbenen Frau Alla verwandeln. Warja beschließt zu ihrem Auftraggeber zu fahren. Doch als sie ankommt, ist auch dieser tot. Dann gerät die schöne Warja selbst unter Verdacht …

Bastei Lübbe Taschenbuch